TED DEKKER

BLACK

W0335240

TED DEKKER

BLACK

Die Geburt des Bösen

Die Circle-Trilogie
Teil 1

Aus dem Amerikanischen von
Elke Wiemer

Brendow
VERLAG + MEDIEN

Teil 1: Black: Die Geburt des Bösen
Teil 2: Red: Der Tod des Meisters
Teil 3: White: Der Kreis schließt sich

Bibliografische Information Der Deutschen Nationalbibliothek
Die Deutsche Nationalbibliothek verzeichnet diese Publikation in der Deutschen Nationalbibliografie; detaillierte bibliografische Daten sind im Internet über http://dnb.ddb.de abrufbar.

1. Taschenbuchauflage 2009
ISBN 978-3-86506-291-8
© 2007 by Joh. Brendow & Sohn Verlag GmbH, Moers
Originaltitel: Black. The Birth of Evil. The Circle. Book One
© 2004 Ted Dekker. All rights reserved.
Published by WestBow Press, a Division of Thomas Nelson, Inc.,
P.O. Box 141000 Nashville, Tennesssee 37214
Einbandgestaltung: Brendow Verlag, Moers
Titelfoto: Getty Images
Satz: Satzstudio Winkens, Wegberg
Druck und Bindung: CPI – Clausen & Bosse, Leck
Printed in Germany

www.brendow-verlag.de

SCHWEIZ

SEIN NAME WAR Carlos Missirian – einer seiner vielen Namen.

Er stammte aus Zypern.

Der Mann am anderen Ende der langen Tafel, der gerade langsam ein Stück von einem dicken, blutigen Steak abschnitt, war Valborg Svensson. Zumindest war das einer seiner unzähligen Namen.

Er stammte aus der Hölle.

In fast vollkommener Stille saßen die beiden in zehn Metern Entfernung voneinander in einer dunklen, in den Granit der Schweizer Alpen gehauenen Halle und aßen. Schwarze schmiedeeiserne Lampen an den Wänden verbreiteten ein schwaches, goldgelbes Licht im Raum. Es gab keine Diener, keine anderen Möbel, keine Musik und auch sonst niemanden außer Carlos Missirian und Valborg Svensson an ihrer edlen Tafel.

Carlos schnitt mit seiner rasiermesserscharfen Klinge in das dicke Stück Fleisch und beobachtete, wie das Messer die Fasern durchtrennte.

Wie bei der Teilung des Roten Meeres, dachte er und schnitt erneut ein Stück ab. Dabei war er sich der Tatsache bewusst, dass das einzige Geräusch im Raum das der beiden gezackten Messer war, die durch die Fleischfasern bis auf die Porzellanteller schnitten. Es war ein seltsames Geräusch, wenn man wusste, worauf man hören musste.

Carlos schob sich ein Stück Fleisch in den Mund und kaute entschlossen. Dabei sah er nicht zu Svensson hinüber, obwohl dieser ihn sicherlich anstarrte und mit seinen pechschwarzen Augen sein Gesicht mit der langen Narbe auf der rechten Wange beobachtete. Carlos atmete tief ein und genoss in aller Ruhe den leicht metallischen Geschmack des Fleisches.

Nur ganz wenigen Menschen gelang es, Carlos aus der Ruhe zu bringen. Dafür hatten die Israelis schon in seinen jungen Jahren gesorgt. Er wurde nicht von Furcht, sondern von Hass getrieben – für einen Killer eine nützliche Haltung, wie er fand. Aber Svensson konnte mit seinem Blick einen Felsblock aus der Ruhe bringen. Die Behauptung, diese Bestie jage Carlos Angst ein, wäre übertrieben gewesen. Aber er ließ Carlos auf der Hut sein. Dabei war Svensson keine körperliche Bedrohung für ihn; niemand war das. Carlos hätte dem anderen jeden Augenblick mit einer schnellen Bewegung seines Handgelenks sein Steakmesser ins Auge werfen können. Was also war es dann, das ihn so vorsichtig machte? Carlos war sich selbst nicht sicher.

Natürlich war der andere nicht wirklich eine Ausgeburt der Hölle. Er war ein gebürtiger Schweizer Geschäftsmann, dem die Hälfte aller Schweizer Banken und die Hälfte aller nichtamerikanischen Pharmakonzerne gehörte. Gewiss, er hatte mehr als die Hälfte seines Lebens in diesem Gewölbe unter den Schweizer Alpen verbracht, wo er wie ein wildes Tier im Käfig auf und ab ging. Aber er war dennoch ein Mensch, genau wie jeder andere Mensch auf zwei Beinen. Und zumindest in Carlos' Augen war er auch genauso verwundbar.

Carlos spülte den Bissen mit einem Schluck trockenen Chardonnay hinunter und ließ seinen Blick zum ersten Mal, seit sie Platz genommen hatten, auf Svensson ruhen. Sein Gegenüber ignorierte ihn, wie er es meistens tat. Sein Gesicht war vernarbt und seine Nase wirkte zu groß. Sie war nicht dick oder breit, sondern schmal und scharf geschnitten. Sein Haar war so schwarz wie seine Augen – aber gefärbt.

Svensson hielt mitten im Schneiden inne, ohne aufzusehen. Im Raum war es totenstill. Die beiden saßen regungslos da. Carlos wollte den Blick nicht von seinem Gegenüber abwenden. Der einzig mildernde Umstand in dieser ungewöhnlichen Beziehung war die Tatsache, dass Svensson ebenfalls Respekt vor Carlos hatte.

Plötzlich legte Svensson Messer und Gabel weg, tupfte seinen

Schnurrbart und die Lippen mit der Serviette ab und ging zur Tür. Seine Bewegungen waren sehr langsam, wie die eines Faultiers. Er schonte sein rechtes Bein, zog es hinterher. Er hatte nie erklärt warum. Svensson verließ den Raum, ohne Carlos noch einmal anzusehen.

Carlos wartete gut eine Minute still. Er wusste, dass Svensson bis zum Ende des Ganges etwa so lange brauchen würde. Schließlich stand er auf und folgte ihm hinaus in einen langen Gang, der zur Bibliothek führte, wo er Svensson vermutete.

Er hatte den Schweizer vor drei Jahren kennengelernt, als er mit russischen Untergrundgruppierungen zusammenarbeitete, die versuchten, das weltweite Waffengleichgewicht mit biologischen Waffen zu halten. Dahinter stand eine alte Überzeugung: Was würde es schon ausmachen, wenn die Vereinigten Staaten zweihunderttausend Atomraketen auf den Rest der Welt richteten, solange ihre Feinde die richtigen biologischen Waffen hatten? Ein hochgradig ansteckendes, in der Luft übertragbares Virus wäre in einer Großstadt praktisch unbesiegbar.

Eine Waffe, mit der man die ganze Welt bezwingen könnte.

Vor der Bibliothekstür hielt Carlos einen Moment inne, dann trat er ein. Svensson stand vor der Glaswand, von der aus man das weiße Labor im Stockwerk darunter sehen konnte. Er hatte sich eine Zigarre angezündet und war von einer Rauchwolke umgeben.

Carlos ging an einem Wandregal voll lederner Buchrücken entlang, nahm eine Karaffe mit Whisky, goss sich ein Glas ein und setzte sich auf einen Barhocker. Die Bedrohung durch biologische Waffen könnte der durch atomare Waffen leicht gleichkommen. Sie wären leichter einzusetzen und hätten eine weitaus zerstörerische Wirkung. *Wären*. Mit der üblichen Missachtung jeglicher internationalen Vereinbarung hatte die UdSSR, auch nachdem sie die Genfer B-Waffen-Konvention von 1972 unterschrieben hatte, Tausende von Wissenschaftlern eingesetzt, um biologische Waffen zu entwickeln. Alles selbstverständlich nur zu Verteidigungszwecken. Sowohl Svensson als auch Carlos waren bestens informiert über alle Erfolge und Fehlschläge dieser früheren sowjetischen

Forschungen. Ihre »Super-Viren«, wie sie sie nannten, erwiesen sich letztlich doch nicht als so »super«, sie kamen nicht einmal annähernd an diese Kategorie heran. Sie waren viel zu ungeordnet, verhielten sich zu unvorhersehbar und waren zu leicht auszurotten.

Svenssons Ziel war einfach: ein hochgradig ansteckendes, stabiles, in der Luft übertragbares Virus zu entwickeln, mit einer Inkubationszeit von drei bis sechs Wochen, das sofort auf einen Hemmstoff ansprechen würde, den nur er hätte. Es war keineswegs seine Absicht, ganze Völker auszurotten. Er wollte innerhalb weniger Wochen ganze Erdteile infizieren und dann das einzig wirksame Medikament in Händen halten.

Auf diese Art wollte Svensson unglaubliche Macht ausüben, ohne den Einsatz eines einzigen Soldaten. Und so wollte Carlos Missirian die Welt von Israel erlösen, ohne einen einzigen Schuss abzufeuern. Vorausgesetzt natürlich, es wäre möglich, ein solches Virus zu entwickeln und dann zu isolieren.

Andererseits wusste jeder Wissenschaftler, dass es nur eine Frage der Zeit war.

Svensson starrte auf das Labor unter sich. Der Schweizer trug sein Haar mit Mittelscheitel, sodass seine schwarzen Locken zu beiden Seiten fielen. In seinem schwarzen Jackett sah er aus wie eine Fledermaus. Er war mit einer finsteren Religion vermählt, die lange Reisen in finsterster Nacht verlangte. Carlos war überzeugt, dass sein Gott einen schwarzen Umhang trug und vom Elend anderer lebte. Manchmal hatte er Zweifel an seinem eigenen Bündnis mit Svensson. Der Mann war von einer unersättlichen Machtgier getrieben und seine Auftraggeber noch mehr. Das war ihre Nahrung, ihre Droge. Carlos machte sich gar nicht erst die Mühe, die Abgründe dieses Wahnsinns zu begreifen. Er wusste nur, dass sie die Sorte Menschen waren, die ihre Ziele immer erreichten, und dass er in ihrem Fahrwasser wiederum sein Ziel erreichen würde: die Wiederherstellung des Islam.

Er nippte an seinem Whisky. *Man sollte doch meinen, dass irgendeiner dieser Tausenden von Wissenschaftlern, die an den biologischen Verteidigungswaffen arbeiteten, im Laufe der Jahre einmal etwas Bedeutendes entdeckt haben müsste.* Es gab mehr als dreihundert bezahlte Informanten in allen großen Pharmakonzernen. Carlos hatte siebenundfünfzig Wissenschaftler aus dem ehemaligen sowjetischen Biowaffenprogramm befragt – mit sehr überzeugenden Mitteln. Das Ergebnis: Nichts. Jedenfalls nicht das, wonach sie suchten.

Das Telefon auf dem großen, dunklen Tisch aus Sandelholz klingelte schrill.

Keiner der beiden ging dran. Es hörte wieder auf zu klingeln.

»Sie müssen nach Bangkok«, sagte Svensson. Seine Stimme klang wie ein Kolben, der sich in einem Zylinder voller Kieselsteine drehte.

»Bangkok.«

»Ja, Bangkok. Raison Pharma.«

»Der Raison-Impfstoff?«, fragte Carlos. Mithilfe eines Informanten im Labor des Konzerns hatten sie die Entwicklung des Impfserums schon seit über einem Jahr beobachtet. Er hatte immer gedacht, es wäre Ironie des Schicksals, wenn ausgerechnet der französische Raison-Konzern, der die Vernunft ja quasi im Namen trug, eines Tages ein Virus erzeugen könnte, das die ganze Welt in die Knie zwingen würde.

»Mir war nicht bewusst, dass dieser Impfstoff für uns von Bedeutung sein könnte«, sagte er.

Svensson ging langsam, ganz langsam, hinkend zu seinem Schreibtisch, griff nach einem Blatt Papier und überflog es. »Sie erinnern sich doch an den Bericht von vor drei Monaten über die nicht lebensfähigen Mutationen.«

»Unser Kontaktmann berichtete, dass die Mutationen nicht lebensfähig seien und schon nach wenigen Minuten sterben.« Carlos war kein Wissenschaftler, aber er wusste sicher mehr über Biowaffen als die meisten anderen.

»Das hatte Monique de Raison gesagt. Jetzt liegt uns ein anderer Bericht vor. Unser Mann im Seuchenzentrum hat heute einen sehr nervösen Besucher empfangen, der berichtete, dass die Mutationen des Raison-Impfstoffs bei einer ganz bestimmten, erhöhten Temperatur überlebten. Sie würden dann zu einem tödlichen, durch die Luft übertragbaren Virus mit einer Inkubationszeit von drei Wochen, meinte der Besucher. Damit könnte man in weniger als drei Wochen die ganze Menschheit infizieren.«

»Und wie ist der Besucher an diese Informationen gekommen?«

Svensson zögerte.

»In einem Traum«, sagte er. »Einem sehr ungewöhnlichen Traum. Es war ein überaus überzeugender Traum von einer anderen Welt, in der die Menschen denken, dass seine Träume von unserer Welt nur Träume sind. Und in der es sprechende Fledermäuse gibt.«

Jetzt zögerte Carlos.

»Fledermäuse?«

»Wir haben unsere Gründe, ihm zu glauben. Ich will, dass Sie nach Bangkok fliegen und Monique de Raison befragen. Falls erforderlich, bringen Sie mir den Raison-Impfstoff – egal mit welchen Mitteln.«

»Verlassen wir uns neuerdings auf Mystik?«

Wenn Carlos sich nicht täuschte, hatte Svensson beim amerikanischen Zentrum für Krankheits- und Seuchenkontrolle vier bezahlte Spitzel. Die Behörde war also gut abgedeckt. Selbst die harmlosesten Berichte über irgendwelche ansteckenden Krankheiten gelangten umgehend in das Seuchenzentrum nach Atlanta. Svensson hatte ein verständliches Interesse an jedem Bericht über irgendeine neu ausgebrochene Krankheit und die geplanten Behandlungsmaßnahmen.

Aber ein Traum? Das passte so ganz und gar nicht zu dem stoischen Schweizer mit dem finsteren Herzen. Und das war das einzig Überzeugende an der Sache.

Svensson starrte ihn mit seinen dunklen Augen an. »Wie ich schon sagte, wir haben Grund zu der Annahme, dass dieser Mann noch mehr Dinge weiß, die er nicht wissen sollte. Es spielt keine Rolle, wie er an diese Informationen gekommen ist.«

»Und die wären?«

»Das geht Sie nichts an. Lassen Sie es dabei bewenden, dass Thomas Hunter unmöglich wissen konnte, dass der Raison-Impfstoff nichtlebensfähige Mutationen bildet.«

»Also Zufall«, meinte Carlos stirnrunzelnd.

»Ich will kein Risiko eingehen. Das Schicksal der ganzen

Menschheit hängt von einem flüchtigen Virus und dessen Gegenmittel ab. Vielleicht haben wir dieses Virus gerade entdeckt.«

»Ich glaube nicht, dass Monique de Raison bereit sein wird, meine … Fragen zu beantworten.«

»Dann zwingen Sie sie dazu.«

»Und was ist mit Hunter?«

»Setzen Sie alle verfügbaren Mittel ein, um herauszufinden, was Thomas Hunter weiß, und dann töten Sie ihn.«

1

ES HATTE ALLES am Vortag begonnen, mit einer Kugel aus dem Nichts.

Thomas Hunter ging die gleiche schwach erleuchtete Gasse entlang, seinen üblichen Nachhauseweg, nachdem er den kleinen Java Hut-Kaffeladen zwischen Colfax und der Neunten Straße abgeschlossen hatte, als ein plötzliches *Peng!* das Verkehrsgeräusch durchschnitt. Backstein bröckelte aus einem zwei Zentimeter großen Loch, einen halben Meter von seinem Kopf entfernt. Er hielt mitten im Schritt inne.

Peng!

Diesmal konnte er sehen, wie sich die Kugel in die Wand bohrte. Diesmal spürte er einen Stich an der Wange, als kleine Backsteinbrocken vom Einschlag durch die Luft flogen. Diesmal hielten alle seine Muskeln inne.

Irgendjemand hatte gerade auf ihn geschossen!

Schoss gerade auf ihn!

Tom zuckte zusammen, ging in die Hocke und breitete instinktiv die Arme aus. Er konnte seinen Blick nicht von den beiden Löchern in der Wand abwenden, genau vor seinem Kopf. Es musste ein Irrtum sein, Auswüchse seiner zu lebhaften Fantasie. Sein Bestreben, Romane zu schreiben, hatte also schließlich die Grenze zwischen Fantasie und Realität verschwinden lassen. Die beiden Löcher in der Wand starrten ihn an wie leere Augenhöhlen.

»Thomas Hunter!«

Das war keine Einbildung, oder? Nein, das war sein Name, der da in der Gasse widerhallte. Eine dritte Kugel schlug in die Steinmauer ein. Er warf sich nach links, immer noch geduckt. Ein langer Schritt, rechte Schulter runter, abrollen. Und noch einmal zerschnitt ein Schuss die Luft über seinem Kopf. Die Kugel traf eine Stahlleiter und der Schuss hallte in der Gasse wider. Tom kam hoch und jagte wie der Blitz dem Widerhall des Schusses nach, von seinem Instinkt, aber auch von Angst getrieben. Er war früher schon einmal in den Hintergassen Manilas gewesen. Damals war er ein Teenager und die philippinischen Banden waren mit Messern und Macheten, nicht mit Gewehren bewaffnet gewesen. Aber während er die Gasse hinter der Neunten Straße und Colfax entlanghastete, machte sein Verstand hier keinen Unterschied.

»Du bist ein toter Mann!«, schrie eine Stimme.

Jetzt wusste er, wer sie waren. Sie kamen aus New York.

Die Gasse führte zu einer anderen Gasse, etwa dreißig Meter entfernt, auf der linken Seite. Bei dem schwachen Licht war sie nur ein Schatten, aber er kannte die Abkürzung.

Zwei weitere Kugeln zischten an ihm vorbei, eine so knapp, dass er den Luftzug am linken Ohr spüren konnte. Hinter sich hörte er das Getrampel von Füßen. Zwei, vielleicht drei Paar.

Tom hechtete in den Schatten der Abzweigung.

»Schneidet ihm den Weg ab! Funk!«

Tom rollte sich ab, kam wieder auf die Füße und sprintete los. Seine Gedanken rasten.

Funk?

Das Problem bei zu viel Adrenalin ist, flüsterte Makatsus dünne Stimme, *dass es deinen Verstand schwächt.* Dabei zeigte sein Karatelehrer immer auf seinen Kopf und zwinkerte. *Dann hast du jede Menge Muskeln zum Kämpfen, aber keine mehr zum Denken.*

Wenn sie sich per Funk verständigten und die Straße vor ihm abschnitten, hatte er ein echtes Problem.

Panisch suchte er nach Deckung. Ein Aufgang zum Dach etwa in der Mitte der Gasse. Ein großer Müllcontainer, zu weit weg. Verstreute Kisten links neben ihm. Keine gute Deckung. Er musste sich entscheiden, bevor sie in die Gasse einbogen.

Panik wollte sich in seinem Kopf ausbreiten. *Adrenalin trübt den Verstand, Panik tötet ihn.* Wieder Makatsu. Tom war einmal von einer Bande Filipinos windelweich geprügelt worden, die sich vorgenommen hatten, jeden amerikanischen Hurensohn zu töten, der in ihr Revier kam. Sie hatten sich die Straßen rund um die amerikanische Kaserne als Revier ausgesucht. Sein Lehrer hatte ihn gescholten und darauf bestanden, dass er ihnen an jenem Nachmittag hätte entkommen können. Seine Panik sei ihn teuer zu stehen gekommen. Sie hätte sein Gehirn in Brei verwandelt und er habe sein geschwollenes Gesicht und dass er nicht mehr aus den Augen sehen konnte, verdient.

Diesmal waren es Kugeln, keine Tritte und Stockschläge, und Kugeln machten nicht nur Beulen. Er hatte keine Zeit mehr.

Keine Idee, dafür umso mehr Verzweiflung – Tom hechtete in den Rinnstein. Der raue Asphalt kratzte ihm die Haut auf. Er rollte sich schnell nach links ab, prallte gegen eine Backsteinmauer und blieb mit dem Gesicht nach unten im Dunkeln liegen.

Hastige Schritte kamen um die Ecke, direkt auf ihn zu. Nur einer. Er hatte keine Ahnung, wie sie ihn hier in Denver, vier Jahre nachdem es passiert war, gefunden hatten. Aber wenn sie sich schon so viel Mühe gemacht hatten, würden sie nicht so schnell aufgeben.

Der Mann lief leichtfüßig, war kaum außer Atem. Tom hatte seine Nase in der modrigen Ecke vergraben. Sein heftiger Atem blies ihm stoßweise ins Gesicht. Er unterdrückte seinen Atem, aber sofort brannten seine Lungen.

Die Schritte kamen näher und rannten vorbei.

Sie hielten an.

Tom lief ein leichtes Zittern durch den Körper. Er kämpfte die nächste Panikattacke nieder. Sein letzter Kampf war vor sechs Jahren gewesen. Er hatte nicht die geringste Chance gegen einen Mann mit Pistole. Verzweifelt versuchte er, diese Füße mit seinen Gedanken zu bewegen. *Geh. Geh weiter!*

Aber sie gingen nicht weiter.

Sie scharrten leise.

Tom hätte vor Verzweiflung fast laut geschrien. Er musste etwas tun, solange er den anderen noch überraschen konnte.

Er warf sich erst nach links, rollte sich einmal nach rechts, um in

Bewegung zu kommen, dann noch einmal und kam dabei erst auf die Knie, dann auf die Füße. Sein Angreifer stand ihm wie versteinert gegenüber mit der Pistole in der ausgestreckten Hand.

Toms Bewegung brachte ihn direkt zur Wand auf der anderen Seite. Ein Blitz aus der Pistolenmündung erleuchtete kurz die dunkle Gasse und die Kugel flog an ihm vorbei. Aber jetzt war die Panik wieder dem Instinkt gewichen.

Welche Schuhe habe ich an?, schoss es ihm durch den Kopf, während er mit dem linken Fuß voraus mit einem großen Satz zur Wand sprang. Entscheidende Frage.

Die Antwort bekam er, als er den Fuß gegen die Wand stemmte. Gummisohlen. Noch ein Schritt an der Wand hoch und jede Menge Haftung. Er warf den Kopf zurück, bog sich nach hinten, stieß sich von der Wand ab und drehte sich mitten im Überschlag nach rechts. Es war eigentlich nur ein Fallrückzieher, aber er hatte ihn schon seit Jahren nicht mehr gemacht, und diesmal musste er keinen Fußball treffen, den einer seiner philippinischen Freunde aus Manila hochgeworfen hatte, sondern eine Pistole.

Der andere konnte noch einen Schuss abfeuern, bevor Toms Fuß gegen seine Hand krachte und die Pistole quer durch die Gasse flog. Die Kugel hatte seinen Kragen gestreift.

Tom kam nicht locker wieder auf den Füßen auf, wie er gehofft hatte. Er landete auf den Händen, rollte sich ab, sprang auf und stand in der siebten Kampfposition einem muskulösen Mann mit kurzem, schwarzem Haar gegenüber. Nicht gerade ein perfekter Sprung. Aber nicht übel für jemanden, der seit sechs Jahren nicht mehr gekämpft hatte.

Der andere hatte die Augen vor Schreck weit aufgerissen. Seine Erfahrungen mit Kampfsport beschränkten sich offensichtlich auf das, was er aus *Matrix* kannte. Einen Moment lang war Tom versucht, einen Freudenschrei auszustoßen, aber zunächst sollte er besser seinen Gegner ausschalten, bevor der schreien konnte.

Die Verwunderung seines Gegners verwandelte sich plötzlich in einen grimmigen Ausdruck und Tom sah das Messer in seiner Hand. Na gut, er hatte womöglich mehr Ahnung vom Kämpfen, als man zunächst vermuten konnte.

Er bedrohte Tom.

Die Wut, die in Tom hochstieg, war ihm nur allzu willkommen. Wie konnte der Kerl es wagen, auf ihn zu schießen! Wie konnte er es wagen, nach einem so hervorragenden Sprung nicht in die Knie zu gehen!

Tom duckte sich und wich dem ersten Messerhieb aus. Sein Handballen schoss hoch, gegen das Kinn seines Gegners. Knochen knackten.

Das war nicht genug. Der Kerl war doppelt so schwer wie er, hatte doppelt so viele Muskeln und zehnmal so viel Bosheit im Blut.

Tom sprang hoch, machte einen Drehkick und stieß dabei gegen jede Vernunft einen Schrei aus. Sein Fuß musste den Kiefer seines Gegners mit hundertzwanzig Sachen getroffen haben.

Beide landeten exakt im selben Moment auf dem Boden – Tom auf den Füßen, bereit, noch einmal zu treten, sein Angreifer auf dem Rücken, schwer atmend, bereit für den Friedhof – bildhaft gesprochen.

Die silberne Pistole des Mannes lag an der Wand. Tom machte einen Schritt darauf zu, unterdrückte dann aber den Impuls. Was hatte er vor? Ihn erschießen? Selbst zum Verbrecher werden? Keine gute Idee. Er drehte sich um und rannte in die Richtung, aus der er gekommen war.

Die Quergasse war menschenleer. Er duckte sich, drückte sich an der Wand entlang, griff nach dem Geländer einer Feuertreppe und rannte sie hoch. Das Gebäude hatte ein Flachdach und grenzte im Süden an ein höheres Gebäude. Er schwang sich auf das nächste Dach, lief geduckt über das Gebäude und versteckte sich hinter einer großen Ventilatoröffnung, fast einen Block entfernt von dort, wo er den New Yorker aufs Kreuz gelegt hatte.

Er kniete sich nieder, versteckte sich im Schatten und versuchte, auf andere Geräusche als das seines eigenen Herzschlags zu hören.

Millionen von Autoreifen rollten über den Asphalt. In der Ferne ein Flugzeug. Leise Gesprächsfetzen. Etwas brutzelte irgendwo in einer Pfanne, oder war es Wasser, das aus einem Fenster gegossen wurde? Wohl Ersteres, wenn man bedachte, dass er in Denver und nicht auf den Philippinen war. Von den New Yorkern war nichts zu hören.

Er lehnte sich an, schloss die Augen und versuchte, wieder zu Atem zu kommen.

Wahnsinn! Die Straßenkämpfe als Teenager in Manila waren eine Sache, aber jetzt auch in den Staaten, im reifen Alter von fünfundzwanzig? Die ganze Sache kam ihm irreal vor. Er konnte kaum fassen, dass ihm das gerade passiert war.

Genauer gesagt, dass es ihm gerade passierte. Er musste unbedingt einen Ausweg finden. Ob sie wohl wussten, wo er wohnte? Niemand war ihm aufs Dach gefolgt.

Tom kroch an die Kante. Unten war wieder eine Gasse und an jedem Ende eine viel befahrene Straße. Denvers wunderschöne Skyline glitzerte vor ihm am Horizont. Ein seltsamer Geruch drang in seine Nase, wie ein Gemisch aus Zuckerwatte und Gummi oder etwas Verbranntem.

Irgendwie bekannt. War er hier nicht schon einmal gewesen? Nein, natürlich nicht. Lichter blinkten in der heißen Sommerluft, rot, gelb, blau, wie Juwelen, die vom Himmel gefallen waren. Er hätte schwören können, er war schon einmal …

Toms Kopf flog plötzlich nach links. Er warf die Arme hoch, aber alles um ihn herum begann plötzlich, sich wie wild zu drehen, und er wusste, dass er in Schwierigkeiten war.

Etwas hatte ihn getroffen. Es war wie ein Schlag mit einem Vorschlaghammer, wie eine Gewehrkugel.

Er hatte das Gefühl zu stürzen, aber er war nicht sicher, ob er wirklich fiel oder ob er nur bewusstlos wurde. Etwas Schlimmes war mit seinem Kopf passiert.

Er landete unsanft auf dem Rücken und war wie von einem schwarzen Kissen vollkommen umgeben.

2

DER MANN RISS plötzlich die Augen auf. Über ihm ein pechschwarzer Himmel. Keine Lichter, keine Sterne, keine Gebäude. Alles schwarz. Nur ein kleiner Mond.

Er blinzelte und versuchte, sich daran zu erinnern, wo er war. Wer er war. Aber er konnte sich nur daran erinnern, dass er gerade sehr lebhaft geträumt hatte.

Er schloss die Augen wieder und versuchte, wach zu werden. Er hatte geträumt, er sei von Männern verfolgt worden, die ihm etwas antun wollten. Er war wie eine Spinne die Wand hochgeklettert, nachdem er zuvor einen seiner Verfolger niedergeschlagen hatte. Dann hatte er die Lichter angestarrt. Wunderschöne, glitzernde Lichter. Jetzt war er aufgewacht. Aber er wusste immer noch nicht, wo er war.

Verwirrt setzte er sich auf. Hohe Bäume standen wie dunkle Schatten um eine steinige Lichtung, auf der er geschlafen hatte. Allmählich gewöhnten sich seine Augen an das Dunkel und er konnte vor sich ein Feld erkennen, auf dem irgendetwas wuchs.

Er rappelte sich hoch und musste sich abstützen. An seinen Füßen waren Ledermokassins. Er trug dunkle Hosen, ein braunes Lederhemd mit zwei Taschen. Instinktiv fühlte er nach seiner linken Schläfe, wo er einen stechenden, klopfenden Schmerz spürte. Es war warm. Und nass. Seine Finger waren blutbedeckt.

In seinem Traum war er getroffen worden. Etwas hatte sich in seinen Schädel gebohrt. Er drehte sich um und sah einen dunklen, schimmernden Fleck auf dem Stein, auf den er gefallen war. Er war wohl mit dem Kopf auf den Stein gefallen und hatte das Bewusstsein verloren. Aber er konnte sich nur an seinen Traum erinnern. Hier war keine Stadt. Hier war keine dunkle, schmale Gasse, kein Verkehr, keine Pistole.

Stattdessen war er hier, auf einer steinigen Lichtung, von hohen Bäumen umgeben. Aber wo? Vielleicht hatte er bei dem Aufprall auf den Stein das Gedächtnis verloren.

Wie hieß er doch gleich? Thomas. Der Mann in seinem Traum hatte ihn Thomas Hunter gerufen. Tom Hunter.

Tom tastete noch einmal nach der blutigen Beule an seinem Kopf. Die offene Wunde über seinem Ohr hatte seine Haare mit Blut verklebt. Sie hatte ihn bewusstlos gemacht, aber glücklicherweise war nicht mehr passiert.

Die Nacht war mittlerweile heller geworden. Er konnte die Bäume jetzt klar erkennen.

Er ließ die Hand sinken und starrte einen der Bäume an, ohne ihn wirklich wahrzunehmen. Eckige Zweige wuchsen in einem spitzen Winkel aus dem Stamm und reckten sich dann fast senkrecht nach oben, wie Krallen, die nach dem Himmel griffen. Die glatte Rinde sah eher aus, als bestehe sie aus Metall oder Fieberglas, nicht aus organischem Material.

Kannte er diese Bäume? Was war es, das ihn an diesem Anblick störte?

»Sieht vollkommen in Ordnung aus.«

Tom zuckte zusammen und wirbelte herum zu der Männerstimme. »Hä?«

Ein Rotschopf, ähnlich gekleidet wie er selbst, stand da und schaute auf ein paar Felsbrocken in etwa drei Metern Entfernung. Müsste … müsste er diesen Mann kennen?

»Das Wasser sieht sauber aus«, sagte der Mann.

Tom schluckte. »Was … was ist passiert?«

Er folgte dem Blick des Mannes und sah, dass er auf eine kleine Pfütze in der Mulde eines großen Felsbrockens am Rande der Lichtung starrte. An dem Wasser war irgendetwas seltsam, aber er konnte nicht sagen, was es war.

»Ich glaube, wir sollten es probieren. Sieht gut aus«, sagte der Mann.

»Wo sind wir?«, fragte Tom.

»Gute Frage.« Der Mann sah ihn an, legte den Kopf schief und grinste. »Kannst du dich wirklich an nichts erinnern? Was ist, hast du eins auf den Kopf bekommen?«

»Muss wohl so sein. Ich kann mich wirklich an nichts erinnern.«

»Wie heißt du?«

»Tom, glaube ich.«

»Schön, das weißt du wenigstens. Jetzt müssen wir nur noch hier herausfinden.«

»Und wie heißt du?«, fragte Tom.

»Ist das dein Ernst? Du weißt das nicht mehr?« Der Mann starrte wieder auf das Wasser.

»Nein.«

»Bill«, antwortete der Mann abwesend. Er langte ins Wasser, schöpfte es mit der hohlen Hand und roch daran. Er schloss die Augen und sog den Geruch in sich auf.

Tom warf einen Blick über die Lichtung und versuchte, sich zu erinnern. Komisch, dass er sich an einige Dinge erinnern konnte und an andere gar nicht. Er wusste, dass diese hohen schwarzen Dinger Bäume waren, dass das Zeug auf seinem Körper Kleider waren und dass das Organ, das Blut durch seinen Körper pumpte, sein Herz war. Er wusste sogar, dass diese Art von teilweisem Gedächtnisverlust typisch war für eine Amnesie. Aber er konnte sich nicht an die Vergangenheit erinnern. Nicht, wie er hierhergekommen war. Warum Bill sich so sehr zu dem Wasser hingezogen fühlte. Nicht einmal, wer Bill war.

»Ich habe geträumt, ich würde durch eine schmale Gasse verfolgt«, sagte Tom. »Sind wir deshalb hier?«

»Wenn das so einfach wäre. Letzte Nacht habe ich von Lucy Lane geträumt. Wenn sie nur wirklich so verrückt nach mir wäre«, entgegnete er grinsend.

Tom schloss die Augen, rieb sich die Schläfe, ging unruhig auf und ab und sah Bill dann wieder an. Er sehnte sich nach etwas Vertrautem. »Wo sind wir denn nun?«

»Dieses Wasser riecht köstlich. Wir müssen etwas trinken, Tom. Wann haben wir das letzte Mal etwas getrunken?« Bill sah auf seine nassen Finger. Das war auch etwas, was Tom wusste: Sie durften dieses Wasser nicht trinken. Aber Bill schien es ernsthaft vorzuhaben.

»Ich glaube nicht …«

Plötzlich hörte er ein Kichern. Tom ließ seinen Blick über die Bäume gleiten.

»Hast du das gehört?«

»Hörst du jetzt schon Geräusche?«, fragte Bill zurück.

»Nein. Ja, doch! Da war ein Kichern. Hier ist irgendetwas.«

»Quatsch. Das war Einbildung.«

Bill tauchte drei Finger ins Wasser. Dann hob er sie über seinen Kopf und ließ einen Tropfen auf seine Zunge fallen.

Die Wirkung trat sofort ein. Er schnappte nach Luft und starrte entsetzt auf seine nassen Finger. Dann kam langsam ein Lächeln auf sein Gesicht. Er steckte alle Finger in den Mund und sog mit solchem Genuss und so hingebungsvoll daran, dass Tom dachte, er sei vollkommen verrückt geworden.

Plötzlich ging Bill auf die Knie und tauchte sein Gesicht in die kleine Pfütze. Er trank wie ein Pferd am Wassertrog, in langen, laut schlurfenden Zügen.

Dann stand er zitternd auf und leckte sich die Lippen.

»Bill?«

»Was ist?«

»Was machst du da?«

»Ich trinke das Wasser, du Idiot. Wonach sieht es denn sonst aus? Nach einem Rückwärtssalto? Bist du jetzt vollkommen …« Er brach mitten im Satz ab und drehte sich um. Seine Finger glitten über den Felsen ins Wasser und er probierte das Wasser noch einmal auf eine Art, dass Tom dachte, er verhalte sich absichtlich heimtückisch. Dieser Bill, den er angeblich kennen sollte, war vollkommen durchgeknallt.

»Du musst das Wasser unbedingt probieren, Tom. Du musst!«

Dann sprang Bill, ohne noch etwas zu sagen, über den Felsen, ging in den schwarzen Wald und war verschwunden.

»Bill?« Tom starrte Bill hinterher in die Dunkelheit. Sollte er ihm nachlaufen? Er rannte zu dem Felsbrocken.

»Bill!«

Nichts.

Tom machte drei lange Schritte, legte seine linke Hand auf den Felsbrocken und sprang Bill hinterher über den Felsen. Ein Schauer lief ihm den Arm hinauf. Mitten im Sprung blickte er nach unten und sah, dass sein Zeigefinger im Wasser war.

Plötzlich wurde alles langsam.

Wie ein Stromschlag lief es ihm den Arm hinauf, durch die Schulter bis ins Rückenmark. Am Haaransatz verspürte er ein angenehm intensives Kribbeln, ein Wohlgefühl, das ihn unwiderstehlich zum Wasser zog und ihn förmlich einlud, sein Gesicht einzutauchen.

Dann berührte sein Fuß den Boden auf der anderen Seite des Felsens und ein anderes Gefühl riss ihn vom Wasser weg. Schmerz. Der durchdringende Schmerz einer scharfen Klinge, die durch seinen Mokassin in seine Ferse drang.

Tom schnappte nach Luft und warf sich Kopf voraus in das Feld auf der anderen Seite des Felsens. Aber als seine ausgestreckten Hände den Boden berührten, schoss ihm ein weiterer Schmerz durch die Arme und er wusste, dass er einen schrecklichen Fehler gemacht hatte. Übelkeit überwältigte ihn. Rasiermesserscharfer Schiefer schnitt ihm ins Fleisch, als sei es butterweich. Zitternd wich er zurück, als die Steine tiefe Schnitte auf seinen Unterarmen hinterließen.

Tom stöhnte und versuchte, nicht das Bewusstsein zu verlieren. Sterne funkelten vor seinen zusammengekniffenen Augenlidern. Hoch über ihm raschelten Millionen von Blättern im Nachtwind. Das Gekicher von Tausenden von …

Tom riss die Augen auf. Gekicher? Sein Verstand kämpfte mit den hämmernden Schmerzen und der lähmenden Angst, dass er nicht allein war.

An einem Zweig, keine zwei Meter über ihm, hing ein klumpiges Etwas, so lang wie sein Arm. Daneben noch eins, wie schwarze Weintrauben. Wäre er nicht gestürzt, wäre er vielleicht mit dem Kopf dagegen gestoßen.

Das Ding, das am nächsten hing, bewegte sich plötzlich.

Tom blinzelte. Es streckte zwei Flügel aus. Ein spitzes Gesicht drehte sich zu ihm und starrte ihn mit Augen ohne Pupillen an. Großen roten Augen ohne Pupillen. Eine kleine rosa Zunge kam zwischen schwarzen Lippen hervor und züngelte prüfend in die Luft.

Tom zersprang fast das Herz in der Brust. Er starrte auf die anderen Gebilde. Tausende schwarzer Kreaturen hingen um ihn herum an den Zweigen und starrten ihn mit ihren viel zu großen, roten Augen an.

Die Fledermaus direkt über ihm zog die Lippen zurück und entblößte ihre schmutzig gelben Fangzähne.

Tom schrie auf. Dann versank alles in schwarzer Dunkelheit.

3

SEIN VERSTAND KONNTE sich nur langsam aus der Dunkelheit befreien. Er kämpfte gegen Bilder von großen schwarzen Fledermäusen mit roten Augen. Er atmete in kurzen, heftigen Zügen und war sich sicher, dass eine der Kreaturen sich jeden Moment von ihrem Ast fallen lassen und in seinen Hals verbeißen würde.

Etwas roch verfault. Verrottetes Fleisch. Er hatte etwas im Gesicht und konnte nicht richtig atmen. Fledermauskot oder verrottetes Fleisch …

Tom schlug die Augen auf. Etwas hing in seinem Gesicht. Es verstopfte seine Nase und kam ihm in den Mund.

Er schreckte hoch und spuckte. Keine Fledermäuse. Nur große schwarze Säcke und überquellende Kartons, von denen einige kaputt waren. Salatblätter, Tomaten und gammeliges Fleisch. Müll.

Hoch oben sah er das Dach des Hauses wie einen Strich am Nachthimmel. Richtig, er war am Kopf getroffen worden und hinunter in die Gasse gestürzt, in einen Müllcontainer.

Tom saß, für einen Moment lang zutiefst erleichtert, zwischen schmierigen Gemüseabfällen. Die Fledermäuse waren nur ein Traum gewesen.

Und die Männer aus New York?

Er zog sich am Containerrand hoch und blickte die menschenleere Gasse entlang. Seine Schläfe klopfte vor Schmerz und er stöhnte. Seine Haare waren blutverklebt, aber die Kugel hatte ihn wohl nur gestreift.

Es gab zwei Möglichkeiten, je nachdem, wie lange er in dem Müllcontainer gelegen hatte. Entweder war sein Verfolger noch hinter ihm oder er war schon an ihm vorbeigegangen und hatte nicht im Müllcontainer gewühlt.

Wie auch immer, Tom musste sich beeilen, solange niemand zu sehen war. Seine Wohnung war nur ein paar Straßen entfernt. Er musste es dorthin schaffen.

Aber wenn sie wussten, wo er wohnte, dann würden sie wahrscheinlich dort auf ihn warten.

Er kletterte aus dem Container und rannte die Gasse entlang, wobei er sich ständig in alle Richtungen umsah. Wenn sie wussten, wo er wohnte, dann hätten sie ihm von vornherein dort aufgelauert, statt das Risiko einzugehen, ihn auf offener Straße zu stellen.

Er musste es zu seiner Wohnung schaffen und Kara warnen. Seine Schwester würde um ein Uhr morgens von ihrer Nachtschicht als Krankenschwester kommen. Es musste jetzt ungefähr Mitternacht sein, wenn er nicht sehr lange im Müll gelegen hatte. Was, wenn er mehrere Stunden bewusstlos gewesen war? Oder sogar einen ganzen Tag?

Sein Kopf schmerzte und sein neues weißes Bananenrepublik-T-Shirt war blutgetränkt. Auf der Neunten Straße war immer noch dichter Verkehr. Er musste sie überqueren, um zu seiner Wohnung zu gelangen, aber er hatte keine Lust, den Gehweg entlangzulaufen bis zur nächsten Fußgängerampel, wo alle ihn sehen konnten.

Immer noch kein Anzeichen von seinen Verfolgern. Er duckte sich in die Gasse und wartete auf eine Lücke im Verkehr. Er würde über die Hecke springen, durch den Park laufen und über die Betonmauer hinter den Häusern zu seiner Wohnung gelangen.

Tom schloss die Augen, atmete tief ein und ließ die Luft langsam wieder ausströmen. In wie viele Schwierigkeiten konnte ein einzelner Mensch innerhalb von fünfundzwanzig Jahren wohl kommen? Klar, er war amerikanischer Soldatensprössling, auf den Philippinen geboren, Sohn von Kaplan Hunter, der zwanzig Jahre lang Nächstenliebe gepredigt hatte und dann seine eigene Frau wegen einer Filipina sitzen ließ, die halb so alt war wie er. Klar, er war in einem Viertel aufgewachsen, gegen das die Bronx der reinste Kindergarten war. Klar, er hatte im zarten Alter von zehn

Jahren mehr von der Welt gesehen als die meisten Amerikaner in ihrem ganzen Leben.

Erst hatte Vater sie sitzen lassen, dann war Mutter durchgedreht und anschließend in eine schwere Depression verfallen. Deshalb waren diese Männer hinter ihm her. Weil Vater Mutter verlassen hatte, Mutter durchgedreht war und Tom, der liebe, gute Thomas, seine Mutter da wieder raushauen musste.

Zugegeben, was er unternommen hatte, um sie da rauszuhauen, war vielleicht ein bisschen extrem gewesen, aber er hatte es immerhin geschafft.

Eine Lücke von etwa fünfzig Metern tat sich im Verkehr auf und er schoss auf die Straße hinaus. Einmal Hupen von einem pflichtbewussten Mitbürger, dessen Vorstellung von einer brenzligen Situation wahrscheinlich ein dreckiger Mercedes war, und Tom war drüben. Er sprang über die Hecke und rannte im Schatten der von Laternen beleuchteten Zitterpappeln durch den Park.

Erstaunlich, wie echt der Traum von den Fledermäusen gewesen war.

Drei Minuten später war Tom an der Außentreppe zu seiner Wohnung im dritten Stock des Mietshauses angelangt. Er rannte hinauf, nahm dabei immer zwei Stufen auf einmal und achtete immer noch genau auf jedes mögliche Zeichen der New Yorker. Nichts. Aber das war nur eine Frage der Zeit.

Er schlüpfte in die Wohnung, schloss leise die Tür, schob den Riegel vor und lehnte seinen Kopf schwer atmend gegen die Tür. Gut. Er hatte es tatsächlich geschafft.

Er warf einen Blick auf die Uhr an der Wand. Elf Uhr nachts. Eine halbe Stunde, seit die erste Kugel in die Wand eingeschlagen war. Eine ganze halbe Stunde hatte er geschafft! Wie viele halbe Stunden würde er noch schaffen müssen?

Tom drehte sich um und ging zu der Truhe unterm Fenster. Die Wohnung hatte nur zwei Zimmer, aber auch der erschöpfteste Reisende konnte auf den ersten Blick erkennen, dass die Bewohner keine einfachen Durchschnittsmenschen waren.

Die Nordseite des Zimmers sah aus, als stamme die Dekoration direkt aus einer der extravaganten Shows des Cirque de Soleil.

Bunt bemalte Masken hingen rund um eine ein Meter achtzig große Globushälfte, die aussah, als käme sie aus der Wand. Darunter stand ein Sofa mit mindestens zwanzig Seidenkissen verschiedenster Farben und Muster. Die Ausbeute von Toms Reisen und gelegentlichen erfolgreichen Phasen.

Auf der Südseite hingen zwei Dutzend Speere und Blasrohre aus Südostasien um vier große Zeremonienschilde. Darunter standen nicht weniger als zwanzig Schnitzfiguren, unter ihnen auch ein lebensgroßer Löwe aus Hartholz. Das waren die Überreste eines fehlgeschlagenen Versuchs, Kunstgegenstände aus Asien zu importieren und sie an Kunsthäuser und auf Tauschbörsen zu verkaufen. Hätte Kara gewusst, dass es der eigentliche Zweck des Unternehmens war, Krokodilleder und Paradiesvogelfedern in den sorgfältig ausgehöhlten Schnitzfiguren zu schmuggeln, hätte sie ihn wahrscheinlich hochkant hinausgeworfen. Auch sie hatte in den Straßen von Manila einiges gelernt und seine große Schwester hatte eine gute Körperbeherrschung. Vielleicht zu gut. Zum Glück war er auch ohne solche Argumente wieder zur Vernunft gekommen.

Tom kniete nieder und öffnete eine alte Truhe. Er wandte sich um, sah, dass die Tür sicher verriegelt war, und begann in der muffigen Holztruhe zu wühlen.

Er nahm ganze Papierstapel heraus und warf sie auf den Boden. Der Beleg war gelb gewesen, da war er sich ganz sicher. Er hatte ihn hier unter den Papieren vergraben, als er vor vier Jahren zu seiner Schwester nach Denver gezogen war.

Eine dicke Kladde kam ihm in die Hände. Er knurrte beim Anblick des Manuskripts und war erstaunt über dessen Gewicht. Schwer. Wie ein Backstein. Eine Totgeburt. Es war nicht der gesuchte Beleg, aber es fesselte seine Aufmerksamkeit trotzdem. Seine letzte fehlgeschlagene Anstrengung. Ein gewichtiger Roman mit dem Titel *Töten mit Verstand*. Genau genommen war es sein zweiter Roman. Er langte in die Truhe und holte den ersten heraus. *Superhelden im Supernebel*. Zugegeben, der Titel war etwas irreführend. Aber das gab den selbsternannten Literaturkennern, die auf der Suche nach dem nächsten Stephen King waren, noch lange keinen Grund, das Manuskript abzulehnen. Beide Romane waren entweder Meisterwerke oder Schwachsinn, er war sich nur noch nicht sicher, was von beidem. Kara hatten beide gefallen.

Kara war eine Göttin.

Jetzt hatte er zwei Romane in der Hand. Das war genug Gewicht, um ihn auf den Boden jedes beliebig tiefen Sees zu ziehen. Er starrte auf den obersten Titel, *Superhelden im Supernebel,* und dachte noch einmal darüber nach. Drei Jahre seines Lebens hatte er für diese Papierstapel geopfert, bevor er sie in dieser Truhe zu Grabe getragen hatte, mit einer Unzahl von Absagen als Grabbeigabe.

Bei der ganzen Sache zog sich ihm der Magen zusammen. Es hatte sich gezeigt, dass es mehr einbrachte, bei Java-Hut Kaffee auszuschenken, als großartige Romane zu schreiben. Oder auch mehr, als ausgefallene Schnitzereien aus Südostasien zu importieren.

Er ließ die Manuskripte mit einem Plumps auf den Boden fallen und durchsuchte die Truhe weiter. Gelb. Er suchte nach einem gelben Blatt Papier, dem Durchschlag eines Verkaufsbelegs. Ein handgeschriebener Beleg, nicht mit der Maschine getippt. Auf dem Beleg stand eine Kontaktperson. Er konnte sich nicht einmal mehr daran erinnern, von wem er sich das Geld geliehen hatte. Irgendein Kredithai. Ohne den Beleg wusste Tom nicht einmal, wo er anfangen sollte.

Plötzlich hielt er ihn in der Hand.

Tom starrte das Blatt Papier an. Es war echt, eindeutig. Summe, Name, Datum. Wie ein Todesurteil. In seinem Kopf fing alles an, sich zu drehen. Ganz, ganz, ganz echt. Natürlich hatte er gewusst, dass es echt war. Aber jetzt, wo er den greifbaren Beweis dafür in Händen hielt, fühlte sich alles noch viel echter an.

Er ließ die Hand sinken und schluckte. Auf dem Boden der Truhe lag eine alte schwarze Machete, die er einmal in einer zwielichtigen Gasse in Manila gekauft hatte. Impulsiv griff er danach, sprang auf und rannte zum Lichtschalter neben der Tür. Die Wohnung war taghell erleuchtet. Das waren die dummen Fehler, die einen das Leben kosten konnten – sagte der angehende Romanautor.

Hastig machte er das Licht aus, zog die Vorhänge zurück und

sah hinaus. Niemand. Er ließ den Vorhang los und drehte sich um. Gesichter starrten ihn an. Karas bunte Masken lachten höhnisch.

Seine Knie wurden schwach. Das kam vom Blutverlust, von dem traumatischen Erlebnis, eine Kugel am Kopf abbekommen zu haben, und von der wachsenden Gewissheit, dass dieses Fiasko gerade erst begonnen hatte und dass er mehr brauchte als Glück und ein paar gekonnte Karatetritte, um hier heil rauszukommen.

Tom hastete in die Küche, legte die Machete weg und rief seine Mutter in New York an. Beim zehnten Klingeln nahm sie ab.

»Hallo?«

»Mom?«

»Tommy.«

Er seufzte leise auf. »Ich bin's, Tommy. Äh … geht es dir gut?«

»Wie spät ist es eigentlich? – Es ist nach ein Uhr morgens!«

»Entschuldigung. Gut, ich wollte nur hören, wie's dir geht.«

Seine Mutter antwortete nicht.

»Geht's dir wirklich gut?«

»Ja, Tommy, mir geht's gut.« Pause. »Danke, dass du anrufst und fragst.«

»Klar doch.«

»Geht's euch beiden gut?«

»Ja, natürlich. Klar doch.«

»Ich habe am Samstag mit Kara gesprochen. Es scheint ihr gut zu gehen.«

»Ja. Du hörst dich auch gut an.« Er konnte immer genau sagen, wenn es ihr nicht gut ging. Depressionen konnte sie schlecht verbergen. Der letzte ernsthafte Schub lag schon mehr als zwei Jahre zurück. Mit ein bisschen Glück war die Sache vielleicht endgültig ausgestanden.

Genauer gesagt, sie hörte sich nicht so an, als würde sie von irgendwelchen Bewaffneten bedroht.

»Ich muss weg«, sagte er. »Ruf an, wenn du was brauchst, klar?«

»Natürlich, Tommy. Danke für den Anruf.«

Er hängte ein und stützte sich auf den Küchentresen. Diesmal saß er wirklich in der Klemme, und ihm fiel keine schnelle Lösung ein.

Er musste etwas unternehmen.

Tom griff nach der Machete und hastete ins Bad. In seinem Kopf drehte sich alles. Er stand vor dem Spiegel und fuhr mit den Fingern über seine Wunde. Sie hatte aufgehört zu bluten. Das war gut. Aber in seinem Kopf hämmerte es. Er hatte wahrscheinlich eine Gehirnerschütterung.

In weniger als fünf Minuten hatte er aufgeräumt, sich umgezogen und die Wunde unter einer Baseballmütze versteckt. Er ging zurück ins Wohnzimmer und ließ sich aufs Sofa fallen. Kara konnte ihm die Wunde sauber verbinden, wenn sie daheim war.

Er legte sich hin und überlegte, ob er sie auf der Arbeit anrufen sollte, beschloss aber, dass es zu kompliziert war, alles am Telefon zu erklären. Das Zimmer fing an sich zu drehen, deshalb schloss er die Augen.

Er hatte eine Stunde Zeit, sich etwas einfallen zu lassen. Irgendetwas.

Aber ihm kam keine Idee.

Nur die Müdigkeit kam.

4

TOM WUSSTE NICHT genau, ob er von der Hitze oder dem Summen aufgewacht war. Aber er war plötzlich aufgeschreckt, hatte die Augen aufgerissen und dann geblinzelt.

Die Bilder kamen wie Puzzlestücke in sein Gedächtnis zurück. Der blaue Himmel. Die Sonne. Die schwarzen Bäume. Eine einzelne Fledermaus hing hoch über ihm am Baum wie ein verunstalteter Geier. Thomas lag ganz still da, starrte durch einen Spalt in seinen Augenlidern nach oben und versuchte mit ganzer Kraft, den Zusammenhang der Ereignisse zu erkennen.

Er hatte gerade wieder einen sehr lebendigen Traum von einem Ort namens Denver gehabt.

Für einen flüchtigen Augenblick war er erleichtert, dass es eben nur ein Traum gewesen war und dass er nicht wirklich einen Kopfschuss abbekommen hatte und sein Leben nicht wirklich in Gefahr war.

Aber dann erinnerte er sich daran, dass sein Leben sehr wohl in Gefahr war. Er hatte sich den Kopf an einem Felsen aufgeschlagen, den Fuß auf scharfem Schiefer aufgeschnitten und war unter dem rot leuchtenden Blick hungriger Fledermausaugen ohnmächtig geworden. Er wusste nicht, wovor er sich mehr fürchten sollte, vor den Schrecken seines Traumes oder vor dem Schrecken hier.

Bill.

Tom machte die Augen ganz auf und ließ seine Blicke kreisen, um so viel wie möglich zu sehen, ohne sich dabei zu bewegen. Er konnte nicht erkennen, wo das Summen herkam. Nackte, eckige Zweige standen aus den kahlen Bäumen hervor. Leblose, verkohlte Bäume.

Tom konzentrierte sich und versuchte, sich zu erinnern. Ihm fiel nichts ein, was vor seinem Sturz passiert war. Die Amnesie hatte alles ausgelöscht. Alles um ihn herum sah irgendwie vertraut aus, als sei er schon einmal hier gewesen, aber er fühlte sich gleichzeitig merkwürdig entfremdet von allem.

Sein Kopf schmerzte.

In seinem rechten Fuß hämmerte es.

Die Fledermaus sah nicht mehr ganz so bedrohlich aus wie letzte Nacht.

Tom stemmte sich langsam hoch auf seine Ellbogen und ließ seine Blicke über den schwarzen Wald wandern. Links von ihm war ein Feld voller schwarzer Asche, das sich zwischen ihm und einem kleinen Tümpel erstreckte. An den Bäumen hingen Früchte in einer überwältigenden Vielfalt von Farben, die er letzte Nacht nicht gesehen hatte. Rot, Blau und Gelb, alles stand in krassem Gegensatz zu den nackten, schwarzen Bäumen. Irgendetwas war hier oberfaul. Nicht nur die seltsame Umgebung und die Tatsache, dass Bill verschwunden war. Tom konnte es nicht beim Namen nennen.

Die Fledermäuse waren bis auf die eine ganz oben im Baum verschwunden. Er wusste doch über die Fledermäuse Bescheid, oder? Irgendwo tief in seinen verloren gegangenen Erinnerungen waren ihm die Fledermäuse vertraut. Er wusste, dass sie gefährlich und bösartig waren und scharfe Zähne hatten, aber er konnte sich nicht mehr an Details erinnern, zum Beispiel daran, wie man ihnen am besten aus dem Weg ging. Oder wie man ihnen den Hals umdrehte.

Aus dem Feld stieg etwas wie eine schwarze Decke auf. Das Summen schwoll an.

Tom stand mühsam auf. Was er für schwarzen Ruß gehalten hatte, war in Wirklichkeit ein ganzer Teppich von Fliegen. Sie summten ein Stück über dem Boden und ließen sich dann wieder nieder. Auf der ganzen Lichtung krabbelten die kriechenden Tiere mit ihren schwarzen Flügeln unter- und übereinander und bildeten einen dicken lebendigen Teppich.

Er wich zurück und kämpfte gegen plötzlich aufkommende Panik. Er musste unbedingt hier raus. Er musste jemanden finden, der ihm sagen konnte, was hier los war. Er wusste nicht einmal, wovor er eigentlich davonlief.

Er lief doch vor etwas davon, oder?

Daher kamen ja diese verrückten Träume von Denver. Er träumte davon, wie er in Denver davonlief, weil er tatsächlich vor etwas davonlief. Und zwar hier in diesem schwarzen Wald.

Er warf einen Blick in die Richtung, aus der er vermutlich gekommen war, merkte aber sofort, dass er keine Ahnung hatte, von wo er tatsächlich gekommen war. Hinter ihm der scharfe Schiefer, der ihm Füße und Arme zerschnitten hatte. Hinter dem Schiefer noch mehr schwarzer Wald. Vor ihm der Fliegenteppich und dahinter noch mehr schwarzer Wald. Überall nur schwarze, eckige Bäume.

Ein krächzendes Gackern ertönte in der Luft rechts über ihm. Tom drehte sich langsam um. Eine zweite Fledermaus hing nur wenige Meter von ihm entfernt an einem Ast und starrte ihn an. Sie sah aus, als hätte ihr jemand zwei rote Kirschen in die leeren Augenhöhlen gestopft und dann die Augenlider festgesteckt.

Etwas am Himmel. Er blickte nach oben. Noch mehr Fledermäuse. Sie kamen in Strömen und bevölkerten die kahlen Äste hoch oben. Die Fledermaus neben ihm rührte sich nicht. Sie blinzelte nicht. Die Baumwipfel waren jetzt schwarz vor Fledermäusen.

Den Blick immer auf dieser einsamen Kreatur, wich Tom langsam zu einem Felsen zurück und streckte die Hand danach aus, um sich abzustützen. Er fasste in Wasser.

Ein Schauer lief ihm durch die Finger, den Arm hinauf. Eine angenehme Kühle. Ja, natürlich, das Wasser. Da war etwas gewesen mit dem Wasser; daran konnte er sich auch erinnern. Er wusste, dass er seine Hand sofort wieder herausziehen sollte, war aber aus dem Gleichgewicht gekommen und hatte seine Augen fest auf die schwarze Fledermaus gerichtet, die ihn mit ihren roten, hervortretenden Augen anstarrte, und so ließ er seine Hand einen Moment im Wasser.

Er stützte sich auf den Ellbogen und zog die Hand aus dem Wasser. Dabei sah er sie an.

Die kleine Pfütze leuchtete smaragdgrün in allen Schattierungen. Sofort spürte er, wie ihn das Wasser anzog. Sein Gesicht war einen halben Meter über dem schimmernden Nass und er hatte das unwiderstehliche Verlangen, es hineinzutauchen, aber er wusste, er wusste einfach, dass …

Genau genommen, war er sich nicht sicher, was er wusste.

Er wusste, dass er seinen Blick nicht davon abwenden konnte, um irgendwo anders hinzusehen, zum Beispiel auf den summenden Fliegenteppich oder auf den Waldrand, der sich immer mehr mit schwarzen Fledermäusen füllte.

Irgendwo im hintersten Winkel seiner Gedanken schrien die Fledermäuse vor Vergnügen auf.

Langsam tauchte er seinen Finger in die Pfütze. Und wieder durchfuhr ihn ein unglaublich angenehmes Gefühl, ein Kribbeln, das ihm gefiel. Mehr noch. Es war wie eine Droge. Und dann spürte er noch etwas anderes. Schmerz. Aber das angenehme Gefühl war stärker. Kein Wunder, dass Bill …

Ein schriller Schrei zerriss die Luft.

Tom riss die Augen auf und starrte wie betäubt auf seine Hand. Roter Saft tropfte von seinen Fingern. Roter Saft oder Blut.

Blut?

Er trat zurück.

Wieder ein schriller Schrei über ihm. Er blickte nach oben und sah, wie eine einzelne weiße Fledermaus durch die Reihen der schwarzen Biester streifte und sie von ihren Ästen aufscheuchte.

Die schwarzen Kreaturen verfolgten sie und hatten offensichtlich etwas gegen den weißen Flieger. Mit einem durchdringenden Schrei machte der weiße Eindringling einen Looping und schoss nach unten durch die Reihen der kreischenden Menge. *Wenn die schwarzen Fledermäuse meine Feinde sind, ist die weiße vielleicht mein Verbündeter.* Aber waren die schwarzen Fledermäuse wirklich seine Feinde?

Er sah wieder zum Wasser. So wunderbar lebendig. Es dämmerte Tom, dass er vielleicht nicht klar dachte.

Ein schriller Schrei, fast wie ein Trompetenstoß, ertönte aus der Richtung der weißen Fledermaus. Tom sah, dass die weiße Fledermaus im Kreis geflogen war und jetzt ganz tief über die Wiese flog und trompetenartige Schreie ausstieß, als sie durch die schwarzen Fliegen schoss. Und dann sah Tom der weißen Fledermaus für einen winzigen Augenblick in die grünen Augen, als sie vorbeiflog.

Diese Augen kannte er!

Wenn er diesen Tag überleben wollte, musste der dem weißen Flieger folgen. Dessen war er sich sicher. Tom riss sich los und taumelte auf die Wiese zu. Seine Schnittwunden von seinem Sturz gestern pochten und seine Knochen brannten wie Feuer, aber plötzlich war ihm alles ganz klar. Er musste diesem weißen Geschöpf folgen, sonst würde er sterben.

Er zwang seine Beine zu laufen und rannte trotz der Schmerzen auf die Wiese zu. Bis hierher war er ja auch in den schwarzen Wald hineingerannt. Und jetzt war es wieder Zeit zu rennen.

Zunächst ließen ihn die Fliegen durch. Ein dichter Schwarm von ihnen erhob sich vom Tümpel und summte in verworrenen Kreisen, als ob sie durch die plötzlichen Ereignisse durcheinandergekommen wären. Tom war schon in der Mitte der Wiese angekommen und rannte auf die schwarzen Bäume am anderen Ende zu, als sie anfingen, ihn anzugreifen. Sie schwärmten von links auf ihn zu, schossen in seinen Körper und sein Gesicht wie Kamikazeflieger.

Er schrie vor Angst auf, hob die Arme, um seine Augen zu schützen, und wäre beinahe wieder zurückgerannt. Aber für eine Umkehr war er schon zu weit gekommen.

Seine Schultern brannten plötzlich wie Feuer und mit einem einzigen Blick stellte Tom entsetzt fest, dass die Fliegen sich schon durch sein Hemd gearbeitet hatten und sich jetzt in sein Fleisch bissen. Er schlug wie wild um sich und rannte auf die Bäume zu. Die Fliegen bedeckten seinen ganzen Körper und nagten an ihm.

Noch fünfzig Meter.

Er schlug nach seinem Gesicht, um wieder freie Sicht zu bekommen, aber die kleinen Biester rührten sich nicht vom Fleck. Sie griffen wie wild seine Augen an. Er schrie auf, aber dann bissen sich die Fliegen an seiner Zunge fest, sodass er den Mund schnell wieder schloss. Er würde es nicht schaffen.

Hinter ihm ertönte schrilles Geschrei, wie im Chor. Die schwarzen Fledermäuse.

Klauen gruben sich in seine rechte Wade. Der Schmerz schoss ihm den Rücken hoch und raubte ihm den Verstand. Raum und Zeit existierten nicht mehr. Er konnte nur noch reagieren. Die einzigen Botschaften, die das Brummen in seinem Kopf noch durchdrangen, waren an seine Muskeln gerichtet und lauteten: Lauf oder stirb, töte oder du wirst getötet.

Er schlug nach seiner Wade. Die schwarze Fledermaus fiel ab, aber riss ein Stück Fleisch mit heraus.

Noch zwanzig Meter.

Wieder biss sich eine Fledermaus an seinem Oberschenkel fest. Tom biss die Lippen zusammen, um nicht aufzuschreien, und ruderte mit letzter Kraft, zu der seine strapazierten Muskeln noch fähig waren, mit den Armen.

Er tauchte in den Wald ein und sofort fielen die Fliegen von ihm ab.

Aber nicht die Fledermäuse.

Sein Hemd hing in Fetzen und seine Haut war rot. Rot vor Blut. Er taumelte zwischen den Bäumen hindurch, ihm war übel vor Schmerz und seine Beine waren taub durch den Blutverlust.

Eine schwarze Fledermaus landete auf seiner Schulter. Aber die Nerven, die sie mit ihren scharfen Zähnen traf, waren schon so taub vor Schmerz, dass Tom das schwarze Etwas auf seiner Schulter kaum noch bemerkte. Eine andere biss sich in seine Gesäßbacke. Er ignorierte die Fledermäuse und taumelte wie trunken zwischen den Bäumen hindurch.

Wo war die weiße Fledermaus? Dort! Links. Tom schwenkte nach links, prallte gegen einen Baum und stürzte zu Boden. Er versuchte, sich mit dem rechten Arm abzufangen, aber sein Unterarm brach mit einem heftigen Knacken. Der Schmerz schoss ihm wie mit Nadeln in den Nacken.

Die Fledermäuse, die sich an ihm festgekrallt hatten, fielen ab, schrien aus Protest und schlugen wie wild mit den Flügeln. Er kämpfte sich hoch und taumelte weiter, sein rechter Arm baumelte hilflos an seiner Seite. Die Fledermäuse landeten wieder auf Toms zuckendem Körper, kämpften um ihren Halt und nagten weiter an ihm.

Er stolperte weiter und merkte kaum noch, dass seine Mokassins und seine Kleidung inzwischen zum größten Teil verschwunden waren und nur noch ein Lendentuch übrig war. Er spürte, wie Zähne sich in seinen Oberschenkel bissen.

Eine tiefe, schlüpfrige Stimme hallte leise zwischen den Bäumen wider. »Ich bin dein Schicksal, Tom Hunter.«

Er hätte schwören können, dass die Stimme von einer der Fledermäuse hinter ihm stammte. Aber dann kam er aus dem Wald an ein Flussufer und der Gedanke war verschwunden.

Eine weiße Brücke führte über den strömenden Fluss. Ein Wald aus allen möglichen Farben stand übergroß am anderen Ufer, überwältigend farbenfroh, wie eine Schachtel Buntstifte, überspannt von einem grünen Blätterdach. Der Anblick ließ ihn innehalten.

Grün. Eine Fata Morgana oder der Himmel?

Tom hinkte auf die Brücke zu und bemerkte die krächzenden Protestschreie der Fledermäuse auf seinem Rücken kaum noch. Er schnappte nach Luft. Seine Muskeln zitterten. Die schwarzen Fledermäuse fielen von ihm ab. Die einzelne weiße Fledermaus flatterte eifrig auf einem tief hängenden Zweig über dem Fluss. Sein Verbündeter war groß. Er ging Tom etwa bis zu den Knien und seine Flügel waren dreimal so weit. Er hatte seine freundlichen grünen Augen fest auf ihn gerichtet.

Er kannte diese Fledermaus, oder? Zumindest wusste er, dass seine ganze Hoffnung jetzt auf diesem Geschöpf lag.

Aus den Augenwinkeln konnte Tom erkennen, dass Tausende von schwarzen Gestalten die kahlen Bäume hinter ihm besetzten. Er humpelte auf die Brücke und klammerte sich an das Geländer. Seine Gedanken begannen, mit dem Wasser unter ihm davonzuschwimmen. Langsam, aber stetig zog er sich über die Brücke über den reißenden Fluss bis ans andere Ufer. Dort brach er in einem weichen Bett von smaragdgrünem Gras zusammen.

Er lag im Sterben. Das war sein letzter Gedanke, bevor die Schmerzen ihn in die Bewusstlosigkeit trieben.

5

ETWAS HATTE IHN geweckt. Ein Geräusch oder ein Luftzug – irgendetwas hatte ihn aus seinen Träumen gerissen.

Tom blinzelte in die Dunkelheit. Er atmete tief durch und versuchte, seine Gedanken zu sortieren. Die Fledermäuse waren keine Einbildung gewesen. Nichts war Einbildung. Er hieß Tom Hunter. Er war auf einen Stein gefallen und hatte das Gedächtnis verloren und war gerade aus dem schwarzen Wald entkommen. Gerade eben so. Dann war er ohnmächtig geworden und jetzt träumte er.

Träumte, dass er Thomas Hunter war, der von Kredithaien gejagt wurde, denen er vor vier Jahren in New York hunderttausend Dollar abgenommen hatte.

Das Problem daran war nur, dass sich der Traum von Denver genauso real anfühlte wie der schwarze Wald. Es musste einen Weg geben, wie er herausfinden konnte, ob er in diesem Moment tatsächlich körperlich anwesend auf einem Teppich aus grünem Gras lag oder an die Decke einer Wohnung in Denver starrte. Er könnte die Echtheit seiner Umgebung testen, indem er aufstand und umherging. Aber das würde nicht funktionieren, wenn sich seine Träume so echt anfühlten. Er könnte nachsehen, ob seine Haut in Fetzen hing oder sein Arm gebrochen war. Aber Träume spiegelten ja nie die Realität wider. Im schwarzen Wald hatte er sich den Arm gebrochen, aber hier, in seinem Traum von Denver, könnte er trotzdem vollkommen gesund sein. Die körperliche Verfassung in Traum und Wirklichkeit war nicht notwendigerweise die gleiche.

Tom bewegte seinen Arm. Keine kaputten Knochen. Er musste es schaffen, aus diesem Traum auszubrechen und aufzuwachen, bevor er dort am Flussufer im Gras starb.

Die Tür ging auf und Tom reagierte, ohne nachzudenken. Er griff nach der Machete, rollte sich auf den Boden und stand dann in Kampfposition Eins mit der Waffe zur Tür gestreckt.

»Tom?«

Kara stand in der Tür und sah ihn mit großen Augen an. Sie sah sehr echt aus. Sie stand da, immer noch in ihrer weißen Arbeitskleidung, ihre langen blonden Haare im Nacken hochgesteckt, ihre blauen Augen so strahlend und lebhaft wie immer. Er richtete sich auf.

»Erwartest du jemanden?« Sie drückte auf den Lichtschalter.

Die ganze Wohnung war hell erleuchtet. Wenn das hier echt war und kein Traum, dann konnte das Licht diese nachtaktiven Kerle anlocken. Die New Yorker.

»Sieht es so aus, als ob ich jemanden erwarte?«, fragte Tom zurück.

»Wozu die Machete?« Sie nickte mit dem Kopf in Richtung seiner rechten Hand.

Er ließ die Waffe sinken. Das konnte kein Traum sein, oder? Er war hier, in ihrer Wohnung und lag nicht bewusstlos am Flussufer.

»Ich hatte einen verrückten Traum.«

»Ach, wirklich?«

»Er fühlte sich so echt an. Richtig echt.«

Kara warf ihre Handtasche auf den Couchtisch. »War wohl ein Albtraum. Die sind doch immer so.«

»Das war nicht wie ein Traum, der sich echt anfühlt. In diesem Traum schlafe ich ständig ein und wache dann hier wieder auf.«

Sie starrte ihn verständnislos an.

»Ich meine, ich wache nur hier wieder auf, wenn ich dort einschlafe.«

Verständnisloser Blick. »Und?«

»Und woher weiß ich, dass ich nicht gerade jetzt all das hier träume?«

»Weil ich hier vor dir stehe und ich kann dir versichern, dass du jetzt nicht träumst.«

»Klar kannst du das. Du wärst ja auch in meinem Traum. Deshalb denkst du, dass du echt bist. Deshalb denke ich, dass du …«

»Du hast zu viele Romane geschrieben, Thomas. Es ist spät und ich muss ins Bett.«

Sie hatte recht. Und wenn sie recht hatte, dann bestand ihr Problem nicht einfach nur aus einem fantasierenden Schreiberling, der sich von schwarzen Fledermäusen verfolgt glaubte.

Kara drehte sich um und ging in ihr Zimmer.

»Äh, Kara?«

»Bitte! Ich hab jetzt keine Nerven für noch ein Problem.«

»Warum glaubst du, dass das ein Problem ist?«

Sie drehte sich zu ihm. »Brüderchen, du weißt, dass ich dich liebe, aber glaub mir, wenn du mit einer Machete in der Hand aufwachst und mir erzählst, ich existiere nur in deinem Traum, dann denke ich, *jetzt ist Tommy vollkommen durchgeknallt.*«

Das war deutlich. Tom schielte zum Fenster – keine Anzeichen für irgendetwas.

»War ich schon mal durchgeknallt?«, fragte er. »Ich kann mich nicht an so etwas erinnern.«

»Du bist ein durchgeknallter Typ.« Pause. »Tut mir leid. Das war unfair. Außer dass du für zwanzigtausend Dollar Schnitzereien gekauft und versucht hast, darin Krokodilleder zu schmuggeln …«

»Du hast es gewusst?«

»Ich bitte dich.« Sie lächelte. »Gute Nacht, Thomas.«

»Ich habe heute Nacht eine Kugel an den Kopf gekriegt.« Plötzlich wurde ihm die Dringlichkeit der Lage wieder bewusst. Er rannte zum Fenster und schaute vorsichtig hinaus. »Wenn das hier kein Traum ist, dann haben wir beide ein Riesenproblem.«

»Jetzt träumst du wirklich«, sagte sie.

Er riss sich die Kappe vom Kopf. Die Wunde musste offensichtlich sein, denn sie riss erschrocken die Augen auf.

»Ich verarsche dich nicht. Ich wurde von ein paar Typen aus New York verfolgt und sie haben mich am Kopf getroffen. Ich fiel bewusstlos in einen Müllcontainer, konnte aber entkommen, bevor sie mich finden konnten. Und du hast vollkommen recht: Ich bin nicht tot.«

Kara ging ungläubig auf ihn zu. »Du hast eine Kugel an den Kopf gekriegt?« Vorsichtig, wie es sich für eine Krankenschwester gehörte, berührte sie seine Schläfe.

»Meinem Kopf ist nichts passiert, aber uns könnte was passieren.«

»Das ist eine Kopfwunde. Wir müssen sie verbinden.«

»Es ist nur die Haut.«

»Tut mir leid, Tommy, das wusste ich nicht.«

Er schloss die Augen und atmete tief ein. »Wenn du nur wüsstest. Ich bin derjenige, dem es leidtun müsste.« Dann sagte er leise: »Ich kann einfach nicht fassen, dass das geschehen ist.«

»Dass was geschehen ist?«

»Kara, wir haben ein Problem«, sagte er und ging unruhig auf und ab. Sie war kurz davor, ihm an die Gurgel zu springen, aber das berührte ihn nicht mehr. »Weiß du noch, als Mom nach der Scheidung total durchhing?«

»Und?«

»Ich war damals bei ihr in New York. Sie konnte nicht mehr arbeiten gehen, hatte sich hoch verschuldet und sie hätten ihr beinahe alles weggenommen.«

»Du hast ihr geholfen«, sagte Kara. »Du hast deinen Anteil an dem Reiseunternehmen verkauft und für sie bezahlt.«

»Na ja, ich habe ihr geholfen. Und dann habe ich dir geholfen.«

Sie legte ihren Kopf schräg. »Aber du hast deinen Anteil an dem Reiseunternehmen *nicht* verkauft. Willst du das damit sagen?«

»Nein, ich habe nicht verkauft. Es war eh schon pleite.«

»Willst du mir etwa sagen, dass du dir von diesen kaputten Typen, von denen du immer erzählt hast, Geld geliehen hast?«

Er antwortete nicht.

»Thomas! Nein!« Verzweifelt hob sie die Arme und wandte sich ab. »Nein.« Sie fuhr herum. »Wie viel?«

»Zu viel, um es auf einmal zurückzubezahlen. Aber ich bin dabei.«

»*Wie viel*?«

Er zog den Beleg hervor, reichte ihn ihr und ging wieder zum Fenster, eher um ihrem Blick auszuweichen, als um die Umgebung zu beobachten.

»Einhundert Dollar?«

»Tausend«, sagte er.

Sie sog erschreckt die Luft ein. »Einhunderttausend? Das ist ja Wahnsinn!«

»Also, wenn ich nicht doch alles nur träume, dann ist das echt. Mom brauchte sechzigtausend, du ein neues Auto und ich brauchte fünfundzwanzigtausend für mein neues Geschäft. Die Schnitzereien.«

»Und du bist dann einfach aus New York verschwunden und hast gehofft, die würden stillhalten?«

»Ich bin nicht einfach verschwunden. Ich habe sie nach Südamerika gelockt und bin dann untergetaucht, hatte aber die feste Absicht, rechtzeitig alles zurückzuzahlen. Ich habe einen Käufer in Los Angeles, der an den Schnitzereien interessiert ist. Das sollte etwa fünfzig Riesen bringen – ohne die Schmuggelware. Es hat nur ein bisschen länger gedauert, als ich gedacht hatte.«

»Ein *bisschen* länger? Und was ist mit Mom? Du bringst sie in Gefahr.«

»Nein. Es gibt keinerlei Verbindung zu ihr, von der sie was wissen können. In den Unterlagen steht, dass sie das Geld bei der Scheidung bekommen hat. Aber das ist unwichtig. Wichtig ist, dass sie mich gefunden haben, und ich fürchte, die interessiert nur das Geld. Cash. Im Moment.«

Allmählich dämmerte Kara die Tragweite dessen, was er soeben gesagt hatte. Jedes Mitleid für seine Kopfwunde war verschwunden. »Natürlich haben sie dich gefunden, du Idiot! Was glaubst du, wo du hier bist – in Manila? Du kannst nicht einfach von den Typen hunderttausend Dollar nehmen, verschwinden und erwarten, glücklich und zufrieden zu leben bis ans Ende deiner Tage. Wenn sie das einmal durchgehen lassen, kommen alle Toms, Dicks und Harriets und nehmen ihr Geld.«

»Ich weiß! Sie haben mich gerade angeschossen, zum Kuckuck!«

»Wir können von Glück sagen, wenn sie nicht auf uns alle beide schießen. Was hast du dir eigentlich dabei gedacht, bei mir einzuziehen?«

Das war eine volle Breitseite. Er atmete tief durch und schloss die Augen. Alles wurde plötzlich zu einer erdrückenden Last. Er hatte mehr riskiert, als sie wissen konnte, um seiner Mutter zu helfen. Er hatte New York verlassen und alle Brücken abbrechen müssen, um sie zu schützen, und hatte dann versucht mit dem Importhandel wieder auf die Beine zu kommen. Dass er Kara in Gefahr gebracht hatte, weil er mit den Schulden nach Denver gezogen war, war ihm nicht bewusst gewesen.

Sie wollte wissen, was er sich dabei gedacht hatte, hierherzuziehen? Er hatte gedacht, dass sie beide von ihren Eltern im Stich gelassen worden waren. Dass sie beide keine richtigen Freunde hatten und kein richtiges Zuhause. Dass sie beide zwischen zwei Ländern, zwei Kulturen hingen und nirgends richtig dazugehörten. Er wollte Karas Bruder sein, um ihr zu helfen und von ihr Hilfe zu bekommen.

»Ich war erst einundzwanzig«, sagte er.

»Und?«

»Da habe ich nicht nachgedacht. Dir ging's damals nicht gut.«

Sie ließ die Hände fallen. »Ich weiß. Und du warst immer für mich da. Aber … ich kann einfach nicht glauben, dass du so dumm warst.«

»Tut mir leid. Echt.«

Kara sah ihn an und begann unruhig hin und her zu laufen. Klar, sie kochte vor Wut, aber sie wollte ihm nicht den Kopf abreißen. Sie hatten schon zu viel gemeinsam durchgemacht. Als Außenseiter in einem fremden Land aufgewachsen zu sein, hatte ein unzertrennliches Band zwischen ihnen geknüpft.

»Du kannst dich manchmal echt dämlich anstellen, Thomas.«

Andererseits wurde dieses Band manchmal ganz schön strapaziert.

»Schau«, sagte er, »ich weiß, dass das übel ist, aber es ist auch was Gutes dran.«

»Ja, klar, dass wir noch am Leben sind, oder? Dafür sollten wir unendlich dankbar sein. Wir atmen noch. Du hast einen Streifschuss am Kopf abbekommen, aber es könnte viel schlimmer sein. Darauf sollten wir unbedingt anstoßen.«

»Sie wissen nicht, wo wir wohnen.«

»Und genau das ist das Problem: Es ist nicht mehr *dein* Problem, sondern *unseres*. Und *wir* können nichts dagegen tun.«

Toms Kopfschmerzen wurden wieder stärker. Ein Schwindelgefühl überkam ihn und er wankte zum Sofa. Er ließ sich hineinfallen und stöhnte.

Kara seufzte und verschwand in ihr Zimmer. Einige Sekunden später kam sie mit Verbandsmull, Desinfektionsmittel und einem Röhrchen Schmerztabletten wieder und setzte sich neben ihn.

»Lass mal sehen.«

Er drehte das Gesicht zur Wand und ließ sie die Wunde mit Desinfektionsmittel abtupfen.

»Wenn sie wüssten, wo wir wohnen, wären sie schon längst hier«, sagte er.

»Stillhalten!«

»Ich weiß nicht, wie viel Zeit uns noch bleibt.«

»Ich geh nirgendwohin«, entgegnete sie mit Nachdruck.

»Hier können wir nicht bleiben, das weißt du genau. Sie haben mich hier in Denver gefunden, vermutlich über das Dinner Theater. Das hätte ich wissen müssen – das Theater macht überall Werbung. Und mein Name steht mit drauf.«

Sie wickelte den Verband um seinen Kopf und klebte das Ende fest. »Sehr passend, dass die Aufführung von Alice im Wunderland deinen Untergang bedeutet, oder?«

»Ich bitte dich! Das ist nicht mehr lustig.«

»Es war nie lustig.«

»Du hast ja recht. Ich habe mich idiotisch angestellt. Es tut mir leid. Aber Tatsache ist, dass wir noch leben und ein paar ganz miese Typen versuchen, mich umzulegen.«

»Hast du schon die Polizei angerufen?«

»Das wird die Typen auch nicht aufhalten.« Er strich mit den Fingern über den Verband und stand auf. Alles begann zu schwanken.

»Setz dich«, befahl Kara.

Sie fing an, ihn herumzukommandieren, aber im Moment hatte er es nicht anders verdient. Außerdem würde es ihrer strapazierten Beziehung helfen, wenn er sich herumkommandieren ließ.

Er setzte sich.

»Schluck die.« Sie gab ihm zwei Tabletten. Er nahm sie und schluckte sie, ohne etwas zu trinken.

Kara seufzte noch einmal. »Okay, noch mal von vorne. Da sind ein paar üble Kerle hinter dir her, weil du sie um hunderttausend Dollar betrogen hast. Nach vier Jahren haben dich deine Sünden von damals eingeholt, vermutlich durch eine Spur über das Magic Circle Theater oder Java Hut. Sie haben auf dich geschossen, aber du konntest entkommen. Aber du warst zu Fuß, und deshalb wissen sie jetzt, dass du in der Nähe wohnst, und es wird nur eine Frage von Stunden sein, bevor sie dich hier finden. Richtig?«

»Ja, so ungefähr.«

»Die Krönung ist, durch den Streifschuss am Kopf denkst du jetzt, du lebst in einer anderen Welt. Auch richtig?«

Er nickte. »Vielleicht. So ähnlich.«

Sie schloss die Augen. »Das ist Wahnsinn.«

»Vielleicht. Aber wir müssen trotzdem hier verschwinden.«

»Und wo bitte sollen wir hingehen? Meine Arbeitsstelle ist hier. Ich kann nicht einfach packen und abhauen.«

»Ich sage ja nicht, dass wir nie wieder zurückkönnen. Aber wir können nicht einfach hier sitzen und auf sie warten.« Er stand auf und ging unruhig auf und ab. Den plötzlichen Schwindel ignorierte er dabei. »Vielleicht sollten wir für eine Weile zurück auf die Philippinen gehen. Wir haben immer noch unsere Pässe von dort. Wir haben Freunde, die …«

»Vergiss es. Ich habe zehn Jahre gebraucht, um mich von Manila zu lösen. Ich gehe nicht zurück. Nicht jetzt.«

»Ich bitte dich! Du kannst nicht ewig vor der Tatsache davonlaufen, dass du mehr Filipina als Amerikanerin bist.«

»Wer ist angeschossen worden? *Ich* renne nicht mehr davon. Ich bin hier. Ich bin Amerikanerin. Ich lebe in Denver, Colorado, und mir gefällt mein neues Leben.«

»Mir auch. Aber wenn sie mich schon so weit verfolgt haben, um ihr Geld zu bekommen, werden sie mich für den Rest meines Lebens jagen!«

»Das hättest du dir vorher überlegen müssen.«

»Ich habe doch schon gesagt, dass du recht hast. Musst du mir immer noch eins draufgeben?« Er holte tief Luft. »Vielleicht kann ich meinen Tod vortäuschen.«

»Wie um alles in der Welt hast du es eigentlich geschafft, ihnen überhaupt hunderttausend Dollar aus den Rippen zu leiern?«

Er zuckte mit den Schultern. »Ich habe ihnen weisgemacht, ich sei Waffenhändler.«

»Tolle Idee!«

Die Schmerztabletten machten ihn langsam benommen. Tom setzte sich wieder, lehnte sich zurück und schloss die Augen. »Wir müssen irgendetwas unternehmen.«

Sie saßen einige Zeit schweigend da. Kara hatte immer behauptet, dass sie hier in Denver glücklich sei. Aber sie war schon sechsundzwanzig und hübsch und hatte schon seit drei Jahren keinen Freund mehr gehabt, obwohl sie dauernd vom Heiraten sprach. Was hatte das zu bedeuten? Es bedeutete, dass sie ein Fremdling in einem fremden Land war, genau wie er auch. So sehr sie es auch versuchten, sie konnten ihrer Vergangenheit nicht entkommen.

»Dir fällt sicher etwas ein«, sagte Kara. »Ich kann mir nicht vorstellen, von hier wegzugehen.«

»Ich lasse dich hier nicht allein zurück. Auf keinen Fall.« Sein Kopf begann sich zu drehen. »Was hast du mir da gegeben?«

»Morphiumtabletten.« Sie stand auf und ging zum Fenster. »Das ist der absolute Wahnsinn.«

Tom sagte noch etwas. Irgendetwas von »sofort weggehen« und dass sie Geld bräuchten. Aber seine Stimme schien so weit weg. Vielleicht kam das von den Tabletten. Vielleicht kam es von dem Kopfschuss. Vielleicht kam es auch daher, dass er in Wirklichkeit mit zerfetzter Haut sterbend am Ufer eines Flusses lag.

Kara sagte etwas.

»Was?«, fragte er.

»… morgen früh. Bis dahin …«

Mehr hörte er nicht mehr.

6

DER BLUTÜBERSTRÖMTE MANN lag auf dem Bauch, am Fuß der geschwungenen Brücke, im weichen grünen Gras, als ob er schon seit Tagen tot sei. Die schwarzen Biester am anderen Ufer hatten ihre Plätze auf den verkohlten Bäumen verlassen. Zwei weiße Gestalten beugten sich über den ausgestreckten Körper. Ihre Flügel hatten sie um ihre fellbedeckten Körper gelegt und sie traten auf ihren spindeldürren Beinen von einem Fuß auf den anderen, sodass sie schwankten wie Pinguine.

»Schnell, in den Wald«, sagte Michal.

»Können wir ihn ziehen?«, fragte Gabil.

»Natürlich. Nimm die andere Hand.«

Sie beugten sich nieder – aber nicht tief, denn sie waren selbst nur etwa einen Meter groß, wenn sie sich streckten – und schleppten den Mann vom Ufer weg. Michal führte sie durch das Gras, zwischen den Bäumen hindurch, auf eine kleine, von Obstbäumen umgebene Lichtung. Am Boden lagen keine Zweige oder Steine, aber selbst das hätte dem Mann auch nichts mehr gemacht. Bald würde es zu spät sein.

»Hier.« Er ließ den Arm des Mannes los. »Ich glaube nicht, dass er uns hören kann.«

»Natürlich kann er uns nicht hören. Nein, mein Herr«, sagte Gabil und kniete sich neben den Mann. »Wie soll er uns hören, wenn er bewusstlos ist?«

Michal gab dem Mann mit seinem kleinen Füßchen, das aussah wie eine Vogelklaue, einen sanften Stoß an der Schulter. »Du hast gesagt, du hast ihn aus dem schwarzen Wald *herausgeführt*?« Er zweifelte nicht an dem, was sein Freund erzählt hatte, aber Gabil beschönigte manchmal Dinge. Es war eher eine Bemerkung als eine Frage.

Gabil nickte und runzelte seine leicht behaarte Stirn. Dieser Ausdruck schien gänzlich fehl am Platz auf seinem runden, weichen Gesicht.

»Er hat Glück, dass er noch lebt.« Gabil deutete mit einem Flügel in die Richtung, aus der sie gekommen waren. »Er ist gerade noch durch die schwarzen Bäume hindurchgekommen. Du hättest die Shataiki sehen sollen, die auf ihm saßen. Es waren mindestens zehn.« Gabil hüpfte um den leblosen Körper. »Das hättest du sehen müssen, Michal. Wirklich. Er muss von der anderen Seite kommen. Ich kenne ihn nicht.«

»Wie solltest du ihn auch erkennen? Er hat ja gar keine Haut mehr.«

»Ich habe ihn gesehen, bevor sie ihm die Haut abgezogen haben. Ich sage dir, der war noch nie hier in der Gegend.« Gabil hatte sich wieder über den ausgestreckten Körper gebeugt und schwankte hin und her.

»Na ja, vom Wasser hat er nicht getrunken. Darauf kommt es an«, sagte Michal.

»Aber er hätte vielleicht davon getrunken, wenn ich nicht rechtzeitig gekommen wäre«, warf Gabil aufgeregt ein.

»Und du bist hineingeflogen, weil …« Sie kämpften nur noch selten gegen die schwarzen Fledermäuse. Vor langer Zeit einmal hatten sie große Schlachten geführt, aber das war schon mehr als ein Jahrtausend her.

»Weil ich gesehen habe, dass der Himmel ungefähr einen Kilometer weit entfernt ganz schwarz war vor Shataiki. Deshalb. Ich bin ganz hoch geflogen, aber als ich ihn sah, konnte ich ihn nicht alleinlassen. Ich sag dir, mindestens tausend von diesen Biestern haben mich wie wild umkreist. Es war wirklich spektakulär.«

»Und wie bist du den tausend Shataiki entkommen?«

»Michal, ich bitte dich! Ich bin's! Der Bezwinger der Shataiki!« Dabei hob er den Flügel zu einem Schein-Salut. »Fliegen oder Biester, schwarz oder rot, ich vertreibe sie und schicke sie in die

Finsternis.« Er wartete auf eine Antwort von Michal und fuhr fort, als er keine bekam.

»Genau gesagt, war es ein Überraschungsangriff. Ich kam aus der Sonne. Habe ich dir schon von den Fliegen erzählt? Ich bin durch diesen Fliegenschwarm gezischt, als wären sie Luft gewesen.«

»Ja, natürlich.« Und nach kurzem Nachdenken: »Gut gemacht.«

Michal legte den Kopf schief und betrachtete den Rücken des Mannes. Aus drei tiefen Löchern an seinem Nacken, seinem Hintern und seinem rechten Oberschenkel, die ihm die Shataiki gerissen hatten, quoll immer noch Blut. Sein Fleisch zitterte in der heißen Sonne. Der Mann hatte etwas Seltsames an sich. Es war schon seltsam genug, dass jemand aus den Dörfern von der anderen Seite in den schwarzen Wald gegangen war. Das war überhaupt erst einmal geschehen. Aber es war noch etwas anderes. Er konnte den Gestank von dem unregelmäßigen Atem des Mannes riechen – er roch wie der Atem der Shataiki.

»Komm, lass uns weitermachen. Hast du das Wasser?«

»Hallo!«

Sie drehten sich beide gleichzeitig um. Eine junge Frau stand mit großen Augen am Rand der Lichtung. Rachelle.

Schockiert von dem grausigen Anblick, starrte Rachelle den blutigen Körper an.

Hatte sie schon jemals etwas so Schreckliches gesehen? Nein! Ihre rote Tunika wehte um ihre Beine, als sie hinzueilte.

»Was ... was ist das?« Ein Mann natürlich. Das konnte sie an den Muskeln auf seinem Rücken und an den Beinen erkennen. Er lag auf dem Bauch mit dem Gesicht zu ihr gedreht und war nur ein blutiger Haufen. »Wer ist das?«

Die Roush, Michal und Gabil, warfen sich einen Blick zu. »Das wissen wir nicht«, sagte Michal.

»Niemand, den wir kennen«, platzte Gabil heraus. »Der ist aus einem der anderen Dörfer.«

Rachelle blieb wie versteinert stehen. Ein Arm lag in einem seltsamen Winkel, unterhalb des Ellbogens gebrochen. Mitleid stieg in ihr auf. »Meine Güte, meine Güte, meine Güte.« Sie kniete sich neben seinen Schultern nieder. »Wie konnte so etwas nur geschehen?«

»Die Fledermäuse. Ich habe ihn aus dem schwarzen Wald herausgeführt«, sagte Gabil.

Sie war plötzlich beunruhigt. »Die Fledermäuse? War er im schwarzen Wald?«

»Ja, aber er hat nichts von dem Wasser getrunken«, sagte Michal.

Sie wurden alle still. Das war das Werk der Shataiki! Sie hatte noch nie einen davon gesehen, geschweige denn Bekanntschaft mit ihren Klauen gemacht. Aber hier vor ihr im Gras lag der Beweis für die Brutalität dieser Ungeheuer. So viel vergossenes Blut. Warum hatten die Roush ihn nicht auf der Stelle geheilt? Sie wussten genauso gut wie Rachelle, dass das Blut den Mann unrein machte. Es machte Männer, Frauen, Kinder, das Gras, das Wasser, alles, womit es in Berührung kam, unrein. Es durfte nicht vergossen werden. Und wenn es in seltenen Fällen doch einmal vorkam, gab es dafür Vorkehrungen.

Der Zorn verdrängte jetzt ihre Besorgnis. Was konnte irgendein Geschöpf dazu veranlassen, einem Menschen solche Grausamkeit zuzufügen?

»Darum hat Tanis davon gesprochen, die Fledermäuse in einem Feldzug zu vernichten«, sagte sie. »Das ist grässlich!«

»Und jeder Feldzug würde Tanis in die gleiche Lage bringen wie ihn«, erwiderte Michal ungeduldig. »Das ist lächerlich.«

Rachelle wandte ihren Blick wieder dem blutüberströmten Körper zu. Er atmete gleichmäßig, aber war nicht mehr in dieser Welt. Welch arme, unschuldige Seele.

Und dennoch strömte der Mann etwas Mysteriöses, Faszinierendes aus. Er war im schwarzen Wald gewesen, ohne der Versuchung des Wassers nachzugeben. Welcher Mensch konnte das? Nur ein sehr starker.

»Gabil, das Wasser«, sagte Michal.

Der kleinere der beiden Roush holte einen Wasserbeutel unter seinem Flügel hervor. Rachelle wollte die Hand ausstrecken, um den Mann zu berühren. Der Gedanke daran überraschte sie.

Konnte *er* derjenige sein? Dieser Gedanke überraschte sie noch mehr. Wie konnte sie es wagen, einen Mann zur Heirat zu erwählen, den sie nicht einmal kannte?

Michal hatte Gabil den Beutel abgenommen. Er zog den Korken heraus.

Es war absurd, von diesem so übel zugerichteten Mann irgendetwas anderes zu denken, als dass er das Wasser und Eljons Liebe brauchte. Aber der Gedanke breitete sich in ihrem Kopf aus. Sie fühlte sich unwiderstehlich zu ihm hingezogen, wie das Blut zum Herzen fließt. Seit wann beurteilten Männer und Frauen die Partner, die sie erwählten? Alle Männer waren gut, alle Frauen waren gut, jede Ehe war perfekt. Warum also nicht dieser Mann, wenn sie sich doch so plötzlich leidenschaftlich zu ihm hingezogen fühlte? Noch nie vorher hatte sie jemanden gesehen, der Eljons Wasser so bitter nötig hatte.

Michal watschelte auf ihn zu. Er kippte den Beutel.

Da hob Rachelle die Hand. »Warte.«

»Warten?«

Sie wusste selbst nicht, was über sie gekommen war, aber sie verspürte etwas im Herzen, das sie noch nie zuvor gespürt hatte. Sie sah Michal an. »Ist er … Meinst du, er trägt ein Kennzeichen?«

Die beiden Roush warfen sich wieder einen Blick zu.

»Wie meinst du das?«, fragte Michal.

Die Stirn des Mannes, wo gewöhnlich das Zeichen der Vereinigung wäre, war blutverschmiert. Plötzlich musste sie unbedingt das Blut abwischen, um zu sehen, ob er den typischen zwei Zentimeter großen Kreis trug, der die Vereinigung mit einer Frau bedeutete. Oder den Halbkreis, der zeigte, dass er versprochen war. Aber sie zögerte. Vergossenes Blut bedeutete die Zerstörung von Eljons Schöpfung und musste vermieden oder unverzüglich wieder zurückgeführt werden.

Michal ließ den Wasserbeutel sinken. »Ich bitte dich, du wirst doch nicht allen Ernstes …«

»Das ist ein wunderbarer Gedanke!«, sagte Gabil und hüpfte dabei auf und ab. »Wie romantisch!«

»Warum nicht?«, fragte Rachelle Michal.

»Du kennst ihn ja nicht einmal.«

»Seit wann stört das eine Frau? Macht Eljon etwa solche Unterschiede zwischen Menschen? Außerdem habe ich ihn gefunden.«

»Was du empfindest, ist Mitleid, nicht …«

»Bestimme nicht so vorschnell, was ich empfinde«, erwiderte Rachelle. »Ich kann dir versichern, dass ich mich sehr stark zu diesem Mann hingezogen fühle. Diese arme Seele hat das Grausamste durchgemacht, was man sich nur vorstellen kann.«

»Nein, das ist nicht das Grausamste, was man sich vorstellen kann«, sagte Michal. »Glaub mir.«

»Darum geht es nicht. Es geht darum, dass ich mich sehr zu diesem Mann hingezogen fühle, und vielleicht bin ich dazu bestimmt, ihn zu erwählen. Klingt das so unvernünftig?«

»Nein, ich glaube, das ist überhaupt nicht unvernünftig«, erwiderte der kleinere der beiden Roush. »Das ist sehr, sehr, sehr romantisch. Sei nicht so übervorsichtig, Michal, die Vorstellung ist wunderbar.«

»Ich habe keine Ahnung, ob er ein Zeichen trägt«, sagte Michal, der nachzugeben schien.

Rachelle war einundzwanzig und sie hatte noch nie ein so starkes Verlangen gehabt, einen Mann zu erwählen. Die meisten Frauen in ihrem Alter hatten schon jemanden erwählt und waren erwählt worden. Sie war gewiss reif dafür. Und es kam wirklich nicht so sehr darauf an, wen sie erwählte, als vielmehr, dass sie jemanden erwählte. So wollte es der Brauch.

Sie riss ein Büschel Gras aus und führte es zur Stirn des Mannes. Vorsichtig, um nicht damit in Berührung zu kommen, wischte sie das Blut ab.

Kein Zeichen!

Ihr Herz klopfte wild. Es war ein seltener Brauch, aber er besagte ganz klar, dass jede noch nicht erwählte Frau, die einem noch nicht erwählten Mann Heilung brachte, damit eine Einladung aussprach. Sie hatte ihn erwählt. Der Mann würde diese Einladung dann annehmen und sie ebenfalls erwählen, indem er sie umwarb.

Rachelle stand langsam auf. »Er trägt kein Zeichen.«

Gabil hüpfte vor Freude. »Perfekt, perfekt!«

Michal sah erst sie an, dann den Mann. »Es scheint mir doch

sehr ungewöhnlich, da du nicht einmal weißt, aus welchem Dorf er ist. Aber wahrscheinlich hast du recht. Es ist deine Entscheidung. Möchtest du ihm Heilung bringen?«

Sie zitterte. Es schien so gewagt, so unerhört. Aber als sie auf den Mann hinunterstarrte, wusste sie, dass sie noch niemanden erwählt hatte, weil sie abenteuerlustiger war als die meisten anderen. Ob er ein guter Mann war? Natürlich. Alle Männer waren gut. Würde er sie umwerben? Welcher Mann würde eine Frau, die ihn erwählt hatte, nicht umwerben? Und welche Frau würde einen Mann, der sie erwählt hatte, nicht umwerben? Das war das Geheimnis der ewigen Liebesgeschichte. Alle wussten das. Sie lebten davon.

In dieser außergewöhnlichen und gewagten Situation war sie bereit, diesen Mann zu erwählen. Auf einmal fühlte sie eine größere Bereitschaft, diesen Mann zu erwählen und von ihm erwählt zu werden, als sie je einem Roush, auch dem weisesten unter ihnen, wie Michal, erklären konnte. Wie könnten sie so etwas je verstehen? Sie waren ja keine Menschen.

»Ich möchte«, sagte Rachelle. »Ja, ich möchte.« Zitternd griff sie nach dem Wasserbeutel. »Gib mir das Wasser.«

Um Michals Mund zuckte ein Lächeln. Er zog die linke Augenbraue hoch. »Bist du dir sicher?«

»Gib mir den Beutel. Ich bin mir ganz sicher.«

»Dann soll es so sein.« Er gab ihr das Wasser.

Rachelle nahm den Beutel. Impulsiv setzte sie ihn an ihre Lippen und trank das süße, grüne Wasser. Die Kraft ging wie eine Welle durch ihren Körper und sie schauderte.

»Komm schon, Gabil«, sagte Michal. »Dreh ihn um.«

Gabil hörte auf, hin und her zu laufen, packte den Mann an der Schulter und rollte ihn auf den Rücken. »Oh je«, sagte er. »Mein Gott, er ist wirklich übel dran. Möge Eljon diesem armen Wesen Gnade schenken.«

Sein gebrochener Arm lag jetzt wie gefaltet da.

Die Gefühle, die Rachelle bewegt hatten, überwältigten sie jetzt ganz. Sie konnte kaum noch den Augenblick abwarten, diesem Mann Heilung zu bringen. Sie sank auf die Knie, kippte den

Beutel über seinem Gesicht und ließ das klare, grüne Wasser langsam auf seine Lippen tropfen.

Das Wasser schien zu glühen und breitete sich über das Gesicht des Mannes aus, als suche es den richtigen Weg, um diesen menschlichen Brei zu heilen. Sofort wuchs rotes Fleisch nach und deckte sich mit rosiger Haut. Die neue Haut legte sich in Falten und es entstanden Augenlider, Nase und Lippen.

Jetzt goss sie das Wasser über den übrigen Körper, und sobald es sich über die Haut ergoss, verschwand das Blut, die tiefen Wunden füllten sich mit Fleisch und das Fleisch bedeckte sich mit Haut. Die Prellungen verloren ihre Verfärbungen. Der gebrochene Unterarm drehte sich zurecht und richtete sich aus. Gabil schrie auf und wich dem schwingenden Arm aus. Mit einem lauten Geräusch schnappte der Arm wieder an der richtigen Stelle ein.

Rachelle sah den veränderten Mann vor sich bewundernd an und bestaunte seine Schönheit. Goldbrauner Teint, kräftige Gesichtszüge, muskulös, mit hervortretenden Venen an seinen Armen. Eljons Wasser hatte ihn vollkommen geheilt.

Sie hatte diesen Mann doch gerade als ihren Partner erwählt, oder? Dieser Gedanke war beinahe mehr, als sie fassen konnte. Sie hatte tatsächlich soeben einen Mann erwählt! Natürlich musste nun noch er sie erwählen, aber …

Der Mann atmete tief ein. Gabil stieß einen leisen Schrei aus, der Rachelle noch mehr erschreckte als die plötzliche Bewegung des Mannes. Sie krabbelte rückwärts und sprang auf.

Zitternd öffneten sich die Augenlider des Mannes.

Helles Licht drang in Toms Augen und brachte ihn langsam wieder zu Bewusstsein. Er versuchte angestrengt, sich zu orientieren. Über ihm blauer Himmel. Ein grün schimmerndes Blätterdach, das im Wind glitzerte.

Das war nicht Denver.

Er lag nicht auf dem Sofa mit zwei Morphiumtabletten intus. Denver war nur ein Traum gewesen. Gott sei Dank. Das bedeutete …

Die schwarzen Fledermäuse.

Ruckartig setzte er sich auf und sah einen Wald, dessen Bäume leuchtende goldgelbe, azurblaue und rubinrote Stämme hatten. Er drehte sich nach links. Zwei weiße Kreaturen sahen ihn mit smaragdgrünen Augen neugierig an. Wie die weißen Verwandten der schwarzen Fledermäuse, nur mit rundlicherem Körperbau.

Der kleinere der beiden sah an ihm vorbei. Tom folgte seinem Blick. Etwa drei Meter von ihm entfernt stand eine Frau mit langem braunen Haar und einem roten Satinkleid und sah ihn mit großen Augen verwundert an.

Er stand auf und merkte sofort, dass sein Körper keine Zeichen von Misshandlung mehr trug. Er blutete nicht einmal mehr.

Die Frau stand reglos da und sah ihn an. Die kleinen behaarten Gestalten sahen fragend zu ihm auf. In der Nähe hörte er Wasser rauschen. Wo war er? Kannte er diese Frau? Und diese Gestalten?

»Ist etwas nicht in Ordnung?«, fragte die größere der beiden weißen Fellgestalten.

Tom starrte ihn an. Er hatte soeben Worte aus dem Mund eines Tieres gehört. Aber das war ja nichts Außergewöhnliches. Nicht im Geringsten. Er schüttelte den Kopf, um wieder klar denken zu können, aber alles war durcheinander.

»Du bist aus dem schwarzen Wald gekommen«, sagte das Wesen. »Keine Sorge, du hast das Wasser nicht getrunken. Ich bin Michal, das ist Gabil und das …«, er zeigte mit dem Flügel auf die Frau, »ist Rachelle.« Er nannte ihren Namen in einem Ton, als ob sie etwas Besonderes für Tom sein müsste. »Wie fühlst du dich?«

»Ja, wie geht es dir?«, echote Gabil, der andere.

Einzelheiten von seiner Flucht aus dem Wald kamen ihm in den Sinn. Alles kam ihm entfernt bekannt vor, aber seine Erinnerung reichte nur bis gestern Abend zurück, als er erwacht war, nachdem er seinen Kopf auf den Felsen geschlagen hatte. Er tastete nach der Wunde an seinem Kopf. Weg.

Er sah an sich selbst hinunter und strich sich langsam mit der Hand über die bloße Brust. Keine Schnitte, keine Prellungen, nicht das geringste Zeichen des Gemetzels auf seiner Flucht, an die er sich erinnerte.

Tom sah die Frau an. »Mir geht es gut.«

Sie zog eine Braue hoch und lächelte. »Gut?« Sie kam barfuß auf ihn zu und blieb eine Armlänge vor ihm stehen. »Wie heißt du?«

Er zögerte. »Thomas Hunter?«

»Nett, deine Bekanntschaft zu machen, Thomas Hunter.«

Sie streckte ihm die Hand entgegen und er wollte sie nehmen. Aber stattdessen strich sie ihm mit den Fingern über die Handfläche. Das war die Begrüßung. Sogar das hatte er vergessen.

»Du bist ein schöner Mann, Thomas Hunter«, sagte sie. »Ich habe dich erwählt«, sagte sie mit sanfter Stimme und strahlenden Augen. Diese Information hatte offensichtlich eine besondere Bedeutung, aber Tom hatte nicht die leiseste Ahnung welche. Er sagte nichts.

Sie neigte den Kopf, trat zurück und durchbohrte ihn mit einem festen, wissenden Blick, als habe sie ihm soeben ein großes, wunderbares Geheimnis verraten.

Wortlos drehte sie sich um und rannte in den Wald.

7

KARA ERWACHTE UM drei Uhr früh mit stechenden Kopfschmerzen. Sie versuchte, die Schmerzen zu ignorieren und wieder einzuschlafen, bevor sie ganz wach wurde, aber sobald sie sich an das Dilemma erinnerte, mit dem Tom nach Hause gekommen war, weigerte sich ihr Gehirn.

Sie kroch schließlich unter ihrer Decke hervor, ging ins Bad und spülte zwei Ibuprofen mit einem Glas kalten Wasser hinunter. Der einzige Nachteil an dieser Wohnung war, dass sie keine Klimaanlage hatte.

Sie ging nach vorn ins Wohnzimmer und blieb vor dem Sofa stehen. Tom lag noch in genau derselben Position wie vor ein paar Stunden unter der Batikdecke, mit der sie ihn zugedeckt hatte. Für diese Welt war er gestorben.

Wirres braunes Haar hing in Locken über seinen Augenbrauen. Der Mund war geschlossen und er atmete tief und gleichmäßig. Ausgeprägter Kiefer, gut rasiert. Schlanker, muskulöser Körper. Geist so groß wie der Ozean.

Es war unfair gewesen, seine Entscheidung, mit allen Problemen nach Denver zu kommen, infrage zu stellen. Er war um ihretwillen gekommen, das wussten sie beide. Er war das Küken der Familie, aber er hatte sich immer um alle gekümmert. Der einzige Grund, warum er den Studienplatz an der Harvard-Universität nicht wie ursprünglich geplant angenommen hatte, war, dass Mutter ihn nach der Scheidung gebraucht hatte. Und der einzige Grund, warum er sein Studium nicht aufgegriffen hatte, nachdem es seiner Mutter wieder besser ging, war, dass seine große Schwester ihn gebraucht hatte. Er hatte seine eigene Zukunft für sie hintenangestellt. Sie tat zwar streng, aber sie konnte ihm seine Abenteuer kaum zum Vorwurf machen. Er hatte nie zu denen gehört, die sich im Sessel zurücklehnten und die Welt an sich vorüberziehen ließen. Wenn schon nicht Harvard, dann musste es etwas anderes Ausgefallenes sein.

So etwas wie sich hunderttausend Dollar von einem Kredithai zu leihen, um Mutters Schulden zu bezahlen und ein neues Geschäft zu eröffnen. Mit der Zeit würde er das Geld zurückzahlen. Aber Zeit hatten sie keine.

Das war jetzt wohl ihrer beider Problem. Aber was um alles in der Welt sollten sie tun?

Sie überlegte, ob sie ihn aufwecken sollte, um zu sehen, ob er noch bei Verstand war. Sie hatte es zwar zunächst abgetan, aber die Sache mit den lebhaften Träumen sah ihm gar nicht ähnlich. Tom tat nie etwas Unüberlegtes. Er folgte keinen Launen. Seine Gedankengänge waren vielleicht schnell und kreativ, ja sogar spontan, aber er lief normalerweise nicht umher und halluzinierte. Die Kopfwunde hatte eindeutig sein Denken beeinflusst.

Was er wohl jetzt träumte?

Sie erinnerte sich an ihren Umzug nach Amerika, als sie in der zehnten und er in der achten Klasse war. Die ersten zwei Wochen war er wie ein verlassener Welpe über den Schulhof gelaufen, hatte versucht, sich anzupassen, es aber nicht geschafft. Er war einfach anders, und alle wussten es. Einer aus der Footballmannschaft, ein Verteidiger aus der Mittelstufe mit einem Bizeps dicker als Toms Oberschenkel, hatte ihn einmal einen gelben Gummi-Chinesen genannt und Tom war schließlich ausgerastet. Mit einem einzigen Tritt hatte er den Jungen ins Krankenhaus befördert. Danach ließen ihn alle in Ruhe, aber er hatte nie viele Freunde gehabt.

Tagsüber war er der Starke, aber nachts konnte sie ihn im Zimmer neben sich weinen hören. Sie hatte ihm dann geholfen. Seither hatte sie gedacht, dass ihr Desinteresse an typisch amerikanischen Männern vielleicht daher kam. Sie würde ihren Bruder jederzeit einem aufgeputschten Footballspieler vorziehen.

Kara machte einen Schritt nach vorne, beugte sich über ihn

und küsste ihn auf die Stirn. »Keine Angst, Thomas«, flüsterte sie. »Wir schaffen das schon. Wir haben es immer geschafft.«

Tom stand auf der Lichtung und betrachtete die beiden weißen Gestalten. Mit ihren haarigen weißen Körpern und ihren dürren Beinen sahen sie gewiss seltsam aus. Die Flügel hatten keine Federn, sondern waren aus Haut, wie bei einer Fledermaus und weiß wie ihr übriger Körper.

Irgendwie vertraut, aber nur sehr vage.

»Die schwarzen Fledermäuse«, sagte er. »Ich habe geträumt, schwarze Fledermäuse hätten mich aus dem schwarzen Wald gejagt.«

»Das war kein Traum«, erwiderte Gabil aufgeregt. »Nein, mein Herr! Du hattest Glück, dass ich gerade noch rechtzeitig ankam.«

»Entschuldigt, ich kann …, ich erinnere mich nicht mehr genau, was passiert ist.«

Die beiden Wesen sahen ihn verständnislos an. »Du kannst dich an gar nichts erinnern?«, fragte Michal.

»Nein. Natürlich erinnere ich mich daran, dass ich verfolgt wurde. Aber gestern Abend habe ich mir den Kopf an einem Stein angeschlagen und wurde ohnmächtig.« Er zögerte und überlegte, wie er seine Orientierungslosigkeit wohl am besten erklären konnte. »Ich kann mich an nichts erinnern, was passiert ist, bevor ich mir den Kopf angeschlagen habe.«

»Dann hast du also dein Gedächtnis verloren«, sagte Michal. Er watschelte auf ihn zu. »Aber du erkennst doch noch, wo du hier bist?« Instinktiv wich Tom einen Schritt zurück und die Gestalt blieb stehen. »Ehrlich gesagt, nicht so ganz. Ein bisschen, aber nicht richtig.« Er rieb sich den Kopf. »Ich muss mir den Kopf ganz schön angeschlagen haben.«

»Na gut. Was weißt du denn noch?«, fragte Michal.

»Ich weiß, dass ich Thomas Hunter heiße. Irgendwie bin ich mit jemand, der Bill hieß, in den schwarzen Wald gekommen, aber dann bin ich gestürzt und habe mir den Kopf aufgeschlagen. Bill hat von dem Wasser getrunken und ist dann einfach …«

»Du hast gesehen, dass er von dem Wasser getrunken hat?«, fragte Michal fordernd.

»Ja, er hat ganz sicher davon getrunken.«

»Hmmm.«

Tom wartete auf eine Erklärung seines Verhaltens, aber die Gestalt winkte ihm nur, weiterzuerzählen. »Erzähl weiter. Was ist dann passiert?«

»Dann habe ich dich gesehen«, er sah zu Gabil hinüber, »und bin losgerannt.«

»War das alles? Sonst nichts?«

»Nein, nichts außer meinen Träumen.«

Sie standen erwartungsvoll da.

»Wollt ihr meine Träume hören?«

»Ja«, sagte Michal.

»Nun ja, sie machen keinen Sinn. Sie sind total anders als alles hier. Verrückte Geschichten.«

»Na dann erzähl uns die verrückten Geschichten.«

Denver. Seine Schwester Kara. Seine Verfolger. Eine komplette Welt mit erstaunlichen Details. Er erzählte den beiden Geschöpfen in groben Zügen seine Träume in einem einzigen langen Satz, obwohl es ihm peinlich war, auch wenn ihm die Träume sehr real erschienen waren. Warum interessierten sie sich überhaupt für seine Träume? Die beiden Gestalten sahen ihn, ohne mit der Wimper zu zucken, an und verschlangen seine kurze Erzählung ohne eine Reaktion.

Sie und der bunte Wald hinter ihnen waren ganz normal. Er konnte sich nur nicht mehr an sie erinnern.

»Und das war alles?«, fragte Michal, als er aufgehört hatte zu erzählen.

»Das meiste.«

»Ich wusste nicht, dass außer den Weisen noch jemand die Chroniken so im Detail kennt«, sagte Gabil.

»Welche Chroniken?«

»Du kennst die Chroniken nicht?«, fragte Michal. »Du erzählst davon, als ob du sie genau kennst.«

»Willst du damit sagen, dass meine Träume von Denver Wirklichkeit sind?«

»Meine Güte, das nun nicht.« Michal watschelte in die Richtung, in die die Frau davongerannt war, dann drehte er sich wieder um. »Deine Verfolgungsjagd mit diesen Männern nicht. Zumindest die war ganz bestimmt nicht wirklich. Aber die Geschichte der alten Erde, die ist echt. Natürlich ist sie echt. Jeder kennt sie.« Er machte eine Pause und sah Tom skeptisch an. »Weißt du wirklich nicht, wovon ich rede?«

Tom blinzelte und sah auf den bunten Wald. Die Baumstämme glühten. Alles war so fremdartig und doch irgendwie vertraut.

»Nein«, sagte er und rieb sich die Schläfen. »Irgendwie kann ich nicht klar denken.«

»Nun, was die Chroniken angeht, scheinst du sehr klar zu denken. Das sind mündliche Überlieferungen, die in jedem Dorf von einem Geschichtenerzähler weitergegeben werden. Denver, New York – alles, wovon du geträumt hast, kommt in den Chroniken vor.«

Gabil hüpfte seitwärts wie ein Vogel. »Die Chroniken!«

Michal warf dem anderen einen ungeduldigen Seitenblick zu. »Mein lieber Freund, ich glaube, das ist ein klassischer Fall von Amnesie, obwohl ich nicht verstehe, warum das nicht auch durch das Wasser geheilt wurde. Der schwarze Wald hat dich in einen Schockzustand versetzt – das wundert mich nicht. Jetzt träumst du, dass du in einer Welt lebst, die du dir ausgedacht hast, und von übelwollenden Männern verfolgt wirst. Dein Verstand hat aus dem, was du von der Geschichte weißt, einen sehr detaillierten Traum gemacht. Faszinierend.«

»Faszinierend!«, sagte Gabil.

Wieder ein Seitenblick von Michal.

»Aber wenn ich das Gedächtnis verloren habe, warum kann ich mich dann an die Chroniken erinnern?«, widersprach Thomas. »Es scheint fast, als wüsste ich mehr über meine Träume als über … euch.«

»Wie ich schon sagte: Amnesie«, erklärte Michal. »Das Gehirn ist ein erstaunliches Organ, nicht wahr? Selektiver Gedächtnisverlust. Es scheint, als könntest du dich nur an ganz bestimmte Dinge erinnern, wie zum Beispiel die Chroniken. Du fantasierst. Du träumst von der Geschichte. Das macht Sinn. Das hört sicher wieder auf. Wie ich schon sagte, hast du einen ganz schönen Schock bekommen, ganz zu schweigen von dem Schlag auf den Kopf.«

Klang logisch. »Nur ein Traum. Halluzinationen, weil ich durch den Schlag auf den Kopf bewusstlos wurde.«

»Das denke ich«, sagte Michal.

»Das heißt, es gab früher eine Erde, die heute nicht mehr existiert? Die, von der ich träume?«

Der Roush runzelte die Stirn. »Nicht ganz, aber so ähnlich. Manche nennen es die frühere Erde, aber man könnte sie auch die andere Erde nennen. Wie auch immer, das hier ist die Erde.«

»Und was ist der Unterschied zwischen dieser Erde hier und der, von der ich träume?«

»Wenn ich das in wenigen Worten ausdrücken sollte, würde ich sagen: Auf der anderen Erde konnte man die guten und bösen Mächte nicht sehen. Nur ihre Auswirkungen. Aber hier sind sowohl das Gute als auch das Böse … vertrauter. Wie du es bei den schwarzen Fledermäusen schon erlebt hast. Das ist nur eine unzureichende Beschreibung, aber sie ist einfach, oder was meinst du, Gabil?«

»Ich würde sagen, sie ist einfach.«

»Hier hast du also den Unterschied.«

Tom schien die Erklärung nicht so einfach, aber er ließ es dabei bewenden. »Und was ist mit der alten Erde passiert?«, fragte er.

»Oh je, jetzt fragst du zu viel«, sagte Michal und wandte sich um. »Diese Geschichte ist nicht so einfach. Da müsste ich mit dem großen Virus zu Beginn des 21. Jahrhunderts anfangen …«

»Die Franzosen«, warf Gabil ein. »Das Raison-Virus. Im Jahr 2010. Oder war es 2012?«

»Zehn«, sagte Michal. »Und es waren nicht wirklich die Franzosen. Es war ein Franzose, aber man kann nicht wirklich sagen, dass er … egal. Sie hielten es für eine gute Sache, einen Impfstoff. Aber er mutierte unter extremer Hitzeeinwirkung und wurde zu einem tödlichen Virus. Das Virus hat die gesamte Erdbevölkerung innerhalb von ganzen drei Wochen ausgerottet …«

»Weniger als drei Wochen«, warf Gabil ein. »Weniger als drei Wochen.«

»… und hat Tür und Tor geöffnet für die Verführung.«

»Die Große Verführung«, sagte Gabil.

»Ja, die Große Verführung.« Michal warf seinem Freund einen Blick zu, der sagte: ›Lass mich die Geschichte erzählen.‹ »Dann müsste ich dir von der Zeit der Trübsale und Kriege erzählen. Es würde einen ganzen Tag dauern, zu erzählen, was für ein Ende es mit der anderen Erde – der alten Erde – nahm. Offensichtlich kennst du nicht alle alten Geschichten, oder?«

»Scheinbar nicht.«

»Vielleicht hat dein Gedächtnis an einem bestimmten Punkt eingehakt und ist dort stehen geblieben. Das Gehirn ist ein wunderbares, aber geheimnisvolles Ding, weißt du.«

Tom nickte.

»Aber woher weiß ich, dass das hier nicht der Traum ist?«, fragte er.

Beide zwinkerten sich zu.

»Wäre das nicht auch möglich? In Denver habe ich eine Schwester und eine Geschichte und alles passiert wirklich. Hier kann ich mich dagegen an nichts erinnern.«

»Du leidest ganz eindeutig an Amnesie«, sagte Michal. »Du glaubst, dass mein so leicht erregbarer Freund und ich nicht echt sind? Dass das unter deinen Füßen kein Gras oder was durch deine Lungen strömt kein Sauerstoff ist?«

»Ich sage ja nicht, dass …«

»Du hast das Gedächtnis verloren, Thomas Hunter – falls das tatsächlich dein echter Name ist. Ich vermute, dass es dein Name aus deinen Träumen ist. Auf der alten Erde haben sie solche Doppelnamen verwendet. Aber das ist in Ordnung, bis wir herausgefunden haben, wer du wirklich bist.«

»Wir können dich sehen«, piepste Gabil. »Du bist kein Traum, Thomas.«

»Du kannst dich also tatsächlich an gar nichts hier erinnern?«, fragte Michal. »An den See, die Shataiki, uns?«

»Nein, ich erinnere mich nicht. Wirklich nicht.«

Michal seufzte. »Nun, dann werden wir dich wohl aufklären müssen. Aber wo fangen wir an?«

»Bei uns«, sagte Gabil, der kleinere der beiden. »Wir sind mächtige, schrecklich starke Krieger.« Er marschierte an Thomas' rechter Seite auf seinen kurzen, spindeldürren Beinen wie ein Osterei mit Flügeln auf und ab. Wie ein übergroßes, weißes Küken. Ein aufgepumpter Tweetie. »Du hast doch gesehen, wie die schwarzen Fledermäuse vor mir geflohen sind! Ich könnte dir Tausende von Geschichten …«

»Wir sind Roush«, unterbrach in Michal.

»Ja, natürlich«, sagte Gabil. »Roush, mächtige Krieger.«

»Manche von uns sind augenscheinlich mächtigere Krieger als andere«, sagte Michal augenzwinkernd.

»Mächtige, mächtige Krieger«, sagte Gabil.

»Eljons Diener. Und du bist natürlich ein Mensch. Wir sind hier auf der Erde. Weißt du gar nichts davon? Es scheint alles so banal.«

»Was ist mit dem Mann, der das Wasser getrunken hat?«, fragte Tom. »Bill.«

»Bill war kein Mensch. Wenn er ein Mensch gewesen wäre und das verbotene Wasser getrunken hätte, wäre er inzwischen wahrscheinlich tot. Er war ein Hirngespinst, das die Shataiki erzeugt haben, um dich zum Wasser zu locken. Du erinnerst dich doch an das verbotene Wasser?«

Tom lief kopfschüttelnd auf und ab. »Ich sage doch, ich weiß gar nichts! Ich weiß nicht, welches Wasser verboten ist und welches man trinken darf oder wer diese Shataiki-Fledermäuse sind oder wer die Frau war.« Er blieb stehen. »Oder was sie meinte, als sie sagte, sie hätte mich erwählt.«

»Entschuldige. Nicht, dass ich dir nicht glaube, dass du dich an nichts erinnern kannst. Es ist nur so seltsam, mit jemandem zu sprechen, der das Gedächtnis verloren hat. Ich bin, was wir hier einen Weisen nennen – der einzige Weise in diesem Teil des Waldes. Ich habe ein vollkommenes Gedächtnis. Meine Güte! Das wird noch interessant werden. Rachelle hat einen Mann ohne Erinnerung erwählt.«

Gabil grinste breit. »Wie romantisch!«

Romantisch?

»Gabil findet fast alles romantisch. Insgeheim wäre er gern ein Mann. Oder vielleicht auch eine Frau, glaube ich.«

Der kleinere Roush widersprach nicht.

»Auf jeden Fall denke ich, wir sollten mit den Grundlagen anfangen. Komm mit.« Michal ging in Richtung des Wasserrauschens. »Komm, komm.«

Tom folgte ihm. Das dichte grüne Gras schluckte seine Schritte. Es wurde auch unter den Bäumen nicht weniger, sondern war überall gleich dicht. Kniehohe Veilchen und Lavendelblüten mit Blütenblättern so groß wie seine Handfläche wuchsen überall auf dem Waldboden. Keine Steine oder toten Zweige lagen auf dem Boden, sodass das Gehen auch den beiden Roush, die vor ihm herhüpften, erstaunlich leichtfiel.

Tom sah zu den hochgewachsenen Bäumen hinauf, die ihre sanften Farben auf ihn warfen. Die meisten schienen eine vorherrschende Farbe zu haben, Blau oder Rot oder Gelb, die von den anderen Regenbogenfarben ergänzt wurde. Warum leuchteten die Bäume? Es schien, als würden von einem riesigen unterirdischen Generator fluoreszierende Chemikalien durch große Röhren gepumpt, die wie Bäume aussahen. Nein, das war die Technologie der alten Erde.

Sanft strich er mit der Hand über einen großen, rubinroten Baum mit lila Schattierungen und war überrascht, wie glatt er sich anfühlte, als hätte er gar keine Rinde. Er betrachtete den Baum in seiner ganzen Höhe. Es war atemberaubend.

Michal räusperte sich und Tom zuckte zurück.

»Dort vorne«, sagte der Roush.

»Nur noch einen Augenblick«, piepste Gabil dazwischen.

Keine fünfzig Meter von der Wiese entfernt traten sie aus dem Wald an das Flussufer. Die weiße Brücke, über die er sich geschleppt hatte, spannte sich über einen reißenden Strom. Am anderen Ufer stand der schwarze Wald. So weit man sehen konnte, standen am Ufer hohe Bäume. Hinter den Bäumen waren große schwarze Schatten. Beim Gedanken daran wurde Tom schlecht.

Keine einzige schwarze Fledermaus war zu sehen.

Michal blieb stehen und drehte sich zu ihm um. Er war vielleicht nicht so schnell zu begeistern wie der andere Roush, aber momentan wollte er die Rolle des Lehrers übernehmen. Er streckte einen Flügel in Richtung des schwarzen Waldes aus und sprach mit Nachdruck.

»Das ist der schwarze Wald. Erinnerst du dich daran?«

»Natürlich. Dort war ich drin, weißt du nicht mehr?«

»Doch, ich erinnere mich daran, dass du drin warst. Ich habe keine Gedächtnislücken. Ich wollte nur sichergehen, dass wir einen gemeinsamen Ausgangspunkt haben.«

»Im schwarzen Wald leben die Shataiki«, sagte Gabil.

»*Ich* erzähle hier die Geschichte, wenn du nichts dagegen hast«, unterbrach ihn Michal.

»Natürlich nicht.«

»Der Fluss, den du hier siehst, zieht sich um den ganzen Planeten. Er trennt den bunten Wald vom schwarzen Wald.« Dabei zeigte er abwesend mit dem Flügel in Richtung des anderen Ufers. »Das ist der schwarze Wald. Der einzige Weg, um von dieser Seite in den schwarzen Wald zu gelangen, führt über eine der drei Brücken.« Er zeigte auf die weiße Brücke. »Die Strömung ist zu stark, um hinüberzuschwimmen. Niemand würde es wagen, an einer anderen Stelle als einer der Brücken hinüberzugehen. Kannst du mir folgen?«

»Ja.«

»Gut. Und kannst du dir alles merken, was ich dir gerade erzählt habe?«

»Ja.«

»Gut. Dein Gedächtnis wurde zwar komplett gelöscht, aber es scheint neue Informationen aufzunehmen. So.« Er ging auf und ab und strich sich dabei mit den zarten Fingern an der Unterseite seines rechten Flügels über das Kinn. »Im bunten Wald gibt es viele andere Dörfer, wo viele Männer, Frauen und Kinder leben. Mehr als eine Million leben jetzt auf der Erde. Vermutlich bist du über eine der beiden anderen Brücken in den schwarzen Wald gekommen und die Shataiki haben dich dann hierhergejagt.«

»Woher weißt du, dass ich nicht hier aus der Nähe bin?«

»Als der Weise, der die Aufsicht über diesen Teil des Waldes hat, müsste ich dich kennen. Das tue ich aber nicht.«

»Und ich bin der große Krieger, der dich aus dem schwarzen Wald herausgeführt hat«, sagte Gabil.

»Ja, und Gabil ist der große Krieger, der mit Tanis in allen möglichen erfundenen Schlachten tobt.«

»Tanis? Wer ist Tanis?«, fragte Tom.

Michal seufzte. »Tanis ist der Erstgeborene aller Menschen. Du wirst ihn noch kennenlernen. Er wohnt hier im Dorf. Eljon, der alles erschaffen hat, was du hier siehst, und auch alle Lebewesen, hat das Wasser berührt. Siehst du das Grün im Fluss? Das ist Eljons Farbe. Deshalb sind deine Augen grün. Deshalb wurdest du auch geheilt, sobald das Wasser deinen Körper berührt hat.«

»Du hast Wasser über mich gegossen?«

»Nein, nicht ich …«

»Rachelle!«, platzte Gabil heraus.

»Rachelle hat das Wasser über dich gegossen. Es ist nicht das erste Mal, dass du mit seinem Wasser in Berührung gekommen bist, glaube mir.« Auf Michals Gesicht formte sich ein leichtes Lächeln. »Aber das kommt …«

»Rachelle hat dich erwählt …«

»Gabil! Bitte!«

»Ja, natürlich.« Der kleinere der beiden Roush schien nicht im Geringsten beleidigt zu sein wegen Michals Zurechtweisung.

Michal fuhr fort. »Wie ich schon sagte, zur ewigen Liebesgeschichte kommen wir später noch. Jetzt zum schwarzen Wald, darin ist das Böse gefangen. Schau, Gut«, er zeigte auf den bunten Wald, »und Böse«, er zeigte auf den schwarzen Wald. »Niemand darf das Wasser im schwarzen Wald trinken. Wenn es jemand trinkt, werden die Shataiki befreit und können über den bunten Wald herfallen. Es gäbe ein Gemetzel.«

»Ist das Wasser im schwarzen Wald böse?«, fragte Thomas. »Ich habe es berührt …«

»Es ist nicht böse. Genauso wenig wie die bunten Bäume gut sind. Gut und Böse sind im Herzen, nicht im Wasser oder in den

Bäumen. Aber es ist Brauch, jemandem als Einladung Wasser anzubieten. Eljon lädt uns durch sein Wasser ein. Die schwarzen Shataiki laden durch ihr Wasser ein.«

»Und Rachelle hat dich auch mit Wasser eingeladen«, sagte Gabil.

»Ja, gleich, Gabil«, sagte Michal. Aber der höher gewachsene Roush konnte sein Lächeln nicht ganz verbergen. »Vor langer Zeit schon haben die Menschen vereinbart, aus Sicherheitsgründen niemals über den Fluss zu gehen. Ich halte das für sehr klug.« Der Roush hielt inne und sah sich um. »Das ist der Kern der Sache. Es gibt noch unzählige Einzelheiten, aber die werden dir hoffentlich bald wieder einfallen.«

»Außer der ewigen Liebesgeschichte«, sagte Gabil, »und Rachelle.«

»Außer der ewigen Liebesgeschichte, die Gabil dir erzählen soll, da er so sehr darauf brennt.«

Gabil zögerte nicht eine Sekunde. »Sie hat dich erwählt, Thomas! Rachelle. Es war ihre Entscheidung und jetzt bist du dran. Du musst sie umwerben, ihr den Hof machen und sie gewinnen, wie nur du das machen kannst.« Er grinste vor Vergnügen.

Tom wartete darauf, dass Gabil fortfahren würde. Aber das Wesen grinste nur.

»Entschuldigung«, sagte Tom. »Ich weiß nicht, was das zu bedeuten hat. Ich kenne sie ja nicht einmal.«

»Das ist noch wunderbarer! Eine wunderbare Wendung. Tatsache ist, dass du kein Zeichen auf der Stirn trägst, also kann jede Frau dich erwählen. Ihr werdet euch vollkommen ineinander verlieben und zusammengehören.«

»Das ist doch verrückt! Ich weiß kaum, wer ich selbst bin. Eine Liebesgeschichte ist das Letzte, woran ich jetzt denke. Bei allem, was ich weiß oder nicht weiß, liebe ich womöglich eine andere Frau in meinem Dorf.«

»Nein, das kann nicht sein. Dann würdest du ein anderes Zeichen tragen.«

Sie erwarteten doch wohl nicht von ihm, dass er diese Frau aus reiner Pflicht umwarb? »Ich muss sie aber noch erwählen, oder?

Das kann ich nicht. Nicht in diesem Zustand. Ich weiß noch nicht einmal, ob ich sie mag.«

Die beiden Roush starrten ihn verblüfft an.

»Ich fürchte, du hast das nicht richtig verstanden«, sagte Michal. »Es geht hier nicht darum, ob du sie magst. Natürlich wirst du sie mögen! Das ist deine Entscheidung, sonst wäre es ja keine Erwählung. Aber – und das musst du mir jetzt glauben – ihr Menschen fließt vor Liebe über. Er hat euch so gemacht, wie er selbst ist. Du würdest jede Frau lieben, die dich erwählt. Und jede Frau, die du erwählst, würde dich auch erwählen. So ist das nun einmal.«

»Was ist, wenn ich nicht so empfinde?«

»Sie ist vollkommen!«, sagte Gabil. »Alle sind vollkommen. Du wirst so empfinden, Thomas.«

»Wir kommen aus unterschiedlichen Dörfern. Würde sie einfach mit mir mitkommen?«

Michal zog seine Augenbrauen hoch. »Kleinigkeiten. Ich merke schon, der Gedächtnisverlust könnte ein Problem darstellen. Aber jetzt müssen wir wirklich gehen. Zu Fuß werden wir langsam sein und wir haben noch einen langen Weg vor uns.« Er wandte sich seinem Freund zu. »Gabil, du kannst fliegen, ich bleibe bei Thomas Hunter.«

»Wir müssen los«, sagte Gabil. Er breitete seine Flügel aus und sprang in die Luft. Tom sah bewundernd zu, wie sich der weiße, haarige Körper elegant in die Luft schwang. Ein Luftzug von den zarten Flügeln des Roush wehte durch sein Stirnhaar.

Tom starrte den wunderschönen Wald an und zögerte. Michal blickte vom Waldrand her geduldig zu ihm zurück. »Wollen wir gehen?« Er wandte sich wieder dem Wald zu. Tom holte tief Luft und folgte dem Roush wortlos.

Sie gingen etwa zehn Minuten schweigend durch den bunten Wald. Unterm Strich lief es darauf hinaus, dass er hier irgendwo lebte, vielleicht weit weg, aber an diesem wunderbaren, irrealen Ort. Wenn er seine Freunde wiedersah, sein Dorf, seine … was auch immer sonst noch zu ihm gehörte, würde seine Erinnerung zurückkommen.

»Wie lange wird es dauern, bis ich wieder bei den Meinen bin?«, fragte Tom.

»Das hier sind die Deinen. In welchem Dorf du lebst, ist nicht wirklich von Bedeutung.«

»In Ordnung, aber wie lange wird es dauern, bis ich meine Familie wiederfinde?«

»Kommt darauf an«, erwiderte Michal. »Neuigkeiten verbreiten sich langsam und die Entfernungen sind groß. Es könnte ein paar Tage dauern, vielleicht sogar eine Woche.«

»Eine Woche! Was soll ich so lange machen?«

Der Roush kam zu ihm und blieb stehen. »Was du tun sollst? Funktionieren deine Ohren auch nicht mehr? Du bist erwählt worden!« Er schüttelte den Kopf und fuhr fort. »Meine Güte! Dieser Gedächtnisverlust ist wirklich unmöglich. Lass mich dir einen guten Rat geben, Thomas Hunter: Solange dein Gedächtnis noch nicht funktioniert, tu einfach, was die anderen tun. Deine Verwirrung ist wirklich beunruhigend.«

»Ich kann doch nicht so tun als ob. Wenn ich nicht weiß, was passiert, kann ich auch nicht …«

»Wenn du immer tust, was die anderen tun, kommt dein Gedächtnis vielleicht wieder zurück. Tu wenigstens das, was Rachelle tut.«

»Du willst, dass ich so tue, als sei ich in sie verliebt?«

»Du wirst dich in sie verlieben! Du hast nur vergessen, wie das alles läuft. Wenn du deine Mutter wiederträfst, dich aber nicht an sie erinnern könntest, würdest du sie dann nicht trotzdem lieben? Natürlich! Du würdest annehmen, dass du sie liebst und sie daher lieben.«

Der Roush hatte recht.

Plötzlich kam Gabil durch die Baumwipfel angeflogen und landete mit einem Grinsen auf seinem plumpen Gesicht neben Tom. »Hast du Hunger, Thomas Hunter?« Mit dem Flügel hielt er eine blaue Frucht hoch. Tom blieb stehen und starrte auf die Frucht.

»Keine Angst, mein Herr. Das ist eine sehr schmackhafte Frucht. Ein blauer Pfirsich. Schau nur.« Gabil nahm einen kleinen Bissen und zeigte Tom das Innere der Frucht. Der Saft, der an der Bissstelle glitzerte, hatte denselben ölig grünen Ton wie der Fluss.

»Ach ja«, sagte Michal und drehte sich zu ihm um. »Noch etwas, für den Fall, dass du es vergessen hast: Das ist deine Nahrung. Es heißt Obst und genau wie das Wasser wurde es von Eljon berührt.«

Tom nahm die Frucht vorsichtig in die Hand und sah zu Michal.

»Nur zu. Iss, iss.«

Er nahm einen kleinen Bissen und spürte den kühlen, süßen Saft in seinem Mund. Ein Zittern ging durch seinen Magen und in seinem ganzen Körper wurde es warm. Er lächelte Gabil an.

»Das schmeckt gut«, sagte er und biss noch einmal ab. »Sehr gut.«

»Die Nahrung großer Krieger«, sagte Gabil. Mit diesen Worten watschelte die kleine Gestalt einige Schritte, sprang in die Luft und flog wieder hinauf in den Himmel.

Michal lachte leise über seinen Kameraden und ging weiter. »Komm, komm, wir müssen weiter.«

Tom hatte gerade den blauen Pfirsich aufgegessen, als Gabil noch eine Frucht brachte, diesmal eine rote. Mit einem eleganten Flügelschlag und einem schrillen Lachen ließ er die Frucht in Toms Hand fallen und flog wieder davon. Beim dritten Mal war es eine grüne Frucht, die man schälen musste, aber das Fruchtfleisch war wahrscheinlich das köstlichste von allen.

Als er zum vierten Mal auftauchte, vollführte Gabil eine Flugschau. Der Roush kam schreiend von hoch oben angesaust, machte einen Rückwärtslooping, drehte sich dann zum Sturzflug, den er gerade noch über Toms Kopf abfangen konnte. Tom riss die Arme hoch und duckte sich, weil er sicher war, dass der Roush sich verschätzt hatte. Mit rauschenden Flügeln schwirrte er kreischend an Toms Kopf vorbei.

»Gabil!«, rief Michal ihm nach. »Etwas vorsichtiger, bitte!«

Gabil flog weiter, ohne sich noch einmal umzusehen.

»Ein wahrhaft großer Krieger«, sagte Michal und ging weiter.

Nach gut einem Kilometer blieb der Roush auf einem Bergkamm stehen. Tom verharrte neben dem behaarten Geschöpf und blickte auf ein großes grünes Tal hinunter, das mit Blumen bedeckt war, die aussahen wie türkis- und orangefarbene Gänseblümchen. Es war ein dichter Teppich, der zu einem Purzelbaum einlud. Tom war von der plötzlich so ganz anderen Landschaft so überrascht, dass er das Dorf zunächst gar nicht wahrnahm.

Als er es sah, verschlug es ihm den Atem.

Das kreisrunde Dorf, das in das Tal gebettet dalag, sprühte vor Farben. Einen Augenblick dachte Tom, er sei im Schlaraffenland oder im Märchenwald gelandet. Aber er wusste, dass das nur Märchen aus den Chroniken waren. Dieses Dorf dagegen war durch und durch echt.

Mehrere hundert quadratische Hütten, von denen jede in einer anderen Farbe leuchtete, lagen wie bunte Bauklötze in konzentrischen Kreisen um einen Bau mit einem hohen Turm, der sich in der Mitte über alles erhob. Der Himmel über den Häusern war voller Roush, die in der Nachmittagssonne ihre Kunststücke machten.

Als sich seine Augen allmählich an den unglaublichen Anblick gewöhnten, sah er, wie sich unten im Dorf eine Haustür öffnete. Tom sah, wie eine kleine Gestalt heraustrat. Und dann sah er, dass Dutzende von Menschen wie Punkte im Dorf verteilt waren.

»Kommen dir irgendwelche Erinnerungen?«, fragte Michal.

»Ich glaube schon.«

»Woran erinnerst du dich?«

»Nichts Genaues. Es kommt mir nur alles irgendwie bekannt vor.«

Michal seufzte. »Weißt du, ich habe nachgedacht. Vielleicht hat dein kleines Abenteuer im schwarzen Wald auch etwas Gutes. Es kursierten Gerüchte von einer Expedition – eine absurde Idee, die sich Tanis irgendwie in den Kopf gesetzt hat. Er scheint der Ansicht zu sein, dass es Zeit ist, die Shataiki zu bekämpfen. Er hatte immer irgendwelche Ideen, ein Geschichtenerzähler eben. Aber bei seiner neuesten Idee könnte ich einen Anfall kriegen. Vielleicht kannst du sie ihm ausreden.«

»Kann Tanis überhaupt kämpfen?«

»Wie kein anderer Mensch. Er hat eine ziemlich spektakuläre Kampftechnik entwickelt. Er macht mehr Überschläge, Drehungen und Tritte, als ich mir vorstellen kann. Er hat das aus bestimmten Erzählungen aus den Chroniken. Sie faszinieren Tanis, ganz besonders die Erzählungen von Eroberungen. Er hat sich in den Kopf gesetzt, die Shataiki zu vernichten.«

»Und warum sollte er das nicht tun?«

»Die Shataiki sind vielleicht keine großen Krieger, aber sie können einen verführen. Ihr Wasser ist sehr einladend. Du hast es gesehen. Vielleicht kannst du ihn zur Vernunft bringen.«

Thomas nickte. Auf einmal wollte er diesen Tanis unbedingt kennenlernen.

Michal seufzte. »Gut, bleib hier. Warte, bis ich zurückkomme. Hast du verstanden?«

»Klar, aber …«

»Nein, warte einfach. Wenn du siehst, dass sie zum Treffen gehen, kannst du mitgehen. Aber sonst bleib bitte hier.«

»Was für ein Treffen?«

»Am See. Keine Sorge, du kannst es nicht verpassen. Kurz vor Sonnenuntergang wird es eine Art Volkswanderung geben. Einverstanden?«

»Einverstanden.«

Michal breitete zum ersten Mal seit zwei Stunden seine Flügel aus und hob ab. Tom sah ihm nach, bis er über dem Tal verschwand, und fühlte sich verlassen und unsicher.

Er konnte jetzt erkennen, dass die Häuser wohl aus den bunten Bäumen des Waldes gebaut waren. Das waren also die Seinen – ein seltsamer Gedanke. Vielleicht waren es nicht ganz die Seinen, so wie sein Vater, seine Mutter, sein Bruder, seine Schwester, aber es waren Menschen wie er. Er war verloren, aber doch nicht ganz verloren.

Ob diese Rachelle da unten irgendwo war?

Er saß im Schneidersitz an einen Baum gelehnt und seufzte. Die Häuser waren klein und eigenartig; sie sahen eher wie Hütten aus. Dazwischen waren Grasstreifen, sodass das ganze Dorf wie ein riesiges Rad aussah, dessen grüne Speichen in der Mitte bei einem runden Gebäude zusammenliefen. Dieses Gebäude war mindestens dreimal so hoch und um ein Vielfaches größer als alle anderen Häuser. Vermutlich ein Versammlungsort.

Zu seiner Rechten führte ein breiter Weg vom Dorf in den Wald, wo er verschwand. Der See.

Seine Gedanken begannen, sich im Kreis zu drehen. Er bemerkte, dass Michal schon lange weg war. Er hielt nach einer Volkswanderung Ausschau und nach Michal, aber nichts geschah. Er lehnte den Kopf gegen den Stamm und schloss die Augen.

All das war so seltsam.

Und er war so müde.

8

TOM ÖFFNETE DIE Augen und wusste sofort, dass es wieder passiert war.

Er lag auf dem beigefarbenen Sofa in der Wohnung in Denver. Mit einer Batikdecke zugedeckt. Zu seiner Linken strömte Licht durch einen Spalt im Vorhang. Zu seiner Rechten befanden sich die Rückenlehne des Sofas und dahinter die verschlossene Tür. Über ihm die Zimmerdecke. Orangenschalenstrukur, cremeweiß gestrichen. Es hätten Wolken sein können und Tausende von anderen Welten könnten sich in den Mulden verstecken. Tom blieb regungslos liegen und atmete tief ein.

Er träumte.

Ja, natürlich träumte er. Das hier konnte nicht echt sein, denn jetzt kannte er ja die Wirklichkeit. Er hatte im schwarzen Wald einen Schlag auf den Kopf bekommen. Dadurch hatte er das Gedächtnis verloren und war in diese seltsamen Träume befördert worden, in denen er träumte, er lebe tatsächlich auf der alten Erde und werde von einigen übelwollenden Männern verfolgt, wie Michal sich ausgedrückt hatte.

Genau in diesem Moment träumte er wieder von der Geschichte der alten Erde – oder der anderen Erde.

Tom setzte sich auf. Erstaunlich! Alles sah so echt aus. Mit seinen Fingerspitzen konnte er sogar die Beschaffenheit der Decke fühlen. Karas Mosaik mit den bemalten Masken hätte nicht echter aussehen können. Er atmete und er konnte den schalen Geschmack im Mund schmecken. Er erlebte diesen Traum so realistisch, als wäre er tatsächlich wach und fühlte die Bäume des bunten Waldes oder biss in eine der Früchte, die ihm Gabil brachte. Das hier war nicht ganz so echt, aber doch sehr überzeugend.

Aber wenigstens wusste er jetzt, was passierte, und er wusste, warum der Traum sich so echt anfühlte. Ein unglaubliches Erlebnis.

Er schwang die Beine vom Sofa und schob die Decke beiseite. Was konnte er also hier im Traum tun, was im wirklichen Leben nicht ging? Er streckte seine Finger und machte eine Klaue. Ob er schweben konnte?

Er stand auf. Keine Kopfschmerzen, wie erwartet. Natürlich nicht, es war ja nur ein Traum. Er wippte auf den Zehen.

Schweben ging nicht.

Gut, er konnte also nicht schweben wie in manchen anderen Träumen. Aber er war sich sicher, dass es genug andere außergewöhnliche Dinge gab, die er tun konnte. Er konnte in seinem Traum nicht verletzt werden, nicht wirklich, was ihm einige interessante Möglichkeiten eröffnete.

Tom machte einige Schritte und blieb dann stehen. Interessanterweise fühlten sich die Schritte im Traum fast genauso an wie in Wirklichkeit, obwohl er einen Unterschied spürte. Seine Beine fühlten sich nicht ganz echt an. Tatsächlich konnte er seine Beine nicht fühlen, wenn er seine Augen schloss – er versuchte es. Seine Füße konnte er natürlich spüren, aber es hätte statt Fleisch und Knochen auch Luft zwischen seinen Füßen und seinen Hüften sein können.

Stehen im Traum. Unglaublich.

Er ging im Zimmer herum und war verblüfft, wie echt sich alles anfühlte. Natürlich nicht so echt, wie wenn er mit Michal und Gabil herumlief, aber wenn er nicht gewusst hätte, dass er träumte, hätte er denken können, das Zimmer sei echt. Erstaunlich, wie das Gehirn funktionierte.

Er ließ seine Hand über eine schwarze Vogelstatue gleiten, die er aus Indonesien importiert hatte. Er konnte jede Wölbung und jede Vertiefung fühlen. Wahrscheinlich … Tom beugte sich hinunter und roch am Holz … tatsächlich, es roch rauchig, genau wie er es sich vorgestellt hatte. Das Holz war durch Feuer gehärtet worden. Ob der Schnitzer wohl alles geträumt hatte, als er die Figur geschnitzt hatte?

»Thomas?«

Er fragte sich, ob das Michal war, der ihn da rief. Der Roush war wohl zurückgekommen, von wo auch immer er hingeflogen war, und versuchte, ihn aufzuwecken. Tom war sich nicht sicher, ob er jetzt schon aufwachen wollte. Dieser Traum …

»Tom.«

Eigentlich hörte sich die Stimme höher an, eher wie Gabil.

»Was machst du da?«

Er drehte sich um. Kara stand in einem blau geblümten Hemdchen und Boxershorts neben dem Sofa. Er hätte es wissen müssen. Er träumte immer noch.

»Hallo Schwesterchen.«

Sie war in Wirklichkeit natürlich nicht seine Schwester, denn sie existierte ja nicht wirklich. In seiner Traumwelt schon, aber nicht in der echten Welt.

»Alles in Ordnung?«

»Klar. Hab mich nie besser gefühlt. Sieht man mir das nicht an?«

»Dann … dann flippst du also nicht aus wegen dem, was gestern Abend war?«

»Gestern Abend?« Er machte einen Schritt nach rechts und fragte sich, ob Michal ihn wohl jeden Moment aufwecken würde. »Ach du meinst die Verfolgungsjagd durch die Gassen und den Streifschuss am Kopf und wie ich die miesen Typen elegant losgeworden bin? Das mag dich vielleicht jetzt schockieren, aber das ist alles nicht wirklich passiert.«

»Wie meinst du das? Hast du alles nur erfunden?« Ihr Gesicht hellte sich ein wenig auf.

»Na ja, nicht ganz. Das heißt, hier ist es schon passiert. Aber das hier ist nicht die Wirklichkeit. Die Kuh kann nicht wirklich über den Mond fliegen, und wenn du träumst, dass du fällst, du aber nicht landest, liegt es daran, dass du nicht wirklich fällst. Das hier ist nicht echt.«

Er grinste.

»Cool, oder?«

»Wovon zum Kuckuck redest du?« Ihre Augen wanderten zum Couchtisch, wo das Glas mit den Tabletten stand. »Hast du noch mehr Tabletten genommen?«

»Ach ja, die Morphiumtabletten. Nein, ich habe keine genommen, und nein, ich fantasiere nicht.« Mit ausgestreckten Armen verkündete er ihr die Wahrheit: »Das hier, meine liebe Schwester, ist ein Traum. Wir sind in Wirklichkeit in einem Traum!«

»Hör auf mit dem Blödsinn. Das ist nicht lustig.«

»Du kannst sagen, was du willst, aber das hier passiert in Wirklichkeit gar nicht. Du denkst, ich spinne, weil du es nicht besser weißt – wie denn auch. Du bist auch Teil des Traums.«

»Und was ist mit dem Verband an deinem Kopf? Ist das auch Traum? Das ist doch krank!«

Sie ging auf die Küchentheke zu.

Tom tastete nach dem Verband an seinem Kopf. »Ich träume von dieser Wunde, weil ich im schwarzen Wald auf einen Stein gefallen bin. Obwohl nicht alles übereinstimmt, denn hier habe ich mir nicht den Arm gebrochen so wie dort.«

Kara sah ihn ungläubig an. Einen Moment lang sagte sie gar nichts und er dachte, sie käme vielleicht zur Vernunft. Vielleicht konnte man Traum-Menschen mit den richtigen Argumenten davon überzeugen, dass sie nur im Traum existierten.

»Hast du weiter über die Sache mit den New Yorkern nachgedacht?«, fragte sie.

Nix war's. Sie leugnete die Wahrheit immer noch.

»Kara, du hörst mir nicht zu. Es gab keine Verfolgungsjagd gestern Abend. Die Kopfverletzung habe ich mir im schwarzen Wald geholt. Das hier ist ein Tr–«

»Thomas! Hör auf! Und hör auf, so zu grinsen!«

Ihr ernster Ton klang jedenfalls sehr echt. Er presste die Lippen zusammen.

»Du kannst diesen Blödsinn doch nicht ernst meinen«, sagte Kara.

»Todernst«, sagte er. »Denk doch nur mal nach. Was wäre, wenn das hier wirklich ein Traum wäre? Zieh es zumindest mal in Betracht. Ich meine, was wäre, wenn all das hier«, er machte eine ausholende Bewegung mit dem Arm, »wenn all das hier nur in deinem Kopf existiert? Michal hat mir erzählt, dass das hier passieren würde, und es kommt genauso, wie er es gesagt hat. Glaub mir, das war kein Traum. Ich wurde wirklich von Shataiki angegriffen. Du kennst sie nicht, aber es sind große schwarze Fledermäuse mit roten Augen …«

Er hielt inne. Vielleicht sollte er mit den Einzelheiten ein bisschen vorsichtiger umgehen. Für Kara, die das ja nicht selbst erlebt hatte, musste diese Wirklichkeit absurd klingen.

»In Wirklichkeit lebe ich auf der anderen Erde. Ich warte auf Michal, aber er braucht einfach ewig. Da habe ich mich unter einen Baum gesetzt und den Kopf am Stamm angelehnt. Dann bin ich eingeschlafen. Siehst du das nicht?« Er grinste wieder.

»Nein, das sehe ich allerdings nicht.«

»Kara, ich bin gerade eingeschlafen. Ich schlafe! Genau in diesem Augenblick sitze ich schlafend unter einem Baum. Erklär mir mal bitte, wie ich hier stehen kann, wenn ich doch weiß, dass ich unter einem Baum sitze und schlafe und auf Michal warte. Wie erklärst du das?«

»Du lebst also in einer Welt mit großen schwarzen Fledermäusen und …« Sie seufzte. »Du solltest dich selbst hören, Thomas. Das ist gar nicht gut. Ich brauche dich jetzt bei Verstand. Bist du dir ganz sicher, dass du nicht noch mehr Tabletten genommen hast?«

Tom spürte, wie in ihm der Frust hochstieg, aber er blieb ruhig. Es war ja schließlich nur ein Traum. In einem Traum konnte er sich fühlen, wie er wollte. Wenn sich jetzt ein großer Geist mit riesigen Reißzähnen auf ihn stürzte, könnte er ihn anschauen, lachen und das Ding würde verschwinden. Es war überflüssig, sich jetzt über Kara zu ärgern. Sie konnte ja nichts dafür. Wenn er sie nicht überzeugen konnte, würde er das Spiel eben einfach mitspielen. Warum nicht? Michal würde ihn jeden Moment aufwecken.

»Gut, Kara. Okay. Aber was wäre, wenn ich es dir beweisen könnte?«

»Das kannst du nicht. Wir müssen uns überlegen, was wir jetzt tun. Ich muss mich jetzt anziehen und dich dann ins Krankenhaus bringen. Du hast eine Gehirnerschütterung.«

»Aber was wäre, wenn ich dir beweisen könnte, dass wir in einem Traum sind? Ich meine in Wirklichkeit. Beweg mal deine Hand, so.« Er schwang seine Hand durch die Luft. »Merkst du nicht, dass es nicht echt ist? Ich schon. Spürst du nicht, dass irgendetwas nicht ganz stimmt? Die Luft fühlt sich dünner an …«

»Bitte, Thomas, du fängst an, mir Angst zu machen.«

Er ließ die Hand sinken. »In Ordnung, aber was wäre, wenn ich es dir ganz logisch beweisen könnte?«

»Das ist unmöglich.«

»Was wäre, wenn ich dir sagen könnte, wie die Welt untergeht?«

»Ach, bist du jetzt ein Prophet? Du lebst in einer Welt mit schwarzen Fledermäusen und kannst die Zukunft vorhersagen? Klingt das denn gar nicht dämlich für dich? Denk doch mal nach, Thomas! Wach auf!«

»Es ist nicht dumm. Ich kann dir sagen, wie die Welt untergeht, weil sie in Wirklichkeit schon untergegangen ist und alles in den Chroniken festgehalten wurde.«

»Natürlich.«

»Genau. Es fängt alles mit dem Raison-Virus an, einem Virus, das eine französische Firma entwickelt hat. Alle denken, es ist ein Impfstoff, aber es mutiert unter großer Hitze und wird irgendwann im Jahr 2010 die Menschheit ausrotten. Bei dieser letzten Angabe bin ich mir nicht ganz sicher.«

»Das ist dein Beweis? Dass die Welt irgendwann dieses Jahr untergehen wird?«

Sie nahm ihm das nicht ab.

Plötzlich hatte Tom eine andere Idee. Eine recht spaßige Idee eigentlich. Er ging zur Eingangstür, drehte den Griff und riss sie auf.

»In Ordnung, ich beweise es dir«, sagte er und trat hinaus.

»Was machst du da? Was ist, wenn sie da draußen sind?«

»Sie sind nicht da draußen, weil es sie gar nicht gibt. Rede ich hier eigentlich gegen eine Wand?« Das Licht tat ihm in den Augen weh. Er ging über den Eingangsbereich und griff nach dem Geländer. Sie waren im dritten Stock. Der Parkplatz unten war betoniert.

Kara rannte zur Tür. »Thomas! Was machst du?«

»Ich werde hier hinunterspringen. Im Traum tut man sich nicht wirklich weh, stimmt's? Wenn ich springe …«

»Bist du wahnsinnig? Du wirst dir wehtun! Und was ist mit der Schusswunde an deinem Kopf?«

»Ich habe dir doch schon gesagt, dass ich mir den Kopf an einem Stein im schwarzen Wald angeschlagen habe.«

»Aber was ist, wenn du dich irrst?«

»Ich irre mich nicht.«

»Und wenn doch? Was ist, wenn auch nur die kleinste Möglichkeit besteht, dass du dich irrst? Was ist, wenn es genau umgekehrt ist?«

»Was meinst du damit?«

»Was ist, wenn das hier die echte Erde ist, aber du denkst, die andere Erde ist echt, weil sie sich so echt anfühlt?«

»Die Wunde an meinem Kopf von dem Sturz ist echt. Wie kannst du …«

»Es sei denn, es war in Wirklichkeit eine Kugel, die dich am Kopf getroffen hat, und dann hast du etwas geträumt von einem Stein. Komm zurück, Thomas. Du kannst nicht klar denken.«

Tom war plötzlich von dieser Möglichkeit getroffen und sah zu Boden. Hier draußen in der Morgensonne schmolz sein Selbstbewusstsein dahin. Was wäre, wenn sie recht hatte? Er hatte sich sowohl im schwarzen Wald als auch in seinem Traum hier am Kopf verletzt. Was wäre, wenn es eine echte Verbindung gäbe? Oder wenn er Traum und Realität verwechselt hatte?

»Tom. Bitte.«

Er trat mit klopfendem Herzen vom Geländer zurück. Was dachte er eigentlich?

»Glaubst du, dass das möglich wäre?«, fragte er.

»Ja! Ja, ich glaube schon. Ich weiß es!«

Er rieb seine Finger gegeneinander und sah sie an. Wenn er genau nachdachte, war sie ja doch seine Schwester. Wenn er nur träumte, würde das dann bedeuten, Kara gäbe es gar nicht?

Die Morgenzeitung lag neben der Eingangstür. Wenn das stimmte, waren sie wirklich in großen Schwierigkeiten. Er hob die Zeitung auf.

»Gut, komm rein.«

Zum Glück kam sie hinein und er schloss die Tür.

»Du hast mir wirklich Angst gemacht«, sagte Kara. Sie nahm ihm die Zeitung aus der Hand und ging voraus in die Küche. »Das ist nicht der passende Augenblick. Die Kugel hat dir offensichtlich mehr Schaden zugefügt, als wir dachten.«

Sie ließ die Zeitung auf die Küchentheke fallen, drehte den Wasserhahn auf und überflog die Titelseite, während sie ihre Hände wusch.

»Es tut mir leid, ehrlich. Ich bin nur …« Eigentlich wusste Tom gar nicht, was er war. Es war eindeutig Zeit für eine Entscheidung. Er musste annehmen, dass er doch in Denver war, und zwar nicht in einem Traum, sondern ganz real. Wenn er daran dachte, was das für den schwarzen Wald und Michal bedeutete, drehte sich alles. Im Moment konnte er das alles einfach nicht sortieren. Wenn er wirklich gestern Abend von New Yorkern verfolgt worden war, saßen er und Kara ganz schön in der Tinte.

Die Angst kroch ihm in den Bauch. Sie mussten aus der Stadt verschwinden.

»Tom?«

Er sah auf. »Wir müssen hier weg.«

Sie hörte ihm nicht zu. Ihre nassen Hände hingen bewegungslos über der Spüle. Ihre Augen starrten auf die Zeitung zu ihrer Linken.

»Wie hieß noch gleich das Virus, von dem du geredet hast?«

»Was für ein Virus? Das Raison-Virus?«

»Ein französisches Unternehmen?«

Er ging zu ihr hin und sah auf die Zeitung. Eine fette schwarze Überschrift lief über die ganze Seite:

CHINA SAGT NEIN

»China sagt Nein?«

Sie hob die Zeitung hoch und kümmerte sich nicht um die dunklen Flecken, die ihre nassen Hände dabei auf der Seite machten. Dann sah er die kleinere Unterzeile in der Mitte der Seite auf der linken Seite bei den Überschriften vom Wirtschaftsteil:

VORTEIL FÜR FRANKREICH:
RAISON PHARMA KÜNDIGT NEUEN IMPFSTOFF AN
UND VERKAUFT SEINE US-AKTIEN

Tom nahm die Zeitung, schlug den Wirtschaftsteil auf und fand dort den Artikel. Es war ihm, als würde der Firmenname plötzlich die ganze Seite füllen. Raison Pharma. Sein Herz hämmerte.

»Was …« Kara hielt inne. Sie war durch diese neue Wendung offensichtlich verwirrt. Sie beugte sich über die Zeitung und las ebenfalls den kurzen Artikel.

Raison Pharma, der bekannte französische Konzern, dem mehrere kleinere Unternehmen angeschlossen waren, war 1973 von Jacques de Raison gegründet worden. Das Unternehmen, das sich auf die Entwicklung von Impfstoffen und Genforschung spezialisiert hatte, war in mehreren Ländern vertreten, hatte seinen Hauptsitz aber in Bangkok, wo es ohne die gesetzlichen Einschränkungen operieren konnte, die es in den USA oft behinderten. Das Unternehmen war bekannt, weil es häufig mit tödlichen Viren arbeitete, um Impfstoffe daraus zu entwickeln. Seine vertraglichen Bindungen mit der früheren Sowjetunion waren einmal sehr umstritten gewesen.

In letzter Zeit war die Firma durch die Entwicklung von oral und nasal verabreichten Impfstoffen bekannt geworden. Die Medikamente, die auf der Umstrukturierung von DNA basierten, waren nicht dosisabhängig. Einfacher ausgedrückt: Auch eine hohe Dosierung hatte keinerlei Nebenwirkungen. Dibloxin 42 zum Beispiel, ein Pockenimpfstoff, konnte in die Trinkwasserversorgung gegeben werden, um so die Bevölkerung eines ganzen Landes zu immunisieren, ohne die Gefahr, dass Einzelne zu hohe Dosen bekamen, egal wie viel Wasser jemand trank. Es war die perfekte Problemlösung für Dritt-Welt-Länder.

Einige dieser Impfstoffe würden einer ganzen Latte strenger Tests unterzogen werden müssen, wenn der Abgeordnetenkongress das neue Gesetz verabschiedete, das Merton Gains initiiert hatte, noch bevor er stellvertretender Außenminister geworden war.

Raison ließ heute Morgen bekannt werden, dass sie noch

innerhalb der nächsten Tage einen neuen, in der Luft übertragbaren Impfstoff bekannt geben würden, der einige weltweit verbreitete, schwere Krankheiten auslöschen würde. Das Medikament, der sogenannte Raison-Impfstoff …

Kara hielt erschrocken die Luft an, als Tom den Satz vorlas:

»Das Medikament, der Raison-Impfstoff genannt, verspricht die Präventivmedizin zu revolutionieren. Die Börse wird darauf reagieren, aber ein Kursanstieg könnte gleichzeitig durch die Bekanntgabe gedämpft werden, dass die Filiale in Ohio zugunsten der Entwicklung des Raison-Impfstoffs, der in Bangkok entdeckt wurde, geschlossen wird.«

Der Artikel ging weiter und legte ausführlich die möglichen Reaktionen des Aktienmarktes auf diese Neuigkeit dar. Toms Hand begann leicht zu zittern.

»Woher wusstest du das?«, fragte Kara und sah auf.

»Ich wusste es nicht. Ich schwöre dir, ich habe diesen Namen bis gerade eben weder gehört noch gelesen. Außer …«

»Außer in deinen Träumen. Nein, das kann nicht sein.«

Tom legte die Zeitung weg und biss die Zähne zusammen. »Verrate mir mal, wie ich das sonst hätte wissen sollen.«

»Du musst vorher davon gehört haben …«

»Selbst wenn ich von dieser Firma schon gehört hätte – und selbst das war ja erst gestern Abend! –, hätte ich nie im Leben vom Raison-Impfstoff wissen können. Nicht, ohne diese Zeitung gelesen zu haben. Und das habe ich nicht!«

»Dann hast du die Zeitung vorher gelesen oder hast es gestern Abend in den Nachrichten gehört.«

»Ich habe gestern Abend keine Nachrichten gehört! Und du hast die Zeitung selbst draußen liegen sehen, genau dort, wo sie immer liegt.«

Sie begann an ihrem Fingernagel zu kauen, was sie gewöhnlich nur tat, wenn sie ganz außer sich war. Tom ging seine Unterhaltung mit Michal über den Raison-Impfstoff noch einmal durch den Kopf, als sei es gerade eben erst gewesen, was in gewisser Weise auch stimmte. Womöglich war er erst vor ein paar Minuten dort unter dem Baum eingeschlafen.

Aber es war wohl kein Traum.

»Willst du mir tatsächlich weismachen, dass in deinen Träumen etwas passiert, wodurch du all diese Informationen bekommst?«, fragte sie fordernd. »Was hast du noch alles über die Zukunft erfahren?«

Er dachte nach. »Nur, dass es mit dem Raison-Impfstoff Probleme gab und er sich zu einem Virus, dem Raison-Virus, entwickelte, das den größten Teil der Menschheit innerhalb von …«

»Innerhalb von was?«

Tom kratzte sich am Kopf. »Innerhalb von kürzester Zeit.«

»Wie kurz?« Sie stieß scharf die Luft aus. »Hör mal, ich kann es kaum fassen, dass ich dich das überhaupt frage.«

»Innerhalb weniger Wochen, glaube ich.«

Kara ging in der Küche auf und ab und kaute immer noch an ihren Fingernägeln. »Das ist verrückt. Bis gestern war die schwerwiegendste Frage meines Lebens, ob ich mir die Haare abschneiden lassen soll. Aber das war, bevor ich nach Hause kam zu meinem verrückten Bruder. Jetzt sitzen uns irgendwelche üblen Typen im Nacken und rein zufällig wird auch noch die ganze Welt mit einem Virus infiziert werden, von dem außer meinem träumenden Bruder niemand etwas weiß. Und wie bitte schön hat er von diesem Virus erfahren? Ganz einfach: Eine schwarze Fledermaus mit roten Augen, die in der echten Welt lebt, hat es ihm verraten. Entschuldige, wenn ich nicht schnellstens meine Gasmaske aufsetze.«

Sie kochte, aber sie war auch äußerst besorgt, sonst würde sie nicht kochen.

»Nein, nicht die schwarze Fledermaus«, sagte Tom. »Eine weiße. Ein Roush. Und die Roush haben grüne Augen.«

»Natürlich, wie dumm von mir. Grüne Augen. Die Fledermaus mit den grünen Augen hat es ihm verraten. Und habe ich auch die kleine Nebensächlichkeit schon erwähnt, dass diese Welt nur ein Traum ist? Nun, wenn es ein Traum ist, dann müssen wir uns eigentlich keine Sorgen machen, oder?«

Guter Punkt.

Tom ging ins Wohnzimmer und drehte sich um. Er sah, dass

sie ihm gefolgt war. Sie war blass. Sie machte sich wirklich große Sorgen.

»Aber du glaubst nicht im Geringsten, dass du und ich im Moment in einem Traum sind«, sagte er. »Das kann nur bedeuten, dass ich all das andere geträumt habe. Gut. Noch schlimmer. Das heißt, dass das hier die Wirklichkeit ist, dass ein Virus die Welt bedroht.«

Kara ging zum Fenster und schob vorsichtig den Vorhang ein Stück zur Seite. Sie glaubte es immer noch nicht, aber ihre Selbstsicherheit war erschüttert.

»Irgendwer draußen?«

»Nein.« Sie ließ den Vorhang wieder los. »Aber wenn ich dir glauben soll, dann sind die paar Mörder aus New York im Moment das kleinere Problem.«

»Könntest du bitte mit diesem herablassenden Tonfall aufhören? Ich habe mir das nicht ausgesucht. Gut, vielleicht bin ich schuld daran, dass die Typen hinter uns her sind, aber ich habe dafür auch schon um Verzeihung gebeten. Was den Rest angeht, bin ich genauso unschuldig wie du. Kann ich etwas für meine Träume?«

»Es hört sich nur so dämlich an, Thomas. Das verstehst du doch, oder? Es klingt wie eine Geschichte, die sich ein kleines Kind ausdenkt. Und ehrlich gesagt, spricht die Tatsache, dass du so … jugendlich wirkst, nicht gerade für dich.«

Tom erwiderte nichts.

Kara seufzte und setzte sich auf die Armlehne des Sofas. »Schön, schön. Nehmen wir mal an, an deinen Träumen ist etwas dran. Worum genau geht es in diesen Träumen?«

»Nur um das festzuhalten: Ich stimme nicht zu, dass es Träume sind«, sagte er. »Zumindest muss ich jede der beiden Welten als Wirklichkeit betrachten. Schließlich willst du ja, dass ich dieses Zimmer als echt betrachte. Du wolltest nicht, dass ich über die Brüstung draußen springe. In Ordnung, aber glaub mir, dort fühlt es sich mindestens genauso real an. Im Moment schlafe ich dort unter einem Baum. Aber sobald ich aus meinem kleinen Nickerchen unter dem Baum aufwache, habe ich ganz andere Probleme.«

»Schön«, seufzte sie verzweifelt. »Gut, nehmen wir an, beides sei wirklich. Erzähl mir von … diesem anderen Ort.«

»Alles?«

»Was dir sinnvoll erscheint.«

»Alles ist sinnvoll.«

Tom holte tief Luft und erzählte, wie er im schwarzen Wald aufgewacht war, von den Fledermäusen, die ihn verfolgt hatten, von der Frau, die er kennengelernt hatte, und wie ihn die Roush zu dem Dorf geführt hatten. Dass er nicht glaube, dass es im bunten Wald irgendetwas Böses gab. Das schien auf den schwarzen Wald begrenzt zu sein. Er erzählte ihr alles und sie hörte ihm so gespannt zu, dass er ihre gelegentlichen ironischen Bemerkungen, die schließlich ganz aufhörten, nicht ernst nahm.

»Jedes Mal, wenn du an dem einen Ort einschläfst, wachst du also am anderen auf?«

»Genau.«

»Und es gibt keinen zeitlichen Zusammenhang? Ich meine, du könntest einen ganzen Tag dort sein und dann hier wieder aufwachen und es wäre nur eine Minute vergangen?«

»Ich glaube schon. Ich war schon einen ganzen Tag dort, aber hier nicht.«

Sie stand plötzlich auf und ging in die Küche.

»Was hast du vor?«, fragte Tom.

»Wir werden deine Träume auf die Probe stellen. Und zwar nicht, indem du im dritten Stock über die Brüstung springst.«

»Hast du eine Idee, wie man sie auf die Probe stellen kann?« Er eilte ihr nach.

Sie schnappte sich die Zeitung und blätterte sie durch. »Warum nicht? Du hast behauptet, du hast dort Dinge erfahren. Dann schauen wir doch, ob du noch mehr erfahren kannst.«

»Und wie?«

»Ganz einfach. Du schläfst wieder ein und schaust, was du noch in Erfahrung bringen kannst. Dann wecke ich dich wieder auf und wir sehen, ob du etwas weißt, was wir nachprüfen können.«

Er blinzelte. »Meinst du, das geht?«

Sie zuckte mit den Achseln. »Das wollen wir ja gerade herausfinden. Du hast gesagt, sie kennen die Geschichte unserer Erde. Glaubst du, sie wissen auch über Sportereignisse Bescheid?«

»Ich … ich weiß nicht. Das scheint mir ein bisschen zu unbedeutend.«

»Die Geschichte liebt unbedeutende Dinge. Wenn sie die Chroniken kennen, gehören die Sportereignisse dazu.« Sie hatte den Sportteil aufgeschlagen und überflog die Seite. Ihre Augen blieben bei etwas hängen und dann schaute sie ihn an.

»Was weißt du vom Pferdesport?«, fragte sie.

»Äh, nichts.«

»Sag mir den Namen eines Rennpferdes.«

»Irgendeins?«

»Irgendeins. Nur eins.«

»Ich kenne keine Rennpferde. Runner's Luck?«

»Den Namen hast du erfunden.«

»Ja.«

»Darum geht es nicht. Ich will nur herausfinden, ob du wirklich keines der Pferde kennst, die für das Rennen heute nominiert sind.«

»Was für ein Rennen?«

»Das Kentucky Derby.«

»Das ist heute?« Er wollte nach der Zeitung greifen, aber sie zog sie ihm weg.

»So nicht. Wenn du die Pferde nicht kennst, verdirb unseren Test nicht.«

Sie faltete die Zeitung zusammen. »Das Rennen fängt in …«, sie sah auf die Küchenuhr, »… sechs Stunden an. Kein Mensch weiß, wer gewinnt. Geh du jetzt und sprich mit deinen behaarten Freunden. Wenn du mir dann den Namen des Gewinners sagen kannst, werde ich deine Theorie noch einmal in Betracht ziehen.« Ein leichtes Lächeln breitete sich auf ihrem Gesicht aus.

»Ich weiß nicht, ob ich so eine Einzelheit in Erfahrung bringen kann«, sagte Tom.

»Warum nicht? Flieg einfach zur goldenen Himmelsbibliothek und frag die zuständige Fledermaus nach den Geschichtsdaten. Was soll daran so schwer sein?«

»Was ist, wenn es kein Traum ist? Ich kann dort genauso wenig tun und lassen, was ich will, wie hier. Außerdem wird die Geschichte nur mündlich überliefert. Die werden nicht wissen, wer wann welches Rennen gewonnen hat.«

»Du hast gesagt, dass ein paar von denen alle geschichtlichen Details kennen.«

»Die Weisen. Michal. Meinst du im Ernst, Michal wird mir verraten, wer das Kentucky Derby 2010 gewonnen hat?«

»Warum nicht?«

»Es klingt einfach nicht wie etwas, das er mir erzählen würde.«

»Ach, hör doch auf.«

»Ich schlafe gerade auf einem Hügel. Ich kann jetzt nicht einfach auf die Suche nach etwas so Nebensächlichem gehen.«

»Sobald du hier einschläfst, wirst du dort wieder aufwachen«, sagte sie. »Willst du mir beweisen, dass es stimmt? Dann ist das deine Gelegenheit.«

»Das ist doch lächerlich. So geht das nicht.«

»Machst du jetzt einen Rückzieher?«

»Das Rennen ist in sechs Stunden. Was ist, wenn ich dort nicht rechtzeitig wieder einschlafe?«

»Du hast doch selbst gesagt, dass es zwischen hier und dort keinen zeitlichen Zusammenhang gibt. Ich lasse dich eine halbe Stunde schlafen und dann wecke ich dich wieder auf. Wir können es uns ohnehin nicht leisten, noch länger hier herumzusitzen.«

Tom strich sich mit den Fingern durchs Haar. Der Vorschlag schien ihm albern, aber seine Forderung, dass sie ihm glauben solle, war für sie wohl genauso absurd. Mehr noch. Eigentlich gab es keinen Grund zu glauben, dass er diese Information nicht beschaffen konnte. Vielleicht würde Michal ihn verstehen und es ihm sofort sagen. Nur musste Kara ihn rechtzeitig aufwecken …

Es könnte funktionieren.

»Einverstanden.«

»Wirklich?«

»Ja. Und wie schlafe ich jetzt ein?«

Sie sah ihn an, als hätte sie mit seiner Zustimmung nicht wirklich gerechnet. »Und du kennst ganz bestimmt keines der Pferde?«

»Absolut nicht. Und selbst wenn, wüsste ich trotzdem nicht, wer heute gewinnt, oder?«

»Nein.« Kara warf ihm einen letzten misstrauischen Blick zu und ging dann mit der Zeitung in ihr Zimmer. Dreißig Sekunden später kam sie wieder mit einer Dose Pillen in der Hand.

»Willst du mich jetzt narkotisieren?«, fragte er. »Und wie willst du mich wieder wach kriegen, wenn ich auf Eis gelegt bin? Ich kann nicht den ganzen Tag halb benommen rumlaufen.«

»Ich habe auch Tabletten, mit denen ich dich ganz schnell wieder wach kriege. Zugegeben, es ist ein bisschen heftig, aber wir stecken auch in einer ziemlich heiklen Situation, findest du nicht?«

Er machte sich klar, dass sie Krankenschwester war. Er konnte ihr vertrauen.

Zehn Minuten später lag er auf dem Sofa und hatte drei große weiße Tabletten geschluckt. Sie unterhielten sich darüber, wohin sie wohl fahren konnten. Sie mussten die Stadt verlassen. Zu seiner großen Überraschung hatte sich Kara inzwischen mit dem Gedanken angefreundet. Zumindest so lange, bis sie alles in Ordnung gebracht hatten.

»Was … was ist… was ist mit dem Raison-Virus?«, fragte er sie.

Die Geschichte mit dem Raison-Virus hatte sie ihm noch nicht abgekauft. Deshalb hatte sie ihn mit den Tabletten abgefüllt. Riesige, überdimensionale weiße Tabletten, die groß genug waren, um …

»Weißt du, aus welchem Dorf er kommt?«, fragte Michal.

»Es ist nicht so nah, wie du dir vorstellst, und nicht so weit weg, wie du denkst.«

Das hieß: Nein, ich werde es dir jetzt noch nicht sagen.

»Rachelle hat ihn erwählt. Soll ich ihn einfach ins Dorf bringen?«

»Warum nicht?«

Das hieß: Misch dich nicht in die Angelegenheiten der Menschen ein.

Michal trat von einem dünnen Beinchen auf das andere. Er neigte ehrfurchtsvoll den Kopf. »Ich mache mir Sorgen um ihn«, sagte er. »Ich befürchte das Schlimmste.«

Sein Herr antwortete mit sanfter, ruhiger Stimme: »Verschwende deine Zeit nicht mit Furcht. Das gehört sich nicht.«

Zwei Täler weiter im Osten lehnte der Mann, der sich selbst Thomas Hunter nannte, schlafend an einem Baum. Er träumte in lebhaften Einzelheiten von der Geschichte der Erde. Das konnte nicht gut sein.

Michal hatte sich von dem Mann abgewandt und war zu einem Baum in der Nähe geflogen, um zu überlegen, was er tun konnte. Er musste die Lage gründlich durchdenken. So etwas war noch nie geschehen, zumindest nicht in seinem Teil des Waldes. Er konnte Thomas mit seinem totalen Gedächtnisverlust nicht einfach ins Dorf bringen und ihn zu Rachelle führen. Um Himmels willen, er schien ja nicht einmal Eljon zu kennen!

Als Hunter eingeschlafen war, hatte Michal beschlossen, dass er sich Rat von höherer Stelle holen musste.

»Er denkt, dass das alles hier ein Traum sein könnte«, sagte Michal und sah auf. »Er glaubt, dass er in der Geschichte lebt, in einer Stadt namens Denver, und dass der bunte Wald nur ein Traum ist! Er verwechselt alles! Ich habe versucht, es ihm zu erklären, aber ich bin mir nicht sicher, ob er mir glaubt.«

»Ich bin mir sicher, dass er mit der Zeit dahinterkommen wird. Er ist klug.«

»Aber genau in diesem Augenblick schläft er an einen Baum gelehnt und träumt, dass er noch vor der Großen Verführung lebt!« Michal legte seine Flügel hinter seinem Rücken zusammen und ging unruhig auf und ab. »Er scheint die Chroniken in allen Einzelheiten zu kennen – er hat dort eine Familie, eine Wohnung, sogar Erinnerungen. Er wird sich bestimmt mit Tanis zusammentun.«

»Dann lass ihn sich mit Tanis zusammentun.«

»Aber Tanis …« Konnte er das sagen? Sollte er es sagen? »Tanis schwankt!«, platzte er heraus. »Ich fürchte, der geringste Anstoß könnte ihn zu weit treiben. Wenn er und Hunter sich unterhalten, wer weiß, auf welche Ideen Tanis dann kommt.«

»Er wurde geschaffen, um Ideen zu haben, also lass ihn Ideen haben.«

Wie konnte er das so leichthin sagen und dabei dastehen, ohne eine Miene zu verziehen? Wusste er denn nicht, welche Zerstörung Tanis dabei anrichten konnte?

»Natürlich weiß ich das«, sagte der Junge. Jetzt zeigten seine sanften grünen Augen eine Regung. »Das habe ich von Anfang an gewusst.«

Michal spürte einen Knoten im Hals. »Verzeih meine Furcht. Ich kann es mir einfach nicht vorstellen. Darf ich ihm zumindest davon abraten? Bitte …«

»Sicher. Rate ihm ab. Aber lass sie ihren eigenen Weg gehen.«

Der Junge wandte sich um und ging auf einen großen weißen Löwen zu. Er fuhr dem Löwen mit der Hand durch die Mähne, da legte sich das Tier hin. Er sah auf das Meer hinaus und bedeckte seine Augen, sodass Michal sie nicht sehen konnte.

Der Roush hätte weinen können. Er konnte dieses Gefühl nicht erklären. Er hatte kein Recht, die Sache so zu bereuen. Der Junge wusste, was er tat. Er wusste immer, was er tat.

Michal verließ den oberen See, zog ein paar Kreise hoch oben in der Luft und glitt dann zu dem Baum hinunter, unter dem Thomas Hunter schlief.

9

TOM HÖRTE DAS Rauschen von Flügeln und hatte das Gefühl, aus seinem Traum zu fallen. Er fiel und fiel, bis ins wirkliche Licht, bis er wirkliche Luft einatmete und etwas roch, das ihn an Gardenien erinnerte. Er schlug die Augen auf.

Michal stand keine drei Meter von ihm entfernt und legte gerade seine Flügel zusammen. Sie waren wieder im bunten Wald. Er hatte an einen großen, bernsteinfarbenen Baum gelehnt geschlafen und geträumt, er lebe wieder in der Geschichte der alten Erde. Diesmal war er mit einer Aufgabe von Kara zurückgekommen. Irgendetwas mit …

»Du hattest einen langen Tag, ich sehe schon«, sagte Michal und watschelte zu ihm. Noch mehr Flügelschläge zu seiner Linken kündigten Gabil an, der bei seiner Landung einen Salto machte.

Tom stand auf. Er war jetzt hellwach. Das Gras war grün, der Wald hinter ihm leuchtete in Blau- und Gelbtönen, das Dorf lag in seiner ganzen Schönheit da. Er trat einen Schritt vor und hatte plötzlich den Wunsch, den Hügel hinunterzugehen und an seine Vergangenheit anzuknüpfen.

»Gehen wir?«

»Auf jeden Fall«, sagte Gabil.

»Ja«, sagte Michal. »Allerdings fürchte ich, du hast die Versammlung verpasst.« Er sah über seine Schulter zurück und Tom sah, wie die Letzten einer großen Gruppe in einigen Kilometern Entfernung auf dem Weg in den Wald verschwanden. Soweit er erkennen konnte, war das Dorf verlassen.

»Es tut mir sehr leid, aber es würde zu lange dauern, bis wir sie eingeholt haben. Am besten wartest du einfach im Dorf, bis sie wiederkommen.«

»Warum hast du so lange gebraucht?«

»Vielleicht hätte ich dich zuerst ins Dorf bringen sollen, aber ich wollte ganz sicher sein. Es ist alles sehr ungewöhnlich, wie du sicher bemerkt hast. Du hast zwar nichts von dem Wasser im schwarzen Wald getrunken, aber die Shataiki haben offensichtlich doch irgendeinen Einfluss auf dich gehabt. Zumindest auf dein Gedächtnis. Ich musste mich vergewissern, dass ich nichts falsch mache.«

In der schwindenden Nachmittagssonne stiegen sie den Hügel hinab, Michal vorweg, dann Tom, und Gabil hüpfte als Nachhut hinterher.

Die Chronik. Er hatte geträumt, dass Kara fest darauf bestanden hatte, dass dieser bunte Wald nur ein Traum und Denver die Wirklichkeit sei. Sie hatte ihm einen Auftrag gegeben: den Gewinner des Kentucky Derbys herauszufinden.

Würde etwas so Unbedeutendes wie der Gewinner eines Pferderennens in den Chroniken festgehalten sein? Und wenn, dann konnte sich nur jemand mit einem vollkommenen Gedächtnis daran erinnern. Jemand wie Michal.

Aber Michal zu bitten, ihm eine Information für seinen Traum zu geben, hatte schon etwas Wahnsinniges an sich. Andererseits war es auch nicht absurder, als von Kara zu verlangen, dass sie glauben sollte, sie sei eine Traumgestalt. Was stimmte also?

Hier im bunten Wald hatte Michal ihm eine absolut logische Erklärung für seine Träume von Denver gegeben. Tom hatte sich den Kopf angeschlagen und träumte jetzt von der Geschichte der alten Erde. Logisch.

Aber dort in Denver konnte er sich nicht erklären, warum er vom Raison-Virus träumte, wo doch diese Ereignisse noch gar nicht eingetreten waren. Die Informationen hatte er von Michal, aus den Chroniken. Aber das wäre nur der Beweis dafür, dass die Welt, in der er die Geschichte gefunden hatte, echt war. Wenn sie aber echt war, dann war die andere ein Traum. Es sei denn, beide waren echt.

»Wie viele Menschen leben in dem Dorf?«, fragte Tom.

»Hier? Das hier ist das kleinste Dorf. Es gibt drei Stämme auf dem ganzen Planeten und jeder davon hat zahlreiche Dörfer. Aber dieses war das erste Dorf. Tanis ist der Erstgeborene.«

»Mehr als eintausend sind in diesem Dorf«, meldete sich Gabil zu Wort.

»Fünfzehnhundert und zweiundzwanzig«, sagte Michal. »Dieser Stamm hat sieben Dörfer und alle gehen zur selben Versammlung. Die anderen beiden Stämme, von denen du zu einem gehörst, sind sehr weit entfernt und viel größer. Inzwischen leben hier über eine Million Menschen.«

»Puh. Und wie lange leben wir? Ich meine, wie lange ...«

Michal blieb stehen und Tom wäre beinahe über ihn gefallen.

Gabil lief von hinten in ihn hinein. »Entschuldigung, Entschuldigung.«

Michal starrte Tom an, als sei er vollkommen wahnsinnig geworden.

Tom trat zurück. »Was ist?«

»Hier stirbt man nicht. Nur im schwarzen Wald. Du verwechselst die Wirklichkeit mit der alten Erde. Ich kann verstehen, dass du dein Gedächtnis verloren hast, aber du musst doch die Realität von deinen Träumen unterscheiden können!«

»Natürlich«, sagte Tom, war sich aber nicht sicher. Überhaupt nicht sicher. Er musste besser aufpassen, was er fragte.

Michal seufzte. »Nur für den Fall, dass du dir nicht so sicher bist, wie du vorgibst, lass mich deine Kenntnisse ein wenig auffrischen. Tanis, der Anführer in diesem Dorf, von dem wir schon gesprochen hatten, ist der Erstgeborene. Er wurde mit Mirium, seiner Frau, vereint und sie hatten achtzehn Söhne und dreiundzwanzig Töchter in den ersten zweihundert Jahren. Seine ersten beiden Söhne gingen weg, einer nach Osten und einer nach Westen, jeder eine Monatsreise entfernt, und bildeten neue Stämme. Jeder Stamm ist vollkommen unabhängig. Es gibt keinen Handel, aber Besuche sind recht häufig und Vereinigungen zwischen Männern und Frauen aus verschiedenen Stämmen sind nicht ungewöhnlich. Dreimal im Jahr reisen die anderen beiden Stämme hierher zu einer ganz, ganz großen Feier, auch bekannt als die Große Versammlung, nicht zu verwechseln mit der Versammlung, die jeder Stamm jeden Abend abhält.«

Michal sah sehnsüchtig den Weg entlang, den die Dorfbewohner gegangen waren. »Du wirst feststellen, dass die Versammlung für sie sehr wichtig ist. Sie ist der Höhepunkt jedes Tages. Ab der Mittagszeit beschäftigen sich die meisten Menschen mit irgendwelchen Vorbereitungen dafür. Sie führen ein sehr einfaches und doch sehr außergewöhnliches Leben, für das ich gerne ein Jahr Qualen auf mich nehmen würde. Du kannst dich sehr glücklich schätzen, Thomas Hunter.«

Der Abend stand still.

»Heißt das, ich bin ein Nachfahre von Tanis?«, fragte Tom schließlich.

»Viele Generationen entfernt, ja.«

»Und meine unmittelbaren Verwandten werden hierher zu einer Feier kommen. Wann?«

»In … wie viel, Gabil? Sechzig Tagen?«

»Dreiundfünfzig!«, sagte der kleinere der beiden Roush. »Nur noch dreiundfünfzig.«

»Gabil ist bei der Feier für die Spiele verantwortlich. Er kennt sie ganz genau. Jetzt weißt du es.«

Michal führte den Gänsemarsch den Hügel hinunter fort.

»Ich habe wieder geträumt«, sagte Tom.

»Ja?«, erwiderte Michal fragend. »Nun, träumen ist ganz normal, oder hast du das auch vergessen?«

»Ich habe dort weiter geträumt, wo ich das letzte Mal aufgehört habe. Und ich frage mich, ob du mir helfen könntest. Sind in den Chroniken auch Sportereignisse festgehalten?«

»In den Chroniken ist alles festgehalten.«

»Ist das wirklich war? Könnte ich zum Beispiel … den Sieger des Kentucky Derbys in einem bestimmten Jahr erfahren?«

»Die Chroniken werden mündlich überliefert, wie ich schon sagte. Sie wurden … sie sind in den Geschichtsbüchern aufgeschrieben, aber diese Bücher sind«, er machte eine Pause, »nicht mehr vorhanden. Diese Bücher haben eine große Macht. Auf jeden Fall wurde die mündliche Überlieferung an Tanis weitergegeben und er hat sie weitererzählt.«

»Niemand weiß also, wer das Kentucky Derby gewonnen hat?«

»Wen interessieren schon solche Belanglosigkeiten? Weißt du, was für ein Gedächtnis man braucht, um sich solche unbedeutenden Einzelheiten zu merken?«

»Also weiß es niemand?«

Michal zögerte. »Das habe ich nicht gesagt. Tanis weiß mehr aus der Geschichte als jeder andere Mensch. Mehr als genug. Zu viel Wissen über bestimmte Dinge kann beängstigend sein. Tanis hat schon oft versucht, mehr Informationen aus mir herauszukitzeln. Er hat einen unersättlichen Hunger, mehr zu wissen.«

»Aber du hast ein vollkommenes Gedächtnis. Weißt du nicht, wer 2010 das Kentucky Derby gewonnen hat?«

»Und wenn ich es weiß?«

»Könntest du es mir sagen?«

»Das kann ich. Soll ich es tun?«

»Ja, meine Schwester will es wissen.«

Wieder blieb Michal stehen. »Du erinnerst dich an deine Schwester? Kommt dein Gedächtnis wieder?«

»Nein, meine Schwester in meinem Traum«, sagte Tom und kam sich ziemlich dumm dabei vor.

»Das ist ja interessant, findest du nicht, Gabil?«, sagte Michal. »Seine Schwester in seinen Träumen von der Geschichte will etwas über die Geschichte wissen. Wir drehen uns irgendwie im Kreis.«

»Rum und rum und rum, klar.«

Tom verdrehte die Augen. »Ja, wahrscheinlich könnte man das so sagen.«

»Ich bin mir nicht sicher, ob ich es dir sagen soll«, sagte Michal.

»Gibt es irgendjemand anderen, der es mir sagen könnte?«

»Taleh«, zischte Gabil. »Er war auch einmal einer der Weisen.«

Tom wusste, ohne zu fragen, wer Taleh war.

»Der Anführer der Shataiki«, sagte Tom.

»Ja«, sagte Michal. Mehr nicht.

Tom brachte das Gespräch wieder auf das Pferderennen zurück. »Bitte. Ich will nur wissen, ob das, was du sagst, zu dem passt, was ich träume. Das könnte mir helfen, die Träume loszulassen.«

»Vielleicht. In den Chroniken zu wühlen, ist nicht meine Art. Wir schreiben hier unsere eigene Geschichte, das ist genug. Dir geht schon genug Historisches im Kopf herum, das dich ablenkt und sogar mich durcheinanderbringt. Ich sage es dir nur unter einer Bedingung.«

»Ich werde nie wieder danach fragen. Einverstanden.«

Michal runzelte die Stirn. »Genau. Du wirst mich nie wieder etwas über die Geschichte fragen.«

»Wie gesagt, ich bin einverstanden. Welches Pferd war es?«

»Der Gewinner des Kentucky Derbys 2010 war Joy Flyer.«

»Joy Flyer!«, rief Gabil. »Der perfekte Name!« Er lief voraus und hob ab. Er stieg immer höher, vollführte einen Looping und flog in Richtung der Versammlung davon.

Joy Flyer.

Das Dorf kam Tom bekannt vor, aber doch nicht genug, um sein Herz schneller schlagen zu lassen, als sie darauf zugingen.

Sie gingen unter dem großen, blau-goldenen Torbogen am Eingang hindurch und dann den breiten braunen Weg zwischen den bunten Hütten hindurch. Tom blieb beim ersten Haus stehen und war beeindruckt von dem rubinroten Schein des Holzes. Der Rasen legte sich wie ein dichter, gleichmäßig grüner Teppich um das Haus und wurde durch Blumen in symmetrischer Anordnung verziert. Etwas, das aussah wie Schnitzereien aus leuchtend saphirblauem und goldgelbem Holz, schmückte den Rasen und gab ihm eine übernatürliche Schönheit.

»Erinnerst du dich?«, fragte Michal.

»Irgendwie schon. Aber nicht so richtig.«

»Es kann eine Weile dauern, soweit ich weiß. Du wirst bei Rachelles Familie wohnen.«

»Rachelle? Die Frau, die mich erwählt hat?«

»Ja.«

»Ich kann unmöglich bei ihr wohnen! Ich habe nicht die leiseste Ahnung, was es mit dieser ewigen Liebesgeschichte auf sich hat.«

»Folge einfach deinem Instinkt, Thomas. Und wenn dir dein Instinkt nicht mehr weiterhilft, dann tu einfach so als ob. Du kannst doch wohl so tun, als ob du verliebt wärst, oder?«

»Und wenn ich nicht verliebt sein will?«

»Hör auf mit dem Unsinn!«, befahl Michal. »Natürlich willst du verliebt sein. Du bist doch ein Mensch!« Er bog in einen Weg ein. »Du machst mir Angst, junger Mann.«

Tom ging den Weg zunächst gedankenverloren entlang, war aber schnell wieder abgelenkt von der Schönheit, die ihn umgab. Zu beiden Seiten der Straße lagen wunderschön angelegte Gärten, die jede bunte Hütte umgaben. Die Häuser glänzten, als seien sie aus Perlen und nicht aus Holz. Blumen, ähnlich wie die Gänseblümchen im Tal, wuchsen in großen Polstern auf dem leuchtend grünen Rasen. Große Katzen und Papageien schlichen und flatterten harmonisch durch das Dorf, als gehörte auch ihnen ein Teil dieses wunderschönen Kunstwerkes.

Die kunstvolle Bauweise des Dorfes versetzte Tom immer wieder in Staunen, während sie auf das große Gebäude in der Mitte zugingen. Obwohl nicht alles symmetrisch war, war doch jedes Teil, jede Schnitzerei, jede Blume, jeder Weg genau am richtigen Platz, wie die Töne einer perfekten Symphonie. Wäre nur ein Weg anders, wäre alles zerstört. Wäre nur eine Blume an einer anderen Stelle, es wäre Chaos.

Die Bannhalle, wie Michal sie nannte, war im Vergleich zu den anderen Gebäuden riesig und die absolute Krönung der kunstvollen Bauweise des Dorfes. Am Fuß der breiten Stufen, die zu dem runden Gebäude hinaufführten, blieb Tom stehen. Die jadegrüne Kuppel sah aus, als sei sie aus einem vollkommenen Kristall gemacht, der das Licht durchscheinen ließ.

Vorsichtig setzte er den Fuß auf die erste Stufe und stieg hinauf. Vor ihm quälte sich Michal Stufe für Stufe hinauf und schenkte ihm für einen Moment keine Beachtung. Tom folgte ihm und drehte sich auf der obersten Stufe um, um das Dorf aus dieser erhöhten Position zu betrachten.

Das Dorf sah aus, als hätte man riesige Edelsteine – Rubine, Topas, Smaragde, Opale und Perlmutt – hergebracht und es daraus über Jahrhunderte geschnitzt. Mit welcher Technologie konnte man so etwas nur erschaffen? So einfach und elegant und doch außergewöhnlich.

»Wer hat das gemacht?«

Michal sah ihn von unten an. »Ihr. Komm mit.«

Tom folgte ihm in die Bannhalle.

Der Anblick des großen Saales war gleichzeitig einschüchternd und atemberaubend. Vier leuchtende Säulen – rubinrot, smaragdgrün, jaspisbraun und goldgelb – ragten vom Boden zur schimmernden Kuppel. Es gab keinerlei Möbelstücke. All das bemerkte Tom beim ersten Anblick.

Aber dann ruhte sein Blick auf dem großen kreisrunden Fußboden unter der Kuppel.

Er ging an Michal vorbei und trat vorsichtig auf den Rand des Bodens. Der Boden schien ihn in sich hineinzuziehen. Langsam ging er auf die Knie und streckte die Hand aus. Die harte, klare Oberfläche war makellos, wie ein See aus Harz über einem riesigen, makellosen Smaragd. Gleichmäßig atmend strich er über den Boden. Plötzlich schoss ihm ein leichtes Vibrieren in den Arm und er zog schnell die Hand zurück.

»Das ist schon in Ordnung, mein Freund«, sagte Michal, der hinter ihm stand. »Ich kann mich auch nie ganz an diesen Anblick gewöhnen. Er wurde aus eintausend grünen Bäumen gemacht. Alles absolut makellos. Eure menschliche Kreativität versetzt mich immer wieder neu in Erstaunen.«

Tom stand auf. »Ist das wie das Wasser?«

»Nein. Das Wasser ist etwas ganz Besonderes. Aber Eljon hat beides erschaffen. Ich lasse dich hier allein«, sagte er und wandte sich zur Tür. »Die Pflicht ruft. Johan und Rachelle werden dich hier abholen, sobald sie von der Versammlung zurück sind. Und denk daran, wenn du dir nicht sicher bist, dann spiel einfach mit.« Er watschelte hinaus und Tom meinte den Roush draußen sagen zu hören: »Meine Güte, hoffentlich hat Rachelle sich da nicht zu viel zugemutet.«

Tom wollte protestieren. Ganz allein in diesem prachtvollen Raum zu warten, schien ihm etwas furchteinflößend. Aber er wusste nicht, wovor er Angst haben sollte. Abgesehen von seinem Gedächtnisverlust erschien ihm alles sehr vertraut. Wie Michal gesagt hatte: Er brauchte nur so zu tun als ob.

10

TOM MUSSTE NICHT lange warten. Ein etwa zwölfjähriger Junge mit hellblonden Haaren und einem blauen Hemd kam in die Bannhalle gerannt. Er hatte ein gelbes Tuch um den Kopf gewickelt. Er drehte sich auf den Fersen um, um sich einmal in der Halle umzusehen, drehte sich dann wieder um und lief zurück zur Tür, um jemand anders hereinzurufen.

»Komm schon!«

Ihm folgte eine Frau, die Tom sofort wiedererkannte – es war Rachelle. Sie trug das gleiche rote Satinkleid, aber diesmal mit einem leuchtend gelben Schultertuch.

Die Erregung über diesen Anblick kam so plötzlich und unerwartet, dass Tom wie angewurzelt in der Ecke im Schatten stehen blieb.

»Kannst du ihn sehen, Johan?«, fragte Rachelle und sah sich um.

»Nein. Aber Michal hat gesagt, er sei hier. Vielleicht …« Johan sah Tom und hielt inne.

Rachelle stand in der Mitte der Halle und starrte in die Ecke, in der Tom stand und sie beobachtete.

Tom räusperte sich und trat ans Licht. »Hallo.«

Sie sah ihn ganz ohne Scham an. Für einen sehr langen Augenblick schien alles stillzustehen. Ihre Augen glänzten in tiefem Jadegrün, wie ein See. Sie war ausgewachsen und dennoch schmal. Vermutlich Anfang zwanzig. Sie hatte einen bronzefarbenen, seidigen Teint.

Langsam trat ein schwaches, schüchternes Lächeln an die Stelle ihres nachdenklichen Blicks.

»Du hast ein sehr angenehmes Äußeres, Tom«, sagte sie.

Tom schluckte. Solche Äußerungen waren hier wohl vollkommen normal, aber wegen seines Gedächtnisverlustes fühlten sie sich … kühn an. Gewagt. Wunderbar. Er musste mitmachen, wie Michal es verlangt hatte.

»Danke, du auch. Du bist sehr …«, er musste tief Luft holen, »… schön anzusehen. Gewagt.«

»Gewagt?«, fragte sie.

»Ja, du siehst gewagt schön aus.« Tom spürte, wie er rot wurde.

»Gewagt!« Rachelle sah zu Johan hinüber. »Hast du das gehört, Johan? Thomas findet, ich bin gewagt.«

Johan sah von einem zum anderen und fing an zu lachen. »Ich mag dich, Thomas.«

Rachelle sah ihn amüsiert an, wie ein junges, schüchternes Mädchen, aber sie war nicht im Geringsten verschämt. Musste er jetzt irgendetwas tun?

Sie hielt ihm ihre Hand hin. Er griff danach, aber wie beim ersten Mal schüttelte sie ihm nicht die Hand. Ohne ihre Augen von seinen abzuwenden, berührte sie sanft seine Finger.

Die Berührung traf ihn so, dass er nicht wagte, etwas zu sagen. Hätte er es getan, wäre sicher nur dummes Lallen aus seinem Mund gekommen statt Worte. Er konnte ihre zarte Berührung immer noch auf seiner Haut spüren. Sie war zutiefst sinnlich und doch vollkommen unschuldig.

Toms Herz schlug wie wild und einen Moment lang packte ihn die Panik. Sie hatte seine Hand berührt und er war wie angewurzelt. War das die ewige Liebesgeschichte?

Er kannte diese Frau doch nicht einmal.

Plötzlich nahm sie seine Hand und zog ihn zur Tür. »Beeil dich, sie warten auf uns.«

»Sie? Wer sind sie?«

»Es ist Zeit zum Essen«, rief Johan. Er riss die Tür auf, ging hinaus und rannte die Treppe hinunter, auf zwei Männer zu, die unten auf dem Weg warteten. »Vater! Wir haben Thomas Hunter! Er ist ein sehr interessanter Mann.«

Zwei Gedanken kamen Tom bei dieser Bemerkung. Der erste war, dass Rachelle immer noch seine Hand berührte. Der zweite, dass diese Menschen scheinbar keinerlei Scham kannten. Das hieß, dass er sich auch nicht schämte, denn er war ja einer von ihnen.

Rachelle ließ seine Hand los und rannte die Stufen hinunter. Der Mann, den Johan Vater gerufen hatte, umarmte den Jungen und wandte sich dann zu Tom. Er trug ein Hemd, das bis auf die Oberschenkel reichte. Es war hellbraun mit einem breiten blauen Band von seiner rechten Schulter zu seiner linken Hüfte. Der Saum war mit feinen Kreuzmustern in den gleichen Farben versehen. Um die Taille trug er einen goldenen Gürtel, an dem ein kleiner Trinkbeutel hing.

»So, du bist also der Besucher von der anderen Seite.« Er fasste Toms Arm, zog ihn zu sich, umarmte ihn und klopfte ihm auf die Schulter. »Willkommen! Mein Name ist Palus. Du bist herzlich willkommen in unserer Familie.« Er trat mit gerunzelter Stirn und leuchtenden Augen einen Schritt zurück. »Willkommen«, sagte er noch einmal.

»Vielen Dank, das ist sehr freundlich.« Tom neigte den Kopf.

Palus sprang zurück und streckte seinen Arm zu dem anderen Mann aus. »Das hier ist Miknas, der Hüter der Bannhalle«, sagte er stolz. »Er hat schon seit über hundert Jahren die Aufsicht bei allen Tänzen und Feierlichkeiten auf dem grünen Boden. Miknas!«

Miknas sah aus wie etwa vierzig. Vielleicht auch dreißig. Schwer zu sagen. Wie alt war dann wohl der Erstgeborene, Tanis? Tom verdrängte die Frage für den Augenblick.

»Ist mir eine Ehre«, sagte er.

Miknas trat hervor und umarmte Tom, wie es zuvor Palus getan hatte. »Die Ehre ist ganz auf meiner Seite. Wir haben nur selten so außergewöhnlichen Besuch. Du bist uns aufs Herzlichste willkommen.«

»Komm, wir gehen zu unserem Haus.« Palus ging voraus, den Weg entlang.

Sie blieben an dem saphirblauen Torbogen eines Hauses in der Nähe der Bannhalle stehen, verabschiedeten sich nacheinander mit einer Umarmung von Miknas und wünschten ihm eine gute Mahlzeit.

Dann führte Palus sie etliche Häuserreihen weiter zu einer

Hütte, die genauso grün leuchtete wie der Rasen darum herum. Dort gingen sie den Gartenweg zum Haus hinauf und betraten durch eine Tür in kräftigem Grün sein gewölbtes Heim.

Tom trat ein und hoffte, dass er in dieser privaten Umgebung die Vertrautheit der vergessenen Vergangenheit wiederfinden würde. Auch das Holz dieser Wände sah aus, als sei es mit einer zentimeterdicken Harzschicht überzogen. Die Möbel waren aus dem gleichen Holz geschnitzt. Manche Stücke leuchteten in einer einzigen Farbe, andere in allen Regenbogenfarben. Licht strömte aus jedem Holzstück. Das Licht wurde nicht von irgendwo widergespiegelt, wie er zunächst vermutet hatte, sondern kam aus dem Holz selbst.

Unglaublich. Aber nicht vertraut.

»Das ist Karyl, meine Frau«, sagte Palus. Und zu seiner Frau gewandt: »Rachelle hat seine Hand berührt.«

Tom lächelte Rachelles Mutter unbeholfen an und war bestrebt, jedes weitere Gespräch über dieses Thema zu vermeiden. »Sie haben ein sehr schönes Haus, Madam.«

»Madam? Wie ungewöhnlich. Was bedeutet das?«

»Wie bitte?«

»Ich habe dieses Wort noch nie gehört. Was bedeutet ›Madam‹?«

»Ich glaube … Ich glaube, es ist ein Ausdruck des Respekts, so wie ›Freund‹.«

»Sagt man das bei euch im Dorf?«

»Vielleicht, ich glaube schon.«

Alle sahen ihn einen Moment lang schweigend an und er hatte das Gefühl, sich schrecklich auffällig verhalten zu haben.

»Hier«, sagte Karyl schließlich, ging zu einer Schale mit Wasser und tauchte einen hölzernen Becher hinein. »Wir begrüßen Gäste mit einem Becher Wasser.« Sie brachte ihm den Becher und er nahm einen Schluck. Das Wasser fühlte sich kühl an auf den Lippen, aber es lief ihm warm in den Bauch hinunter und von dort breitete sich die Wärme aus. Er neigte den Kopf und gab den Becher zurück.

»Vielen Dank.«

»Jetzt musst du mit uns essen. Komm, komm.«

Sie nahm ihn am Arm und führte ihn zum Tisch. In der Mitte

stand eine große Schale mit Obst und er erkannte die Farben und Formen wieder. Es waren die gleichen Früchte, die Gabil ihm gebracht hatte.

Er war überrascht, dass er plötzlich Appetit auf diese Früchte hatte. Alle hatten sich um den runden Tisch gesetzt und sahen zu ihm. Als er sich zwang, nicht auf die Schale zu schauen, traf sein Blick Rachelles.

»Es ist sehr freundlich von Ihnen, mich bei sich aufzunehmen. Ich muss zugeben, dass ich nicht genau weiß, was ich jetzt tun soll. Haben Sie schon gehört, dass ich das Gedächtnis verloren habe?«

»Michal hat es erwähnt, ja«, sagte Palus.

»Mach dir keine Sorgen, ich werde dir alles beibringen, was du wissen musst.« Rachelle nahm eine topasgelbe Frucht, sah ihm geradewegs in die Augen und biss hinein. Sie kaute und hob die Frucht dann an seine Lippen. »Du musst die Kirimfrucht probieren«, sagte sie und fesselte seinen Blick.

Tom zögerte. Bedeutete das das Gleiche wie das Berühren der Hand?

»Iss nur«, drängte jetzt auch Karyl.

Alle starrten ihn an, als warteten sie darauf, dass er die Frucht kostete. Sogar Johan wartete mit erwartungsvoller Miene und lachenden Augen.

Tom beugte sich vor und biss in die Frucht. Der Saft rann ihm über das Kinn, als seine Zähne die Schale durchdrangen und sich in das Fruchtfleisch bohrten. Als der Nektar seine Zunge berührte, spürte er sofort dessen Kraft in Wellen durch seinen Körper strömen, wie eine Droge und sehr viel stärker als bei der Frucht, die Gabil ihm gegeben hatte.

»Nimm«, sagte Rachelle.

Er nahm die Frucht und strich dabei über ihre Finger. Sie ließ ihre Finger einen Moment lang in seiner Hand ruhen und nahm dann eine andere Frucht. Die anderen hatten ebenfalls in die Schale gelangt und aßen eifrig. Natürlich war es keine Droge, sondern eine Gabe Eljons, wie Michal erklärt hatte. Etwas, das Freude brachte, wie alle von Eljons Gaben, die Nahrung, das Wasser, die Liebe, das Fliegen und das Tauchen.

Fliegen und Tauchen? Diese beiden Worte weckten etwas in ihm. Aber was genau es war, wusste er nicht – noch nicht.

Tom biss noch einmal hinein und strahlte seine Gastgeber an. Johan fing als Erster an zu lachen, noch mit einem Bissen im Mund. Dann lachte auch Palus und innerhalb von Sekunden lachten auch Rachelle und Karyl mit. Noch immer kauend, ließ Tom den Blick über den Tisch wandern und wunderte sich über ihr seltsames Verhalten. Sein Mund verzog sich zu einem Grinsen und er ließ seinen Blick auf Johan ruhen. Er war einer von ihnen, er müsste eigentlich auch lachen. Als er darüber nachdachte, kam in ihm das Verlangen auf, zu lachen.

Johans Schultern bebten unkontrolliert. Er hatte den Kopf nach hinten geworfen, sodass sein Kinn hervortrat und sein Mund die Decke anlachte. Aus Toms Hals kam ein nervöses Kichern, das sich schnell zu einem lauten Lachen entwickelte. Und dann fing Tom an, völlig unkontrolliert loszulachen, als hätte er noch nie in seinem Leben gelacht, als brächen einhundert Jahre aufgestautes Lachen aus ihm heraus.

Johan rutschte vom Stuhl und rollte hysterisch lachend auf dem Boden herum. Das Gelächter war so groß, dass keiner von ihnen seine Frucht fertig essen konnte. Es dauerte mindestens zehn Minuten, bis sie sich wieder so weit gefangen hatten, dass sie weiteressen konnten.

Tom rieb sich die Tränen aus den Augen und biss in seine Frucht. Plötzlich überkam ihn die seltsame Vorstellung, dass er in einem Traum sei, dass er in Denver sei und etwas Unglaubliches träumte. Aber die harte Tischfläche bewies, dass es kein Traum war.

Sicher hatte das Ganze etwas Unwirkliches: Er saß in einem Raum, der von schwebenden Farben erhellt wurde, die aus mit Harz überzogenem Holz strömten, sah Türkis-, Lavendel- und Goldtöne in der Luft, aß seltsame, köstliche Früchte, die ihn wie benommen machten, und lachte mit seinen neuen Freunden vollkommen grundlos, aus purer Freude am Augenblick.

Und jetzt saßen sie da in einer Stille, die nur durch gelegentliches Schlürfen unterbrochen wurde, und waren wortlos zufrieden.

Irgendwie unwirklich.

Aber es war wirklich. Das war das Abendessen. Das war eine normale gemeinsame Mahlzeit.

Plötzlich sprang Johan auf. »Vater, können wir jetzt mit dem Lied anfangen?«

»Das Lied, der Tanz.« Palus fing an zu grinsen.

Ohne den Tisch abzuräumen, stand Karyl auf und ging zur Mitte des Zimmers. Johan, Rachelle und Palus gesellten sich augenblicklich zu ihr. Tom sah ihnen zu und fühlte sich plötzlich unsicher, weil er nicht wusste, ob er auch aufstehen oder sitzen bleiben sollte.

Zum ersten Mal fiel ihm das kleine Podest in der Mitte des Raumes auf. Die vier standen im Kreis an den Händen gefasst um eine Schüssel, die auf dem Podest stand. Sie hoben die Köpfe, fingen leise an zu singen und schritten vorsichtig mit einfachen Tanzschritten um das Podest.

Als die Töne an sein Ohr drangen, wusste Tom augenblicklich, dass dies keine gewöhnliche Melodie war. Die tiefen Töne der schwermütigen Melodie sprachen mehr als alle Worte.

Sie wurde schneller und wechselte zu langen, gebundenen Noten mit einer Harmonie, an die Tom sich nicht erinnern konnte. Der Tanz wurde immer intensiver – sie schienen ihn ganz vergessen zu haben. Tom saß da und war wie gebannt von den Gefühlswallungen dieses Augenblicks, überwältigt, weil er das alles nicht verstand, und war überrascht von der Liebe und Freundlichkeit, die ihn betäubten. Johan strahlte mit dem Gesicht zur Decke und zeigte eine Ernsthaftigkeit, die ihn weit älter erscheinen ließ, als er war. Gleichzeitig sah Palus aus wie ein kleines Kind.

Rachelles Schritte waren graziös. Da war keine Bewegung ihres Körpers, die nicht passte. Sie tanzte, als hätte sie die Choreografie für diesen Tanz selbst geschrieben. Als flössen die Bewegungen aus ihr heraus und dann zu den anderen. Sie hatte sich vollkommen dem Lied hingegeben.

Er wollte aufspringen und mitmachen, aber er konnte sich kaum bewegen, geschweige denn sich drehen.

Dann sangen sie nacheinander. Aber als Johan schließlich seinen Kopf hob, lächelnd zur Decke sah und anfing, ein Solo zu singen, wusste Tom sofort, dass er der wahre Sänger unter ihnen war.

Der erste Ton strömte klar und rein und deutlich und so ganz jung aus seiner Kehle. Dann kletterten die Töne die Tonleiter hinauf, immer höher, bis Tom das Gefühl hatte, der Raum würde schmelzen von diesem Lied.

Aber der Junge sang höher und immer höher, bis Tom ein Schauer über den Rücken lief. Kein überflüssiger Atemzug kam über Johans Lippen, kein schwankender Ton, kein Muskel seines Halses war angespannt. Alles war nur müheloser Gesang, ganz nach der Laune des Jungen.

Eine kurze Pause und sofort schwoll der Ton wieder an, diesmal als voller, tiefer Bass, wie bei den größten Sängern. Und doch war es der Junge, der da sang! Die Töne füllten den Raum, dass der Tisch bebte, an dem sich Tom festklammerte. Er atmete tief ein und spürte, wie sich sein Mund öffnete. Die verzaubernde Melodie durchdrang seinen ganzen Körper. Tom schluckte und versuchte, die Gefühle, die in ihm aufstiegen, zurückzuhalten. Aber stattdessen spürte er, wie seine Schultern anfingen zu beben, und er begann zu weinen.

Johan lächelte und sang weiter. Sein Lied drang in jeden Winkel von Toms Herz und hallte dort mit der Wahrheit wider.

Der Tanz und der Gesang hatten wohl bis spät in die Nacht angedauert, aber das hatte Tom nicht mehr gemerkt. Während sie noch sangen, war er erschöpft eingeschlafen.

11

»ES REICHT. Komm schon, wach auf!«

Jemand drückte seine Wangen zusammen und schüttelte seinen Kopf. Tom hob mühsam seine schweren Augenlider und war verwundert, wie schwer ihm das fiel. Er blinzelte ins Licht. Seine Schwester saß neben ihm. Ihre blonden Haare schienen im Gegenlicht wie ein Heiligenschein zu leuchten.

Mühsam versuchte er, sich aufzusetzen, und schaffte es schließlich mit Karas Hilfe. Er fühlte sich, als bewege er sich in zähem Brei, aber es konnte nicht anders sein – Träume fühlten sich oft so an. Man trottet, statt zu rennen, schwebt, statt zu fallen.

»Du wirst gleich richtig wach sein«, sagte Kara. »Geht's dir gut?«

Sie meinte die Tabletten. Erst Beruhigungsmittel und dann genügend Koffeintabletten, um Tote aufzuwecken, wenn er sich richtig erinnerte.

»Ich glaue …«, lallte er. Er schluckte die Spucke in seinem Mund hinunter und versuchte es noch einmal, wobei er sich auf seine Aussprache konzentrierte. »Ich glaube schon.« Sein Kopf fühlte sich an, als sei eine Elefantenherde darübergetrampelt.

»Hier, trink das.« Kara reichte ihm ein Glas Wasser. Er nahm einen großen Schluck und räusperte sich. Langsam verzog sich der Nebel aus seinen Gedanken. Das hier könnte ein Traum sein. Oder vielleicht das andere. Aber im Augenblick wollte er nicht darüber nachdenken.

»Und?«, fragte Kara und stellte das Wasserglas weg.

»Und was?«

»Hast du geträumt?«

»Ich weiß nicht.« Verwirrt sah er sich im Zimmer um. »Träume ich jetzt?« Er streckte die Hand aus und stieß mit seiner Handfläche an ihre Stirn.

»Was soll das?«, fragte sie barsch.

»Ich wollte nur sichergehen. Ich wollte wissen, ob ich durch deinen Kopf durchfassen kann wie in einem Traum. Wohl nicht.«

»Bitte sei vorsichtig. Für alles, was ich in den letzten Jahren für dich getan habe, tu mir jetzt einen Gefallen: Tu so, als sei das hier kein Traum. Und tu so, als hättest du alles, was dir im Schlaf durch die Birne gegangen ist, geträumt.«

»Ich schlafe doch jetzt gerade.«

»Thomas, hör auf!«

»Na gut.« Er versuchte aufzustehen, ließ sich aber auf halbem Weg wieder aufs Sofa fallen. »Aber es ist nicht leicht, glaub mir.«

»Das glaube ich dir.« Sie stand auf, nahm das Glas und ging in die Küche. »Tatsache ist, dass du nichts erfahren hast von diesen weißen Fellgestalten im bunten Wald, stimmt's? Ich schlage vor, dass wir uns jetzt ernsthaft Gedanken machen, wie wir aus diesem Schlamassel, in den du uns hineingeritten hast, wieder rauskommen.«

»Der Sieger war Joy Flyer. Ist. Wird sein ... Was auch immer.«

Kara blinzelte. Einmal, noch einmal. Tom wusste, dass er getroffen hatte.

»Siehst du?«, sagte er. »Ich hatte nicht die leiseste Ahnung, wer Joy Flyer war, denn du wolltest mir ja nicht zeigen, wer in dem Rennen läuft. Ich habe den Namen niemals zuvor gehört. Ich hätte das niemals erraten können. Aber in den Chroniken ist festgehalten, dass ein Pferd namens Joy Flyer heute das Kentucky Derby gewinnen wird.«

Sie schnappte sich die Zeitung, die auf der Theke lag, und schlug die Sportseiten auf. »Wie schreibt man das?«

»Woher soll ich das wissen? Ich habe den Namen nicht gelesen. Michal hat es mir erzählt. Sei nicht so ...«

»Joy Flyer ist ein Außenseiter.« Sie starrte auf die Zeitung. »Woher hast du den Namen überhaupt gekannt?«

»Ich habe doch gesagt, ich habe ihn nicht gekannt.«

Diesmal fing Kara nicht an zu streiten. »Das Rennen ist erst in fünf Stunden. Wir wissen noch nicht, ob er gewinnt.«

»Das Rennen hat vor langer Zeit auf der alten Erde stattgefunden. Aber ich kann verstehen, dass dir bei dem Gedanken nicht wohl ist.« Um ehrlich zu sein, war ihm selbst bei dem Gedanken auch nicht wohl.

»Das ist unglaublich! Du erfährst also in deinen Träumen tatsächlich Dinge über die Zukunft, als ob sie schon Vergangenheit wären?«

»Das habe ich dir doch schon vor einer Stunde gesagt.«

»Wie lange warst du dort? Was hast du mir noch zu erzählen?«

»Wie lange? Vielleicht so vier oder fünf Stunden.«

»Aber du hast nur eine halbe Stunde geschlafen. Was hast du noch erfahren?«

»Nichts. Außer das, was ich dir schon vom Raison-Virus erzählt habe.«

Einen Moment lang sahen sie sich schweigend an. Kara griff nach den übrigen Seiten der Zeitung und blätterte sie geräuschvoll durch.

»Was hast du noch über das Raison-Virus herausgefunden?«, fragte sie, während sie den Artikel über den französischen Pharmakonzern überflog.

»Nichts. Ich habe nicht danach gefragt.«

»Vielleicht hättest du das aber tun sollen. Immerhin warst du so geistesgegenwärtig, nach dem Pferderennen zu fragen. Man sollte meinen, dass du dann auch so geistesgegenwärtig bist, nach einem Virus zu fragen, das demnächst ein paar Milliarden Menschen töten wird.«

»Aha, jetzt hörst du mir zu«, sagte Tom, der es inzwischen geschafft hatte, aufzustehen. Er sah sich um und griff nach dem Verband über seinem rechten Ohr. Er riss den Verband weg und tastete nach der Wunde. Seltsam.

»Kara?«

»Hier steht, dass Raison Pharma fast ausschließlich von seinem Sitz am Stadtrand von Bangkok operiert, wo der Gründer, Jacques de Raison, eine neue Anlage leitet. Seine Tochter, Monique de Raison, die auch die Medikamentenentwicklung leitet, wird die Sache am Mittwoch in Bangkok bekannt geben.«

»Kara!«

Sie sah auf. »Was denn?«

»Kannst du …« Er kam zu ihr und tastete immer noch nach der Verletzung an seiner Stirn. »Ist das normal?«

»Was soll normal sein?«

»Es fühlt sich an wie … Ich weiß nicht. Ich kann nichts mehr fühlen.«

Kara schob seine Hand zur Seite, hielt seine Haare mit ihren Fingern weg und machte einen Schritt zurück. Sie war ganz bleich.

Tom sah sie an. »Was ist?«

Sie starrte ihn an und war zu erschrocken, um zu antworten.

»Sie ist weg«, sagte Tom. »Ich hatte recht. Vor acht Stunden war hier noch eine offene Wunde und jetzt ist nichts mehr da, stimmt's?«

»Das ist unmöglich«, sagte Kara.

Es klang in der Tat ein wenig verrückt.

»Kara, ich sage dir, die Sache ist echt. Richtig echt.«

Karas Finger hatten angefangen zu zittern.

»Gut.« Er fuhr sich mit den Fingern durchs Haar. Die Typen aus New York hatten ihn immer noch im Visier, aber die wirkliche Bedrohung war das Raison-Virus. Warum und wie auch immer, er wusste von seiner vernichtendsten Seite. Warum ausgerechnet er – ein Kulturvagabund zwischen den Philippinen und den USA, der bunte Vogel von Java Hut, angehender Schauspieler im Magic Circle, unveröffentlichter Romanautor? Er wusste es nicht. Aber die Tragweite dessen, was er wusste, wurde ihm immer klarer.

»Gut«, sagte er und ließ den Arm sinken. »Vielleicht können wir die Sache aufhalten.«

»Aufhalten? Mir fällt es schon schwer genug, das Ganze zu glauben, geschweige denn, mir vorzustellen, es aufzuhalten.«

»Bangkok«, sagte Tom.

»Und was bitte schön sollen wir in Bangkok tun? Das Raison-Gelände stürmen?«

»Nein, aber wir können nicht einfach hierbleiben.«

Sie wandte sich abrupt ab und ging zum Küchentisch. »Wir müssen irgendjemandem davon erzählen.«

»Wem?«

»Dem CDC, dem Zentrum für Krankheits- und Seuchenkontrolle. Der Hauptsitz ist in Atlanta.«

»Und was sagen wir ihnen?«, fragte Tom. »Dass ein behaartes Wesen mir erzählt hat, dass der Raison-Virenstamm die halbe Menschheit vernichten wird?«

»Das behauptest du doch, oder? Dass der Raison-Impfstoff mutieren und uns alle umbringen wird, als wären wir nur ein paar Versuchsratten? Das ist alles verrückt!«

Er rieb sich die Narbe an seinem Kopf. »Genauso wie das hier.«

Sie sah auf die Stelle, wo die Kugel vor noch nicht einmal zehn Stunden seinen Kopf gestreift hatte. Eine Zeit lang starrte sie auf seine Schläfe und ging dann zum Telefon. »Wir müssen es jemandem erzählen.«

Er beruhigte sich damit, dass ihr Frust nichts mit ihm zu tun hatte, sondern mit der Situation. »Na schön. Aber du kannst das nicht irgendeinem Schreibtischhengst beim Seuchenzentrum erzählen«, sagte Tom. »Das klingt für die, als wärst du durchgeknallt.«

»Wem dann? Der Polizei?« Sie überflog eine Liste mit Nummern, die sie ins Telefonbuch gelegt hatte, fand irgendeine Nummer und wählte.

Tom stürmte an ihr vorbei und blätterte durchs Telefonbuch. Der Roush hatte gesagt, dass das Raison-Virus zur »Großen Verführung« führte. Sein Verstand war jetzt ganz mit dem Problem beschäftigt.

»Was wäre, wenn ich das alles nur erfahren habe, damit ich es aufhalte?«, fragte Tom. »Aber wer hat schon die Macht, so etwas aufzuhalten? Das Seuchenzentrum? Wahrscheinlich eher das FBI oder der CIA oder das Außenministerium.«

»Glaub mir, für das Außenministerium klingt das genauso ver…« Kara drehte sich mit dem Hörer am Ohr um. »Ja, guten Morgen, Melissa. Hier spricht Kara Hunter aus Denver. Ich bin Krankenschwester. An wen muss ich mich wenden wegen … äh, wegen einer möglichen Seuchengefahr?« Pause. »Nein, ich rufe eigentlich nicht für unser Krankenhaus an. Ich muss nur etwas melden, das mir sehr verdächtig vorkommt.« Wieder Pause. »Ansteckende Krankheit. Wer wäre da zuständig? Danke, ich bleibe dran.«

Kara wandte sich wieder zu Tom. »Was sage ich?«

»Ich sage dir, ich denke …«

Sie machte ihm ein Zeichen mit der Hand. »Ja, hallo Mark.« Kara holte Luft und berichtete ihm stotternd und so gut sie konnte von ihrer Besorgnis über das Raison-Virus. Sie traf sofort auf Widerstand.

»Ich kann Ihnen eigentlich nicht genau erklären, warum ich das vermute. Ich möchte nur, dass Sie den Impfstoff noch einmal testen. Sie haben eine Beschwerde von einer glaubhaften Quelle erhalten. Jetzt müssen Sie der Sache nachgehen …«

Sie blinzelte und nahm den Hörer vom Ohr.

»Was ist?«, fragte Tom. »Hat er aufgelegt?«

»Er hat gesagt: ›Ich habe es festgehalten‹, und hat einfach aufgelegt.«

»Hab ich doch gleich gesagt. Hier.«

Tom nahm das Telefon und hackte eine Nummer aus Washington ein, die er gefunden hatte. Nach drei Anrufen und siebenmal verbinden lassen landete er schließlich im Büro des stellvertretenden Leiters der Abteilung für internationale Betäubungsmittelgesetze, der offensichtlich dem Ministerium für internationale Zusammenarbeit unterstellt war, welches wiederum dem stellvertretenden Außenminister unterstellt war. All das war nicht wirklich wichtig. Was viel wichtiger war, war die Tatsache, dass Gloria Stephenson eine vernünftige Person zu sein schien. Wenigstens hörte sie sich seine Behauptung an, dass er zum einen Informationen habe, die von äußerster Wichtigkeit für die Interessen der Vereinigten Staaten seien, und er diese Informationen zum anderen unverzüglich an den richtigen Mann bringen müsse.

»Gut, bleiben Sie bitte einen Augenblick dran, Mr. Hunter. Ich werde versuchen, Sie durchzustellen.«

»Klar.« Endlich ging es voran. Am anderen Ende der Leitung klingelte es dreimal, bis jemand abnahm.

»Bob Macklroy.«

»Ja, hallo Bob. Wer sind Sie?«

»Sie sind hier im Büro des stellvertretenden Leiters der Abteilung für internationale Betäubungsmittelgesetze. Ich bin der Leiter.«

Der Chef persönlich. »Äh, guten Morgen, Mr. Macklroy. Vielen Dank, dass Sie sich Zeit für mich nehmen. Mein Name ist Thomas Hunter und ich habe Informationen über eine ernsthafte Bedrohung, die ich versuche, an die richtige Stelle weiterzuleiten.«

»Um welche Art von Bedrohung handelt es sich?«

»Ein Virus.«

Einen Augenblick war Stille. »Haben Sie die Nummer vom Seuchenzentrum?«, fragte Macklroy.

»Ja, aber ich glaube, dass diese Sache weitreichender ist. Wir haben es schon dort versucht, aber sie haben uns nur abgefertigt.« Tom kam der Gedanke, dass jemand so Wichtiges wie Macklroy nicht den ganzen Tag für ihn Zeit haben würde, und er entschloss sich, gleich mit der Tür ins Haus zu fallen.

»Ich weiß, dass es seltsam klingen muss für Sie und dass Sie nicht die geringste Ahnung haben, wer ich bin, aber Sie müssen mir zuhören.«

»Ich höre zu.«

»Haben Sie schon vom Raison-Impfstoff gehört?«

»Kann ich nicht behaupten.«

»Es ist ein Lebendimpfstoff, der durch die Luft verbreitet wird und demnächst auf den Markt kommen wird. Aber da gibt es ein Problem.« Er erzählte Macklroy in einem einzigen Atemzug, ohne Punkt und Komma, von der Mutation und der drohenden Vernichtung der Menschheit.

Stille.

»Sind Sie noch dran?«, fragte Tom.

»Die gesamte Weltbevölkerung steht also kurz vor ihrer Ausrottung? Ist das die Botschaft?«

Tom schluckte. »Ich weiß, dass es verrückt klingt, aber … es stimmt.«

»Ist Ihnen klar, dass es Gesetze gibt gegen die Diffamierung von Firmen ohne …«

»Ich will Raison Pharma nicht diffamieren! Es handelt sich hier um eine ernsthafte Bedrohung und bedarf sofortiger Maßnahmen.«

»Es tut mir leid, aber da sind Sie bei mir falsch. Das ist ein typischer Fall für das Seuchenzentrum. Entschuldigen Sie mich jetzt bitte, ich muss dringend zu einer Sitzung.«

»Natürlich müssen Sie dringend zu Ihrer Sitzung! Jeder, der ein Telefongespräch beenden will, muss dringend in eine Sitzung!« Kara machte ihm Zeichen, sich zu beruhigen. »Schauen Sie, Mr. Macklroy, wir haben nicht mehr viel Zeit. Frankreich oder Thailand oder wer auch immer die rechtliche Befugnis für Raison Pharma hat, muss das überprüfen.«

»Wo genau haben Sie diese Informationen her?«

»Wie meinen Sie das?«

»Ich will wissen, wie Sie an diese Informationen gekommen sind, Mr. Hunter. Sie stellen hier einige sehr ernste Behauptungen auf; dafür haben Sie doch sicher eine glaubwürdige Quelle?«

Die Worte kamen ihm über die Lippen, bevor er sie zurückhalten konnte. »Ich hatte einen Traum.«

Kara griff sich mit beiden Händen an die Stirn und verdrehte die Augen.

»Ah ja. Schön, Tom. Wir verschwenden gerade Steuergelder.«

»Ich kann es Ihnen beweisen!«, sagte Tom.

»Es tut mir leid, aber jetzt komme ich tatsächlich zu spät zur Sitz…«

»Ich weiß auch, wer heute Nachmittag das Kentucky Derby gewinnen wird«, schrie er in den Hörer. »Joy Flyer!«

»Auf Wiederhören, Sir.«

Die Leitung war tot.

Tom starrte Kara an, die kopfschüttelnd auf und ab ging. Er legte das Telefon auf die Station zurück. »Idioten! Kein Wunder, dass es mit unserem Land nur noch bergab geht.«

Draußen auf dem Parkplatz wurde eine Autotür zugeschlagen.

»Na ja«, sagte Kara.

»Na ja, was?«

»Na ja, zumindest haben wir es gemeldet. Du musst doch zugeben, dass es schon ein bisschen bescheuert klingt.«

»Die Sache zu melden reicht nicht«, sagte Tom und ging zum Wohnzimmerfenster. Er schaute vorsichtig hinter dem Vorhang hinaus.

»Wir könnten ja große Schilder malen und uns auf die Straße stellen. Vielleicht erregen wir damit ihre Aufmerksamkeit«, sagte Kara. »Das Ende der Welt ist nahe herbeigekommen.«

Tom ließ den Vorhang los und machte einen Satz zurück.

»Was ist?«

»Sie sind da!« Drei hatte er erkannt. Sie gingen Stockwerk für Stockwerk von Tür zu Tür.

Tom machte einen Satz in Richtung seines Zimmers. »Wir müssen verschwinden! Schnapp dir deinen Pass, Geld, alles, was du hast.«

»Ich bin noch nicht angezogen!«

»Dann beeil dich!« Er schielte zur Tür. »Wir haben noch eine Minute. Vielleicht.«

»Wo gehen wir hin?«

Er verschwand in seinem Zimmer.

»Thomas!«

»Einfach weg! Weg!«

Er griff sich seine Papiere und stopfte sie in einen schwarzen Rucksack, den er immer nahm, wenn er unterwegs war. Geld – zweihundert Kröten waren alles, was er dahatte. Hoffentlich hatte Kara noch Bargeld.

Zahnbürste, eine Hose, drei T-Shirts, Unterhosen, ein Paar Socken. Was noch? Denk nach! Das war's. Sie hatten keine Zeit mehr.

Tom rannte ins Wohnzimmer. »Kara!«

»Ja, gleich. Ich könnte dich echt erwürgen!«

Ihr Geschrei konnte die ganze Nachbarschaft aufwecken. »Schnell!«, flüsterte er heiser.

Sie murmelte etwas.

Was noch? Was noch? Die Rechnungen? Er griff nach dem Briefkorb mit den Rechnungen, stopfte sie in seinen Rucksack und schnappte sich noch die Machete vom Frühstückstisch.

Kara rannte aus ihrem Zimmer. Sie hatte sich schnell eine schwarze Dreiviertelhose und ein gelbes Oberteil angezogen. Ihre Haare hatte sie zu einem Pferdeschwanz zusammengebunden. Sie hatte eine weiße Tasche unter dem Arm. Sie sah aus wie ein Kanarienvogel auf Kreuzfahrt zu den Bahamas.

»Wir kommen doch wieder zurück, oder?«, fragte sie.

»Duck dich und bleib dicht hinter mir«, sagte Tom und rannte zur Glasschiebetür am Hinterausgang. Er zog den Vorhang zurück – auf dem Parkplatz hinter dem Haus schien niemand zu sein. Sie schlichen sich hinaus und schlossen die Tür hinter sich.

»Okay, jetzt schnell und unauffällig. Bleib hinter mir«, sagte er noch einmal. Sie rannten die eisernen Stufen hinunter und schlichen sich zu Karas Celica. Nicht das geringste Anzeichen von den Männern, die in diesem Moment wahrscheinlich an ihre Wohnungstür hämmerten.

»Schlüssel?«

Sie zog sie aus der Tasche und gab sie ihm. »Woher weißt du, dass sie es sind?«, fragte sie.

»Ich weiß es. Einer von ihnen hatte einen Kopfverband. Das ist der, den ich gestern Nacht getroffen habe. Ich habe ihn ins Gesicht getreten.«

Sie stiegen ein und er ließ den Wagen an. »Duck dich.«

Kara rutschte so tief wie möglich im Beifahrersitz nach unten und setzte sich erst nach der übernächsten Kreuzung wieder auf, um sich umzudrehen und zu sehen, ob sie verfolgt würden.

»Siehst du was?«, fragte Tom.

»Soweit ich sehen kann, nichts.« Sie drehte sich zu ihm. »Wohin fahren wir?«

Gute Frage.

»Dein Pass ist doch noch gültig, oder?«

»Bitte, Tom, bleib ernsthaft. Wir können doch nicht einfach nach Manila oder Bangkok oder sonst wohin abhauen.«

»Hast du eine bessere Idee? Das hier ist kein Traum. Da hinter uns sind echte Typen mit echten Waffen. Der Raison-Impfstoff ist echt und Joy Flyer ist ein echtes Pferd!«

Sie drehte sich weg und sah zum Fenster hinaus. »Das Kentucky Derby ist noch nicht vorbei«, sagte sie leise.

»Was habe ich gesagt, wie lange wir noch Zeit haben, bis das Raison-Virus zur Bedrohung wird?«, fragte er.

»Du warst dir nicht einmal sicher, in welchem Jahr es passieren wird.« Sie sah ihn an. »Wenn all das wirklich echt ist, dann brauchst du genauere Informationen. Wir können nicht einfach einmal um die Erde düsen, nur weil Joy Flyer tatsächlich ein Rennpferd ist.«

»Was schlägst du vor? Soll ich herausfinden, wie wir den Nahostkonflikt mit einem Schlag lösen können?«

Sie sah ihn an. »Könntest du das?«

»Natürlich nicht.«

»Warum nicht?«

Ja, warum eigentlich nicht?

»Was haben die schwarzen Fledermäuse noch mal gesagt?«, fragte Kara. »Dass sie dein Schicksal wären oder so? Vielleicht solltest du mit ihnen sprechen, statt mit den weißen behaarten Viechern. Wir brauchen genaue Informationen.«

»Das geht nicht. Sie leben im schwarzen Wald. Dort darf man nicht hin.«

»*Man darf nicht hin?* Du solltest dich hören! Tom, es ist ein *Traum*! Zugegeben, ein Traum mit ein paar ziemlich seltsamen Verbindungen zur Realität, aber immer noch ein Traum.«

»Und woher weiß ich dann das alles? Wie ist meine Wunde am Kopf verschwunden?«

»Ich weiß nicht. Alles, was ich weiß, ist, dass das hier«, sie klopfte mit dem Zeigefinger auf das Armaturenbrett, »kein Traum ist. Deine Träume sind also irgendwie anders. Auf irgendeine Art erfährst du dort Dinge, die du nicht wissen kannst, das gebe ich zu. Daran halte ich auch fest. Und ich sage, sieh zu, dass du noch mehr erfährst. Aber ich werde nicht einfach nach Bangkok fliegen, um die Welt zu retten, ohne dass wir die leiseste Ahnung haben, was wir dort tun sollen. Wir brauchen mehr Informationen.«

Zwischen der 25. und der 70. Straße kamen sie auf die Schnellstraße und fuhren in Richtung Denver Flughafen.

»Du gibst also zu, dass diese Informationen wichtig sind. Und echt.«

Sie lehnte den Kopf zurück. »Ja. Es scheint so.«

»Dann müssen wir danach handeln. Du hast recht, wir brauchen mehr Informationen. Aber ich kann ja nicht hier am Steuer einschlafen, oder? Und du kannst mich nicht ständig mit Tabletten vollstopfen.«

»Na gut.«

»MackIroy war der Ansicht, das Seuchenzentrum wäre die richtige Anlaufstelle für diese Informationen.«

»Das dachte ich auch.«

»Gut, dann lass uns nach Atlanta fliegen. Wie viel Geld hast du dabei?«

Sie zog die Augenbrauen hoch. »Wir fliegen einfach mal eben nach Atlanta? Ich kann doch nicht einfach von der Arbeit wegbleiben, ohne Bescheid zu sagen.«

»Dann ruf an. Aber ein Anruf war offensichtlich nicht der richtige Weg, um die Aufmerksamkeit des Seuchenzentrums zu bekommen. Wahrscheinlich rufen da jeden Tag Hunderte von Verrückten an und erzählen irgendwelche komischen Geschichten. Also erscheinen wir persönlich in ihrer Zentrale.«

»Nicht Bangkok?«

»Nein, Atlanta. Du weißt, dass wir nicht in unsere Wohnung zurückkönnen. Wer weiß, wie lange sie dort Posten aufgestellt haben.«

Sie ließ sich die ganze Sache durch den Kopf gehen und schloss die Augen.

»Okay«, sagte sie schließlich. »Atlanta.«

12

SO SEHR ER es auch auf Karas Drängen hin versuchte, Tom konnte auf dem Flug nach Atlanta nicht schlafen. Keine Sekunde lang.

Allmählich überwand Kara ihre Zweifel daran, dass das, was mit Tom passierte, etwas von großer Bedeutung war. Dass er sozusagen das Ende der Welt entdeckt hatte, wollte sie ihm allerdings immer noch nicht abkaufen. Nur weil er zugegebenermaßen im Schlaf so eine Art Zukunftsschau erlebte, wie sie es nannte, hieß das noch lange nicht, dass alles, an das sich seine rege Vorstellungskraft klammerte, Wirklichkeit war. Wer hatte schließlich schon einmal von behaarten weißen Fledermäusen gehört?

Tom versuchte verzweifelt, sie davon zu überzeugen, dass es genauso gut auch andersherum sein konnte. Dass es keinerlei stichhaltigen Beweis dafür gab, dass die Boeing 757, in der sie saßen, nicht nur Teil eines Traums war. Wer konnte schon sagen, welche Realität überzeugender war?

»Denk mal an das, was Dad immer gesagt hat, als wir noch klein waren«, sagte er. »Das ganze christliche Weltbild basiert auf der Annahme zweier verschiedener Realitäten. Wir kämpfen nicht gegen Fleisch und Blut, sondern gegen Mächte, oder so ähnlich. Erinnerst du dich? Viele Menschen glauben tatsächlich, dass die meisten Ereignisse sich in einer unsichtbaren Welt abspielen. Das ist eine religiöse Grundannahme.«

»Na und? Das glaube ich nicht. Und du doch auch nicht.«

»Nun ja, vielleicht sollten wir es aber glauben. Ich meine nicht unbedingt den christlichen Teil davon, aber das Grundprinzip. Warum nicht?«

»Weil ich nicht an Gespenster glaube«, sagte sie. »Wenn es einen Gott gibt, der uns mit unseren fünf Sinnen erschaffen hat, warum zeigt er sich uns dann nicht durch diese Sinne? Ein Traum ergibt keinen Sinn.«

»Vielleicht zeigt er sich uns ja, aber wir sehen es nicht. Vielleicht sind unsere Sinne gar nicht das Problem, sondern unser Verstand?«

Sie rutschte in ihrem Sitz hin und her und sah ihn an. »Spricht hier derselbe Thomas, der Dad immer erklärt hat, dass sein Glaube Blödsinn ist?«

»Ich habe nicht gesagt, dass sich daran etwas verändert hat. Ich habe nur gesagt, dass wir vielleicht darüber nachdenken sollten. Wie in *Matrix*. Erinnerst du dich an den Film? Alle denken, es sei so rum, und in Wirklichkeit ist es andersherum.«

»Nur mit dem Unterschied, dass in diesem Fall die echte Welt aus einem bunten Wald mit haarigen weißen Fledermäusen besteht und das hier nur ein Traum ist. Das glaube ich nicht.«

»Die haarigen weißen Fledermäuse haben meine Kopfwunde geheilt und mir verraten, wer das Kentucky Derby gewinnen wird. Und wenn ich mir eine von beiden Welten nur einbilde, dann ist es wahrscheinlicher, dass es diese hier ist. In der anderen Welt machen beide Realitäten Sinn – eine als Vergangenheit und die andere als Gegenwart. In dieser Welt macht die andere Realität keinen Sinn, es sei denn, diese Realität ist gar nicht echt. Oder es sei denn, es ist wirklich die Zukunft.«

»Genug jetzt. Ich kriege noch Kopfschmerzen. Schlaf jetzt und finde raus, wie wir den Nahostkonflikt lösen können.«

»Gar nicht. Das Raison-Virus wird uns vorher umbringen, nämlich jetzt.«

»Es sei denn, das Raison-Virus wird verhindert«, sagte sie. »Kann man die Zukunft verändern? Oder besser gesagt, die Vergangenheit?«

Er gab sich keine Mühe zu antworten.

Eine Stunde später landeten sie in Atlanta und verbrachten die nächste halbe Stunde damit, verschiedene Dinge zu erledigen. Kara musste sich in ihrem Krankenhaus entschuldigen und hatte etwas auf der Bank zu erledigen. Tom erkundigte sich zur Sicherheit nach Überseeflügen zu verschiedenen Zielen. Sie trafen sich erst um halb vier wieder auf Flugebene Null.

»Okay«, sagte Tom und hielt ihr die Tür nach draußen zum Taxistand auf. »Wie viel Geld haben wir?«

»Wir? Etwa fünftausend Dollar, und zwar auf meinem Konto. Ich kann mich nicht erinnern, dass du etwas davon eingezahlt hättest.«

Er hatte einen Flug nach Bangkok um zehn Uhr abends gefunden, über Los Angeles und Singapur. Aber die kurzfristige Buchung würde zweitausend Dollar pro Nase kosten. Nicht gut. Er runzelte missbilligend die Stirn.

»Hast du mehr erwartet?«, fragte sie.

»Ich dachte, du hättest über zwanzigtausend gespart«, sagte er.

»Das war vor drei Monaten. Seither habe ich einige Anschaffungen gemacht. Fünf reichen für uns, solange wir nicht nach Manila oder Bangkok abhauen.« Sie machte die Tür zu.

Das gelbe Taxi hielt um 16:15 Uhr vor dem Hauptsitz des Zentrums für Krankheits- und Seuchenkontrolle, eine Dreiviertelstunde bevor die Behörde wahrscheinlich schloss. Kara bezahlte den Fahrer und ging mit Tom zum Haupteingang.

»Gut, und was genau wollen wir hier erreichen?«, fragte sie.

»Wir wollen die Toten aufwecken«, sagte Tom.

»Etwas genauer bitte.«

»Irgendjemand da drinnen muss uns ernst nehmen. Wir gehen nicht eher wieder raus, bis jemand, der dazu befugt ist, zugesagt hat, das Raison-Virus zu testen.«

Kara warf einen Blick auf ihre Uhr. »Okay.«

Sie gingen hinein und auf einen mit Plexiglas abgeschirmten Schalter zu, mit einem schwarzen Schild, auf dem »Rezeption« stand. Tom erklärte einer rothaarigen Dame namens Kathy sein Anliegen und als sie ihm sagte, dass er zu einem Sachbearbeiter müsse, bat er darum, sofort jemanden zu sprechen. Sie reichte ihm einen Stapel Formulare mit Tausenden von Fragen, die nicht das Geringste mit ansteckenden Krankheiten zu tun zu haben schienen: Geburtsdatum, Sozialversicherungsnummer, Grundschulzeugnisse, Schuhgröße. Sie gingen zu einer Reihe gepolsterter Stühle in einem Warteeck, füllten schnell alle Formulare aus und gaben sie Kathy zurück.

»Wie lange wird es dauern?«, fragte Tom.

Ihr Telefon klingelte und sie nahm ab, ohne Toms Frage zu beantworten. Eine ihrer Kolleginnen hatte anscheinend Mäuse im Haus. Tom trommelte mit den Fingern auf die Theke und wartete geduldig.

Kathy legte auf, aber es klingelte schon wieder.

Tom hob den Finger. »Kurze Frage: Wie lange?«

»Sobald jemand frei ist.«

»Es ist schon 16:35 Uhr. Wann wird jemand frei sein?«

»Wir werden versuchen, Sie heute noch dranzunehmen«, sagte sie und nahm den Hörer ab. Wieder dieselbe Frau. Wieder eine lebenswichtige Frage zur Vorgehensweise bei Mäuseinvasion. Es ging darum, Gummihandschuhe zu tragen, wenn man die Bösewichte aus den Mausefallen holte.

Tom seufzte laut hörbar und ging zurück zum Wartebereich. »Kathy stammt aus einer Idiotenfabrik«, sagte er.

»Geduld, Thomas. Vielleicht sollte ich mit ihr reden.« Kara sah wieder auf die Uhr.

»Ich habe das dumme Gefühl, dass wir hier unsere Zeit verschwenden«, sagte er. »Selbst wenn wir das hier melden – wie lange wird es wohl dauern, bis diese Bürokratie ins Rollen kommt? Es kann Monate, sogar Jahre dauern, bis man die staatliche Genehmigung für ein Medikament bekommt. Wie lange wird es dann wohl dauern, das wieder rückgängig zu machen? Wahrscheinlich auch Monate und Jahre. Ich sag dir, wir müssen nach Bangkok. Die Bekanntgabe ist in zwei Tagen. Wir müssen ihnen nur erklären, was los ist – dieser Monique de Raison. Sie werden unsere Bedenken überprüfen, das Problem erkennen und es beheben.«

Kara sah auf die Uhr und stand auf. »Ich bezweifle, dass das so einfach geht. Ich muss mal etwas nachsehen. Bin gleich wieder da.«

Tom kochte noch zehn Minuten vor sich hin, bevor er wieder zu Kathy ging und es noch einmal versuchte. Diesmal unterbrach sie ihn, bevor er seine übliche Frage stellen konnte.

»Entschuldigung, Sir, sind Sie schwerhörig oder nur schwer von Begriff? Ich dachte, ich hätte deutlich gesagt, dass ich Sie aufrufen werde, wenn ein Mitarbeiter frei ist.«

Schockiert von ihrer Unfreundlichkeit blieb er stehen. Niemand konnte sie hören – was auch Kathy offenbar nicht entgangen war, sonst hätte sie es nicht gewagt, so eine unhöfliche Antwort zu geben.

»Entschuldigen Sie«, stammelte er.

»Sie haben mich sehr gut verstanden«, entgegnete sie grob. »Ich rufe Sie, wenn jemand frei ist, bevor wir schließen.«

Tom trat an den Schalter und starrte sie wütend an. »Ich kann nicht bis morgen warten.«

»Das hätten Sie sich früher überlegen müssen.«

»Hören Sie gut zu, wir sind extra von Denver hierhergeflogen! Was ist, wenn mit mir etwas ernsthaft nicht in Ordnung ist? Woher wollen Sie wissen, dass ich mir nicht ein Virus eingefangen habe, an dem die ganze Menschheit sterben könnte?«

Sie lehnte sich selbstgefällig zurück und war sich nach dieser absurden Äußerung ganz sicher. »Wir sind hier kein Krankenhaus. Ich glaube nicht, dass Sie …«

»Das wissen Sie nicht! Was wäre, wenn ich Polio hätte?« Falsche Krankheit. »Was wäre, wenn ich Ebola hätte oder so etwas?«

»Hier steht irgendetwas mit Raison.« Nachlässig zog sie sein Formular heraus. »Nicht Ebola. Setzen Sie sich, Mr. Hunter.«

Mit erhobenem Kopf fuhr er sie an. »Und was ist das Raison-Virus?«, fragte er grob. »Haben Sie überhaupt eine Ahnung? Tatsache ist, dass das Ebola-Virus neben dem Raison-Virus nur noch wie eine kleine Erkältung aussieht. Haben Sie das gewusst? Das Virus ist möglicherweise schon ausgebrochen …«

»Hinsetzen!« Kathy war aufgestanden und hatte ihre geballten Fäuste in die Hüften gestemmt. Mit einer dramatischen Geste zeigte sie auf die Warteecke. »Sofort hinsetzen!«

Tom wusste nie genau, ob er im nächsten Moment aus seinem Instinkt oder seinem hellwachen Verstand heraus handeln würde – jedenfalls fehlte es ihm nicht an Mut.

Er starrte der Dame hinter der Scheibe ganze fünf Sekunden

lang direkt in die Augen. Der Anblick ihres zitternden Unterkiefers war seine letzte Rettung. Plötzlich griff er sich mit beiden Händen an den Hals und würgte sich selbst.

»Ah! Ich glaube, ich habe mich angesteckt!«, rief er nach Luft ringend. Er stolperte und schlug mit dem Kopf gegen die Scheibe. »Hilfe!«, schrie er. »Hilfe, ich habe mich mit dem Raison-Virus angesteckt!«

Die Frau stand stocksteif da und zitterte vor Wut, während sie immer noch auf die Wartestühle zeigte. »Hinsetzen!«

Tom drückte seine Wange an die Scheibe, würgte sich noch fester und streckte die Zunge heraus. »Ich sterbe! Hilfe, Hilfe!«

»Thomas!« Kara kam aus der Eingangshalle zu ihm gerannt.

Er sank in sich zusammen und verdrehte die Augen.

Ein halbes Dutzend Mitarbeiter kam in die Abtrennungen hinter der Rezeption gerannt

»Aufhören!«, schrie Kathy schrill. »Aufhören!«

»Thomas, was machst du da?«, fragte Kara verzweifelt.

Er zwinkerte ihr heimlich zu und fing an, seinen Kopf gegen die Scheibe zu schlagen, diesmal so fest, dass er Kopfweh bekam.

»Entschuldigung.« Ein Mann in einem grauen Anzug erschien hinter der Dame in der Anmeldung. »Gibt es hier ein Problem?«

»Er … er will zu einem Sachbearbeiter«, sagte sie.

Tom ließ die Hände sinken und richtete sich auf. »Sind Sie hier der Chef?«

»Kann ich Ihnen helfen?«

»Bitte entschuldigen Sie meine Eskapaden, aber ich bin in einer Notlage und das Einzige, was mir einfiel, war ein Teenager-Anfall«, sagte Tom. »Es ist lebenswichtig, dass wir sofort mit jemandem von der Abteilung für ansteckende Krankheiten sprechen.«

Der Mann warf einen Blick auf Kathys hochrotes Gesicht. »Unser Anmeldeverfahren hat einen Grund, Mr. …«

»Hunter. Thomas Hunter. Glauben Sie mir, was ich Ihnen zu sagen habe, wird Sie interessieren.«

Der Mann zögerte und trat dann durch eine Tür in der Scheibe heraus. »Kommen Sie doch mit in mein Büro«, sagte er mit ausgestreckter Hand. »Mein Name ist Aaron Olsen. Bitte entschuldigen Sie die Wartezeit. Manchmal ist hier ziemlich viel los.«

Tom schüttelte dem Mann die Hand und folgte ihm mit Kara.

»Nächstes Mal, wenn du vorhast, schwerhörig zu sein, warne mich bitte vorher«, flüsterte Kara.

»Tut mir leid.«

Kara konnte ein Grinsen nicht unterdrücken.

»Was ist?«, fragte Tom.

»Nichts«, sagte sie. »Sage ich dir später.«

Aaron Olsen starrte Tom von einem großen Kirschholz-Schreibtisch aus mit aufgestützten Ellbogen und undurchdringlichem Gesichtsausdruck an. Bei Toms ausführlicher Erklärung von den weißen, behaarten Fledermäusen verzog er keine Miene.

Tom lehnte sich zurück und atmete langsam aus. Ein goldenes Schild auf seinem Schreibtisch verriet, dass Aaron der stellvertretende Direktor war, und er erklärte, dass seine Abteilung tatsächlich für ansteckende Krankheiten zuständig war. Obwohl er anfangs gesagt hatte, dass die schnelle Einsatztruppe der Weltgesundheitsorganisation hier der richtige Ansprechpartner wäre, hatte er sich einverstanden erklärt, sich ihre Geschichte anzuhören, und das auch ohne jede Regung getan.

Endlich kamen sie voran.

»Aha«, sagte Aaron und zum ersten Mal zog ein leichtes Grinsen über seinen Mund.

»Ich weiß, dass es seltsam klingt«, sagte Tom. »Aber betrachten Sie einmal die Tatsachen.«

»Das tue ich, Mr. Hunter, und genau das bereitet mir Sorgen. Habe ich etwas verpasst oder wollen Sie mir tatsächlich sagen, Sie haben diese Informationen aus einem Traum?«

Kara beugte sich nach vorne. »Sie sagen das, als sei es absurd.« Sie hatte einen auffallend verteidigenden Tonfall. »Haben Sie überhaupt gehört, was er gerade gesagt hat? Er weiß von dem Raison-Impfstoff! Er wusste schon davon, bevor es an die Öffentlichkeit kam.«

»Der Raison-Impfstoff ist in eingeweihten Kreisen schon seit einigen Monaten Gesprächsstoff …«

»Nicht in seinen Kreisen!«

Tom hob die Hand. »Lass nur, Kara.« Was war nur über sie gekommen? Auf einmal war sie seine glühende Verteidigerin. Er sah zu Olsen. »Gut, gehen wir das Ganze noch einmal durch. Was irritiert Sie?«

Der Mann lächelte ungläubig. »Sie behaupten also, das alles kommt aus einem Traum …«

»Nicht ganz«, sagte Tom. »Aus einer anderen Wirklichkeit. Aber vergessen wir das einmal. Egal, wie ich dazu gekommen bin: Ich weiß Einzelheiten von Vorgängen, die noch nicht geschehen sind. Bevor es öffentlich bekannt wurde, wusste ich, dass eine französische Firma einen Impfstoff bekannt geben will, der Raison-Impfstoff heißt. Ich weiß auch, dass der Raison-Impfstoff unter Hitzeeinwirkung mutiert und zu einem tödlichen Virus wird. Er wird die ganze Menschheit in weniger als drei Wochen infizieren. Alles, was wir von Ihnen wollen, ist, dass Sie das überprüfen. Was ist daran so kompliziert?«

Olsen sah von Tom zu Kara und wieder zu Tom. »Lassen Sie mich das zusammenfassen. Ein Mann betritt ein Gebäude, schreit nach Hilfe, während er sich selbst dabei würgt, und erklärt dann, dass ihm im Traum ein paar Fledermäuse gesagt haben, dass die Welt in – wie viel? drei Wochen? – untergehen wird, weil ein Impfstoff überhitzt wird und sich in einen tödlichen Virus verwandelt. Ist das so richtig?«

»Drei Wochen, nachdem das Virus freigesetzt worden sein wird«, korrigierte Tom. Olsen überhörte ihn.

»Ist Ihnen klar, dass große Hitze Lebewesen wie Viren abtötet, Mr. Hunter? Ihre Warnung widerspricht sich selbst, egal, woher Sie die Information haben.«

Kara kam ihm noch einmal zu Hilfe. »Vielleicht hat Raison Pharma deshalb das Problem noch nicht erkannt, vorausgesetzt, sie wissen wirklich nichts davon. Vielleicht werden Medikamente nie einem Hitzetest unterzogen.«

»Sie sind doch Krankenschwester«, sagte Olsen. »Und Sie glauben all diesen Schwachsinn von den Träumen?«

»Wie Tom schon sagte, ist es vielleicht kein Schwachsinn. Überprüfen Sie es, um Himmels willen!«

»Und wie stellen Sie sich das vor? Soll ich eine Erklärung abgeben, dass die pelzigen weißen Fledermäuse vor dem Raison-Impfstoff gewarnt haben? Das wäre ein eindeutiger Fall von übler Nachrede, meinen Sie nicht?«

»Dann erklären Sie mir, woher ich wissen konnte, dass Joy Flyer im Kentucky Derby läuft«, sagte Tom.

Olsen zuckte die Achseln. »Das wurde veröffentlicht.«

»Aber es wurde nicht veröffentlicht, dass Joy Flyer gewinnen würde«, sagte Kara. »Jedenfalls nicht vor zwei Stunden, als ich auf ihn gesetzt habe.«

Tom drehte sich zu ihr. »Gesetzt?«

»Joy Flyer hat gewonnen?«, fragte Olsen. Er sah auf seine Uhr. »Sie haben recht, die Ergebnisse sollten jetzt kommen. Sind Sie sicher, dass Joy Flyer gewonnen hat? Er war ein Außenseiter.«

»Du hast auf Joy Flyer gesetzt?«, fragte Tom drängend. »Wie viel?«

»Ja, Tom, habe ich. Und ja, er hat gewonnen, Außenseiter oder nicht.«

»Mist!« Olsen schüttelte den Kopf und sah aus dem Fenster. »Ich hatte einen Tausender auf Winner's Circle.«

»Sie verstehen nicht«, sagte Kara. »Dass Joy Flyer heute gewinnen würde, hat Tom aus derselben Quelle erfahren wie die Sache über den Raison-Impfstoff.«

»Wie viel?«, fragte Tom noch einmal.

Olsen seufzte. »Sie können nichts davon belegen. Wahrscheinlich haben Sie nicht einmal auf Joy Flyer gesetzt. Und wenn doch, könnten Sie behaupten, irgendein Engel hätte Ihnen den Tipp gegeben, nur um diese Geschichte zu untermauern. Wahrscheinlich haben Sie Aktien von Raison Pharmas Wettbewerbern und wollen Raison plattmachen. Ich kann mit diesen Informationen nichts anfangen, außer alles seinen normalen Gang gehen zu lassen.«

»Sie weisen unsere Meldung also ab? Einfach so?«, fragte Kara barsch.

»Nein, ich habe gesagt, ich werde es melden.« Olsen setzte sich auf und rückte einige Papiere auf dem Schreibtisch zurecht. »Sie haben Ihre Meldung gemacht. Ich schlage vor, Sie holen jetzt Ihren Wettgewinn ab.« Er lächelte herablassend.

Kara stand ruckartig auf. »Sie sind ein Dummkopf, Olsen. Wagen Sie es ja nicht, die Meldung wegzuwerfen! Wenn es auch nur die geringste Chance gibt, dass wir recht haben könnten, dann versauen Sie vielleicht gerade eine sehr heikle Angelegenheit. Wegen dem, was mein Bruder weiß, habe ich gerade fünfzehntausend Dollar – das waren fast alle meine Ersparnisse – auf einen Außenseiter namens Joy Flyer gesetzt. Jetzt sind dreihundertfünfundvierzigtausend Dollar auf meinem Konto, weil ich auf ihn gehört habe. Ich schlage vor, dass Sie das auch tun.«

Sie ging mit großen Schritten zur Tür.

»Genau!«, sagte Tom und stand auf. Dreihundertfünfundvierzigtausend?

Der Taxifahrer hatte gewartet, wie sie ihm gesagt hatten.

»Stimmt das? Hast du wirklich so viel gewonnen?«

»Wenn wir die Schulden bei deinen New Yorker Freunden bezahlen, meinst du, sie lassen uns dann in Ruhe?«

»Wenn wir ein wenig Zinsen zahlen, bestimmt. Meinst du das ernst?«

»Du hast mich schon mehr als einmal rausgehauen.« Sie zuckte die Achseln. »Jetzt bin ich dran. Außerdem ist es genauso dein Geld wie meins.«

»Wohin?«, fragte der Fahrer.

Tom sah seine Schwester fragend an. »Flughafen«, sagte er, »ist das in Ordnung?«

»Wohin?«, fragte sie.

»Bangkok. Der nächste Flug geht um zehn. Man braucht kein Visum mehr, ich habe schon geschaut.«

Sie starrte auf die Rückseite des Fahrersitzes. »Warum nicht. Flughafen.«

»Also dann zum Flughafen.« Das Taxi fuhr los.

Tom nickte. »Okay, gut. Wir haben keine Wahl, oder?«

»Natürlich nicht«, sagte sie leise. »Mit dir hat man nie eine Wahl, Thomas. Das Wort ›Stillhalten‹ kennst du nicht.«

»Das hier ist etwas anderes. Wir können nicht so tun, als passierte es nicht.«

Sie sah zum Fenster hinaus. »Wir brauchen mehr Informationen.«

»Bekommen wir. Versprochen. Sobald ich wieder einschlafe.«

»Und wann wäre das? Irgendwo über dem Pazifik?«

13

ACHT STUNDEN NACHDEM er von Valborg Svensson den Auftrag erhalten hatte, hierherzufliegen, ging Carlos Missirian schon durch den Flughafen von Bangkok. Der Firmenjet hatte ihm gute Dienste erwiesen. Im Kopf ging er noch einmal die Unterhaltung mit dem Schweizer durch.

»Unser Mann im Seuchenzentrum hatte heute einen sehr nervösen Besucher, der behauptete, dass Mutationen des Raison-Impfstoffs bei längerer Hitzeeinwirkung bei einer bestimmten Temperatur beständig seien«, hatte Svensson gesagt. »Das Ergebnis, so hatte der Besucher behauptet, sei dann ein tödliches, durch die Luft übertragbares Virus mit einer Inkubationszeit von drei Wochen. Ein Virus, das die ganze Menschheit in weniger als drei Wochen infizieren könnte.«

»Und woher hatte dieser Besucher diese Informationen?«

Hier hatte Svensson gezögert. »Aus einem Traum«, sagte er. »Aus einem sehr ungewöhnlichen Traum.«

Carlos' Schuhe klapperten auf dem Zementfußboden. Vielleicht hatten sie ihr Virus gefunden, obgleich es schwer zu glauben war, dass es mit diesen Mitteln geschehen sein sollte. Er holte tief Luft. Bald schon würde die Zeit kommen, wo ein tiefer Atemzug den Tod bringen würde statt das Leben. Ein geruchloses Virus, das der Wind verbreitet, auf der Suche nach menschlichen Brutstätten. Keine simple Krankheit, so harmlos wie das Ebola-Virus, das Wochen brauchte, um sich auszubreiten, sondern ein gentechnisch entwickeltes Virus, das, von den Luftströmungen um den Globus getragen, die ganze Menschheit infizieren würde. Eine Epidemie, die innerhalb von wenigen Minuten diesen ganzen Flughafen verseuchen konnte, sich über mehrere Wochen hinweg ausbreiten und dann die Menschen innerhalb von vierundzwanzig Stunden nach Auftreten der ersten Symptome töten würde.

Gegen ein Virus dieser Art gab es keinen Schutz. Höchstens ein anderes Virus, das ihm den Garaus machen würde.

Er mietete sich einen Mercedes und fuhr in die Stadt. In vierundzwanzig Stunden würde Monique de Raison im Sheraton eine Rede halten. Bis dahin würde er warten. Dadurch hatte er genug Zeit, sich auf alle Eventualitäten vorzubereiten, die seinem ursprünglichen Plan in die Quere kommen könnten, und alle möglichen Fluchtversuche oder Störungen der Entführung möglichst auszuschließen.

In den letzten fünf Jahren hatten sie Hunderte von Spuren verfolgt. Dutzende Male hatten sie große Hoffnungen, ein Virus entdeckt zu haben mit genau den schwer definierbaren Eigenschaften, die sie brauchten. Einmal waren sie sich ganz sicher, dass sie es gefunden hatten. Aber noch nie hatten sie auf eine so ungewöhnliche Meldung hin gehandelt. Nicht wegen eines Traums. Was Svensson überzeugt hatte, dieser Meldung zu glauben, wusste Carlos nicht. Aber je länger er darüber nachdachte, desto besser gefiel ihm der Gedanke.

Warum nicht? Warum sollte die Antwort auf seine Gebete nicht in einem Traum kommen? Sollte Allah so etwas nicht möglich sein? Er war noch nie ein Mystiker gewesen, aber das hieß noch lange nicht, dass Gott nicht in der Höhle zu Mohammed durch Visionen gesprochen hatte. Wenn man mit dieser Waffe seine Feinde so vernichtend schlagen konnte, war es da nicht auch denkbar, dass Allah den menschlichen Verstand dafür durch etwas so Mystisches wie einen Traum öffnen würde? Die Tatsache, dass dieser Thomas Hunter nicht nur einen solchen Traum gehabt hatte, sondern dass er damit auch noch bis zum Seuchenzentrum gegangen war, könnte heißen, dass es Vorsehung war.

Außerdem, wenn überhaupt irgendein Pharmakonzern die Möglichkeiten hatte, ein solches Virus zu entwickeln, dann Raison Pharma. Er hatte Monique de Raison nie persönlich kennengelernt, aber durch ihre sorgfältige Forschungsarbeit wurden die

Erkenntnisse der Russen noch einmal auf ein ganz neues Niveau gebracht. Carlos diente dem Tod mit ganzer Kraft, nicht nach Lust und Laune. Aber das hieß nicht, dass er nicht wusste, wie kompliziert Biowaffen waren.

In sich hörte er immer noch Svenssons tiefe, raue Stimme in jener Nacht vor sieben Jahren, als sie auf Kairo hinabschauten. »Als du sechs Jahre alt warst, damals auf Zypern, war dein Vater ein Computerspezialist, der heimlich als strategischer Berater für die PLO arbeitete«, sagte Svensson. »Er wurde vom israelischen Geheimdienst entführt und ist nie wieder aufgetaucht.«

»Schön, Sie kennen also die Geschichte.« Carlos war etwas überrascht, dass dieser Mann etwas wusste, was nur ganz wenige Menschen überhaupt wissen konnten.

»Die meisten Jungen in dieser Situation wären wohl bitter geworden und hätten eines Tages ihren tief sitzenden Hass ausgelebt. Aber diese Worte reichen bei Weitem nicht aus, um Sie zu beschreiben, habe ich recht?«

Carlos beobachtete, wie der hochgewachsene Schweizer an seiner Zigarre zog. »Vielleicht.«

»Sie sind mit zwölf von zu Hause weggegangen und haben die nächsten fünfzehn Jahre in zahlreichen Terroristentrainingslagern zugebracht, sogar einmal zwei Jahre bei der El Kaida. Schließlich haben Sie diesen stümperhaften Terrorismus hinter sich gelassen. Sie wollen etwas Größeres.«

Carlos mochte diesen Mann nicht.

»Aber Ihre Ausbildungsjahre haben Ihnen gute Dienste erwiesen. Es gibt Leute, die sagen, dass niemand länger als fünf Minuten im Zweikampf mit Ihnen überlebt. Stimmt das?« Und wieder ein tiefer Zug an der Zigarre.

»Was andere über mich sagen, ist deren Sache«, sagte Carlos.

Der Mann lächelte. »Wissen Sie, was man bräuchte, um die ganze Welt zu beherrschen?«

»Die richtige Waffe«, sagte Carlos.

»Ein einziges Virus.«

»Habe ich doch gesagt: die richtige Waffe.«

»Ein Virus und ein Gegenmittel.«

Carlos unterdrückte das plötzliche Verlangen, dem Mann hier auf der Stelle, auf dem Dach des Hilton Hotels, die Kehle durchzuschneiden. Nicht dass Svensson eine unmittelbare Bedrohung gewesen wäre, aber der Mann sah böse aus mit seinen schwarzen Augen und seinem verzerrten Grinsen. Er mochte diesen Mann nicht.

»Ein Virus, einen Impfstoff und einen Mann, der willens ist, beides einzusetzen«, sagte Svensson und drehte sich langsam zu Carlos um. »Ich bin dieser Mann.«

»Offen gestanden kümmert es mich nicht, wer Sie sind«, sagte Carlos. »Mich interessiert nur mein Volk.«

»Ihr Volk. Natürlich. Die Frage ist: Was würden Sie für Ihr Volk tun?«

»Nein«, sagte Carlos unbewegt, »die Frage ist, was *werde* ich für mein Volk tun? Und die Antwort ist: Ich werde seine Feinde auslöschen.«

»Es sei denn, die Israelis löschen Sie zuerst aus.«

Drei Monate später waren sie zu einer einfachen Übereinkunft gekommen. Svensson und seine Leute boten eine Operationsbasis in den Alpen, Geheimdienste auf einem nie da gewesenen Niveau und die Mittel für einen Angriff mit Biowaffen. Im Gegenzug stellte Carlos sich für Svenssons persönliche Pläne zur Verfügung.

Hinter dem Gesamtplan, in den Nationen und Staatschefs einbezogen waren, steckte Valborg Svensson persönlich und hinter ihm stand Armand Fortier.

Carlos hatte Fortier erst zweimal getroffen, aber jedes Mal waren danach alle Zweifel wie weggewischt. Jedes kleinste Detail war exakt geplant und immer wieder durchdacht worden. Alle Eventualitäten und möglichen Reaktionen, wenn ein Virus bekannt würde, das ihren Anforderungen entsprach, waren eingeplant. Die führenden Atommächte waren der größte Preis. Jede von ihnen war in einem Maß zermürbt und beurteilt worden, wie sie es sich nicht vorstellen konnten – noch nicht. Eines Tages würden die Historiker zurücksehen und jammern, dass man die Anzeichen übersehen hatte, die vielen unterschwelligen Hinweise auf diesen Tag. Kein anderes Land würde einen so hohen Preis zahlen wie die USA. Das Ergebnis würde die Geschichte innerhalb weniger Wochen neu schreiben. Es war beinahe mehr, als man zu hoffen wagte.

Und dennoch war es eine sehr realistische Möglichkeit. Wenn einhundert Millionen Amerikaner eines Morgens aufwachten und feststellten, dass sie mit einem Virus infiziert waren, das sie innerhalb weniger Wochen töten würde, und dass nur ein Mann das Heilmittel dagegen hatte und dafür ihre Unterstützung forderte …

Das war wirkliche Macht.

Sie brauchten nur die richtige Waffe. Das eine Virus und den einen Impfstoff dagegen.

Carlos holte tief Luft und stieß seinen Atem zwischen zusammengepressten Lippen hervor. Der Amerikaner war auf dem Weg. Thomas Hunter. Nach seinen Informationen würde Hunter in wenigen Stunden in Bangkok eintreffen. Morgen um diese Zeit würde Carlos die Wahrheit kennen.

Er schickte ein Stoßgebet zu Allah und steuerte den Mercedes auf die Ausfahrt zu.

14

ALS TOM AUFWACHTE, drehten sich Doppelbilder in seinem Kopf. Er lag in einem weichen Bett und Licht strömte durch ein kleines Fenster über ihm herein. Es war Rachelles Zuhause. Johans Zuhause. Im bunten Wald, wo er lebte.

Er stöhnte, schüttelte die Träume aus der Geschichte aus seinen Gedanken, rieb sich die Augen und wälzte sich aus dem Bett. Das Zimmer war klein und einfach, aber die türkis- und goldfarbenen Töne des Holzes erfüllten es mit Schönheit.

Langsam öffnete er die Tür. Erinnerungen an den Vorabend kamen zurück. Er tauchte seine Hände in eine kleine Wasserschüssel, die neben der Tür stand, und spritzte sich Wasser ins Gesicht.

»Thomas!«

Erschreckt fuhr Tom herum. Johan stand grinsend in der Tür. »Willst du spielen, Thomas?«

»Spielen? Hm, eigentlich habe ich etwas zu erledigen. Ich muss mein Dorf finden.« Ganz zu schweigen davon, dass er herausfinden musste, was es mit dieser ewigen Liebesgeschichte auf sich hatte.

»Dann können dir Tanis und mein Vater vielleicht helfen, dein Dorf zu finden. Er wartet auf dich.«

»Dein Vater? Und Rachelle?«

Der Junge grinste breit. »Willst du Rachelle sehen?«

»Äh, nein, nicht unbedingt. Ich habe mich nur gefragt, ob …«

»Also ich glaube, sie will dich sehen. Ich glaube, darüber möchte mein Vater mit dir reden. Ja, genau. Es ist so aufregend! Findest du nicht?«

»Ich …« Hatte er richtig verstanden? Das ganze Dorf wusste Bescheid? »Ich weiß nicht, was du meinst.«

Johan strahlte. »Sie sagen, dass du dir den Kopf angeschlagen und das Gedächtnis verloren hast. Ist das lustig?«

»Nicht wirklich.«

»Aber wenn du mit mir kommst, wird es lustig. Komm schon! Sie warten schon.« Er rannte zur Tür hinaus.

Tom folgte ihm. Sein Gedächtnis hatte sich immer noch nicht erholt, auch nicht, nachdem er ausgiebig geschlafen hatte.

Er trat hinaus und wartete, bis seine Augen sich an das Licht gewöhnt hatten. Überall waren Menschen in kleinen Gruppen beschäftigt. Er starrte auf eine Gruppe von Frauen zu seiner Rechten, die auf dem Boden saßen und mit Blättern und Blüten arbeiteten. Sie schienen Kleidungsstücke zu machen. Manche waren sehr schlank, andere eher mollig. Ihre Hautfarbe variierte von dunkel zu hell. Alle sahen ihn mit ihren smaragdgrünen Augen wissend an.

Er wandte sich nach links, wo zwei Männer ein Stück rotes Holz mit bloßen Händen kneteten. Neben ihnen stand eine Frau an einem Obststand mit zehn oder fünfzehn Holzkisten voller verschiedener Früchte. Entlang dem Weg gab es noch mehr Stände. Ein tiefer Ton drang an Toms Ohr, jemand sang, aber er wusste nicht wer. All das nahm er in einem Augenblick wahr und suchte dabei in seiner Erinnerung nach etwas, was er kannte. Aber sein Gedächtnis ließ ihn im Stich.

Johan nahm ihn an der Hand. »Das sind meine Freunde«, sagte er und zeigte auf zwei Kinder, die Tom vom Rasen aus mit großen Augen anstarrten. »Das sind Ismael und Latfta. Sie sind Sänger, genau wie ich.«

Beide waren blond und hatten grüne Augen. Beide waren ein wenig größer als Johan. »Hallo Thomas.«

»Hallo Ismael und Laffta.«

Der linke der beiden nahm die Hand vor den Mund und kicherte. »Latfta!«, platzte er heraus. »Ich heiße Latfta.«

»Oh, Entschuldigung. Latfta?«

»Ja, Latfta.«

Tom riskierte noch einen Blick zu den Frauen hinüber. Eine von ihnen, eine Frau mit rundlicher Figur, wunderschönen Augen und langen Wimpern, fing an zu kichern. Ein Blick über den Weg verriet sie.

Dort, unter dem Dach eines Hauses, in zehn Metern Entfernung stand Rachelle mit gekreuzten Armen und schief gelegtem Kopf an die bernsteinfarbene Hauswand gelehnt, barfuß, in einem einfachen blauen Kleid, mit zerzausten Haaren, leuchtend grünen Augen und einem verführerischen Lächeln.

Sie war atemberaubend und plötzlich kam sie auf ihn zu. Einen Augenblick lang schien alles um Tom herum stillzustehen. Nur ihr schenkellanges Kleid und ihre Haare bewegten sich im Wind ihrer eigenen Bewegung und ihre smaragdgrünen Augen verschlangen ihn.

Rachelle zwinkerte ihm zu.

Ihm blieb beinahe das Herz stehen. Das ganze Dorf musste es gesehen haben. Bestimmt waren alle Augen auf ihren verführerischen Annäherungsversuch gerichtet. Diese unglaubliche …

Rachelle wandte plötzlich den Blick ab, das Lächeln verschwand und sie wandte sich nach rechts ab. Sie ging direkt an ihm und dann an den anderen Frauen vorbei, ohne ein Wort zu sagen. Und wenn er sich nicht getäuscht hatte, hatte sie dabei die Schultern gestrafft. Ein Mann lachte unterdrückt. Tom spürte, wie er rot wurde.

»Was habe ich dir gesagt?«, flüsterte Johan.

Er und sein Freund zogen Tom auf den Weg hinaus. Er folgte ihnen und versuchte, jeden Blickkontakt zu vermeiden. Stattdessen sah er geradeaus, als hätte er etwas Wichtiges zu erledigen, und warf verstohlene Blicke auf das Dorf. Er wusste nicht, was da gerade geschehen war, aber er wollte seine Unwissenheit nicht zeigen.

Auf dieser Seite des schwarzen Waldes gab es nichts Böses, hatte Michal ihm gesagt. Dann konnte Rachelle also keine Ablehnung ihm gegenüber empfinden. War Abneigung nicht etwas Böses? Aber ein Gott – so wie der Gott seines Vaters aus der Geschichte – konnte jemanden ablehnen, ohne böse zu sein. Dann konnte diese Schöpfung sicher auch ablehnen, ohne böse zu sein. Sie würden das Böse ablehnen. Aber würden sie auch eine Person mehr lieben als eine andere? Würden sie einen Mann oder eine Frau gegenüber anderen bevorzugen? Offensichtlich.

Johan blieb nach etwa zwanzig Schritten stehen. »Marla! Guten Morgen, Marla!«

Eine Frau reiferen Alters trat auf den Weg und zauste Johans Haar. »Eljon lächelt, Johan. Wie die Sonne am Himmel, so lächelt er über dich.« Sie blickte Tom von oben bis unten an. »Ist das der Fremde?«

»Ja.«

»Dann musst du Thomas Hunter sein. Herzlich willkommen hier.« Sie berührte seine Wange und maß ihn einen Moment mit ihren Blicken. »Ich bin Tanis Tochter. Ich glaube, deine Mutter stammt aus der Linie meines Bruders Theo. Ja, du hast die gleichen Wangen, die gleichen Augen, den gleichen Mund.« Sie ließ ihre Hand sinken. »Mein Bruder war schon immer ein hübscher Kerl. Willkommen.«

»Danke. Du meinst also, dass mein Vater Theo heißt?«

Sie lachte. »Wohl kaum. Aber er stammt sehr wahrscheinlich von ihm ab. Erinnerst du dich nicht?«

»Ich … nein, ich habe meinen Kopf angeschlagen.«

»Ach wirklich? Wie interessant. Kümmere dich um ihn, Johan.«

»Tanis und Palus warten auf ihn«, sagte Johan.

»Tanis, natürlich. Vielleicht könnt ihr zu viert die berühmte Expedition meines Vaters durchführen.« Sie lächelte und zwinkerte mit den Augen.

Sie gingen an einem Mann vorbei, der ein Stück rotes Holz bearbeitete. Tom blieb stehen, um ihm zuzusehen. Das Holz bewegte sich unter seinen knetenden Fingern. Tom suchte sich einen besseren Blickwinkel und sah genau zu. Es gab keinen Zweifel an dem, was er da sah. Das Holz bewegte sich tatsächlich unter seinen bloßen Händen, als würde er es überreden, dass es sich selbst formte.

»Was macht er da?«, flüsterte Tom.

»Er macht eine Schöpfkelle. Vielleicht ein Geschenk für irgendjemand. Weißt du das nicht mehr?«

»Das ist unglaublich. Nein, ich glaube nicht.«

Johan wandte sich aufgeregt an Ismael und Latfta. »Seht ihr? Er erinnert sich nicht. Er wird die Geschichtenerzähler lieben!« Und dann zu Tom: »Tanis ist ein Geschichtenerzähler.« Johan zog ein kleines Stück rotes Holz, das die Form eines kleinen Löwen hatte, aus seiner Hosentasche und gab es Tom. »Das ist für dich«, sagte er. »Vielleicht erinnerst du dich dann.« Johan und Latfta nahmen ihn wieder an den Händen und zogen ihn wie eine kostbare Beute hinter sich her.

Sie entdeckten Johans Vater Palus, der sich gerade außerhalb des wunderschönen topasblauen Torbogens am Dorfeingang mit einem Mann unterhielt. Die Mokassins des Fremden waren fest geschnürt und sein dunkelbraunes Gewand, das aus einem lederartigen Material gemacht war, das – so hatte Michal ihm gestern erklärt – von einem der Bäume kam, reichte ihm bis zu den Knien. Natürlich hatte er grüne Augen und ein kräftiges, sonnengebräuntes Gesicht, das aussah, als sei er höchstens dreißig Jahre alt. Er hatte schlanke, muskulöse Beine. Er sah aus, als sei er dazu geboren, durch den Wald zu laufen. Sein Erscheinungsbild war ganz das eines Kriegers.

Das musste Tanis sein, der Erstgeborene. Der älteste Mensch auf der Erde.

»Ah, guten Morgen, mein lieber junger Mann«, sagte Tanis. »Ich freue mich außerordentlich, dass du zu uns ins Dorf gekommen bist.«

»Sehr freundlich von dir«, sagte Tom. Er ließ seinen Blick über den Waldrand auf den Kamm des Hügels gleiten. »Hast du Michal gesehen?«

»Michal? Nein. Hast du Michal gesehen, Palus?«

»Nein. Aber er kommt sicher gleich.«

Tanis sah Tom mit hochgezogener linker Augenbraue an. »Da hörst du es, Michal wird sicher gleich kommen.«

»Er wollte mein Dorf finden«, sagte Tom.

»Das wird er sicherlich tun. Aber ich glaube, das dauert einige Zeit. In der Zwischenzeit haben wir ein paar wunderbare Ideen.«

»Vielleicht sollte ich versuchen, ihm zu helfen. Meine Familie macht sich sicher Sorgen.«

»Nein, nein, ganz bestimmt nicht. Du hast dein Gedächtnis wirklich vollständig verloren, nicht wahr? Was für eine Vorstellung, alles so zu erleben, als sei es das allererste Mal. Es muss ermüdend und gleichzeitig anregend sein.«

»Aber werden sich die Leute in meinem Dorf keine Sorgen um mich machen?«, fragte Tom.

»Sorgen? Niemals! Sie werden annehmen, dass du bei Eljon bist, was du ja tatsächlich auch bist. Meinst du nicht, er hat das zugelassen?«

Alle starrten Tom an und warteten auf eine Antwort. Verhaltene Stille.

»Natürlich hat er das«, sagte Tom.

»Na also! Komm, wir wollen uns unterhalten.« Tanis führte ihn den Hügel hinauf. Palus ging neben ihnen her, gefolgt von den drei Kindern. Über ihnen flogen einige Roush durch die Luft.

»Bevor wir anfangen, würde ich gerne ein paar Dinge wissen«, begann Tanis. »Ich würde gerne wissen, ob du die ewige Liebesgeschichte vergessen hast.«

»Bevor wir womit anfangen?«

»Bevor wir anfangen, dir zu helfen.«

»Wobei helfen?«

»Bei der ewigen Liebesgeschichte natürlich.«

Schon wieder. Er kam nicht um diese Liebesgeschichte herum.

Tanis wechselte erst einen Blick mit Palus und dann mit den Kindern. »Du hast sie also vergessen. Wunderbar!« Er ging nachdenklich mit erhobener Hand in einem engen Kreis. »Natürlich ist es nicht wunderbar, dass du alles vergessen hast. Es ist wunderbar, dass es für dich so viel zu entdecken gibt. Als Geschichtenerzähler muss ich zugeben, dass diese Aussichten unglaublich sind! Du bist wie unbearbeitetes Holz, wie ein vollkommen glatter See, wie ein …«

»Nun mach schon! Sag es ihm«, sagte Palus.

Tanis blieb stehen, immer noch mit erhobener Hand. Er neigte den Kopf.

»Ja, natürlich. Die ewige Liebesgeschichte. Setzt euch, setzt euch alle hin.«

Die anderen setzten sich sogleich am Hang ins Gras und Tom ließ sich neben ihnen nieder. Tanis ging mit wehendem braunen Gewand auf und ab.

»Die ewige Liebesgeschichte«, begann er mit erhobenem Zeigefinger. Er drehte sich zu den Kindern. »Johan, sag ihm, was die ewige Liebesgeschichte ist.«

Johan sprang auf. »Es ist Eljons Spiel!« Er ließ sich wieder ins Gras fallen.

»Ein Spiel. Ja, es ist wohl ein Spiel. Genauso wie jede Geschichte eine Geschichte ist. Genau. Jetzt weißt du es also. Das Spiel Eljons. Ich nehme an – und vielleicht zu Recht –, dass du nichts davon weißt, Thomas. Aber gleichwie, ich werde es dir erzählen. Die ewige Liebesgeschichte ist die Grundlage für alle Geschichten.«

»Du meinst für die Choniken?«, fragte Thomas.

»Die Chroniken? Nein, ich meine die Geschichten. Die Chroniken sind faszinierend und ich würde mich nur zu gerne mit dir darüber unterhalten. Aber die ewige Liebesgeschichte ist die Wurzel aller unserer Geschichten, Geschichten, die uns die ewigen Ideale vor Augen führen. Liebe, Schönheit, Hoffnung. Die größten Gaben. Das Herz Eljons. Verstehst du?«

»Ähm … ehrlich gesagt, klingt es ein bisschen abstrakt.«

»Ha! Ganz im Gegenteil, Thomas! Weißt du, warum wir schöne Blumen lieben? Weil wir die Schönheit lieben!«

Alle nickten. Tom sah sie verständnislos an.

»Die Sache ist die: Wir wurden erschaffen, um die Schönheit zu lieben. Wir lieben die Schönheit, weil Eljon die Schönheit liebt. Wir lieben Lieder, weil Eljon Lieder liebt. Wir lieben die Liebe, weil Eljon die Liebe liebt. Und wir lieben es, geliebt zu werden, weil Eljon es liebt, geliebt zu werden. Wir sind in jeder Beziehung wie Eljon. Auf die eine oder andere Weise hängt alles, was wir tun, mit dieser sich ständig entfaltenden Liebesgeschichte zwischen uns und Eljon zusammen.«

Tom nickte, nicht sosehr, weil er verstanden hatte, sondern eher, weil es die richtige Antwort zu sein schien.

Tanis nickte ebenfalls. »Eljons Liebe zu uns und unsere Liebe zu ihm kommt zuerst; das ist die ewige Liebesgeschichte, weißt du.« Er hob den einen Zeigefinger hoch. »Und an zweiter Stelle«, nun schnellte der andere Zeigefinger hoch, »die gleiche Liebe zwischen uns.« Er hielt inne, hob beide Zeigefinger wie zwei Torpfosten über seinen Kopf und erklärte mit Nachdruck: »Zwischen Mann und Frau!«

Palus sah Tom erwartungsvoll an. »Erinnerst du dich? Bestimmt erinnerst du dich.«

»Liebe. Ja, natürlich erinnere ich mich an Liebe.«

»Zwischen Mann und Frau«, hakte Palus nach.

»Natürlich. Ja, zwischen Mann und Frau. Liebesgeschichte.«

Tanis klatschte so laut in die Hände, dass es wie ein Donnerschlag klang. »Genau! Liebesgeschichte!«

»Liebesgeschichte!«, rief eine Stimme hinter ihm. Drei Roush, angeführt von niemand anderem als Gabil, setzten zur Landung an. Die anderen beiden stellten sich sogleich als Nublim und Serentus vor. Als Tom fragte, ob das Männer- oder Frauennamen seien, lachte Gabil. »Nein, Roush sind nicht so. Keine Liebesgeschichten, nichts davon.«

»Leider nichts davon«, sagte Nublim.

»Wollt ihr spielen?«, fragte Johan Gabil und sprang auf.

»Natürlich!«

Wie auf Befehl rannten die drei Kinder den Roush hinterher und jagten sie mit viel Gejohle den Hügel hinunter.

Die beiden Dorfältesten legten sogleich ihre Arme um Tom und wandten sich den Hügel aufwärts.

»Die Frage, mein lieber Freund, ist jetzt natürlich«, Tanis sah zu Palus hinüber, »Rachelle.«

Langsam begann das alles einen Sinn zu ergeben für Tom, aber die logischen Schlussfolgerungen waren überraschend. So direkt. So ohne Scham. Der Dorfchef, der Erstgeborene, und Palus wollten ihn tatsächlich mit Rachelle verkuppeln!

Er brachte nur noch »Rachelle« heraus.

Palus klatschte wieder in die Hände. »Genau! Du hast es begriffen! Meine Tochter, Rachelle! Sie hat dich erwählt.«

»Und deshalb sind wir hier, um dir zu helfen«, sagte Tanis. »Du hast dein Gedächtnis verloren und wir werden dir helfen, dich wieder zu erinnern. Oder wenigstens alles wieder zu lernen. Wir glauben …«

»Vielleicht sollte ich ergänzen …«, fing Palus mit erhobener Hand an.

»Ja, natürlich. Sag es nur.«

»Wir wissen, dass es zwischen dir und meiner Tochter Rachelle eine wundervolle Liebesgeschichte geben wird. Aber uns ist klar, dass du vielleicht nicht weißt, was du tun sollst.«

»Nun …«

»Es ist goldrichtig! Als wir uns gestern kennenlernten, habe ich es sofort in deinen Augen gesehen.«

»Was hast du gesehen?«

Tanis führte ihn weiter hügelaufwärts. »Du findest sie schön, nicht wahr?«

»Ja.«

»Das muss sie wissen, wenn du sie gewinnen willst.«

Tom wollte die eine Frage stellen, die ihn drängte, nämlich, was wäre, wenn er sie gar nicht gewinnen wollte? Aber er konnte sich nicht überwinden, sein Versprechen Michal gegenüber zu brechen oder die Begeisterung von Rachelles Vater zu dämpfen.

»Ich könnte deine Geschichte schreiben«, fuhr Tanis fort. »Eine wunderbare Geschichte von Liebe und Schönheit. Aber dann wäre es meine Geschichte und nicht deine. Du musst deine eigene Geschichte erzählen oder besser gesagt, leben. Um zu verstehen, wie die Liebe wächst, musst du verstehen, wie Eljon liebt.«

Ihr Eifer übertrug sich auf Tom. Er stellte die eine Frage, von der er wusste, dass Tanis sie hören wollte. »Und wie liebt Eljon?«

»Hervorragende Frage! Er erwählt.«

»Er erwählt«, wiederholte Palus.

»Er verehrt.«

»Er verehrt«, sagte Rachelles Vater mit geballten Fäusten.

»Er rettet.«

»Er rettet.«

»Er umwirbt.«

»Er umwirbt.«

»Er beschützt.«

Es war wie ein Pingpongspiel.

»Er beschützt. Ha!«

»Er überschüttet«, rief Tanis.

Palus hielt inne. »Gehört das auch dazu?«

»Warum nicht?«

»Ich meine, wird das normalerweise auch aufgezählt?«

»Es sollte jedenfalls so sein.«

Einen Moment lang sahen sie sich gegenseitig an.

»Er überschüttet«, rief Palus.

»Und das, mein lieber Thomas, solltest du tun, um Rachelles Herz zu gewinnen.«

»Das alles tut Eljon?«

»Ja, natürlich. Hast du ihn auch vergessen?« Das schien die beiden zu überraschen.

»Nein, nicht ganz. Es kommt allmählich wieder.« Er lenkte das Gespräch schnell wieder auf Rachelle. »Entschuldigt meine dummen Fragen«, er klopfte sich an den Kopf, »aber wovor bitte muss man eine Frau retten? Auf dieser Seite vom schwarzen Wald gibt es doch nichts Böses, oder?«

Wieder starrten sie einander an.

»Gute Güte, dein Gedächtnisverlust ist wirklich seltsam«, sagte Tanis. »Es ist doch ein Spiel! Nur Spaß! Etwas, das Freude macht. Warum schenkt man einer Frau Blumen? Weil sie sie *braucht*? Nein, weil sie sie sich wünscht!«

»Aber was hat das mit retten zu tun? Wovor muss sie gerettet werden?«

»Weil sie sich gerettet *fühlen* möchte, Thomas! Und sie möchte sich erwählt fühlen, genauso sehr, wie du dich danach sehnst, erwählt zu sein. Wir alle sehnen uns danach. Eljon erwählt uns. Er rettet uns und beschützt uns und umwirbt uns und, ja, er überschüttet uns mit seiner Liebe. Das ist die ewige Liebesgeschichte. Und so wirst du Rachelles Herz gewinnen.«

Tom war sich nicht sicher, ob er noch einmal fragen sollte, aber er verstand diese Idee des Rettens wirklich noch nicht.

»Erzähl es ihm, Palus«, sagte Tanis. »Vielleicht wäre eine Geschichte jetzt eine gute Idee. Ich könnte eine für dich schreiben und du könntest sie lesen, bevor du um ihre Liebe kämpfst.«

»Kämpfen?«, fragte Tom. »Ist es jetzt ein Kampf?«

»Bildlich gesprochen«, sagte Palus. »Weißt du, du gewinnst das Herz einer Frau, wie du einen Kampf gewinnst. Natürlich nicht so, als würdest du den Shataiki leibhaftig gegenüberstehen, denn das tun wir nie.«

»Noch tun wir es nicht«, sagte Tanis. »Aber vielleicht kommt die Zeit. Vielleicht schon bald. Wir haben uns überlegt, ob wir einen Feldzug unternehmen, um diesen grässlichen Fledermäusen eine Lektion zu erteilen.«

Das war Michals Sorge.

»Sie sind im schwarzen Wald gefangen«, sagte Tom. »Warum lassen wir sie nicht einfach dort verrotten?«

»Wegen all dem, was sie getan haben!«, rief Tanis. »Es sind böse, verächtliche Wesen, die ihre Lektion erteilt bekommen müssen, das kann ich dir sagen! Wir wissen aus der Geschichte, wozu sie fähig sind. Glaubst du, ich halte still, bis sie einen Plan ausgeheckt haben, wie sie über den Fluss kommen? Dann kennst du mich nicht, Thomas Hunter. Ich arbeite an einem Plan, wie wir sie ein für alle Mal ausrotten können.«

Seiner Kampfansage fehlte es nicht an Leidenschaft. Sogar Palus schien etwas überrascht. Etwas war falsch an seinen Gedankengängen, aber Tom konnte nicht sagen, was es war.

»Gleichwie, wir tun oft so, als würden wir mit der gleichen Leidenschaft und Kraft kämpfen wie gegen die Shataiki«, sagte Palus. »Zeig es ihm, Tanis. Zeig es ihm einfach.«

Tanis nahm eine Stellung ein, die den Kampfsportpositionen in Toms Träumen von der Geschichte ähnelte. »Also gut …«

»Du betreibst Kampfsport?«, fragte Tom.

Tanis richtete sich auf. »So haben sie es in der Geschichte genannt. Kennst du dich in der Geschichte aus?«

»Also, ich träume jedenfalls davon. In meinen Träumen mache ich Kampfsport.«

»Du träumst von der Geschichte, aber hier hast du alles vergessen, weil du dir den Kopf angeschlagen hast?«, fragte Palus. »Das ist schon seltsam.«

»Das denkt Michal auch.«

»Und Michal ist sehr weise.« Tanis sah sich um, als suche er nach dem weißen Fellknäuel. »Wie genau träumst du davon? Was weißt du?«

»Ich weiß nicht, was nach dem großen Virus in 2010 passiert, aber davor weiß ich eine ganze Menge.«

»Kannst du mir sagen, wie Napoleon seine Schlachten gewonnen hat? Was war seine Strategie?«

Thomas dachte nach. »Nein, ich kann mich nicht erinnern, dass ich jemals etwas über Napoleon gelernt habe. Aber ich denke, ich könnte es herausfinden. Ich könnte in meinem Traum ein Geschichtsbuch lesen.«

Die Vorstellung schien Tanis zu verwundern. »Meine Güte. Das kannst du tun?«

»Ehrlich gesagt habe ich es noch nie versucht. Aber umgekehrt mache ich es.« Er trat unruhig von einem Fuß auf den anderen. »Ich meine, es ist mir schon passiert. Weißt du irgendetwas über die Große Verführung? Das Virus?«

»Nicht genug. Bei Weitem nicht genug, aber mehr als die meisten. Es geschah vor der großen Trübsal, soviel weiß ich. Die einzigen beiden hier, die die ganze Geschichte kennen, sind die Weisen. Michal und Taleh, obgleich Taleh nicht mehr zu den Weisen zählt. Michal ist fest überzeugt, dass die Geschichte uns ablenkt und auf den falschen Weg führen könnte. Und Taleh ... Wenn ich jemals das Glück hätte, Taleh zu erblicken, würde ich ihm die Knochen einzeln aus dem Leib reißen und ihn verbrennen!«

»Michal hat recht«, sagte Tom. »Ein Feldzug wäre sinnlos. Ich war im schwarzen Wald und ich kann dir sagen, die Shataiki sind böse. Sie hätten mich beinahe umgebracht.«

Es zeigte sich, dass dieses letzte Eingeständnis beinahe zu viel war für Tanis. »Du warst *im* schwarzen Wald? Über die Brücke?«

Er war so aufgeregt, dass Tom sich fragte, ob es falsch gewesen war, ihm das zu erzählen. Aber es war schließlich Michals Vorschlag gewesen. Und wie konnte er Tanis davon abbringen, ohne ihm davon zu erzählen?

»Ja, aber ich habe nur ganz knapp überlebt.«

»Erzähl, Mensch! Erzähl uns alles! Ich habe den schwarzen Wald aus der Entfernung gesehen und ich habe die schwarzen Fledermäuse darüberfliegen sehen, aber ich hatte nie den Mut, an den Fluss hinunterzugehen.«

»Dort habe ich mein Gedächtnis verloren. Ich bin im schwarzen Wald gestürzt. Gabil hat mich herausgeführt, aber vorher haben mich die schwarzen Fledermäuse fast bis auf die Knochen gefressen.«

»Das ist alles? Ich brauche mehr Einzelheiten, Mensch. Mehr!«

»Das war's so in etwa.«

Tanis sah ihn bewundernd an. »Ich glaube, du und ich, wir wären ein ausgezeichnetes Team«, sagte er. »Ich könnte dir beibringen, wie man kämpft, und du könntest mir mehr über die Geschichte erzählen.«

»Rachelle wartet«, sagte Palus geduldig.

Obwohl Tom der ewigen Liebesgeschichte nicht ganz zustimmen konnte, schien sie ihm plötzlich doch ein weitaus besseres Thema zu sein, als mit Tanis alle Einzelheiten aus dem schwarzen Wald oder der Geschichte durchzugehen. Jedenfalls wusste Tanis weniger über das Virus als Tom. Er wäre keine Hilfe, um genauere Informationen zu bekommen.

Es sei denn, die Antwort fände sich im schwarzen Wald und Tanis könnte ihm helfen, sie zu bekommen.

»Ja, die ewige Liebesgeschichte«, sagte Tom.

Tanis nickte. »Gut, aber später müssen wir uns noch einmal unterhalten. Unbedingt!« Er breitete die Arme aus und blickte den Hügel hinauf. »Gut, tun wir so, als sei Palus Rachelle. Nur so tun, es ist nur eine Geschichte. Dort ist sie und hier bist du.« Er zeigte auf den Boden, wo er stand. »Zuerst werde ich erzählen, dass du ihr viele Blumen gebracht und sie mit vielen Worten umworben hast, ihr genau beschrieben hast, wie sie dein Herz zum Schmelzen bringt und warum ihr Haar dich an einen Wasserfall erinnert und … na, das Übliche, du weißt schon, was ich meine.«

Er stand immer noch mit ausgebreiteten Armen leicht gebeugt da, als erwarte er einen Angriff.

»Das wird ihr Herz erweichen, weißt du. Flüstere ihr mit leiser, tiefer Stimme ins Ohr, damit sie weiß, dass du ein starker Mann bist.« Er hielt inne und betrachtete Tom einen Augenblick lang. »Vielleicht kann ich dir später noch ein paar Dinge verraten, die du sagen kannst. Willst du das? Ich bin sehr gut in Liebesgeschichten.«

Tom hatte sich schon zu sehr auf ihr Spiel eingelassen, als dass er etwas anderes vorgeben konnte als vollste Zustimmung. »Ja«, sagte er.

»Okay, das ist Umwerben. Du wirst einmal sehr gut darin werden. Wir umwerben unsere Frauen jeden Tag. Aber zurück zum Retten.« Er ging etwas in die Knie. »Wie ich also schon sagte, Palus ist Rachelle und du stehst hier. Von dort unten kommt eine Schar schwarzer Fledermäuse. Die Shataiki. Natürlich kannst du sie ganz leicht verjagen, weil du ein starker Mann bist. Aber hier geht es nicht einfach darum, das Ungeziefer zu verjagen, sondern gleichzeitig auch noch deine Angebetete zu retten. Kannst du mir folgen?«

»Ja, ich glaube schon. Ungeziefer verjagen, Angebetete retten.«

»Genau. Mit leicht gebeugten Knien – so – streckst du einen Arm nach Rachelle aus und hältst den anderen bereit, um die schwarzen Fledermäuse zu schlagen. Dann rufst du ganz laut, so dass sie weiß, dass das ganze Tal deinen wagemutigen Satz hören kann.« Jetzt rief Tanis mit Donnerstimme zu Palus: »Komm, meine Geliebte, wirf dich in meinen stählernen Arm und ich werde diese welken Kreaturen mit der eisernen Faust meines anderen Armes zerschmettern.«

Tanis machte Palus mit der Hand ein Zeichen.

»Was?«, fragte Palus.

»Zeig es ihm. Renn und spring in meinen Arm. Du bist doch Rachelle. Ich lass dich nicht fallen.«

»In deinen Arm springen? Wie denn?«

»Ich weiß auch nicht, renn einfach und spring. Mach es so echt wie möglich, so wie eine Frau sich in meinen Arm werfen würde. Vielleicht mit den Füßen voraus.«

»Ich glaube nicht, dass Rachelle in deinen Arm springen würde. Sie ist eine ziemlich selbstbewusste Frau, weißt du. Was hältst du davon, wenn du mich stattdessen an dich reißt?«, fragte Palus. »Du könntest einige Fledermäuse, die auf mich losgehen, verjagen, mich dann an dich reißen und mir wundervolle Worte ins Ohr flüstern und dann mit deinem freien Arm gegen die übrigen Biester kämpfen.«

Tanis zog eine Augenbraue hoch. »Sehr schlau. Was meinst du, wie viele von den Biestern soll ich zerschmettern, bevor ich dich in meine Arme reiße?«

»Wenn du hundert zur Hölle schickst, wäre sie sehr beeindruckt.«

»Hundert? Bevor ich sie rette? Das scheint mir übertrieben.«

»Dann fünfzig. Fünfzig reichen.«

Tanis schien von dieser Vorstellung ganz gefangen zu sein. »Wie wäre es, wenn wir so tun, als würde der große Boss, Taleh, den Angriff von beiden Seiten selbst anführen, sodass ich nicht mehr flüchten kann? Fünfzig kann ich leicht in die Flucht schlagen. Aber dann sind es plötzlich zu viele und alle Hoffnung scheint verloren. Im letzten Augenblick würde Rachelle dann den Kampf dirigieren, das Blatt würde sich auf wunderbare Art wenden und ich würde den großen Boss mit viel Gekreische in die Flucht schlagen. Die übrigen werden dann in wildem Durcheinander fliehen. Perfekt!«

»Willst du das wirklich tun?«, fragte Palus.

Als Antwort sprang Tanis plötzlich mit wilden Drehungen den Hügel hinauf. »Keine Sorge, meine Geliebte! Ich werde dich retten!«, rief er laut zu Palus.

Er nahm drei Schritte Anlauf, sprang in die Luft, vollführte einen spektakulären Drehkick, landete auf den Händen, rollte sich ab und kam mit zwei unglaublichen Tritten wieder hoch, die Tom in dieser Abfolge nie für möglich gehalten hätte.

Tanis beendete seinen ersten Angriff mit einem Rückwärtsflipflop und kam neben Palus zu stehen. Er riss den Mann in seine Arme und vollführte einen weiteren Tritt.

Der Schwung brachte die beiden aus dem Gleichgewicht. Sie

stolperten und fielen, kugelten übereinander und standen lachend wieder auf.

»Nun ja, ich glaube, das müssen wir noch ein wenig üben«, sagte Tanis. »Aber du weißt, was ich meine. Ich schlage vor, dass du beim ersten Mal mit Rachelle nichts so Ausgefallenes machst. Aber sie würde sich bestimmt gerne von deinem Einfallsreichtum überraschen lassen. Wie weit würdest du gehen, um sie zu erwählen, zu retten, zu lieben?«

Tom konnte sich nicht im Geringsten vorstellen, irgendetwas Mutiges zu tun. Ihr überschwängliche Worte ins Ohr zu flüstern, um sie zu umwerben, wäre Herausforderung genug. Hatte er vor seinem Gedächtnisverlust schon einmal so etwas getan? Offensichtlich nicht, sonst würde er das Zeichen der Vereinigung auf der Stirn tragen.

»Wie hast du diesen Sprung gemacht?«, fragte Tom.

Tanis sprang auf. »Welchen?«

»Entschuldigt mich, aber ich muss gehen. Karyl wartet«, sagte Palus mit erhobener Hand. Sie verabschiedeten ihn und er ging Richtung Dorf davon. Die Kinder spielten mit einigen Roush auf der anderen Seite des Tales. Abwechselnd standen sie auf dem Rücken zweier Roush, die nebeneinanderher den Hügel hinuntersegelten.

»Welchen Sprung?«, fragte Tanis noch einmal.

»Den ersten, den eins-zwei-zurück.«

»Zeig mir, welchen du meinst«, sagte Tanis.

»Ich? Ich kann das nicht.«

»Dann bringe ich es dir bei. Frauen lieben starke Männer. Früher einmal haben die Menschen so gekämpft, weißt du. Ich meine in der Geschichte. Ich habe ein ganzes System für den Zweikampf entwickelt. Versuch den Sprung. Zeig ihn mir.«

»Jetzt?«

»Natürlich.« Tanis klatschte zweimal in die Hände. »Zeig ihn mir.«

»Na gut, es ging irgendwie so…« Tom machte einen Schritt nach vorn, vollführte einen Drehkick mit einem zweiten Sprung direkt danach, so ähnlich, wie er es Tanis hatte tun sehen. Überraschenderweise fühlte sich der Drehkick... ganz leicht an. Hier konnte er ihn viel leichter vollführen als in seinen Träumen in der Geschichte. Lag es an der Atmosphäre?

Unglücklicherweise schaffte er den zweiten Sprung nicht ganz. Er landete auf der Seite und stöhnte.

»Ausgezeichnet! Wir werden noch einen Krieger aus dir machen. Ich glaube, Rachelle wird sehr beeindruckt sein. Möchtest du mein Lehrling sein?«

»In Kampftechnik?«

»Ja, natürlich! Ich kann dir Dinge beibringen, die selbst hier nur ganz wenige gelernt haben. Wir könnten uns über die Geschichte unterhalten und gemeinsam überlegen, wie wir diese stinkenden Fledermäuse aus dem schwarzen Wald vernichten können.«

»Ich würde gerne von dir lernen ...«

»Bestens! Komm, ich zeige dir den zweiten Tritt.«

Tanis war begabt und geizte nicht mit Leidenschaft, als er erklärte, was man tun musste, um möglichst viele Bewegungen in der Luft vollführen zu können. Beim Absprung nahm er seine Arme zur Balance, wodurch er erstaunliche Bewegungen ausführen konnte. Bereits nach einer Stunde konnte Tom einige der Übungen, ohne dabei kopfüber zu landen. Außer in Actionfilmen konnte in der Geschichte ganz bestimmt niemand solche Bewegungen vollführen. Es musste an der Atmosphäre liegen. Oder war es das Wasser?

Die Übungsstunde ermüdete Tom.

»Genug! Jetzt unterhalten wir uns«, verkündete Tanis schließlich, als er sah, wie Tom nach Luft rang. »Morgen bringe ich dir mehr bei. Aber jetzt will ich mehr über die Geschichte erfahren. Mich würde zum Beispiel interessieren, was für Waffen sie hatten. Ein paar Dinge weiß ich, von Waffen, die sehr laut waren und Hunderte von Menschen gleichzeitig treffen konnten. Hast du jemals von solchen Waffen gehört?«

»Ein Gewehr?« Tom war alarmiert. Tanis hatte wirklich ernsthaft vor, diesen Feldzug in den schwarzen Wald durchzuführen. Aber das konnte er nicht! Es war viel zu gefährlich.

»Was ist ein Gewehr?«, fragte Tanis. »Thomas, ich plane einen

Feldzug. Solche Waffen wären eine große Hilfe. Sogar eine sehr große Hilfe. Du könntest mitkommen, weil du schon einmal dort warst.«

Er war so voller Begeisterung und Unschuld.

»Tanis, du kennst den schwarzen Wald nicht. Da hineinzugehen, endet für jeden, der es versucht, tödlich.«

»Aber du! Du lebst doch noch.«

»Ich hatte Glück. Und glaub mir, irgendwelche schnellen Tritte hätten mir auch nicht geholfen. Es sind einfach viel zu viele. Millionen!«

»Genau! Und deshalb müssen wir sie besiegen!«

»Du hast mit den anderen vereinbart, nie über den Fluss zu gehen.«

»Reine Vorsichtsmaßnahme. Es gibt Zeiten, in denen man die Vorsicht hinter sich lassen und vorangehen muss.«

»Ich glaube nicht, dass die jetzt gekommen sind«, sagte Tom. Plötzlich wurde ihm bewusst, dass er Wasser brauchte. Er war sehr durstig, schon geschwächt vor Durst. Sie gingen den Hügel hinauf und er blieb stehen, um Atem zu holen. »Was treibt dich? Die Wut oder die Neugier?«

Tanis sah nachdenklich in den Wald. »Die Wut, glaube ich. Vielleicht ist es nicht der richtige Zeitpunkt. Aber zumindest könnte ich eine wunderschöne Geschichte darüber schreiben.« Er wandte sich Tom zu. »Was weißt du noch?«

Es lief gar nicht so, wie Michal beabsichtigt hatte.

Plötzlich überkam ihn ein Schwindelgefühl. Er schüttelte den Kopf. »Tanis, ich bitte dich, du verstehst das nicht.«

»Aber ich will es verstehen!«

Die Welt begann sich vor Toms Augen zu drehen und verschwand. Er ging in die Knie. Er spürte, wie er fiel, und streckte die Hand aus.

Alles war schwarz.

15

»ENTSCHULDIGEN SIE.« Eine Hand lag auf Toms Schulter.

Noch halb schlafend setzte er sich auf. Eine Stewardess beugte sich über ihn. »Richten Sie bitte Ihren Sitz auf.« Karas Sitz war verlassen. Toilette.

Tom versuchte, Ordnung in seine Gedanken zu bringen. »Landen wir?«

»Wir befinden uns im Landeanflug auf Bangkok.« Sie ging weiter.

Sie waren in der Billigklasse einer 747 von Singapur Airlines. Der blau-gelbe Kopfüberzug am Sitz vor ihm war schon ziemlich verschlissen. Auf dem Monitor in der Rückenlehne zeigte eine rote Linie auf einer Landkarte an, wo sie sich gerade befanden. Das war ein Traum.

Das Flugzeug roch wie zu Hause. Wie zu Hause in Südostasien. Sojasuppe, Erdnusssoßen, Nudeln, Kräutertees. In Gedanken ging er noch einmal die letzten acht Stunden durch. Der Flug nach Singapur war lang und schlaflos gewesen. Er und Kara hatten auf dem Bildschirm in der Rückenlehne vor sich alle Kanäle durchgezappt und dabei Erinnerungen an ihre Kindheit in Südostasien ausgetauscht. Jahre, in denen sie gelernt hatten, sich wie ein Chamäleon anzupassen und je nach Kultur in eine andere Haut zu schlüpfen.

Genau wie das Umschalten zwischen seinen Träumen jetzt. Darauf war er trainiert.

»Rutsch mal.« Kara stieß ihn ans Knie und er rutschte auf den mittleren Sitz, damit sie nicht über ihn klettern musste.

»Willkommen im Land der Lebenden.« Sie schnallte sich an. »Sprich mit mir.«

»Worüber denn?«

»Darüber, warum Ameisen in der Wüste Nester bauen. Was heißt hier, worüber?«, flüsterte sie. »Was hast du herausgefunden?«

Er starrte sie an und war erstaunt, wie sehr er seine einzige Schwester liebte. Sie tat rau, aber ihre Schale war nur ganz dünn.

»Tom?«

»Nichts.«

Sie zog die linke Augenbraue hoch. »Entschuldige, aber du hast soeben fünf Stunden geschlafen. Wegen deiner Träume fliegen wir gerade um den halben Erdball. Erzähl mir jetzt nicht, du träumst sie nicht mehr.«

»Das habe ich nicht gesagt. Ich glaube sogar, dass ich allmählich etwas lerne. Ich glaube, ich weiß, warum das alles passiert.«

»Her damit.«

»Ich glaube, dass diese historischen Träume hier mich vielleicht vorbereiten, um etwas Schreckliches zu verhindern, das in der Zukunft passieren wird. Ich glaube, dass Eljon es zulässt, dass ich diese Träume habe. Möglicherweise, um Tanis von seinem Feldzug abzuhalten.«

Sie starrte ihn nur an.

»Na gut, vielleicht ist es auch andersherum. Vielleicht soll ich hier etwas verhindern.«

»Ich habe dreihundertfünfundvierzigtausend Dollar auf meinem Konto. Das beweist mir, dass Letzteres stimmt. Und deshalb wolltest du herausfinden, was um alles in der Welt wir hier in Bangkok tun sollen. Erinnerst du dich? Und jetzt kommst du zurück und weißt nichts?«

»Nein, so ist das nicht. Glaub mir, wenn ich dort bin, dann sind meine Träume von hier nicht wirklich wichtig. Glaub mir. Es gibt größere Probleme. Zum Beispiel wer ich bin. Oder wie die Sache mit der ewigen Liebesgeschichte funktioniert.«

»Ewige Liebesgeschichte? Jetzt sag bloß, du verliebst dich tatsächlich in das Mädchen, das dich geheilt hat.« Bevor er eingeschlafen war, hatte er Kara noch alle Einzelheiten aus seinem Traum erzählt.

Seine letzte Begegnung mit Rachelle füllte Toms Gedanken. Wie sie ihn angesehen hatte, ihn angelächelt hatte, wortlos an ihm vorbeigegangen war. Sein Gesichtsausdruck musste ihn verraten haben, denn Kara wandte sich ab.

Sie verdrehte die Augen. »Ich bitte dich! Das kann nicht dein Ernst sein!«

»Ehrlich gesagt, ist sie sehr interessant.«

»Uuuh. Klar ist sie das. Bestimmt hat sie eine göttliche Figur. Fand sie dich unwiderstehlich und hat dich mit Küssen bedeckt?«

»Nein, sie ist weggegangen. Aber Tanis, der Anführer des Stammes, und Palus, ihr Vater, zeigen mir, wie ich die Schöne gewinnen kann.«

»Okay, Tom. Dann gewinn die Schöne. Jeder hat das Recht auf ein paar Fantasien hier und da. Aber in der Zwischenzeit haben wir ein Problem.«

Das Flugzeug flog eine Schleife und Kara konnte über Tom hinweg auf Bangkoks Wolkenkratzer sehen, die sich nicht sehr von der New Yorker Skyline unterschieden. In der ziemlich modernen und sehr exotischen Großstadt waren beinahe acht Millionen Menschen zusammengepfercht. Es war Mittag. Im Osten Kambodscha, im Süden der Golf von Thailand. Und auf der anderen Seite davon, einige hundert Kilometer entfernt, Malaysia.

»Ich will nicht behaupten, dass ich verstehe, was hier läuft, aber du hast mich wirklich erschreckt, Thomas«, sagte sie leise.

Er nickte. »Mich auch.«

Sie sah ihn an. »Nein, ich meine es ernst. Das hier ist kein Traum. Und soweit ich weiß, ist das andere auch kein Traum. Aber ich kann nicht zulassen, dass du diese Realität hier wie einen Traum behandelst. Verstehst du mich? Du weißt Dinge, die du nicht wissen dürftest – schreckliche Dinge. Soweit ich weiß, bist du der einzige Mensch, der das aufhalten kann.«

Sie hatte recht. Er behandelte diese 747 ja auch nicht als Traum – egal, wie sehr sie sich auch danach anfühlte. Ganz im Gegenteil, er war ja derjenige gewesen, der Kara überhaupt überzeugt hatte, dass sie hierherkommen sollten. Hätte er das getan, wenn alles nur ein Traum gewesen wäre? Nein.

»Und nimm's mir nicht übel«, sagte Kara, »aber allmählich siehst du ziemlich fertig aus. Du hast Ringe unter den Augen und dein Gesicht wirkt eingefallen.«

»Eingefallen?«

»Müde. Seit diese ganze Geschichte angefangen hat, hast du noch kein einziges Mal richtig geschlafen.«

Wie wahr. Er fühlte sich, als hätte er überhaupt nicht geschlafen. »Gut«, sagte er, »ich weiß, was du meinst. Irgendwelche Vorschläge?«

»Allerdings. Ich glaube, ich kann dir helfen. Ich kann dir helfen, klarzusehen.«

»Ich weiß sehr gut, wie das Ziel aussieht. Schließlich wären wir nicht hier, wenn ich nicht darauf bestanden hätte.«

»Nein, ich meine richtig klarsehen. Wenn du immer zwischen diesen Träumen und Realitäten hin und her stolperst, wirst du immer an dir zweifeln, stimmt's?«

»So ungefähr, vielleicht.«

»Ganz sicher, glaub mir. Im Moment glaubst du wahrscheinlich, du bist immer noch im bunten Wald und schläfst irgendwo und Bangkok sei nur ein Traum von der Geschichte der Erde. Damit hast du recht und unrecht und ich werde dafür sorgen, dass dir das klar wird.«

»Ich komm nicht mit.«

»Ich werde davon ausgehen, dass beides echt ist. Schließlich wäre das ja möglich, oder? Ein zweites Universum, parallele Welten, Zeitsprünge, keine Ahnung. Die Sache ist die, dass wir ab jetzt davon ausgehen werden, dass beide Welten absolut echt sind. Den bunten Wald gibt es wirklich und es gibt dort tatsächlich eine Frau namens … wie heißt sie noch mal?«

»Rachelle.«

»Rachelle. Es gibt dort tatsächlich eine Süße namens Rachelle, die ganz heiß auf dich ist.«

»Das habe ich nicht gesagt.«

Sie hob die Hand. »Egal. Du hast verstanden, was ich meine. Alles ist echt. Du musst das tun, wozu du dort bist, auch wenn es nur ist, dich total zu verlieben. Ich helfe dir dabei. Ich werde dir

Ideen und Ratschläge geben. Vielleicht kann ich dir helfen, die Tussi an Land zu ziehen.«

»Vorausgesetzt ich will tatsächlich die erstbeste Tussi, die mir zuzwinkert, an Land ziehen. Für wen hältst du mich eigentlich?«

»Schon gut, ich werde sie nicht mehr Tussi nennen. Ist das besser? Aber du verstehst nicht. Es ist echt. Darum geht es. Den bunten Wald gibt es wirklich. Alles, was dort passiert, ist so echt, dass es nicht echter geht. Und ich sorge dafür, dass du das nicht vergisst. Ich will kein Wort mehr darüber hören, dass es nur ein Traum ist. Wir tun einfach so, als sei es ein anderes Land oder so etwas. Die pelzigen Fledermäuse sind echt.«

Den letzten Satz hatte sie etwas zu laut gesagt, sodass ein großer, dunkelhaariger Europäer mit Schnurrbart herübersah. Kara starrte zurück.

»Kann ich Ihnen irgendwie behilflich sein?«

Der Mann sah weg, ohne zu antworten.

»Siehst du, das ist alles, was passieren wird. Und deshalb müssen wir bei dieser Sache zusammenhalten, weil du weißt, dass *diese* Welt auch echt ist, Thomas.«

Das riesige Flugzeug setzte auf und die Gepäckfächer über ihnen knarrten bei der Belastung durch die Landung.

»Wir sind wirklich in Bangkok gelandet, der Raison-Impfstoff wird morgen wirklich der Öffentlichkeit vorgestellt und du weißt wirklich etwas darüber.«

»Also geben wir in beiden Wirklichkeiten hundert Prozent«, sagte Tom.

»Ich nicht. Du. Ich helfe dir nur dabei.«

Es war das Vernünftigste, was er in den letzten achtundvierzig Stunden gehört hatte. Am liebsten hätte er sie auf der Stelle umarmt. »Einverstanden.«

»Gut.« Sie holte tief Luft. »Und was machen wir jetzt hier in Bangkok?«

»Wir versuchen, so viel wie möglich über Raison Pharma herauszufinden.«

»Gut.« Kara nickte. »Und wie?«

»Wir fahren zum Firmengebäude am Stadtrand«, sagte Tom.

»Gut, und dann?«

»Dann halten wir sie davon ab, irgendwelche Muster oder Waren zu verschicken. Oder besser noch, wir halten sie davon ab, morgen diese Bekanntgabe zu machen.«

»Hier verliert der Plan meiner Meinung nach an Klarheit«, sagte Kara. »Ich bin zwar kein Aktionär, aber ich habe schon einige neue Medikamente auf den Markt kommen sehen, und ich verspreche dir, wenn sie die Bekanntgabe zurückziehen, gehen ihre Aktien in den Keller. Sie sind wegen der erwarteten Bekanntgabe schon hundert Prozent gestiegen.«

Tom nickte. »Und wir müssen sie überreden, alle Proben dieses Impfstoffs zu vernichten. Und auch die Mittel, um ihn herzustellen.«

»Das Ganze ist definitiv zu wirr. Wer sagt denn, dass wir überhaupt hineinkommen? Das ist bestimmt ein Sicherheitstrakt.«

»Ich denke mal, das finden wir dann heraus.«

Sie seufzte kopfschüttelnd. »Wenn du das nächste Mal an den anderen Ort gehst, musst du mehr Informationen mitbringen. Punkt. Gibt es bis dahin etwas von hier, das dir dort helfen würde?«

Sie sah ihn an und war todernst.

»Thomas, ich habe dir doch gesagt, wir behandeln beide … wie sollen wir das nennen? Welten? Wir behandeln beide Welten, oder was sie nun sind, als echt. Und sie müssen ja auch echt sein. Wenn wir also hier Informationen brauchen, dann brauchst du dort vielleicht auch Informationen.«

Er schüttelte den Kopf. »Nein, eigentlich nicht, dort passiert nichts. Ich meine, ich habe mich verirrt und kann mich an nichts erinnern, aber ich weiß nicht, was es hier gäbe, das mir dort helfen könnte.«

»Ich denke nicht, dass dort nichts passiert. Was ist mit der Schönen, die du gewinnen willst? Brauchst du ein paar Tipps, wie du die Kleine aufreißen kannst?«

»Bitte …«

»Na gut. Dann eben, wie du die wahre Liebe findest?«

»Nein.«

»Lass in ihrer Nähe nur keinen ziehen.«

»Du nimmst das Ganze nicht ernst.«

»Doch, genau das tue ich. Mit deinem Idealismus könnte man hundert Romane schreiben. Was dir fehlt, sind ein paar praktische Ratschläge. Putz dir die Zähne, benutz Deo und wechsle die Unterwäsche.«

»Danke, Schwesterherz, für die überaus kostbaren Ratschläge.« Er verzog seinen Mund zu einem Grinsen. »Ich glaube, sie ist ziemlich religiös.«

»Dann geh mit ihr in die Kirche. Pass nur auf, dass es keine Sekte ist. Und bleib von der Limo dort weg.«

»Eigentlich sind wir alle ziemlich religiös. Ich bin mir ziemlich sicher, dass dieser Eljon Gott ist.«

Sie zog die Augenbrauen hoch. »Denk dran, du glaubst nicht an Gott. Dad hat an Gott geglaubt, und das hat uns alle beinahe das Leben gekostet. Wenn es um Gott geht, würde ich Schluss machen mit der Mieze. Dem Mädchen. Lass Religion und Politik außen vor. Oder noch besser, such dir eine andere.«

Es dauerte eine Stunde, bis sie aus dem Flughafen draußen waren und den Mietpreis für einen kleinen grünen Toyota Tercel am Avis-Schalter ausgehandelt hatten. Tom hatte noch seinen internationalen Führerschein von den Philippinen und ihm gefiel der Gedanke, sich wieder einmal durch den Verkehr eines Entwicklungslandes zu winden. Kara breitete die Karte auf der Ablage aus und war der Navigator, was vielleicht die schwierigere Aufgabe war.

Sie zeichnete mit dem Finger eine Linie auf der Karte. »Gut, Raison Pharma ist draußen beim königlichen Rama Park, östlich der Stadt. Wir fahren erst auf der Vibhavadi Rangsit nach Süden bis zur Abzweigung nach Inthara, dann östlich auf die Inthara Schnellstraße und dann nach Süden bis zum Bezirk Phra Khangong.« Sie sah auf, als er in den Verkehr einbog. »Pass nur auf, dass wir hier wieder heil rauskommen. Wir sind nicht in Denver.«

»Immer schön glauben und hoffen.«

Eine Hupe dröhnte und er wich aus.

»Ich hab's nicht so mit dem Glauben, schon vergessen?«, sagte sie.

»Vielleicht wäre jetzt der geeignete Moment, um damit anzufangen.«

Er musste sich erst wieder an das Gehupe gewöhnen – es war so allgegenwärtig wie die Straßenschilder. Die Hauptstraßen waren gut beschildert, aber die Schilder waren eher Hinweise als Regeln. Wer zuerst da war und am lautesten hupte, hatte die Vorfahrt. Punkt.

Er drückte auf die Hupe, um sich mit der Fahrweise wieder vertraut zu machen. Eine andere Hupe antwortete, wie ein Paarungsritual. Niemanden störte es. Außer Kara.

»Ja?«

»Ja. Klingt gut, oder?«

Tom fuhr durch die Stadt. Über den massiven Wolkenkratzern hing eine braune Dunstwolke. In einiger Entfernung fuhr die Schwebebahn. Ramponierte, mit Draht zusammengebundene Taxis teilten sich mit teuren Mercedes die Straßen, die sie gemeinsam mit Motorradtaxis und Tuk-Tuks, einer dreirädrigen Mischung aus Auto und Motorrad, hinreichend verstopften.

Und mit Fahrrädern. Unmengen von Fahrrädern.

Die Thais gingen ihrem Tagesgeschäft nach, einige auf schwankenden Dreirädern, die sich im Handumdrehen in Garküchen verwandeln ließen, andere navigierten Müllautos und wieder andere schlenderten in orangefarbenen Mönchskutten umher.

Er machte das Fenster einen Spalt auf. Es war früher Nachmittag und der Geruch der Stadt war beinahe überwältigend. Aber auf Tom wirkte er wie eine Droge. Abgase, ein Hauch von brackigem Wasser, gebratene Nudeln …

Es hätten auch die Philippinen sein können. Heimat. Vor zehn Jahren hätte einer der Bengel auf der Straße er selbst sein können, wie er sich unter die Einheimischen mischte und an einem Stand ein paar Fleischspieße mit Satée-Soße kaufte.

Tom spürte einen Knoten im Hals. Es war der schönste Anblick seit Jahren.

Einige Minuten lang fuhren sie nachdenklich schweigend weiter. Kara starrte gedankenverloren aus dem Fenster. Beide überfiel das Heimweh.

»Ich vermisse das«, sagte Kara. »Es fühlt sich fast wie ein Traum an. Vielleicht träumen wir beide.«

»Vielleicht. Exotisch.«

»Exotisch.«

Es war Nachmittag, als sie durch den Phra-Khangong-Bezirk fuhren und hinaus ins Delta kamen. Die Geräusche der Großstadt wurden immer schwächer. Der graue Beton wich einem grünen Teppich aus Bäumen und Reisfeldern, bekannt als das Chao Phraya Delta – die Reisschüssel Asiens –, ein heißes, dampfendes Meer aus fruchtbarer Vegetation, verseucht mit Insekten und seltenen Tieren.

Wie eine Urzeitsuppe, in der das tödlichste Virus heranreifte, das die Welt je gesehen hat.

»Kaum zu glauben, dass wir tatsächlich da sind«, sagte Tom.

»In zwölf Stunden um die halbe Welt. Es geht doch nichts über das Zeitalter der Düsenjets. Da vorne links. Nach knapp zwei Kilometern müssten wir da sein.«

Tom bog in eine Privatstraße ein, die in ein Gebiet führte, das mit dichtem Dschungel überwuchert war. Der Asphalt war schwarz, frisch geteert. Es gab sonst keine Fahrzeuge.

»Bist du dir sicher, dass wir richtig sind?«, fragte Tom.

»Nein. Ich bin nur den Angaben des Angestellten vom Mietwagenschalter gefolgt. Ist irgendwie … unheimlich hier.«

Unheimlich war das richtige Wort.

Der Gebäudekomplex erhob sich gespenstisch aus dem Delta. Direkt vor ihnen war der Dschungel gerodet worden. Dort war ein Tor. Und zwei oder drei Wachen. Englischer Rasen. Und ein riesiges weißes Gebäude, das sich über mehrere Tausend Quadratmeter erstreckte. Hinter dem Gebäude machte sich wieder Dschungel breit.

Tom hielt etwa hundert Meter vor dem Tor an. »Das da?«

»Raison Pharma.« Sie nickte mit dem Kopf zu einem Schild zu ihrer Linken hin, das er übersehen hatte.

Er öffnete die Autotür ein wenig, setzte einen Fuß nach draußen und stand auf. Um ihn herum kreischte der Dschungel. Eine Milliarde Zikaden schienen ihn zu warnen. Die Luftfeuchtigkeit erschwerte das Atmen.

Er ließ sich wieder in den Sitz fallen, schloss die Tür und fuhr weiter. Schweigend näherten sie sich dem Tor.

»Das war's«, sagte Tom. Ein Wachmann in grauer Uniform mit glänzender Pistole kam auf sie zu. »Warum bist du so still?«

»Was soll ich denn sagen? ›Lass uns umdrehen, das hier scheint mir nicht richtig zu sein. Bitte mach keine Dummheiten‹?«

»Ich bitte dich, so bin ich eben«, sagte er und kurbelte das Fenster hinunter.

»Eben.«

Der Wachmann warf einen Blick auf das Nummernschild und trat heran. »Was wünschen Sie?«

»Wir möchten Monique de Raison sprechen. Oder Jacques de Raison. Es ist sehr wichtig, dass wir sie sprechen.«

Der Mann überflog seinen Block. »Ich habe niemanden angemeldet für heute. Wie ist Ihr Name?«

»Thomas Hunter.«

Er blätterte eine Seite um und ließ dann den Block sinken. »Haben Sie einen Termin?«

Kara lehnte sich herüber. »Natürlich. Wir sind soeben aus den USA gekommen. Zentrum für Krankheits- und Seuchenkontrolle. Schauen Sie noch mal nach; wir müssen drauf sein.«

»Und Ihr Name?«

»Kara Hunter.«

»Ich habe keinen von Ihnen beiden auf der Liste. Das hier ist ein Sicherheitstrakt. Keiner darf hinein, der nicht auf der Liste steht.«

Tom nickte geduldig. »Kein Problem. Rufen Sie einfach an. Sagen Sie, dass Thomas Hunter vom Seuchenzentrum da ist. Ich muss Monique de Raison unbedingt sehen. Heute noch. Schließlich sind wir den ganzen Weg von Atlanta nicht zum Spaß gekommen.« Er zwang sich zu einem Grinsen. »Das verstehen Sie doch sicher.«

Der Mann zögerte und ging dann in sein Häuschen.

»Was machen wir, wenn er uns nicht durchlässt?«, fragte Tom.

»Ich habe gewusst, dass es so kommen würde.«

»Vielleicht wäre ein Mercedes überzeugender gewesen.«

»Da kommt die Antwort.«

Der Wachmann kam wieder auf sie zu. »Wir haben für heute keinen Besuch vermerkt. Morgen ist eine Veranstaltung im Sheraton Grande Sukhumvit. Dort können Sie sie treffen.«

»Ich glaube, Sie haben mich nicht richtig verstanden. Ich muss sie heute sprechen, nicht morgen. Es ist lebenswichtig. Haben Sie mich verstanden? Lebenswichtig!«

Der Mann zögerte und einen Moment lang dachte Tom, er hätte ihn vielleicht überzeugt. Er nahm sein Funkgerät und sprach leise hinein. Die Tür zum Wachhaus öffnete sich und ein zweiter Wachposten kam heraus. Er war kleiner als der erste, aber seine hochgerollten Hemdsärmel entblößten seine Muskeln. Er trug eine dunkle Sonnenbrille. Er war von der Sorte, die amerikanische T-Shirts mit Fotodrucken von Sylvester Stallones Rambo mochten.

»Bitte verlassen Sie das Gelände«, sagte der erste.

Tom sah ihn an. Dann den anderen, der an der Motorhaube stand. Er kurbelte das Fenster hoch.

»Irgendeine Idee?«

Kara kaute auf einem ihrer Fingernägel herum. Aber sie verlangte noch nicht den Rückzug.

Die Wache an der Motorhaube machte ihnen Zeichen, umzudrehen.

»Wie wichtig ist es, dass wir diese Bekanntgabe verhindern?«, fragte Kara.

»Das hängt davon ab, ob du wirklich glaubst, dass wir den Verlauf der Geschichte ändern können.«

»Darüber sind wir schon hinaus«, sagte sie. »Die Antwort ist Ja. Klaren Blick behalten, vergiss das nicht. Das hier ist echt. Deshalb sind wir hier.«

»Dann hängt es davon ab, ob es wirklich die Geschichte verändert, wenn wir diese Bekanntgabe verhindern.«

Der Wachposten wurde allmählich etwas unruhig. Tom verriegelte die Autotüren. »Hängt davon ab, ob sie wirklich vorhaben, den Impfstoff morgen schon auszuliefern.«

»Haben wir Grund, etwas anderes anzunehmen? Das hier ist kein Spiel, das wir noch einmal spielen können, wenn wir das erste Mal verlieren.«

Eine Faust klopfte ans Fenster. Beide Wachen gestikulierten jetzt wild. Der Muskulöse hatte die Hand an seine Waffe gelegt.

»Einen Amerikaner werden sie nicht töten, oder?«, fragte Tom.

»Ich weiß nicht, aber ich glaube, die Situation gerät langsam etwas außer Kontrolle. Wir sollten verschwinden.«

Tom brummte und schlug aufs Steuerrad. Vielleicht konnten sie den Verlauf der Geschichte tatsächlich nicht ändern. Vielleicht waren sie die beiden Märtyrer, die versucht hatten, die Geschichte zu ändern, aber an den Toren von Raison Pharma dafür niedergeschossen wurden. Oder vielleicht musste man zu außergewöhnlichen Maßnahmen greifen, um den Verlauf der Geschichte zu ändern.

»Thomas …«

Die Wachen schlugen jetzt auf die Motorhaube. »Warte!«

Er riss am Türgriff, stieß die Tür auf und stieg aus.

Beide Wachen griffen nach ihren Pistolen.

»Wow!« Tom hob die Hände hoch. »Ganz ruhig. Ich will nur mit Ihnen reden. Nur noch eine Sache, versprochen. Ich bin ein offizieller Regierungsvertreter der Vereinigten Staaten. Glauben Sie mir. Sie sollten nicht auf mich schießen.«

»Steigen Sie wieder ein!«

»Ich steige gleich wieder ein, aber erst will ich noch etwas sagen. Das Zentrum für Krankheits- und Seuchenkontrolle hat gerade erst erfahren, dass der Impfstoff, den diese Firma hier morgen der Öffentlichkeit vorstellen möchte, einen tödlichen Fehler aufweist. Unter extremer Hitzeeinwirkung mutiert er und wird zu einem tödlichen Virus, von dem wir annehmen, dass es sehr weitreichende Folgen haben wird.«

Er ging auf den kleineren der beiden mit den ausgeprägten Muskeln zu. »Sie müssen mich anhören!« Er sprach laut und langsam. »Wir sind gekommen, um eine Katastrophe zu verhindern. Sie beide, Fong und Wong, werden bekannt werden als die zwei

Idioten, die nicht zugehört haben, als die Amerikaner kamen, um Monique de Raison zu warnen. Das müssen sie ihr sagen!«

Beide Wachen gingen einen Schritt zurück, hatten ihre Waffen in der Hand und waren zwar entschieden, aber dennoch überrascht von seiner Unverfrorenheit. Seltsamerweise hatte Tom nicht wirklich Angst vor ihren Pistolen. Er spürte zwar, wie sich sein Magen zusammenzog, wich aber nicht vor Panik zurück. Die Szene erinnerte ihn an die Lektion, die Tanis und Palus ihn auf dem Hügel gelehrt hatten. Gegen einhundert Shataiki mit ein paar gezielten Tritten.

Er sah von einer der Wachen zur anderen und unterdrückte das starke Verlangen, den Trick, den er von Tanis gelernt hatte, auszuprobieren – den zweifachen Tritt nach hinten, der zunächst so unmöglich ausgesehen hatte. Er konnte das auch. Sie standen genau am richtigen Fleck. Der Speichel lief ihm im Mund zusammen. Er wusste, er könnte es. Einfach so. Eins, zack, drehen, zwei, zack. Genau wie Tanis es ihm gezeigt hatte. Noch bevor sie überhaupt reagieren konnten.

Klar war es verrückt. Und was, wenn … was, wenn das alles nur ein Traum gewesen war? Dann hätte er die Sprünge nur im Kopf gemacht und würde hier in Wirklichkeit nur auf die Schnauze fallen.

»Haben Sie mich verstanden?«, fragte er. »Ich muss mit jemandem reden.«

Sie wichen nicht zurück, standen leicht gebeugt und in Bereitschaft da.

»Mögt ihr Jet Li?«

»Zurück!«, schrie der Muskelprotz. »Zurück, zurück!«

»Hört mir zu!«, schrie Tom, der jetzt wütend wurde.

»Zurück, zurück, zurück oder ich schieße!«, schrie das Muskelpaket.

Tom blinzelte ihn an. Und was würde Tanis dazu sagen?

»Okay, entspannt euch.« Er drehte sich um, um wieder einzusteigen.

Genau richtig.

Genau jetzt, in diesem Augenblick, war die Situation ideal für diesen einen Tritt. Wenn sie schossen, trafen sie sich gegenseitig. Er musste nur…

Tom legte seine linke Hand auf die Motorhaube und sprang mit gespreizten Beinen in die Luft. Zack, Pistole, zack, Kopf. Schwung ausnützen und Bewegung vollenden, Drehung.

Das war der Erste. Der andere starrte ihn nur mit großen Augen an.

Ein Schuss.

Vorbei.

Zack, Pistole, zack, Kopf.

Gelandet, perfekt.

Tom stand an der Motorhaube und war selbst ganz verblüfft von dem, was er da gerade vollbracht hatte. Beide Wachen lagen flach auf dem Rücken. Der Muskelprotz hatte vorbeigeschossen. War das wirklich er gewesen, Tom? Sein Herz klopfte vor Adrenalin. Er fühlte sich, als könne er es mit einer ganzen Truppe aufnehmen, wenn es sein musste.

»Thomas!«

Kara schrie.

Er rannte zum Wachhaus und fand den Knopf für das Tor. Er drückte drauf. Die Elektromotoren surrten und das Tor öffnete sich langsam. Er sprang zum Auto.

Kara starrte ihn mit großen Augen an.

»Festhalten!«, schrie er und rammte den Schalthebel in den ersten Gang. Er fuhr genau auf die Toröffnung zu. Sie schossen auf das weiße Gebäude zu.

Sofort kam ein weiteres Problem auf sie zu. Ein kleines rundes Loch in der Windschutzscheibe. Kara duckte sich. »Sie schießen!«

Vier weitere Wachen waren aus dem Hauptgebäude erschienen. Sie hatten Gewehre und sie schossen.

Die Realität hatte Tom wieder eingeholt. Er riss das Lenkrad nach rechts und trat aufs Gas. Das Auto brach aus und rutschte über den Schotter. Es malte einen großen Kreis in den Kies. Zwei weitere Kugeln schlugen durch die Heckscheibe.

»Festhalten!«

Als die Reifen wieder auf dem Asphalt waren, schoss der Toyota vorwärts und durchs Tor. Als sie am Firmenschild waren, fuhren sie schon 120.

Tom hielt das Gaspedal durchgedrückt, bis sie an der Kreuzung angelangt waren. Der Verkehr auf der Hauptstraße zwang ihn, abzubremsen. Nach einem weiteren Kilometer wurde auch sein Herzschlag wieder langsamer.

Kara atmete auf. »Was war das?«

»Fang gar nicht erst an. Es war verrückt, ich weiß.«

»Nicht streiten.«

Scheinbar waren sie noch einmal davongekommen.

»Was genau hast du da gemacht?«, fragte Kara.

»Ich weiß nicht. Ich hatte wirklich nicht vor, so auf sie loszugehen. Es ist einfach passiert. Wir mussten da rein und sie waren im Weg. Ich hatte den Eindruck, dass du dachtest, wir sollten …«

»Nein, ich meine den Sprung. So etwas habe ich noch nie von dir gesehen.«

Das Gleiche hatte er in den letzten fünf Minuten auch gedacht. »Ich habe noch nie so etwas gemacht. Nicht hier.«

»Nicht hier heißt …?«

»Nun ja, eigentlich … hat Tanis mir das beigebracht.«

»In der anderen Realität?«

»Ich mache es fast instinktiv. Als ob mein Gehirn ein paar neue Tricks gelernt hat und sie jetzt ganz allein macht. Man sagt doch, wir könnten durch Wände gehen, wenn unser Gehirn seine gesamte Kraft aufwenden würde, oder? Verrückt, was?«

Sie starrte vor Verwunderung vor sich hin. »Nein, nicht verrückt. Genau genommen macht das Sinn, in deinem blöden Traum. Und wir wollten beides so behandeln, als sei es Wirklichkeit, schon vergessen?«

»Was ich dort lerne, kann ich also hier einsetzen. Und was ich hier lerne, kann ich dort einsetzen.«

»Scheint so. Nicht nur Wissen, sondern auch Fähigkeiten.« Sie fuhren einige Sekunden schweigend weiter. »Und jetzt?«

»Jetzt nehmen wir uns ein Zimmer im Sheraton Grande Sukhumvit und hoffen, dass wir Monique de Raison morgen irgendwie beeindrucken können.«

»Vielleicht kannst du sie umwerben«, sagte Kara.
»Umwerben?«
»Vergiss es.«
Tom seufzte. »Das ist nicht witzig.«
»Wir müssen jetzt zusehen, dass du schläfst – und träumst.«
Er nickte. »Schlafen und träumen.«

16

»THOMAS! WACH AUF! Mach den Mund auf!«

Thomas spürte, wie ihm der kühle Fruchtsaft die Kehle hinunterlief. Er richtete sich ruckartig auf, prustete und spuckte einen Klumpen aus.

»Ganz ruhig, mein Junge.«

Tanis grinste ihn mit einer gelben Frucht in der Hand an. Michal stand neben ihm.

»Was ist passiert?«, fragte Tom.

»Du bist ohnmächtig geworden«, entgegnete Tanis. »Aber mit einem Bissen von dieser Frucht bist du gleich wieder zu dir gekommen.«

»Du bist geschwächt. Vielleicht sind das immer noch die Auswirkungen von deinem Sturz im schwarzen Wald«, sagte Michal. »Wie fühlst du dich jetzt?«

»Gut.«

Er war etwas durcheinander, aber ansonsten fühlte er sich gut. Er hatte von Bangkok geträumt, mit zwei Wachen gekämpft und sich dann mit Kara eine Suite im Sheraton Grande Sukhumvit genommen, war mit ihr durch die Straßen geschlendert und schließlich total fertig vom Jetlag ins Bett gefallen.

Tom schüttelte den Kopf.

»Wie lange war ich … weg?«

»Nur ein paar Minuten«, sagte Tanis.

Und trotzdem hatte er von einem ganzen Tag in Bangkok geträumt.

Zwei Gedanken schossen ihm durch den Kopf. Erstens musste

er beide Realitäten als echt behandeln und zweitens brauchte er mehr Informationen.

Das konnte bedeuten, dass er schließlich doch noch einmal in den schwarzen Wald gehen musste. Mit Tanis' Hilfe. Es sei denn, er konnte Michal überreden, ihm mehr zu verraten.

Was hatte er da nur vor! Er würde niemals in den schwarzen Wald zurückgehen können.

»Hier«, Tanis reichte Tom die Frucht. »Iss noch etwas.«

Tom biss herzhaft hinein und spürte sofort, wie der Nektar in seinen Magen lief. Er biss noch einmal ab und noch einmal und bemerkte plötzlich, dass er sich dabei vollkommen vergessen hatte. Er hatte bereits die ganze Frucht gegessen.

»Hast du … hast du geträumt?«, fragte Tanis.

»Geträumt?« Tom stand auf.

»Gerade eben, hast du da von den Chroniken geträumt?«

Tom warf einen Blick zu Michal hinüber, der seine buschige Augenbraue hochzog.

»Ich war nur ein paar Sekunden weg«, sagte Tom.

»Im Traum ist die Zeit anders«, entgegnete Tanis.

Er konnte es vor dem Anführer nicht verbergen.

»Ja, ehrlich gesagt, habe ich, glaube ich, geträumt.«

»Bist du zu den Geschichtsbüchern gegangen und hast etwas über Napoleon nachgelesen?«

Was Michal wohl von diesem Dialog hielt? Tanis verbarg nichts. Natürlich nicht. Er war ja rein und unschuldig.

»Nein«, antwortete Tom. »Warum sollte ich?«

»Mensch, hast du das vergessen? Ich werde dir Kampftechniken beibringen und du erklärst mir die Geschichte. Das war doch unsere Abmachung!«

»Wirklich?«

»So hatte ich es verstanden. Was meinst du, Michal? Da Thomas Hunter einen ungewöhnlich guten Zugang hat und ich ein begabter Kämpfer bin, dachte ich, wir beide, er und ich, wären ein wunderbares Team. Wenn wir je einen Feldzug in den schwarzen Wald unternehmen, könnte Thomas von großer Hilfe sein. Oder?«

Der Roush runzelte nachdenklich die Stirn. »Hmm …«

Tom hatte erwartet, dass Michal sein Missfallen offen zeigen würde. Aber er tat es nicht. Auf irgendeine Weise schien er Tanis untergeordnet zu sein.

»Das ist ein interessanter Gedanke, ihr beide als Partner. Aber der Feldzug ist eine durch und durch dumme Idee. Das wäre, als lehnte man sich absichtlich zu weit über einen Abhang. Willst du unbedingt wissen, ob du dann abstürzt?«

»Aber zumindest könnte mir Thomas mehr über die Geschichte beibringen«, sagte Tanis. »Ich verstehe, warum du das nicht tust. Wie du schon sagtest, ist es nicht deine Aufgabe, dich in unsere Dinge einzumischen, nicht wahr? Die Geschichte könnte eine Einmischung sein. Verstanden. Aber Thomas Hunter ist kein Roush. Und die Tatsache, dass er hier ist und diese Träume hat, zeigt, dass Eljon es so gewollt hat. Vielleicht hat er das alles sogar verursacht. Es ist nur natürlich, dass wir uns zusammentun. Würdest du mir da nicht zustimmen?«

Seine Unschuld tat seinem Verstand offensichtlich keinen Abbruch.

»Es hat einen guten Grund, weshalb die Geschichte mündlich überliefert wird«, wandte Michal vorsichtig ein. »Ich würde es mir genau überlegen, bevor ich mit dieser Tradition breche.«

Tom trat einen Schritt vor. »Ehrlich gesagt …« Er hielt inne und dachte an sein Versprechen gegenüber dem Roush.

Michal sah ihn an. »Ja, Thomas? Ehrlich gesagt was?«

»Nun ja, um ganz ehrlich zu sein, habe ich auch ein paar Fragen zur Geschichte. Es scheint, als ob ich immer in derselben Zeit lande, kurz vor der Großen Verführung. In meinen Träumen scheinen meine Schwester und ich zu denken, dass wir die Ausbreitung des großen Virus verhindern können. Wir glauben, dass das unsere Aufgabe sein könnte. Vielleicht könntet ihr mir dabei helfen. Ergibt das Sinn?«

»Nein, eigentlich nicht«, entgegnete Michal. »Wie kannst du etwas verhindern, das schon geschehen ist? Begreifst du denn nicht, dass diese Träume nicht sehr hilfreich sind? Sie verwirren dich nur ständig. Vielleicht sind sie sogar die Ursache für deinen andauernden Gedächtnisverlust. Du solltest dich jetzt auf andere Dinge konzentrieren als auf diese Lappalien aus der Vergangenheit. Ergibt *das* Sinn?«

»Du hast ja recht. Hier klingt das ja auch sehr vernünftig, aber in meinen Träumen eben nicht.«

»Und du erwartest, dass ich diese Träume unterstütze? Was hältst du davon, Tanis? Findest du das sinnvoll?«

»Absolut. Aber wenn die Träume weiter andauern, haben sie vielleicht einen anderen Zweck. Zum Beispiel um zu lernen, wie man Waffen herstellt.«

»Waffen? Wozu brauchst du Waffen?«, fragte Michal streng.

»Um die Shataiki zu bekämpfen natürlich.«

»Du wirst sie mit deinem Herzen bekämpfen!«, schrie der Roush. »Vergiss die Waffen! Ich werde euch jetzt etwas aus den Chroniken erzählen und danach werde ich mit keinem von euch beiden je wieder darüber sprechen. Es gab da eine Parole, die ihr euch merken solltet. Damals wurde sie falsch zitiert, aber euch wird sie jetzt sehr nützlich sein. ›Make love, not war‹, haben sie gesagt. Liebt, statt Krieg zu führen. Denk daran, wenn du Waffen bauen willst, Tanis: Make love, not war.«

Tanis schaute betroffen drein. Er breitete seine Arme mit den Handflächen nach oben aus. »Du bezweifelst meine Motive? Kennst du irgendjemanden, der sich in der ewigen Liebesgeschichte besser auskennt als ich? Nein! Ich will retten, wie Eljon rettet. Ist es fragwürdig, wenn ich eine Waffe brauche, um die schwarzen Fledermäuse zu verjagen? Stimmt irgendetwas mit dem nicht, was ich vorgeschlagen habe?«

»Nein. Du bist ein großer Verehrer Eljons, ja. Ich würde es nie wagen, deine Motive oder deine Leidenschaft zu hinterfragen, Tanis. Hast du verstanden? Nie!«

Tanis' Augen blitzten verzweifelt auf. Mit erhobener Faust schrie er: »Eljon, oh Eljon, ich würde dir nie meine Liebe vorenthalten! Ich tauche in deinen Schoß ein und trinke von deinem Herzen! Ich werde dich nie verlassen. Niemals!«

Michals Augen waren tränennass. Zum ersten Mal sah Tom bei dem sonst so stoischen Roush solche Gefühlsäußerungen und er war überrascht.

Tanis ging eilig hin und her. »Ich muss Eljon eine Geschichte schreiben. Ich muss von meiner Liebe schreiben und von der ewigen Liebesgeschichte und davon, dass ich das Seine retten will! Ihr habt mich inspiriert. Danke, ich danke euch beiden.« Er wandte sich zu Thomas. »Wir unterhalten uns später, mein junger Schüler. Bist du bereit, die Schöne zu gewinnen?«

Die Erinnerung an die bevorstehende Romanze zwischen ihm und Rachelle machte Tom benommen. »Ja, ich glaube schon. Ich glaube, ich erinnere mich.« Langsam, viel zu langsam.

»Braver Junge!« Tanis klopfte ihm auf die Schulter. »Wunderbar. Denk daran, er erwählt.«

Tom nickte. »Er erwählt. Verstanden.«

»Er verehrt.«

Pause. Er sollte es wiederholen. »Er verehrt.«

»Er rettet.«

»Er rettet.«

»Er umwirbt.«

»Er umwirbt.«

»Er beschützt.«

»Er beschützt.«

»Er überschüttet.«

»Das war der Extrapunkt.«

Tanis ballte die Faust. »Er überschüttet. Das ist ein guter Satz und ich werde ihn in die Geschichte einfügen, die ich jetzt schreiben werde.«

Tom ahmte Tanis nach, mit geballter Faust: »Er überschüttet!«

»Und das wirst du auch tun.«

»Und das wirst du auch tun.«

»Nein, ich. Du musst sagen: ›Das werde ich auch tun.‹«

»Das werde ich auch tun«, wiederholte Tom.

»Und jetzt verschwinde ich. Eine neue Geschichte entsteht!« Tanis neigte den Kopf vor den beiden anderen. »Bis zur Versammlung.« Er rannte einige Schritte und wirbelte dann herum.

»Soll ich ihr sagen, dass du wartest?«

»Wem?«

»Der Schönen! Rachelle, Mensch! Rachelle, der Schönen!«

Jetzt? Er wusste nicht einmal genau, wie er eine Schönheit gewinnen sollte. Aber gerade jetzt vor Michals Nase musste er dem Rat des Roush folgen: einfach mitmachen.

»Klar«, rief Tom.

»Ha!« Und weg war er.

Michal sah Tanis hinterher, wie er wegrannte. »Unglaublich, wunderbar, großartig.«

»Es scheint, du kannst dich nicht entscheiden, was du von ihm halten sollst«, sagte Tom.

»Er ist ein Mensch. Ich kann die Menschen nur bewundern.«

»Sicher. Ja, natürlich.«

Tanis war nur noch ganz klein zu sehen, als er die Hauptstraße entlangrannte und vermutlich aller Welt verkündete, dass der flotte Besucher von der anderen Seite jetzt dort oben auf dem Hügel war und darauf wartete, seine Schöne zu umwerben und zu gewinnen. Rachelle.

Michal wandte sich vom Tal ab. »Die ewige Liebesgeschichte. Die Versammlung. Du ahnst ja nicht, was ich dafür geben würde, um das zu haben, was ihr habt.« Er machte ein paar kleine Sätze und sah sehnsüchtig zum Horizont. »Manchmal ist es ein bisschen zu viel. Dann kann ich es kaum ertragen, dabeizustehen und zuzuschauen.«

Das war's. Nach dieser Darbietung konnte Tom Michals Entscheidung, die Geschichte nicht preiszugeben, einfach nicht in Zweifel ziehen. Es war sowieso alles nur Un …

Aus dem Augenwinkel sah er jemanden durch das Dorf rennen und sein Herz machte einen Satz. Es war Rachelle. Ihr Gesicht konnte er aus der Entfernung nicht erkennen, aber er sah ihr blaues Kleid. Sie rannt auf den Torbogen am Dorfeingang zu, wie ein Kind, das hinter dem Eismann herrannte.

Tanis hatte es ihr gesagt.

Panik packte ihn. In was war er da nur hineingeraten? Ging das alles nicht ein wenig zu schnell? Er war erst weniger als einen Tag hier im Tal. Liebe schien hier eine Währung zu sein, von der sie alle im Überfluss hatten. Klar, wenn es nichts Böses gab, das ihnen die Herzen verdarb, musste es so sein.

Das bedeutete, dass er auch ganz von Liebe erfüllt war. Irgendwann würde er sich daran erinnern. So war das Leben hier.

Am Dorfeingang wurde Rachelle langsamer und ging im Zickzack den Hang hinauf. Es fiel ihm schwer, sich vorzustellen, dass jemand so versessen darauf sein konnte, ihn zu treffen und, noch viel mehr, von ihm umworben zu werden. War er so attraktiv? So anziehend?

»Michal!« Er räusperte sich. »Michal.«

Der Roush starrte den Hügel hinunter und schwankte vor Erwartung.

»Michal, du musst mir helfen.«

»Und euch den ganzen Spaß verderben? Du hast es im Herzen, Thomas. Gewinne sie!«

»Ich weiß doch nicht, wie ich sie gewinnen soll! Ich habe es vergessen!«

»Hast du nicht. Das hast du nicht vergessen. Es gibt Dinge, die man nicht vergessen kann.«

»Sie kommt herauf!« Tom ging unruhig hin und her. »Ich weiß gar nicht, was sie erwartet.«

»Du bist nervös, das ist gut. Das ist ein gutes Zeichen.«

»Wirklich?«

»Das verrät deine wahren Gefühle.«

Tom blieb stehen und starrte ihn an. Das stimmte. Warum war er so nervös? Weil er sich sehr wünschte, diese hinreißende Frau zu beeindrucken, die da den Hügel hinauf auf ihn zugeschlendert kam.

Dass ihm das bewusst wurde, machte die Sache nur noch schlimmer. Viel schlimmer.

»Gib mir wenigstens einen kleinen Tipp«, sagte er. »Soll ich einfach hier stehen bleiben?«

»Hat Tanis dir das nicht gesagt? Na gut.« Michal hob seinen Flügel und führte Tom den Hügel hinauf auf den Wald zu. »Gut, ich spreche zwar nicht aus Erfahrung, habe aber so einiges gesehen. Ich schlage vor, du wartest hier oben zwischen den Bäumen.« Seine Flügel zitterten. »Ich glaube, du solltest faszinierend und geheimnisvoll wirken. Meine Güte, ich muss verschwinden. Sie kommt näher. Ich muss verschwinden.«

Michal watschelte davon, machte zwei Sätze und erhob sich in die Luft.

»Michal!«

Aber Michal war verschwunden.

Tom wirbelte herum, sah, dass Rachelle mit den Händen auf dem Rücken, scheinbar ganz gleichgültig, schon fast den Hügel heraufgekommen war. Er duckte sich, wohl wissend, dass sie ihn schon gesehen hatte, und rannte den Hügel hinauf.

Er dachte gerade, dass er schon zu weit in den Wald hineingelaufen war, dass der große bernsteinfarbene Baum, hinter dem er sich versteckte, ihn zu gut verbarg. Sie hatte ihn aus den Augen verloren. Er wusste nicht einmal genau, warum er sich eigentlich versteckte. Hatte das Retten einer Schönheit irgendetwas mit Versteckspiel zu tun?

Aber er konnte ja nicht mit verschränkten Armen offen dastehen und so tun, als sei er ein mächtiger Krieger. Oder vielleicht doch?

Er schaute vorsichtig hinter dem Baum hervor.

Keine Spur von ihr. Der Wald leuchtete in atemberaubenden Farben. Um ihn herum war er rot und blau und bernsteingelb. Über ihm zwitscherten die Vögel. Ein Windhauch wehte ihm den Duft von Rosen in die Nase.

Aber keine Spur von Rachelle.

Er trat hervor, weil er sich plötzlich Sorgen machte, dass er sie verloren hatte. Sollte er nach ihr rufen? Nein, damit würde er nur zugeben, dass er sie verloren hatte. Sie wollte erwählt werden, und das klang eher danach, sie zu suchen und zu finden, als nach ihr zu rufen wie ein kleiner Junge, der allein im Wald Angst bekommen hat. Es stimmte zwar, dass seine Anspannung zum Teil von diesem so freimütigen Umgang mit Romanzen kam, aber wenn er ganz ehrlich war, fühlte er sich auch sehr zu ihr hingezogen, vielleicht sogar für sie bestimmt.

Im Augenwinkel sah er etwas Blaues aufblitzen. Er fuhr herum nach rechts.

Weg! Sein Herz klopfte. Das war sie gewesen, etwa fünfzig Meter weiter drüben, zwischen zwei großen Bäumen.

Plötzlich trat Rachelle hervor, blieb stehen, starrte ihn an und verschwand dann wieder, ohne auch nur ein Lächeln.

Tom stand volle fünf Sekunden wie angewurzelt da. *Lauf ihr nach, du Idiot! Renn!*

Er rannte. Um einen Baum herum. Brach durch das Unterholz wie ein in Panik geratenes Rhinozeros.

Stopp! Du machst viel zu viel Krach.

Er versteckte sich hinter einem Baum und sah dahinter hervor. Nichts. Er ging weiter in die Richtung, in der sie verschwunden war. Aber da war nichts. Hatte sie sich in Luft aufgelöst?

»Psst.«

Tom fuhr herum. Rachelle stand, an einen Baum gelehnt, mit verschränkten Armen da. Ein provokantes Lächeln schlich über ihr Gesicht. Sie zwinkerte. Dann verschwand sie hinter dem Baum und war weg.

Er rannte ihr nach, aber wieder war sie spurlos verschwunden. Diesmal spurtete er von Baum zu Baum und war jetzt ganz aufgeregt.

Als sie auftauchte, war es wie beim letzten Mal, so plötzlich und lässig, an einen Baum hinter ihm gelehnt. Sie zog die Augenbrauen hoch und grinste. Dann war sie wieder verschwunden.

Plötzlich durchfuhr es Tom, dass er den Rettungsteil der Sache noch gar nicht bedacht hatte. Vielleicht führte sie ihn deshalb immer wieder an der Nase herum. Er hatte sie erwählt, indem er ihr nachgerannt war, aber sie wartete darauf, dass er seine Stärke zeigte. Die Zeit der Andeutungen war vorbei.

Die Szene, die Tanis und Palus ihm vorgespielt hatten, schoss ihm durch den Kopf.

Er rief den erstbesten Satz, der ihm einfiel. »Oh sehet, was erblicke ich da! Ein schwarzer Schatten in den Baumwipfeln!« Er rannte in die Richtung, in der Rachelle verschwunden war. »Eile geschwind herbei, meine Teuerste!« Er hoffte sehr, dass das nicht zu direkt war. »Komm, dass ich deiner beschützen mögest.«

Deiner beschützen mögest? Hatte Tanis das so gesagt?

»Mein Teuerster!«

Rachelle!

Mit weit aufgerissenen Augen und einer Hand erschreckt vor ihrem Mund, kam sie hinter einem Baum zu seiner Linken hervorgesprungen. »Wo?«

Wo? Er zeigte mit dem Finger in die entgegengesetzte Richtung. »Dort!«

Sie schrie auf und rannte zu ihm. Der Windhauch wehte ihr blaues Kleid um ihre Beine. Sie hielt sich an seiner Schulter fest und verbarg sich hinter ihm. Tom war so überrascht von seinem eigenen Erfolg, dass er die schwarzen Fledermäuse für einen Moment aus den Augen verlor. Er sah unverwandt in ihr Gesicht, das jetzt nur wenige Zentimeter von seinem entfernt war. Der Wald war plötzlich still. Er konnte ihren Atem riechen. Wie Veilchen.

Ihre Augen wandten sich seinen zu. Einen Moment sahen sie sich in die Augen.

»Willst du mich weiter anstarren oder mit den Fledermäusen kämpfen?«, fragte sie.

»Ach ja.«

Tom sprang voller Ehrgeiz mit erhobenen Armen hervor, um es mit ein paar spektakulären Tricks und Tritten mit dem imaginären Feind aufzunehmen.

»Sie kommen in Schwärmen. Keine Sorge, ich werde mit ihnen fertig. Hey ho!« Er sprang in die Luft, trat mit seinem rechten Fuß, drehte sich dann um volle dreihundertsechzig Grad, bevor er den nächsten Tritt ansetzte.

Er war ganz impulsiv an die Sache herangegangen, getrieben von dem unbändigen Verlangen, seine Stärke und Fertigkeit zu demonstrieren. Aber die Tatsache, dass er tatsächlich in der Luft eine volle Drehung gemacht hatte, erschreckte ihn. Wo hatte er das gelernt?

Gerade eben hatte er es gelernt.

Vor lauter Selbstbewunderung verlor er die Kontrolle über seine Bewegungen und krachte mit voller Wucht auf den Waldboden.

»Autsch!«

Tom krallte sich in den Boden, um wieder auf die Knie zu kommen. Es hatte ihm komplett den Atem verschlagen. Rachelle kam angerannt und kniete sich nieder.

»Alles in Ordnung?« Ihre Hand berührte seine Schulter.

Er rang nach Luft. »Ja.«

»Wirklich?«

»Natürlich.«

Sie zog ihn schnell wieder hoch. Langsam kam ein Lächeln auf ihre Lippen. »Ich sehe schon, du hast ein paar von deinen … eindrucksvollen Bewegungen verlernt«, sagte sie. Sie sah sich um. »Nächstes Mal sieht es vielleicht ungefähr so aus.«

Sie sprang in Richtung des unsichtbaren Shataiki. »Ha!« Sie trat. Kein einfacher Vorwärtstritt, sondern ein perfekt ausgeführter Rundumtritt, mit dem sie in genau der richtigen Position wieder landete für einen zweiten Sprung.

Sie sah zurück und zwinkerte. »Tanis hat mir das beigebracht.«

Dann jagte sie dem Feind mit einer Serie von spektakulären Sprüngen nach, die Tom ein zweites Mal den Atem verschlugen. Dabei zählte er einen, zwei, drei Rückwärtsüberschläge und mindestens ein Dutzend Kombinationen, die meisten davon in der Luft.

Und all das vollführte sie mit der Grazie einer Tänzerin, immer auf ihr Kleid bedacht.

Die Mieze war Klasse. Große Klasse.

Sie landete auf den Zehen, in etwa sieben Metern Entfernung, genau Tom gegenüber, ganz sachlich.

»Ha!«, rief sie und zwinkerte wieder.

»Ha. Toll!«

»Toll.«

Er schluckte.

Sofort ließ sie ihre Arme sinken und nahm eine weiblichere Haltung ein. »Keine Angst, wir tun einfach so, als wärst du das gewesen. Ich verrate es keiner Menschenseele.«

Er räusperte sich. »In Ordnung.«

Einen Moment lang sah sie ihn genau an. Ihre Augen funkelten. Das Spiel war noch nicht vorüber. Natürlich nicht. Vermutlich hatte es gerade erst angefangen.

Jedenfalls hoffte er das.

Erwählen, verehren, beschützen, umwerben. Die Worte hallten in seinen Gedanken wider.

»Du bist sehr … stark«, sagte er. »Ich meine anmutig.«

Sie kam auf ihn zu. »Ich weiß, was du meinst. Und ich mag beides, stark und anmutig.«

»Du bist auch sehr liebenswürdig.«

»Wirklich?«

»Ja, ich denke schon.«

Er wollte ihr sagen, dass sie schön war, dass sie faszinierend, voller Leben und unwiderstehlich war. Aber plötzlich waren ihm diese Worte zu viel. Für einen Mann, dessen Verstand normal arbeitete, mochte das der richtige Weg sein, eine Frau zu umwerben. Aber jemand wie er, der das Gedächtnis verloren hatte …

Rachelle blieb eine Armlänge vor ihm stehen. Suchend blickte sie in seine Augen.

»Ich finde, es war ein wunderbares Spiel. Du bist ein geheimnisvoller Mann. Das mag ich. Vielleicht können wir später einmal weitermachen. Auf Wiedersehen, Thomas Hunter.«

Sie drehte sich um und ging weg.

Einfach so? Sie konnte doch jetzt nicht einfach weggehen.

»Warte!« Er rannte ihr nach. »Wohin gehst du?«

»Ins Dorf.«

Ihr Interesse schien verflogen zu sein. Vielleicht war diese Sache mit dem Erwählen und Umwerben doch komplizierter, als er gedacht hatte.

»Kann ich mit dir kommen?«

»Natürlich. Vielleicht kann ich dir unterwegs ein paar Dinge ins Gedächtnis rufen. Dein Erinnerungsvermögen braucht offensichtlich einen leichten Anstoß.«

Bevor er noch auf ihre Sticheleien reagieren konnte, kam ein großes weißes Tier zwischen den Bäumen hindurch auf sie zu. Ein ganz weißer Tiger mit grünen Augen. Tom blieb unvermittelt stehen.

Rachelle sah erst ihn an und dann den Tiger. »Das zum Beispiel ist ein weißer Tiger.«

»Ein Tiger. Ich erinnere mich.«

»Gut.«

Sie ging auf das Tier zu, umarmte es und spielte mit seinen Ohren. Der Tiger leckte ihr mit seiner großen Zunge die Wange und sie rieb ihre Nase an seiner. Konnte all das wirklich an einem einzigen Tag passieren? Dann bestand sie darauf, dass er zu ihr kam und mit ihr das Tier am Hals kraulte. Sie meinte, ihm würde es leichterfallen, sich zu erinnern, wenn er die Welt mit allen Sinnen erfasste.

Tom war sich nicht sicher, wie er ihre Kommentare zu verstehen hatte. Sie sagte alles mit einem Lächeln auf den Lippen und einer gewissen Ernsthaftigkeit, aber er hatte immer das Gefühl, dass sie versuchte, ihn voranzutreiben, oder ihn wegen seiner langweiligen Umwerbung rügte.

Oder sie spielte die schwer zu Gewinnende. Sollte das vielleicht auch zur ewigen Liebesgeschichte gehören?

Andererseits hatte sie vielleicht schon entschieden, dass er nicht ganz das war, was sie sich erhofft hatte. Vielleicht war das Spiel schon vorüber. Konnte man eine Erwählung auch wieder rückgängig machen?

Sie gingen einige Schritte mit dem Tiger im Schlepptau weiter. Rachelle pflückte eine gelbe Frucht von einem kleinen Baum.

»Was ist das?«, fragte sie.

»Ich … ich weiß nicht.«

»Eine Zitrone.«

»Eine Zitrone, ja natürlich. Ich erinnere mich.«

»Und was passiert, wenn man den Saft dieser Zitrone auf eine Schnittwunde träufelt?«

»Heilt sie?«

Sie machte einen Knicks. »Sehr gut.« Sie gingen weiter und Rachelle pflückte eine dunkelrote Frucht so groß wie eine Kirsche von einem niedrigen Baum mit weit ausladenden Zweigen. »Und das hier?«

»Ich glaube, die kenne ich nicht.«

Sie umkreiste ihn mit der Frucht in ihrer Hand. »Versuch dich zu erinnern. Ich gebe dir einen Tipp. Sie schmeckt sauer. Niemand mag sie wirklich.«

Er grinste und schüttelte den Kopf. »Nein, sie kommt mir nicht bekannt vor.«

»Wenn du sie isst«, sie tat so, als würde sie hineinbeißen, und zeigte ihre wunderschönen weißen Zähne, »reagiert dein Gehirn.«

»Nein, ich erinnere mich immer noch nicht.«

»Rhambutan«, sagte sie. »Sie lässt dich schlafen. Man träumt nicht einmal.« Sie warf sie dem Tiger zu, aber der ignorierte sie.

Sie waren am Waldrand angelangt. Unten im Tal lag friedlich das Dorf und schimmerte in den Farben der leuchtend bunten Häuser, die in konzentrischen Kreisen um die große Bannhalle angeordnet waren.

Rachelle starrte hinunter und sprach, ohne ihn dabei anzusehen. »Du bist noch geheimnisvoller und wunderbarer, als ich dachte, als ich dich erwählte.«

»Bin ich das wirklich?«

»Ja.«

Er hätte jetzt wohl ebenso antworten müssen, aber ihm fehlten die Worte.

»Du solltest natürlich weiter an deinem Erinnerungsvermögen arbeiten«, sagte sie.

»Eigentlich funktioniert mein Gedächtnis auf manchen Gebieten sehr gut.«

Sie sah ihn an. »Wirklich? Auf welchen Gebieten?«

»In meinen Träumen. Ich träume sehr lebhaft, dass ich in der Geschichte lebe. Und dort kann ich mich an alles erinnern. Es ist beinahe so echt wie hier.«

Sie sah ihn fragend an. »Und kannst du dich in deinen Träumen erinnern, wie man eine Frau umwirbt?«

»Eine Frau umwerben? Na ja, ich habe keine Freundin oder so, wenn du das meinst. Aber vielleicht weiß ich ein paar Dinge.« Er erinnerte sich an Karas Ratschläge. Jetzt wäre die Gelegenheit, noch ein paar Punkte beim Umwerben zu sammeln. »Aber das ist ganz anders. Da ist niemand so wunderschön und hübsch wie du. Niemand kann dort mein Herz mit einer einzigen Berührung oder einem flüchtigen Lächeln so gefangen nehmen wie du.«

Ihre Mundwinkel gingen leicht nach oben und zeigten ein leichtes Lächeln. »Oha, du erinnerst dich ja wirklich. Du kannst träumen, so viel du willst, mein Liebster.«

»Nur, wenn ich dabei von dir träumen kann«, sagte er.

Sie streichelte seine Wange. »Auf Wiedersehen, Thomas Hunter. Wir sehen uns bald wieder.«

Er schluckte. »Auf Wiedersehen.«

Dann ging sie den Hügel hinunter.

Tom ging von der Kuppe zurück, damit man ihn vom Tal aus nicht sehen konnte. Das Letzte, was er jetzt brauchen konnte, war, dass Tanis oder Palus angerannt kamen, um zu fragen, wie es stand.

Er wusste, dass er nicht von Rachelle träumen würde, wie sehr er es sich auch wünschte. Er würde von Bangkok träumen, wo er lebenswichtige Informationen über den Raison-Virenstamm überbringen musste.

Er blieb bei einem großen grünen Baum stehen und blickte ostwärts. Der schwarze Wald war etwa eine Stunde Fußweg entfernt. Dort könnte er möglicherweise die Antworten auf Dutzende von Fragen finden. Die Frage, was im schwarzen Wald mit ihm passiert war, woher er kam, Fragen über die Geschichte, das Raison-Virus.

Und wenn er dorthingehen sollte? Nur ein ganz kurzer Besuch, um sich zufriedenzustellen. Die anderen würden ihn vielleicht noch nicht einmal vermissen. Außer Michal vielleicht. Aber mit diesen unmöglichen Träumen und ohne zu wissen, wie er in den schwarzen Wald gekommen war, konnte er einfach nicht weitermachen. Irgendwie musste er herausfinden, was genau mit ihm passiert war, was mit ihm passierte. Diese Antworten konnte er womöglich nur im schwarzen Wald finden, genau wie Tanis seine Zufriedenheit vielleicht nur in einem Feldzug dorthin finden würde.

Aber nicht jetzt.

Er lehnte sich an den grünen Stamm und verschränkte die Arme. Seine Beine fühlten sich irgendwie ganz weich an, wie Gummi. Er hatte nicht gewusst, dass das Werben so viel Kraft kostete.

17

»NATÜRLICH MAG SIE MICH«, sagte Tom. Er hatte die halbe Nacht geschlafen, fühlte sich aber vollkommen ausgelaugt.

Kara sah ihn über den schmiedeeisernen Tisch hinweg an. »Ich glaube, deine Wunschvorstellungen machen sich hier breit, liebes Brüderchen. Ein Zwinkern könnte womöglich auch so viel heißen wie ›Verkrümel dich‹.«

Sie saßen im Café neben dem Innenhof, in dem Raison Pharma seine große Bekanntgabe präsentieren würde, sobald das Gefolge eintraf. Draußen vor dem Eingang tummelten sich Dutzende von Reportern und örtlichen Politikern und warteten auf den großen Moment. Man hätte meinen können, es sei ein Präsidentschaftsempfang. In Südostasien war jede Gelegenheit recht für einen großen Hof. Tom war erstaunt, dass sie kein rotes Band zum Durchschneiden gespannt hatten. Jeder Anlass war recht, um ein Band durchzuschneiden.

Tom suchte die Menge zum hundertsten Mal ab und ging im Kopf seine Möglichkeiten durch. An Monique de Raison heranzukommen, sollte nicht so schwer sein. Sie zu überreden, den Impfstoff noch einmal testen zu lassen, schien ihm auch nicht zu viel verlangt. Die größte Herausforderung war, den richtigen Moment abzupassen. Er musste Monique möglichst erreichen, bevor sie den Impfstoff bekannt gab, und sie überreden, weitere Tests durchzuführen, *bevor* er ausgeliefert wurde.

»Ich habe irgendwie ein schlechtes Gefühl bei der Sache«, sagte er. Er fühlte sich wie ein ausgelatschter Turnschuh. Seine Augen brannten und seine Schläfen pochten.

»Geht es dir wirklich gut?«, fragte Kara. »Ich weiß, du hast schon den ganzen Morgen behauptet, dir geht's super, aber du siehst wirklich entsetzlich aus.«

»Ich bin nur müde. Sobald das hier erledigt ist, schlafe ich eine ganze Woche.«

»Vielleicht auch nicht.«

»Was soll das heißen?«

»Deine Träume. Sie sind echt, vergiss das nicht. Vielleicht bist du deshalb nicht ausgeschlafen, weil du gar nicht schläfst.«

»Weil ich dort wach bin, wenn ich hier schlafe, und umgekehrt.«

»Denk mal darüber nach«, sagte Kara. »Du bist an beiden Orten müde. Du bist einfach eingeschlafen, dort auf dem Hügel, während du über das Tal geschaut und über die ewige Liebesgeschichte nachgedacht hast.«

»Nein, ich habe gerade darüber nachgedacht, ob ich auf das Drängen meiner Schwester hin noch einmal in den schwarzen Wald gehen sollte.«

Tom hörte einen Tumult am Eingang. Das Gepäck eines Gastes war vom Gepäckwagen gefallen und einige Hotelpagen warfen es hektisch wieder auf den Wagen.

»Du hast recht, ich bin dort genauso müde. Ich schlafe ständig ein. Das ist eines der wenigen Dinge, die beide Welten gemeinsam haben. Alles andere ist anders. Ich trage andere Kleidung, ich spreche anders …«

»Wie sprichst du denn?«

»Eher so wie sie. So abgehoben und romantisch. So wie vor hundert Jahren.«

Sie grinste. »Reizend.«

»Du würdest dich wundern.«

»Oh, Bruderherz.«

Tom spürte, wie er rot wurde. »Ich weiß, dass das emotional klingt, aber dort ist einfach alles anders.«

»Offensichtlich. Fakt ist, dass du so nicht weitermachen kannst. Du bist vollkommen erschöpft, du bist gereizt, du schwitzt und kaust auf deinen Fingernägeln. Du musst unbedingt schlafen.«

Tom nahm den Finger aus dem Mund. »Natürlich schwitze ich. Es ist heiß.«

»Nein, nicht hier drinnen.«

Zum ersten Mal machte Tom sich Gedanken um seinen körperlichen Zustand. Was war, wenn sie recht hatte und er wirklich nie schlief? Instinktiv fuhr er sich mit den Fingern durch seine dunklen Locken, um sie zu ordnen. Es war von Vorteil, dass seine Frisur etwas avantgardistisch oder auch »durcheinander« war, wie Kara es nannte. Er trug Lucky Jeans, federleichte schwarze Stiefel und ein schwarzes T-Shirt, das er, weil Kara darauf bestanden hatte, zu diesem Anlass in die Hose gesteckt hatte. Auf dem T-Shirt stand in weißen, ausgefallenen Buchstaben:

Bin weggegangen, um mich selbst zu finden.
Sollte ich zurückkommen, bevor ich wieder da bin, haltet mich fest.

»Vielleicht schlafe ich, aber mein Gehirn ist so aktiv, dass ich nicht ausgeruht bin«, sagte er.

Die herumstehenden Menschen schwärmten plötzlich alle in die Eingangshalle.

Tom sprang auf und stieß dabei seinen Stuhl um. »Sie ist da!«

»Hatte ich auch erwähnt, dass du angespannt bist?«, fragte Kara. »Bleib ruhig und beherrscht, Thomas, ruhig und beherrscht.«

Er stellte den Stuhl wieder auf und ging mit langen Schritten auf den Eingang zu, während Kara hinter ihm hereilte.

»Mach langsam.«

Er wurde nicht langsamer.

Die Tür ging auf und zwei stämmige Männer in Schwarz traten in den Empfangsbereich. Sie hatten thailändische Sak-Tätowierungen auf den Oberarmen. In Thailand gab es zwei Sorten von Tätowierungen: Khawm-Muster, die die Kraft der Liebe beschwören sollten, und Sak-Muster, die vor dem Tod schützen sollten. Diese Tätowierungen gehörten zu den letzteren und wurden von Männern getragen, die einen gefährlichen Job hatten. Es waren eindeutig die Sicherheitsbeamten. Nicht, dass Tom das gestört hätte –

er hatte nicht vor, die Frau anzufallen. Ihre Blicke erfassten den Raum sofort.

Zwei rote Kordeln bildeten durch goldene Ständer gezogen den Gang in den Innenhof. Die Männer sperrten das Stück zwischen dem ersten Ständer und der Eingangstür ab, öffneten die Tür und geleiteten ihre Brötchengeberin mit ausgebreiteten Armen.

Der starke, selbstbewusste Gesichtsausdruck der Frau, die die Hotelhalle des Sheraton Grande Sukhumvit betrat, erregte die Aufmerksamkeit. Sie trug teure marineblaue, hochhackige Schuhe und Nylonstrümpfe, hatte schön geformte Waden, trug einen marineblauen Rock und Blazer mit einer weißen Seidenbluse, eine goldene Halskette mit undefinierbarem Anhänger, der entfernt wie ein Delfin aussah, hatte strahlend blaue Augen und schulterlange, dunkle Haare.

Monique de Raison.

»Meine Güte«, sagte Kara.

Blitzlichter leuchteten auf. Die meisten Gäste warteten im Innenhof, wo man ein Podium inmitten eines künstlich angelegten Dschungels mit exotischen Blüten aufgestellt hatte. Monique schaute sich kurz um und ging dann energisch in den Innenhof.

Tom ging zur Absperrung. »Entschuldigen Sie!« Sie hatte ihn nicht gehört. Und sie ging schnell.

Tom versuchte, sie weiter vorne abzupassen. »Entschuldigen Sie, Monique de Raison!«

»Tom, du schreist ja!«, flüsterte Kara.

Monique und ihre Sicherheitsschlägertypen ignorierten ihn. Hinter diesen drei Ersten kam ein Gefolge von Raison-Pharma-Mitarbeitern in die Hotelhalle.

»Entschuldigen Sie, sind Sie taub?«, rief er – nein, schrie er.

Diesmal drehten sich die Sicherheitsbeamten zu ihm um. Monique drehte den Kopf zu ihm und durchbohrte ihn mit ihrem Blick. Der Anblick eines Amerikaners, der ihr in schwarzem T-Shirt und Jeans hinterherstolzierte, machte keinen großen Eindruck auf sie. Sie wandte ihren Blick wieder ab und ging weiter, als hätte sie nur einen seltsamen Hund auf der Straße gesehen.

Tom spürte, wie sein Herz schneller schlug. »Ich bin im Auftrag des Zentrums für Krankheits- und Seuchenkontrolle hier. Mein Gepäck ist abhanden gekommen, deshalb habe ich nichts Passendes anzuziehen. Ich muss Sie sprechen, bevor Sie ihre Bekanntgabe machen.« Er schrie jetzt nicht mehr, aber seine Stimme war laut und deutlich zu hören.

Monique blieb stehen. Die Sicherheitsbeamten traten an ihre Seite und starrten ihn an, wie zwei Dobermänner, die nur darauf warteten, ihn anfallen zu dürfen. Sie sah Tom aus drei Metern Entfernung an. Sie blickte auf den Aufdruck auf seinem T-Shirt. Vielleicht hätte er das T-Shirt besser linksherum anziehen sollen. Kara stieß ihn in die Seite.

»Das hier ist meine Assistentin, Kara Hunter. Mein Name ist Thomas.« Er trat vor und der Beamte zu ihrer Rechten ging zur Sicherheit sofort einen Schritt nach vorn.

»Ich will Sie nur eine Minute sprechen«, sagte Tom.

»Ich habe keine Minute Zeit«, entgegnete Monique. Ihre Stimme war sanft und leise und hatte einen leichten französischen Akzent.

»Ich glaube, Sie verstehen mich nicht richtig. Es gibt da ein Problem mit Ihrem Impfstoff.«

Bevor er das letzte Wort ausgesprochen hatte, wusste Tom, dass er etwas Falsches gesagt hatte. Jegliche Andeutung dieser Art oder die Befürwortung einer solchen Andeutung wäre pures Gift für den Aktienkurs von Raison Pharma.

Monique hob die Augenbrauen leicht an. »Ach, tatsächlich?«

Jetzt gab es kein Zurück mehr. »Ja. Wenn Sie nicht möchten, dass ich es hier in der Öffentlichkeit erkläre, schlage ich vor, dass Sie sich einen Moment Zeit für mich nehmen, nur einen ganz kleinen Moment.« Sein Selbstvertrauen kam zurück. Was konnte sie darauf schon erwidern?

»Hinterher«, erwiderte sie und machte auf dem Absatz kehrt.

Er machte einen großen Schritt auf sie zu. »He!«

Der Sicherheitsbeamte, der am nächsten bei ihm stand, hob warnend die Hand. Tom hatte ein leichtes Verlangen, es genau jetzt und hier mit ihm aufzunehmen. Der Mann war doppelt so schwer wie er selbst, aber er hatte ja in letzter Zeit einige neue Techniken gelernt.

Kara packte ihn am Arm. »Hinterher ist in Ordnung.«

Das Gefolge kam mit neugierigen Blicken heran. Tom fragte sich, ob ihn nach dem Zwischenfall gestern am Tor irgendjemand wiedererkennen würde. Sicherlich war alles mit Überwachungskameras gefilmt worden.

»Gut, dann hinterher. Halte den Kopf nach unten, damit uns niemand erkennt.«

»Genau das meinte ich. Genau darüber hatten wir gesprochen, weißt du noch? Keine Szene machen. Ich bin nicht nach Bangkok gekommen, um im Gefängnis zu landen.«

Die Bekanntgabe war erstaunlich kurz und direkt. Monique machte sie mit der Haltung einer erfahrenen Politikerin. Raison Pharma hatte die Entwicklung eines neuen, in der Luft übertragbaren Superimpfstoffs abgeschlossen, der gegen neun weitverbreitete Viren immunisieren sollte, einschließlich SARS und HIV. Danach folgte der Waschzettel mit allen Details für die Vertreter des Gesundheitssektors. Kein einziges Mal schaute sie dabei zu Tom herüber.

Sie wartete bis zum Ende, bis sie die Bombe platzen ließ.

Obwohl der Konzern noch keine Freigabe von den US-amerikanischen Behörden hatte, hatten sieben afrikanische und drei asiatische Länder den Impfstoff bereits bestellt und die Weltgesundheitsorganisation hatte grünes Licht gegeben, nachdem sie sich vergewissert hatte, dass der Impfstoff sich nicht spontan und unkontrolliert weiterverbreiten würde, weil eine künstliche Begrenzung der Lebensdauer des Impfstoffs eingebaut war. Die erste Bestellung würde noch innerhalb der nächsten vierundzwanzig Stunden an Südafrika ausgeliefert werden.

»Jetzt werde ich gerne Ihre Fragen beantworten.«

Das Gehirn reagiert manchmal sehr seltsam. Toms Gehirn hatte in den letzten Tagen äußerst seltsam reagiert. Von einer Realität in die andere, über Ozeane hinweg, Wach- und Schlafzustände ohne Übergänge. Aber durch Monique de Raisons letzte Aussage wurde alles ganz einfach und klar.

Es gab einen Raison-Impfstoff. Er würde zu einem Virus mutieren, neben dem SARS nur noch wie ein Schluckauf wirken würde. Er wurde soeben nach Südafrika verschifft. Er, Thomas Hunter aus Denver in Colorado, und Kara Hunter, gleicher Herkunft, waren die einzigen Menschen, die das wussten.

Bis zu diesem Moment hatte das alles wie ein Traum gewirkt. Jetzt wurde es greifbar. Er starrte auf Monique de Raison und hörte aus ihrem Mund, dass das neue Medikament, das Millionen töten würde, soeben kistenweise verpackt und zum Versand bereit gemacht wurde. Vielleicht war es schon unterwegs. Vielleicht war es schon im Frachtraum irgendeines Transportflugzeugs, wurde von der Sonne geröstet und mutierte.

Das Ausmaß dieser misslichen Lage trieb ihn aus seinem Stuhl.

»Thomas.«

»Hast du das gehört?«

»Setz dich.«

Sie zog ihn am Arm. Er setzte sich. Die Reporter stellten gerade ihre Fragen. Blitzlichter leuchteten auf.

»Wir müssen diese Lieferung verhindern.«

»Sie hat gesagt, sie würde *hinterher* mit uns sprechen«, zischte Kara eindringlich. »Nur noch ein paar Minuten.«

»Was ist, wenn sie nicht zuhört?«, fragte Tom.

»Dann versuchen wir es noch einmal über die staatlichen Behörden. In Ordnung?«

Er hatte schon die Möglichkeit in Betracht gezogen, dass Monique auch nur überheblich spotten könnte, aber nachdem er sie gehört hatte, hielt er sie für zu intelligent dafür. Er hatte wirklich nur mit ihrer Kooperationsbereitschaft gerechnet. So musste es in einem Traum sein. Zu guter Letzt wurde alles gut. Oder man wachte auf.

Plötzlich war er sich nicht mehr sicher.

»In Ordnung, Thomas?«

»In Ordnung.«

»Was heißt das?«, fragte sie.

»Es heißt *in Ordnung*.«

»Mir gefällt der Tonfall nicht, in dem du …«

Lauter Beifall breitete sich im Hof aus. Tom stand auf. Monique war fertig. Musik ertönte. Das war's.

»Gehen wir.« Er ging nach vorne, die Augen immer auf Monique gerichtet, die ihre Unterlagen auf dem Rednerpult sortierte. Ein Seil und dahinter drei Sicherheitsbeamte trennten die Bühne vom Publikum, das sich allmählich zerstreute. Einige Reporter, die zur Bühne wollten, wurden samt und sonders abgewiesen.

Monique sah ihn, sah weg, als hätte sie nichts bemerkt, und ging zur rechten Seite der Bühne.

»Monique de Raison!«, rief Tom. »Nur einen Moment, wenn es Ihnen nichts ausmacht.«

Köpfe drehten sich und der Geräuschpegel legte sich etwas.

Jetzt ging es wieder los. Tom ging direkt auf sie zu. Ein Wachmann wollte dazwischengehen.

»Ist in Ordnung, Lawrence. Ich spreche mit ihm«, sagte sie ruhig.

Tom warf dem Mann einen drohenden Blick zu. Sie waren bewaffnet. Der hier trug seine Pistole an der Hüfte. Tom trat auf die Bühne, half Kara hinauf und ging zu Monique hinüber, die stehen geblieben war. Hätte er vorher nicht so einen Aufstand gemacht, würde sie schon in ihrem Wagen sitzen, da war er sich sicher. Wie sein *Sensei* zu sagen pflegte, gab es kein besseres Mittel, um einen Gegner zu entwaffnen, als ihn zu überraschen. Nicht notwendigerweise, indem man den richtigen Augenblick abwartete, wie viele annahmen, sondern durch die richtige Methode: schockieren und verblüffen.

Obwohl Monique weder schockiert noch verblüfft wirkte, wusste er doch, dass er ihr auf die Nerven gegangen war. Und was noch wichtiger war, er sprach jetzt mit ihr.

»Vielen Dank, dass Sie sich die Zeit nehmen«, sagte Tom. Die Zeit des Schockierens und Verblüffens war jetzt vorbei. Diplomatie war gefragt. »Sehr freundlich von Ihnen, dass Sie …«

»Ich bin schon spät dran für mein Interview mit dem Redaktionschef des TIME Magazines. Fassen Sie sich kurz, Mr. …«

»Hunter. Sie brauchen nicht so abweisend zu sein.«

Sie seufzte. »Sie haben recht. Es tut mir leid, aber ich habe eine sehr anstrengende Woche hinter mir. Wenn ein Mann auf mich zukommt und mir ins Gesicht lügt, dann verliere ich die Geduld.«

»Sie können ganz einfach nachprüfen, ob ich lüge.«

»Dann sind Sie also vom Seuchenzentrum?«

»Ach, das meinen Sie.« Er hob seine Hand wie zum Schwur. »Jetzt haben Sie mich ertappt. Aber irgendwie musste ich Ihre Aufmerksamkeit bekommen. Das ist Kara, meine Schwester.«

»Hallo Kara.« Sie schüttelten die Hände. Aber ihm hatte sie nicht die Hand gegeben.

»Ich muss wirklich gehen«, sagte Monique. »Bitte kurz.«

»Okay, kurz. Sie dürfen den Impfstoff nicht ausliefern. Er mutiert unter extremer Hitzeeinwirkung und wird zu einem tödlichen Virus, das Milliarden von Menschen töten wird.«

Sie starrte ihn unbeweglich an. »Ach, ist das alles?«

»Ich kann Ihnen genau erklären, wie ich dazu komme, aber Sie wollten es ja kurz. Also bitte. Haben Sie den Impfstoff schon einmal großer Hitze ausgesetzt, Miss de Raison?«

»Im ersten Jahr im College lernt man im Biologieunterricht, dass hohe Temperaturen Lebewesen töten. Der Raison-Impfstoff ist keine Ausnahme. Unser Impfstoff stirbt bei 35 Grad Celcius ab. Es war eine der größten Herausforderungen bei der Entwicklung, ihn auch für den Einsatz in wärmeren Regionen stabil zu halten. Das ist das Lächerlichste, was ich je gehört habe.«

Tom spürte die Hitze in sich aufsteigen. »Dann haben Sie ihn also noch nicht unter Hitzeeinwirkung getestet?«

»Seien Sie bitte etwas respektvoller, Monique«, versuchte Kara zu schlichten. »Wir sind nicht den ganzen Weg über den Pazifik gekommen, um wie Bettler abgewiesen zu werden. Tatsache ist, dass Thomas' Behauptungen zutreffen, und Sie wären dumm, wenn Sie nicht auf ihn hören würden.«

Monique zwang sich zu einem Lächeln. »Das würde ich gerne tun, wirklich, aber ich muss gehen.«

Sie wollte sich abwenden.

In Toms Kopf gingen die Alarmglocken an. Sie schickte sie weg. »Warten Sie!«

Sie wartete nicht, keine Sekunde.

Tom wich zurück in Richtung auf den Wachmann namens Lawrence und sprach so drohend wie möglich, ohne die Wachen zu alarmieren.

»Wenn Sie nicht sofort stehen bleiben, wenden wir uns an die Presse. Meinem Schwiegervater gehört die Chicago Tribune. Dann können Sie ihre Aktienpreise mit der Rasierklinge vom Boden abkratzen.«

Eine lächerliche Behauptung. Monique beachtete sie mit keinem Wimpernzucken. Es war indiskutabel für sie.

Tom kam der Gedanke, dass das, was sein Verstand ihm gerade zu tun befahl, absolut nicht zu rechtfertigen war – außer in seiner Welt. In der Welt, in der ein Virus mit Namen Raison-Virus kurz davor stand, die ganze Menschheitsgeschichte auf den Kopf zu stellen.

Die beiden Sicherheitsbeamten, denen Tom zuerst begegnet war, kamen, um Monique hinauszubegleiten. Aber Lawrence stand immer noch mit dem Rücken zu ihnen. Monique war nicht seine dringlichste Aufgabe.

Mit einem einzigen Schritt zur Seite stand Tom hinter dem Wachmann. Mit einem schnellen Griff unter die Jacke des Mannes zog er dessen Pistole heraus. Er sprang nach rechts, um dem Griff des Mannes auszuweichen. Der Mann zögerte, stand mit aufgerissenem Mund da, offensichtlich erschrocken, dass man ihm so leicht seine Waffe abgenommen hatte.

Auf Zehenspitzen rannte Tom zu Monique, bevor jemand Alarm schlagen konnte.

Er drückte ihr die Pistole in den Rücken.

»Es tut mir leid, aber Sie werden mir zuhören müssen.«

Sie machte sich steif. Beide Wachen sahen die Pistole zur selben Zeit. Sie duckten sich leicht und zogen sofort ihre Waffen. Schreie, viele Schreie.

»Thomas!«

Auch Kara schrie.

Tom hatte seinen linken Arm um Moniques Taille gelegt und zog sie eng an sich, sodass sein Kinn auf ihrer Schulter lag, und atmete ihr schwer ins Ohr. Er hielt ihr die Pistole ins Kreuz und ging seitlich auf ein Ausgangsschild zu.

»Eine Bewegung und sie stirbt!«, rief er. »Verstanden? Ich habe heute keinen guten Tag! Ich bin sehr, sehr wütend und ich will nicht, dass irgendjemand irgendwelche Dummheiten macht.«

Die Menschen rannten schreiend zur Tür. Warum schrien sie? Sie hatten doch keine Pistole im Rücken.

»Bitte«, stieß Monique hervor. »Seien Sie doch vernünftig.«

»Keine Sorge«, flüsterte Tom. »Ich werde Sie nicht töten.« Der Notausgang war jetzt nur noch drei Meter entfernt. Er blieb stehen und starrte die beiden Wachen, die ihre Waffen auf ihn gerichtet hatten, wütend an.

»Waffen runter, ihr Idioten!«, schrie er.

Monique zuckte zusammen. Er schrie ihr direkt ins Ohr.

»Entschuldigung.«

Die Wachen ließen ihre Waffen langsam sinken.

»Und du«, rief er zu Kara. »Dich will ich auch als Geisel haben. Komm hierher oder ich töte sie!«

Kara war vor Schreck wie erstarrt.

»Bewegung!«

Sie rannte hinüber.

»Tür aufmachen!«

Sie tat, was er verlangte, und trat ins Treppenhaus.

Tom zog Monique durch die Tür.

»Wenn uns irgendjemand folgt, Polizei oder irgendwer, dann ist sie tot!«

Er stieß die Tür mit dem Fuß zu.

18

DAS HOTEL PARADIES war ein von Flöhen verseuchter Laden, der meist von Straßenhändlern besucht wurde. Oder von naiven Internetsurfern, die im Sonderangebot einen exotischen Pauschalurlaub gebucht hatten. Oder, wie in diesem Fall, von einem Entführer, der verzweifelt versuchte, einer dickköpfigen Französin etwas klarzumachen.

Monique hatte sie unter Gewaltandrohung dort hingeführt. Kara hatte unterwegs immer wieder deutlich ihr Entsetzen über das zum Ausdruck gebracht, was Tom getan hatte. Tom hatte darauf bestanden, dass es die einzige Möglichkeit war. Wenn die reiche, hochnäsige Französin sich nicht um ein paar Milliarden Menschenleben scherte, dann hatten sie keine andere Wahl, als sie dazu zu überreden. Und in der echten Welt sah Überredung so aus.

Die alten, rostigen Aufzugtüren im Untergeschoss auf dem Parkdeck öffneten sich quietschend. Kara kam mit den gerade erworbenen Zimmerschlüsseln im Eilschritt auf den Mietwagen zu.

»Okay«, sagte Tom und hielt Monique die Neun-Millimeter-Waffe vor. »Wir gehen jetzt hoch, und zwar leise. Ich habe es ernst gemeint, als ich sagte, ich würde Sie nicht töten. Aber ich könnte Ihre süßen Zehen durchlöchern, wenn Sie rumzicken. Klar? Die Pistole steckt in meinem Gürtel, aber das heißt nicht, dass Sie anfangen können zu schreien.«

Monique starrte ihn mit zusammengebissenen Zähnen wütend an.

»Ich werte Ihr Schweigen als vollste Zustimmung. Gehen wir.«

Er stieß die Autotür auf und machte ihr ein Zeichen, auszusteigen.

»Oberstes Stockwerk?«, fragte er Kara.

»Oberstes Stockwerk. Ich weiß nicht, ob ich das kann, Tom.«

»Es liegt ja nicht an dir, sondern an mir. Ich habe die Träume. Ich bin derjenige, der weiß, was er nicht wissen dürfte. Ich bin derjenige, der keine andere Wahl hat, als dieser verzogenen Göre Vernunft beizubringen.«

»Du musst deswegen nicht schreien.«

Ein Auto fuhr in eine Parklücke.

»Entschuldigung. Gut, rein in den Aufzug.«

Er drückte auf den Knopf zum fünften Stock und atmete erleichtert auf, als sich die Aufzugtür schloss.

»Was habt ihr Franzosen eigentlich? Sind Geschäfte für euch immer wichtiger, als die Welt zu retten?«

»Und das fragt mich einer, der mir eine Pistole in den Rücken drückt?«, fragte Monique zurück. »Außerdem lebe ich nicht in Frankreich, wie Sie ja sehen. Die französische Politik ist meinem Vater und mir sehr unsympathisch.«

»Wirklich?« Sie reagierte nicht. Tom war sich nicht sicher, warum er diese Enthüllung überraschend fand. Ihr Parfüm füllte schnell den ganzen Aufzug. Ein blumiger Moschusgeruch.

»Wenn Sie mitmachen, sind Sie in einer halben Stunde wieder frei.«

Auch darauf erwiderte sie nichts.

Es war nicht verwunderlich, dass die Zimmer nicht so prachtvoll waren, wie ein ahnungsloser Reisender vielleicht erwartet hätte. Ein orangefarbener Teppich, der zu einem Braun verblichen war. Zwei Doppelbetten mit geblümter Tagesdecke, eine Kommode, die mit einer solchen Schmutzschicht überzogen war, dass jedes Reinigungsmittel versagt hätte. Der Fernseher ging, war aber nur grün und hatte keinen Ton.

Tom wies Monique an, sich auf den einzigen Stuhl im Zimmer, ein wackliges Gestell in einer Ecke, zu setzen und sich nicht zu rühren. Er legte die Pistole neben sich auf die Kommode und wandte sich zu seiner Schwester um.

»Okay, du musst dich jetzt aus dieser Bruchbude hinausschleichen, zur Polizei gehen und verlangen, Jacques de Raison zu sprechen. Erzähl der Polizei, du wärst geflüchtet. Erzähl ihnen, ich sei durchgedreht oder so was. Du musst hier raus, verstanden?«

»Das ist das Intelligenteste, was ich heute von dir gehört habe.« Sie sah zu Monique. »Und was sage ich ihrem Vater?«

»Erzähl ihm, was wir wissen. Und sag ihm, dass ich gesagt habe, ich würde anfangen zu schießen, wenn er die Auslieferung nicht verhindert oder den Impfstoff zurückruft.«

Tom sah zu Monique. »Nur auf die kleinen Zehchen natürlich. Ich drohe nicht gerne, aber du kennst die Lage.«

»Ja. Ich verstehe voll und ganz. Du bist komplett durchgedreht.«

Er nickte. »Und deshalb brauchen wir diesen Ausweichplan, Kara. Wenn sie schon nicht nachgibt, gibt vielleicht ihr Vater nach. Aber wichtiger ist, dass du dadurch außen vor bist. Du musst ihnen klar machen, dass ich seine Tochter bedrohe und nicht dich.«

»Und was sage ich ihnen, wo du bist?«

»Sag ihnen, du wärst aus dem Auto gesprungen und hättest keine Ahnung, wo wir sind.«

»Das ist gelogen.«

»Es steht eine Menge auf dem Spiel. Da sind Lügen erlaubt.«

»Ich hoffe nur, du weißt, was du tust. Und wie erfahre ich, was hier passiert?«

»Über Jacques. Ich bin mir sicher, dass er den Anruf seiner Tochter annehmen wird, wenn es nötig ist, Kontakt aufzunehmen. Wenn du mich sprechen musst, ruf an, aber pass auf, dass es sicher ist.«

Sie ging hinüber zum Bett, nahm den Hörer ab, hielt ihn ans Ohr und legte wieder auf, offensichtlich beruhigt, dass es eine Amtsleitung hatte. Sie hatte zu lange in Südostasien gelebt, um solchen Dingen blind zu vertrauen.

Kara umarmte Tom. »Das ist Wahnsinn.«

»Ich liebe dich, Schwesterchen.«

»Ich liebe dich auch, Bruderherz.« Sie ließ ihn los, warf einen letzten Blick auf Monique und ging zur Tür.

»Viel Glück beim Umwerben mit der da«, sagte sie und schloss leise die Tür hinter sich.

»Ja, viel Glück beim Umwerben«, sagte Monique. »Der unerschütterliche Amerikaner mit den starken Muskeln, nicht wahr?«

Tom nahm die Pistole, lehnte sich an die Kommode und betrachtete seine Geisel. Hier gab es nur eine Möglichkeit. Er musste ihr alles erzählen. Wenigstens musste sie ihm jetzt zuhören.

»Nicht im Geringsten, glauben Sie mir. Tatsache ist, dass ich über den Ozean geflogen bin, nur um mit Ihnen zu sprechen, und dass ich Kopf und Kragen riskiere, um das zu tun. Fragen Sie sich nicht, warum ich das alles tue, nur um mit einer unhöflichen Französin zu sprechen? Weil Sie, soweit ich weiß, der einzige Mensch auf der Welt sind, der mir helfen kann, etwas Grauenhaftes zu verhindern. Ganz entgegen dem Eindruck, den ich bisher vielleicht bei Ihnen gemacht habe, bin ich im Grunde ein ganz vernünftiger Kerl. Und hinter all Ihrer grimmigen Entschlossenheit sind Sie wahrscheinlich ein ganz vernünftiges Mädchen. Ich will nur mit Ihnen reden und ich möchte, dass Sie mir zuhören. Ich bin sehr müde und weiß nicht mehr weiter und deshalb hoffe ich, dass Sie die ganze Sache nicht noch komplizierter machen, als sie ist. Ist das zu viel verlangt?«

»Nein. Aber wenn Sie von mir erwarten, dass ich Tausende von Aktionären, die etwas für diese Firma riskiert haben, verrate, dann muss ich Sie enttäuschen. Ich werde keine negativen Gerüchte in die Welt setzen, nur weil Sie drohen, mir meinen kleinen Zeh abzuschießen, wenn ich es nicht tue. Ich vermute, dass Sie von einem unserer Konkurrenten angeheuert wurden. Das ist alles nur ein lächerlicher Plan, um Raison Pharma zu schaden. Was um alles in der Welt bringt Sie zu der Überzeugung, dass das, was Sie mir gerade erzählt haben, Sinn ergibt?«

Tom richtete sich auf, ging zum Fenster und schaute vorsichtig hinaus. Die Straße unten wimmelte vor Menschen aus Thailands Oberschicht, die keine Ahnung hatten, welches Drama sich fünf Stockwerke über ihnen abspielte.

»Ein Traum«, sagte er. Er sah sie an. »Ein Traum, der wirklich ist.«

Carlos Missirian wartete geduldig in seinem Mercedes gegenüber dem Hotel Paradies. In wenigen Stunden würde es dunkel sein. Dann würde er zum Zuge kommen.

Ein Satée-Verkäufer schob seinen Wagen am Auto vorbei. Carlos drückte auf den elektrischen Scheibenheber und sah zu, wie die getönte Scheibe langsam runterging. Die heiße Luft strömte in das kühle Auto. Er streckte zwei Fünf-Baht-Stücke hinaus. Der Straßenverkäufer kam mit einem Tablett voller Fleischspieße herübergelaufen, nahm die Münzen und gab ihm die Spieße. Carlos machte das Fenster wieder hoch und zog mit den Zähnen ein Stück warmes, würziges Fleisch von einem der Spieße. Der Geschmack war anregend.

Sein Vater hatte ihm oft erklärt, dass ein guter Plan nutzlos ist, wenn er nicht richtig ausgeführt wird. Und die richtige Durchführung hing mehr als alles andere vom richtigen Zeitpunkt ab. Wie viele terroristische Anschläge waren jämmerlich gescheitert, weil der richtige Zeitpunkt noch nicht gekommen war? Die allermeisten.

Das Auftreten des Amerikaners bei der Pressekonferenz hatte ihn überrumpelt. Thomas Hunter, ein verzweifelt dreinschauender Wahnsinniger, der die ganze Prozedur von seinem Platz aus, zwei Reihen vor ihm, beobachtet hatte. Er hatte ebenfalls die Idee gehabt, die Raison-Chefin unter Angabe falscher Personalien, die er von einem Bekannten bei AP ergattert hatte, um ein Interview nach der Konferenz zu bitten. Hätte das nicht funktioniert, hätte er zu direkteren Mitteln gegriffen. Aber er hatte schon vor langer Zeit gelernt, dass der beste Plan meist der offensichtlichste ist.

Er war schon einige Schritte auf die Bühne zugegangen, als der Amerikaner sich nach vorne drängte und diese unglaubliche Nummer abzog. Gab es eine offensichtlichere Methode, um mit einem Gegner fertigzuwerden, als auf ihn zuzugehen, eine Waffe zu stehlen und ihn in aller Öffentlichkeit vor Pressevertretern aus der halben Welt zu entführen? Überraschenderweise hatte der Plan funktioniert. Noch überraschender war, dass sie tatsächlich entkommen konnten. Wenn Carlos sein Auto nicht aus Gewohnheit in Reichweite für eine Flucht geparkt hätte, wären sie ihm vielleicht auch noch entwischt.

Die Tatsache, dass der Amerikaner zu solchen Mitteln gegriffen hatte, sprach für sich. Es hieß, dass das Seuchenzentrum ihm keine Beachtung geschenkt hatte. Das war gut. Es bedeutete, dass der

Amerikaner seinem sogenannten Traum sehr, sehr viel Bedeutung beimaß. Das war auch gut. Es bedeutete, dass der Amerikaner Raison Pharma dazu zwingen wollte, den Impfstoff zurückzuziehen. Das war nicht so gut.

Aber das würde sich bald ändern.

Er war dem grünen Toyota hierher zum Hotel Paradies gefolgt. Die Presse hatte die Entführung zu einer großen Geschichte gemacht. Die Nachricht hatte sogar schon die amerikanischen Blätter erreicht. Die Polizei in Bangkok hatte hastig eine Fahndung herausgegeben, aber keiner hatte auch nur die leiseste Ahnung, wohin der verrückte Amerikaner verschwunden war.

Außer Carlos natürlich.

Er schob sich den Fleischspieß zwischen die Zähne und zog ein weiteres Stück herunter. Der Amerikaner erledigte die Arbeit für ihn. Er hatte Monique de Raison in einem Hotelzimmer sauber isoliert. Thomas' blonde Begleiterin war vor einer Stunde zu Fuß weggegangen. Das beunruhigte Carlos etwas, aber die anderen beiden waren immer noch drinnen. Dessen war er sich sicher. Von seinem Standort aus hatte er alle Ausgänge im Blick, mit Ausnahme eines Notausgangs zur Hintergasse, den er entdeckt und dann blockiert hatte.

Die Sache war ihm perfekt zugefallen. Wie praktisch, dass er sich jetzt beide auf einmal vornehmen konnte. Jetzt war es nur noch eine Frage des richtigen Zeitpunkts. Carlos warf einen Blick in den Rückspiegel, wischte sich einen Krümel von der Narbe auf seiner Wange und lehnte sich zufrieden zurück.

Abwarten.

Monique beobachtete Thomas, der hin und her ging, und fragte sich, wie groß wohl die Wahrscheinlichkeit war, dass die Geschichte, die er ihr in den letzten zwei Stunden erzählt hatte, mehr war als purer Schwachsinn. Natürlich gab es diese Möglichkeit immer. Sie selbst hatte sich der Entwicklung unmöglicher neuer Medikamente verschrieben, eben gerade weil sie nichts für unmöglich hielt, bis es mathematisch widerlegt war. Theoretisch konnte die Geschichte wahr sein.

Aber theoretisch gesehen war seine Geschichte auch vollkommener Blödsinn.

Die letzten fünf Minuten war er schweigend hin und her gelaufen und hatte dabei die Pistole am Finger baumeln lassen. Sie fragte sich, ob er schon jemals eine Waffe benutzt hatte. Zunächst hatte sie das angenommen, so wie er damit umgegangen war. Aber jetzt, nachdem sie seine Geschichte gehört hatte, bezweifelte sie es.

Die Klimaanlage ratterte, aber es kam nur heiße Luft heraus. Sie waren beide klatschnass geschwitzt. Sie hatte schon vor über einer Stunde ihren Blazer ausgezogen.

Wenn sie wegen dieses ganzen Schwachsinns nicht so wütend auf den Mann gewesen wäre, hätte sie ihn bemitleidet. Er meinte es absolut ernst, was hieß, dass in seinem Kopf etwas falsch lief. Vielleicht war er geisteskrank. Und obwohl es im Moment keinerlei Anzeichen dafür gab, dass er ihr die Zehen zerschießen würde, konnte dies doch bedeuten, dass er vielleicht zu der Sorte gehörte, die plötzlich durchdrehte und ihre Opfer köpfte oder irgendetwas anderes Grausames tat.

Sie musste irgendwie an seinen vielleicht noch vorhandenen Verstand appellieren.

Monique atmete einmal tief die stickige Luft ein. »Thomas, können wir uns einen Moment auf meiner Ebene unterhalten?«

»Was meinen Sie, was ich die letzten zwei Stunden versucht habe?«

»Sie haben auf Ihrer Ebene gesprochen. Für Sie mag das vielleicht Sinn ergeben, für mich aber nicht. Wenn wir uns weiter in diesem stickigen Zimmer verstecken, werden wir gar nichts erreichen. Der Impfstoff ist wahrscheinlich schon im Flugzeug und wird innerhalb von achtundvierzig Stunden in ein paar hundert Krankenhäusern auf der ganzen Welt sein. Wenn Sie recht haben, verschwenden wir hier nur unsere Zeit.«

»Wollen Sie damit sagen, dass Sie die Lieferungen zurückrufen werden?«

Sie hatte sich schon hundertmal überlegt, ob sie ihn anlügen sollte, aber ihre Empörung hatte sie davon abgehalten. Er würde ihr ohnehin nicht glauben.

»Würden Sie mir denn glauben, wenn ich jetzt Ja sage?«, fragte sie.

»Ich würde Ihnen glauben, wenn wir gemeinsam anrufen. Ein Anruf von Monique de Raison bei der New York Times wäre sehr wirkungsvoll.«

Sie seufzte. »Sie wissen, dass ich das nicht tun kann.« So kamen sie nicht weiter. Sie musste sein Vertrauen gewinnen und etwas aushandeln, damit er stillhielt.

»Wenn ich Ihnen glauben könnte, würde ich es tun. Sie verstehen doch, dass ich mich in einer schwierigen Lage befinde, oder?«

Er antwortete nicht, was auch eine Antwort war. Sie versuchte es noch einmal.

»Wissen Sie, ich bin auf einem Weingut in Südfrankreich aufgewachsen. Und ich muss sagen, dort war es viel kühler als hier.« Sie lächelte. Um seinetwillen. »Wir stammten aus einer armen Familie, meine Mutter und ich. Sie war Bedienstete auf dem Weingut. Wussten Sie, dass meine Familie ursprünglich Wein produziert hat und keine Medikamente?«

Er starrte sie nur an.

Sie fuhr fort. »Meinen leiblichen Vater habe ich nie gekannt. Er hat uns verlassen, als ich erst drei Jahre alt war. Jacques war einer der Raison-Söhne. Als ich zehn war, verliebte er sich in meine Mutter. Meine Mutter starb, als ich zwölf war. Das war vor vierzehn Jahren. Seither hat sich viel verändert – für Vater und mich. Wussten Sie, dass ich an der medizinischen Fakultät der Universität von Kalifornien in Los Angeles studiert habe?«

»Warum erzählen Sie mir das alles?«

»Ich unterhalte mich mit Ihnen.«

»Wir haben keine Zeit, um uns zu unterhalten«, sagte Tom. »Haben Sie mir nicht zugehört?«

Sie entgegnete so ruhig wie möglich: »Doch, das habe ich. Aber Sie haben nicht auf meiner Ebene gesprochen. Vergessen? Ich erzähle Ihnen, wer ich bin, damit Sie mich als echte, lebende Person, als verwirrte und durch Ihre Eskapaden etwas verängstigte Frau ansprechen können.«

»Ich wüsste nicht, wie ich noch deutlicher werden könnte. Entweder glauben Sie mir oder Sie glauben mir nicht. Sie glauben mir nicht. Und deshalb haben wir ein Problem.« Er hob die Hand. »Verstehen Sie mich nicht falsch. Ich würde mich liebend gerne mit Ihnen über die Väter unterhalten, die uns verlassen haben. Aber bitte nicht jetzt. Wir haben Dringenderes zu tun.«

»Ihr Vater hat Sie auch verlassen?«

Er nahm die Hand runter. »Ja.«

»Wie traurig.« Sie kam voran. Nicht viel, aber ein bisschen. »Wie alt waren Sie da?«

»Sechzehn. Wir lebten auf den Philippinen. Ich bin dort aufgewachsen. Er war Militärkaplan.«

Das warf ein vollkommen neues Licht auf Thomas. Ein Armeebengel. Sohn eines Kaplans. Auf den Philippinen stationiert gewesen. Sie sprach auch etwas Tagalog.

»Saan ka nakatira?« *Wo haben Sie gelebt?*

»Nakatira ako sa Maynila.« *Ich habe in Manila gelebt.*

Einen langen Augenblick sahen sie einander nur an. Sein Gesichtsausdruck wurde sanfter.

»Das wird nicht funktionieren«, sagte er.

Sie richtete sich auf ihrem Stuhl auf. Wurde er so schnell weich? »Was meinen Sie damit?«, fragte sie.

»Ich meine die psychologische Tour. Die funktioniert nicht.«

»Die …« Zwang er *sie* jetzt nachzugeben? »Was hat meine Kindheit mit Psychologie zu tun? Wollen Sie mit mir reden oder nicht? Dann sprechen Sie mit mir wie mit einem Menschen und nicht wie mit irgendeiner Tauschware!«

»Natürlich. Sie sind eine verängstigte Frau, die unter ihrem furchteinflößenden Entführer zittert, nicht wahr? Sie sind das arme verlassene Kind, das dringend einen rettenden Helden braucht. Wenn überhaupt, dann bin ich der arme verlassene Verlierer, der sich selbst in eine ziemlich hoffnungslose Lage gebracht hat. Sehen Sie mich nur an!« Er streckte beide Arme aus. »Ich bin ein hoffnungsloser Fall. Ich habe zwar die Waffe, aber es könnten genauso gut Sie sein. Sie wissen genau, dass ich Sie nicht anrühren würde. Also bin ich auch keine Bedrohung. Das ist verrückt.«

»Das haben Sie gesagt, nicht ich. Sie sprechen von schwarzen Fledermäusen und bunten Wäldern und den Chroniken, als ob Sie diesen Schwachsinn tatsächlich glaubten. Ich habe einen Doktortitel in Chemie. Glauben Sie ernsthaft, dass ich wegen so einem verrückten Traum zittern würde?«

»Ja!«, schrie er. »Genau das erwarte ich! Diese schwarzen Fledermäuse kennen Ihren Namen!«

Als sie ihn das sagen hörte, lief ihr ein Schauer über den Rücken. Er starrte sie wütend an, knallte die Pistole auf die Kommode und zog sich sein T-Shirt über den Kopf.

»Es ist heiß hier drin.« Er warf das T-Shirt auf den Boden, schnappte sich die Pistole und ging zum Fenster.

Sein Rücken war kräftig. Kräftiger als sie erwartet hatte. Er glänzte vor Schweiß. Auf seinem linken Schulterblatt war eine lange Narbe. Er trug blau karierte Boxershorts unter der Jeans. Auf dem Schild am Hosenbund stand Old Navy.

Monique hatte sich überlegt, sich auf ihn zu stürzen, aber dann hatte er ihr erzählt, dass er die verschwommene Gestalt auf dem Überwachungsvideo am Haupteingang gestern war. Als sie ihn jetzt ansah, war sie froh, dass sie die Idee verworfen hatte, auch wenn er jetzt mit dem Rücken zu ihr stand.

Plötzlich ließ Tom den Vorhang los und drehte sich um. »Erzählen Sie mir von dem Impfstoff.«

»Das habe ich schon.«

Er war plötzlich sehr erregt. »Nein, mehr. Erzählen Sie mir mehr.«

»Sie würden das nicht verstehen, wenn Sie nichts von Impfstoffen verstehen.«

»Tun Sie mir den Gefallen.«

Sie seufzte. »Na gut. Wir nennen ihn einen DNA-Impfstoff, aber eigentlich ist es ein künstlich erzeugtes Virus. Deshalb …«

»Ihr Impfstoff ist ein Virus?«, unterbrach er sie.

»Theoretisch ja. Ein Virus, das seinen Wirt gegen andere Viren immunisiert, indem es die DNA ändert. Stellen Sie sich das Virus wie einen kleinen Roboter vor, der seine Wirtszelle besetzt und deren DNA ändert. Normalerweise führt das dazu, dass die Wirtszelle zerstört wird. Wir haben herausgefunden, wie man diese Viren so beeinflussen kann, dass sie für uns statt gegen uns arbeiten. Sie sind sehr klein, widerstandsfähig und verbreiten sich sehr schnell, in diesem Fall durch die Luft.«

»Aber es ist ein Virus.«

Er reagierte wie viele, die das hörten. Der Gedanke, dass man ein Virus zum Wohl der Menschheit einsetzen könnte, war den meisten Menschen fremd.

»Ja. Aber auch ein Impfstoff, obwohl er nicht wie herkömmliche Impfstoffe aus geschwächten Krankheitserregern besteht. Auf jeden Fall sind diese Viren widerstandsfähig, sterben aber bei schlechten Bedingungen ab. Zum Beispiel bei Hitze.«

»Aber sie können auch mutieren.«

»Jedes Virus kann mutieren. Aber keine der Mutationen bei unseren Tests hat länger als ein oder zwei Generationen überlebt. Sie sterben sofort. Und das schon unter günstigen Umständen. Unter Hitzeeinwirkung …«

»Vergessen Sie die Hitzeeinwirkung. Erzählen Sie mir etwas, das niemand anders wissen kann …« Er hob die Hände. »Nein, warten Sie. Sagen Sie nichts.« Er lief zum Bett und wieder zurück und sah sie an. Die Pistole war inzwischen eine Art Verlängerung seines Armes. Er schwang sie umher wie einen Dirigentenstab.

»Würde es Ihnen etwas ausmachen, ein wenig darauf zu achten, worauf Sie das Ding richten?«, fragte Sie.

Er sah die Pistole an und warf sie aufs Bett. Er hob seine Hände.

»Eine neue Strategie«, sagte er. »Wenn ich Ihnen beweise, dass alles, was ich gesagt habe, wahr ist und Ihr Impfstoff wirklich zu etwas Tödlichem mutiert, würden Sie ihn dann zurückrufen?«

»Wie wollen Sie …«

»Lassen Sie sich einfach mal drauf ein. Würden Sie den Impfstoff dann zurückrufen und zerstören?«

»Selbstverständlich.«

»Schwören Sie es?«

»Das können Sie nicht beweisen.«

»Aber wenn? Wenn doch, Monique?«

»Ja!« Er raubte ihr den letzten Nerv. »Ich habe doch gesagt, dass ich das tun würde. Ich bin keine notorische Lügnerin – so wie manche anderen Leute.«

Er ignorierte den Seitenhieb und sie bedauerte ihre Unterstellung.

Er verzog den Mund zu einem Lächeln. »Gut, wir machen jetzt Folgendes: Ich schlafe jetzt und besorge mir Informationen, die ich unmöglich haben kann, und wenn ich wieder aufwache, sage ich Sie Ihnen.«

Seine Augen strahlten, aber sie konnte nichts Geniales an dem Plan finden. »Das ist doch absurd.«

»Genau. Sie glauben, das sei absurd, weil Sie mir nicht glauben. Und deshalb werden Sie mir glauben, wenn ich wieder aufwache und Ihnen dann etwas sage, was ich gar nicht wissen kann. Ich begreife nicht, warum ich nicht schon längst darauf gekommen bin.«

Er glaubte allen Ernstes, dass er in seine Traumwelt gehen, reale »historische« Informationen herausfinden und dann zurückkehren und sie ihr sagen konnte. Er war wirklich geisteskrank.

Andererseits, wenn er schlief, konnte sie …

»Na gut, das ist fair. Schlafen Sie.«

»Sehen Sie, es ergibt doch Sinn. Was soll ich herausfinden?«

»Was?«

»Was kann ich mit zurückbringen, das Sie überzeugen würde?«

Sie dachte nach. Absurd. »Die Anzahl der nukleiden Basepaare, die speziell gegen HIV wirken«, sagte sie.

»Die Anzahl der nukleiden Basepaare. Gut. Sagen Sie noch etwas, falls ich diese Information nicht bekommen kann. Etwas so Detailliertes ist vielleicht in den Chroniken nicht festgehalten.«

Sie konnte eine gewisse Belustigung beim Anblick seiner Begeisterung nicht unterdrücken. Es war, als verhandelte man mit einem der Kinder aus Narnia. »Das Geburtsdatum meines Vaters. Sein Geburtsjahr wäre doch wohl festgehalten? Wissen Sie das?«

»Nein, das weiß ich nicht. Und ich kann bestimmt mehr Informationen bringen als nur sein Geburtsdatum, wenn Sie wollen.« Er nahm die Pistole wieder in die Hand und ging noch einmal zum Fenster.

»Wonach schauen Sie da immer?«

»Da unten steht schon seit ein paar Stunden ein weißes Auto. Ich schaue nur mal nach. Es wird dunkel.«

Er drehte sich abrupt um. »Gut. Wie machen wir das? Ich werde auf dem Bett schlafen.«

»Wie lange wird das dauern?«

»Eine halbe Stunde. Sie wecken mich eine halbe Stunde, nachdem ich eingeschlafen bin, wieder auf. Das ist alles. Es gibt keine Verbindung zwischen der Zeit hier und dort.«

Er ging zum Bett, setzte sich, schlug die Decke zurück und zog das Betttuch heraus.

»Was machen Sie da?«

Er riss das Laken der Länge nach durch. »Ich kann Sie nicht einfach herumspazieren lassen, während ich schlafe. Tut mir leid, aber ich werde Sie fesseln müssen.«

Sie stand auf. »Wagen Sie es bloß nicht!«

»Was heißt hier, wagen Sie es bloß nicht?! Ich habe hier die Pistole in der Hand und Sie sind meine Gefangene, falls Sie das vergessen haben. Ich fessele Sie jetzt und wenn es Ihnen einfallen sollte, um Hilfe zu schreien, wache ich auf und schieße Ihnen in Ihre süßen kleinen Zehen.«

Er war unmöglich. »Sie lassen mich hier sitzen und Sie schlafen? Und wie soll ich Sie dann aufwecken, wenn ich gefesselt bin?«

Er griff nach einem der Kissen und warf es zur Klimaanlage. »Sie werfen dieses Kissen nach mir. Los, gehen Sie zur Klimaanlage.«

»Sie wollen mich an die Klimaanlage fesseln?«

»Sieht ganz stabil aus. Die Verankerung wird halten. Haben Sie eine bessere Idee?«

»Und wie soll ich ein Kissen nach Ihnen werfen, wenn meine Hände gefesselt sind?«

Er dachte nach. »Sie haben recht. Gut, dann binde ich Sie eben so an, dass Sie mit dem Fuß ans Bett kommen. Sie treten dann so lange gegen das Bett, bis ich aufwache. Und nicht schreien!«

Sie starrte ihn an. Dann starrte sie die Klimaanlage an.

»Ich hatte auch nicht erwartet, dass Sie damit einverstanden sind. Los! Je schneller ich einschlafe, desto schneller haben wir das hinter uns.« Er winkte mit der Pistole. »Bewegung!«

Er brauchte fünf Minuten, um die Leintuchhälften zu zerreißen und einen Strick daraus zu knoten. Sie musste sich auf dem Rücken auf den Boden legen, um die Entfernung zum Bett abzumessen. Als er zufrieden feststellte, dass sie es erreichen konnte, band er ihr die Hände auf den Rücken. Er band nicht nur ihre Hände, sondern auch ihre Finger mit ein, damit sie ihre Fesseln nicht lösen konnte. Dann fesselte er ihre Füße, damit sie nicht aufstehen konnte.

Er arbeitete über sie gebeugt und es war ihm gleichgültig, dass sein verschwitzter Oberkörper ihre Seidenbluse verschmierte. Die ganze Sache war vollkommen absurd. Aber ganz offensichtlich sah er das nicht so. Er huschte hin und her wie ein emsiger Hamster.

Als er fertig war, richtete er sich auf, bewunderte sein Werk, trug die Pistole zum Bett, warf sich hinein und lag flach ausgestreckt auf dem Rücken da.

Er schloss die Augen.

»Ich kann diesen Schwachsinn einfach nicht glauben«, murmelte sie.

»Ruhe. Ich versuche, zu schlafen. Muss ich Sie auch noch knebeln?« Er setzte sich auf und zog seine Stiefel aus.

Ihre Zähne! Sie konnte ihre Fesseln vielleicht mit den Zähnen lösen. »Glauben Sie wirklich, dass Sie einfach so einschlafen können? Ich werde leise sein, versprochen, aber ich meine, ist das nicht ein wenig lächerlich?«

»Ich glaube, Sie haben Ihre Meinung dazu jetzt deutlich genug geäußert. Und ehrlich gesagt, weiß ich nicht, ob ich einschlafen kann oder nicht. Aber ich falle vor Erschöpfung fast um. Da stehen die Chancen ziemlich gut, denke ich.«

Er ließ sich wieder aufs Bett fallen und schloss die Augen.

»Vielleicht könnte ich Ihnen ein Gute-Nacht-Lied singen«, hörte sie sich selbst sagen. Sie war überrascht, dass sie so etwas in dieser Situation sagte.

Er drehte den Kopf zu ihr und sah sie an, wie sie dort unter der Klimaanlage an die Wand gelehnt saß. »Können Sie singen?«

Sie wandte sich ab und starrte die Wand an.

Erst nach fünf Minuten wagte sie wieder einen Blick in seine Richtung. Er lag immer noch in derselben Stellung da, mit bloßem Oberkörper, gleichmäßig atmend, Arme an der Seite. Sehr guter Körperbau. Dunkle Haare. Ein wunderschönes Geschöpf.

Totaler Schwachsinn!

Ob er schon schlief? »Thomas?«, flüsterte sie.

Er setzte sich auf, stand auf und sammelte einen Fetzen vom Leintuch vom Boden auf.

»Was ist?«, fragte sie.

»Entschuldigung, aber ich muss Sie knebeln.«

»Ich habe nichts gesagt!«

»Nein, aber Sie könnten versuchen, sich mit den Zähnen zu befreien. Tut mir wirklich leid. Ich kann nicht einschlafen, wenn ich mich nicht ganz entspanne, verstehen Sie, und ich glaube, mit einer ausgeprägten Klappe könnte man das hier wegreißen.« Er wickelte den Streifen um ihren Mund und band ihn hinter ihrem Kopf zusammen. Sie versuchte nicht einmal zu protestieren.

»Nicht, dass ich glaube, dass Sie eine große Klappe haben. So habe ich es nicht gemeint. Eigentlich mag ich Ihre Stimme.«

Er stand auf, ging zum Bett und ließ sich wieder auf dem Rücken hineinfallen.

19

TOM SCHRECKTE AUS dem Schlaf hoch und sprang auf. Er stand auf dem Hügel oberhalb des Dorfes. Er kletterte hinunter an den Rand des Tales. Dämmerung. Die Leute aus dem Dorf waren schon auf dem Weg das Tal hinauf zum See. Die Versammlung.

Zwei Gedanken kamen ihm. Zum einen sollte er mit ihnen gehen. Wenn er rannte, konnte er sie noch einholen. Zum anderen musste er zum schwarzen Wald. Jetzt.

Wie oft hatte er jetzt geträumt, seit er das erste Mal im schwarzen Wald aufgewacht war? Und dennoch hatte sich etwas verändert. Zum ersten Mal war er aufgewacht und war entschlossen, diesen Traum von Bangkok, dieses detaillierte Hirngespinst als echt zu behandeln. Es war nicht mehr nur eine bewusste Entscheidung, sondern etwas in seinem Herzen sagte ihm das. Er musste die Träume als Wirklichkeit behandeln. Und zwar beide, für den Fall, dass einer oder alle beide Wirklichkeit waren.

Wenn Bangkok echt war, dann brauchte er Moniques Hilfe. Er würde sie nur zur Mithilfe bewegen können, wenn er ihr alles bewies, indem er Informationen herbeischaffte. Informationen, die er hoffte, im schwarzen Wald zu finden.

Tom wirbelte herum und rannte den Weg hinunter in Richtung Shataiki.

Er musste die Wahrheit herausfinden. Die Große Verführung, das Raison-Virus, Monique de Raison – er musste herausfinden, warum er diese Träume hatte. Er hatte den schwarzen Wald schon einmal überlebt, er würde es auch ein zweites Mal schaffen.

Entschlossen rannte er den Weg entlang. Der Pfad verlor sich bald, aber er kannte die Richtung. Zum Fluss. Der lag direkt vor ihm. Der schwache Schimmer der Bäume erleuchtete den Wald. Selbst bei dunkelster Nacht würde er den Weg zurück finden.

Er wurde langsamer, um zu Atem zu kommen. Dann rannte er weiter. Diesmal würde er nicht in den Wald hineingehen. Er würde rufen. Und wenn die schwarzen Fledermäuse nicht reagierten? Dann würde er sich etwas überlegen. Egal, er konnte jedenfalls nicht ohne Antworten zurück.

Was hatte Monique vorgeschlagen? Er sollte die Anzahl der nukleiden Basenpaare des HIV-Impfstoffs herausfinden.

Der Weg musste wohl eine Stunde gedauert haben, Toms Zeitgefühl hatte ihn verlassen. Als er schließlich auf die Lichtung kam, die er als den Ort seiner Heilung erkannte, blieb er stehen und atmete schwer. Auf der anderen Seite der Lichtung lag nur noch ein schmaler Waldstreifen, dahinter der Fluss. Er trat auf die Lichtung und rannte weiter. Das Bild des Hotelzimmers in Bangkok blitzte in seinen Gedanken auf und er trottete weiter über die Lichtung, durch den Wald und auf den reißenden Fluss zu.

Ohne Vorwarnung wichen die Bäume dem Flussufer. Erst noch Wald und in der nächsten Sekunde Wiese. Und der Fluss.

Der Anblick verschlug ihm den Atem. Er machte einen Satz zurück in den Schutz der Bäume und presste sich flach an einen riesigen roten Baum. Einen Moment hielt er inne, bevor er vorsichtig auf das Ufer und den grünen Fluss hinausspähte. Die Brücke, die die Roush die Überquerung nannten, lag etwa fünfzig Meter weiter flussaufwärts weiß schimmernd im Mondlicht. Der Fluss schimmerte im bunten Licht der Bäume. Jenseits des Flusses sah man die zerklüfteten Umrisse der schwarzen Bäume in der Dunkelheit.

Tom starrte in den schwarzen Wald hinein und begann zu zittern. Auf keinen Fall konnte er noch einmal in diese Finsternis gehen. In Gedanken sah er die roten, runden Augen, die hinter der schwarzen Wand lauerten – oder über ihr. Langsam hob er seine Augen zu den Baumwipfeln am anderen Ufer, aber er sah nur Dunkelheit. Er lauschte in die Nacht hinein und versuchte, das Rauschen des Flusses herauszufiltern.

War da nicht ein Kichern?

Dann sah er einen einzelnen schwarzen Schatten aus einer Baumkrone flüchten. Schnell zog er sich wieder unter die bunten Bäume zurück. Sein Herz klopfte bis in den Hals. Ein Shataiki! Aber er war geflüchtet. Vielleicht hatte er ihn gar nicht gesehen.

Er schloss die Augen und atmete tief ein. Er sollte hier verschwinden, er sollte sich umdrehen und weglaufen.

Aber er tat es nicht. Er konnte nicht.

Zehn Minuten stand er dort an den roten Baum gelehnt und nahm all seinen Mut zusammen.

Der Fluss sprudelte ungestört weiter. Der Wald stand schwarz und unbewegt auf der anderen Seite. Nichts veränderte sich. Langsam wich seine Furcht wieder der Entschlossenheit.

Tom trat aus dem Wald hervor und stand am Ufer, das vom Mondlicht überflutet war. Keine Fledermäuse. Nur die Brücke zu seiner Linken, der Fluss und die toten Bäume auf der anderen Seite. Er ging ein paar Schritte weiter auf die Brücke zu. Immer noch regte sich nichts. Der Fluss rauschte immer noch, die Bäume hinter ihm leuchteten immer noch selbstvergessen vor sich hin und die Finsternis vor ihm lag pechschwarz da.

Tom atmete tief ein und ging schnellen Schrittes auf die Brücke zu. Er berührte das Geländer dieser weißen Konstruktion und zum ersten Mal fiel ihm auf, dass das Holz der Brücke nicht leuchtete, wie es doch alles andere Holz außerhalb des schwarzen Waldes tat. War sie also von den Shataiki gebaut worden? Er hielt inne und sah erneut zu den schwarzen Bäumen hinüber, die jetzt noch drohender dastanden. Am besten würde er wohl von hier rufen. Was er rufen sollte, wusste er selbst nicht. Hallo? Oder vielleicht …

Im Augenwinkel sah er plötzlich etwas Rotes aufleuchten. Tom drehte den Kopf erschrocken zu dem Licht um und nun sah er sie ganz deutlich: eine ganze Reihe tanzender roter Augen, gleich unter den ersten Bäumen am anderen Ufer. Er umklammerte das Geländer und hielt die Luft an.

Wieder flackerte es rot auf, diesmal zu seiner Linken. Er wandte den Blick und sah, wie ein Dutzend Shataiki unter den Bäumen hervortrat und über den Fluss blickte. Und dann sah er zu seinem Entsetzen tausend rot glühende Augenpaare überall aus ihren Verstecken hervorkommen.

Tom wollte sich umdrehen und weglaufen, aber seine Füße waren wie angewurzelt. Voll Schrecken sah er, wie die Shataiki schweigend aus dem Wald kamen und am Flussufer eine lange Reihe bildeten, die in jede Richtung so weit reichte, wie er sehen konnte. Wie Wächter hockten diese Kreaturen unter den Bäumen und starrten ihn mit ihren leeren roten Augen an, die aussahen wie Juwelen, links und rechts von ihren langen Schnauzen. Und dann füllten sich auch noch die Baumwipfel, als seien Hunderttausende von Shataiki herbeigerufen worden, um einem großartigen Schauspiel beizuwohnen, und die schwarzen Bäume seien die Zuschauertribüne.

Toms Beine fingen an zu zittern. Ein stechender Schwefelgeruch stieg ihm in die Nase und er atmete langsamer. Das Ganze war ein schrecklicher Fehler gewesen. Er musste sofort zurück zum bunten Wald.

Plötzlich teilte sich die Wand, die die Shataiki bildeten, direkt vor ihm. Tom sah, wie ein einzelner Shataiki auf die Brücke zukam. Hinter sich zog er leuchtend blaue Flügel über die tote Erde. Er war größer als ein Mensch und viel größer als alle seine Artgenossen. Sein Oberkörper glänzte golden und pulsierte rot schimmernd. Wunderschön. Die Luft war erfüllt mit dem Gackern und Schnalzen von hunderttausend Fledermäusen, als der riesige Shataiki schleppend auf die Brücke zuging. Er bewegte sich langsam, sehr langsam, und schonte dabei sein rechtes Bein.

Tom sah reglos zu. Seine grünen Augen, die tief in seinem dreieckigen Gesicht saßen, waren auf Tom gerichtet. Große grüne Scheiben ohne Pupillen. Angsteinflößend und doch auf eine seltsame Art tröstend. Verführerisch. Tom konnte hören, wie seine langen Krallen beim Gehen auf dem Holz kratzten und seine riesigen Flügel leise rauschten, als er die Brücke betrat. Der Shataiki ging bis zur Mitte der Brücke und blieb stehen.

Er hob einen Flügel leicht an und die Horden hinter ihm wurden still.

Irgendwo im hintersten Winkel seines Gehirns, das wie gelähmt war, versicherte ihm eine Stimme, dass dieser Shataiki sicher keine Bedrohung sein konnte. Ein so wunderbares Geschöpf konnte ihm doch nichts tun. Er war gekommen, um mit ihm zu sprechen. Wozu sonst sollte er bis zur Mitte der Brücke gekommen sein? Die Roush hatten gesagt, dass kein Shataiki die Brücke überqueren konnte.

»Komm.« Der Shataiki sang mehr, als er sprach. Es war kaum mehr als ein Flüstern.

Der Anführer rief ihn. Warum sollte er auf diesen Vorschlag eingehen? Er konnte genauso gut von hier aus mit ihm reden.

»Komm«, wiederholte der Anführer noch einmal.

Diesmal öffnete der Shataiki den Mund. Tom sah seine rosa Zunge. Solange er auf dieser Seite der Brücke blieb, außerhalb der Reichweite dieser Kreatur, war er sicher, nicht wahr?

Tom betrat vorsichtig die Brücke. Der Shataiki rührte sich nicht. Also ging Tom die Brücke hinauf, auf das Tier zu. Er blieb fünf Meter vor dem Shataiki stehen und sah ihm geradewegs in die Augen. Sie leuchteten im Mondlicht wie riesige Smaragde. Tom lief ein Schauer über den Rücken. Das musste Taleh sein. Aber er sah nicht so aus, wie Tom erwartet hatte.

Die Kreatur ließ die Schultern hängen und drehte den Kopf etwas zur Seite. Sie zog ihre Krallen ein und kräuselte ihre Schnauze zu einem leichten Lächeln.

»Willkommen, mein Freund. Ich hatte gehofft, du würdest kommen.« Jetzt sprach sie ganz normal, mit tiefer Stimme, ohne einen Anklang von Gesang. »Ich weiß, das alles ist wohl ein bisschen überwältigend für dich. Aber bitte, beachte sie einfach nicht. Das sind hirnlose Dummköpfe.«

»Wer?«, fragte Tom. Aber es kam nur ein Krächzen heraus und er versuchte es noch einmal. »Wer?«

»Diese kranken, wahnsinnigen Kreaturen hinter mir.« Die wunderschöne Fledermaus holte eine rote Frucht hinter ihrem Rücken hervor und hielt sie Tom hin. »Hier, mein Freund, nimm die Frucht.«

Tom sah die Frucht an, war aber vor Furcht wie erstarrt und

konnte nicht auf die Kreatur zugehen oder gar etwas von ihr annehmen.

»Ja, natürlich. Du hast immer noch Angst, nicht wahr? Schade. Das ist eine unserer besten Früchte.« Der Shataiki hob die Frucht an den Mund, ohne dabei seinen Blick von Tom abzuwenden, und biss kräftig hinein. Der Saft rann ihm über sein behaartes Kinn und tropfte auf die Holzplanken der Brücke. »Vielleicht sogar unsere allerbeste. Auf jeden Fall die mit der größten Wirkung.« Er schmatzte. Er hob das Kinn, schluckte und versteckte den Rest der Frucht wieder hinter seinem Rücken.

Er holte einen kleinen Trinkbeutel hervor. »Bist du durstig?«

»Nein, danke.«

»Nicht? In Ordnung. Wir werden später noch genügend Zeit haben, miteinander zu essen und zu trinken, nicht wahr?«

Tom entspannte sich ein wenig. »Ich bin nicht gekommen, um zu essen und zu trinken.« Sollte es etwa möglich sein, dass Taleh sein Freund sein konnte? Die Kreatur distanzierte sich jedenfalls von den übrigen schwarzen Fledermäusen. »Woher wusstest du, dass ich kommen würde?«

»Ich habe Fähigkeiten, die du dir nicht einmal vorstellen kannst, mein Freund. Zu wissen, dass du kommen würdest, war ein Kinderspiel. Mir stehen Legionen zur Verfügung. Meinst du, ich wüsste nicht, wer kommt und wer geht? Ich glaube, du unterschätzt mich.«

»Wenn du so mächtig bist, warum lebst du dann im schwarzen Wald statt im bunten Wald?«, fragte Tom und blickte an ihm vorbei auf die Horden, die die Bäume am anderen Ufer bevölkerten.

»Bunter Wald nennst du das? Und wer bitte sollte freiwillig in diesem bunten Wald leben wollen? Glaubst du, deren Früchte ließen sich auch nur im Geringsten mit meinen Früchten vergleichen? Nein. Ist ihr Wasser süßer als unseres? Im Gegenteil. Das sind alles nur Sklaven.«

Tom trat von einem Fuß auf den anderen. Hier gab es nur eine Regel. Egal was passierte, er durfte niemals von dem Wasser trinken. Solange er sich an diese einfache Regel hielt, war er absolut sicher.

»Was hast du da in der Tasche?«, fragte die Fledermaus plötzlich fordernd.

Tom langte in seine Tasche und holte die kleine leuchtende Schnitzfigur heraus, die Johan ihm im Dorf gegeben hatte.

Taleh schreckte zurück. »Wirf es übers Geländer. Wirf es weg!«

Tom reagierte, ohne nachzudenken. Er warf den roten Löwen ins Wasser und hielt sich am Geländer fest, um sich zu stützen.

Langsam ließ Taleh den Arm sinken und starrte Tom mit seinen großen grünen Augen an.

»Das ist Gift für uns«, sagte das Tier.

»Das wusste ich nicht.«

»Natürlich nicht. Sie haben dich verführt.«

Tom ließ den Satz einfach stehen. »Wie nennen sie dich?«, fragte er.

»Wie nennt wer mich?«, fragte das Tier zurück.

»Die da.« Tom nickte zu den Fledermäusen hinüber.

Der Shataiki antwortete mit erhobenem Haupt: »Ich heiße Taleh.«

»Taleh.« Er hatte nichts anderes erwartet. »Du bist der Anführer der Shataiki.«

»Dummköpfe mögen das, was sie nicht kennen, nennen, wie auch immer sie wollen. Aber ich bin der Herrscher über Hunderttausende von Untertanen in einem Land voller Geheimnisse und Macht. Sie nennen es den schwarzen Wald.« Die schwarze Fledermaus schwang ihren riesigen Flügel in Richtung auf den Wald hinter sich. »Aber ich nenne es mein Königreich. Und deshalb bin ich gekommen, um mit dir zu sprechen. Um deine Gedanken zu befreien. Es gibt da ein paar Dinge, die du wissen solltest.«

Tom konnte die Tatsache, dass diese Kreatur ganz offensichtlich etwas von ihm wollte, kaum ignorieren. Diese Machtdemonstration war kein Zufall. Aber er war nicht gewillt, ihr irgendetwas zu geben. Er war nur aus einem einzigen Grund hergekommen, um mehr Informationen über die Geschichte zu bekommen.

Obwohl er sich nicht sicher war, wer dieser Taleh wirklich war, durfte er ihm auf keinen Fall die Oberhand lassen.

»Es gibt da auch einige Dinge, die du wissen solltest«, sagte Tom.

»Für mich ist es verboten, dein Wasser zu trinken, und ich habe nicht im Geringsten die Absicht, es zu tun. Verschwende also keine Zeit damit.«

Talehs Augen leuchteten auf. »Verboten, sagst du? Kannst du einem anderen Menschen etwas verbieten? Nein, mein Freund. Keinem ist etwas verboten, es sei denn, er selbst lässt es sich verbieten.« Der Shataiki sprach flüssig, als hätte er diese Diskussion schon tausendmal geführt. »Gibt es eine bessere Methode, jemanden davon abzuhalten, meine Macht zu erfahren, als ihm weiszumachen, er würde Schaden leiden, wenn er das Wasser tränke? Lügen. Gerade du, mehr noch als alle anderen, solltest wissen, dass solch engstirniges Geschwätz die Menschen nur in ihrer Dummheit gefangen hält. Sie folgen einem Gott, der ihre Treue verlangt und sie ihrer Freiheit beraubt. Verboten? Wer hat das Recht, etwas zu verbieten?«

Die Argumentation war unwiderstehlich. Aber sie war sicher nur Überredung. Tom überlegte sich jetzt genau, was er sagte. »Ich weiß auch, dass, wenn nur einer von uns euer Wasser trinkt, das ganze Land von diesen Kreaturen, die du als krank und wahnsinnig bezeichnest, beherrscht wird und wir alle eure Sklaven werden.«

Die Luft war plötzlich vom wütenden Schnauben der Horden von Shataiki in den Bäumen erfüllt. Erschreckt von dem Aufschrei, machte Tom einen Schritt zurück.

»Ruhe!«, rief Taleh mit Donnerstimme. Seine Stimme hallte so mächtig wider, dass Tom sich instinktiv duckte.

Das Tier neigte den Kopf. »Vergib ihnen, mein Freund. Ich glaube, du würdest es ihnen nicht zum Vorwurf machen, wenn du wüsstest, was sie durchgemacht haben. Wenn man Verführung und Tyrannei am eigenen Leib erlebt und überlebt hat, tendiert man dazu, bei der geringsten Erinnerung daran überzureagieren. Und glaube mir, die da hinter mir haben die schlimmste Form von Verführung und Missbrauch erlebt, die eine Seele erleben kann.« Er hielt inne und verdrehte den Hals, als versuchte er, seine Nackenmuskeln zu lockern.

Das Verhalten der Shataiki war in der Tat in vieler Hinsicht identisch mit dem von Menschen, die missbraucht und gefangen gehalten worden waren. Tom fühlte eine Spur Mitleid in sich. Dass ein so wunderbares Geschöpf wie Taleh im schwarzen Wald gefangen sein sollte, schien ungerecht.

»Jetzt komm schon«, sagte Taleh. »Du musst doch wissen, dass die Mythen, von denen du erzählst, nur dazu erfunden wurden, um die Menschen im bunten Wald zu verführen, um ihre Treue zu erzwingen. Du glaubst, du kennst die Wahrheit, aber was sie dir erzählt haben, ist die größte Verführung überhaupt. Und ich bin hier, um dir das zu zeigen.«

Wusste Taleh, dass er sein Gedächtnis verloren hatte?

»Warum hast du versucht, mich umzubringen?«, fragte er.

»So etwas würde ich niemals tun.«

»Ich war in deinem Wald und kam gerade noch mit dem Leben davon. Wenn ich es nicht noch über die Brücke geschafft hätte, wäre ich jetzt tot.«

»Du hattest meinen Schutz nicht«, entgegnete das Tier. »Sie haben dich für einen von denen gehalten.«

»Von wem?«

»Du glaubst doch nicht wirklich, dass du einer von ihnen bist, oder? Wie amüsant. Und schlau, könnte ich hinzufügen. Sie setzen deinen Gedächtnisverlust in Wirklichkeit gegen dich ein, nicht wahr? Typisch. Sie täuschen einen immer.«

Er wusste also von dem Gedächtnisverlust. Was wusste er noch?

»Woher weißt du von dem Gedächtnisverlust?«, fragte Tom.

»Das hat mir Bill erzählt«, antwortete die Kreatur. »Du erinnerst dich doch an Bill, oder?«

»Bill?«

»Ja, Bill. Der Rotschopf, der mit dir hierherkam.«

Tom trat einen Schritt zurück. Er sah die Kreatur vor sich nur noch unscharf.

»Bill gibt es wirklich?«

»Natürlich gibt es ihn. Dich gibt es ja auch. Wenn es dich gibt, gibt es Bill auch. Ihr kamt beide vom selben Ort.«

Tom hatte das Gefühl, dass er plötzlich einer ganz neuen Gedankenwelt gegenüberstand. Er war mit ein paar Fragen zur Geschichte hierhergekommen und bevor er diese Fragen jemals stellen konnte, waren ihm Hunderte anderer Fragen eingeimpft worden.

Er warf einen Blick zurück auf den bunten Wald. Was wusste er wirklich? Nur, was die anderen ihm erzählt hatten. Sonst nichts. War es möglich, dass er alles ganz falsch sah?

Sein Herz klopfte wild. Die Luft fühlte sich plötzlich so dick an, dass er nicht mehr atmen konnte. Ruhig, ruhig, Tom. Er durfte seine Unwissenheit nicht zeigen.

»Schön, du kennst Bill also. Erzähl mir von ihm. Wo wir hergekommen sind, zum Beispiel.«

»Erinnerst du dich immer noch nicht?«

Er sah die Fledermaus vorsichtig an. »Ich erinnere mich an manches. Aber das behalte ich für mich. Erzähl du mir, was du weißt, und dann weiß ich, ob es mit dem übereinstimmt, woran ich mich erinnere. Wenn du etwas Falsches sagst, weiß ich, dass du lügst.«

Das Lächeln auf Talehs Lippen verschwand. »Du bist von der Erde gekommen.«

»Von der Erde. Das hier ist die Erde. Etwas genauer.«

Taleh starrte ihn lange an. »Du hast wirklich keine Ahnung, nicht wahr? Du bist schlau, das muss ich zugeben, aber du hast keine Ahnung.«

»Sei dir da mal nicht so sicher«, sagte Tom, während er sorgfältig darauf achtete, dass seine Stimme nicht unsicher klang.

»Ich soll mir nicht so sicher sein, dass du schlau bist? Oder dass du keine Ahnung hast?«

»Erzähl einfach.«

»Du und dein Copilot Bill, ihr seid nur knapp eine Meile hier hinter mir abgestürzt«, sagte Taleh. »Und deshalb bin ich hier. Ich glaube, ich habe einen Weg zurück für euch gefunden.«

Tom konnte seine Fassungslosigkeit gerade noch verbergen. Welch absurde Vorstellung! Es nahm etwas von seiner Anspannung. Wenn Taleh dumm genug war, zu denken, er würde auf so eine lächerliche Geschichte hereinfallen, war er ein weit weniger gefährlicher Gegner, als Michal angenommen hatte. Hoffentlich kannte sich die Fledermaus in der Geschichte aus.

Zunächst würde er einmal darauf eingehen, um zu sehen, wie weit die Kreatur die Geschichte weiterspinnen würde.

»Du weißt also Bescheid über Bill und unser Raumschiff. Was weißt du sonst noch?«

»Ich weiß, dass du denkst, die Sache mit dem Raumschiff ist absurd, weil du dich in Wirklichkeit an gar nichts erinnerst.«

Tom blinzelte. »Ach ja?«

»Die Wahrheit ist: Du bist auf einem anderen Planeten gelandet. Dein Raumschiff, die Discovery III, ist vor drei Tagen hier abgestürzt. Beim Aufprall hast du das Gedächtnis verloren. Du stehst hier auf dieser Brücke und sprichst mit mir, weil du das Gefühl hast, nicht zu den Einfaltspinseln aus dem bunten Wald zu passen, was nur natürlich ist. Du gehörst nicht dazu.«

Toms Ohren wurden heiß. Er fragte sich, ob diese Kreatur das auch sehen konnte.

Er räusperte sich. »Sonst noch was?«

»Es tut gut, das zu hören, nicht wahr? Die Wahrheit. Anders als diese bedauernswerten, irregeleiteten Menschen aus dem bunten Wald werde ich dir nur die Wahrheit erzählen.«

»Gut, dann immer her damit.«

»Na, na, so hungrig? Die Wahrheit ist, dass du sie alle verachten würdest, wenn du wüsstest, was ich über den bunten Wald und seine Bewohner weiß.«

Die Shataiki-Horden hatten ihre respektvolle Stille aufgegeben. Ein Meer von Stimmen murmelte und quiekte unterdrückt. Tom konnte beinahe hören, wie sie in der Dunkelheit dutzendweise mit ihren schrillen Stimmen stritten.

»Wir sind in diesem verlassenen Wald eingesperrt«, sagte Taleh. »Das ist die Wahrheit. Für einen Shataiki bedeutet es den sofortigen Tod, wenn er das Land am anderen Ufer betritt. Das ist Tyrannei.«

Die Horden von Fledermäusen schrien in schrillen Tönen ihre Wut hinaus.

Taleh hob einen Flügel.

Stille breitete sich über den Wald wie eine Decke.

»Sie machen mich ganz krank«, murmelte Taleh. Er warf einen

Blick zurück, um sicherzugehen, dass seine Legionen Ordnung hielten.

»Was ist mit den Chroniken?«, fragte Tom. Auf dieser neuen Ebene der Wahrheit schien die Frage, wegen der er eigentlich gekommen war, fehl am Platz.

»Die Chroniken. Ja, natürlich. Ich nehme an, du träumst von der Geschichte, oder?«

»Ist sie echt? Wie kann es die Chroniken der Erde geben, wenn das hier gar nicht die Erde ist?«

Die Frage schien die große Fledermaus aus dem Konzept zu bringen. »Schlau. Sehr schlau. Wie können wir hier die Geschichte der Erde kennen, wenn wir gar nicht auf der Erde sind?«

»Und woher weißt du, dass ich von den Chroniken träume?«

»Ich weiß, dass du davon träumst, weil ich das Wasser im schwarzen Wald getrunken habe. Erkenntnis. Die Geschichte der Erde ist in Wahrheit die Zukunft der Erde. Für dich ist es Geschichte, weil du von den Früchten des Waldes hinter mir gegessen hast. Du kannst in die Zukunft blicken.«

Diese Enthüllung war überwältigend. Tom konnte sich nicht daran erinnern, irgendwelche Früchte gegessen zu haben. Vielleicht bevor er sich den Kopf am Felsen angeschlagen hatte? Auf eine gewisse Art machte das alles Sinn. Und er konnte diese Behauptung prüfen.

»Na gut«, sagte Tom. »Dann müsstest du mir auch sagen können, was in dieser Zukunft passiert. Erzähl mir vom Raison-Virus.«

»Das Raison-Virus. Natürlich. Einer der vielsagendsten Abschnitte der Menschheitsgeschichte. Vor der Großen Trübsal. Oft auch die Große Verführung genannt. Ich werde davon sprechen, als sei es Geschichte. Es war ein Impfstoff, der unter extremer Hitzeeinwirkung zu einem Virus mutierte.«

Taleh leckte sich genüsslich die Lippen. »Weißt du, niemand hätte es je erfahren. Der Impfstoff wäre nie mutiert, weil unter natürlichen Umständen niemals Temperaturen entstanden wären, die hoch genug gewesen wären, um den Vorgang auszulösen. Aber ein ahnungsloser Dummkopf kam an diese Information. Er hat es der falschen Seite gesagt. Der Impfstoff fiel einigen … Störenfrieden in die Hände. Die erhitzten den Impfstoff zwei Stunden lang auf genau 179,47 Grad Fahrenheit, und so entstand das tödlichste in der Luft übertragbare Virus der Welt.«

Irgendetwas an dem, was Taleh erzählte, war sehr seltsam, aber Tom konnte nicht genau sagen, was es war. Egal, die Informationen dieser Kreatur passten zu seinen Träumen.

»Komm näher«, sagte Taleh.

»Näher?«

»Du willst doch mehr über das Virus erfahren, oder? Noch ein bisschen näher.«

Tom machte einen halben Schritt nach vorne. Talehs Klauen blitzten ohne Vorwarnung auf. Sie berührten gerade eben seine Finger, die das Geländer umklammert hielten. Ein leichter Schock lief ihm den Arm hinauf und er riss die Hand zurück. Blut sickerte aus einem kleinen Schnitt an seinem Daumen. Es verschmierte.

»Was soll das?«, rief er.

»Du willst wissen? Ich helfe dir zu wissen.«

»Warum soll es mir helfen zu wissen, wenn du mich schneidest?«

»Ich bitte dich, es ist doch nur ein Kratzer. Ich habe dich nur auf die Probe gestellt. Frag mich etwas.«

Das Ganze war sehr ungewöhnlich. Aber andererseits war Taleh selbst ungewöhnlich.

»Weißt du, wie viele nukleide Basepaare im Impfstoff gegen HIV wirken?«, fragte er. »Im Raison-Impfstoff, meine ich.«

»Basepaare: 375 200. Aber weißt du auch, dass es eigentlich gar nicht das Raison-Virus war, das so zerstörerisch war?«, fragte Taleh. »Es war das Gegenmittel, das praktischerweise ebenfalls in den Händen des Mannes landete, der auch das Virus freigesetzt hatte. Er hat die ganze Welt erpresst. Daher kommt die Bezeichnung ›Große Verführung‹.«

Tom brummte der Schädel. »Das Gegenmittel?«

»Ja. Man muss nur die DNA nach dem fünften und dem dreiundneunzigsten Gen teilen und die Enden wieder zusammenfügen.« Taleh wurde plötzlich ganz still. Seine Stimme wurde sanft. »Sag ihnen das, Thomas. Sag ihnen 179,47 Grad, zwei Stunden lang, und sag ihnen nach dem fünften und dem dreiundneunzigsten Gen teilen und die Enden wieder zusammenfügen. Sag es.«

»Die Zahlen sagen?«

»Willst du es nicht wissen? Sag sie.«

»Einhundertneunundsiebzig Komma vier sieben Grad, zwei Stunden lang.«

»Ja, und jetzt das fünfte Gen.«

»Fünftes Gen …«

»Ja, und das dreiundneunzigste Gen.«

»Dreiundneunzigstes Gen«, wiederholte Tom.

»Trennen und die Enden zusammenfügen.«

»Trennen und die Enden zusammenfügen.«

»Und du brauchst auch ihre Hintertür.«

»Auch die Hintertür?«

»Ja, und jetzt vergiss, dass ich dir das gesagt habe.«

»Vergessen?«

»Vergiss es.« Taleh holte noch einmal die Frucht hervor, die er ihm zuvor schon angeboten hatte. »Hier, nimm einen Bissen von der Frucht. Das wird dir helfen.«

»Nein, ich kann nicht.«

»Das ist nicht wahr. Ich habe dir gerade bewiesen, dass diese Regeln dich gefangen nehmen. Wie dämlich kannst du noch sein?«

Taleh stand da, unbeweglich, die Frucht in seiner ausgestreckten Hand. Er sprach jetzt mit ruhigerer Stimme. »Diese Frucht wird dir neue Welten eröffnen, Tom, mein Freund. Und das Wasser wird dir Erkenntnisse offenbaren, von denen du nur träumen kannst. Welten, von denen deine Freunde im bunten Wald keine Ahnung haben.«

Tom sah die Frucht an. Dann sah er in die grünen Augen. Was wäre, wenn es dort hinter den Bäumen tatsächlich ein Raumschiff gab? Es war genauso wahrscheinlich, wie alles andere, das ihm begegnet war.

»Wenn wir mal davon ausgehen, dass das alles stimmt, wo ist dann Bill?«

»Möchtest du Bill sehen? Vielleicht kann ich das einrichten.«

»Du hast gesagt, dass du eine Möglichkeit weißt, wie wir heimkommen können.«

»Ja, ja, ich kann das machen. Wir haben herausgefunden, wie wir euer Raumschiff reparieren können.«

»Kannst du es mir zeigen?« Bei dieser Frage hatte Tom Herzklopfen. Wenn er das Schiff sehen könnte, wäre das Hin und Her in seinen Gedanken endlich zu Ende. Aber er hatte keinerlei Garantie dafür, dass die Shataiki ihn nicht in Stücke reißen würden. Sie hatten es schon einmal versucht.

»Ja. Ja, ich werde es dir zeigen. Aber zuerst musst du etwas für mich tun. Es ist ganz einfach, glaube ich.« Wieder hielt der Anführer der Shataiki inne, als zögere er, die Frage zu stellen, die er stellen wollte.

»Was?«

»Bring Tanis hierher zur Brücke.«

Schweigen umgab sie. Kein einziger der Shataiki, die am Waldrand standen, schien sich zu rühren. Alle Augen starrten erwartungsvoll auf Tom. Sein Herz schlug wild. Außer dem Rauschen des Flusses unter ihnen war es das einzige Geräusch, das er hörte.

»Und wenn ich das tue, versprichst du mir dann freies Geleit zu meinem Raumschiff? Und reparierst es?«

»Ja.«

Tom streckte die Hand nach dem Geländer aus, um sich zu stützen.

»Du willst nur, dass ich ihn zur Brücke bringe, richtig? Nicht über die Brücke?«

»Ja, nur hier zum Fluss.«

»Und was garantiert mir, dass du mich dann sicher zum Raumschiff bringst?«

»Ich werde das Raumschiff auch hierher zur Brücke bringen. Du kannst einsteigen, bevor ich mit Tanis rede, und es wird weit und breit kein Shataiki zu sehen sein.«

Wenn die Shataiki ihm dieses Raumschiff, die Discovery III, tatsächlich zeigen konnten, wäre das Beweis genug. Wenn nicht, würde er nicht über die Brücke gehen. Kein Risiko.

»Klingt vernünftig«, erwiderte er vorsichtig.

Die lebende Wand aus schwarzen Kreaturen vor dem Wald zischte wie ein großer Heuschreckenschwarm. Taleh starrte Tom an, hob die Frucht an seinen Mund und biss herzhaft zu. Mit seiner langen, dünnen rosa Zunge leckte er sich den Saft von den Fingern. Dabei sah er Tom die ganze Zeit an, ohne zu blinzeln. Konnte er dieser Kreatur trauen? Wenn das, was er gesagte hatte, stimmte, musste er unbedingt das Raumschiff finden. Es wäre der einzige Weg zurück.

Der Anführer hörte auf, sich die Finger zu lecken. Er hielt Tom die Frucht entgegen. »Iss diese Frucht, um unsere Abmachung zu besiegeln«, sagte Taleh. »Es ist unsere beste Frucht.«

Er hatte es schon einmal getan. Nach dem, was diese Kreatur erzählt hatte, war das der Grund für seine Träume. Tom bezwang seine Angst, streckte dem Shataiki die Hand entgegen, nahm die Frucht aus seiner Klaue und ging einen Schritt zurück.

Er sah zu der Kreatur auf, die lächelnd vor ihm stand, hob die halb gegessene Frucht an den Mund und wollte gerade abbeißen, als ein Schrei die Nacht zerriss.

»Thomaaaas!«

Tom ließ die Hand sinken und drehte sich nach rechts. Bill? Die Stimme klang undeutlich und abgehackt.

Dann sah er den Rotschopf. Bill kam aus dem Wald gerannt und kämpfte geschwächt gegen die Klauen von einem Dutzend Shataiki.

Seine Kleider waren ihm vom Leib gerissen und sein nackter Körper sah erschreckend weiß aus in diesem Knäuel kreischender Shataiki, die an ihm zerrten. Sein rotes Haar war blutverklebt und er hatte Blutspuren in seinem eingefallenen Gesicht. Dutzende Wunden und Male bedeckten seinen blassen Körper. Er sah aus wie ein misshandelter Leichnam.

Tom wich alles Blut aus dem Kopf. Er fühlte sich elend.

Taleh fuhr herum. Seine Augen blitzten mit einer Intensität auf, die Tom noch nicht gesehen hatte. Aus Toms Fingern wich alle Kraft und die Frucht fiel mit einem dumpfen Schlag auf die Holzplanken.

»Lasst die Finger von ihm!«, schrie Taleh. Er entfaltete seine

Flügel und hob sie über seinen Kopf. »Wie könnt ihr es wagen, mich als Lügner hinzustellen!«

Tom sah fassungslos zu. Sofort ließen die Shataiki Bill los.

»Bringt ihn in Sicherheit. Sofort!«

Zwei Fledermäuse zogen Bill an den Händen. Er stolperte in den Wald.

Taleh wandte sich zu Tom. »Wie du siehst, existiert Bill wirklich. Ich muss ihn hierbehalten, verstehst du. Es ist die einzige Sicherheit, die ich habe, dass du mit Tanis zurückkommen wirst. Aber ich verspreche dir, dass ihm nichts weiter geschehen wird.«

»Thomas!«, kam Bills Stimme aus dem Wald. »Hilf mir ...« Dann wurde seine Stimme erstickt.

»Alles ganz echt, mein Freund«, sagte Taleh. »Er hat eine etwas unruhige Zeit hinter sich und ist nicht gerade begeistert von der Art, wie ihn die anderen behandelt haben. Aber ich verspreche dir, er steht unter meinem Schutz.«

Tom konnte seinen Blick nicht von der Lücke zwischen den Bäumen lösen, in der Bill verschwunden war. War das echt? Bill war echt. Verwirrung machte sich in seinen Gedanken breit.

Plötzlich zerriss ein einzelner Schrei hinter Tom die Luft. Er fuhr herum und sah den weißen Roush von den Baumwipfeln heruntersegeln. Michal!

»Thomas! Renn! Schnell!«

Tom wirbelte herum und rannte auf den Waldrand zu. Er rannte gegen einen Baum, fuhr herum und rang nach Luft. Taleh stand ungerührt auf der Brücke und durchbohrte ihn mit seinen großen grünen Augen.

»Beeil dich«, rief Michal. »Wir müssen uns beeilen!«

Tom wandte sich ab und rannte hinter Michal her in den Wald hinein.

20

UM DAS ZIMMER ausfindig zu machen, hatte er dem Portier nur hundert amerikanische Dollar über den Tisch schieben und dann nach der Zimmernummer von der blonden Amerikanerin fragen müssen, die vor einigen Stunden eingecheckt hatte. Sie war wahrscheinlich die einzige Amerikanerin, die an diesem Tag gekommen war.

Zimmer 517, hatte der Portier gesagt.

Carlos betrat den Gang im fünften Stock, sah, dass niemand da war, und ging schnell nach links. 515. 517. Er trat an die Tür, probierte den Türgriff. Abgeschlossen. Klar.

Er stand weitere drei Minuten auf dem verlassenen Gang und hielt das Ohr an die Tür gepresst. Abgesehen vom Rattern der Klimaanlage war es im Zimmer absolut still. Vielleicht schliefen sie. Aber das bezweifelte er. Oder sie waren weg. Unwahrscheinlich.

Er griff in seine Tasche, holte einen Dietrich heraus und drehte ganz vorsichtig die Bolzen im Schloss. Es gab genug Hintergrundgeräusche, sodass niemand ihn hören konnte. Der Amerikaner hatte eine Waffe, aber er war kein Mörder. Carlos hatte das beim ersten Blick in sein Gesicht gesehen. Und nach der Art zu urteilen, wie er die Neun-Millimeter-Waffe in der Hotelhalle gepackt hatte, war er nicht sehr vertraut im Umgang mit Waffen.

Nein, was er hier vor sich hatte, war ein durchgedrehter, mutiger Amerikaner, der vielleicht sogar ein würdiger Gegner war, aber kein Mörder.

Ist dein Feind stark, vernichte ihn.

Ist dein Feind taub, schrei.

Fürchtet dein Feind den Tod, metzle ihn nieder.

Grundlagen der Terroristenausbildung.

Carlos verdrehte den Kopf und ließ seine Halswirbel knacken. Er trug ein schwarzes Sakko, ein T-Shirt, Stoffhose, Markenlederschuhe. Die Aufmachung eines südländischen Geschäftsmannes. Aber die Zeit der Maskerade war vorbei. Das Sakko würde ihn in seinen Bewegungen hindern. Leise nahm er die schallgedämpfte Waffe aus der Innentasche und steckte sie in seinen Gürtel. Er lies das Sakko von den Schultern gleiten, legte es über seinen linken Arm und fühlte nach der Pistole. Mit der linken Hand drehte er am Türgriff.

Carlos holte tief Luft und lehnte sich mit Wucht gegen die Tür, damit ein möglicher Sicherheitsriegel aufsprang.

Eine Sicherheitskette zerriss und Carlos war drin. Mit ausgestreckter Waffe stand er da.

Kraft und Schnelligkeit. Nicht nur bei der Ausführung, sondern auch im Erfassen und Einschätzen von Situationen. Er hatte gesehen, was er sehen musste, bevor er den ersten Schritt machte.

Die Frau war an die Klimaanlage gefesselt. Geknebelt. Mit Stricken aus einem Bettlaken.

Der Amerikaner lag mit bloßem Oberkörper auf dem Bett. Er schlief.

Carlos hatte schon das halbe Zimmer durchquert, bevor die Frau reagieren konnte, und dann auch nur mit einem unterdrückten Quietschen. Ihre Augen waren weit aufgerissen. Hilflos.

Der Amerikaner war also seine einzige Sorge. Er riss seine Pistole nach rechts und war bereit, dem Mann eine Kugel in die Schulter zu jagen, wenn er auch nur zuckte.

Er war schnell, keine überflüssige Bewegung. Aber in seinem Kopf fühlte sich alles viel zu langsam an. Genau so hatte er schon hundertmal fehlerlos einen Einsatz ausgeführt. Zerlege jede Bewegung in ein Dutzend einzelne Teile und dann kannst du jedes Bruchteil beeinflussen, korrigieren, ändern. Es war sein großer Vorteil, den er gegenüber jedem anderen hatte, mit Ausnahme der Allerbesten.

Carlos war mit vier großen Schritten bei dem Mädchen. Er ließ sich auf sein rechtes Knie fallen und schlug sie mit einem schnellen Schlag gegen ihre Schläfe bewusstlos, während er die Waffe die ganze Zeit auf den Amerikaner gerichtet hielt.

Die Frau stöhnte und sackte zusammen.

Carlos zählte bis drei und bewegte sich nicht. Der Brustkorb des Amerikaners hob und senkte sich gleichmäßig. Die Neun-Millimeter-Waffe lag neben seiner Hand auf dem Bett.

Einfach. Viel zu einfach. Fast schon enttäuschend einfach.

Er stand auf, nahm die Waffe des Amerikaners und eilte zur Tür. Er schloss sie leise. Er ging wieder zum Bett und untersuchte die Lage. Seine Waffe baumelte an seiner Seite. Ein unerwarteter Gewinn im wahrsten Sinne des Wortes. Zwei zum Preis von einem, wie es bei den Amerikanern heißt. Eine bewusstlose Frau und ein Amerikaner, der hilflos zu seinen Füßen schlief.

Der Mann hatte mehrere Narben auf der Brust. Sehr muskulös. Schlanke Finger. Der perfekte Körper für einen Kämpfer. Vielleicht hatte er ihn unterschätzt.

Was trieb Thomas Hunter an? Träume? Sie würden es bald herausfinden, denn er würde sie jetzt beide mitnehmen. Die ganze Welt würde nach dem durchgedrehten Amerikaner suchen, der Monique de Raison entführt hatte, und niemand käme auf die Idee, dass jetzt alle beide in den Händen Dritter waren. Svensson würde sich vor Lachen in die Hosen machen.

Links ratterte die Klimaanlage beständig weiter. Unten auf der Straße wuselte das Nachtleben. Die andere Frau konnte jeden Moment zurückkommen.

Carlos ging zu der Raison-Frau und nahm ihr den Knebel weg. Er holte eine Kugel von der Größe einer Murmel aus der Tasche. Hausmacher-Art. Neun Zehntel hochexplosiver Sprengstoff, ein Zehntel Fernzünder. Er hatte das Gebilde schon dreimal erfolgreich eingesetzt.

Er zog die Frau in eine sitzende Position hoch, drückte ihre Wangen zusammen, bis sie den Mund öffnete, und schob ihr die Kugel in den Mund. Mit seiner Linken drückte er ihre Luftröhre kurz und kräftig zu, sodass sie nach Luft schnappte. Als sie den Mund aufriss, schob er ihr gleichzeitig mit dem Zeigefinger die Kugel in den Hals.

Sie würgte, schluckte. Er presste seine Hand auf ihren Mund, sie wehrte sich und kam wieder zu Bewusstsein. Als er sicher war, dass sie die Kugel ganz geschluckt hatte, schlug er ihr mit der Faust gegen die Schläfe.

Sie sackte erneut zusammen.

Monique de Raison hatte jetzt genug Sprengstoff in sich, um ihr mit einem einzigen Knopfdruck die Eingeweide herauszureißen. Löste man den Zünder nicht aus, würde die Kugel in etwa vierundzwanzig Stunden von ganz allein wieder herauskommen. Aber so lange war sie seine Gefangene mit einem Bewegungsradius von fünfzig Metern. Nur so konnte er sowohl sie als auch den Amerikaner zwingen, mitzumachen. Sie würde seinen Anweisungen aus gegebenem Anlass folgen. Und wenn Carlos den Amerikaner richtig einschätzte, würde er mitmachen, um das Mädchen zu beschützen.

»Wa…«, der Amerikaner warf den Kopf im Schlaf hin und her. Er murmelte. »Was?«

Carlos trat ans Fußende des Bettes. Er überlegte, ob er den Mann mit einer Kugel in die Schulter wecken sollte. Aber sie mussten es noch hinunter zum Auto schaffen. Er konnte weder die Blutflecken noch die Zeit riskieren.

»Sag ihnen?«, murmelte Hunter. »Sag ihnen … 179,47 Grad, zwei Stunden lang … nach dem fünften und dem dreiundneunzigsten Gen teilen und die Enden zusammenfügen. Auch die Hintertür.«

Was murmelte dieser Idiot da?

»… Jetzt vergiss …«

Ein interessanter Anblick, dieser sich windende, im Schlaf murmelnde Amerikaner. Seine Träume. Fünftes Gen, dreiundneunzigstes Gen, trennen, Enden zusammenfügen. Du brauchst die Hintertür. Bedeutungslos. Carlos merkte sich die Einzelheiten aus reiner Gewohnheit.

Er hob die Waffe und zielte auf die Brust des Amerikaners. Ein Schuss und der Mann wäre tot. Sehr verführerisch. Aber sie brauchten ihn nach Möglichkeit lebendig. Es erinnerte ihn daran, wie er einen anderen Amerikaner umgebracht hatte. Den Eigentümer eines Pharmakonzerns, den Svensson aus dem Weg geräumt haben wollte.

Carlos ließ den Moment andauern.

Michal flog unter den Baumwipfeln hindurch und sah sich von Zeit zu Zeit wortlos um. Tom stürzte benommen vorwärts. Etwas sehr Bedeutendes war soeben geschehen. Er hatte sich vom Dorf weggeschlichen. Er hatte sich mit Taleh getroffen, ein Gedanke, der ihm jedes Mal einen Schauer über den Rücken jagte, wenn er diese Kreatur vor seinem inneren Auge sah. Er hatte tatsächlich zugestimmt …

Nein, nicht ihn zu verraten. Das könnte er niemals tun.

Aber er hatte es getan!

Und er hatte einen fast schon toten Rotschopf namens Bill gesehen, der sein Copilot war. Der Schrecken dieses Szenarios kroch langsam und unauslöschlich in seine Gedanken. Er fühlte sich wie ein Kind, verloren in den Straßen Manilas.

Tom verfiel schließlich in eine dumpfe Hoffnungslosigkeit und verlor sich in der Monotonie seiner Schritte.

Als sie auf dem Kamm des Hügels angekommen waren, wandte sich Michal nicht, wie Tom es erwartet hatte, nach unten, wo das hell erleuchtete Dorf lag. Stattdessen flog er das Tal hinauf, wo die breite Straße hinter dem Hügel verschwand. Tom hielt ganz außer Atem an. Vornübergebeugt und die Hände auf die Knie gestützt, atmete er tief die Nachtluft ein. Der Roush war noch hundert Meter weitergeflogen, bevor er bemerkte, dass Thomas stehen geblieben war. Mit einem Flügelschlag machte er kehrt und ließ sich wieder zu Tom hinuntergleiten.

»Wäre es dir lieber, wenn wir ab hier zu Fuß gingen?«, fragte er.

Tom deutete auf das Dorf. »Gehen wir da hin?«

»Heute Nacht wirst du Eljon treffen«, antwortete Michal.

»Eljon?« Erschrocken richtete Tom sich auf.

Der Roush drehte sich um und ging auf den Weg zu.

»Michal! Bitte! Bitte, es gibt da etwas, das ich unbedingt wissen muss.«

»Das wirst du, Thomas. Das wirst du.«

»Bill. Hast du ihn gesehen? Der Shataiki sagte, er sei mein Copilot. Wir hätten eine Bruchlandung gemacht …«

Michal wandte sich zurück und sah ihn genau an. »Das hat dir der Verführer gesagt?«

»Ja. Und ich habe ihn gesehen, Michal. Du hast ihn doch auch gesehen.«

»Ich sage dir, was ich gesehen habe, und das darfst du nie vergessen. Hast du mich verstanden? Niemals!«

»Ja, natürlich.« Tom verspürte eine heftige Gefühlsregung. Er presste die Handflächen gegen seine Schläfen und rang verzweifelt um Klarheit. »Bitte erzähl mir einfach nur etwas, das einen Sinn ergibt.«

»Ich habe nichts als Lügen gesehen. Taleh ist ein Verführer. Er wird dir alles Mögliche erzählen, um dich in seine Falle zu locken. Alles! Und weil er genau wusste, dass du alles, was er dir erzählt hat, sofort wieder bezweifeln würdest, hat er dir diesen Rotschopf gezeigt, den du Bill nennst.«

»Aber wenn Bill echt ist …«

»Bill ist nicht echt! Was du gesehen hast, war nur ein Hirngespinst. Das hat dieses Monster gemacht. Er hatte von Anfang an nur vor, dich zu verführen.«

»Aber … Bill hat mich gewarnt. Er kam aus dem Wald gelaufen und hat mir zugerufen.«

»Gibt es eine bessere Methode von Taleh, dich zu überzeugen, dass er echt ist? Er wusste, dass du deine Vereinbarung mit ihm, die anderen zu verraten, wahrscheinlich brechen würdest.« Bei diesen Worten schauderte Michal. »Aber nachdem er diese Show abgezogen hat und du versucht bist, zu glauben, Bill sei echt, ist es umso wahrscheinlicher, dass du wieder hingehen wirst. Es wird dich verfolgen, bis du schließlich noch einmal zurückgehst.«

Der Roush starrte ihn mit einem Blick an, dass Tom am liebsten geweint hätte.

»Niemals!«, sagte er. »Wenn das stimmt, werde ich niemals dorthin zurückgehen.«

Michal antwortete nicht sofort. Er wandte sich um und watschelte den Hügel hinunter.

»Sogar jetzt bezweifelst du es noch«, sagte er.

Tom ließ Michal vorausgehen. Er war sich plötzlich sicher, dass der Roush gleichzeitig recht und unrecht hatte. Er hatte recht, dass der Shataiki ihn nur verführen wollte, und er hatte unrecht, dass er noch einmal zurückgehen würde. Wie konnte er das tun? Er entstammte nicht den Chroniken, er kam nicht von einem entfernten Planeten namens Erde. Er kam von hier, und das hier war die Erde.

Es sei denn, Taleh hatte recht.

Er folgte dem Roush in einiger Entfernung. Sie gingen über den Hügel in ein anderes Tal. Hier lag eine ganz neue Landschaft vor seinen Augen. Die sanften Hügel wichen steilen Hängen, die mit Bäumen bewachsen waren, die viel größer waren als die hinter ihnen.

Tom starrte die Landschaft staunend an. Die steilen Hänge wurden zu Felsklippen und die Bäume wurden immer größer. Ihr Licht erleuchtete die Schlucht beinahe taghell. An jedem einzelnen Zweig schienen Früchte zu hängen. Aus diesem Wald mussten die riesigen Säulen in der Bannhalle gekommen sein. Es waren makellose Stämme, die in allen Schattierungen von Rubinrot, Saphirblau, Smaragdgrün und Goldgelb leuchteten und dem Weg eine Atmosphäre gaben, die Tom beinahe mit den Händen greifen konnte.

Hier war er zu Hause. Er hatte sein Gedächtnis verloren, aber dieser außergewöhnliche Ort war sein Zuhause. Er ging etwas schneller.

Rote und blaue Blumen mit großen Blütenblättern bedeckten einen dicken Teppich aus smaragdgrünem Gras. Die Klippen sahen aus, als seien sie aus einer einzigen großen, weißen Perle geschnitzt, die das Licht der Bäume widerspiegelte, sodass das ganze Tal in Regenbogenfarben schimmerte. Tom konnte das Rauschen eines Flusses hören, dessen Windungen gelegentlich nahe genug an den Weg herankamen, dass er das leuchtende Grün des Wassers sehen konnte.

Zu Hause. Hier war er zu Hause und Tom konnte den Gedanken kaum ertragen, dass er das jemals bezweifelt hatte. Jetzt müsste Rachelle bei ihm sein und mit ihm auf diesem Weg gehen.

Sie waren noch keine zehn Minuten gegangen, als Tom in der Ferne ein Donnern vernahm. Zunächst dachte er, es sei das Geräusch des Flusses. Aber es war mehr als ein Fluss.

Er erschauderte. Das Donnern wurde lauter. Er ging noch schneller. Michal wurde ebenfalls schneller und hüpfte mit ausgebreiteten Flügeln den Weg entlang, um die Balance zu halten. Was auch immer Tom anzog, zog auch ihn an.

Plötzlich raschelte es zu seiner Linken im Laub und Tom blieb stehen. Ein weißes Tier, so groß wie ein kleines Pferd, aber von Gestalt ein Löwe, schlenderte auf den Weg und sah ihn neugierig an. Tom machte einen Schritt zurück. Der Löwe jedoch ging laut schnurrend weiter. Tom rannte, um Michal einzuholen, der nicht stehen geblieben war.

Jetzt sah er auch noch andere Wesen. Viele sahen so aus wie das erste, andere wie Pferde. Tom sah, wie ein großer, weißer Adler auf dem Rücken eines Löwen landete und ihn anstarrte, als er den Pfad entlangstolperte.

Das Donnern wurde immer lauter. Es war ein tiefes, dumpfes Grollen und so laut, dass sogar der Boden leicht bebte. Michal hatte aufgehört zu hüpfen und flog jetzt wieder.

Tom rannte dem Roush hinterher. Die Erde begann zu vibrieren. Mit klopfendem Herzen rannte er um eine weite Kurve.

Und dann hörte der Weg plötzlich auf.

Tom hielt rutschend an.

Vor ihm erstreckte sich ein großer, kreisrunder See, in dem das gleiche leuchtende, smaragdgrüne Wasser schimmerte, das den schwarzen Wald eingrenzte. Der See war von riesigen leuchtenden Bäumen umgeben, die in gleichmäßigen Abständen etwa vierzig Schritte vom Ufer entfernt um den weißen Sandstrand standen. Um den See lagerten Tiere, die schliefen oder tranken.

Am gegenüberliegenden Ufer schimmerte eine hohe Klippe aus Perlmutt in Rubinrot und Topasgelb. Über die Klippe ergoss sich ein riesiger Wasserfall, der in Grün und Gold pulsierte und hundert Meter donnernd in die Tiefe stürzte. Die aufsteigende Gischt fing das Licht der Bäume ein, sodass es aussah, als stiegen Farben aus dem See auf. Hier konnte es kaum einen Unterschied zwischen Tag und Nacht geben. Zu seiner Rechten entsprang dem See der Fluss, den er unterwegs gesehen hatte. Michal war am Ufer gelandet und trank durstig aus dem See.

All das nahm Tom wahr, noch bevor er einmal mit den Augen geblinzelt hatte.

Er ging vorsichtig einige Schritte auf das Wasser zu und blieb dann wie angewurzelt im Sand stehen. Er wollte zum Wasser hinunterrennen und trinken, wie Michal, aber auf einmal war er sich nicht mehr sicher, ob er sich noch bewegen konnte.

Unten trank Michal immer noch.

Ein Schauer lief ihm den Rücken hinunter, vom Haaransatz bis zu den Fußsohlen. Eine unaussprechliche Furcht hatte ihn gepackt. Trotz einer kühlen Brise vom See her stand ihm der Schweiß auf der Haut.

Etwas war verkehrt. Total verkehrt. Er wich zurück und suchte in seinem Gehirn verzweifelt nach einem klaren Gedanken. Stattdessen wurde die Angst zur Panik. Er wirbelte herum und rannte das Ufer hinauf.

Sobald er bei den Bäumen angekommen war, fiel alle Angst von ihm ab wie lose Fesseln. Er drehte sich um. Michal trank unersättlich.

In diesem Augenblick wusste Tom, dass er auch von dem Wasser trinken musste.

Als er so dastand, die Füße breitbeinig im weichen weißen Sand, die Hände zu Fäusten geballt in die Hüften gestützt, machte sein Gehirn einen Sprung.

Das tiefe Stöhnen, das aus seinem Mund kam und beinahe im Geräusch des Wasserfalls unterging, nahm er kaum war. Die Tiere ruhten am Strand. Michal trank in tiefen Zügen. Die Bäume standen majestätisch da. Der Wasserfall ergoss sich in die Tiefe. Es schien, als würde die Zeit stehen bleiben und Tom fälschlicherweise hier festhalten.

Plötzlich schien der Wasserfall etwas heftiger unten aufzuprallen und eine große Gischtwelle stieg aus dem See auf. Der Nebel trieb auf ihn zu. Er sah ihn kommen. Der Nebelstreifen zog über den Strand. Er schlug ihm ins Gesicht. Es war nur ein schwaches Sprühen, aber es hätte genauso gut die Schockwelle einer kleinen Atombombe sein können.

Tom schnappte nach Luft. Er fiel mit weit aufgerissenen Augen auf seine Hände in den Sand. Alle Furcht war verschwunden.

Nur das Verlangen war geblieben. Bloßes, unsagbares Verlangen, das wie ein totales Vakuum an seinem schmerzenden Herzen zog.

Keiner der Umstehenden hätte erwartet, was er als Nächstes tat. In diesem Augenblick, als er wusste, was er tun musste – was er sich sehnlichst wünschte –, riss sich Tom los und rannte auf das Wasser zu. Aber er blieb nicht am Ufer stehen und trank wie die anderen. Stattdessen machte er schreiend einen Kopfsprung über den gebückten Michal hinweg, hinein in das leuchtende Wasser des Sees.

In dem Moment, als Tom das Wasser berührte, schüttelte es seinen ganzen Körper. Ein blauer Blitz zuckte vor seinen Augen und er wusste, dass er sterben musste, dass er, getrieben von einem falschen Verlangen, in einen verbotenen See gesprungen war und jetzt mit dem Leben bezahlen musste.

Das warme Wasser umfing ihn. Wellen gingen durch seinen Körper und explodierten zu einer brennenden Hitze, die ihm die Luft nahm. Schon dieser Schock hätte ihn umbringen können.

Aber er starb nicht. Tatsächlich war es pures Vergnügen, das seinen Körper erfüllte, nicht der Tod. Vergnügen! In großen, unaufhörlichen Wellen strömte dieses Gefühl durch seinen Körper.

Eljon.

Er wusste selbst nicht weshalb, aber er war sich ganz sicher: Eljon war mit ihm hier in diesem See.

Tom öffnete die Augen und stellte fest, dass sie nicht brannten. Goldgelbes Licht strömte vorbei. Das Wasser schien nirgends dunkler zu sein. Er verlor jede Orientierung. Wo war oben?

Das Wasser drückte auf jeden Zentimeter seines Körpers, so intensiv wie Säure, aber eine Säure, die vor Vergnügen brannte, nicht vor Schmerz. Als er tiefer sank, wichen die heftigen Erschütterungen in seinem Körper einem sanften Zittern. Er öffnete den Mund und lachte. Er wollte mehr davon, viel mehr. Er wollte das Wasser einsaugen und trinken.

Ohne nachzudenken tat er es. Er nahm einen großen Schluck und dann atmete er es versehentlich ein. Das Wasser kam in seine Lungen.

Tom wollte voller Panik auftauchen. Versuchte, das Wasser aus den Lungen zu bekommen und hustete. Stattdessen atmete er noch mehr Wasser ein. Er schlug um sich und paddelte in eine Richtung, von der er dachte, dass es oben sei. Musste er ertrinken?

Nein. Er bekam immer noch Luft.

Vorsichtig atmete er noch mehr Wasser ein und wieder aus. Gleich atmete er noch einmal ein, diesmal tiefer, und mit einem sanften Atemstoß wieder aus.

Er konnte das Wasser atmen! Mit großen Zügen atmete er jetzt das berauschende Wasser des Sees ein.

Tom brüllte vor Vergnügen. Er tummelte sich im Wasser, zog die Beine an, machte einen Purzelbaum, streckte sie ruckartig wieder aus und schoss vorwärts, immer weiter in die Farben hinein, die ihn umgaben. Er schwamm immer tiefer in den See, drehte sich dabei und schlug einen Salto nach dem anderen, während er auf den Grund schwamm. Die Kraft, die in diesem See steckte, übertraf alles, was er sich je hätte vorstellen können. Er konnte kaum an sich halten.

Und er konnte tatsächlich nicht an sich halten. Er schrie vor Vergnügen und schwamm immer tiefer.

Dann hörte er sie. Vier Wörter.

Das habe ich erschaffen.

Tom richtete sich auf und war wie versteinert. Nein, es waren keine Wörter. Es war Musik, die sprach. Reinste Klänge, die sein Herz und seinen Verstand durchbohrten und so viel Bedeutung hatten wie ein ganzes Buch. Er wirbelte herum, um nach der Quelle zu suchen.

Ein Kichern breitete sich durch das Wasser aus. Wie ein Kind klang es jetzt.

Tom grinste hilflos und drehte sich. »Eljon?« Seine Stimme klang erstickt, kaum als Stimme zu erkennen.

Das habe ich erschaffen.

Die Worte drangen bis in seine Knochen und er begann wieder zu zittern. Er wusste nicht, ob es tatsächlich eine Stimme war oder ob er sich alles nur einbildete.

»Was bist du? Wo bist du?« Licht strömte vorbei. Wellen des Wohlgefühls schwappten weiter durch seinen Körper. »Wer bist du?«

Ich bin Eljon.
Und ich habe dich erschaffen.

Die Worte begannen in seinen Gedanken und breiteten sich wie ein Feuer durch seinen ganzen Körper aus.

Gefällt es dir?

»Ja!«, sagte Tom. Er wusste nicht, ob er es gesagt oder hinausgeschrien hatte. Er wusste nur, dass sein ganzer Körper die Antwort geschrien hatte.

Tom sah sich um. »Eljon?«

Jetzt klang die Stimme anders. Sie sprach. Die Musik war weg. Eine ganz einfache, harmlose Frage.

Zweifelst du an mir?

In diesem Augenblick brach das ganze Ausmaß seiner schrecklichen Dummheit wie ein Hammerschlag über ihn herein. Wie hatte er das jemals anzweifeln können?

Tom rollte sich in der Tiefe des Sees wie ein Embryo zusammen und stöhnte.

Ich sehe dich, Thomas.
Ich habe dich erschaffen.
Ich liebe dich.

Die Worte spülten über ihn hinweg, drangen ihm bis in Mark und Bein, streichelten jede Synapse seines Gehirns, flossen durch jede Ader, als bekäme er eine Transfusion.

Warum zweifelst du dann?

Jetzt war es der Thomas aus seinen Träumen, aus seinem Unterbewusstsein, der in seinen Gedanken war. Er hatte mehr als nur gezweifelt. Das war doch er gewesen, oder?

»Es tut mir leid. Es tut mir leid.« Er glaubte, er müsse jetzt doch sterben. »Es tut mir leid. Es tut mir leid«, stöhnte er. »Bitte …«

Es tut dir leid? Was tut dir leid?

»Alles. Dass ich … gezweifelt habe. Dass ich … dich ignoriert habe.« Tom hielt inne. Er war sich nicht sicher, was er noch falsch gemacht hatte, er wusste nur, dass er etwas falsch gemacht hatte.

Dass du mich nicht geliebt hast?
Ich liebe dich, Thomas.

Die Worte füllten den ganzen See aus, als sei das Wasser selbst zu diesen Worten geworden. Tom begann wild zu schluchzen.

Das Wasser an seinen Füßen begann plötzlich zu kochen und er spürte, wie ihn der See immer tiefer in sich hineinzog. Er rang nach Luft und wurde von einem mächtigen Strom gezogen. Und dann wurde er herumgewirbelt und Kopf voraus weitergerissen. Er öffnete die Augen und gab sich dem hin, was ihn jetzt erwartete.

Direkt vor ihm tat sich ein dunkler Tunnel auf, wie das Auge eines Strudels. Er wurde hineingerissen und das Licht war weg.

Schmerzen trafen ihn wie mit einem Rammbock und er schnappte nach Luft. Instinktiv bog er seinen Körper nach hinten, um wieder zum Eingang zurückzuschwimmen. Angestrengt versuchte er, ihn zu erkennen, aber er hatte sich verschlossen.

Er fing an zu schreien, schlug im Wasser um sich und wurde immer tiefer in den dunklen Tunnel gezogen. Die Schmerzen tobten in jeder Faser seines Körpers. Er hatte das Gefühl, als hätte man ihn in feine Scheiben geschnitten und gründlich eingesalzen, als hätte man seine Innereien mit glühenden Kohlen gefüllt, als hätte man seine Knochen aufgebohrt und mit flüssigem Blei gefüllt.

Zum ersten Mal in seinem Leben wünschte sich Tom sehnsüchtig den Tod.

Dann sah er Bilder vorbeiströmen und erkannte, wo er sich befand. Bilder von der Brücke, von seinen Träumen, alle für ihn aneinandergereiht.

Bilder, wie er seinem Vater ins Gesicht spuckte. Dem Kaplan.

»Lass mich sterben!« hörte er sich selbst kreischen. »Lass mich steeerbeeen!«

Das Wasser zwang ihn, die Augen zu öffnen, und noch mehr Bilder drangen in seine Gedanken. Seine weinende Mutter. Die Bilder kamen jetzt immer schneller. Bilder aus seinem Leben. Eine dunkle, schreckliche Gestalt. Ein Mann mit rotem Gesicht, der Leuten obszöne Dinge ins Gesicht schrie, wobei seine lange Zunge wie bei einer Schlange immer wieder aus seinem aufgerissenen Mund schoss. Jedes Mal, wenn die Zunge jemanden berührte, blieb von der Person nur noch ein Haufen Knochen übrig. Es war sein eigenes Gesicht, das er da sah. Erinnerungen an Menschen, die schon lange tot waren, aber hier und jetzt auflebten und erneut starben.

Jetzt wusste er, dass er in seiner eigenen Seele war.

Tom bog sich nach hinten, bis sein Kopf beinahe seine Fersen berührte und seine Wirbelsäule bis zum Bersten gespannt war. Er hörte nicht auf zu schreien.

Der Tunnel öffnete sich plötzlich unter ihm und spuckte ihn hinaus in dickflüssiges, rotes Wasser. Blutrot. Er sog das rote Wasser auf, um seine erschöpften Lungen zu füllen.

Aus den tiefsten Tiefen des Sees drang ein Stöhnen an seine Ohren und übertönte allmählich seine eigenen Schreie. Tom wirbelte herum auf der Suche nach der Quelle des Stöhnens, aber er sah nur dickes, rotes Blut. Das Stöhnen schwoll zu einem Jammern und dann zu einem Schreien an.

Eljon schrie! Er schrie vor Schmerz!

Tom presste die Hände an seine Ohren und fing an, mit der anderen Stimme zu schreien. Das war noch schlimmer als der dunkle Tunnel. Sein Körper brannte wie Feuer, als würde sich jede einzelne Zelle gegen das Geräusch auflehnen. *Und das sollten sie auch,* flüsterte eine Stimme in seinem Kopf. *Ihr Schöpfer schreit auf vor Schmerz!*

Und dann war er hindurch. Er kam aus dem roten in das grüne Wasser des Sees, seine Hände immer noch fest an die Ohren gepresst. Tom hörte die Worte, als kämen sie aus seinem eigenen Verstand.

Ich liebe dich, Thomas.

Im gleichen Augenblick waren die Schmerzen verschwunden. Tom nahm die Hände von den Ohren und streckte sich ein bisschen. Er schwebte im Wasser und war zu überwältigt, um zu antworten. Dann war der See auf einmal von einem Lied erfüllt. Ein Lied, das schöner war als jedes Lied, wie Hunderttausende von Melodien zu einer verwoben.

Ich liebe dich.
Ich erwähle dich.
Ich rette dich.
Du bist wertvoll für mich.

»Ich liebe dich auch!« rief Tom verzweifelt. »Ich erwähle dich, du bist wertvoll für mich.« Er schluchzte, aber diesmal vor Liebe. Dieses Gefühl war noch tiefer als der Schmerz, der ihn fast zerrissen hätte.

Plötzlich packte ihn die Strömung wieder und zog ihn durch die Farben nach oben. Wieder zitterte sein ganzer Körper vor Vergnügen, und ganz schlaff schoss er durch das Wasser. Er wollte reden, schreien, rufen und der ganzen Welt sagen, dass er der glücklichste Mensch im Universum war. Dass er von Eljon geliebt wurde, von Eljon selbst, mit seiner eigenen Stimme, in einem See, den er selbst geschaffen hatte.

Aber die Worte wollten nicht kommen.

Wie lange er in den Strömungen des Sees geschwommen war, wusste er nicht. Er tauchte in Blautöne ein und fand einen tiefen See des Friedens, der seinen Körper betäubte wie Valium. Mit einer Drehung seines Handgelenks konnte er seine Richtung ändern, schwamm in eine goldene Strömung und bebte vor Zuversicht, wie sie nur durch große Macht und Wohlstand kommt. Mit einer Wendung seines Kopfes schoss er in rotes Wasser, das vor Vergnügen so sprudelte, dass sein Körper wieder erschlaffte. Eljon lachte. Und Tom lachte auch und tauchte tiefer, drehte sich und wirbelte herum.

Als Eljon wieder sprach, war seine Stimme sanft und tief wie die eines schnurrenden Löwen.

Verlass mich niemals, Thomas.
Sag mir, dass du mich niemals verlassen wirst.

»Niemals! Nie, nie, nie! Ich werde immer bei dir bleiben.«

Wieder erfasste ihn eine Strömung, diesmal von hinten, und presste ihn durch das Wasser. Er lachte, als er für eine lange Zeit, so schien es ihm, durch das Wasser schoss und dann keine zehn Meter vom Ufer entfernt an die Oberfläche kam.

Seine Füße berührten den sandigen Boden und er spuckte einen Liter Wasser aus seinen Lungen, genau vor einem verdutzten Michal. Er hustete zweimal und watete aus dem Wasser. »Mannomann!« Ihm fielen keine Worte ein, um sein Erlebnis zu beschreiben. »Wow!«

»Eljon«, sagte Michal, dessen kurze Schnauze sich zu einem breiten Grinsen öffnete. »Nun ja. Ein bisschen ungewöhnlich war es schon, sich so hineinzustürzen.«

»Wie lange war ich da unten?«

Michal zuckte mit den Achseln. »Eine Minute, nicht länger.«

Tom schlurfte ans Ufer und ließ sich auf die Knie fallen. »Unglaublich.«

»Erinnerst du dich?«

Er sah zurück zum Wasserfall. Erinnerte er sich?

»An was?«

»Aus welchem Dorf du bist. Wer du bist«, sagte Michal.

Erinnerte er sich?

»Nein«, sagte Thomas. »Ich erinnere mich an alles, was seit meinem Sturz im schwarzen Wald geschehen ist. Und ich erinnere mich an meine Träume.«

In denen er jetzt schlief, dachte er, und darauf wartete, aufzuwachen. Aber er wusste, dass er erst aufwachen würde, wenn er hier einschlief. Er konnte zwei Tage hier sein und dort war nur eine Sekunde vergangen. So funktionierte die Sache.

Vorausgesetzt, er würde weiterhin träumen. Er wollte nicht mehr, das stand fest. Der See hatte ihn vollkommen belebt. Er fühlte sich, als hätte er eine ganze Woche geschlafen.

Er ließ sich auf den Rücken fallen, lag auf dem Sand und starrte den Mond an.

21

MONIQUE BLINZELTE. Ihr Kopf pochte. Sie lag auf der Seite. Ihr Blick war verschwommen. Ihre Wange war in den Teppich gedrückt. Sie konnte unter das Bett sehen, das etwa drei Meter entfernt stand. War sie eingeschlafen?

Dann erinnerte sie sich. Ihr Puls raste. Jemand war hier eingebrochen, während Thomas schlief! Er war hereingefegt wie ein Wirbelwind und hatte ihr einen Schlag auf den Kopf verpasst, bevor sie etwas tun konnte. Noch etwas war passiert, aber sie konnte sich nicht mehr erinnern was. Ihr Hals schmerzte und ihr Kopf fühlte sich an wie ein Luftballon.

Aber sie lebte und war immer noch im Zimmer.

Sie musste Tom wecken.

Monique wollte gerade den Kopf heben, als sie das Paar Schuhe am Fußende des Bettes sah. Über den Schuhen befand sich eine Hose. Jemand stand dort am Fußende.

Sie hielt die Luft an und rührte sich nicht. Er war immer noch da! Toms Atemzüge klangen unregelmäßig. War er verletzt? Oder schlief er?

Monique schloss die Augen und versuchte nachzudenken. Ihre Arme und Beine waren immer noch mit den Stoffstreifen gefesselt. Aber ihr Mund. Er hatte den Knebel entfernt. Warum? War er ihr Retter? War die Polizei gekommen, um sie herauszuholen? Aber warum hatte der Mann sie dann bewusstlos geschlagen?

Nein, es konnte niemand sein, der um ihre Sicherheit besorgt war. Möglicherweise ging er in diesem Augenblick mit einem Messer in der Hand durchs Zimmer, um sein Werk zu beenden.

Sie riss die Augen weit auf. Die Schuhe hatten sich nicht von der Stelle bewegt. Sie drehte die Augen so weit sie konnte nach oben und versuchte verzweifelt, einen Blick auf den Angreifer zu erhaschen.

Schwarzes Hemd. Er hatte eine lange Narbe auf der Wange. Er hatte den Arm ausgestreckt. In der Hand hielt er eine Pistole. Die Pistole war auf Thomas gerichtet.

Monique packte die Panik. So schnell sie konnte, fuhr sie auf und schrie: »Thomas!«

Der Mann wirbelte mit ausgestreckter Pistole und weit aufgerissenen Augen zu ihr herum. Thomas schoss aus dem Bett auf wie eine Marionette, an deren Fäden gerissen wurde. Der Mann ließ sich auf ein Knie fallen und richtete die Pistole wieder auf Thomas.

»Keine Bewegung!«

Zu spät. Thomas bewegte sich schon.

Er warf sich nach links. Die Pistole spuckte eine Kugel aus, das Kissen Federn. Monique sah, wie der Amerikaner sich auf der anderen Seite aus dem Bett auf den Boden fallen ließ. Er bewegte sich blitzschnell, als wäre er vom Teppich zurückgefedert.

Dann war er in der Luft und flog auf den schwarzen Eindringling zu.

Peng! Wieder spuckte die Pistole eine Kugel aus, die ein Loch ins Kopfende des Bettes riss. Tom begann einen Scherentritt, wie ein Fußballspieler, der auf seinen Torschuss wartete. Sein Fuß berührte die Hand des Mannes.

Zack!

Die Pistole flog quer durch den Raum und knallte über Monique an die Wand. Sie fiel neben ihr auf den Boden.

Sie konnte sie nicht erreichen. Aber sie vergrub sie unter ihren Beinen.

Nach seinem Tritt hatte sich Thomas wieder aufs Bett neben das zerfetzte Kissen gerollt und stand dem Angreifer jetzt in einer vertrauten Bereitschaftsstellung gegenüber.

Der Mann sah erst sie, dann Thomas an. Ein Lächeln verzog seinen Mund. »Sehr gut. Ich habe Sie tatsächlich unterschätzt«, sagte er. Südländischer Akzent. Gebildet. Kein billiger Schlägertyp.

Monique drückte sich hoch und versuchte, den stechenden Kopfschmerz nicht zu beachten.

»Wer sind Sie?«, fragte Thomas. Seine Augen waren weit aufgerissen, aber sonst war er überraschend ruhig. »Ich will niemandem wehtun.«

»Nein? Dann habe ich Sie vielleicht unterschätzt.«

»Sie wollen den Impfstoff«, sagte Thomas.

Der Mann kniff das rechte Auge kaum merklich zusammen. Genug für Monique, um zu wissen, dass Thomas ins Schwarze getroffen hatte.

»Woher wussten Sie davon?«, fragte Thomas.

»Der Impfstoff interessiert mich nicht.« Der Blick des Mannes glitt zu einer Jacke, die an der Tür lag. Tom hatte es gesehen.

»Ich habe Sie auf die Spur gebracht, stimmt's?«, fragte Thomas. »Hätte ich niemandem etwas gesagt, wären Sie jetzt nicht hier, oder?«

Der Mann zuckte mit den Schultern. »Ich tue nur, wofür man mich bezahlt. Ich habe keine Ahnung, wovon Sie sprechen.« Er schob sich vorsichtig zur Tür. Er rieb seine Hände und hob sie hoch, als wolle er sich ergeben. »In diesem Fall wurde ich dafür bezahlt, das Mädchen zu ihrem Vater zurückzubringen, und ich kann Ihnen sagen, dass ich das noch immer beabsichtige. Von Ihnen will ich nichts.«

Thomas schüttelte den Kopf. »Nein, das glaube ich Ihnen nicht. Monique, 375 200 Basepaare. Der HIV-Impfstoff. Stimmt das?«

Sie starrte ihn an. Diese Information hatten sie noch nicht veröffentlicht. Woher konnte er …

»Stimmt das?«, rief er.

»Ja.«

»Dann hören Sie mir jetzt gut zu.« Tom sah erst sie an, dann den Angreifer. Tränen standen ihm in den Augen. Er wirkte verzweifelt. »Ich weiß nicht, was da mit mir passiert. Ich will niemandem etwas tun. Wirklich nicht, haben Sie gehört? Aber wir müssen diesen Mann aufhalten. Ganz egal, was geschieht, wir müssen ihn aufhalten. Sie sind echt, Monique. Meine Träume sind echt. Sie müssen mir glauben!«

Der Mann war wieder einen Schritt zur Tür gegangen. Mit ihrer Antwort wollte sie Tom eher beruhigen als ihm zustimmen. »Ja, okay, ich glaube Ihnen. Passen Sie auf, Thomas! Er will die Jacke!«

»Finger weg von der Jacke!«, sagte Thomas.

Der Mann zog eine Augenbraue hoch. Er schien seinen Spaß zu haben.

»Das ist doch absurd«, sagte er. »Glauben Sie, Sie könnten mich tatsächlich an meinem Vorhaben hindern? Sie sind unbewaffnet.« Er fasste unauffällig in seine Hosentasche und zog ein Klappmesser hervor. Das Messer sprang auf. »Ich dagegen nicht. Und selbst wenn ich unbewaffnet wäre, hätten Sie keine Chance gegen mich.«

»Versprochen?«

»Wollen Sie, dass ich ...«

»Nicht Sie! Sie. Glauben Sie mir, Monique? Ich muss wissen, dass Sie mir glauben.«

Seine Überzeugung ließ sie zögern.

»Das hier könnte böse enden, Monique. Es ist wirklich absolut notwendig, dass Sie verstehen, worum es hier geht.«

»Ich glaube Ihnen«, sagte sie.

Plötzlich hechtete der Mann nach seiner Jacke.

Monique hatte noch nie jemanden gesehen, der sich so schnell bewegen konnte, wie es Thomas in diesem Moment tat. Er sprang nicht, er machte keinen Schritt. Er schoss wie eine Gewehrkugel genau in die Mitte zwischen Bett und Tür, wo die Jacke zusammengelegt lag.

Er rollte sich ab, sprang auf die Füße und traf den schwarz gekleideten Mann genau mit der Rückseite beider Fäuste.

Carlos hatte schon viele Menschen mit bloßen Händen umgebracht. Nie während seiner gesamten, hochkarätigen Ausbildung hatte er so schnelle Bewegungen gesehen wie die dieses Amerikaners. Wenn er den Auslöser in seiner Jacke erreichen konnte, gäbe es keinen Kampf mehr. Er war sich jetzt ganz sicher, dass Thomas Hunter kapitulieren würde, wenn er ihm mit dem grausamen Tod der Französin drohte.

Er sah, wie Hunter auf dem Boden landete und sich abrollte und wusste genau, was der Mann vorhatte. Er wusste auch, dass die Geschwindigkeit, die der Mann gewonnen hatte, indem er sich die Schwerkraft zunutze machte, Hunter helfen könnte, ihn zu erreichen, bevor er bei der Jacke war. Aber er musste eine Entscheidung treffen und nach Abwägen aller Möglichkeiten beschloss er, sein Vorhaben, an die Jacke zu kommen, zu Ende zu bringen. Es war der einzige Weg, einen Kampf zu vermeiden, der unweigerlich mit Thomas Hunters Tod enden würde.

Tatsache war, dass er Hunter lebendig haben wollte. Sie mussten herausfinden, was er sonst noch wusste.

Der Mann war viel zu schnell bei ihm. Carlos wandte sich um, in Erwartung von Hunters Schlag. Der Amerikaner traf ihn hart an seinem linken Arm. Aber nicht hart genug, um ihn umzuwerfen.

Carlos wechselte das Messer vor seinem Körper in seine rechte Hand. Die Klinge schnitt in menschliches Fleisch. Der Amerikaner ließ sich auf den Bauch fallen. Er rollte sich über die Jacke und stand wieder. Blut tropfte aus zwei Schnittwunden an seinen Unterarmen.

Er schleuderte die Jacke quer durch den Raum. Er war unbeeindruckt. Er federte kurz auf seinen Fußballen und sprang dann mit den Füßen voraus neben Carlos an die Wand.

Diesmal erkannte er die Flugbahn des Mannes, bevor der seinen Tritt ansetzen konnte. Er zielte auf das Messer.

Carlos wich zur Seite aus, fing die Ferse des Mannes ab, als der Tritt kam, und stach mit dem Messer zu. Die Klinge tauchte ins Fleisch.

Hunter ächzte und drehte seine Beine so gegen das Messer, dass Carlos loslassen musste. Er landete auf beiden Füßen mit der Klinge in seiner rechten Wade. Er zog sie heraus und stand Carlos mit dem Messer in der Hand gegenüber.

Diese Wendung kam vollkommen überraschend, machte ihn wütend. Schluss jetzt – er hatte nicht mehr viel Zeit.

Carlos täuschte eine Bewegung nach links an, duckte sich und kam plötzlich zurück. Wie er erwartet hatte, brachte ihm diese Bewegung einen kurzen Messerstich ein. Noch in der Wendung ließ er sich auf eine Hand fallen und schwang seinen rechten Fuß mit voller Wucht nach oben. Sein Schuh traf Hunter am Handgelenk. Es brach mit einem kurzen Krachen und das Messer flog quer durchs Zimmer.

Sein linker Fuß folgte dem rechten und traf den Amerikaner in der Magengrube.

Hunter taumelte rückwärts und wand sich.

Das Telefon klingelte.

Carlos hatte schon viel zu lange gebraucht. Seine Aufmerksamkeit musste in erster Linie dem Mädchen gelten. Sie war der Schlüssel zum Impfstoff. Es klingelte noch einmal. Die Blondine? Oder der Portier? Den Amerikaner mitzunehmen, kam nicht mehr infrage.

Er musste die Sache zu Ende bringen.

Tom verspürte Übelkeit. Das Telefon klingelte und ihm fiel ein, dass es Kara sein könnte. Das Klingeln schien seinen Angreifer etwas nervös zu machen, aber er war sich nicht sicher, ob das noch einen Unterschied machte. Der Mann mit der Narbe im Gesicht würde sich Monique schnappen.

Tom blutete an beiden Armen, sein Handgelenk war gebrochen und sein Bein fing an, taub zu werden. Der Mann hatte ihn ohne große Anstrengung lahmgelegt. Panische Angst packte ihn.

Der Mann wirbelte plötzlich nach links und sprang zu Monique. Sie schwang beide Beine nach ihm und versuchte verzweifelt, ihn abzuwehren.

»Fassen Sie mich nicht an, Sie ...«

Er wehrte ihre Beine mit einem Schlag ab und hob die Pistole auf. Dann drehte er sich lässig um und richtete die Waffe auf Tom.

Tom hatte keine Wahl mehr. Es ging nur noch ums nackte Überleben. Er richtete sich auf. »Sie haben gewonnen.«

Er ließ die Pistole sinken und feuerte. Eine Kugel bohrte sich in Toms Oberschenkel. Benommen taumelte er rückwärts.

»Ich gewinne immer«, sagte der Mann.

»Thomas!« Monique starrte ihn entsetzt an. »Thomas!«

»Aufs Bett legen!«, befahl der Mann.

»Tun Sie ihr nichts.«

»Maul halten und hinlegen!«

Tom hinkte zum Bett. Er konnte schon nicht mehr klar denken. Er wollte etwas sagen, aber es kamen keine Worte. Es überraschte ihn, dass es ihm egal war, was der Mann jetzt mit ihm machen würde. Aber Kara und Monique und seine Mutter, sie alle würden sterben.

Und sein Vater. Er hätte so gerne mit seinem Vater gesprochen.

Er hörte sich selbst wimmern, als er aufs Bett fiel.

Peng! Eine Kugel bohrte sich in seinen Bauch.

Peng! Eine zweite traf seine Brust.

Der Raum löste sich auf.

Alles schwarz.

Der stellvertretende Außenminister Merton Gains kam unter dem Regenschirm hervor und stieg in den Lincoln. Er hatte sich an den Regen gewöhnt, seit er von Arizona nach Washington gezogen war. Er fand ihn sogar erfrischend.

»Mann, das schüttet aber«, sagte er.

George Maloney nickte am Steuer. »Allerdings, Sir.« Der Ire zeigte keinerlei Gefühlsregung. Das tat er nie. Gains hatte es aufgegeben, ihn zu provozieren. Er wurde dafür bezahlt, ihn zu fahren und ihn zu beschützen.

»Zum Flughafen, George. Bring mich in trockenere Gefilde.«

»Jawohl, Sir.«

Miranda hatte anfangs darauf bestanden, zumindest den Winter über in Arizona in ihrem Haus in Tucson zu bleiben. Aber nach zwei Jahren hatte das Leben in Washington sie gelangweilt und sie fand immer öfter Entschuldigungen, um auch in der wärmeren Jahreszeit nach Hause zu fahren. Ehrlich gesagt, würde Merton es ihr gerne gleichtun, wenn er könnte. Sie waren beide in der Wüste aufgewachsen und für die Wüste geschaffen. Punktum.

Der Regen rann unaufhörlich die Scheiben hinunter. Der Verkehr kam beinahe zum Erliegen.

»Werden Sie am Donnerstag wieder hier sein?«

Gains seufzte. »Heute Tucson, morgen Kalifornien, am Donnerstag wieder hier. Richtig.«

Das Handy in seiner Brusttasche vibrierte.

»Schön. Vielleicht hat der Regen bis dahin aufgehört, Sir.«

Gains zog das Handy heraus. »Ich mag den Regen, George. Er macht alles sauber. Das können wir hier gut gebrauchen, oder?«

Kein Lächeln. »Jawohl, Sir.«

Er ging ans Telefon. »Hier Gains.«

»Hallo Mr. Gains. Ich habe hier einen Bob Macklroy für Sie am Telefon. Er sagt, es sei sehr wichtig.«

»Stellen Sie ihn durch, Venice.«

»Bitte.«

Manchmal hatte Gains das Gefühl, hier in Washington bei einem großen Klassentreffen zu sein. Erstaunlich, wie viele Posten mit Studienkollegen aus Princeton besetzt waren, seit Blair Präsident geworden war. Natürlich alles gute Leute. Er konnte nicht klagen. Er hatte selbst seinen Teil dazu beigetragen, um den Anteil der Princeton-Absolventen zu erhöhen – meist durch Empfehlungen. Bob zum Beispiel war kein Washingtoner Insider. Aber dass er jetzt stellvertretender Leiter des Amtes für internationale Betäubungs- und Arzneimittelgesetze war, hatte zum Teil damit zu tun, dass er früher mit dem jetzigen stellvertretenden Außenminister Merton Gains Basketball gespielt hatte.

»Hallo Bob.«

»Hallo Merton. Danke, dass du dir Zeit nimmst.«

»Klar, jederzeit. Behandelt dich Tim gut?«

Bob gab sich keine Mühe, die Frage offen zu beantworten. »Er ist gerade ein paar Tage in Saõ Paulo. Wir sind uns nicht ganz sicher, ob du der richtige Ansprechpartner bist. Die Sache ist etwas außergewöhnlich und wir wissen nicht genau, an wen wir uns wenden sollen. Tim dachte, das FBI wäre vielleicht …«

»Versuch's mit mir, Bob. Worum geht's denn?«

»Tja …« Bob zögerte.

»Sag schon. Und sprich etwas lauter. Es regnet sehr stark hier. Hört sich an, als säße man in einem Zug.«

»Na gut, aber es ist schon sehr seltsam. Ich erzähle dir nur, was ich weiß. Du scheinst der Richtige zu sein, wegen deines Engagements für das Gains-Gesetz.«

Gains richtete sich ein wenig auf. Es sah Bob nicht ähnlich, so ausweichend zu sein. Irgendetwas war im Busch – das merkte er nicht nur an seiner Stimme, sondern auch daran, dass er den nur knapp abgelehnten Gesetzesentwurf erwähnte, den Merton vor zwei Jahren als Senator eingebracht hatte. Er stand jetzt mit einigen Änderungen wieder zur Debatte und wurde immer noch unter seinem Namen geführt. Der Gesetzesentwurf sah strikte Maßnahmen zur Eindämmung der Flut neuer Medikamente auf dem Markt vor, indem er eine Reihe strenger Tests vorschrieb. Zwei Jahre waren vergangen, seit seine jüngste Tochter Corina an Aids gestorben war, nachdem ihr versehentlich ein neues Medikament *gegen* Aids verabreicht worden war. Das Medikament war von den amerikanischen Behörden zugelassen. Gains hatte es mit Erfolg wieder verbieten lassen, aber jeden Monat kamen andere neue Medikamente auf den Markt und die Zahl der Todesfälle stieg ständig.

»Spuck schon aus, sonst muss ich so einen Muskelprotz schicken, um es aus dir herauszuquetschen«, sagte er. So etwas konnte er nur zu jemandem wie Bob sagen, dem Mannschaftsclown, der früher einmal den besten Drei-Punkte-Wurf im College gemacht hatte. Sie wussten alle, dass Merton Gains keiner Fliege etwas zuleide tun würde.

»Ich werde die Tür verriegeln«, sagte Bob. Er seufzte. »Vor ein paar Tagen habe ich einen seltsamen Anruf von einem gewissen Thomas Hunter bekommen. Er …«

»Derselbe Thomas Hunter wie der in der Geschichte in Bangkok?«, unterbrach ihn Gains. Der Fall war heute Morgen bei ihm gelandet. Ein Amerikaner, den die Passagierlisten als Thomas Hunter auswiesen, hatte Monique de Raison und eine weitere unbekannte Frau aus der Eingangshalle des Sheraton Hotels entführt. Die Franzosen ließen schon die Säbel rasseln, die Thailänder hatten das Eingreifen der Amerikaner gefordert und sogar die Börse hatte reagiert. Raison Pharma war nicht gerade unbekannt. Der Zeitpunkt hätte nicht schlechter gewählt sein können – der Konzern hatte gerade die Einführung seines neuen Medikaments bekannt gegeben.

Nach Gains Ansicht war der Zeitpunkt durchaus passend.

»Ja, ich glaube, er ist es.«

»Er hat dich angerufen? Wann?«

»Vor ein paar Tagen, aus Denver. Er sagte, der Raison-Impfstoff würde zu einem tödlichen Virus mutieren und die halbe Menschheit auslöschen. Verrückte Vorstellung.«

Nicht unbedingt. »Schön, wir haben also einen Wahnsinnigen, der nach Thailand geflogen ist und die Tochter von Jacques de Raison entführt hat. So viel hat alle Welt schon mitbekommen. Hat er sonst noch was gesagt?«

»Ehrlich gesagt, ja. Ich hatte nicht mehr daran gedacht, bis ich seinen Namen heute in der Zeitung las. Wie du schon sagtest: ein Verrückter, ja?«

»Ja.«

»Nun, er hat mir erzählt, dass Joy Flyer das Kentucky Derby gewinnen würde.«

»Und? War das Derby nicht schon vor drei Tagen?«

»Ja, aber er hatte mich vor dem Rennen angerufen. Die Information hatte er aus seinen Träumen und dort will er auch erfahren haben, dass der Raison-Impfstoff ...«

»Er hat dir tatsächlich vor dem Rennen gesagt, wer gewinnt?«

»Sage ich doch. Verrückt, ich weiß.«

Gains sah zum Fenster hinaus. Durch den Wasserfall an seinem Fenster konnte er gar nichts sehen. Er hatte in letzter Zeit schon einige verrückte Dinge gehört, aber diese Sache hatte das Zeug, Gesprächsstoff für die Stammtische der Nation zu werden.

»Hast du gewettet?«

»Leider habe ich den Anruf wieder vergessen, bis heute, als ich seinen Namen wieder las. Aber ich habe ein bisschen nachgeforscht. Seine Schwester, Kara Hunter, hat in dem Rennen über dreihunderttausend Dollar gewonnen. Sie waren gerade in Atlanta, wo sie im Seuchenzentrum Unruhe gestiftet haben.«

Irgendetwas stimmte hier nicht. »Es sind also zwei Verrückte. Ich habe ihre Akte noch nicht gesehen.«

»Sie ist Krankenschwester. Abschluss mit Auszeichnung. Kluges Köpfchen, soweit ich gesehen habe. Keine normale Wahnsinnige.«

»Sag jetzt nicht, dass du glaubst, der Kerl weiß wirklich etwas.«

»Ich sage nur, dass er behauptete zu wissen, dass Joy Flyer gewinnen würde, und er hat gewonnen. Und er behauptet, er wüsste etwas über den Raison-Impfstoff. Mehr kann ich dazu nicht sagen.«

»Okay, Bob. Belassen wir es dabei, dass Thomas Hunter sich etwas einbildet. Die Straßen Amerikas sind voll mit solchen Typen. Für gewöhnlich laufen sie mit großen Schildern rum und wettern, dass das Ende der Welt gekommen sei. Das ist gut. Zumindest sind sie motiviert. Aber du hast recht, das ist eine Sache für die CIA und das FBI. Hast du schon einen Bericht geschrieben?«

»Liegt vor mir.«

»Dann schick ihn raus. Die Kriminalisten werden ihre helle Freude damit haben. Fax ihn mir auch zu, ja?«

»Mach ich.«

»Und tu mir einen Gefallen: Wenn er wieder anruft, frag ihn, wer die Basketball-Nationalliga gewinnen wird.«

Kichern am anderen Ende.

Gains klappte sein Handy zu und schlug die Beine übereinander. Was, wenn Thomas Hunter mehr wusste als nur, wer das Kentucky Derby gewinnen würde? Das war natürlich vollkommen unmöglich. Aber im Voraus zu wissen, wer das Kentucky Derby gewinnen würde, war genauso unmöglich.

Hunter war von Atlanta geflogen. Der Hauptsitz der Seuchenzentrale war in Atlanta. Das machte Sinn. Hunter glaubt, dass ein Virus die Menschheit dezimieren wird, geht zur Seuchenzentrale, und als die über seine absurde Behauptung nur lächeln, geht er direkt an die Quelle des vermeintlichen Virus.

Bangkok.

Interessant. Ein waschechter Wahnsinniger. Unzurechnungsfähig.

Andererseits – wie oft gewinnen Wahnsinnige dreihunderttausend Dollar bei einem Pferderennen?

22

»THOMAS.«

Eine liebliche Stimme. Sie rief seinen Namen. Süß wie Honig. *Thomas.*

»Thomas, wach auf!«

Eine Frauenstimme. Sie hatte ihre Hand auf seiner Wange. Er begann aufzuwachen, aber er war sich nicht sicher, ob er schon wirklich wach war. Die Hand auf seiner Wange konnte auch Teil seines Traumes sein. Einen Moment lang ließ er es Traum sein.

Er genoss den Traum. Es war Moniques Hand auf seiner Wange. Die dickköpfige Französin, die jetzt tatsächlich panische Angst hatte, dass er sterben könnte. *Thomas!,* hatte sie geschrien. *Thomas!*

Nein, nein. Es war nicht Monique. Es war Rachelle. Das war noch besser. Rachelle kniete neben ihm und streichelte seine Wange. Sie beugte sich über ihn und flüsterte seinen Namen. *Thomas.* Ihre Lippen berührten seine. Es war Zeit, den schönen Prinzen aufzuwecken.

»Thomas?«

Er riss die Augen auf. Blauer Himmel. Ein Wasserfall. Rachelle.

Er schnappte nach Luft und setzte sich auf. Er lag immer noch am Strand, wo er in der Nacht eingeschlafen war. Er sah sich um. Es waren keine Tiere mehr zu sehen. Kein Roush. Nur Rachelle.

»Erinnerst du dich?«, fragte sie.

Er erinnerte sich. Der See. Er war tief hineingetaucht. Ekstatisch. Im Rauschen des Wasserfalls klang es immer noch nach.

»Ja, ich fange an, mich zu erinnern«, sagte er. »Wie spät ist es?«

»Mittag. Die anderen bereiten sich schon vor.«

Er erinnerte sich auch an die Brücke und Talehs Behauptung,

dass er mit einem Raumschiff notgelandet sei. »Worauf bereiten sie sich vor?«

»Auf die Versammlung heute Abend.« Sie sagte es, als hätte er es wissen müssen.

»Ja, natürlich.« Er sah auf das leuchtende Wasser im See und war versucht, noch einmal darin zu schwimmen. Konnte er hineinspringen, wann immer er wollte? Er kniete. »Ehrlich gesagt, kann ich mich noch nicht ganz an alles erinnern.«

»Woran kannst du dich nicht erinnern?«

»Na ja … ich weiß nicht. Wenn ich es wüsste, könnte ich mich ja erinnern. Aber ich glaube, ich verstehe jetzt, was es mit der ewigen Liebesgeschichte auf sich hat. Es geht um Eljon.«

Ihre Augen strahlten. »Ja.«

»Es geht darum, zu erwählen, zu retten und die Liebe zu gewinnen, weil es das ist, was Eljon auch tut.«

»Ja!«, rief sie.

»Und wir tun das, weil wir in dieser Hinsicht wie Eljon sind.«

»Willst du damit sagen, dass du mich erwählen willst?«

»Will ich das?«

Sie zog die Augenbrauen hoch. »Und jetzt versuchst du, mich an der Nase herumzuführen, und tust so, als wolltest du es nicht. Aber in Wirklichkeit sehnst du dich nach meiner Liebe und du willst, dass ich mich nach deiner Liebe sehne.«

Er wusste, dass das stimmte. Er konnte es sich zum ersten Mal selbst eingestehen. Aber als er es von ihr hörte, wusste er, dass er sich in diese Frau, die da neben ihm am Strand kniete, verliebt hatte. Er hätte sie umwerben müssen, aber sie umwarb ihn.

Sie wartete darauf, dass er etwas sagte.

»Ja«, sagte er.

Rachelle sprang auf. »Komm!«

Er stand auf und klopfte sich den Sand von der Hose. »Was sollen wir jetzt machen?«

»Wir sollten jetzt im Wald spazieren gehen«, entgegnete sie mit einem schelmischen Zwinkern in den Augen. »Ich werde dir helfen, dich zu erinnern.«

»Mich an den Wald zu erinnern?«

Sie gingen den Hang hinauf. »Ich hatte an etwas anderes gedacht, aber das ist auch schön.«

Sie drehte sich um und blieb stehen. »Was ist das?«

Er folgte ihrem Blick und sah es deutlich. An der Stelle, an der er gelegen hatte, verfärbte ein großer roter Fleck den weißen Sand.

Blut.

Er blinzelte. War es sein Traum? Der Kampf im Hotel ging ihm durch den Sinn.

Nein, das konnte unmöglich sein. Es war nur ein Traum. Er *war* nicht verletzt.

»Ich weiß nicht«, sagte er. »Im See bin ich durch rotes Wasser geschwommen. Vielleicht kommt es daher.«

»Bei Eljon weiß man nie, was passiert«, sagte sie. »Man weiß nur, dass es wunderbar sein wird. Komm.«

Sie ließen den See hinter sich. Aber der rote Fleck im Sand ging Tom nicht aus dem Kopf. Es gab immerhin die Möglichkeit, wenn auch entfernt, dass er anders war als Rachelle, dass er in Wirklichkeit doch nicht von hier war, dass Rachelle sich in jemanden verliebt hatte, der nicht der war, der er schien.

Die Möglichkeit, dass Taleh recht hatte.

Eine Stunde später waren die Gedanken verschwunden.

Sie gingen nebeneinanderher und lachten. Rachelle spielte liebevoll mit seinen Gedanken, sodass er nur noch fester entschlossen war, sie zu gewinnen. Ganz allmählich begannen sie, die Maskerade fallen zu lassen und sich tiefer zu begegnen.

Sie zeigte ihm drei neue Kampftechniken, die Tanis ihr beigebracht hatte, zwei Sprünge und eine auf dem Bauch, für den Fall, dass man beim Zweikampf hinfiel, sagte sie. Er konnte alle nachmachen, aber doch nie mit der gleichen Präzision wie sie. Einmal musste sie ihn auffangen, als er aus dem Gleichgewicht kam und auf sie zustolperte.

Sie hatte ihn gerettet. Das schien ihm ungemein anziehend.

Er erwiderte ihren Gefallen sofort, indem er einhundert vermeintliche Shataiki in die Flucht schlug und sie dabei in seine Arme riss. Dabei fiel er nicht wie Tanis und Palus hin. Es war eine richtige Meisterleistung und er fühlte sich wirklich gut dabei.

Rachelle schlenderte mit den Händen auf dem Rücken gedankenverloren neben ihm her.

»Erzähl mir mehr von deinen Träumen«, sagte sie, ohne ihn anzusehen.

»Sie sind nicht wichtig. Nur Blödsinn.«

»Tanis denkt aber anders darüber. Ich will mehr erfahren. Wie echt sind sie?«

Tanis sprach über seine Träume? Das Allerletzte, was Thomas jetzt wollte, war, über seine Träume zu reden. Ganz besonders nicht mit Rachelle. Aber er konnte sie ja schlecht anlügen. »Sie scheinen ziemlich echt. Aber sie entstammen den Chroniken. Das ist eine ganz andere Realität.«

»Ja, das hatten wir schon. Ist es so, als ob du tatsächlich in der Geschichte leben würdest?«

»Wenn ich träume? Ja.«

»Und was denkst du über diesen Ort hier«, sie zeigte auf die Bäume, »wenn du träumst?«

Das war die schlimmste Frage, die sie stellen konnte. »Wenn ich träume, ist es, als ob ich dort wäre und nicht hier.«

»Aber wenn du dort bist, erinnerst du dich dann an hier?«

»Natürlich. Es … es kommt mir dann vor wie ein Traum.«

Sie nickte. »Dann bin ich also wie ein Traum?«

»Du bist kein Traum.« Tom merkte, wie ihm seine Felle davonschwammen. »Du gehst neben mir her und ich habe dich erwählt.«

»Ich glaube nicht, dass ich deine Träume mag.«

»Ich auch nicht.«

»Hast du in deinen Träumen eine Mutter und einen Vater?«

»Ja.«

»Du lebst ein richtiges Leben, mit Erinnerungen, Leidenschaften und allem, was uns Menschen ausmacht?«

Das nahm definitiv keine gute Wendung.

Als er nicht antwortete, blieb sie auf dem Weg stehen. »Was machst du in deinen Träumen?«

Früher oder später musste er es ihr sagen. Sie hatte mit dem Thema angefangen. »Willst du das wirklich wissen?«

»Ja. Ich will alles wissen.«

Tom ging unruhig hin und her und überlegte, wie er es ihr verständlich machen konnte. »Ich lebe in der Geschichte vor der Großen Verführung und versuche, das Raison-Virus aufzuhalten. Glaub mir, es ist ganz schrecklich, Rachelle. Es ist so echt! Als ob ich wirklich dort wäre und all das hier nur ein Träum wäre. Natürlich weiß ich, dass es nicht so ist, aber wenn ich dort bin, dann weiß ich auch, dass *das* echt ist.« War das eine gute Erklärung? Irgendwie bezweifelte er, dass es eine gute Erklärung gab.

Er fuhr fort, bevor sie noch mehr Fragen stellen konnte. Es war besser, wenn er die Richtung seines Bekenntnisses selbst bestimmte.

»Ja, in meinen Träumen habe ich meine komplette eigene Geschichte. Erinnerungen, eine Familie, alles, was zum echten Leben dazugehört.«

»Das ist absurd«, sagte sie. »Du hast dir eine Fantasiewelt geschaffen, die genauso detailliert ist wie die echte. Sogar noch detaillierter, weil du in deinen Träumen dein Gedächtnis nicht verloren hast. Dort hast du deine persönliche Geschichte, aber hier nicht. Stimmt das?«

»Genau!«

»Das ist absurd!«

»Ich kann es kaum aushalten. Es macht mich wahnsinnig. Als du mich am See aufgeweckt hast, habe ich gerade mit einem Mann gekämpft, der mich umbringen wollte. Ich glaube sogar, er hat mich umgebracht. Er hat mit einer Pistole dreimal auf mich geschossen.« Er zeigte auf seinen Brustkorb.

»Wirklich? Mit einer Pistole? Das ist irgendeine eingebildete Waffe, vermute ich. Und warum hast du mit diesem Mann gekämpft?«

Tom antwortete, ohne zu überlegen. »Er wollte Monique entführen.«

»Monique? Eine Frau?«

»Eine Frau, die mir nichts bedeutet!« Nein, das war nicht ganz ehrlich. »Nicht im romantischen Sinn.«

»In deinen Träumen bist du in eine andere Frau verliebt?«

»Natürlich nicht. Nicht im Geringsten. Sie heißt Monique de Raison und sie ist möglicherweise die Schlüsselfigur, um das Raison-Virus aufzuhalten. Ich helfe ihr, weil sie mir vielleicht helfen kann, die Welt zu retten, nicht, weil sie schön ist. Ich kann sie nicht einfach ignorieren, nur weil du nicht möchtest, dass ich von ihr träume.«

Zu viel auf einmal.

Er war sich sicher, in Rachelles Augen etwas aufblitzen gesehen zu haben. Eifersucht war offenbar eine Regung, die auch durch Eljons Adern floss. »Du redest, als seien deine Träume wichtiger als die Realität. Zweifelst du daran, dass das hier echt ist?« Wieder machte sie mit der Hand eine Geste zum Wald hin. »Dass ich echt bin? Dass unsere Liebe echt ist?«

»Niemals. Nur wenn ich träume.«

Er musste aufhören, bevor er sie vollkommen verwirrte.

Rachelle starrte ihn lange Zeit an. Er beschloss, den Mund zu halten. Er hätte sich sonst keinen Gefallen getan. Sie verschränkte die Arme und sah weg.

»Ich mag deine Träume nicht, Thomas Hunter. Ich wünschte wirklich, du würdest damit aufhören.«

»Sie hören sicher irgendwann auf. Ich mag sie auch nicht.«

»Du bist hier, mit mir. Vor gerade mal einer Stunde habe ich dich am Seeufer schlafen sehen. Glaub mir, ich kann dir versichern, du hast nicht mit einem Mann gekämpft und du wurdest nicht umgebracht. Dein Körper war hier! Wenn ich dich gekniffen hätte, wärst du aufgewacht.«

»Das stimmt. Und es gab keine Monique. Ich weiß, es ist alles nur ein Traum. Ich bin hier bei dir.«

Ihr Ausdruck wurde wieder sanfter. »Vielleicht sind deine Träume nur eine faszinierende Entdeckungsreise. Aber ich weiß nicht, was ich davon halten soll, dass du von einer anderen Frau träumst, während du mich im Arm hältst. Verstehst du?«

»Absolut.«

Rachelle schien noch nicht ganz zufrieden zu sein. »Was machst du sonst noch in der Geschichte, außer zu versuchen, die Welt zu retten?«

»Nun … ich glaube, ich bin Schriftsteller. Aber kein sehr guter, fürchte ich.«

»Ein Geschichtenerzähler! Du bist ein Geschichtenerzähler. Vielleicht träumst du deshalb. Du hast dir den Kopf angeschlagen, dein Gedächtnis verloren und jetzt kannst du keine Geschichten mehr erzählen wie früher in deinem Dorf. Aber in deinem Unterbewusstsein hast du es nicht vergessen. In deinen Träumen erfindest du eine wunderbare Geschichte!«

Damit konnte sie recht haben. Es war sogar sehr wahrscheinlich.

»Vielleicht. Was sagt Tanis dazu?«

»Er sagt, dass er und du gemeinsam Erfolg haben könntet mit einem Feldzug in den schwarzen Wald, wenn ihr Informationen aus deinen Träumen über die Chroniken nutzt. Ich glaube, das sind nur die Fantasien eines Geschichtenerzählers. Aber er ist ganz begeistert.«

In Toms Kopf gingen die Alarmglocken an. Michals Warnung hatte offensichtlich keinerlei Wirkung auf Tanis gehabt.

»Das hat er gesagt?«

»Ja. Wenn ich nicht darauf bestanden hätte, allein zu dir zum See zu gehen, als Michal uns erzählte, dass du hier bist, wäre er mitgekommen. Er sagt, dass er ein paar neue Ideen hat, die er dir erzählen will.«

Tom nahm sich vor, dem Mann aus dem Weg zu gehen, bis er sich über die Sache im Klaren war.

»Ich bin froh, dass du allein gekommen bist«, sagte er.

»Ich auch.«

»Und ich werde versuchen, nicht mehr zu träumen.«

»Oder besser noch, du träumst von mir.«

Die Versammlung an diesem Abend nahm Tom die letzten Ängste und Zweifel. Rasch gingen sie den Weg zum See. Die zweite Hälfte des fünfzehnminütigen Fußmarsches legten sie schweigend zurück. Tom rannte zu einem Flecken weißen Sandes auf der rechten Seite des Sees. Gedankenverloren bemerkte er, dass der rote Fleck weg war.

Soweit sein Gedächtnis zurückreichte, war dies seine erste Versammlung.

Vom Wasserfall her wehte ein warmer Sprühregen über die

Gruppe. Viele lagen schon flach im Sand und hatten die Hände zum donnernden Wasserfall hin ausgestreckt.

Tom fiel mit erwartungsvoll klopfendem Herzen auf die Knie. Es war schon so lange her, viel zu lange. Plötzlich sprühte ihm die warme Gischt ins Gesicht. Er sah einen roten Feuerball und musste nach Luft schnappen. Dabei atmete er noch mehr von der Gischt ein.

Eljon.

Er spürte, wie die Feuchtigkeit seine Zunge benetzte. Ein Geschmack wie vom süßesten Zucker gemischt mit Kirsche füllte seinen Mund. Er schluckte. In seiner Nase breitete sich ein Geruch von Gardenien aus.

Eljons Wasser umfing ihn, ganz sanft und vorsichtig, um seine Sinne nicht zu überfordern, aber dennoch mit Bestimmtheit.

Der rote Feuerball vor seinen Augen verwandelte sich plötzlich in einen tiefblauen Strom, der von Toms Nacken seinen Rücken hinunterfloss und jeden einzelnen Nerv umspielte. Ein Gefühl äußersten Vergnügens schoss durch jede seiner Nervenbahnen bis in seine Gliedmaßen. Er ließ sich auf den Bauch fallen und zitterte am ganzen Leib.

Eljon.

Das Donnern des Wasserfalls wurde lauter und der Sprühregen fiel gleichmäßig auf seinen Rücken, während er ausgestreckt dalag. Seine Gedanken taumelten unter der Macht seines Schöpfers, der zu ihm in Bildern, Farben, Gerüchen und Gefühlen sprach.

Dann drang der erste Ton an sein Ohr. Er drang durch sein Ohr hindurch in sein Gehirn. Es war ein tiefer Ton, tiefer noch, als würden bei einem Raketenstart eine Million Tonnen Treibstoff explodieren. Das Grollen stieg eine Oktave, schwoll zu einem Forte an und brannte eine Melodie in Toms Gehirn. Er hörte nur Musik, keine Worte. Zuerst war es eine einfache Melodie, aber dann kam eine zweite, ganz andere Melodie dazu, die aber mit der ersten harmonierte. Die erste Melodie schmeichelte seinen Ohren, die zweite lachte. Dann kam eine dritte Melodie dazu, die aus purer Freude schrie. Und dann eine vierte und fünfte, bis hundert Melodien durch Toms Gedanken strömten, jede von ihnen einzigartig und anders als die anderen.

Alle zusammen waren doch nur ein einziger Ton von Eljon.

Ein Ton, der rief: *Ich liebe dich.*

Tom atmete jetzt in tiefen Zügen. Er streckte seine Arme vor sich aus. Sein Brustkorb hob und senkte sich im warmen Sand. Jeder kleinste Tropfen auf seiner Haut prickelte.

Eljon.

Ich dich auch! Ich dich auch!, wollte er sagen. *Ich liebe dich auch.*

Er wollte es hinausrufen. Er wollte es mit aller Leidenschaft, die er in Eljons Wasser spürte, hinausschreien. Er öffnete seinen Mund und stöhnte. Ein dumpfes, dummes Stöhnen, das überhaupt nichts sagte, aber es war sein Reden mit Eljon.

Und dann sprach er die Worte aus, die in seinen Gedanken brannten. »Ich liebe dich, Eljon«, hauchte er sanft.

Sofort explodierten wieder neue Farben in seinem Innern. Gold und Blau und Grün ergossen sich in seinem Kopf und füllten jede Gehirnwindung mit purer Freude.

Er rollte sich auf die Seite. Die hundert Melodien schwollen zu tausend an, als schmetterte ein schwerer, vielstimmiger Akkord seinen Rücken hinunter. Seine Nasenflügel blähten sich bei dem durchdringenden Geruch von Flieder und Rosen und Jasmin und seine Augen tränten. Die Gischt durchnässte ihn und jeder Zentimeter seiner Haut kribbelte vor Genuss.

Tom rief: »Ich liebe dich!«

Er hatte das Gefühl, in einer Tür vor einer großen Weite zu stehen und zu platzen vor purer Emotion aus Farben und Bildern und Klängen und Gerüchen, die ihm wie ein Sturm ins Gesicht schlugen.

Es war, als sei Eljon wie ein endloser Ozean, von dem Tom nur einen einzigen Tropfen probieren konnte. Als sei er eine Symphonie, von einer Million Instrumenten gespielt, von der ihn schon ein einziger Ton mit seiner Macht umwarf.

»Ich liiiiiiebe dich!«, rief er.

Er öffnete die Augen. Lange Farbstreifen strömten wie bunte Bänder durch den Nebel über dem See. Der Wasserfall vergoss sein Licht im ganzen Tal, sodass es aussah, als sei es helllichter Mittag. Die ganze Versammlung lag flach auf dem Bauch, während die Gischt ihre Körper durchnässte. Die meisten zitterten heftig, gaben aber keinen Laut von sich, den man über dem Donnern des Wasserfalls hätte hören können. Tom ließ den Kopf wieder in den Sand sinken.

Und dann hallten Eljons Worte in seinem Kopf wider.

Ich liebe dich.
Du bist mir kostbar.
Du bist mein Eigentum.
Schau mich noch einmal an und lächle.

Tom wollte schreien. Er konnte sich nicht mehr beherrschen und ließ die Worte aus seinem Mund strömen.

»Ich werde dich *immer* ansehen, Eljon. Ich bete dich an. Ich bete die Luft an, die du atmest. Ich bete den Boden an, auf dem du gehst. Ohne dich gibt es nichts. Ohne dich sterbe ich tausend Tode. Verlass mich nie.«

Jetzt das Geräusch eines kichernden Kindes. Dann wieder die Stimme.

Ich liebe dich, Thomas.
Willst du den Felsen hinaufklettern?

Fels? Er sah die perlmuttfarbenen Felsen, über die der Wasserfall in die Tiefe stürzte.

Eine Stimme rief über den See. »Wer hat uns erschaffen?« Tanis stand da und rief die Aufforderung hinaus.

Tom stand mühsam auf. Die anderen rappelten sich ebenfalls hoch. Gemeinsam übertönten sie den Wasserfall und riefen: »Eljon! Eljon ist unser Schöpfer!«

Wie ein Feuerwerk pflanzten sich die Farben in seinen Gedanken fort. Einen Moment starrte er wie benommen umher. Niemand sah zu ihm hin. Sie zeigten nur völlig hingegebene Liebe, die in jedem anderen Zusammenhang lächerlich gewirkt hätte, hier aber vollkommen natürlich war.

Plötzlich erklang wieder die Stimme des Kindes in seinem Innern.

Willst du den Felsen hinaufklettern?

Tom drehte sich zu dem Wald, der unterhalb des Felsens lag. Den Felsen hinaufklettern? Hinter ihm rannten die anderen in den See.

Wieder ein Kichern.

Willst du mit mir spielen?

Unwiderstehlich angezogen, rannte Tom jetzt das Ufer hinauf, auf den Felsen zu. Wenn die anderen ihn bemerkt hatten, ließen sie sich nichts anmerken. Bald schon hörte er außer dem Donnern des Wasserfalls nur noch seinen eigenen Atem.

Er rannte in den Wald und näherte sich dem Felsen mit einem Gefühl der Ehrfurcht. Er konnte unmöglich da hochklettern. Er überlegte, ob er umkehren und sich den anderen wieder anschließen sollte. Aber er war hierhergerufen worden, um diesen Felsen zu besteigen, um zu spielen. Er rannte weiter.

Er erreichte den Fuß der Klippe und sah hinauf. Es war vollkommen unmöglich, an dieser glatten Felswand hinaufzuklettern. Aber wenn er einen Baum fände, der nahe genug an der Felswand stand, und wenn dieser Baum groß genug war, dann konnte er vielleicht im Baum bis zum oberen Felsrand hochklettern. Der Baum gleich neben ihm zum Beispiel. Sein leuchtend roter Stamm reichte bis zur oberen Felskante, hundert Meter über ihm.

Tom schwang sich auf den untersten Ast und begann hochzuklettern. Es dauerte nur wenige Minuten, bis er den Baumwipfel erreicht hatte und auf den Felsen hinüberklettern konnte. Er ließ sich von einem Ast auf den Felsen unter ihm fallen. Zu seiner Linken hörte er den tosenden Wasserfall, der in die Tiefe stürzte. Er erhob sich und sah auf.

Direkt vor ihm, keine zwanzig Schritte von der Felskante entfernt, schwappte sanft Wasser ans Ufer. Noch ein See. Ein Meer, viel größer als der untere See. Schimmernd grünes Wasser erstreckte sich bis an den Horizont und war umrandet von einem breiten weißen Sandstreifen, an den ein hoch aufragender Wald aus blauen und goldenen Bäumen mit einem grünen Blätterdach angrenzte.

Tom trat einen Schritt zurück und atmete tief ein. Auf dem weißen Sandstreifen, direkt am Ufer des, smaragdgrünen Wassers, standen oder kauerten seltsame Tiere. Sie sahen aus wie die weißen Löwen unten, aber sie schienen in Pastelltönen zu leuchten. Und sie standen in gleichmäßigen Abständen auf leichten Erhebungen, so weit das Auge reichte.

Er drehte sich zum Wasserfall um und sah mindestens hundert dieser Wesen wie große Libellen über dem Wasser schweben, das über die Felskante in die Tiefe stürzte. Tom ging langsam rückwärts zu einem Felsen hinter sich. Hatten sie ihn entdeckt? Er beobachtete die Kreaturen, die mit durchscheinenden Flügeln in ehrfürchtiger Haltung über dem Wasser schwebten. Was machten sie da nur?

Das also war Eljons Wasser. Ein Meer, das sich so weit erstreckte, wie das Auge reichte. Vielleicht sogar noch weiter.

»Hallo.«

Tom drehte sich um. Keine zwei Meter von ihm entfernt stand ein kleiner Junge am Strand. Tom stolperte rückwärts.

»Hab keine Angst«, sagte der Junge lächelnd. »Du bist also derjenige, der sich verirrt hat?« Der Junge reichte Tom gerade bis an die Hüfte. Unter einem hellblonden Haarschopf schauten zwei leuchtende, große grüne Augen hervor. Von seinen knochigen Schultern hingen die dünnen Ärmchen locker an der Seite herab. Er trug nur ein kleines weißes Lendentuch.

Tom schluckte. »Ja, ich glaube schon«, sagte er.

»Wie ich sehe, bist du ziemlich abenteuerlustig. Ich glaube, du bist der Erste deiner Art, der hier auf den Felsen gekommen ist.« Der Junge kicherte.

Unglaublich. Obwohl er so klein und schmächtig war, strahlte er doch das Selbstbewusstsein eines viel älteren aus. Tom schätzte ihn auf etwa zehn. Obgleich er nicht sprach wie ein Zehnjähriger.

»Du heißt Thomas?«, fragte der Junge.

Er kennt meinen Namen. Kommt er aus einem anderen Dorf? Vielleicht aus meinem Dorf? »Ist es in Ordnung, dass ich hier oben bin?«

»Ja. Es ist alles in bester Ordnung. Aber ich glaube nicht, dass irgendjemand von den anderen je auf die andere Seite des Sees kommen und hier hochklettern würde.«

»Und du? Bist du aus einem anderen Dorf?«, fragte er.

Der Junge sah ihn amüsiert an. »Sehe ich so aus, als wäre ich aus einem anderen Dorf?«

»Ich weiß nicht. Nein, nicht wirklich. Bin ich aus einem anderen Dorf?«

»Das ist wohl eher die Frage, oder?«

»Weißt du, wer mich gerufen hat?«

»Ja. Eljon hat dich gerufen, um mich zu treffen.«

An dem Jungen war irgendetwas. Es war etwas an der Art, wie er dastand und seine Füße sich kaum in den Sand drückten. Etwas an der Art, wie seine dünnen Finger sich sanft bogen, wie sein Brustkorb sich ganz gleichmäßig hob und senkte und wie seine großen Augen wie zwei makellose Smaragde glänzten. Der Junge zwinkerte.

»Bist du so ähnlich wie ein … Roush?«

»Ob ich wie ein Roush bin? Nun, in gewisser Weise, ja. Aber eigentlich auch wieder nicht.« Der Junge hob einen Arm in Richtung der schwebenden Libellenwesen, ohne in ihre Richtung zu sehen. »Sie sind wie Roush, aber im Moment kannst du mich halten, wofür du willst.« Er wandte den Kopf zu den löwenähnlichen Wesen entlang des Ufers. »Sie werden Roshuim genannt.«

Tom betrachtete den Jungen. »Du … du bist etwas Größeres, nicht wahr? Du weißt mehr?«

»Ich weiß so viel, wie ich in meinem Leben gesehen habe.«

Das war definitiv nicht die Sprache eines kleinen Jungen. »Und wie lange ist das schon?«, fragte Tom.

Das Kind sah ihn einen Moment lang fragend an. »Wie lange ist was?«

»Wie lange lebst du schon?«

»Sehr lange. Aber viel zu kurz, um auch nur anzufangen, das zu erleben, was ich in meinem Leben erleben werde.«

Der Junge kratzte sich mit einer Hand am Kopf. Er sprach wieder und starrte dabei über das Meer. »Wie ist das, wenn man zu Eljon kommt, nachdem man ihn so lange ignoriert hat?«

»Das weißt du? Woher weißt du das?«

Die Augen des Jungen funkelten. »Gehen wir spazieren?«

Der Junge wandte sich dem weißen Sandstrand zu und ging los, ohne zurückzuschauen. Tom sah sich um und folgte ihm dann.

Es war taghell, obwohl Tom wusste, dass es in Wirklichkeit Nacht war.

»Ich habe gesehen, wie du über das Wasser geschaut hast. Weißt du, wie groß dieses Meer ist?«, fragte der Junge.

»Es sieht ziemlich groß aus.«

»Es erstreckt sich unendlich weit«, erwiderte der Junge. »Ist das nicht großartig?«

»Unendlich?«

»Ganz schön raffiniert, was?«

»Kann Eljon so etwas machen?«

»Ja.«

»Nun, das ist … das ist ganz schön raffiniert.«

Der Junge blieb stehen und ging dann zum Wasser. Tom folgte ihm zögernd. »Schöpf ein bisschen Wasser«, sagte das Kind.

Tom bückte sich, tauchte vorsichtig seine Hand in das warme grüne Wasser und spürte sogleich die Kraft des Wassers seinen Arm hinauflaufen, wie ein leichter Stromschlag, der durch seine Knochen summte. Er schöpfte Wasser und ließ es langsam durch seine Finger rinnen.

»Klasse, was? Und es hat kein Ende. Du könntest dich mit mehrfacher Lichtgeschwindigkeit auf die Mitte zubewegen und würdest nie dort ankommen.«

Es schien unglaublich, dass es etwas gab, das unendlich war. Das Weltall vielleicht. Aber ein Gewässer? »Das scheint unmöglich zu sein«, sagte Tom.

»Ist es nicht, wenn du weißt, wer es gemacht hat. Es ist durch ein einziges Wort entstanden. Eljon könnte den Mund öffnen und es kämen Milliarden Welten wie diese hervor. Ich glaube, du unterschätzt ihn.«

Tom sah weg. Seine eigene Dummheit wurde ihm plötzlich peinlich bewusst. Unterschätzte er ihn? Wie konnte man jemals jemanden so mächtiges *nicht* unterschätzen?

Das Kind hob seine schmächtige Hand und legte sie in Toms Hand. »Du musst kein schlechtes Gewissen haben«, sagte es sanft.

Tom legte seine Finger um die kleine Hand. Der Junge sah ihn von unten mit seinen großen grünen Augen an und mehr als alles, was er sich jemals gewünscht hatte, sehnte sich Tom danach, sich zu bücken und das Kind in den Arm zu nehmen. Sie gingen weiter, jetzt Hand in Hand. »Sag mal«, fragte Tom, »es gibt da etwas, was ich mich schon die ganze Zeit frage.«

»Ja?«

»Ich habe Träume. Ich bin im schwarzen Wald gestürzt und habe das Gedächtnis verloren, und seitdem träume ich immer wieder von den Chroniken.«

»Ich weiß.«

»Du weißt das?«

»Es spricht sich herum.«

»Aber kannst du mir sagen, warum ich diese Träume habe? Es mag lächerlich klingen, aber ehrlich gesagt, frage ich mich manchmal, ob meine Träume in Wirklichkeit nicht echt sind. Oder ob das hier vielleicht ein Traum ist. Es würde mir sehr helfen, wenn ich wüsste, was von beidem wirklich ist.«

»Vielleicht kann ich dir mit einer Frage helfen. Ist der Schöpfer ein Lamm oder ein Löwe?«

»Das verstehe ich nicht.«

»Manche sagen, dass der Schöpfer ein Lamm ist. Andere sagen, er ist ein Löwe. Manche sagen, er ist beides. In Wirklichkeit ist er weder ein Lamm noch ein Löwe. Das sind Bilder. Metaphern. Und doch ist der Schöpfer beides, Lamm und Löwe. Beides ist wahr.«

»Das verstehe ich. Metaphern.«

»Das verändert den Schöpfer aber nicht«, sagte der Junge, »sondern nur unser Denken über ihn. Wie ich zum Beispiel. Bin ich ein Junge?«

Tom spürte die kleine Hand des Jungen in seiner und sein Herz schmolz, weil er verstand, was der Junge sagte. Er konnte nichts erwidern.

»Ein Junge, ein Löwe, ein Lamm. Du solltest mich einmal

kämpfen sehen. Dann würdest du weder einen Jungen noch einen Löwen noch ein Lamm sehen.«

Die nächsten fünf Minuten gingen sie schweigend weiter, ein Mann und ein Junge, Hand in Hand. Aber es schien nur so. Es war ganz anders.

Und dann erinnerte Tom sich an seine Frage zu seinen Träumen.

»Was ist mit meinen Träumen?«

»Vielleicht ist es mit deinen Träumen genauso.«

»Dass beides echt ist?«

»Das musst du herausfinden.«

Sie gingen weiter. Es hätte statt Sand genauso gut eine Wolke sein können, auf der sie gingen. Tom war sich nicht einmal sicher, ob er den Unterschied erkennen würde. Seine Gedanken überschlugen sich. Seine Hand hing seitlich herunter und bewegte sich beim Gehen. In ihr lag die Hand des Jungen. Seine Finger hatten angefangen zu zittern, aber der Junge tat, als bemerkte er nichts.

Er musste es bemerkt haben.

»Und was ist mit dem schwarzen Wald?«, fragte Tom. »Ich war dort. Vielleicht habe ich von dem Wasser getrunken. Träume ich deshalb von der Geschichte?«

»Wenn du Talehs Wasser angenommen hättest, wüsste es jeder.«

Ja, das ergab Sinn.

»Vielleicht kannst du mir dann etwas anderes erklären. Warum lässt Eljon das Böse im schwarzen Wald zu? Warum vernichtet er die Shataiki nicht einfach?«

»Weil das Böse seine Geschöpfe vor eine Entscheidung stellt«, sagte das Kind, als sei die Sache ganz klar. »Und weil es ohne Entscheidung keine Liebe gibt.«

»Liebe?« Tom blieb stehen.

Die Hand des Jungen glitt aus seiner. Er drehte sich mit erhobenen Augenbrauen um.

»Die Liebe hängt vom Bösen ab?«, fragte Tom.

»Habe ich das gesagt?« Ein schelmisches Grinsen stand in den Augen des Jungen. »Wie soll es Liebe geben, wenn es keine echte Entscheidung gibt? Hättest du es lieber, wenn dem Menschen die Fähigkeit zu lieben genommen würde?«

Das war die ewige Liebesgeschichte: um jeden Preis zu lieben.

Das Kind wandte sich wieder um und starrte hinaus aufs Meer.

»Weißt du, was passieren würde, wenn jemand Talehs Wasser trinken würde statt Eljons Wasser?«, fragte der Junge.

»Michal hat gesagt, dann wären die Shataiki befreit und würden den Tod bringen.«

»Den Tod. Mehr noch als den Tod. Den lebenden Tod. Taleh würde über sie herrschen, so lautet die Vereinbarung. Über ihre Herzen und ihren Verstand. Der Geruch des Todes an ihnen wäre für Eljon unerträglich. Und seine Eifersucht würde einen schrecklichen Preis fordern.«

Die Augen des Jungen blitzten auf. »Es wäre eine Ungerechtigkeit gegenüber Eljon und nur Blut würde ihn befriedigen. Mehr Blut, als du dir jemals vorstellen kannst.«

Er sagte es so einfach, dass Tom sich fragte, ob er sich versprochen hatte. Aber der Junge gehörte nicht zu denen, die sich versprechen.

»Wenn Taleh über sie herrscht, gibt es dann einen Weg, sie zurückzugewinnen?«, fragte er.

Keine Antwort.

»Egal, ich kann mir nicht vorstellen, dass irgendwer diesen Ort jemals freiwillig verlassen würde«, sagte Tom.

»Du musst ihn nicht verlassen, weißt du.«

»Außer wenn ich träume.«

»Dann träume nicht«, erwiderte der Junge.

Der Vorschlag klang auf einmal so einfach. Wenn er aufhörte zu träumen, gäbe es kein Bangkok mehr.

»Kann ich das?«

Der Junge zögerte. »Du könntest es. Es gibt eine Frucht, die du essen könntest, die deine Träume beenden würde.«

»Einfach so? Keine Träume von der Geschichte mehr?«

»Ja. Die Frage ist nur, willst du das wirklich? Du musst dich entscheiden. Es liegt bei dir. Diese Wahl wirst du immer haben. Das verspreche ich.«

Es war schon früher Morgen, als der Junge Tom schließlich zurück zum Wasserfall führte. Nach einer dicken, herzhaften Umarmung kletterte Tom den roten Baum hinunter, ging zurück ins Dorf und schlich sich leise in sein Bett in Palus' Haus.

Er konnte sich täuschen, aber er war sich sicher, dass er beim Einschlafen einen Jungen singen hörte.

23

»THOMAS.«

Eine liebliche Stimme. Sie rief seinen Namen. Süß wie Honig. *Thomas.*

»Thomas, wach auf!«

Eine Frauenstimme. Ihre Hand lag auf seiner Wange. Er begann aufzuwachen, aber er war sich nicht sicher, ob er schon wirklich wach war. Die Hand auf seiner Wange konnte auch Teil seines Traumes sein. Einen Moment lang ließ er es Traum sein.

Er genoss den Traum. Es war Rachelles Hand auf seiner Wange. Die dickköpfige Frau, die ihn mit ihren Kampftechniken immer wieder bloßstellte.

»Thomas?«

Er riss die Augen auf. Kara. Er schnappte nach Luft und setzte sich auf.

»Thomas, geht es dir gut?« Kara stand kreidebleich da und starrte auf das Bett. »Was ist das?« Aber Toms Augen waren auf die Klimaanlage gerichtet, von der die weißen Leinenstreifen losgeschnitten waren und Monique befreit worden war. Sie war weg.

»Thomas! Sprich mit mir!«

»Was ist?« Er sah sie an. »Was …« Das Bett war nass, blutrot. Blut?

Tom kroch aus dem Bett. Er hatte auf einem Bettlaken gelegen, das mit seinem eigenen Blut durchtränkt war. Bilder von dem Angreifer und den Schüssen in seinen Bauch und die Brust leuchteten vor seinem inneren Auge auf und er griff sich an den Bauch und die Brust. Zwei Schüsse, schallgedämpft. Peng! Peng!

Ja, das war gewesen. Aber viel wichtiger noch, da waren auch der See und der Junge gewesen. Er sah zu Kara auf.

»Gott gibt es wirklich«, sagte er.

»Was?«

»Gott. Er ist … Wow!« Seine Gedanken drehten sich bei der Erinnerung an den See. Er spürte, wie ein breites Grinsen sich auf seinem Gesicht ausbreiten wollte, aber seine Muskeln arbeiteten noch nicht wieder alle mit seinem Gehirn zusammen.

»Zumindest habe ich geträumt, dass es ihn wirklich gibt«, sagte er. »Es war nicht nur so, wow, es gibt ihn wirklich!, sondern man kann richtig mit ihm sprechen! Vielleicht kann man ihn sogar anfassen.«

»Schön«, sagte sie. »Hier, wo ich lebe, stehen wir derweil neben einem Bett, das voll ist mit deinem Blut.«

»Ich wurde erschossen«, sagte er.

Sie starrte ihn ungläubig an. »Bist du dir sicher? Wo?«

»Genau hier. Und hier.« Er zeigte es ihr. Brustkorb und Bauch. »Ich schwöre dir, ich wurde erschossen. Jemand ist eingebrochen. Wir haben miteinander gekämpft, er hat mich erschossen. Und er hat wohl Monique mitgenommen.«

»Ich habe dich angerufen. War das davor oder danach?«

»Du hast vorher angerufen. Er war gerade da, als du angerufen hast.« Plötzlich ergab Bangkok mehr Sinn als der See. »Ich glaube sogar, dass dein Anruf ihn nervös gemacht hat. Die Sache ist die …« Ja, was war eigentlich Sache?

»Die Sache ist was?«

»Ich bin nicht tot.«

Kara sah auf seinen Bauch, dann in seine Augen. »Ich kapier gar nichts. Willst du sagen, dass du im Traum geheilt wurdest?«

»Das ist nicht das erste Mal.«

»Aber er hat dich erschossen, oder? Er hat dich umgebracht. Wie ist das möglich?«

»Ich weiß nicht, ob ich tot war. Ich wurde bewusstlos. Aber dort, in meinem Traum, lag ich am Ufer des Sees. Die Luft war mit dem Sprühnebel vom Wasserfall erfüllt. Wasser. Das Wasser heilt. Wahrscheinlich wurde ich geheilt, bevor ich gestorben wäre.«

Er zog das Laken vom Bett, packte die Matratze und drehte sie um. Kara starrte immer noch darauf.

»Meinst du das todernst?«

»Nein, nicht tot.«

Sie sah weg und ging unruhig ans Ende des Bettes. Dann drehte sie sich um. »Verstehst du, was das bedeutet?«

»Ich weiß nicht.« Schnell löste er die selbst gemachten Fesseln von der Klimaanlage. »Es gibt vieles, was ich nicht ganz verstehe. Aber eines weiß ich sicher: Monique ist weg. Der Typ, der sie geholt hat, war kein gewöhnlicher Schlägertyp.«

Sie dachte immer noch über seine Heilung nach. Tom hielt inne.

»Hey, ich bin nicht unverwüstlich, falls du das denken solltest. Auf keinen Fall.«

»Woher willst du das wissen?«

»Weil ich glaube, dass du recht hast: Beide Realitäten sind echt, zumindest in gewisser Weise. Wenn ich hier erschossen werde, ohnmächtig werde und dort aufwache und mit Wasser geheilt werde, bevor ich sterbe, bin ich scheinbar geheilt. Aber wenn ich hier umgebracht werde und dort ist gerade kein Wasser da, könnte ich genauso auch sterben.«

»Bist du jetzt so eine Art Wolverine? Du wirst am Kopf getroffen oder in die Brust geschossen und es ist keine Spur davon zu sehen. Das ist unglaublich!«

Es *war* unglaublich. Aber da war noch etwas anderes. Eine Kleinigkeit, die an ihm nagte, seit er mit Taleh, dieser Fledermaus in der anderen Welt, gesprochen hatte. Die Einzelheiten schwirrten in seinem Kopf und er spürte die ersten Anzeichen von Panik.

»Das ist noch nicht alles«, sagte er. »Zuerst einmal bin ich mir ziemlich sicher, dass der Typ, der mich erschossen und Monique mitgenommen hat, derjenige ist, der die ganze Welt mit dem Raison-Virus erpressen wird.«

Tom fing an, unruhig hin und her zu gehen. Er hatte die blutigen Betttücher zusammengerollt und hielt sie in seiner rechten Hand.

»Oder zumindest arbeitet er für denjenigen, der das vorhat. Und ich bin mir ziemlich sicher, dass sie überhaupt erst erfahren haben, dass der Raison-Impfstoff mutieren und sich in ein tödliches Virus verwandeln kann, weil ich es ausgeplaudert habe und jemand es ihnen verraten hat.«

»Das kann nicht sein. Das hieße, dass ohne dich die Mutation überhaupt nicht stattfinden würde? Willst du damit sagen, dass du das alles ausgelöst hast?«

»Genau das will ich sagen. In meinen Träumen erfahre ich etwas über das Raison-Virus als historische Tatsache, erzähle jemandem: ›Hallo, das und das wird passieren‹, und sie beschließen, es tatsächlich passieren zu lassen. Eine Art sich selbsterfüllende Prophezeiung. Wenn ich den Mund gehalten hätte und es nicht dem Außenministerium oder dem Seuchenzentrum gesagt hätte, wüsste niemand, dass das Raison-Virus tatsächlich möglich ist.«

Das musste sie sich einen Moment lang durch den Kopf gehen lassen. »Du hast also genau das Virus verursacht, das du versuchst zu verhindern. Das ist ein Ding!«

»Wo können wir die Betttücher verschwinden lassen?«

»Unterm Bett.« Sie stopften die Bettwäsche zwischen Rahmen und Matratze.

»Aber wenn das stimmt«, sagte Kara, »kannst du dann nicht etwas ändern, das den Rest der Sache verhindern würde? Du gehst zurück und erfährst in der Geschichte, dass das und das passiert ist, und kommst dann wieder und verhinderst, dass es passiert.«

»Vielleicht. Vielleicht auch nicht. Ich komme nicht mehr so leicht an Informationen aus den Chroniken.«

»Was ist mit dem schwarzen Wald?«

»Ich war im schwarzen Wald! Dort gehe ich nicht noch mal hin! Niemals!«

»Was ist, wenn es ein Traum ist, der uns hier rettet?«

»Da war noch etwas.« Tom drehte sich langsam weg und dachte an seine Unterhaltung mit Taleh. Aber er war sich sicher, dass er irgendetwas davon vergessen hatte. Er war zu ihm gegangen, um Monique alles zu beweisen, und das war ihm auch gelungen. Aber er hatte auch etwas über das Gegenmittel erfahren.

Er hatte die Formel für das Gegenmittel wiederholt.

»Was ist, wenn …« Ein Schauer kroch ihm über den Rücken. Erschüttert von dem Gedanken, drehte er sich wieder zu Kara. »Was ist, wenn ich ihnen unabsichtlich verraten habe, wie es geht?«

»Das Virus herzustellen?«

»Nein, das wissen sie. Hitze. Das bekommen sie heraus. Aber das hilft noch niemandem. Das Virus wird in der Luft übertragen und drei Wochen später sind alle tot – auch derjenige, der es freigesetzt hat. Aber wenn es einen Impfstoff, ein Mittel gegen das Virus gäbe, könnte man …«

»Alles kontrollieren«, vollendete Kara den Satz. »Bedrohung durch Macht. Es wäre, als hätte jemand als Einziger auf der Welt Atomwaffen.«

»Und ich glaube, ich habe es ihnen verraten.«

»Wie denn?«

»Taleh. Er hat mich reingelegt. Kurz bevor er es mir verraten hat, hat er mich geritzt.« Er sprach wie benommen, wie zu sich selbst. »Ich könnte schwören, dass ich gehört habe, wie ich es laut gesagt habe.«

»Dann weißt du es auch. Was nützt ihnen das Virus, wenn du die Formel für das Gegenmittel hast?«

»Habe ich die?« Er legte den Kopf zur Seite. Er konnte sich nicht erinnern. »Ich … mir fällt sie jetzt nicht ein.«

»Ich will nicht behaupten, dass ich das alles verstehe, aber wir müssen hier verschwinden. Die Polizei hat mir die Geschichte abgekauft und ich habe mit Moniques Vater gesprochen. Ich habe angerufen, weil er einverstanden war, die Lieferungen zurückzuhalten. Als du nicht drangegangen bist, habe ich alles riskiert, um hierherzukommen. Ich glaube, ich kann es arrangieren, dass wir Raison treffen, aber er steht ziemlich neben sich. Wenn er erfährt, dass Monique wieder verschwunden ist …«

Sie seufzte.

Sie verließen das Zimmer in einem bewohnten, aber nicht verwüsteten Zustand.

»Was haben Sie?«

Die scharfe Nase in Raisons eckigem Gesicht war aus gutem Grund rot. Er hatte soeben seine Tochter verloren, dann wiedergefunden, dann wieder verloren – und all das innerhalb von acht Stunden.

»Ich habe sie nicht verloren«, warf Tom ein. »Sie wurde mir

weggenommen. Glauben Sie im Ernst, ich würde sie mir schnappen, um sie dann wieder zu verlieren?« Er sah von Raison mit seinen dunklen Haaren zu Kara und wieder zurück. Er musste die Situation wieder in den Griff bekommen – oder zumindest in seinen Kopf.

»Bitte setzen Sie sich doch, dann werde ich versuchen, es Ihnen zu erklären.«

Jacques funkelte ihn an. Er war groß und gebieterisch, genau die Sorte Mann, die es gewöhnt war, zu bekommen, was sie wollte. Er saß in seinem Schreibtischsessel und hatte den Blick fest auf Tom gerichtet.

»Ich gebe Ihnen fünf Minuten. Dann rufe ich die Polizei an. Drei Länder fahnden nach Ihnen, Mr. Hunter. Ich bin mir ziemlich sicher, dass sie kurzen Prozess machen werden.«

Tom war vom Hotel zu Raison Pharma gefahren. Kara wollte unterwegs wissen, was im bunten Wald geschehen war, und so erzählte er ihr ohne viel Drängen von seinem Treffen mit Taleh an der Brücke, vom See und von dem Jungen. Sie kamen schließlich zu dem Schluss, dass nichts von alldem bewies, dass es Gott wirklich gab, aber Tom konnte die Argumentation nicht ganz mit seiner Erfahrung in Einklang bringen. So wechselte er das Thema zu Rachelle.

Tom hatte die ganze Welt unbeabsichtigt in eine Krise gestürzt und er verschwand, um gemeinsam mit Rachelle die Feinheiten des Werbens zu lernen. Das schien ihr nicht richtig zu sein, hatte Kara gesagt.

Diesmal bedurfte es nicht Toms gekonnter Beinarbeit, um auf das Raison-Pharma-Gelände zu kommen und Jacques de Raison zu sprechen. Drei übereifrige Wachposten hätten ihnen im Hof beinahe die Köpfe abgerissen, bis der angesehene Firmengründer selbst dazukam und ihnen befahl, die Waffen herunterzunehmen. Sie senkten die Köpfe und wichen zurück.

Jacques de Raison hatte sie in seine Bibliothek geleitet, in der hohe Bücherregale an der Wand und ein Dutzend schwarzer Lederstühle mit hohen Lehnen um einen Mahagonitisch standen. Nun hatten Kara und Tom die gewaltige Aufgabe, diesen Mann davon zu überzeugen, dass sein wahrer Feind nicht Thomas Hunter, sondern das Raison-Virus war.

Jacques' Blick wanderte zu einem großen Blutfleck auf der Hosentasche von Toms Lucky Jeans. Sein T-Shirt war von dem Blutbad verschont geblieben, weil er es zu der Zeit nicht angehabt hatte.

Tom holte tief Luft. »Tatsache ist, Mr. Raison, dass Ihre Tochter und ich überfallen wurden. Ich wurde angeschossen und liegen gelassen, weil sie mich für tot hielten. Monique wurde entführt.«

»Sie wurden für tot gehalten«, sagte der Mann. »Man sieht es.«

Tom überging seinen Zynismus. »Ich hinterlasse keine Spuren. Der Mann, der auf mich geschossen hat, ist derselbe, vor dem ich Ihre Tochter eigentlich beschützen wollte. Ich wusste, dass es Schwierigkeiten geben konnte. Ich habe versucht, sie davon zu überzeugen, und als sie sich weigerte, musste ich sie zwingen.«

»Das ist vollkommener Schwachsinn.«

»Meine fünf Minuten sind noch nicht um. Hören Sie mir bitte noch eine Minute zu. Das gefällt Ihnen vielleicht nicht, aber ich bin möglicherweise der Einzige, der Ihre Tochter retten kann. Bitte hören Sie mir zu.«

»Bitte, Mr. Raison«, sagte Kara ruhig. »Ich habe Ihnen schon gesagt, dass es um weit mehr geht als nur um Thomas und Monique.«

»Ja, natürlich. Der Raison-Impfstoff wird mutieren und Millionen von Menschen infizieren.«

»Nein«, sagte Tom, »Milliarden.«

»Ich versichere Ihnen, Monique hat den Impfstoff den strengsten Tests unterzogen.«

»Aber nicht unter Hitzeeinwirkung«, sagte Tom. »Das hat sie mir selbst gesagt.«

»Tatsache ist, dass Sie nichts davon belegen können«, erwiderte Raison. »Sie haben meine Tochter mit Waffengewalt entführt und jetzt erwarten Sie, dass ich Ihnen abkaufe, dass Sie das nur zu ihrem Schutz getan haben? Entschuldigen Sie mein Misstrauen, aber ich halte es für wahrscheinlicher, dass Sie sie noch versteckt halten. Ich werde wohl jeden Moment einen Anruf von Ihrem Komplizen bekommen, der Geld verlangt.«

»Da liegen Sie falsch. Sie werden höchstens einen Anruf bekommen, in dem entweder Informationen oder Proben des Impfstoffs verlangt werden. Testen Sie es selbst. Das Virus mutiert bei extremer Hitze. Wie lange würde es dauern, um das zu bestätigen?«

Das war die erste Äußerung von Tom, die Eindruck zu machen schien.

»Sie ist meine einzige Tochter«, sagte er. »Es gibt niemanden und nichts, was ich mehr liebe. Verstehen Sie das? Ich werde alles unternehmen, was nötig ist, um sie wieder heil nach Hause zu holen.«

»Das werde ich auch«, sagte Tom. »Wie lange dauern die Tests?«

»Glauben Sie das wirklich? Es ist absurd.«

»Dann werden die Tests beweisen, dass ich unrecht habe. Wenn ich mich nicht geirrt habe, wissen wir, dass wir ein großes Problem haben. Wie lange?«

»Unter normalen Umständen zwei Wochen«, antwortete Raison.

»Vergessen Sie die normalen Umstände.«

»Eine Woche. Es gibt da einige unbekannte Faktoren. Die genaue Temperatur, die Dauer der Hitzeeinwirkung und andere äußere Einflüsse.«

»Eine Woche ist zu lang, viel zu lang.« Tom ging zu dem großen Mahagonitisch und drehte sich um. »Nur mal angenommen, ich habe recht und die anderen wüssten, wie man die Mutation auslöst, wie lange würde es dauern, bis sie ein brauchbares Virus hätten?«

»Diese Frage kann ich nicht beantworten …«

»Tun Sie einfach so, Jacques. Unter günstigsten Umständen, wie lange?«

Er sah Tom prüfend an. »Vielleicht in ein paar Stunden.«

»Ein paar Stunden. Ich schlage vor, dass Sie mir jetzt entweder glauben oder sofort mit den Tests anfangen. Denn wenn Sie recht haben, dann gnade uns Gott.«

»Das kann Wochen dauern. Ich kann das unmöglich glauben.«

Das Telefon auf Raisons Schreibtisch klingelte.

»Dann sollten Sie besser in sich gehen, denn Moniques Leben hängt davon ab, ob Sie mir glauben.«

Der Mann stand auf und nahm den Hörer ab. »Ja.« Fünf Sekunden lang war er still. »Wer spricht da? Wer …« Stille. Furcht trat in seine Augen. »Und woher weiß ich … Hallo?«

Er ließ den Hörer sinken. »Ich … ich soll innerhalb von zweiundsiebzig Stunden alle Forschungsarbeiten und alle existierenden Proben des Impfstoffs ausliefern, sonst töten sie sie.«

Tom nickte. Er hatte einen Kloß im Hals. »Sie machen dieses Gebäude jetzt besser zu einem riesigen Testlabor. Zweiundsiebzig Stunden. Und Sie werden noch viel mehr brauchen als nur das Virus. Sie werden ein neues Gegenmittel brauchen.«

24

ANGESICHTS DER UNMITTELBAREN Bedrohung seiner Tochter Monique schien Jacques de Raison nachzugeben. Nur auf sein Drängen hin erklärten sich die Behörden in Bangkok bereit, Thomas' Inhaftierung aufzuschieben. Er würde verhaftet werden, beteuerten sie. Die Franzosen und die Amerikaner saßen ihnen im Nacken. Aber da offensichtlich Dritte dazwischengekommen waren und Monique gefangen genommen hatten und da Tom darauf bestanden hatte, dass er ihnen möglicherweise helfen könne, waren sie bereit, ihn im Haus von Raison Pharma unter Hausarrest zu halten.

Tom verbrachte eine Stunde damit, zusammen mit Kara alle Möglichkeiten durchzugehen. Die nächstliegende Lösung des ganzen Durcheinanders war, sich an die Formel für das Gegenmittel, die Taleh Tom in seinem Traum genannt hatte, zu erinnern. Aber auch nachdem Kara ihn eine halbe Stunde lang ausgefragt hatte und Tom weitere zehn Minuten gegen eine innere Wand angerannt war, kam nichts heraus. Er konnte sich an die Details einfach nicht erinnern. Schließlich gab es nur noch eine Möglichkeit, die den beiden sinnvoll erschien.

»Ich muss mit ihm sprechen«, erklärte Tom vor Raisons Büro.

»Er hat keine Zeit«, sagte der Wachposten.

»Haben Sie die Aufzeichnung des Mannes gesehen, der vorgestern mit den beiden Wachen am Tor gekämpft hat?«

Der Wachposten zögerte. »Wollen Sie mir drohen?«

»Nein. Ich wollte nur wissen, ob Sie sie gesehen haben. Und ja, ich bin der Mann. Ich muss ihn wirklich sprechen, bitte.«

Der Mann sah an Tom hinunter. »Einen Moment.« Er steckte

seinen Kopf zur Tür hinein, fragte etwas und öffnete dann die Tür.

Thomas ging hinein. Jacques de Raison sah erschöpft und besorgt auf.

»Schon irgendwelche Fortschritte?«, fragte Tom.

»Ich habe doch gesagt, eine Woche! Zweiundsiebzig Stunden? Es gibt eine viel einfachere Lösung. Wenn ich ihnen gebe, was sie verlangen, bekomme ich Monique. Wir kriegen sie dann später über die internationalen Gerichte.«

»Es sei denn, ich habe recht«, sagte Tom. »Es sei denn, Sie behindern ernsthaft die Entwicklung eines Gegenmittels gegen das Raison-Virus, indem Sie ihnen alles geben, was Sie haben.«

Raison schlug mit der Faust auf den Tisch. »Es gibt kein Raison-Virus!«

»Monique wird Ihnen das Gegenteil sagen, wenn wir sie finden. Aber dann ist es zu spät.«

»Dann gebe ich ihnen, was sie verlangen, und behalte das, was ich brauche, um den Impfstoff erneut herzustellen.«

»Wenn Sie ihnen geben, was sie verlangen, wird Sie das zurückwerfen. Das Raison-Virus wird binnen drei Wochen sein Werk vollbracht haben.«

Sie gaben auf. Tom spürte eine seltsame Resignation. Es gab nur noch zwei Dinge, die er jetzt tun konnte: Monique finden, die die Einzige war, die vielleicht einen Ausweg finden konnte aus dem Schlamassel, den ihr Impfstoff verursacht hatte, und die Welt auf das Raison-Virus vorbereiten. Irgendwie musste er beides schaffen.

»Mr. Raison, ich möchte, dass Sie einmal über Folgendes nachdenken: Ich glaube nicht, dass die Entführer die Absicht haben, Monique schnell wieder freizulassen, auch wenn Sie ihre Forderungen erfüllen. Sie ist zu wertvoll für sie – lebendig. Wenn ich recht habe …«

»Wenn ich recht habe, wenn ich recht habe. Wie oft wollen Sie noch, dass ich Ihnen glaube, dass Sie recht haben?«

»So oft ich Sie darum bitte. Wenn ich recht habe, dann ist der einzige Weg, Monique wiederzubekommen, sie zu suchen.« Tom saß dem Mann gegenüber auf einem der Lederstühle. »Dazu brauchen wir Hilfe. Und es gibt nur einen Weg, Hilfe zu bekommen.«

»Ich habe Geld, Mr. Hunter. Wenn wir ein paar starke Männer brauchen …«

»Nein, wir brauchen hier mehr als ein paar starke Männer. Wir brauchen überall Augen und Ohren. Und wir müssen schnell reagieren können. Dazu brauchen wir die Unterstützung der Regierungen. Wenn ich recht habe – ja, ich weiß, schon wieder –, wird die ganze Sache in den nächsten paar Tagen explodieren. Ich schlage vor, dass wir den Druck etwas abbauen und uns Verbündete suchen.«

Er wiederholte es fast genauso, wie Kara und er es geprobt hatten. Vielleicht wäre er ja ein ganz ordentlicher Diplomat, wenn er die Gelegenheit und die richtige Ausbildung dazu hätte. Das sollte er mit Tanis besprechen.

»Was wollen Sie von mir? Soll ich der ganzen Welt erzählen, dass mein Impfstoff in Wirklichkeit ein tödliches Virus ist? Das würde die Firma ruinieren. Da wäre es besser, ihren Forderungen nachzukommen.«

»Ich sage nicht, dass Sie der ganzen Welt so etwas sagen sollen. Noch nicht.« Seine Entscheidung traf Tom in diesem Augenblick, als er den verhärmten Mann vor sich ansah. »Ich schlage vor, dass Sie mich mit einigen Schlüsselfiguren vertraulich sprechen lassen.«

»Sie verlangen, dass ich die Zukunft meiner Firma in Ihre Hände lege?«

»Die Zukunft Ihrer Firma ist schon in meinen Händen. *Wenn* ich recht habe, wird es bald keine Firma mehr geben. Wenn ich nicht recht habe, werden meine Forderungen als die Hirngespinste eines Verrückten abgeschrieben werden und Ihre Firma ist fein raus. Genau deshalb muss ich an Ihrer Stelle einige ausgewählte Kontakte herstellen. Wenn Sie anrufen und zugeben, dass Ihr Impfstoff möglicherweise lebensgefährlich ist, müssten sie gewisse Maßnahmen ergreifen. Dann können Sie Raison Pharma morgen begraben. Ich dagegen habe mehr Freiheiten, weil ich Raison Pharma nicht offiziell repräsentiere.«

Der Mann dachte über Toms Vorschlag nach. »Ich verstehe nicht ganz, was genau Sie wollen.«

»Ich möchte, dass Sie mich mit der Welt da draußen Kontakt aufnehmen lassen – und mir dabei helfen. Ohne Sie sind mir die Hände gebunden. Ich stehe unter Arrest. Lassen Sie mich den anderen verraten, welche Gefahr das Raison-Virus für die Welt darstellt. Das ist für sie Grund genug nachzuhelfen, Monique zu finden. Es geht nichts über ein Virus, um die richtigen Leute zu motivieren.«

Tom erkannte an Jacques de Raisons Augen, dass er sich schon etwas mit dem Gedanken anfreundete. »Ich könnte das Ganze dann glaubwürdig leugnen«, sagte Raison.

»Ja. Ich mache alle Anrufe ohne Ihre ausdrückliche Billigung. Dadurch sind Sie außen vor, obwohl Sie um Hilfe bitten.«

Es war eine perfekte Idee. Er hätte Politiker werden sollen.

»Sie bitten also nur darum, ein Telefon benutzen zu dürfen? Sie können nicht einfach irgendwelche Regierungen anrufen und erwarten, dass die Sie anhören.«

»Ich möchte über Ihre persönlichen Kontakte gehen. Natürlich nur über die Kontakte, denen Sie zustimmen. Das amerikanische Außenministerium, die französische Regierung, die Briten. Vielleicht noch Indonesien – weil es ein dicht bevölkertes Land ganz in der Nähe ist. Es geht darum, einige Leute mit den nötigen Mitteln davon zu überzeugen, dass die Entführung Ihrer Tochter nicht einfach nur ein Fall von Wirtschaftsspionage ist. Wir müssen sie dazu bringen, das Risiko für ihr eigenes Land ernst zu nehmen und uns zu helfen, Monique zu finden.«

»Und Sie glauben wirklich, dass ich Sie das tun lassen würde?«

»Ich glaube nicht, dass Sie eine Wahl haben. Die ganze Sache steht ohnehin kurz davor, zu eskalieren. Das ist unsere Gelegenheit, die richtigen Leute zu warnen und aufzufordern, Monique zu finden.«

Jacques de Raison ging noch einen Schritt weiter, als Tom nur sein Telefon und seine persönlichen Kontakte zur Verfügung zu stellen. Er stellte ihm auch seine Sekretärin Nancy zur Verfügung.

»Sagen Sie ihm, wenn er nicht innerhalb der nächsten Stunde

eine Leitung zum Minister frei macht, dann werde ich …« Tom hielt inne und dachte nach. »Was weiß ich. Sagen Sie ihm, dann zünde ich eine Atombombe oder irgend so was. Hat denn von diesen ganzen Leuten keiner so viel Weitblick, auch nur die Möglichkeit in Betracht zu ziehen, dass wir hier ein kleines Problem haben könnten?«

Kara sah ihrem Bruder zu, wie er auf und ab ging. Sie hatten es jetzt fünf Stunden lang versucht und das Ergebnis hätte nicht schlimmer sein können. Die Franzosen waren nicht nur hoffnungslos, sondern ihrem Empfinden nach regelrecht unhöflich gewesen. Von Raisons Heimatland hatte sie mehr Bereitschaft erwartet. Offensichtlich war die jetzige Regierung nicht sonderlich erfreut darüber, dass Raison Pharma Frankreich verlassen hatte. Sie war interessiert daran, in dieser Entführungsgeschichte gut dazustehen, aber als es darum ging, einen Politiker dazu zu bringen, seinen Zeitplan für ein zehnminütiges Telefongespräch mit Tom zu unterbrechen, war jedes Interesse verflogen. Das sei eine juristische Angelegenheit, sagten sie.

Die Briten waren etwas sympathischer. Aber unterm Strich kam ihre Antwort in etwa auf das Gleiche heraus. Die Deutschen, die Italiener und sogar die indonesische Regierung: Niemand von ihnen war bereit, sich die Spinnereien eines geisteskranken Propheten anzuhören, der diese Frau in Bangkok entführt hatte.

Kara ging zu ihrem Bruder. Die Tatsache, dass es schon drei Uhr morgens war, half nicht gerade. Er telefonierte schon fast im Schlaf. Andererseits, sollte er recht haben und das hier der Traum sein, dann telefonierte er tatsächlich im Schlaf.

»Thomas.« Sie massierte ihm den Rücken. »Geht's dir gut?«

Er versuchte zu lächeln. »Eigentlich nicht. Erst hatte ich Angst, dass ein Komet einschlägt, jetzt bin ich entsetzt darüber, dass keiner glaubt, dass ein Komet einschlägt.«

»Was hattest du erwartet? Seit zweitausend Jahren sollte der Komet angeblich jedes Jahr einschlagen. Er ist nie gekommen. Und jetzt behauptet ein Fünfundzwanzigjähriger in Jeans, er lebe in seinen Träumen und habe dort erfahren, dass die Welt demnächst untergehen wird. Er droht damit, das Schloss in die Luft zu jagen, wenn der König ihm nicht glaubt. Warum sollte der Außenminister sein Treffen mit dem Prinzen von Persien unterbrechen, um deinen Anruf anzunehmen?«

»Danke für die Ermutigung, Schwesterchen.«

»Ich weiß, dass das alles bedeutungslos ist, wenn niemand zuhört, aber es gibt noch einen anderen Weg.«

Er betrachtete ihr Gesicht. Sie gingen vom Schreibtisch weg. »Du meinst, ich soll zurückgehen und …«

»Na ja«, sagte Kara. »Ich weiß, dass es nicht angebracht scheint, jetzt zu schlafen, aber warum nicht? Zum einen wirst du in ein Koma fallen, wenn du nicht bald etwas Schlaf bekommst. Und außerdem hat es bisher auch funktioniert, oder? Was ist, wenn du dort herausfinden könntest, wo sie ist?«

Er schüttelte den Kopf. »Das ist etwas anderes. Bisher waren es geschichtliche Fakten. Das hier ist viel zu speziell. Und ich habe dir ja schon gesagt, dass ich auf keinen Fall in den schwarzen Wald zurückwill. Ich glaube aber, das ist der einzige Ort, wo ich Informationen erhalten kann.«

Er sagte es so überzeugt. Er lebte wirklich im ständigen Bewusstsein seiner Träume. Und er hatte sich verändert.

Ihr Bruder Thomas, wie sie ihn kannte, war schon immer wortgewandt gewesen. Aber jetzt zeigte er viel mehr Entschlossenheit. Er sprach mit mehr Autorität. Zwar nicht genug, um die Franzosen oder die Briten zu überzeugen, aber doch genug, um einige Worte mit einigen ziemlich einflussreichen Leuten zu wechseln, bevor sie ihn wegen seiner ausgesprochen frechen Einmischung in die Diplomatie wegschickten.

Auf irgendeine Art war ihr Bruder für etwas bestimmt. Sie wusste nicht, wie und warum – und ehrlich gesagt, war sie im Moment auch noch nicht bereit, den Gedanken zu Ende zu denken –, aber irgendwie wurde sie das Gefühl nicht los, dass dieser Mann, der bis vor ein paar Tagen bei Java Hut in Denver gearbeitet hatte, zu einer sehr, sehr bedeutenden Person wurde.

»Dann geh nicht zurück in den schwarzen Wald. Aber es gibt einen Zusammenhang zwischen deinen Träumen und dem, was hier passiert, Thomas. Schließlich haben deine Träume das hier verursacht. Irgendwie musst du an mehr Informationen kommen können. Schlaf jetzt; hier passiert sowieso nichts.«

Er seufzte. »Du hast recht. Ich muss schlafen.«

»Kannst du dich immer noch nicht an die Formel erinnern?«

Er schüttelte den Kopf. »Nein.«

»Ich wünschte, du könntest mich irgendwie mitnehmen.«

»Mit dorthinnehmen? Ich gehe ja nicht wirklich weg, oder?«

»Nein, aber in Gedanken gehst du weg. Vielleicht kannst du mich in Gedanken irgendwie mitnehmen.« Sie lächelte. »Verrückt, was?«

»Ja, verrückt. Ich glaube nicht, dass das geht.«

»In einem See unter Wasser atmen geht auch nicht«, erwiderte sie.

»Sir!«

Tom fuhr herum. Es war Raisons Sekretärin mit dem Telefon in der Hand.

»Ich habe den stellvertretenden Außenminister der Vereinigten Staaten dran. Merton Gains. Er ist bereit, mit Ihnen zu sprechen.«

Der stellvertretende Außenminister Merton Gains saß am Ende des Konferenztisches und hörte den anderen zu, wie sie ihre verschiedenen Ansichten zu einem Dutzend verschiedener Sichtweisen einer weiteren sich auftürmenden Finanzkrise darlegten. Paul Stanley war immer noch verreist, aber der Außenminister hatte noch nie gezögert, Gains die Sache zu überlassen, wenn er nicht da war.

Das halbe Kabinett war da, fast alle wichtigen Köpfe, außer Verteidigungsminister Myers. Und ein Dutzend Berater. Präsident Robert Blair saß am anderen Ende, Gains gegenüber, zurückgelehnt in seinem Stuhl, während seine Berater unterschiedlicher Meinung waren. Es ging wieder einmal um Steuersenkungen. Steuern senken oder nicht senken? Wie weit konnte man gehen? Die wirtschaftlichen Nachteile oder Vorteile, die politischen Nachteile oder Vorteile. Manche Dinge änderten sich nie; dazu gehörten die Diskussionen um Steuern.

Das war nur ein Grund, weshalb Gains' Gedanken abschweiften. Der andere Grund war Thomas Hunter.

Tatsache: Wäre seine Tochter nicht vor zwei Jahren an einem

Impfstoff gestorben, hätte er nie der neuen Gesetzesinitiative für strengere Testverfahren bei neuen Medikamenten vorgestanden.

Tatsache: Hätte er den Gesetzesentwurf nicht verfasst, hätte sein Freund Bob Macklroy niemals daran gedacht, ihn wegen Thomas Hunter anzurufen.

Tatsache: Hätte Hunter nicht Bob angerufen und ihm den Gewinner des Kentucky Derbys, Joy Flyer, genannt, hätte Gains Hunters Anruf nicht entgegengenommen.

Tatsache: Hunters Vorhersage war richtig gewesen.

Tatsache: Hunter war im Seuchenzentrum gewesen und hatte den möglichen Seuchenausbruch gemeldet. Und sie hatten ihn dort ziemlich abserviert.

Tatsache: Hunter hatte Monique de Raison entführt, die einzige Person, die, wie er behauptete, das Virus aufhalten konnte, indem sie den Impfstoff erst gar nicht auslieferte.

Tatsache: Monique wurde noch einmal von jemand anderem entführt, der jetzt den Raison-Impfstoff verlangte.

Und hier verschmolzen die Tatsachen mit Hunters Behauptungen.

Behauptung: Diejenigen, die Monique jetzt entführt hatten, taten es, weil sie, genau wie Thomas, wussten, dass sich der Impfstoff in eine tödliche Waffe verwandeln konnte, und weil sie hofften, das, was sie wollten, durch Druck zu bekommen.

Behauptung: Diejenigen könnten vielleicht auch Zugang zu einem Heilmittel haben.

Behauptung: Wenn nicht die ganze Welt von ihrem kollektiven hohen Ross stieg, Monique de Raison befreite und ein Gegenmittel entwickelte, standen in kürzester Zeit ganz finstere Zeiten bevor, neben denen die Finanzkrise sich wie ein Dominospiel ausnehmen würde.

Als Gains Hunters Geschichte zuhörte, konnte er ein paar innere Schauer nicht unterdrücken. Sie ähnelte ein wenig den Szenarien, die er dem Senat schon mehr als einmal vorgetragen hatte. Und jetzt sah er sich dem Ganzen als der Forderung eines unverfrorenen Mannes gegenüber, der entweder total danebenlag oder aber mehr wusste, als irgendjemand überhaupt wissen konnte.

Etwas an Hunters Aufrichtigkeit verleitete ihn dazu, mehr hören zu wollen, und so hörte er zu.

Er hörte viel mehr.

Er hatte im Fall von Monique sogar jede nur mögliche Hilfe zugesagt. Was wäre, wenn? Ja, wenn? Der alte Raison hatte Hunter ganz offensichtlich nicht hochkant hinausgeworfen.

»… Merton?«

Gains räusperte sich. »Nein, das glaube ich nicht.« Er sah auf. Der Präsident sah ihn mit einem nachlässigen Ich-kann-deine-Gedanken-lesen-Blick an. Das hatte nichts zu bedeuten, aber dadurch war er Präsident geworden.

»Nur noch eins«, sagte Gains. »Ich gehe davon aus, dass Sie alle von der Entführung gestern in Bangkok gehört haben. Monique de Raison, Tochter des Gründers von Raison Pharma, Jacques de Raison.«

»Sagen Sie nichts«, erwiderte Präsident Blair. »Es war einer aus dem Militär.«

»Nein.«

»Soweit ich weiß, ist der ursprüngliche Entführer von einer dritten Partei überrumpelt worden, die die Frau jetzt in ihrer Gewalt hat«, warf CIA-Direktor Phil Grant ein. »Wir schicken ein paar Kräfte, um zu helfen. Mir ist nicht bekannt, dass sich etwas Neues getan hat.«

»Es hat sich nichts getan. Aber ich habe einige Informationen erhalten, die ich Ihrem Büro zukommen lassen werde, Phil. Es scheint, als sei die Stabilität des Raison-Impfstoffs fraglich und als sei das der wahre Grund für die Entführung. Es handelt sich um einen in der Luft übertragbaren Mehrfachimpfstoff, der heute auf den Markt kommen sollte. Sagen wir einmal, der Zwischenfall in Bangkok hat die wenn auch noch so geringe Möglichkeit eröffnet, dass der Impfstoff nicht stabil ist.«

»Davon habe ich noch nichts gehört«, sagte der Gesundheitsminister. »Nach meinen Informationen sollte der Impfstoff nächste Woche in Amerika zugelassen werden.«

»Nein, das ist neu, und ich möchte fast sagen nur vom Hörensagen. Nur eine Warnung.«

Am Tisch blieb alles still.

»Ich bin mir nicht sicher, ob ich Sie verstanden habe, Merton«, sagte der Präsident. »Ich weiß, dass Sie ein ganz besonderes Interesse an Medikamenten haben, aber was hat das mit uns zu tun?«

»Das hat gar nichts mit dem Gains-Gesetz zu tun. Wahrscheinlich hat es gar nichts mit uns zu tun. Aber wenn an Hunters Behauptungen irgendetwas dran ist und ein instabiler Impfstoff sich in ein tödliches Virus verwandelt, dann haben wir ein ziemliches Problem. Ich wollte das nur einmal erwähnt haben.« Falscher Ort, falsche Zeit. Man kann in einer Kabinettssitzung nicht einfach aufstehen, den politischen Führern des Landes erklären, dass ihnen vielleicht bald der Himmel auf den Kopf fällt, und dann unbewegte Mienen erwarten. Zeit für ein bisschen Wirbel.

»Jedenfalls werde ich den Bericht darüber jedem zukommen lassen. Es könnte zumindest die Ressorts Gesundheit und Finanzen betreffen. Vielleicht auch die Innere Sicherheit. Sollte etwas davon durchsickern, könnte die Bevölkerung ziemlich heftig reagieren. Wenn es um Viren geht, werden die Menschen nervös.«

Es entstand eine kurze Pause.

»Das scheint mir eindeutig genug«, sagte der Präsident. »Hat noch jemand etwas?«

25

ALS TOM AUFWACHTE, hörte er draußen vor der Hütte freudige Rufe. Es dauerte nur einen Moment, bis er umgeschaltet hatte. Er gewöhnte sich allmählich daran. Jedes Mal, wenn er aufwachte, musste er umschalten, diesmal von seinem Gespräch mit dem stellvertretenden Außenminister Merton Gains. Sie kamen voran, sie kamen richtig voran. Er warf sich seine Tunika über und rannte nach draußen.

Was ihn dort erwartete, ließ jeden Gedanken an Bangkok und seinen Erfolg bei Merton Gains verblassen.

Mitten am Himmel schien ein riesiges, helles Licht, das über dem bunten Wald hing. Dass das helle Licht am Himmel hing, war nicht so außergewöhnlich – Sonnen taten das Gleiche. Aber dass der Wald auch dort oben hing, war etwas anderes.

Er verdrehte den Kopf nach oben und starrte in den Himmel. Aber da war kein Himmel. Der grüne Wald war über ihm!

Alle strömten aufgeregt plaudernd und vor Freude tanzend in die Dorfmitte, als sei es etwas Wunderbares, dass ihre Welt plötzlich kopfstand.

Tom drehte sich mit weit offenem Mund um und starrte auf die veränderte Landschaft. Der Wald bog sich von seinem normalen Platz nach oben, dorthin, wo der Himmel gewesen war. Weit oben konnte er Wiesen sehen. Und dort zu seiner Rechten, auf einer Höhe von mindestens dreitausend Metern, war er sich ganz sicher, eine Herde Pferde auf einer Wiese senkrecht nach oben galoppieren zu sehen.

»Alles steht kopf!«

»Ja.«

Tom fuhr herum und sah Michal neben sich hocken und diese neue Welt anlächeln.

»Was geht hier vor sich? Was ist passiert?«

»Gefällt es dir?«, fragte der Roush mit einem kindischen Grinsen.

»Ich … ich weiß nicht, was los ist.«

»Eljon spielt«, sagte Michal. »Das macht er eigentlich häufig.« Dann drehte er sich um, sprang in die Luft und folgte den anderen, die zur Bannhalle liefen. »Komm mit, du wirst es sehen.«

Tom rannte Michal hinterher und stolperte beinahe über eine Schnitzerei, die jemand im Hof hatte liegen lassen. »Soll das heißen, dass das hier absichtlich passiert? Alles ist in Ordnung?«

»Natürlich. Komm. Du wirst schon sehen.«

Es war, als hätte jemand die Landschaft auf die Innenseite einer riesigen Kugel gemalt. Die Erdanziehungskraft schien umgekehrt zu sein. Geradeaus vor ihnen führte die Straße zum See in Kurven nach oben, der See hing senkrecht und der Wasserfall donnerte waagerecht in den See. Das Einzige, was fehlte, war der schwarze Wald.

Der Maßstab der Dinge schien sich auch drastisch verändert zu haben. Der Himmel, der eigentlich Hunderte von Kilometern über ihnen hätte sein müssen, schien viel näher gekommen zu sein. Umgekehrt waren die anderen Dörfer, die sie eigentlich hätten sehen müssen, nicht zu sehen. Tom sah Tiere in unmöglichen Winkeln über die Felder laufen. Zehntausende von Vögeln flogen wie verrückt durch die Luft. Soweit Tom erkennen konnte, schossen noch einmal halb so viele Roush in Schrauben, Drehungen und Loopings durch die Luft, die Tom an Gabil erinnerten. Es war wie in einem Zirkus.

Sie kamen zur Bannhalle, wo die anderen waren, die genau wie Tom mit großen Augen auf die Szene starrten, die sich ihnen bot.

Johan entdeckte als Erstes, dass sich auch die Atmosphäre verändert hatte. Sie hatte sich so sehr verändert, dass er viel länger als gewöhnlich in der Luft bleiben konnte, wenn er hochsprang. Tom sah den Jungen wie in Zeitlupe hüpfen.

»Schau mal, Thomas! Siehst du?« Johan sprang noch einmal hoch, diesmal höher.

Er schwebte drei Meter hoch und blieb oben.

»Thomas!«, rief er. »Ich kann fliegen!«

Und tatsächlich schwebte Johan immer höher. Er war jetzt schon dreißig Meter über dem Boden, zögerte etwas und schrie vor Begeisterung. Drei weitere Jungen leisteten Johan sogleich Gesellschaft dort in der Luft. Und dann sprangen immer mehr in die Luft und flogen wie Kinder in ihren Träumen.

»Tom«, sagte Michal. Tom stand wie versteinert da bei dem Anblick. »Tom, versuch's.«

Tom sah den Roush beunruhigt an. »Ich kann fliegen?«

»Natürlich. Eljon hat die Welt für uns verändert. Versuche es besser, solange du es kannst, denn das hält nicht ewig. Er spielt nur ein wenig. Versuch's.«

Tom griff instinktiv nach Michals haarigem Kopf, um sich abzustützen. Er sprang vorsichtig hoch und spürte eine Leichtigkeit, die ihn überraschte. Er lächelte und sprang noch einmal, diesmal kräftiger. Er schwebte ein paar Meter über dem Boden. Beim dritten Mal sprang er mit ganzer Kraft, flog in die Luft und verlor die Balance.

Johan kam vorbeigeschwirrt und quietschte vor Vergnügen. Er hatte bereits gelernt, wie man die Richtung steuerte. Tom entdeckte, dass er Geschwindigkeit erlangte, wenn er sein Körpergewicht verlagerte. Die Erdanziehungskraft war gerade noch groß genug, um sich fortzubewegen.

Schon nach ein paar Minuten flog Tom mit den anderen durch die Luft. Schon bald kamen Rachelle, Johan und Michal zu ihm und gemeinsam flogen sie los, um ihre neue Welt zu erkunden. Schwatzend und lachend wie Kinder flogen sie zum höchsten Punkt der umgedrehten Erde und sahen auf ihr Dorf hinunter. Sie landeten auf einer Wiese, deren Blumen mit den Köpfen nach unten hingen, in Richtung ihres kaum noch sichtbaren Dorfes. Kopfüber gingen sie umher, in einem seltsamen Winkel zum Boden, vorsichtig auftretend und mit klopfenden Herzen und Schmetterlingen im Bauch. Dann sprangen sie hoch, streiften die Baumwipfel, flogen hinunter zum See und tauchten in sein jadegrünes Wasser ein.

Im warmen grünen Wasser, das von Licht durchflutet war, hörten sie vergnügtes Lachen in jeder Tonlage, von einem tiefen, grollenden Lachen bis zu einem hohen, durchdringenden Kichern.

Mit großen Augen sahen sie sich um, um zu sehen, ob es die anderen auch gehört hatten, und wussten sofort, dass es Eljon war. Waren sie außer sich vor Freude über dieses umwerfende Abenteuer, so war Eljon außer sich vor Freude, weil er es ihnen beschert hatte. Und so lachten sie mit ihm.

Die Stunden vergingen wie im Flug. Sie spielten wie Kinder in einem Vergnügungspark, ohne Schlangestehen und ohne Eintritt. Sie flogen, gingen auf Entdeckungsreise, drehten sich und wirbelten herum. Erst am Nachmittag begann die Welt, sich wieder in ihre alte Form zu begeben.

Nach einer Stunde war alles wieder normal und Thomas erinnerte sich wieder an Bangkok.

Rachelle kam auf ihn zu und lachte rau. »Das, mein lieber Thomas, nenne ich ein sagenhaftes Vergnügen.« Unvermittelt legte sie ihm die Arme um den Hals und drückte ihn an sich.

Tom war so überrascht, dass er versäumte, die Umarmung zu erwidern. Rachelle lehnte sich zurück, ließ ihn aber nicht los. Sie winkelte ihr linkes Bein ab und sah ihm direkt in die Augen.

»Möchtest du mich küssen?«

»Küssen?« Er konnte ihren süßen Atem riechen.

»Ich helfe dir, dein Gedächtnis wiederzufinden, oder hast du das etwa auch vergessen?«

»Nein.« Er schluckte.

»Dann würde ich dir gerne helfen, dich daran zu erinnern, wie es ist, eine Frau zu küssen. Ich muss es dir natürlich zeigen.«

»Hast du schon einmal jemanden geküsst? Ich meine, einen anderen Mann?«

»Nein, aber ich habe es schon gesehen. Ich habe es genau vor Augen. Ich bin mir sicher, dass ich dir genau zeigen kann, wie es geht.« Ihre Augen blitzten auf. Sie fuhr sich mit der Zunge über die Lippen. »Vielleicht solltest du dir zuerst die Lippen anfeuchten. Sie sehen ziemlich trocken aus.«

Er tat es.

Sie lehnte sich vor und berührte mit ihren Lippen sanft die seinen.

Tom schloss die Augen. Für einen Augenblick schien alles zu verschwinden. Aber im selben Augenblick brach eine ganz neue Welt auf.

Nein, keine neue Welt. Eine alte.

Das hatte er schon einmal getan.

Rachelles Lippen lösten sich von seinen. »Glaub mir, mein Liebster, du befindest dich nicht in einem Traum. Mal sehen, ob das deinem Gedächtnis auf die Sprünge hilft.«

Tom lief es heiß den Nacken hinunter. Das hatte er schon einmal getan. Er hatte schon einmal eine Frau geküsst! Dessen war er sich ganz sicher.

Er musste wohl verwundert dreingeschaut haben, denn Rachelle zeigte ein zufriedenes Lächeln. Natürlich hatte ihm ihr Kuss den Atem genommen. Aber es war noch etwas anderes. Er hatte etwas in ihm geweckt.

»Tanis will dich sprechen«, sagte sie. »Er besteht immer noch darauf, dass du sein Schüler im Kampfsport bist, aber ich glaube, dass er hauptsächlich an den Chroniken interessiert ist.« Sie legte ihren Finger auf seine Lippen. »Denk nur daran, dass es Träume sind. Lass dich zu nichts hinreißen.«

Rachelle wandte sich ab und ging den Weg entlang. Sie sah zufrieden und äußerst selbstbewusst aus, obwohl sie sehr bemüht war, gleichgültig zu wirken.

In seinen Gedanken ging Tom einer Idee nach, die ihm bei ihrer Warnung vor den Chroniken gekommen war. Angenommen beide Welten wären nicht nur echt, sondern hingen auch noch zusammen? Wie es der Junge am oberen See gesagt hatte, der Löwe und das Lamm waren beide echt. Beide waren Bilder derselben Wahrheit.

Derselben Wahrheit.

Was wäre, wenn …

»Rachelle!«

Sie drehte sich um. »Ja?«

Wenn die beiden Realitäten zusammenhingen, vielleicht war es dann in beiden seine Bestimmung zu retten? Hier Rachelle und dort Monique. Konnte Rachelle ihn zu Monique führen?

»Du starrst mich an«, sagte Rachelle. »Ist etwas nicht in Ordnung?«

»Das war wunderbar«, sagte er. *Wunderbar?*

Sie zwinkerte. »Das sollte es auch sein.«

»Darf ich dich etwas fragen?«

»Natürlich.«

»Wenn es einen Ort gäbe, von dem du gerne gerettet werden würdest, wo wäre das?«

»Das ist doch deine Sache, mich zu retten.«

Von dem Gedanken in seinem Kopf gepackt, rannte er auf sie zu.

»Ja, aber wenn es einen bestimmten Ort gäbe. Stell dir vor, du wärst gefangen und ich käme, um dich zu retten. Wo sollte das sein? Bitte, ich muss es unbedingt wissen, damit ich dich retten kann.«

»Na ja, ich bin kein Geschichtenerzähler. Aber …« Sie sah zum Wald und dachte über die Frage nach. »Ich sage mal, dass ich dann in einer …«, sie drehte sich zu ihm, »in einer großen weißen Höhle voll mit Flaschen wäre. Dort wo der Fluss und der Wald zusammentreffen.«

»Wirklich? Hast du schon jemals so eine Höhle gesehen?«

»Nein, warum sollte ich? Ich denke mir das nur für dich aus, wie ein Geschichtenerzähler.«

»Ist das hier in diesem Wald oder irgendwo ganz weit weg?«

»In der Nähe«, erwiderte sie nach kurzem Nachdenken.

»Und wie kann ich diese Höhle finden?«

»Indem du dem Flusslauf folgst natürlich.«

»Und in welcher Richtung liegt das von hier aus?«

Sie sah ihn fragend an, als missfielen ihr seine Fragen nach Einzelheiten.

»Da lang«, sagte sie und zeigte nach rechts. »Im Osten.«

»Osten.«

»Ja, Osten. Da bin ich mir sicher. Die Höhle ist einen Tagesmarsch im Osten von hier.«

Er nickte. »Dann werde ich dich retten.«

»Und wenn du mich retten kommst, will ich noch einen Kuss«, sagte sie mit großem Ernst.

»Einen Kuss.«

»Ja, einen echten Kuss, keinen aus deinen dummen Träumen. Einen echten Kuss für eine echte Frau, die sich hoffnungslos in dich, ihren Prinzen, verliebt hat.«

Sie drehte sich um und ging den Weg entlang.

Tom ging schnell, um mit dem Tempo seiner Gedanken Schritt zu halten.

Rachelles Kuss hatte ihm ganz neue Möglichkeiten eröffnet. Alles war auf den einen Gedanken zurückzuführen: Was, wenn die beiden Realitäten mehr als nur zusammenhingen? Was, wenn sie sich gegenseitig bedingten?

Was, wenn das, was in Bangkok geschah, davon abhing, was er hier tat? Und was, wenn das, was hier geschah, davon abhing, was in Bangkok geschah? Er hatte schon bemerkt, dass er auch in Bangkok wiederhergestellt war, wenn er hier geheilt worden war. Egal, welche Fähigkeiten er sich hier aneignete – er konnte sie auch in Bangkok einsetzen. Aber die Vorstellung, dass beide Realitäten tatsächlich voneinander abhingen …

Das war ein umwerfender Gedanke. Aber in vielerlei Hinsicht ergab er Sinn. Er war sich sogar ziemlich sicher, dass er in Bangkok zu derselben Schlussfolgerung gekommen wäre. Wenn es anders wäre, hätte der Junge es ihm gesagt. Dann hätte Eljon ihm von seinen Träumen abgeraten. Aber das hatte er nicht. Er hatte es ihm überlassen.

Gott war weder ein Lamm noch ein Löwe noch ein Kind. Wenn er es wollte, konnte er all das sein oder nichts davon. Es waren Metaphern für die Wahrheit.

Die Wahrheit. Die eine Wahrheit. Zwei Seiten derselben Wahrheit. Löwe und Lamm. Der bunte Wald und Bangkok. War das möglich?

Er war sich immer noch nicht sicher, welche Realität nun wirklich war, aber er war sich dafür umso sicherer, dass die Wahrheit in beiden echt war. Und er musste sorgfältig darauf bedacht sein, beide als ganz real zu behandeln.

Das hatte Kara gesagt.

Natürlich bedeutete das nicht, dass er sich in Monique verlieben würde, nur weil er Rachelle liebte. Aber es war durchaus möglich, dass es seine Aufgabe war, Monique zu retten. Deshalb lernte er in dieser ewigen Liebesgeschichte, wie er Rachelle retten konnte.

Es musste so sein. Und wenn dem so war, hatte er womöglich gerade herausgefunden, wie er sie retten konnte. Er sollte am besten sofort schlafen, von Bangkok träumen und seine Theorie auf die Probe stellen.

Tom blieb mitten auf dem Weg stehen. Wenn es in der Geschichte seine Bestimmung war, Monique zu retten, was war dann hier seine Aufgabe, wenn diese Realität umgekehrt von seinen Träumen von Bangkok abhing? Wenn Monique echt war, war es dann nicht auch möglich, dass Bill echt war? Und dass sie tatsächlich mit ihrem Raumschiff notgelandet waren, wie Taleh es behauptet hatte?

Was, wenn das die einzige Realität war?

Vielleicht war alles andere nur ein Traum? Dann kam er wirklich von der Erde und wurde von diesem seltsamen Planeten nur sehr stark beeinflusst. Sein Magen zog sich zusammen. Dieser Gedanke schien auf einmal schrecklich unwiderstehlich. Das würde alles erklären.

Er musste diese Möglichkeit zumindest ausschließen. Die einzige Möglichkeit, es herauszufinden, war, noch einmal zum schwarzen Wald zu gehen. Er musste es zumindest in Erwägung ziehen.

»Thomas! Thomas Hunter! Da bist du ja!«

Tanis kam aus dem Wald gerannt und schwenkte in seiner rechten Hand einen krummen roten Stock. »Ich habe dich überall gesucht. Hat dir die Veränderung heute Morgen gefallen?«

»Unfassbar«, sagte Tom. »Umwerfend!«

»Beim letzten Mal hat er den ganzen Planeten in zwei Teile geteilt«, sagte Tanis. »Das hast du vielleicht vergessen, weil es vor deinem Gedächtnisverlust war, aber wir konnten die Sterne plötzlich über und unter uns sehen. Die Spalte hat sich bis zur Hälfte mit Wasser gefüllt und wir sind hinuntergesprungen. Der Sprung hat eine ganze Stunde gedauert.« Tanis kicherte und schüttelte den Kopf.

»Das ist erstaunlich«, sagte Thomas.

»Das hier?« Tanis schwenkte den Stock. »Gefällt es dir?«

»Nein, ich meinte deine Geschichte – eine ganze Stunde lang fallen. Was ist das?«

»Das ist etwas, das ich erfunden habe, aufgrund von etwas aus den Chroniken, an das ich mich erinnert habe. Vielleicht weißt du, wie es heißt.« Er hielt es stolz in die Luft.

Es war ein Stock, der wellenförmig geformt war und am Ende einen Haken hatte.

Tom schüttelte den Kopf. »Nein, ich kann nicht behaupten, dass ich das wiedererkenne. Was macht man damit?«

»Es ist eine Waffe!«, rief Tanis. Er hieb durch die Luft wie ein ungeübter Fechter. »Eine Waffe, um diese Brut zu verjagen!«

»Und wie soll das funktionieren?«

»Weißt du das nicht? Die Shataiki haben Angst vor dem bunten Wald. Das hier ist eine Waffe aus dem bunten Wald. Daher ist es logisch, dass sie davor auch Angst haben werden. Wir könnten diese Waffen auf unserem Feldzug verwenden.«

Thomas nahm das Gerät in die Hand. Es erinnerte entfernt an ein Schwert aus der Geschichte. Eine sehr armselige Nachahmung. Aber die Tatsache, dass es aus dem bunten Holz geformt war, gab ihm eine interessante Bedeutung. Tom konnte sich noch genau an Talehs Reaktion auf das kleine Holzstück erinnern, das ihm Johan gegeben hatte.

Thomas schwang das Schwert. Es fühlte sich unangenehm an. Er sah Tanis an und bemerkte, dass er ihn interessiert beobachtete.

»Das ist ein Schwert. Aber du hast vergessen, es mit scharfer Klinge zu machen.«

Tanis sprang auf ihn zu. »Zeig mir wie.«

»Na ja, es muss hier flach sein und an dieser Kante scharf, damit es schneidet.«

Tanis griff nach dem Schwert. »Darf ich?«

Tom gab es ihm. Der Mann fing mit bloßen Händen an zu arbeiten. Er war Geschichtenerzähler, kein Handwerker, aber er war geschickt genug, um das Schwert geschwind umzuformen und das Holz in eine Form zu bringen, die einem Schwert ähnlicher sah. Tom sah verblüfft zu. Rachelle hatte ihm die Vorgehensweise erklärt, aber alle seine eigenen Versuche waren kläglich gescheitert. Moleküle mit seinen Fingern umzuformen, musste er offensichtlich ganz neu lernen.

»Hier!« Tanis stieß ihm das Schwert entgegen.

Tom nahm es und strich mit den Fingern über die jetzt flache, scharfe Klinge. Erstaunlich. Und das in wenigen Augenblicken. Was würde Tanis noch bauen können, wenn er die richtige Anleitung dazu hatte?

Tom spürte eine warnende Vorsicht in sich.

»Das würde niemals funktionieren.« Er warf Tanis das Schwert wieder zu. »Weißt du noch? Ich war im schwarzen Wald. Mit einem kleinen Schwert gegen eine Million Shataiki – keine Chance. Selbst wenn sie Angst haben vor dem Holz.«

»Einverstanden!«, sagte Tanis. »Es würde niemals funktionieren.« Er schleuderte das Schwert in den Wald. Es schlug gegen einen Baum und fiel auf den Boden.

»Und jetzt zu den Chroniken …«

»Ich möchte jetzt nicht über die Chronik sprechen«, sagte Tom.

»Erschöpfen dich deine Träume? Das verstehe ich sehr gut. Dann trainieren wir. Als mein Schüler musst du fleißig sein, Thomas Hunter. Du lernst schnell, das habe ich gesehen, als du das erste Mal versucht hast, meinen Doppel-Rückwärts-Kick nachzumachen. Mit etwas Übung könntest du ein Meister werden. Rachelle hat dir doch ein paar neue Techniken gezeigt. Zeig mal.« Er klatschte zweimal in die Hände.

»Jetzt, hier?«

»Du kannst es auch gerne auf dem Dorfplatz machen.«

Tom sah sich um. Sie standen auf einer kleinen Lichtung. Die Vögel zwitscherten. Ein weißer Löwe sah ihnen von seinem Platz unter einem topasblauen Baum träge zu.

»Na gut.« Tom machte zwei große Schritte, warf sich in die Luft, drehte sich und machte dann einen Vorwärtssalto. Er landete aufrecht auf beiden Beinen mit dem Rücken zum imaginären Gegner. Erstaunlich, wie einfach sich das anfühlte.

»Bravo! Großartig. Ich nenne das den umgekehrten Sprung, weil dein Gegner deinen Fuß niemals kommen sieht. Das würde eine schwarze Fledermaus benommen machen. Nimm deine Tunika bis zum Oberschenkel hoch, damit du mehr Bewegungsfreiheit hast.«

Tom tat es. Mit den Lederhosen, die sie häufig trugen, war es nicht so schwierig, aber die Tunika konnte einen bei den wilden Tritten behindern.

»Gut, zeig mir noch etwas.«

Tom zeigte ihm fünf weitere Sprünge.

»Und jetzt«, sagte Tanis und kam auf ihn zu, »tritt mich!«

»Ich kann dich nicht treten. Warum sollte ich dich treten?«

»Übung, mein Schüler. Verteidigung. Ich werde so tun, als wärst du eine Fledermaus. Du bist natürlich größer als eine Fledermaus. Ich werde also so tun, als wärst du drei Fledermäuse, die aufeinanderstehen. Jetzt geh auf mich los und versuche, mich zu schlagen, und ich zeige dir dann, wie man sich verteidigt.«

»Sparring«, sagte Tom.

»Was?«

»In der Geschichte heißen die Trainingskämpfe Sparring.«

»Sparring. Klingt gut. Dann lass uns jetzt ein bisschen Sparring machen.«

Sie kämpften lange Zeit, mehrere Stunden. Thomas lernte zum ersten Mal das ganze Spektrum der Kampftechnik kennen, die Tanis entwickelt hatte, und im Vergleich dazu schien der Kampfsport aus seinen Träumen einfach.

Natürlich waren alle Sprünge hier viel leichter, was zum Teil vermutlich an der Atmosphäre lag. Aber er vermutete, dass die Sprünge auch wegen der Technik an und für sich leichter waren. Zweikampf war vor allem eine Sache des Kopfes, nicht so sehr der Muskelkraft, und Tanis hatte von beidem jede Menge. Kein einziges Mal gelang es Thomas, dem Anführer einen Schlag zu verpassen, obgleich er bei jedem Versuch besser wurde.

Erstaunlicherweise schien Toms Ausdauer nahezu unerschöpflich. Er wurde jeden Tag stärker und erholte sich immer mehr von seinem Sturz im schwarzen Wald.

»Das reicht«, sagte Thomas schließlich.

Tanis hob den Finger. »Genug für heute. Aber du lernst unglaublich schnell. Ich bin stolz darauf, dich meinen Schüler nennen zu können. Und jetzt«, er legte seine Hand auf Toms Schulter und drehte ihn zum Wald um, »müssen wir miteinander reden.«

Die Chroniken. Der Mann war einfach unverbesserlich.

»Sag mir, welche Waffe deiner Meinung nach gegen die Shataiki wirken würde.«

»Tanis, hast du schon jemals den Shataiki gegenübergestanden? Hast du überhaupt schon einmal am Flussufer gestanden und sie gesehen?«

»Ja, ich habe sie aus der Entfernung gesehen. Schwarze Fledermäuse mit Krallen, die aussehen, als ob sie einem damit kurzerhand den Kopf abschlagen könnten.«

»Warum bist du noch nie näher hingegangen, wenn du weißt, dass sie nicht über den Fluss kommen und dir etwas tun können?«

»Wäre das so klug? Das sind betrügerische Biester, das hast du sicher bemerkt. Ich glaube, dass es sogar schon tödlich sein kann, nur mit ihnen zu sprechen. Sie würden mit allen möglichen Verschwörungen versuchen, dich zu überlisten, ihr Wasser zu trinken. Ehrlich gesagt, wundert es mich, dass du überlebt hast.«

»Wenn du all das weißt, warum beharrst du dann so sehr auf deinem Feldzug? Das wäre reiner Selbstmord!«

»Ich will ja nicht mit ihnen sprechen. Außerdem hast du auch überlebt. Und du weißt vieles, was das Mächteverhältnis ändern könnte. Bevor du zu uns gekommen bist, hätte ich wahrscheinlich niemals ernsthaft einen Angriff in Erwägung gezogen, obwohl ich viele Geschichten darüber geschrieben habe. Mit deinem Wissen können wir diese Brut besiegen, Thomas. Das weiß ich!«

»Nein! Das können wir nicht! Du musst mit dem Herzen gegen sie kämpfen, nicht mit einem mickrigen Schwert!«

»Glaubst du, das wüsste ich nicht? Aber sag mal, stimmt es nicht, dass es in der Geschichte eine Waffe gab, die den ganzen schwarzen Wald mit einem Schlag vernichten könnte?«

Eine Atombombe. Natürlich, der Einsatz von Atomwaffen war bedeutend genug, um in den Chroniken überliefert zu werden.

»Ja. Sie hieß Atombombe. Weißt du, wann so eine Waffe in der Geschichte eingesetzt wurde?«

»Nicht genau«, erwiderte Tanis. »Mehrere Male, wenn ich mich richtig erinnere. Aber hauptsächlich nach der Großen Verführung. Während der Großen Trübsal. Willst du damit sagen, dass wir die Shataiki auch mit so einer Waffe nicht vernichten könnten?«

Tom dachte darüber nach. Er blickte nach Osten, wo der schwarze Wald finster dalag. Was hatte Michal gesagt? Der größte Unterschied zwischen dieser Wirklichkeit und der Geschichte war, dass hier alles physisch sichtbar war. Man konnte Eljon praktisch berühren, wenn man in sein Wasser sprang. Man konnte das Böse in den Shataiki sehen. Vielleicht hatte Tanis etwas herausgefunden. Vielleicht konnte man das Böse mit der richtigen Waffe vernichten.

Tom schüttelte den Kopf. Das klang falsch. Total falsch.

»Ich meine nicht diese Atombombe«, sagte Tanis. »Aber ich will etwas klarmachen. Was wäre mit einem Gewehr, wie du es nennst? Könnten wir sie mit genügend Gewehren nicht am Flussufer abwehren?«

Ein Gewehr. Thomas zuckte mit den Schultern. »Ein Gewehr ist nur eine kleine Waffe. Es gibt auch größere, aber … das ist lächerlich. Selbst wenn ich wüsste, wie man ein Gewehr baut, würde ich es nicht tun.«

»Aber du könntest es, oder?«

Vielleicht. Natürlich konnte er kein Gewehr mit hierherbringen. Nichts war ihm in seinen Träumen bisher physisch gefolgt. Nur Wissen …

»Vielleicht.«

»Dann denk darüber nach. Ich stimme dir zu, vielleicht ist es ein nutzloser Gedanke. Aber diese Meute von Biestern zu verjagen, ist ein Gedanke, dem man nachgehen sollte. Ich habe noch etwas, das du dir ansehen musst, Thomas. Komm.«

Nicht im Geringsten beleidigt oder entmutigt, weil Tom seine Ideen abgelehnt hatte, steuerte er mit ihm auf den Wald zu.

»Und? Wo?«

»Gleich hier am Fluss, der aus dem See kommt. Ich habe etwas erfunden, das du uns helfen musst, auszuprobieren.«

Er ging zielstrebig in den Wald hinein und Tom musste sich beeilen, um ihn nicht zu verlieren. »Wer ist ›wir‹?«, fragte Tom.

»Johan. Er ist mein erster Freiwilliger. Wir haben etwas gebaut, das ein abenteuerlustiger Typ wie du sicher zu schätzen wissen wird. Schnell. Wir treffen ihn dort.« Tanis fing an zu rennen.

Sie kamen an das Ufer eines Flusses, der etwas kleiner war als der beim schwarzen Wald. Johan saß auf einem großen, gelben Baumstamm, den sie gefällt hatten. Er sprang auf und rannte auf Thomas zu.

»Thomas! Erst sind wir geflogen und jetzt werden wir auf dem Wasser schwimmen.« Er warf seine Arme um Toms Taille. »Hast du den Stock gesehen, den Tanis gemacht hat? Wo ist der Stock, Tanis?«

»Ich habe ihn in den Wald geworfen«, sagte der Ältere. »Thomas hat gesagt, es sei eine miserable Idee, und ich habe ihm zugestimmt. Es würde niemals funktionieren.«

»Und wie wollen wir dann …«

»Genau!«, rief Tanis laut. Er streckte den Finger in die Luft. »Wir werden es gar nicht tun.«

»Wir werden nicht mit dem Baumstamm den Fluss hinunterfahren und die Shataiki angreifen?«

»Das hattet ihr vor?«, fragte Tom. Er blickte auf den Baumstamm und sah, dass sie ihn zur Hälfte ausgehöhlt hatten. Er hatte schon einmal von so etwas geträumt. Es war ein Kanu.

»Das war nur eine Idee«, sagte Tanis. »Wir haben gestern darüber gesprochen und dann haben wir diesen Baumstamm so geformt, dass er schwimmt. Aber du hast selbst gesagt, dass das Schwert keine gute Idee war. Sag jetzt nicht, ich soll ein neues machen, denn jetzt habe ich ernsthafte Zweifel. Es sei denn, wir könnten mit diesem Baumstamm eine Bombe den Fluss hinunterschwimmen lassen.«

Beide sahen sie Tom mit ihren großen grünen Augen an. Sie waren vollkommen arglos, aber trotzdem voller Verlangen. Verlangen, zu erschaffen, zu umwerben, zu essen, zu trinken, in Eljons See zu schwimmen.

Natürlich war die Spannung zwischen Befriedigung und Verlangen seltsam. Unzufriedenheit konnte sowohl zu Übel als auch zu Gutem führen.

Er sah Johan an. »Willst du das Kanu ins Wasser lassen?«

Seine Augen leuchteten auf. »Ja.«

»Wärst du unglücklich, wenn wir es nicht täten?«

Johan sah ihn verständnislos an. »Unglücklich?«

»Mensch, wovon sprichst du da?«, rief Tanis. »Du sprichst in Rätseln. Soll das ein Ratespiel sein?« Er schien von dem Gedanken ganz angetan zu sein.

»Nein, das ist kein Spiel. Nur meine Erinnerung. Eine Art, meiner Erinnerung auf die Sprünge zu helfen. Es gibt Glück, also muss es auch Unglück geben. Es gibt Gut, also muss es auch Böse geben. Ich habe nur gefragt, ob Johan unglücklich wäre, wenn wir das Boot nicht ins Wasser ließen.«

»Ja, es gibt Böses und wir vertreiben es ständig. Und da es Glück gibt, muss es auch Unglück geben. Ich verstehe, was du meinst. Natürlich bin ich wütend auf die Fledermäuse, aber unglücklich? Jetzt hast du mich verwirrt, Thomas Hunter. Hilf mir.«

Sie kannten Verlangen ohne Unzufriedenheit, dachte Tom. Das Beste aus beiden Welten vereinigt.

Er dagegen spürte Unzufriedenheit – oder zumindest war er nicht zufrieden. Vielleicht weil er im schwarzen Wald gewesen war. Er hatte nicht von dem Wasser getrunken, aber er war zumindest dort gewesen, und irgendwie waren seine Gedanken davon beeinflusst.

Entweder war es das oder er kam gar nicht von hier, sondern war mit einem Raumschiff gekommen.

»Ist nur eine Geschichte, Tanis«, sagte Thomas. »Nur so ein Gedanke.«

Tanis sah zu dem Jungen, dann zurück zu Tom. Ein Gedanke. »Nun, sollen wir es versuchen?«

Johan hüpfte vor Vorfreude. Die Erfindung war ein echtes Ereignis. Thomas strich mit der Hand über das Kanu.

»Wie werdet ihr es lenken?«

»Mit dem Schwert«, sagte Tanis. »Aber ich denke, irgendein guter Stock geht auch.«

»Und wie habt ihr den Baum gefällt?«

»So, wie wir es immer machen: mit unseren Händen.«

»Gut, versuchen wir es.«

Sie banden eine Ranke um den Bug und dann um einen Baum. Tom machte sich bereit. »Seid ihr so weit?«

»Ja!«, riefen beide.

Gemeinsam stemmten sie sich dagegen und sahen zu, wie das gelbe Kanu in die Strömung glitt. »Es funktioniert!« Tanis strahlte. Aber beinahe im selben Moment begann das Boot zu sinken. Schon nach wenigen Sekunden war es im sprudelnden grünen Wasser verschwunden.

»Es ist zu schwer«, sagte Tom stirnrunzelnd.

Tanis und Johan starrten auf die Luftblasen, die immer noch an die Oberfläche stiegen. »Und wieder versinkt eine Geschichte«, sagte Tanis.

Johan fand das so lustig, dass er sich erst auf die Knie und dann auf den Rücken fallen ließ und einen Lachanfall bekam. Tanis leistete ihm bald Gesellschaft und sie machten aus den Lachanfällen eine Art Spiel: wer am längsten lachen konnte, ohne Luft zu holen.

Auf ihr Drängen hin versuchte Tom es auch und verlor mit Abstand.

»Nun gut«, sagte Tanis schließlich, »was meinst du? Sollen wir es morgen noch einmal versuchen?«

»Ich würde mir etwas anderes ausdenken«, sagte Tom. »Ich glaube nicht, dass es eine besonders gute Idee ist, in einem Kanu den Fluss hinunter zum schwarzen Wald zu fahren.«

»Vielleicht hast du recht.«

»Tanis?«

»Ja, was ist?«

»Rachelle hat mir von einer Frucht erzählt, die einen so tief schlafen lässt, dass man sich nicht mehr an seine Träume erinnert.«

»So tief, dass man nicht einmal träumt«, erwiderte er. »Soll ich dir welche bringen?«

»Nein. Nein, ich muss träumen. Aber gibt es auch eine Frucht, die einen nur einschlafen lässt?«

»Mit Träumen?«

»Ja.«

»Natürlich!«

»Die Anka-Frucht!«, rief Johan. »Willst du eine?«

Ein erstaunlicher Gedanke, jederzeit willentlich in seine Träume übergehen zu können oder sie abzustellen.

»Ja. Ja, ich hätte gerne eine. Vielleicht eine von jeder Sorte.«

26

»WAS?« Tom setzte sich auf.

»Tut mir leid, du hast fünf Stunden gesagt, aber ich bin eingeschlafen«, sagte Kara. »Es waren acht.«

»Wie viel Uhr ist es?«

»Beinahe zwölf Uhr mittags. Was ist los? Du siehst aus, als hättest du ein Gespenst gesehen.«

Sein Kopf schwirrte noch. »Bin ich ein Gespenst?«

Kara überging die Frage. »Du hast etwas herausgefunden, nicht wahr? Was?«

Tom rollte sich vom Sofa und stand auf. »Ich glaube, ich kann das Träumen abstellen«, sagte er.

»Ganz?«

»Ja, ganz. Nicht hier. Dort. Ich kann aufhören, von hier zu träumen.«

»Und was hättest du davon? Das hier ist ziemlich wichtig.«

»Es lenkt mich aber auch sehr ab. Ich versuche, mich an mein Leben zu erinnern, und stattdessen lande ich immer wieder hier.«

»Das heißt, du würdest einfach einschlafen, dort aufwachen und nie wieder von hier träumen? Alles würde einfach … verschwinden?«

»Ja, ich glaube, so wäre es.«

»Dann wage es ja nicht, deine Träume abzustellen, Thomas. Du weißt nicht, was dann passieren würde. Was hast du noch herausgefunden?«

Der Rest seines Traumes war nur ein Wust von Bildern, an dessen Ende Rachelle auftauchte und ihm sagte, von wo sie gerne gerettet werden würde.

Mit großen Augen drehte er sich zu ihr um. »Ich hab's!«

»Was?«

»Eine Landkarte! Ist Raison wach?« Er rannte zur Tür. »Eine Landkarte, Kara!«, sagte er und drehte sich noch einmal um. »Wir brauchen eine Landkarte.«

»Was ist los?«, wollte sie wissen.

»Ich glaube, sie hat mir gesagt, wo ich Monique finden kann. Ist Jacques wach?«

»Ja.« Kara rannte ihm hinterher zur Tür hinaus. Sie folgte ihm geradewegs zum Büro. »Wer hat dir das gesagt?«

»Rachelle!«

»Woher weiß Rachelle das?«

»Ich weiß nicht. Sie hat sich einfach nur etwas ausgedacht. Vielleicht weiß sie es gar nicht.« Tom rannte an der verdutzten Wache vorbei und riss die Tür auf. Der alte Mann saß an seinem Schreibtisch, tiefe Ringe unter den Augen. Er sprach nachdrücklich ins Telefon.

»Ich glaub, ich hab's!«, rief Tom.

Raison legte auf. »Sie wissen, wo Monique ist?«

»Möglicherweise. Ja, ich denke, ich weiß vielleicht, wo sie ist. Ich brauche eine Landkarte und jemanden, der die Gegend gut kennt.«

»Woher wissen Sie das?«

»Rachelle hat es mir gesagt. Im Traum.«

Das Gesicht des Mannes zeigte deutlich seine Enttäuschung. »Sehr ermutigend.«

Tom spürte, wie seine Geduld zu Ende ging. »Nun, das sollte es auch sein, denn möglicherweise sind *Sie* ja der Traum.« Er zeigte mit dem Finger auf Jacques. »Haben Sie darüber schon einmal nachgedacht? Seien Sie nicht so ... nicht so eingebildet.« Am Abend zuvor war es besser gelaufen mit der Diplomatie.

»Ach, jetzt bin ich der Traum?«, sagte Raison. »Äußerst ermutigend. Mr. Hunter, wenn Sie denken, ich werde ...«

»Ich denke gar nicht, dass Sie irgendetwas tun werden, außer mir zu helfen, Ihre Tochter zu finden. Und wenn ich recht habe?«

»Schon wieder dieses Wenn.«

»Ich weiß, wo Monique ist!«, schrie er.

Kara trat heran. »Wenn ich Sie wäre, Mr. Raison, würde ich auf ihn hören. Ich glaube nicht, dass er sich bisher getäuscht hat.«

»Natürlich, jetzt spricht die große Schwester. Die ehemaligen Kidnapper und jetzigen Retter meiner Tochter haben gesprochen. Die kleinen Männchen in ihren Träumen haben ihnen verraten, wo meine Tochter ist. Dann wollen wir mal den Hubschrauber anwerfen und sie da raushauen, oder?«

Tom starrte Raison an, sprachlos über dessen Arroganz. Jacques war entnervt. Er brauchte eine kleine Schocktherapie.

Tom drehte sich auf dem Absatz um und ging zur Tür. »Schön. Dann lassen wir sie eben in ihrem Gefängnis verrecken.«

Kara setzte noch eins drauf. »Wie können Sie es wagen, sich über mich lustig zu machen, Sie Rindvieh! Sie haben keine Ahnung, was für einen großen Fehler Sie machen.«

Sie waren schon an der Tür, bevor er etwas sagen konnte.

»Tut mir leid. Warten Sie.«

»Warten?«, sagte Tom und drehte sich um. »Wollen Sie jetzt herumsitzen und warten?«

»Sie haben sich klar ausgedrückt. Sagen Sie mir, wo Sie denken, dass sie ist.«

Tom zögerte. Er hatte die Oberhand und er wollte sie auch behalten. Dem Mann zu sagen, dass Monique in einer – wie war das doch gleich? –, einer großen weißen Höhle voll mit Flaschen war, dort wo der Fluss auf den Wald trifft, würde nicht funktionieren.

»Bringen Sie mir eine Karte und jemanden, der sich in Süd-Thailand auskennt. Und dann muss ich mit dem Stellvertretenden Außenminister Merton Gains sprechen. Dann verrate ich Ihnen, wo Monique ist.«

»Sie stellen schon wieder Forderungen? Sagen Sie mir einfach …«

»Die Karte, Jacques! Sofort!«

Auf dem Konferenztisch lag eine große Karte von Thailand und den angrenzenden Ländern. Jacques hatte darauf bestanden, dass er das Gebiet gut genug kenne, aber Tom hatte einen Einheimischen verlangt. Der breitschultrige thailändische Wachoffizier, der in den Raum gehumpelt kam, war kein anderer als einer der Wächter, die Tom zum Opfer gefallen waren.

Muta Wonashti war sein Name. Tom streckte ihm die Hand entgegen. »Taga saan ka?« *Woher kommen Sie?*

Der Mann hielt inne, als er Tom in seiner Sprache reden hörte. »Penang.«

»Willkommen im Team. Tut mir leid wegen neulich.«

Der Mann schien sich etwas aufzurichten. Er ging zum Konferenztisch – jetzt ohne zu hinken.

Jacques sah Tom wütend an. »Zufrieden?«

»Ist Gains am Telefon?«

Nancy kam mit einem Telefon. »Er wartet.«

»Sie können sich gar nicht ausmalen, wie peinlich das wird, wenn Sie nicht recht haben«, sagte Jacques. »Ich habe ganz schön viel für Sie eingesetzt.«

»Nicht für mich, Jacques, für Ihre Tochter.« Tom nahm das Telefon.

»Minister Gains?«

»Am Apparat«, hörte er Gains' vertraute Stimme sagen. »Ich habe gehört, dass Sie neue Informationen haben.«

»Richtig«, sagte Tom. »Wenn ich weiterhin ständig beweisen muss, dass ich recht habe, hält uns das nur unnötig auf, Mr. Gains.«

Pause.

»Sehen Sie! Sie wissen immer noch nicht, ob Sie mir glauben sollen. Ich mache Ihnen keinen Vorwurf. Schließlich kommt nicht jeden Tag einer an und erzählt Ihnen, dass ein Virus die ganze Menschheit vernichten wird und dass er das weiß, weil er es geträumt hat.«

»Darf ich Sie daran erinnern, dass ich Sie habe ausreden lassen?«, sagte Gains. »Und ich habe die Sache dem Präsidenten vorgetragen. In dieser Welt bedeutet das, dass ich den Kopf für Sie hingehalten habe, Junge. Ich halte den Kopf hin für einen Entführer, der verrückte Träume hat.«

»Genau deshalb rufe ich Sie an. Zur Sache: Ich hatte einen Traum und in diesem Traum habe ich erfahren, wo sie Monique de Raison gefangen halten. Vor mir liegt eine Karte. Ich möchte, dass Sie meine Bedingungen annehmen, falls es sich zeigen sollte, dass ich mich mit meinen Behauptungen über Monique nicht getäuscht habe. In Ordnung?«

Gains dachte nach.

»Wenn ich recht habe, Herr Minister, und es ein Virus gibt, dann brauchen wir ein paar Leute, die uns glauben. Ich brauche einen Insider auf meiner Seite.«

»Und der soll ich sein?«

»Im Moment habe ich keine anderen Freiwilligen.«

»Sie sagten, Sie wüssten aus Ihren Träumen, wo Monique ist. Und Sie haben keine anderen Informationsquellen?«

»Glauben Sie mir: hundert Prozent Traum. Keine anderen Geheimdienstquellen.«

»Wenn Sie sie also wirklich finden, meinen Sie, dass das beweist, dass ihre Träume wahr sind und wir sie ernst nehmen müssen«, sagte Gains.

»Das wäre nicht das erste Mal, dass ich recht habe. Ich brauche einen Verbündeten.«

»Gut, einverstanden, mein Junge. Geben Sie mir Mr. Raison.«

»Wäre es wohl möglich, dass ich eine Spezialeinheit der Rangers oder Navy Seals bekommen könnte?«

»Keine Chance. Aber die Thai haben gute Leute. Sie werden Ihnen sicher helfen.«

»Die glauben immer noch, ich sei der Entführer«, sagte Tom. »Sie sind nicht gerade sehr kooperativ.«

»Ich werde sehen, ob ich sie dazu bewegen kann, etwas weniger streng zu sein.«

»Vielen Dank, Sir. Sie werden es nicht bereuen.« Er übergab dem ungeduldig wartenden Raison das Telefon, der zuhörte und das Gespräch dann mit einem höflichen Gruß beendete.

»Sagen Sie es mir jetzt, bitte. Ich habe alles getan, was Sie wollten.«

Tom beugte sich über die Karte. »Eine große weiße Höhle voller Flaschen, einen Tagesmarsch nach Osten, dort wo der Fluss auf den Wald trifft«, sagte er. »Wo ist das?«

»Was soll das?«

Tom sah auf. »Dort ist sie. Wir müssen nur noch herausfinden, was das bedeutet.«

Das Gesicht des Mannes wurde etwas blasser. »Das ist Ihr … Das ist alles? Eine weiße Höhle voller Flaschen?«

»Ja, aber Rachelle konnte natürlich nicht wissen, wie ein Labor aussieht. Eine weiße Höhle voller Flaschen muss ein Labor sein, oder? Sie haben sie in ein unterirdisches Labor gebracht, einen Tagesmarsch nach Osten, dort wo der Fluss auf den Wald trifft. Das sind ungefähr zwanzig Meilen.«

»Wie viele Kilometer sind das?«, fragte der Pfadfinder.

»Ungefähr dreißig.«

»Phan Tu Fluss überqueren Ebene hier.« Der gedrungene Kämpfer fuhr mit seinem Finger auf der Karte die blaue Linie des Flusses entlang. »Er hört hier bei Dschungel auf. Dreißig Kilometer in Osten. Kein Labor, Zement. Nicht mehr in Betrieb.«

Tom starrte den Mann an. »Ein Zementwerk? Genau hier?«

»Ja.«

Jacques de Raison fuhr sich mit beiden Händen durchs Haar. »Woher wissen Sie, dass das stimmt? Und woher …«

»Haben Sie einen Hubschrauber, Mr. Raison?«, fragte Tom. »Ist der Pilot da?«

»Ja, aber das ist ganz sicher die Angelegenheit der Behörden. Sie müssen damit rechnen, dass …«

»Ich rechne damit, dass derjenige, der uns im Hotel überfallen hat, schlauer ist als jedes Team, das das thailändische Militär auf die Schnelle auf die Beine stellen kann. Ich rechne damit, dass sie mit einer Befreiungsaktion der thailändischen Regierung rechnen und gut vorbereitet sind. Und ich rechne damit, dass Sie, Mr. Raison, alles unternehmen werden, um Ihre Tochter lebend wiederzusehen. Oder liege ich etwa falsch?«

Er antwortete unverzüglich. »Sie haben recht.«

»Lassen Sie mich hingehen, mit einem Funksprechgerät und einem Führer, zum Beispiel Muta. Setzen Sie uns ein paar Kilometer entfernt ab und dann können wir zumindest herausfinden, wo sie ist, und vielleicht auch noch mehr tun. Im Moment handeln wir auf einen meiner Träume hin. Das reicht nicht aus, um die US-Marine zu holen. Aber wenn wir dort etwas herausfinden, dann ist das eine ganz andere Geschichte.«

Der Mann ging unruhig auf und ab, blinzelte und kratzte sich am Kopf. »Und Sie meinen, Sie sollten selbst hingehen?«

»Ich kenne jetzt noch ein paar Kampftechniken mehr.«

Kara zog ihre Augenbrauen hoch. »Das tut er wirklich.«

»Außerdem bin ich praktisch im Dschungel aufgewachsen.«

»Sie stehen unter Hausarrest. Das ist einfach nicht möglich …«

Tom schlug auf die Karte. »Nichts ist möglich, Mr. Raison. Gar nichts! Meine Träume nicht, das Virus nicht, die Entführung Ihrer Tochter nicht. Wir haben keine Zeit mehr. Wenn überhaupt jemand Ihre Tochter befreien kann, dann ich. Vertrauen Sie mir. Es ist meine *Bestimmung*, Ihre Tochter zu retten.«

27

GEDULDIG FÜHRTE CARLOS Svensson die Betontreppe hinunter. Sein kaputtes Bein machte das Treppensteigen beinahe unmöglich. Der Schweizer war in der Nacht in Bangkok gelandet und vor einer Stunde an dem alten Labor angekommen. Diese fanatische Intensität, die in ihm aufgebrochen war, hatte Carlos noch nie erlebt.

»Öffnen«, sagte er vor der Stahltür.

Carlos schob den Riegel zur Seite und drückte die Tür auf. Das weiße Labor leuchtete unter zwei Reihen nackter Neonröhren. Für einen Fall wie diesen – die Entdeckung eines möglichen Virus – hatte Svensson auf der ganzen Welt zwei Dutzend solcher Labors gebaut oder umgebaut. Würde sich in Südafrika ein Virus zeigen, müssten sie in Südafrika arbeiten. Letztendlich würden sie natürlich in das viel größere Labor und die Produktionsanlagen in den Alpen zurückkehren. Aber erst, wenn sie das, was sie brauchten, sicher in Händen hatten und die Umgebung, aus der es kam, gründlich untersucht worden war.

Hier in Südostasien hatten sie sechs Labors. Der Umzug von Raison Pharma von Frankreich nach Thailand war der Auslöser für den Bau dieses Labors gewesen. Und nun würde es sich auszahlen.

Das Labor hatte alles, was man von einem mittelgroßen Industrielabor erwarten konnte, einschließlich Kühl- und Heizmöglichkeiten. Monique saß mit Klebeband geknebelt an einen grauen Stuhl gefesselt in der Ecke. Carlos hatte ihr nicht wehgetan. Noch nicht. Aber er hatte sich schon ausführlich mit ihr unterhalten. Die Tatsache, dass sie ihn nicht mehr als eines Stöhnens gewürdigt hatte, hatte ihn davon überzeugt, dass er ihr bald wehtun musste.

»Das ist also die Frau, um die die ganze Welt so ein Geschrei macht«, sagte Svensson, während er sich langsam über die weißen Fliesen bewegte. Einen Meter vor Monique blieb er stehen. »Diejenige, die beschlossen hat, das Licht vorläufig nicht zu sehen.«

Carlos stand mit vor sich gefalteten Händen da. Er antwortete nicht. Er sollte auch nicht antworten. Er hätte ohnehin nicht geantwortet. Er hatte seine Arbeit getan. Jetzt war Svensson dran.

Die große knochige Hand des Schweizers holte aus und klatschte laut gegen Moniques Wange. Der Kopf der Frau flog zur Seite und ihr Gesicht lief rot an, aber sie gab keinen Ton von sich.

Svensson lächelte. »Sie haben mich schon einmal gesehen. Und offensichtlich erkennen Sie mich auch wieder. Ich glaube, wir haben uns sogar einmal kennengelernt, vor zwei Jahren in Hongkong auf dem Medikamentensymposium. Ihr Vater und ich sind quasi Busenfreunde, wenn man den Begriff einmal etwas weiter fasst. Erkennen Sie das Problem?«

Sie antwortete nicht. Sie konnte nicht.

»Nimm das ab, Carlos.«

Carlos trat zu ihr und riss ihr das graue Klebeband vom Mund.

»Das Problem ist, dass ich mich auf Sie eingelassen habe«, sagte Svensson. »Sie haben mich jetzt in der Hand. Bis zu dem Zeitpunkt, wo es mir egal ist, ob Sie mich verpfeifen, muss ich Sie hinter Schloss und Riegel halten. Danach werde ich Sie entweder laufen lassen oder umbringen, je nachdem, wie Sie mich behandeln. Haben Sie mich verstanden?«

Sie durchbohrte ihn mit einem Blick, antwortete aber nicht.

»Eine starke Frau. Vielleicht brauche ich Sie noch, wenn das hier vorbei ist. Bald schon, sehr bald.« Svensson strich sich seinen Schnauzbart und ging vor ihr auf und ab. »Wissen Sie, was mit Ihrem Raison-Impfstoff passiert, wenn man ihn auf 179,47 Grad erhitzt und dann zwei Stunden auf dieser Temperatur hält?«

Einen Moment lang wurden ihre Augen schmaler. Carlos glaubte nicht, dass sie es wusste. Genau genommen wussten sie es selbst noch nicht sicher.

»Nein, natürlich wissen Sie das nicht«, sagte Svensson. »Sie haben den Impfstoff noch nie unter solchen Bedingungen getestet.

Das war nicht nötig. Ich will Ihnen etwas verraten: Wenn man ihn auf genau diese Temperatur erhitzt, mutiert er. Sie wissen, dass er zu Mutationen fähig ist, denn nach Informationen aus unseren internen Quellen mutiert er auch bei niedrigeren Temperaturen. Aber die Mutationen überlebten nie länger als eine oder zwei Generationen.«

Moniques Augen wurden für einen Augenblick groß. Sie hatte soeben erfahren, dass es in ihrem Labor einen Spion gab. Vielleicht würde sie sie jetzt ernst nehmen. Carlos war überrascht, dass Svensson ihr so viel verriet. Offensichtlich ging er nicht davon aus, dass sie lange genug lebte, um ihn zu verraten.

»Ja, es stimmt. Wir sind ziemlich einfallsreich. Wir wissen von den Mutationen und wir wissen auch, dass andere, weitaus gefährlichere Mutationen höhere Temperaturen aushalten. Aus Ihrem Raison-Impfstoff wird ein Raison-Virus, das hoch ansteckend ist, in der Luft übertragbar und das eine Inkubationszeit von drei Wochen hat.« Er lächelte. »Die ganze Welt könnte sich schon angesteckt haben, bevor die ersten Symptome auftreten. Stellen Sie sich nur einmal die Möglichkeiten vor für denjenigen, der das Gegenmittel in der Hand hat.«

Ein Zittern ging über Moniques Gesicht. Das war zweifellos die Reaktion, die Svenssons Herz höher schlagen ließ. Er hatte sie gezwungen, Farbe zu bekennen, indem er ihr eine unglaubliche Möglichkeit präsentiert hatte, die sie selbst erst gerade zusammengebastelt hatten. Und sie hatte entsetzt reagiert.

Monique de Raisons Gesicht verriet ihre Antwort. Und keine Antwort hätte besser sein können. Sie wusste das alles. Zumindest vermutete sie es so stark, dass ihr alles Blut aus den Adern wich. Sie war einige Stunden mit Thomas Hunter, dem Träumer, allein gewesen und war danach irgendwie davon überzeugt, dass ihr Impfstoff tatsächlich ein Risiko barg.

»Ja, der Wirkstoff gegen Aids hat 375 200 Basepaare... Hat Ihnen das nicht Thomas Hunter gesagt? Und er hat recht. So viele Informationen von einem Einfaltspinsel aus Amerika. Schade, dass wir ihn nicht auch haben. Unglücklicherweise ist er tot.«

Svensson drehte sich um und ging zur Tür.

»Ich hoffe, dass Papi sein Töchterchen liebt, Monique. Wirklich. Wir werden in den nächsten Tagen einige wunderbare Dinge vollbringen und wir möchten, dass Sie uns dabei helfen.«

Er ging langsam und hinkend. Der rechte Fuß klackerte auf dem Betonboden. Svensson war in seinem Element.

Carlos zog den Auslöser hervor. »Vergessen Sie die Bombe in Ihrem Bauch nicht«, sagte er. »Wie ich schon sagte, ich kann sie mit diesem Knopf auslösen. Aber sie geht auch von allein hoch, wenn Sie sich weiter als fünfzig Meter wegbewegen und die Bombe kein Signal mehr erhält. Sehen Sie es als Ihre Fußfessel. Glauben Sie nicht, dass irgendjemand kommen wird, um Sie zu retten. Wenn doch, werden sie Sie nur umbringen.«

Sie schloss die Augen.

Vielleicht musste er ihr doch nicht wehtun. Das wäre besser.

Der Hubschrauber war nur für den Notfall, ein alter viersitziger Militärhubschrauber mit Kolbenmotor. Tom und sein Führer ließen sich vier Kilometer südlich des Zementwerks in ein Reisfeld fallen und liefen nach rechts in den Dschungel. Die Klapperkiste stieg hoch und drehte nach Hause ab. Sie hingen jetzt ganz von ihren Funkgeräten, Mutas Spürsinn und Toms Kampftechniken ab.

Sie arbeiteten sich durch das Wasser auf höher gelegenes Land und liefen dann am Waldrand entlang. Beide hatten sie Macheten und Muta hatte eine Neun-Millimeter-Waffe an der Hüfte hängen. Das dichte Laub behinderte sie und sie mussten sich mit den Macheten einen Weg durch die Schlingpflanzen und das Unterholz bahnen. Sie brauchten für die vier Kilometer eine ganze Stunde.

»Da!« Muta zeigte mit der Machete auf eine Lichtung vor ihnen. Ein halbes Dutzend unterschiedlich stark verfallene Betongebäude. Ein von Pflanzen überwucherter Parkplatz, auf dem große Grasbüschel zwischen den Betonplatten wuchsen. Ein rostiges Förderband stak in die Luft.

Nur ein Gebäude war groß genug, um darunter eine unterirdische Einrichtung zu verbergen. Wenn sie Monique dort festhielten, dann war das erste Gebäude links dafür am wahrscheinlichsten. Obwohl im Moment alles ziemlich unwahrscheinlich aussah.

Er hatte wagemutig Dinge behauptet und verbale Salven abgefeuert. Aber hier, am Rand des Dschungels, mitten unter zirpenden Zikaden und der heißen Nachmittagssonne, die auf ihre Schultern brannte, kam ihm der Gedanke, dass hier in diesem verlassenen Zementwerk der Geburtsort eines weltweiten Virenangriffs liegen sollte, lächerlich vor.

Und wenn er falschlag? Die Frage hatte ihn nicht mehr losgelassen, seit sie der Helikopter vor einer Stunde abgesetzt hatte. Aber jetzt wurde mit einem Mal aus der Frage eine nagende Gewissheit. Er irrte sich. Das hier war nichts weiter als ein verlassenes Zementwerk.

»Es ist verlassen«, sagte Muta.

Er weiß es auch.

»Sie gehen hinter den Schuppen«, sagte Tom und zeigte auf ein kleines Gebäude etwa zehn Meter vom Eingang des Hauptgebäudes entfernt. »Geben Sie mir Deckung mit Ihrer Pistole. Sie können doch damit umgehen, oder?«

Muta zischte nur beleidigt. »Sie gut kämpfen, ich noch besser schießen. Bei Armee ich habe viele Waffen geschossen. Keiner schießen so gut wie ich.«

»Leise!«, flüsterte Tom. »Ich glaube Ihnen ja. Können Sie aus dieser Entfernung einen Mann am Eingang treffen?«

Der Mann sah zur Tür, die einhundert Meter entfernt war. »Zu weit.«

Gut. Er war ehrlich.

»Okay, Sie geben mir Deckung. Sobald ich den Eingang frei habe, kommen Sie mir nach.« Er sah auf die Machete in seiner Hand. Seine Kampftechniken bestanden zum größten Teil aus Faustschlägen und Fußtritten. Aber was würden ihm diese Fähigkeiten hier nützen? Natürlich hatte er einige Techniken drauf, aber seine beste Technik war, einzuschlafen und gesund wieder aufzuwachen. Zugegeben genial, aber nicht wirklich etwas, das einen Gegner k. o. schlägt.

»Fertig?«

Muta öffnete das Halfter, nahm die Pistole, überprüfte sie und rammte sie gekonnt wieder ins Halfter. »Sie gehen, ich komme nach.«

Nicht gerade wie bei einem Angriff der Spezialeinheiten.

»Los!«

Er sprang über die Böschung und rannte geduckt mit ausgestreckter Machete los. Muta rannte ihm mit dumpfen Tritten nach.

Tom hatte schon den halben Weg zur Tür zurückgelegt, als die Zweifel ihn überfielen. Wenn der Mann, mit dem er im Hotel gekämpft hatte, in diesem Gebäude war, würde er schießen. Dann wäre eine Machete weniger wert als ein nasser Waschlappen. Aber ein Nahkampf kam nicht infrage, dazu war der Mann viel zu geschickt und stark.

Er stoppte rutschend und stand mit dem Rücken zur Wand, die Tür links neben sich. Muta hatte mit ausgestreckter Waffe am Schuppen Position bezogen.

Tom versuchte sich am Türgriff. Nicht abgeschlossen. Er zog, wagte einen kurzen Blick hinein und war drinnen. Innen war alles dunkel und verlassen.

Verlassen, sehr verlassen. Er schluckte und winkte Muta, nachzukommen. Der Mann rannte die Pistole schwingend über den offenen Platz.

Tom betrat das Gebäude.

»Sie sind drin«, sagte Carlos mit einem Blick auf den Monitor.

»Lass sie kommen«, sagte Svensson. »Schick ihrem Vater eine Nachricht, wenn du hier weggehst. Da er unsere Bedingungen nicht beachtet, werden wir seine Zeit auf eine Stunde verkürzen. Gib ihm neue Anleitungen für die Übergabe. Nimm den Flughafen.«

Svensson schritt zur Tür. »Bring sie zum Berg«, sagte er. »Ich hoffe, das ist das letzte Mal, dass etwas dazwischenkommt.«

Sie hatten die beiden entdeckt, sobald die Sensoren auf dem Gelände angeschlagen hatten. Sie hatten sogar die Verriegelung der Türen geöffnet, um die Männer hereinzulassen. Sie waren jetzt wie Mäuse in der Falle.

Wie Raison diesen Ort ausfindig gemacht hatte, konnte sich Carlos absolut nicht erklären. Warum er nur zwei Leute geschickt hatte, war noch verwunderlicher. Auf jeden Fall war Carlos vorbereitet. Was mit diesen beiden geschehen würde, war unwichtig. Aber das Versteck des Labors war aufgeflogen. Sogar mit seinem kaputten Bein würde Svensson innerhalb weniger Minuten durch den Tunnel verschwunden sein. Carlos würde ihm folgen, sobald er den Impfstoff hatte.

Carlos stand auf. »Ich werde sie innerhalb von vierundzwanzig Stunden nachbringen. Ja, das war das letzte Mal, dass etwas dazwischenkommt.«

Svensson verschwand.

Carlos holte tief Luft und sah auf den Monitor. Vielleicht war es besser so. Die Einrichtung in den Schweizer Bergen hatte ein viel größeres Labor. Das ganze Unternehmen würde von einer weiteren, geschützten Einrichtung aus gestartet. Die sechs Staatsoberhäupter, die Svensson ihre Kooperation für den Erfolgsfall bereits zugesichert hatten, hatten ihre Verbindungen zu dieser Basis. Der Zwischenfall würde sich …

Carlos blinzelte in den Monitor. Zum ersten Mal konnte man das Gesicht des vorderen Mannes deutlich sehen. Es war entweder Thomas Hunter oder sein Zwilling.

Aber er hatte Hunter doch umgebracht. Unmöglich! Selbst wenn der Mann die Kugel in seiner Brust überlebt hatte, konnte er unmöglich schon wieder durch den Dschungel rennen.

Aber er war hier.

Carlos starrte auf den Bildschirm und überlegte, welche Möglichkeiten er hatte. Er würde die Maus in die Falle laufen lassen. Aber sollte er ihn diesmal töten?

Diese Entscheidung durfte er nicht voreilig treffen. Die Zeit spielte für ihn. Zumindest im Augenblick.

Verlassen, sehr verlassen und sehr dunkel.

Rechts neben ihm führte eine Treppe in die Dunkelheit.

»Da.« Er zeigte mit der Machete die Treppe hinunter.

Er rannte zur Treppe und flog förmlich die Stufen hinunter,

solange ihm das Licht von der offenen Tür noch den Weg leuchtete. Unten war eine Stahltür. Er probierte den Griff. Offen. Die Tür ging nach innen auf. Ein dunkler Gang, auf beiden Seiten Türen, am Ende noch eine Tür.

Unter der Tür am Ende des Gangs war ein dünner Lichtstreifen zu sehen. Toms Herz fing an zu klopfen. Er hielt seine Machete mit beiden Händen waagerecht vor sich. Er ging vorsichtig zwei Schritte nach vorn, aber dann dachte er an seinen Hintermann Muta.

Er schlich zurück und sah die Treppe hoch. Kein Muta.

»Muta?«, flüsterte er.

Kein Muta. Vielleicht war Muta zurückgegangen, um die Eingangstür zu bewachen. Vielleicht war er außer Gefecht gesetzt. Vielleicht …

Tom packte Panik. Er atmete bewusst und verbarg sich in der Dunkelheit. Es war ein Albtraum und er war der einsame Flüchtende, der dunkle, verlassene Gänge entlanghastete, von Phantomen verfolgt. Nur dass sein Phantom eine Waffe besaß und Tom schon ein paar Kugeln abbekommen hatte.

Auf keinen Fall konnte er jetzt wieder die Treppe hinaufgehen. Nicht, wenn da oben jemand auf ihn wartete.

Er rannte auf die Tür am Ende des Gangs zu. Die Gummisohlen dämpften seine Schritte. Er rannte links und rechts an anderen Türen vorbei. Schhhh, schhhh, wie Fenster, die in graue Vergessenheit führten. Türen zu schrecklicher Angst. Er rannte schneller. Plötzlich war es zu einem Wettrennen zu der Tür mit dem Licht geworden.

Er rannte dagegen und hoffte verzweifelt, dass sie offen sein würde. Sie war offen. Er schoss hindurch und war vom Licht geblendet. Er warf die Tür hinter sich zu, schob den Riegel vor und schnappte nach Luft.

»Thomas?«

Tom fuhr herum. Hinter einer Reihe weißer Tische mit Flaschen darauf saß Monique gefesselt auf einem Stuhl. Das war der Raum, aus dem Rachelle gerettet werden wollte. Fast genauso hatte er es sich vorgestellt. Aber es war nicht Rachelle, es war Monique.

Ihre Augen waren weit aufgerissen, ihr Gesicht blass. »Du … du bist doch tot«, sagte sie. »Ich habe gesehen, wie er dich erschossen hat.«

Tom ging in die Mitte des Raumes. Seine Gedanken drehten sich. Sie war tatsächlich hier. Er hätte am liebsten geweint. Er wusste nicht, ob wegen der großen Erleichterung oder wegen des Gefühls, gleich durchzudrehen.

Plötzlich rannte er wieder los, direkt auf sie zu. »Du bist hier!« Er stellte sich hinter sie und riss das Klebeband ab, mit dem ihre Hände an den Stuhl gebunden waren. »Rachelle hat mir gesagt, dass du hier bist, in der weißen Höhle mit Flaschen, und du bist tatsächlich hier.« Dabei schluchzte er einmal außer sich, hatte sich aber gleich wieder unter Kontrolle. »Das ist unglaublich, absolut unglaublich!«

Er zog die zitternde Monique hoch, legte die Arme um sie und umarmte sie herzlich. »Gott sei Dank, dass dir nichts passiert ist.«

Sie fühlte sich steif an, aber das war verständlich. Die Ärmste war unter Waffengewalt entführt worden und …

»Thomas.« Sie schob ihn sanft von sich weg und warf einen Blick zur Tür.

Tom trat einen Schritt zurück und folgte ihren Augen. Die Tür war von innen verriegelt. Monique tanzte nicht gerade vor Freude über ihre Rettung und er fragte sich warum.

»Ich bin gekommen, um dich zu befreien«, sagte er. Plötzlich wurde ihm das ganze Ausmaß seines Vorhabens klar. Er blinzelte.

»Thomas, wir haben ein Problem.«

»Wir müssen hier raus!« Er griff nach ihrer Hand und zog sie. Dann sprang er zurück, um die Machete zu holen, die er auf den Boden gelegt hatte. »Komm schon!«

»Ich kann nicht!« Sie riss sich von ihm los.

»Natürlich kannst du. Alles ist wahr, Monique. Ich habe die Sache mit den Basepaaren gewusst, ich habe vom Raison-Virus gewusst und ich habe gewusst, wo du bist. Und ich weiß, dass wir bald mehr Probleme haben werden, als wir uns je vorstellen können, wenn wir nicht von hier verschwinden.«

Sie antwortete leise, halb flüsternd, mit den Händen auf ihrem Bauch. »Er hat mich gezwungen, eine Bombe zu schlucken. Wenn ich mich mehr als fünfzig Meter von ihm entferne, explodiert sie. Ich kann nicht weg!«

Tom sah ihr angsterfülltes Gesicht, ihre zitternden Hände auf ihrem Bauch, und seine Gedanken waren wie leer gefegt.

»Du musst weg hier, Thomas. Es tut mir leid, es tut mir so leid, dass ich nicht auf dich gehört habe. Du hattest recht.«

»Nein, es ist nicht deine Schuld. Ich habe dich entführt.« Er kam zu ihr und einen Moment lang war sie Rachelle, die ihn anflehte, sie zu retten. Beinahe hätte er ihr das Haar aus der Stirn gestrichen.

»Du musst jetzt hier verschwinden und ihnen sagen, dass alles wahr ist«, sagte sie und warf einen Blick in die Ecke.

Tom sah die kleine Kamera und erstarrte. Natürlich wurden sie beobachtet. Muta war außer Gefecht gesetzt worden, weil Moniques Entführer sie von Anfang an kommen gesehen hatten. Sie hatten Tom in diese Falle rennen lassen. Es gab keinen Ausweg!

Monique kam zu ihm und zog ihn an sich. Ihr Mund war an sein Ohr gepresst. »Sie hören uns und sie beobachten uns. Küss mein Gesicht, meine Ohren, mein Haar, als ob wir uns schon lange kennen.«

Sie wartete seine Reaktion nicht ab, sondern drückte ihm sofort ihre Lippen auf die Wange. Wer auch immer zuschaute, hatte jetzt etwas zum Grübeln.

»Sie haben die falschen Zahlen«, sagte sie etwas lauter, aber nicht übermäßig laut. »Nur du.«

»Nur …«

»Pst.« Er sollte still sein. Und dann sprach sie ganz leise. »Sein Name ist Valborg Svensson. Sag das meinem Vater. Sie wollen den Raison-Impfstoff benutzen. Sag ihm, dass er bei 179,47 Grad nach zwei Stunden mutiert. Vergiss das nicht. Zieh mir vorsichtig den Ring vom Finger und verschwinde, solange du noch kannst.«

Tom hatte aufgehört, ihr Haar zu küssen. Er spürte den Ring und zog ihn ab.

»Küss mich weiter.«

Er küsste sie.

»Ich kann dich nicht hier zurücklassen«, sagte er.

»Sie brauchen mich lebend. Und wenn sie glauben, dass du noch mehr Informationen hast, die sie brauchen, werden sie dich nicht umbringen.«

»Dann hatte ich recht mit dem Virus?«

»Ja. Es tut mir leid, dass ich das angezweifelt habe.«

Er spürte plötzlich eine seltsame Angst im Hals. Er konnte sie nicht einfach hier zurücklassen. Es war seine Aufgabe, sie zu retten. Irgendwie, auf irgendeine Art, die sein Verständnis überstieg, war sie der Schlüssel in diesem Wahnsinn. Sie stand im Mittelpunkt der ewigen Liebesgeschichte, dessen war er sich sicher.

»Ich bleibe. Ich kann diesen Kerl besiegen. Ich habe gelernt ...«

»Nein, Thomas! Du musst hier raus! Du musst alles meinem Vater sagen, bevor es zu spät ist. Geh!«

Sie gab ihm einen letzten Kuss, diesmal auf den Mund. »Die Welt braucht dich, Thomas! Ohne dich sind sie machtlos. Lauf!«

Tom starrte sie an und wusste, dass sie die Lage erfasst hatte, aber er konnte sie einfach nicht so zurücklassen.

»Lauf!«, schrie sie.

»Monique, ich kann dich nicht ...«

»Lauf! Lauf, lauf, lauf!«

Tom lief.

Es geschah so schnell und unerwartet, dass Carlos nicht darauf gefasst war. Erst hatte er sie beide in der Falle, im Labor am Ende des Gangs. Dann deutete Monique an, dass Hunter noch etwas wusste, was sie noch nicht wussten, dass sie und Hunter das Ganze vielleicht zusammen geplant hatten – interessanter Gedanke.

Und dann rannte Hunter los.

Der Amerikaner war im Gang, bevor Carlos reagieren konnte.

Er sprang über die Leiche des Wächters, der mit Hunter gekommen war, stieß die Tür auf und sprang in den Gang hinaus. Hunter traf ihn frontal, bevor er seine Waffe in Anschlag bringen konnte. Schon war der Mann vorbei und rannte auf die Treppe zu.

Carlos ließ sich von der Wucht des Zusammenpralls in Richtung des Flüchtenden wirbeln. Er streckte die Waffe aus und zielte auf den Rücken des Mannes. Zwei Möglichkeiten.

Gleich mit einem Schuss in die Wirbelsäule töten.

Verwunden und lebendig gefangen nehmen.

Er entschied sich für Letzteres.

Carlos zog am Abzug. Aber Hunter hatte den Schuss vorhergesehen und duckte sich nach links. Er war schnell, sehr schnell.

Carlos zielte nach links und schoss noch einmal.

Aber die Kugel traf nur die Stahltür. Der Mann hatte sie schon passiert und war bereits auf der Treppe. Einen Moment lang war Carlos fassungslos. Er kam wieder zu sich und rannte dem Mann mit aller Kraft hinterher.

»Lauf!«, rief die Frau hinter ihm.

Sie stand in der Tür ihres Gefängnisses.

Carlos ignorierte sie und rannte die Treppe hinauf. Er nahm drei Stufen auf einmal. War Hunter schon verschwunden? Carlos kam zur Tür und sprang hinaus.

Der Amerikaner war beim Schuppen und wollte gerade dahinter in Deckung gehen. Carlos feuerte schnell. Die Kugel sprengte ein Stück Beton direkt über Hunters Kopf ab. Er sprang plötzlich auf die offene Fläche hinaus und rannte auf den Waldrand zu.

Carlos rannte ihm nach und wusste, dass der Schuppen ihm eine perfekte Stütze für einen ungehinderten Schuss auf den Mann bieten würde. Nach einem Schritt blieb er abrupt stehen.

Wenn er weiter als fünfzig Meter von der Frau entfernt war, dann würde die Bombe in ihrem Bauch sie töten. Sie mussten sie lebend haben. Das wusste sie und war ihm absichtlich nicht gefolgt.

Der Mann entfernte sich immer weiter.

Carlos könnte den Auslöser hier liegen lassen. Aber wenn die Frau ihm doch folgte und den Auslöser fand, würde sie entkommen. Jetzt war sie seine Fußfessel.

Carlos fluchte leise, lehnte sich an den Türrahmen und stützte seinen ausgestreckten Arm mit der Waffe ab. Der Mann war nur noch zwanzig Meter vom Dschungel entfernt und nur ein hüpfender Fleck vor seiner Waffe.

Er drückte ab. Noch mal. Dann schnell hintereinander noch zwei weitere Schüsse.

Zack!

Die letzte Kugel traf den Mann genau von hinten in den Kopf. Carlos sah, wie der Einschlag der Kugel den Mann vornüberwarf und das Blut spritzte. Hunter verschwand im hohen Gras.

Carlos nahm die Waffe herunter. War er tot? Niemand konnte so einen Treffer überleben. Solange die Frau frei und der Auslöser in seiner Tasche war, konnte er nicht nachsehen. Aber Hunter konnte ohnehin nirgends hin.

Eine Bewegung.

Im Gras. Kroch er weiter?

Nein, er stand auf, dort, zwischen den Bäumen. Er rannte!

Carlos riss die Pistole hoch und leerte das Magazin mit drei weiteren Schüssen. Hunter verschwand zwischen den Bäumen.

Carlos schloss die Augen und unterdrückte die Wut in seinem Kopf. Unmöglich! Er war sich sicher, dass er den Mann in den Kopf geschossen hatte.

Zweimal war ihm der Mann schon entkommen, nachdem er ihn getroffen hatte. Nie wieder! Nie!

Der Einfallsreichtum der Frau war überraschend. Bewundernswert sogar.

Er ging die Treppe hinunter und starrte Monique an, die mit verschränkten Armen in der Tür stand. Er war drauf und dran, ihr ins Bein zu schießen. Stattdessen ging er den Gang entlang und schlug ihr in die Magengrube.

Vielleicht musste er ihr letzten Endes doch wehtun.

28

ES GESCHAH IN drei Sequenzen, die sich in Toms Gedächtnis einbrannten und noch ganz frisch waren. Er war einem Kugelhagel ausgewichen, als er auf den Dschungel zurannte und nur noch wenige Schritte von den ersten Bäumen entfernt war. Er war sich sicher, davongekommen zu sein. Sequenz eins.

Dann hatte ihn eine Kugel am Kopf getroffen. Es hatte sich angefühlt, als hätte ihn jemand mit einem Vorschlaghammer auf den Hinterkopf geschlagen. Er stürzte Kopf voraus parallel zum Boden nach vorne. In ihm schrie alles vor Schmerz und dann wurde alles schwarz. Sequenz zwei.

Er konnte sich nicht erinnern, auf dem Boden aufgekommen zu sein. Er war entweder tot oder bewusstlos, bevor er auf dem Boden aufschlug. Aber er konnte sich daran erinnern, dass er sich nach dem Aufprall umgedreht hatte. Er lag keuchend am Boden und starrte in den blauen Himmel.

Er war nicht tot. Er war auch nicht bewusstlos. Und eine kurze Kontrolle seines Kopfes zeigte, dass er nicht einmal verwundet war. Er war nur außer Atem. Sequenz drei.

Mehr getrieben von den Gedanken an das, was gerade passiert war, als von den letzten paar Kugeln, kämpfte er sich zum Wald vor und rannte zwischen den Bäumen durch.

Er war in den Kopf geschossen worden. Er war bewusstlos geworden, bevor er starb. Aber in dem Augenblick, bevor er starb, war er im bunten Wald aufgewacht, und obwohl er sich nicht daran erinnern konnte, wusste er, dass er durch eine Frucht oder das

Wasser geheilt worden war. Wahrscheinlich hatte das Ganze nur eine Sekunde gedauert.

Als er wieder im Dschungel war, brauchte er zwei Stunden, bis er den Kontakt zur Basis wiederhergestellt, zum Landeplatz gelangt und mit dem Helikopter wieder zurückgeflogen war. Zeit zum Nachdenken. Zeit, um sich zu überlegen, noch einmal schnell auf das Gelände zurückzukehren und Monique zu befreien – oder Muta zu holen.

Aber er wusste, dass keiner der beiden mehr dort sein würde.

Ein Polizeihubschrauber überprüfte den Ort, bevor er selbst abgeholt wurde, und bestätigte seine Befürchtungen. Keine Menschenseele dort.

Selbst wenn sie noch dort gewesen wäre, hätte er sie nicht mitnehmen können. Er konnte einen tödlichen Schuss vielleicht überleben, aber sie nicht. Er fühlte sich zugleich unverwundbar und hilflos. Ein seltsames Gemisch.

Vielleicht war er gar nicht getroffen worden. War auf dem Gras dort Blut? Er war zu sehr in Eile gewesen, um sich umzusehen. Es war alles etwas verworren. Nur diese drei Sequenzen.

Lebendig, tot, lebendig.

»Sie haben *was*?«

»Ich habe gezahlt«, sagte Jacques de Raison.

Tom betrat das Büro und war sprachlos. Seine Jeans war schmutzverklebt, sein T-Shirt zerrissen von dem fünf Kilometer langen Weg, den er zum Landeplatz zurückgerannt war, und seine Stiefel hinterließen Spuren auf Raisons Fußboden.

»Sie haben denen tatsächlich den Impfstoff gegeben?«

»Sie haben mir eine Stunde gegeben, Mr. Hunter. Das Leben meiner Tochter steht auf dem Spiel …«

»Die ganze Welt steht auf dem Spiel!«

»Für mich ist es meine Tochter.«

»Natürlich, aber was war mit den Informationen, die ich per Funk durchgegeben habe?

»Die Stunde war schon um. Ich musste mich entscheiden. Sie wollten nur eine Probe des Impfstoffs und die Dokumente unserer

Forschungsergebnisse in einem Auto, drei Kilometer vom Flughafen entfernt. Dann würde Monique innerhalb von zwei Tagen wieder bei uns sein. Ich musste es tun.«

Tom griff in seine Hosentasche und zog den Ring heraus. Ein goldener Ring mit einem Rubin in einer viereckigen Fassung. Er warf ihn Raison hin.

»Was ist das?«

»Das ist der Ring, den mir Ihre Tochter gegeben hat, um Sie davon zu überzeugen, dass ich die Wahrheit gesagt habe. Wenn Sie den Impfstoff auf 179,47 Grad erhitzen und die Temperatur zwei Stunden lang halten, wird er mutieren. Der Mann, der diese Informationen jetzt hat, heißt Valborg Svensson. Er hat möglicherweise auch das einzige Mittel dagegen.«

Jacques de Raisons Gesicht hellte sich ein wenig auf. Er spielte geistesabwesend mit dem Ring. »Warum haben Sie sie nicht herausgeholt?«

»Hören Sie mir eigentlich zu? Ich kann verstehen, dass Sie erschüttert sind, aber Sie müssen sich zusammenreißen. Ich habe sie gefunden, genau dort, wo ich sagte. Wenn Sie der Ring nicht überzeugt, dann sollte die Tatsache, dass Svensson seine Bedingungen geändert hat, weil ich sie gefunden hatte, genug Beweis sein.«

Der Mann ließ sich schwer in seinen Stuhl fallen.

»Jetzt haben sie den Impfstoff.« Tom fuhr sich mit der Hand durch die Haare. Das war die schlimmste aller Welten. Nichts von dem, was er unternahm, hatte irgendwelche Auswirkungen auf das sich abspielende Drama. Vielleicht konnte man die Geschichte nicht anhalten.

Kara kam hereingeeilt. »Thomas, geht es dir gut?«

»Mir geht's gut. Sie haben den Impfstoff. Sie haben Monique, sie haben den Impfstoff, sie wissen, wie man die Mutation herbeiführt, vielleicht haben sie schon das Anti-Virus-Mittel.«

»Aber dein Traum – er war echt.«

»Ja.«

»Ja, Peter, ich will, dass Sie die Versuchsbedingungen ändern. Versuchen Sie es bei 179,47 Grad und halten Sie den Impfstoff zwei Stunden auf dieser Temperatur.«

Jacques de Raison schien sich von seinem Schock erholt zu haben. Er telefonierte mit dem Labor. »Haltet Ausschau nach Mutationen und informiert mich sofort.«

Er legte auf.

»Entschuldigen Sie, Mr. Hunter, es waren zwei sehr schwere Tage.« Er war wieder ganz Geschäftsmann. »Ich glaube Ihnen. In zwei Stunden werden die Tests auf jeden Fall für sich selbst sprechen. Ich schlage vor, dass wir in der Zwischenzeit die Behörden informieren. Ich kenne Valborg Svensson.«

»Und?«

»Und wenn das stimmt, dass er dahintersteckt …« Hinter seinen sanften blauen Augen sah man, wie sein Gehirn arbeitete. »Dann gnade uns Gott«, sagte er.

»Er ist es«, sagte Tom. »Monique hat darauf bestanden. Ich will sofort mit dem stellvertretenden Außenminister Gains sprechen.«

Jacques de Raison nickte. »Nancy, holen Sie den Minister ans Telefon.«

Merton Gains saß allein in seinem Büro am Schreibtisch und hörte Jacques de Raison einige Minuten leicht schockiert zu. Als Thomas Hunter vor sechs Stunden dargelegt hatte, wie er sich selbst beweisen wollte, schien das Ganze aus der Luft gegriffen. Jetzt, da er es tatsächlich getan hatte, wurde Gains spürbar nervös.

Bob Macklroy hatte ihm erzählt, wie Hunter den Ausgang des Kentucky Derbys vorhergesagt hatte. Er hatte selbst mit Thomas gesprochen und die möglichen Schwierigkeiten mit dem Raison-Impfstoff im Kabinett eingebracht. Er hatte sogar zugestimmt, Hunters Träume auf die Probe zu stellen. Aber was er sich damit geleistet hatte, schien bisher harmlos.

Thomas Hunter hatte geschlafen, erfahren, wo Monique de Raison gefangen gehalten wurde, war dort hingegangen und hatte Beweise zurückgebracht, dass das Virus tatsächlich im Entstehen war.

»Er möchte mit Ihnen sprechen.«

»Geben Sie ihn mir«, sagte Gains. »Thomas? Wie geht es Ihnen?«

»Nicht besonders gut, Sir. Ich hoffe, dass Sie jetzt einsichtig sind, wie abgesprochen.«

»Immer langsam, mein Junge. Mit mir müssen Sie es etwas langsamer angehen.«

»Warum? Svensson lässt offensichtlich nichts langsam angehen.«

Das stimmte allerdings. »Zum einen, weil wir bis jetzt noch nicht wissen, ob es wirklich ein Virus gibt. Nicht wahr? Nicht, solange die Tests noch nicht durch sind.«

»Dann wird das Raison-Virus in genau zwei Stunden ins Leben gerufen sein. Ich gebe Ihnen also einen Vorsprung. Sie müssen Svensson aufhalten!«

»Wir wissen ja nicht einmal, wo dieser Valborg Svensson ist!«

»Sagen Sie mir nicht, dass niemand den Kerl finden kann. Er ist nicht gerade ein Unbekannter.«

»Wir werden ihn finden. Aber wir haben keinen hinreichenden Tatverdacht …«

»Ich habe Ihnen einen hinreichenden Tatverdacht geliefert! Monique hat mir gesagt, dass er vorhat, das Virus einzusetzen. Was brauchen Sie noch?«

Drei Wörter hämmerten in Merton Gains Kopf: Was wäre wenn? Was wäre wenn, was wäre wenn, was wäre wenn? Was wäre, wenn Hunters Behauptung tatsächlich stimmte und in wenigen Tagen eine unaufhaltbare Pandemie ausbräche? Jeder wusste, dass die moderne Technologie eines Tages auch für etwas anderes als den menschlichen Fortschritt benutzt werden würde. Plötzlich fühlte sich die kühle Luft des Ventilators über seinem Schreibtisch eiskalt an. Seine Tür war geschlossen, aber er konnte die leisen Tritte von jemandem, der draußen vorbeiging, hören.

Amerika sauste auf seiner sprichwörtlichen Autobahn entlang wie in einem gut geölten Lastwagen. In den Banken wurden Milliarden Dollar gehandelt. Auf der Wall Street wurden mit viel Lärm beinahe ebenso viele Aktien gehandelt. In zwei Stunden würde der Präsident seine neue Steuerreform vorstellen. Und Merton Gains, stellvertretender Außenminister, hatte ein Telefon am Ohr, durch das ihm jemand, der siebentausend Kilometer weit weg war, erzählte, dass in drei Wochen vier Milliarden Menschen tot sein würden.

Irgendwie unwirklich. Unmöglich.

Aber was, wenn doch?

»Zunächst einmal möchte ich, dass Sie einen Gang herunterschalten. Ich höre Ihnen ja zu. Ich habe Ihnen versprochen, dass ich zuhöre, und das tue ich auch. Aber Sie müssen verstehen, wie die Welt funktioniert. Ich brauche absolute Beweise, wenn wir wollen, dass uns irgendjemand zuhört. Wir haben es hier mit unglaublichen Behauptungen zu tun. Können Sie mir wenigstens soweit zustimmen?«

»Bis ich Ihnen diese Beweise verschafft habe, wird es zu spät sein.«

»Sie müssen mit mir zusammenarbeiten, in meinem Tempo. Zuerst einmal brauchen wir die Testergebnisse.«

»Aber Sie können zumindest schon einmal Svensson suchen«, sagte Thomas. »Bitte versprechen Sie mir, dass Sie den Kerl finden werden. Mit der CIA oder dem FBI.«

»Nein, nicht innerhalb von zwei Stunden. Ich bringe die Sache ins Rollen, aber so schnell passiert nichts. Wenn eine unserer B2s über Bagdad fliegt, dann können wir innerhalb von einer Stunde eine Bombe abwerfen. Aber im Moment fliegen keine B2s, sie sind noch nicht einmal aus dem Hangar. In diesem Fall wissen wir nicht einmal, wo unser Bagdad ist. Verstehen Sie mich?«

Hunter seufzte. »Dann sage ich Ihnen was, Mr. Gains: Wir sind verloren. Hören Sie mich? Und Monique…«, seine Stimme verstummte.

Was wäre wenn? Was wäre wenn?

Gains stand auf und ging unruhig auf und ab, während er das Telefon ans Ohr gepresst hielt. »Ich habe nicht gesagt, dass wir nichts unternehmen können …«

»Dann unternehmen Sie was!«

»Sobald wir beide auflegen, werde ich mit dem Leiter der CIA Phil Grant telefonieren. Ich bin mir sicher, dass sie schon an der Sache dran sind. Möglicherweise hat die thailändische Polizei denjenigen, der das Paket abholen sollte, schon verhaftet. Zumindest haben sie das Auto. Der Entführungsfall ist jetzt in vollem Gang. Aber das Virus ist eine ganz andere Sache. Bisher halten alle, außer Ihnen und vielleicht Raison, das Ganze für einen Fall von Wirtschaftsspionage.«

»Sie haben keine Ahnung, wie langsam die Mühlen hier in Südostasien mahlen. Und letztlich wird uns das Virus das Rückgrat brechen und nicht die Wirtschaftsspionage.«

»Ich werde einige Telefongespräche führen. Aber ich brauche Beweise!«

»Soll ich in der Zwischenzeit Däumchen drehen?«

Gains dachte nach. »Tun Sie das, was Sie die ganze Zeit schon getan haben. Sie haben in den letzten Tagen einige unglaubliche Dinge geleistet. Warum wollen Sie jetzt damit aufhören?«

»Wollen Sie, dass ich Monique suche? Ist das nicht eine Nummer zu groß für mich?«

»Ich glaube, das ist für uns alle eine Nummer zu groß. Sie sind derjenige mit den Träumen, also träumen Sie.«

»Träumen? Einfach so? Träumen?«

»Träumen Sie.«

Die drei Sequenzen – lebendig, tot, lebendig – schwirrten Tom immer noch im Kopf herum. Er konnte nicht darüber sprechen. Es machte ihm Angst.

»Was hat er gesagt?«, fragte Kara.

»Er hat gesagt, ich soll warten.«

»Einfach nur warten? Ist ihm nicht klar, dass wir keine Zeit haben zu warten?«

»Und er hat gesagt, ich soll träumen.«

Kara ging um das Sofa herum. »Dann glaubt er dir also.«

»Ich weiß nicht.«

»Zumindest fängt er an zu glauben, dass deine Träume eine gewisse Bedeutung haben. Und er hat recht – du musst träumen. Jetzt.«

»Einfach so, was?«, er schnipste mit den Fingern.

»Soll ich dich betäuben? Der Minister hat nur zur Hälfte recht. Du musst nicht nur träumen, sondern du musst in deinen Träumen auch das Richtige tun. Das heißt, du musst alles tun, um mehr über das Raison-Virus herauszufinden.«

»Der schwarze Wald«, sagte er.

»Wenn das dazu nötig ist, ja.«

Thomas hatte jetzt zwei zwingende Gründe, um noch einmal in den schwarzen Wald zu gehen, einen Grund für jede Realität. Hier war die Lage lebensbedrohlich geworden. Er musste ein höheres Risiko eingehen, um die Wahrheit über die Geschichte herauszufinden. Und im bunten Wald fragte er sich – wenn er sich richtig erinnerte –, ob er tatsächlich eine Bruchlandung mit einem Raumschiff gemacht hatte.

»Vielleicht kann ich noch einmal mit Rachelle sprechen und herausfinden, von wo sie jetzt gerettet werden möchte. Es hat ja schon einmal funktioniert.«

»Ja. Aber was heißt das genau? Ist sie irgendwie Monique? Sprichst du in deinen Träumen mit Monique?«

Er seufzte. »Ich habe keine Ahnung. Gut. Betäube mich.«

Kara kramte in ihrer Tasche und gab ihm drei Tabletten.

29

TOM SETZTE SICH auf. Es war Morgen. Er war in Rachelles Haus.

Einige Augenblicke saß er, von der Flut der Gedanken an seinen Traum von Bangkok überwältigt, wie versteinert da. Die Situation war jetzt lebensbedrohlich geworden. Er musste die Wahrheit über das Raison-Virus herausfinden.

Da war etwas dran – es sei denn, es war alles ein Traum.

Aber er hatte noch einen anderen Grund, oder? Er musste die Wahrheit herausfinden über Talehs Behauptung, dass Bill und das Raumschiff echt waren. Er musste die widersprüchlichen Möglichkeiten ausräumen oder er würde sich nie an die Wahrheit gewöhnen.

Und gestern hatte ihm Tanis gezeigt, wie er vielleicht seinen eigenen kleinen Feldzug in den schwarzen Wald unternehmen konnte. Das bunte Schwert. Es war Gift für Taleh.

Er sprang aus dem Bett, spritzte sich Wasser ins Gesicht und zog sich an. Nachdem er sich gestern von Tanis und Johan verabschiedet hatte, hatte Tom vorgehabt, die Nanka-Frucht zu essen, die Johan ihm gebracht hatte, und gleich einzuschlafen. Aber es hatte sich gezeigt, dass er gar nicht nachhelfen musste, um einzuschlafen. Als er im Dorf angekommen war, war es schon beinahe Zeit, um zur Versammlung zu gehen. Die Versammlung durfte er nicht verpassen.

Während er an dem Abend im See schwamm, war etwas Seltsames mit ihm passiert. Sein Blickwinkel war verändert worden. Er hatte sich vorgestellt, in den Kopf geschossen worden zu sein, aber das Bild verschwand sofort.

Als sie von der Versammlung zurückkamen, nahmen sie ihr Obst-Festessen zu sich, wie am ersten Abend. Johan sang, Rachelle tanzte mit Karyl und Palus erzählte eine wunderbare Geschichte.

Und was war Toms Gabe?

Geschichten träumen, sagte er. Er konnte nicht so tanzen wie Rachelle oder so singen wie Johan oder solche Geschichten erzählen wie Palus und Tanis, aber er konnte Geschichten träumen.

Und das tat er. Er träumte von Bangkok.

»Guten Morgen, du verschlafener Träumer.« Rachelle lehnte in der Tür, von hinten von der Sonne angestrahlt. »Was haben wir in deinen Träumen gemacht? Hmm? Haben wir uns geküsst?«

Tom starrte sie an und war gefesselt von ihrer Schönheit. Von draußen drang das Geräusch kichernder Frauen herein.

»Ja, meine Rose, ich glaube, ich habe von dir geträumt.«

Sie verschränkte die Arme und legte den Kopf schief. »Vielleicht steckt doch mehr in deinen Träumen, als ich zuerst dachte.«

Er hatte tatsächlich von Rachelle geträumt. Zumindest hatte er davon geträumt, dass er von seinem Traum von Rachelle erzählt hatte. Konnte er mit ihr reden, als wäre sie Monique?

Er ging zu ihr hinüber und lehnte sich an die Wand. »Wenn dich jemand gefangen halten würde und ich käme, um dich zu befreien, von wo würdest du …«

»Das hatten wir gestern schon«, sagte sie. »Hast du das wieder vergessen? Du hast mich immer noch nicht aus der Höhle mit den Flaschen befreit.«

»Ja, nein … du konntest nicht gerettet werden.«

»Du hast es überhaupt nicht versucht«, erwiderte sie.

Einen Moment lang starrte er sie verwirrt an. Es war offensichtlich nicht ganz so einfach.

»Ich glaube, ich gehe jetzt in den Wald und denke darüber nach, wie ich es tun könnte«, sagte er.

Sie trat zur Seite. »Aber gerne doch.«

Als er an ihr vorbei hinaus in den Sonnenschein trat, waren die Frauen, die er kichern gehört hatte, bereits weitergegangen. Sie drehten sich um und flüsterten sich Geheimnisse zu.

»Gut, ich komme wieder.«

»Bleib nicht so lange weg«, sagte Rachelle. »Ich will wissen, was du dir ausgedacht hast. In allen wunderbaren Einzelheiten.«

»Gut.«

»Gut.«

Auf dem Weg aus dem Dorf wurde er nur zweimal angehalten. Zum Glück nicht von Tanis oder Johan. Und zum noch größeren Glück auch nicht von Michal oder Gabil. Im Moment konnte er keine Ablenkung gebrauchen – und niemanden, der ihn von seinem Vorhaben abbrachte. Er musste sich auf seine Aufgabe konzentrieren und wenn Rachelle ihm mit seinen Träumen von Monique nicht weiterhelfen konnte, dann musste er es im schwarzen Wald versuchen, bevor seine Entschlossenheit nachließ.

Er brauchte eine Stunde, bis er genau die Lichtung gefunden hatte, wo er Tanis gestern getroffen hatte. Dort, fünf Meter links von ihm, lag das Schwert. Es hätte ihn nicht verwundert, wenn Tanis selbst zurückgekommen wäre, um es zu holen. Aber das hatte er nicht getan.

Er hob das Schwert auf und schwang es wie ein Säbelkämpfer, stieß es in die leere Luft und parierte, als kämpfte er gegen die Shataiki. Es fühlte sich erstaunlich gut an. Es hatte keinen großartigen Griff, aber der Stock lag perfekt in seiner Hand. Die Klinge war dünn genug, um hindurchzusehen, und scharf genug, um zu schneiden.

Er wollte zumindest die Reaktion des Shataiki auf seine neue Waffe testen. Was hatte er schon zu verlieren? Ganz bestimmt hatten die Biester wieder Posten aufgestellt. Wenn er an der Brücke auftauchte, würde der Platz innerhalb von wenigen Minuten mit den Fledermäusen übersät sein. Dann wollte er sein Schwert ziehen und sehen, wie sie darauf reagierten. Wenn der Test positiv verlief, wollte er schauen, wie weit er damit kam.

Tom sah zur Sonne hinauf. Es war später Vormittag – noch jede Menge Zeit.

Er rannte gleichmäßig und erreichte die weiße Brücke in weniger als einer Stunde. Noch vor ein paar Tagen hätte er dazu länger gebraucht. Er war so fit wie noch nie.

Hinter der letzten Baumreihe blieb er stehen und beobachtete die Brücke. Sie schien unverändert. Der grüne Fluss gurgelte immer noch unter dem glatten weißen Holz entlang. Die schwarzen Bäume auf der anderen Seite sahen so kahl aus, wie er sie in Erinnerung hatte – wie ein Wald aus Pappmaschee, den ein Kind gebastelt hatte und dessen Zweige plump emporragten.

Ein unmissverständliches Flügelschlagen drang über den Fluss. Die Wachposten. Tom wich zurück und kauerte sich nieder. Einen Augenblick lang erschien ihm die ganze Idee gleichzeitig lächerlich und absurd gefährlich. Wer war er eigentlich, dass er dachte, er könnte tausend schwarze Shataiki mit einem einzigen Schwert abwehren?

Er hob das Schwert hoch und ließ seine Finger über die Kante gleiten. Aber es war nicht irgendein Schwert. Wenn es stimmte, was er glaubte, dann würde das Holz allein diese Brut schon vertreiben. Eine Welle des Selbstvertrauens lief ihm über den Rücken.

Neben seinem Knie lag ein kleiner Stock, der genauso rot war wie das Schwert in seiner Hand. Er sah einem kleinen Dolch nicht unähnlich. Tom hob ihn auf und steckte ihn sich am Rücken unter seine Tunika. Dann packte er das Schwert mit beiden Händen und trat unter den Bäumen hervor.

Er ging langsam, mit dem Schwert ausgestreckt vor sich. Nach zwanzig Schritten hatte er die Brücke erreicht. Kein Anzeichen von den Fledermäusen. Er blieb am Fuß der Brücke stehen und betrat dann die Planken.

Immer noch kein Zeichen der Shataiki.

Er war schon in der Mitte der Brücke, als er sie sah. Ein Dutzend, zwei Dutzend, tausend. Er konnte nicht sagen, wie viele es waren, weil sie sich hinter den Bäumen versteckt hatten und nur ein paar rote, runde Augen ihre Anwesenheit verrieten. Aber sie waren tatsächlich da.

Er schwang das Schwert leicht in der Luft. Die Fledermäuse rührten sich nicht. Hatten sie Angst? Oder warteten sie nur auf ihren Anführer? Ein Hauch von Schwefel drang an seine Nase. Sie waren ganz offensichtlich da.

»Kommt heraus, ihr dreckigen Viecher«, murmelte er und versuchte, sie zu erkennen. Und etwas lauter: »Kommt heraus, ihr dreckigen Viecher!«

Die Augen bewegten sich nicht. Nur eine gelegentliche leichte Bewegung verriet, dass sie überhaupt lebten. Er trat einen Schritt näher und rief noch einmal. »Bringt mir euren Anführer.«

Einige lange Momente regte sich gar nichts. Dann eine Bewegung zu seiner Linken.

Taleh hatte seine wunderschönen blauen Flügel an seinen goldfarbenen Körper gelegt und schleifte sie am Boden hinter sich her, als er hervortrat. Tom hatte vergessen, wie schön die große Fledermaus war. Als jetzt die Sonne von seiner Haut reflektiert wurde, sah das Geschöpf aus, als sei es geradewegs vom oberen See gekommen. Noch dreißig Schritte entfernt irritierten Tom nur seine grünen, starren Augen. Er würde sich nie an Augen ohne Pupillen gewöhnen.

Taleh sah Tom nicht direkt an, sondern blickte erhaben über den Fluss. Keine Fledermäuse waren ihm gefolgt.

Tom schluckte, wechselte das Schwert von einer verschwitzten Hand in die andere und hielt es nach links, um den Shataiki-Anführer unter Druck zu setzen. Die Kreatur würdigte Tom eines flüchtigen Blickes und sah dann wieder ans andere Ufer. Mit einem lauten Flügelschlag entfaltete sie ihre Flügel zu ihrer vollen Größe, zuckte mit den Schultern und legte sie dann wieder um ihren Körper.

»So. Du denkst also, dass du mit deinem neuen Schwert Macht über mich hast. Ist es nicht so, Mensch?« Das Tier weigerte sich immer noch, ihn anzusehen.

Tom fiel keine kluge Antwort ein.

Schließlich richtete der Shataiki seinen durchdringenden Blick auf Tom. »Willst du den ganzen Tag nur dastehen? Was willst du?«

Tom räusperte sich. »Ich muss mehr über die Chroniken erfahren. Über das Raison-Virus. Und dann will ich, dass du mir das Raumschiff zeigst«, sagte er leise.

»Wir hatten eine Abmachung getroffen«, sagte Taleh. »Du bringst mir Tanis und ich zeige dir das Schiff. Setzt deine Erinnerung immer noch aus? Wenn du deinen Teil der Abmachung nicht einhältst, kannst du die Chroniken vergessen. Was hat das außerdem zu bedeuten? Es sind doch nur Träume. Deine echte Welt liegt hinter mir im schwarzen Wald und wir haben es auch schon repariert.«

»Ich habe meine Abmachung nicht gebrochen. Du hast gesagt, du würdest das reparierte Schiff gegen Tanis tauschen. Ich will zuerst das Schiff sehen. Er wartet und kommt, sobald ich ihn rufe.«

Der Shataiki bekam große Augen. Da wusste Tom, dass er nicht wusste, was außerhalb seines elenden schwarzen Waldes geschah. Taleh war um eine Antwort verlegen und in diesem Augenblick wusste Tom, dass er die Kreatur besiegen konnte.

»Du lügst«, sagte Taleh. »Du bist genauso verlogen wie die anderen, die dich mit ihren Lügen vollgestopft haben.«

Tom ging langsam über die Brücke auf den Shataiki zu. »Ich lüge, sagst du. Und was würde ich mit dieser Lüge erreichen? Denn du, der Vater der Lüge, müsstest doch wissen, dass Lügen immer erfunden werden, um etwas zu erreichen. Ist das nicht deine größte Waffe? Und was erreiche ich mit dieser Lüge?«

Der Shataiki blieb stumm, das Gesicht angespannt, die Augen starr. Tom ging von der Brücke und die Fledermaus machte einen Schritt zurück. Der Schwefelgestank aus dem Wald war beinahe unerträglich. »Und jetzt, glaube ich, wirst du mir mein Raumschiff zeigen. Was kann dabei schon passieren? Du hast mich doch nicht angelogen, oder?«

Der schwarze Anführer dachte über diese Worte nach. Plötzlich entspannte er sich und grinste. »Also gut. Ich werde es dir zeigen. Aber keine Tricks. Keine Lügen mehr zwischen uns, mein Freund. Wir arbeiten zusammen. Ich werde dir helfen und du kannst mir helfen.«

Tom hatte nicht im Geringsten die Absicht, dieser Kreatur zu helfen, und die Tatsache, dass Taleh das offenbar nicht verstand, machte ihm Mut. Letzten Endes war er nur eine große Fledermaus mit schöner Haut und Augen wie unreife Kirschen.

Tom ging mit ausgestrecktem Schwert weiter.

Andererseits hatte Tom soeben die Brücke überquert und stand jetzt im schwarzen Wald. War er eigentlich wahnsinnig? Nein, er musste weitergehen. Er musste es wissen. Wenn es ein Raumschiff gab, wie Taleh behauptete, dann war die Geschichte bedeutungslos. Wenn es kein Raumschiff gab, würde er sich gegen ein weiteres Versprechen, Tanis auszuliefern, mehr Informationen über die Geschichte holen. Natürlich würde er dieses Versprechen niemals einlösen. Es war ein Kampf der Gedanken und Tom konnte diese überdimensionale Obstfliege plätten.

Taleh ging zur Seite und hielt gebührenden Abstand zum Schwert. Ein Schwarm Flügel flüchtete geräuschvoll, als er an die erste Baumreihe kam. Tom warf einen letzten Blick auf die bunten Bäume, bevor er den schwarzen Wald betrat.

30

SOBALD TOM DEN schwarzen Wald betreten hatte, schwang sich Taleh mit einem mächtigen Flügelrauschen in die Baumwipfel. Tom packte das rote Schwert noch fester. Kein Obst, kein Grün, nur Schwarz. Als ginge man nachts durch einen verbrannten Wald.

Er blieb stehen. »Wo lang?«

Taleh sah von einem Baum direkt vor ihm herab. Die Fledermaus schien zu groß für den dürren Zweig, an den sie sich klammerte. Mit ihren wachsamen Augen starrte sie Tom mit einer Mischung aus Überraschung und Unglauben an. Oder sah Tom darin nur seinen eigenen Unglauben darüber, dass er tatsächlich absichtlich hier hineingegangen war?

Taleh schwang sich in die Luft und flog wortlos weiter. Er wollte, dass Tom ihm folgte.

Tom folgte ihm. Sein Herz klopfte stark und gleichmäßig. Er wusste, dass er hier nicht hingehörte, aber dennoch zwang er sich, immer einen Fuß vor den anderen zu setzen.

Um ihn herum Schnalzen und Flattern, überall. Keine Stimmen. Nur der Klang unzähliger Flügelschläge und das Kratzen unzähliger Klauen, die sich an Ästen festklammerten, während die Fledermäuse von Baum zu Baum flogen.

Die Luft war kühl. Hier unten auf dem Waldboden war es dunkel. Er hatte gedacht, dass es ohne Blätter, die die Sonnenstrahlen aufhielten …

Tom sah nach oben. Die Bäume hatten doch ein Blätterdach: Tausende von schwarzen Fledermäusen direkt über ihm, die mit ihren roten Augen herunterstarrten. Stumm. Flügelschlagend und schnalzend. Sie bildeten einen riesigen schwarzen Schirm, der ihm immer tiefer in den Wald hinein folgte.

Vor ihm war eine Lichtung und es wurde heller. Von der Aussicht angespornt, unter diesem lebenden Blätterdach hervorzukommen, ging Tom schneller.

Es war ein Fehler gewesen, in den Wald zu gehen. Das wusste er jetzt. Es interessierte ihn nicht mehr, ob es da vorne ein Raumschiff gab oder nicht. Diese Decke des Bösen über ihm würde ihn niemals wieder lebend entkommen lassen. Er wollte auf der Lichtung verschnaufen und dann zum Fluss zurückgehen. Vielleicht konnte er durch Verhandlungen mit …

Tom blieb stehen. Sonnenstrahlen wurden von einer glänzenden Metalloberfläche auf der anderen Seite der kahlen Lichtung reflektiert. Ein Raumschiff?

Sein Herz machte einen Satz.

Ein Raumschiff.

Tom taumelte einige Schritte vorwärts.

Er hatte es gewusst! Er war ein Astronaut von der Erde. Er war durch ein Wurmloch oder etwas Ähnliches geflogen, auf diesem fernen Planeten notgelandet und jetzt in dieser Zeit gefangen. Hier gab es Gut und Böse und die beiden hatten sich nicht vermischt. Aber er war anders, weil er von der Erde war.

Tom rannte auf das Raumschiff zu. Eine dunkle Horde von Shataiki zog ihre Kreise über der Lichtung und jubelte und höhnte mit schrillem Geschrei. Das Raumschiff lag majestätisch auf dem Rumpf. Er erinnerte sich. Es war eine Raumfähre mit breiten Tragflächen. Die weiße Außenhaut sah glänzend und neu aus. Am Heck leuchtete die amerikanische Flagge. In großen blauen Buchstaben stand auf der Seite: Discovery III.

Tom erreichte das Raumschiff in dem Moment, als sich gerade ein Schwarm Shataiki in den Bäumen über der Fähre niederließ. Er sah zu ihnen auf und als er bemerkte, dass sie sich ruhig verhielten, strich er mit der Hand über die glatte Metalloberfläche des Rumpfes. Keine Risse, nirgends etwas geflickt. Repariert.

Tom ging um das Raumschiff und zog am Lukengriff. Mit einem Zischen, das ihn erschreckte, öffnete sich die Tür langsam.

Die Hydraulik funktionierte immer noch. Er schob das Schwert durch die Öffnung und kletterte dann hinterher.

In der Dunkelheit leuchtete das Schwert und gab gerade genug Licht, dass Tom sein altes Cockpit sehen konnte. Er konnte sich an nichts davon erinnern, aber offensichtlich war auch das komplett repariert worden. Er ging zum Hauptschalter, wobei er sich mit dem Schwert den Weg leuchtete. Der Hauptschalter stand auf AUS. Sicherlich gab es nach so langer Zeit keinen Strom mehr. Andererseits kannte sich derjenige, der es repariert hatte, wohl genauso mit der Technik aus wie mit dem Beziehen der Sitze.

Tom hielt den Atem an, griff hinunter und legte den roten Kippschalter um. Augenblicklich war die Luft von einem Summen erfüllt. Überall um ihn herum blinkten Lichter auf. Er wischte sich den Schweiß von der Stirn und starrte die beleuchteten Instrumente vor sich an. Er strich über den Ledersitz des Kapitäns und lächelte in dem künstlichen Licht der Kabine. Aber das Lächeln verging ihm sofort wieder. Er hatte nicht die geringste Ahnung, was er mit diesem wunderbaren Raumschiff anfangen sollte.

Bill. Er brauchte Bill. Hoffentlich war er noch am Leben.

Tom machte den Schalter wieder aus, ging zur Tür und duckte sich durch die Luke hindurch.

Wenn die Shataiki Bill getötet hatten …

Er rammte das Schwert in den Boden und drehte sich um, um die Luke zu schließen. Er griff mit beiden Händen nach der Tür und zog den Griff entgegen dem hydraulischen Druck zu.

Hinter ihm flatterten Flügel. Er ließ die Tür los und fuhr herum, gerade noch rechtzeitig, um zu sehen, wie Taleh sich auf das Schwert stürzte, das immer noch im Boden steckte. Sein Herz klopfte bis zum Hals. Wie konnte die Fledermaus das Schwert berühren! Es war wie Gift für ihn, hatte Tanis gesagt.

Aber als er das noch dachte, bemerkte er, dass das Schwert sich verändert hatte. Es hatte nicht mehr den roten Glanz, mit dem es noch wenige Sekunden zuvor geleuchtet hatte. Der Shataiki riss den nutzlosen Stock mit einem Knurren aus dem Boden.

»Jetzt gehörst du mir, du Dummkopf! Packt ihn!«

Bei diesen Worten gefror Tom das Blut in den Adern. Ein Dutzend kreischende Shataiki fuhren aus den Bäumen herunter und stürzten sich auf ihn, bevor er seine Muskeln dazu bringen konnte, sich zu bewegen.

Das Raumschiff! Er könnte sich ins Raumschiff retten!

Tom drehte sich um. Da war kein Raumschiff mehr.

DA WAR KEIN RAUMSCHIFF MEHR!

Michals Worte schossen ihm durch den Kopf. *Er ist ein Betrüger.*

Ein Schrei löste sich aus seiner Kehle, ein Schrei aus vollem Hals, der ihm die Stimmbänder zu zerreißen drohte. Klauen fuhren in sein Fleisch. Er schnappte nach Luft und unterdrückte einen Schrei.

Der kleine Stock in seinem Rücken! Er musste drankommen.

Tom griff nach hinten, aber die Welt stand plötzlich kopf und er schlug hart auf dem Boden auf. Er versuchte, um sich zu schlagen. Ein Wust von Leibern erdrückte ihn. Er musste an das bunte Holz an seinem Rücken kommen, aber die Fledermäuse saßen ihm im Gesicht und gruben sich in sein Fleisch. Instinktiv zog er die Beine an, rollte sich in einer Embryo-Position zusammen und vergrub das Gesicht in den Armen.

»Bringt ihn in den Wald.«

Eine letzte Klaue fuhr ihm über den Rücken und schnitt ihn bis zur Wirbelsäule auf. Tom bog sich und stöhnte. Sie wickelten ihm Schlingpflanzen um den Hals und die Füße, sodass er sich nicht mehr wehren konnte. Dann fingen sie an zu ziehen, und zerrten ihn Zentimeter für Zentimeter über den Boden. Dabei keuchten und stöhnten sie unter seinem Gewicht.

»Nehmt das hier, ihr Idioten«, hörte er einen Shataiki kreischen. Dann böses Streiten in den höchsten Tonlagen. »Hier lang …«

»Nein, du Dummkopf …«

»Schneller!«

»Lass los oder ich schneide dir die Hand ab!«

»Weg da!«

Sie zogen ihn langsam über den Waldboden. Sie banden ein Zugseil an seine Fesseln und nicht weniger als einhundert der schwarzen Fledermäuse zerrten ihn über den Waldboden.

Scharfe Gegenstände schnitten ihm in den Rücken. Er stöhnte und spürte, wie alles anfing, sich zu drehen. Das Letzte, was er sah, war die Lichtung hinter seinen Füßen. Die Lichtung ohne Raumschiff.

Tom erwachte von einem harten, schmerzvollen Schlag einer Klaue in sein Gesicht.

»Aufwachen!«, schrie ihn eine Stimme aus weiter Ferne an. »Wach auf! Glaubst du, du kannst das Ganze einfach verschlafen? Aufwachen!«

Vorsichtig öffnete er die Augen einen Spalt und sah zu seinen Füßen ein Feuer flackern. Wo war er? Er versuchte, den Kopf zu heben. Eine Faust mit Klauen schlug ihm auf die Wange und sein Kopf flog auf die andere Seite. Er verlor wieder das Bewusstsein.

Noch ein Schlag, diesmal auf seine rechte Wange, brachte ihn wieder zu sich. »Wach auf, du nutzloses Stück Fleisch!« Es war Talehs Stimme.

Tom wachte auf und sah, dass sie ihn an den Handgelenken und Füßen an eine senkrechte Vorrichtung gebunden hatten. Scharen der haarigen Biester tanzten um ein großes Feuer, etwa zehn Meter entfernt. Tausende wachsamer Augen sahen aus dem dunklen Wald hervor.

Er hob langsam den Blick. Es waren womöglich Hunderttausende. Taleh stand zu seiner Rechten auf einem Podest.

Ein Shataiki kam von seinem Sitz heruntergestürzt und kreischte vor Vergnügen. »Er ist wach! Er ist wach! Ich kann …«

Mit einem tiefen Knurren wirbelte ein großes schwarzes Vieh heran und schmetterte den kleineren Shataiki auf den Boden. Er prallte mit einem dumpfen Schlag auf. Die anderen stürzten sich sofort auf ihn und zerrten seinen zuckenden Leib in den Schatten.

Die Versammlung wurde ganz still. Das Feuer knackte. Shataiki keuchten. Ein Meer von roten Augen schwebte über ihm. Aber es war der Anblick der großen Fledermaus, die ihn mit ihren glühend roten Augen durchbohrte, der ihm wirklich Angst einjagte.

Es war Taleh.

Er hatte sich verwandelt. Seine Haut war pechschwarz und rissig und aus den Rissen trat eine klare Flüssigkeit aus. Seine Flügel schuppten sich und er hinterließ lange Spuren von Haarbüscheln. Seine Lippen waren hochgeschoben und entblößten verkrustete, gelbe Fangzähne. Eine Fliege kroch langsam über eines seiner – jetzt roten – Augen, aber er schien es nicht einmal zu bemerken.

Tom drehte den Kopf von links nach rechts. Die Vorrichtung, an die sie ihn gebunden hatten, knarrte bei der Bewegung. Er war an einen groben Holzbalken gebunden, der senkrecht in der Erde steckte und an dem ein ähnlicher Balken quer befestigt war. Ein Kreuz. Sie hatten ihn mit Schlingpflanzen an das Kreuz gebunden. Aus den Wunden auf seiner Brust rann Blut.

Langsam drehte er sich weiter nach rechts. Die roten Augen des Tieres standen noch mehr hervor, als er in Erinnerung hatte. Wenn seine Hände nicht gebunden gewesen wären, hätte er danach greifen und diese kranken Augen aus dem Gesicht des Dämons reißen können. Aber so konnte er nur in Talehs glühende Augen starren und gegen seine eigene Angst ankämpfen.

»Willkommen im Land der Lebenden«, sagte Taleh. Seine einst so musikalische Stimme klang jetzt tief und kehlig, als spräche er mit dem Hals voller Schleim. »Oder sollte ich sagen, im Land der Toten? Wir legen hier nicht so viel Wert auf den Unterschied, weißt du.« Die versammelten Shataiki zischten ein Lachen, das Tom Schauer über den Rücken jagte.

»Ruhe!«, donnerte ihr Anführer.

Das Gelächter verstummte. Die Stimmlage der großen Kreatur war erstaunlich. Er konnte mühelos von einem hohen Quietschen zu einem tiefen, kehligen Knurren wechseln.

Der große Shataiki wandte sich wieder zu Tom, beugte sich vor und öffnete den Mund. Sein Atem war feucht und roch wie eine Klärgrube. Tom versuchte, ihm auszuweichen, aber er konnte nur zusammenzucken.

Taleh streckte seine Klaue nach seinem Gesicht aus. »Du kannst dir gar nicht vorstellen, wie sehr es mich freut, dass du zurückgekommen bist, Thomas.« Er begann, Toms Gesicht vorsichtig mit den Spitzen seiner Krallen zu streicheln.

»Es wäre eine große Enttäuschung gewesen, wenn du nicht wiedergekommen wärst.« Jetzt sprach er mit einer weichen, schnurrenden Stimme. Ein krankes Grinsen zog seine Lippen so weit zurück, dass man seine gelben Fangzähne sah. Fruchtstückchen hingen ihm zwischen den Zähnen.

»Ich habe euch haarlose Tiere schon immer geliebt, weißt du. Ihr seid so schöne Geschöpfe.« Er strich Thomas mit der Rückseite seiner behaarten Klaue über die Wange. »So zarte Haut, so weiche Lippen, so …«

»Herr, wir haben ihn«, unterbrach ihn plötzlich ein anderer Shataiki, der zwischen den Bäumen hervorgestolpert kam.

Die Augen des Anführers blitzten bei der Unterbrechung auf. Aber dann änderte sich sein Gesichtsausdruck. Er schien amüsiert und sprach, ohne den Neuankömmling anzusehen.

»Bringt ihn her«, befahl er und dann zu Tom gewandt: »Ich habe etwas ganz Besonderes für dich vorbereitet, Thomas. Ich glaube, das wird dir gefallen.«

Die Horde sah zu, wie ein Dutzend Shataiki ein weiteres Kreuz auf die Lichtung zogen. An den Balken war ein Wesen festgemacht. Sie schafften es, das Kreuz aufzurichten und in ein weiteres Loch, keine drei Meter von Tom entfernt, zu stellen.

Ein Mann.

Der nackte Körper des Mannes war zusammengesunken und fast bis zur Unkenntlichkeit zugerichtet. Große Streifen Fleisch hingen in Fetzen von seinem Leib.

Tom stöhnte bei dem Anblick.

»Wunderschön, nicht wahr?«, höhnte die Bestie. Er kicherte vor Vergnügen. »Du erinnerst dich an den da, oder?«

Bill.

Aber war Bill nicht nur Einbildung gewesen? Er war hier vor ihm, blutend und echt.

»Ich weiß, was du jetzt denkst«, sagte Taleh. »Du denkst, weil das Raumschiff nicht echt war, ist Bill auch nicht echt. Aber du irrst dich in beiden Fällen.«

Bills blutüberströmter Körper bewegte sich ganz langsam am Kreuz. Die arme Seele war mit den Händen an den Querbalken genagelt, nicht wie Tom nur angebunden. Auch an seinen Füßen steckte ein großer Nagel in einer klaffenden Wunde. Seine Augen waren so geschwollen, dass er sie nicht mehr öffnen konnte. Seine Oberlippe war gespalten. Die zerzausten roten Haare hingen ihm auf die Schultern. Tom schloss die Augen und bebte vor Grauen.

Taleh lachte. »Gefällt dir das? Er lebt und wartet darauf, dass du ihn rettest.« Die Horde brüllte vor Lachen. Tom ließ seine Augen geschlossen. Wieder spürte er Übelkeit.

Taleh ließ sie einige Augenblicke lachen. »Genug!« Und wieder wandte er sich mit Spott in der Stimme an Tom: »Und jetzt zu deiner Fluchtmöglichkeit, Thomas. Und du musst entkommen, denn wenn du nicht entkommst, wirst du mir niemals Tanisssss bringen können.«

Tanis?

Ohne den Blick von Tom abzuwenden, zeigte Taleh in die Dunkelheit. Ein einzelner Shataiki kam zu dem Podest gehüpft und zog Toms Schwert hinter sich her. Er hielt es dem Anführer hin und verschwand sofort zwischen den Bäumen. Taleh nahm das dunkle Schwert und wirbelte es durch die Luft.

»Wie konntest du nur denken, du könntest mich mit einem einzigen lächerlichen Schwert besiegen? Siehst du, es ist nutzlos. Nichts kann meiner Macht widerstehen.«

Ein Kichern ging durch die umstehenden Shataiki. Taleh ging einen Schritt auf Tom zu und starrte ihn wütend an. »Ich habe dir gesagt, dass das hier mein Reich ist, nicht seines. Wenn du hier dein Schwert nicht in der Hand behältst, verliert es seine Kraft. Es war dumm von dir, zu glauben, dass du mich in meinem eigenen Land besiegen könntest.«

Plötzlich schlug der Shataiki Tom das Schwert mit der vollen Breite gegen den Bauch. Mit einem dumpfen Schlag prallte ihm das harte Holz auf den nackten Körper. Er stöhnte vor Schmerzen. Die Nacht verschwamm vor seinen Augen und er erwartete die nächste Ohnmacht.

»Jetzt werden wir mal sehen, wie clever du wirklich bist, du dummer Trottel.« Taleh schwang das Schwert in Bills Richtung.

»Nimm das Schwert und töte diesen Fleischklumpen. Töte ihn, dann lasse ich dich frei. Sonst lasse ich euch beide sehr lange hier hängen.«

Die Nacht wurde totenstill.

Bill töten?

Bill war nicht echt, hatte Michal gesagt.

Aber Bill war echt.

Oder war er doch nur Einbildung?

Oder war das ein Test? Wenn er Bill tötete, würde er damit Taleh gehorchen, indem er einen anderen Menschen tötete, der durchaus echt sein konnte. Gleich ob Bill echt war oder nicht, er würde Talehs Wunsch erfüllen.

Andererseits, wenn er sich weigerte, Bill zu töten, dann glaubte er, dass Bill lebendig war, und glaubte damit auch Taleh, der im Gegensatz zu Michal behauptete, Bill sei echt.

Egal was er tat, Taleh hätte den Sieg.

Auf der anderen Seite, was interessierte ihn Taleh. Er musste nur überleben.

Er senkte den Kopf und rang darum, einmal tief Luft zu holen. Es schien, dass er nur dann genug Luft in seine Lungen bekommen konnte, wenn er sich hochzog, um seinen Brustkorb zu entspannen und zu atmen.

»Worauf wartest du noch, du Dummkopf? Glaubst du, diese erbärmliche Kreatur verdient es noch zu leben? Sieh ihn nur an!«

Tom war sich nicht sicher, ob er die Kraft hatte, den Kopf noch einmal zu heben. Ein weiterer Schlag in seinen Bauch ließ ihn seine Meinung ändern.

»Sieh ihn an!«, knurrte der Shataiki.

Tom hob den Kopf. Selbst wenn Bill echt war, würde er in diesem Zustand den Schwerthieb nicht spüren. Der Tod würde ihn von seinem Leiden erlösen. Wie hatten sie es nur geschafft, den Ärmsten so lange am Leben zu halten? Er schauderte.

»Dieser Mensch hat abgelehnt, was du angenommen hast«, sagte Taleh mit gebieterischer Stimme. »Er hat sich gierig dem Vergnügen seines Fleisches hingegeben, indem er das Wasser getrunken hat. Er ist bereits zum Tode verurteilt. Du würdest ihm einen großen Gefallen tun, wenn du es zu Ende brächtest.«

Es gab keinen Ausweg. Wenn Tom diese arme Seele nicht tötete, würden sie beide sterben. Er schloss die Augen, holte noch einmal Luft und stöhnte.

»War das ein Ja?«

»Ja.«

Die schweigsame Horde von Shataiki verfiel in eine Welle von aufgeregtem Flüstern und Zischeln.

»Eine sehr kluge Entscheidung«, sagte Taleh sanft. »Zieht ihn da runter. Lasst ihn uns zeigen, aus welchem Holz er geschnitzt ist.«

Sofort flogen ein Dutzend schwarze Fledermäuse zum Kreuz und begannen, an den Schlingpflanzen, mit denen Thomas gefesselt war, zu zupfen. Seine rechte Hand war zuerst frei. Er fiel nach vorne und hing so schief da, dass seine andere Schulter beinahe ausgekugelt wurde. Als Nächstes waren seine Füße frei und einen unerträglichen Augenblick lang hing er nur an seinem linken Arm. Der Strick riss und er fiel auf den Boden.

Die Shataiki fingen an, in seltsamen, schiefen Tönen zu singen, die unheimlich in die Nacht hinausdrangen, ganz ohne Melodie, aber voller Bedeutung.

»Töte … töte … töte …«

Ihr Anführer sprang von seinem Podest und stand seitlich davon. Die Horde kam näher und das Feuer schien auf einmal heller zu leuchten.

Tom drückte sich hoch, bis er kniete. Er sah das Kreuz, an dem Bill hing.

Taleh breitete seine Flügel zu ihrer vollen Größe aus. Das Lied der Shataiki wurde immer lauter und drang tief in Toms Innerstes.

»Und jetzt, mein Sohn, beweise mir deinen Gehorsam, indem du dieses Schwert nimmst, mit dem du mich töten wolltest, und töte damit stattdessen diesen Menschen.« Mit diesen Worten rammte der Shataiki das Schwert neben Toms Knien tief in die Erde.

Hinter dem Anführer ging das Dröhnen der Stimmen weiter. Tom bezweifelte in diesem Moment sehr stark, dass sie ihn überhaupt ohne grausame Folgen freilassen würden. Es war ein schrecklicher Fehler gewesen, in den Wald zu kommen.

Plötzlich zuckte Tom zusammen.

»Was ist?«, schimpfte Taleh.

Der Stock in seinem Rücken. Der Dolch! Hatten sie ihn weggenommen? Nein, sie hatten ihn noch nicht einmal entdeckt. Er war unter seiner Tunika. Er war die ganze Zeit über mit seinem Körper in Berührung gewesen.

»Nimm das Schwert!«, fuhr Taleh ihn an.

Tom verspürte plötzlich eine Woge von Kraft in sich. Er packte das schwarze Schwert mit beiden Händen und nahm es als Stütze, um aufzustehen.

Der Gesang wurde immer lauter und schriller.

Tom schwirrte der Kopf. Ohne das Schwert, auf das er sich stützte, wäre er womöglich zusammengebrochen. Er stützte sich auf den schwarzen Stock und wartete, bis seine Beine standfester wurden. Taleh stand ganz still, keine drei Schritte von ihm entfernt, und hatte seine Flügel jetzt würdevoll um seine Schultern geschlagen. Tom packte das Schwert mit beiden Händen und zog es aus dem Boden.

Er sah zu dem Körper auf, der da zum Greifen nahe vor ihm am Kreuz hing. Langsam hob er das Schwert mit seiner rechten Hand an.

Der Singsang schwoll zu einem Brüllen an und ihr Anführer grinste heimtückisch.

Immer noch etwas wackelig auf den Beinen, griff Tom mit der Linken hinter sich unter seine Tunika.

Da! Er war immer noch da! Er packte den Dolch und zog ihn hervor.

Die Wirkung trat sofort ein. Einhunderttausend Shataiki verstummten, als wäre hinter der Bühne irgendeine dumme, kleine Fledermaus über ein Kabel gestolpert und hätte den Hauptstecker gezogen.

Tom starrte den leuchtend roten Dolch ungläubig an. Er drehte sich zu Taleh und hielt ihm den Dolch vor die Nase.

Das Gesicht des großen schwarzen Shataiki war im Schein des

Feuers wie erstarrt. Taleh wich vor der Klinge einen Schritt zurück. Tom schwang den Dolch ein wenig hin und her und sah zu seinem Erstaunen, dass die Bestie vor Furcht zurücksprang. Er spürte, wie sich seine Mundwinkel nach oben zogen. Das Adrenalin gab seinen Muskeln neue Kraft.

Er stolperte zum Rand der Lichtung. Die Fledermäuse zerstreuten sich kreischend.

Bill. Er konnte Bill nicht zurücklassen.

Tom drehte sich um, aber da war kein Bill. Natürlich gab es keinen Bill mehr. Genauso wie es das Raumschiff nicht mehr gab.

Tom sah zu Taleh. »Siehst du jetzt, was Eljon mit einem einzigen Menschen tun kann?«, fragte er leise. »Ein Mensch und ein kleiner, hölzerner Dolch und du bist nur noch ein lederner Sack.«

Das Gesicht des Anführers war wutverzerrt. Er zeigte mit dem Flügel auf Tom. »Packt ihn!«, schrie er. Ein einziger Shataiki stürzte sich unbeherrscht von einem nahe gelegenen Zweig auf Tom. Ein Dutzend weitere folgten.

Tom blieb das Herz stehen. Vielleicht hatte er den Mund zu früh aufgemacht. Er hielt seinen Dolch der ersten Fledermaus entgegen, die angeflogen kam, und machte den Arm steif für den Zusammenprall.

Aber die ausgestreckten Klauen der kreischenden Fledermaus und der Rest ihres Körpers fielen leblos zu Boden, sobald der Schein des ausgestreckten Dolches ihre Haut berührte. Ihr Schwung ließ sie über den Boden kullern, bis sie als toter Fellhaufen liegen blieb.

Zwei weitere Fledermäuse erlitten das gleiche Schicksal, bis der Rest den Angriff abbrach und sich kreischend geschlagen gab. Tom drehte sich auf wackligen Beinen zu Taleh um, der zitternd dastand.

»Niemals!«, rief er. »Jetzt nicht und niemals! Du wirst niemals gewinnen!«

Mit diesen Worten wandte sich Tom von der Horde ab und taumelte mit erhobenem Dolch in den Wald.

Die Fledermäuse folgten ihm in sicherem Abstand. Aber es klang, als folgte ihm jede einzelne im ganzen Wald. Sie schlugen die Flügel, schnalzten und kreischten.

Aber er musste ja noch die Flussüberquerung finden. Wie weit hatten sie ihn wohl geschleppt, nachdem sie ihn auf der Lichtung angegriffen hatten? Es war etwa um die Mittagszeit gewesen und dann war er nachts am Kreuz wieder zu sich gekommen. Jetzt wurde es allmählich Morgen.

Er hatte nichts geträumt, während er bewusstlos gewesen war, oder wenn doch, so konnte er sich nicht daran erinnern. Seltsam. Was passierte gerade in Bangkok? Vielleicht nichts. Vielleicht gab es gar kein Bangkok, genauso wie es kein Raumschiff und keinen Bill gab. Vielleicht träumte er deshalb nicht mehr.

Die aufgehende Sonne rettete ihn. Im Osten war ein blasser Schimmer zu erkennen. Tom erreichte die Lichtung. Wenn dort Osten war, dann musste der Fluss direkt vor ihm im Norden liegen.

Ein schwarzes Dach bewegte sich über den Morgenhimmel.

»Verschwindet!«, schrie Tom und schwang den Dolch.

Schrille Schreie hallten wider und das schwarze Dach hob sich von den Bäumen und legte sich wieder darauf. Irgendwo da draußen beobachtete Taleh ihn.

Er beobachtete und lauerte.

Eine Stunde später kam er an den Fluss. Keine Brücke! War sie weiter links oder rechts? Sein Rücken und seine Brust brannten von den tiefen Schnitten. Wenn er die Brücke nicht bald fand, würde er einfach ins Wasser springen und hinüberschwimmen. Würde er das schaffen?

Tom wandte sich nach Osten und lief den Fluss entlang. Die Fledermäuse folgten ihm in den Bäumen. Am anderen Ufer leuchtete der bunte Wald in allen Regenbogenfarben.

Tom überlegte gerade ernsthaft, ob er ins Wasser springen sollte, als er vor sich etwas Weißes entdeckte.

Ganz außer Atem hielt er an. Dort spannte sich ganz ruhig eine weiße Brücke von dem dunklen, harten Boden, auf dem er stand, über den gurgelnden grünen Fluss zu der fruchtbaren Landschaft voller Farbe und Leben auf der anderen Seite.

Die Flussüberquerung.

Er schluckte bei dem Anblick und eilte auf wackligen Beinen weiter. Er hatte es geschafft!

Er hatte es tatsächlich geschafft! Schon zum zweiten Mal hatte er jetzt mit Taleh gesprochen und es überlebt. Die große, hässliche Fledermaus war scheinbar doch nicht so mächtig. Man musste nur wissen, wie man sie besiegen konnte. Wissen war der Schlüssel. Wenn du weißt, was du tun musst, dann …

Tom blieb unvermittelt stehen.

Dort, ganz in der Nähe der Brücke, auf der anderen Seite, hob sich ganz deutlich eine menschliche Gestalt vom leuchtenden Wald im Hintergrund ab.

Tanis!

Der Mann starrte Tom wie versteinert an. Er hatte ein ähnliches rotes Schwert in den Händen wie Tom. Ein Schwert?

Ein Rauschen zog durch die Luft. Taleh landete genau gegenüber von Tanis auf der anderen Seite der Brücke. Er war nicht mehr die schwarze Kreatur, sondern wieder die wunderschöne blau und golden schimmernde Fledermaus. Tom lief ein Schauer über den Rücken.

Der Shataiki legte seine Flügel zusammen und öffnete seinen Mund ganz weit. Zunächst passierte gar nichts. Dann fing er an, ein Geräusch zu machen.

Der Ton, der aus Talehs Mund mit der zitternden rosa Zunge kam, war anders als alles, was Tom je gehört hatte. Es waren keine Worte, es war ein Gesang. Ein Gesang mit langen, tiefen, entsetzlichen Tönen, die vor Erschütterung zu knistern schienen und auf Toms Brust prallten.

Es war, als hätte diese Kreatur das Lied tausend Jahre lang gedeihen lassen, jeden Ton und jedes Wort darin vervollkommnet und für diesen Tag aufgehoben.

Die Melodie hatte auch einen Text.

»Erstgeborener«, sang der Anführer und breitete seine Flügel aus. In seiner rechten Hand hielt er eine Frucht. »Mein Freund, komm in Frieden.«

Das Lied hallte in der Luft wider. Es war ein wunderschönes

Lied. Ein Lied über den Frieden und die Liebe und die Freude und Früchte, die so köstlich waren, dass niemand ihnen widerstehen konnte.

Und Tom wusste, dass er um jeden Preis widerstehen musste.

Tanis sah Taleh mit hervortretenden Augen an.

Tom fand seine Stimme wieder. Er fing an zu schreien und Tanis etwas zuzurufen. Aber Taleh sang nur noch lauter und übertönte ihn.

Es waren zwei Melodien, zu einer verwoben, in ein einziges Lied verwunden. Auf der einen Seite Schönheit, atemberaubendes Leben. Auf der anderen Seite Schrecken, endloser Tod.

Er sah Tanis an. Der entzückte Ausdruck auf seinem Gesicht verriet Tom, dass Tanis die anderen, schiefen Töne nicht hören konnte. Er hörte nur das schöne Lied, nur die reinen Töne, die die von Johan noch übertrafen oder die von …

Und dann erkannte er eine der Melodien. Es war eine der Melodien aus dem See! Ein Lied von Eljon!

Als er die Bedeutung des Liedes erkannte, stand er mühsam auf. Er presste die Luft mit aller Kraft aus seiner Lunge und schrie: »Lauf, Tanis!« Tom schrie über den Fluss: »Lauf!«

Tanis sah den großen Shataiki wie gebannt an.

»Tanis, lauf!«, brüllte Tom.

Er erreichte den Überweg und stolperte die Brückenwölbung hoch. Sein Blick verschwamm vor Erschöpfung und Schmerz, aber er zwang sich weiterzugehen. Hinter ihm erklang weiter Talehs Lied.

»Verschwinde von hier!« Tom rang nach Luft. Er prallte mit Tanis zusammen und warf ihn um. Das Schwert flog in hohem Bogen in den Fluss.

»Bist du wahnsinnig geworden?«

Der Mann stammelte etwas und rappelte sich auf.

»Lauf! Lauf einfach!« Tom trieb Tanis vor sich her in den Wald.

Hinter ihnen stimmte Taleh ein neues Lied an. »Meine Macht übersteigt alles, was du dir vorstellen kannst, Tanisssss!«

Und dann verhallten die Geräusche von der Brücke.

Etwa fünfzig Schritte weiter erreichten sie die Lichtung, auf der Tom das erste Mal geheilt worden war, und Tom wusste, dass er keinen Schritt weitergehen konnte. Alles begann sich zu drehen und er fiel ins Gras. Einen Moment lang glaubte er noch, zu merken, wie Tanis sich mit einer Frucht in der Hand über ihn beugte.

Dann nahm er nur noch das weit entfernte Klopfen seines eigenen Herzens wahr.

31

TOM HING AUF der Couch und sah zugleich friedlich und traurig aus, dachte Kara. Aber nur Gott wusste, was hinter seinen geschlossenen Augen tatsächlich geschah. Er hatte jetzt zwei Stunden geschlafen, aber wenn sie es richtig verstand, dann konnten diese zwei Stunden im bunten Wald auch zwei Tage sein, wenn er dort nicht schlief.

Erstaunlich. Wenn er doch nur Rachelle irgendwie mit hierherbringen oder sie, Kara, mit hinübernehmen könnte.

Das geschäftige Treiben der Sicherheitsbeamten, Sekretärinnen und Weißkittel aus dem Labor hatte vorübergehend nachgelassen und sie waren allein in dem großen Raum, den sie inzwischen als ihren Besprechungsraum betrachteten.

Vor sechs Stunden hatte Raison die Tests angeordnet und immer noch lag kein Ergebnis vor, jedenfalls noch kein endgültiges. Kurz nachdem Tom eingeschlafen war, hatte es einen Tumult gegeben, als Peter in den Besprechungsraum geplatzt war und unverständliches Zeug gemurmelt hatte. Peter hatte auf dem Absatz kehrtgemacht und war mit wehender Kittelschürze in Raisons Büro geeilt.

Aber als Kara hineinstürmte, beharrte Raison darauf, dass die Ergebnisse noch nicht eindeutig seien. Sie seien sogar gemischt und sie mussten absolut sicher sein. Hundertprozentig sicher. Noch ein Test.

Sie sah auf die Uhr. Wenn sie ihn nicht bald aufweckte, würde er heute Nacht, wenn er es vielleicht brauchte, nicht richtig schlafen können. Sie schüttelte ihn sanft.

»Thomas?«

Er fuhr hoch. »Tanis!«

Toms Augen wanderten durch den Raum. Er rief den Namen des Erstgeborenen aus dem bunten Wald. »Tanis!«

»Du bist in Bangkok, Thomas«, sagte Kara.

Er sah sie an, schloss die Augen und senkte den Kopf. »Mannomann, das war übel.«

»Was ist passiert?«

Er schüttelte den Kopf. »Ich weiß nicht genau. Ich bin in den schwarzen Wald gegangen.«

»Und? Hast du etwas herausgefunden?«

»Es gibt gar kein Raumschiff. Er ist schwarz! Taleh ist …« Er schluckte.

Kara massierte ihm den Rücken. »Ruhig. Ist schon gut. Du bist wieder hier.«

Er fand sich sofort wieder zurecht.

»Hast du irgendetwas über das Raison-Virus herausgefunden?«

»Nein … er hat mir nichts verraten. Ich …« Tom fasste sich an den Kopf und sie sah, dass seine Hände zitterten. »Wahnsinn. Es war wahnsinnig, Kara.«

Sie legte ihren Arm um ihn und zog ihn zu sich. »Es ist alles in Ordnung, Thomas. Ganz ruhig.«

Er sah auf. »Ist irgendetwas passiert?«

»Nichts Eindeutiges. Sie testen immer noch.«

Tom seufzte und lehnte sich zurück. Kara stand auf und ging nachdenklich auf dem Teppich hin und her. »Bist du dir sicher, dass es dir gut geht? Ich habe dich noch nie so fassungslos aufwachen sehen.«

»Mir geht's gut«, sagte er, aber es ging ihm nicht gut.

»Vielleicht sollten wir einen Psychologen zu Rate ziehen«, sagte Kara. »Vielleicht bedeuten deine Träume mehr, als wir erkennen. Oder vielleicht gibt es eine Möglichkeit, sie besser zu kontrollieren. Dir Dinge zu suggerieren, während du schläfst, oder so.«

»Nein. Einen Seelenklempner, der in meinen verrückten Gedanken wühlt, wäre das Letzte, was ich jetzt brauchen könnte. Tatsache ist, dass sie das Raison-Virus inzwischen haben, und ich weiß, dass Taleh mir niemals verraten wird, was wir wissen müssen. Es ist hoffnungslos.«

»Und ist dort auch alles hoffnungslos?«

»Wo?«

»Im bunten Wald.«

Er stand unvermittelt auf und starrte ins Leere. Er ging zum Fenster und sah hinaus.

Er ist fix und fertig.

»Ich weiß nicht«, sagte Tom. Er sah sie an. »Wenn ich nicht wieder zurückgehe, vielleicht schon. Irgendetwas passiert mit Tanis. Wenn er über den Fluss …« Tom rannte zu ihr. »Ich muss zurück, Kara. Du musst mir helfen, wieder zurückzugehen!«

»Aber du bist gerade erst aufgewacht. Wir brauchen dich hier. Und außerdem schläfst du dort doch gerade, oder?«

»Ich bin bewusstlos«, sagte er.

»Du wirst schon wieder aufwachen, wenn du aufwachen sollst. Es ist egal, wie lange du hier wach bist. Die Zeit hier und dort hängt nicht zusammen, weißt du nicht mehr? Möglicherweise beugt sich gerade jemand über dich und weckt dich auf. Du hast keinen Einfluss darauf. Aber du hast einen Einfluss darauf, wie lange du hier wach bist. Wir brauchen dich jetzt hier, wach. Wir brauchen dein Gehirn. Die Testergebnisse müssten jeden Moment kommen.«

Er dachte darüber nach und nickte. Sie saßen nebeneinander auf der Couch.

»Bist du dir sicher, dass du keine Informationen mehr aus dem schwarzen Wald holen kannst?«

»Ganz sicher.«

»Und Rachelle konnte dir nicht helfen?«

»Nein.«

»Was bleibt uns dann noch übrig?«

Er runzelte nachdenklich die Stirn. »Monique. Ich glaube, es ist irgendetwas mit Monique. Wir müssen sie finden. Vielleicht kann ich im bunten Wald noch etwas anderes tun, um sie zu finden.«

»Ich glaube, du hast recht, sie ist der Schlüssel.«

»Ich hatte sie schon, Kara. Sie war direkt in meinen Armen. Ich hätte sie auf die Schulter nehmen und abhauen können. Wir hätten es geschafft. Zumindest hätte ich bei ihr bleiben sollen.«

»Du hattest Monique im Arm?«

»Sie hat mich geküsst. Das war ihr Ablenkungsmanöver, während sie mir von Svensson und dem Virus erzählt hat. Aber darum geht es nicht.«

»Vielleicht geht es doch darum«, sagte Kara. »Du bist offensichtlich ganz verrückt nach ihr, obwohl du sie kaum kennst.«

»Das ist doch lächerlich.«

»Vielleicht doch nicht. Zu jedem anderen Zeitpunkt wäre es das vielleicht. Aber im Moment ist es schlüssig.« Sie stand auf. »Die ganze Zeit redest du davon, Rachelle zu retten, und derweil braucht Monique ganz dringend Rettung. Vielleicht sind die Parallelen noch viel stärker. Vielleicht hast du recht. Vielleicht musst du Monique retten. Vielleicht geht es gar nicht darum, Svensson aufzuhalten, sondern darum, Monique zu retten. Vielleicht sollen dir das deine Träume sagen. Warum sonst solltest du dich in sie verlieben?«

Er wollte ihr schon widersprechen, überlegte es sich aber noch einmal.

»Ich meine, nach allem, was ich bisher gehört habe, ist es ohnehin so gut wie unmöglich, jemanden davon abzuhalten, ein Virus zu verbreiten. Schön, dann überlassen wir das den Behörden.«

»Klasse! Und Tom sucht Monique. Dazu brauchen wir keine Profis vom CIA, von den Rangers oder ein SWAT-Team. Keine Angst, Tom ist ja da.«

»Du hast es heute morgen ganz gut hingekriegt«, sagte Kara.

Er stemmte die Hände in die Hüften und drehte sich wieder zum Fenster. »Ich kann das nicht mehr.«

»Doch, du kannst«, widersprach Kara. »Und möglicherweise ist das erst der Anfang. Vielleicht musst du ein paar neue Fähigkeiten lernen.«

Er reagierte nicht.

»Ich meine es ernst, Tom. Sieh dich doch an. Du stirbst nicht und du kämpfst, wie ich noch nie jemanden kämpfen gesehen habe. Du …«

»Glaub mir, der Kerl könnte mir mit einem Schlag das Genick brechen. Tatsache ist, dass er mich getötet hat. Zweimal!«

»Für mich hörst du dich nicht besonders tot an. Wenn ich dich am Telefon höre, dann klingst du zurzeit absolut nicht tot. Du hast dich sogar ein wenig zu einem Romantiker entwickelt. Sei nicht so dickköpfig. Ich versuche doch nur, dich zu unterstützen.«

Er holte tief Luft. »Kara, ich bin nur Tom. Ich wollte das nie. Ich will damit nichts mehr zu tun haben. Ich bin müde und fühle mich wie ein nasser Sack.« Er sah plötzlich aus, als würde er jeden Moment in Tränen ausbrechen.

Kara ging zu ihm und legte ihren Arm um seine Taille. Er ließ seinen Kopf auf ihre Schulter sinken.

»Tut mir leid, Tom. Ich weiß einfach nicht, was ich sagen soll. Außer: Ich liebe dich. Es stimmt, du bist einfach nur Tom. Aber ich habe das Gefühl, dass Tom jemand viel Größeres ist, als wir uns alle vorstellen können, einschließlich ich selbst. Ich glaube, wir haben erst den Anfang gesehen.«

Die Tür zu ihrer Rechten flog auf. Jacques de Raison kam mit ausdruckslosem Gesicht herein.

»Und?«, fragte Tom. »Haben Sie ihn?«

»Monique hatte recht. Sie hatten recht. Der Impfstoff mutiert bei 179,47 Grad. Soweit wir bisher sagen können, ist das entstandene Virus hochgradig ansteckend und vermutlich tödlich.«

»Wer hätte das gedacht«, erwiderte Tom.

Valborg Svensson hatte ein unbewegliches Grinsen auf dem Gesicht. In seiner Rechten hielt er ein verschlossenes Gefäß mit einer gelben Flüssigkeit, in der sich das Licht eines Deckenstrahlers brach. Seine linke Hand lag leicht zitternd in seinem Schoß. Er presste seine Finger zusammen.

»Wer hätte das jemals für möglich gehalten?«, sagte er. »Die ganze Geschichte wird neu geschrieben werden, wegen so einer harmlos aussehenden gelben Flüssigkeit und einem Mann, der den Mumm hat, sie einzusetzen.«

Unten im Labor arbeiteten acht Laboranten fieberhaft, sprachen miteinander und warfen verstohlene Blicke hinauf zu dem Fenster, hinter dem er saß. Mathews, Sestanowic, Burton, Myles … und so weiter. Es waren einige der erfolgreichsten und inzwischen auch bestbezahlten Virologen der Welt. Sie hatten ihm ihre Seelen verkauft. Natürlich geschah alles im Namen der Wissenschaft. Er hatte sie nur ein ganz kleines bisschen in die Irre geführt. Sie entwickelten die tödlichen Viren nur, um Antiviren zu finden. Wie viele von ihnen tatsächlich glaubten, dass das, was sie taten, harmlos war, war Svensson gleichgültig. Tatsache war, dass sie alle von ihm bezahlt wurden. Und noch wichtiger war, dass sie alle wussten, welche Folgen ein Vertrauensbruch haben würde.

»Bringt sie hoch«, sagte er.

Carlos ging wortlos hinaus.

Wie viele Milliarden hatte er schon in dieses Unternehmen investiert? Zu viele, um sie eben mal zusammenzuzählen. Akribisch hatten sie mit modernsten Methoden geforscht und nun war alles nur ein Impfstoff und ein wenig Glück gewesen.

Svensson konnte die Geschichte der Biowaffen im Schlaf aufsagen.

1346: Die Tartaren schicken bei der Belagerung von Kaffa pestinfizierte Soldaten über die Mauer.

1422: In Böhmen schleudern die Angreifer verweste Kadaver über die Burgmauern.

Der Amerikanische Unabhängigkeitskrieg: In Quebec und Boston infizieren die Briten Zivilisten mit Pocken. In Boston geht der Versuch schief, in Quebec rafft die Krankheit die britischen Truppen dahin.

Erster Weltkrieg: Die Deutschen infizieren Viehlieferungen an die Alliierten. Auswirkung auf den Krieg: vernachlässigbar gering.

Zweiter Weltkrieg: Einheit 731 der Kaiserlichen Japanischen Armee richtet massive Angriffe mit Biowaffen gegen China. In der Mandschurei sterben 1936 zehntausend Menschen. 1940 werden über Ningbo und Quzhou Säcke mit pestinfizierten Flöhen abgeworfen. Bis zum Ende des Krieges haben die Amerikaner und die Sowjets umfangreiche Biowaffenprogramme aufgebaut.

Der Kalte Krieg: Sowohl in den Vereinigten Staaten als auch in der Sowjetunion erreicht die Entwicklung von Biowaffen einen neuen Höhepunkt, als Hunderte von Bakterien, Viren und biologischen Giftstoffen getestet werden. 1972 unterzeichnen mehr als einhundert Länder die Biowaffen-Konvention, die die Herstellung von Biowaffen verbietet. Die Konvention wird nicht umgesetzt. 1989 setzt sich Vladimir Pasecnik nach England ab und berichtet von einer genmanipulierten Super-Seuche der Sowjets, einem Milzbrand-Virus, das eingeatmet wird und resistent gegen alle Antibiotika ist. Im sowjetischen Biowaffen-Programm sind Tausende von Wissenschaftlern beschäftigt. Viele von ihnen wandern aus, als die Sowjetunion zusammenbricht. Einige dieser Spezialisten lassen sich im Irak nieder, andere in den Schweizer Alpen, unter dem Regime von Valborg Svensson.

Beginn des einundzwanzigsten Jahrhunderts: Zum ersten Mal werden biologische Waffen wirklich erfolgreich eingesetzt. Mit dem Raison-Virus werden die modernen Machtstrukturen neu festgelegt.

Letzteres stand natürlich noch nicht in den Geschichtsbüchern. Aber das Gefäß in Svenssons Hand würde schon bald für den entsprechenden Eintrag sorgen. In Wirklichkeit steckten biologische Waffen, ganz anders als Atomwaffen, noch in den Kinderschuhen. Jeder, der das begriffen hatte, hatte auch begriffen, dass derjenige, dem es gelingen würde, das inoffizielle Wettrennen zu gewinnen und die erste Biowaffe zu perfektionieren, mehr Macht haben würde als jemals jemand zuvor. Punkt.

Die Tür ging auf und Carlos schob eine zerzauste Monique de Raison vor sich her.

»Hinsetzen«, sagte Svensson.

Carlos half ein wenig nach und sie setzte sich.

»Wissen Sie, was passieren würde, wenn ich dieses Glas fallen ließe?«, fragte Svensson. Er erwartete keine Antwort. »Die nächsten drei Wochen erst einmal gar nichts, sofern Ihr Freund sich nicht täuscht. Und ich kann Ihnen sagen, dass meine Leute davon ausgehen, dass er sich wohl kaum täuschen wird. Er hatte recht mit dem Virus, warum nicht auch mit der Inkubationszeit?«

Immer noch keine Reaktion. Das glaubte sie also schon.

»Wenn Sie nur wüssten, was wir in den letzten Jahren für Anstrengungen unternommen haben, um heute hier zu stehen. Erforschung monoklonaler Antikörper, Gentests, kombinatorische

Chemie, Gentechnologie – wir haben jeden Winkel der Erde abgegrast, um den Durchbruch zu finden.«

Ihr Blick blieb auf die Glasflasche gerichtet.

»Und heute haben wir diesen Durchbruch geschafft. Das Raison-Virus – klingt hübsch, finden Sie nicht? Jetzt brauche ich nur noch ein Gegenmittel. Es gibt zwei Arten, wie wir fortfahren können. Einerseits könnten meine Leute mit dem Material weiterarbeiten, das wir schon haben. Irgendwann werden sie genau das haben, was ich will. Die Alternative ist, ich überrede Sie dazu, das zu entwickeln, was ich brauche. Sie wissen mehr über diese Gene als jeder andere Mensch. Egal wie, ich werde ein Gegenmittel bekommen. Aber ich hätte lieber die schnellere Lösung als eine, die Tage oder Wochen oder gar Monate dauert, Sie nicht auch?«

»Glauben Sie im Ernst, ich würde auch nur einen Finger rühren, um Ihnen bei diesem … diesem Wahnsinn zu helfen?« Sie sah aus, als überlegte sie ernsthaft, ihn anzugreifen. Wäre sie nicht gefesselt gewesen, hätte sie es vielleicht getan. Ihre Haltung war durch und durch aufrichtig.

»Das haben Sie schon«, sagte er. »Sie haben den Impfstoff geschaffen und Sie haben mir mehr Forschungsmaterial zur Verfügung gestellt, als ich mir je erhofft hatte. Jetzt wird es Zeit, dass Sie uns helfen, das Heilmittel zu entwickeln. Interessiert Sie ein Heilmittel nicht, Monique?«

»Ohne das Gegenmittel haben Sie gar nichts.«

»Das stimmt nicht«, sagte Svensson. »Ich habe das Virus. Und ich werde es einsetzen. So oder so.«

»Dann werfen Sie das Glas jetzt auf den Boden«, sagte sie gelassen. »Dann sterben wir zusammen.«

Er lächelte. »Führen Sie mich nicht in Versuchung. Aber ich werde es nicht tun, weil ich weiß, dass Sie uns helfen werden. Zumindest die Tatsache, dass das Virus jetzt existiert, wird Sie dazu zwingen. Jeder Tag, der vergeht, ohne dass wir ein Mittel haben, um die Menschheit vor dieser Krankheit zu schützen, bringt sie ihren Qualen einen Schritt näher.«

»Glauben Sie im Ernst, dass mein Vater nicht schon längst an einem antiviralen Medikament arbeitet?«

»Und wie lange wird er dafür brauchen? Bestenfalls Monate. Ich dagegen habe eine Idee, wo wir anfangen könnten. Ich gehe davon aus, dass wir es in einer Woche schaffen. Mit Ihrer Hilfe natürlich.«

»Nein.«

»Nein?«

»Nein.«

In vierundzwanzig Stunden würde sie ihre Meinung ändern.

»Ich gebe Ihnen zwölf Stunden, um es sich anders zu überlegen. Danach werde ich dafür sorgen, dass Sie es sich anders überlegen.«

Sie reagierte nicht.

»Hat sie sonst etwas gesagt, Carlos?«

»Nichts.«

Der erste Anruf von den Behörden war vor zwei Stunden gekommen. Es war eine höfliche Anfrage seiner eigenen Regierung, die ihn um eine äußerst dringende Unterredung bat. Das hieß, sie hatten ihn schon im Verdacht. Interessant. Das war natürlich Thomas Hunter, der Träumer. Carlos hatte gesagt, er hätte ihn im Hotel getötet, aber die Medien behaupteten etwas anderes. Entweder hatte Carlos ihn angelogen oder – und das war wahrscheinlicher – er war von dem Mann an der Nase herumgeführt worden. Das würde er sich merken.

Die Behörden hatten noch nicht genug in der Hand für einen Durchsuchungsbefehl. Er hatte ihnen die Unterredung zugesagt, aber erst in zwei Tagen. Dann wäre es gleichgültig.

»Ist alles bereit?«

»Ja.«

»Dann leite ich jetzt den nächsten Schritt ein. Ich will, dass Sie den Amerikaner ausschalten.«

Er beobachtete Carlos. Er zuckte nicht mit der Wimper, sondern sah ihn nur ruhig an. »Ich habe den Amerikaner zweimal erschossen. Wollen Sie sagen, dass er immer noch nicht tot ist?«

Die Frau sah zu Carlos auf. Auch sie wusste etwas.

»Er ist jedenfalls lebendig genug, um in den Nachrichten zu sein. Und er ist die Quelle für das Gegenmittel. Er muss sterben, um jeden Preis.«

Monique wandte sich ihm zu. »Haben Sie bemerkt, dass Ihre rechte Hand Sie anlügt? Einer der beiden Männer, die mich am Stadtrand von Bangkok retten wollten, war Thomas Hunter. Carlos weiß das. Warum sagt er Ihnen das nicht?«

»Thomas Hunter?« Carlos sah die Frau verwundert an. »Ich glaube nicht, dass das möglich ist. Er ist vielleicht nicht tot, aber er hat zwei Kugeln in der Brust. Und er ist Zivilist und kein Soldat.«

Mit ihrer Anschuldigung wollte sie Misstrauen säen. Schlau. Aber er hatte weit mehr Anlass, ihr zu misstrauen als Carlos.

Der Mann aus Zypern sah ihn an. »Ich gehe sofort. Thomas Hunter wird innerhalb von achtundvierzig Stunden tot sein. Darauf haben Sie mein Wort.«

Svensson sah zurück ins Labor. Die Laboranten schwirrten um drei Arbeitstische und werteten die Informationen aus, die Carlos ihnen von Thomas Hunter gegeben hatte. Eine Zahlenkette.

Svensson sah sich nun zwei großen Risiken gegenüber: Das eine war, dass sein Plan auffliegen würde. Das war unwahrscheinlich, wenn man bedachte, wie peinlich genau sie alles geplant hatten. Aber es war immer noch ein Risiko. Der Zeitplan war jetzt äußerst wichtig.

Das zweite Risiko war, dass weder seine Leute noch Monique rechtzeitig ein Heilmittel entwickeln konnten. Er war gewillt, dieses Risiko auf sich zu nehmen. Sein Name war jetzt genannt worden und früher oder später würden sie die Wahrheit herausfinden. Wenn ihm das Vorhaben nicht gelang, würde er entweder den Rest seines Lebens hinter Gittern verbringen oder sterben. Letzteres schien ihm attraktiver.

»Ich werde mich in ein paar Stunden mit den anderen in Verbindung setzen. Kommen Sie ins Kontrollzentrum, sobald Sie Hunter erledigt haben. Nehmen Sie sie mit.«

Tom starrte auf den Monitor, wo der Computer das darstellte, was das Elektronenmikroskop offenbart hatte: das Raison-Virus. Er versuchte sich vorzustellen, wie ein ganzes Heer dieser winzigen Viren auch nur einem Floh schaden könnte, geschweige denn mehrere Milliarden Menschen dahinraffen. Sie sahen aus wie die

Apollo-Mondlandekapsel, wie winzige Büchsen auf Beinen, die auf ihren Wirtszellen gelandet waren.

»Das ist das Raison-Virus?«

»Das ist das Raison-Virus«, sagte Peter. »Sieht ganz harmlos aus, nicht wahr?«

»Sieht aus wie eine winzige Maschine. Die Mutationen leben also weiter, auch wenn man die Temperatur wieder reduziert?«

»Leider ja. Das ist sehr außergewöhnlich. Es gibt keinerlei Vorschriften oder Versuchsprotokolle, die einen Test bei so hohen Temperaturen vorschreiben. Niemand wäre jemals darauf gekommen, dass eine Mutation bei dieser Temperatur überhaupt möglich sein könnte.«

Tom richtete sich auf. Jacques de Raison stand neben Kara und einem weiteren halben Dutzend Weißkitteln.

»Und woher wissen Sie, was das Virus anrichten kann?«

Peter sah zu Raison und der nickte. »Zeigen Sie es ihm.«

Peter führte sie zu einem zweiten Monitor. »Unsere Schlüsse beruhen auf einer Computersimulation. Vor zwei Jahren hätte so etwas noch einen Monat gedauert, aber dank der neuen Modelle, die wir in Zusammenarbeit mit der Technologiezentrale DARPA des US-Verteidigungsministeriums entwickelt haben, sind es nur noch wenige Stunden.« Er drückte ein paar Tasten und erweckte den Bildschirm zum Leben.

»Wir geben den genetischen Fingerabdruck des Virus in das entsprechende Modell ein – in diesem Fall ein Mensch – und lassen dann den Computer die Auswirkungen der Infektion simulieren. So können wir zwei Monate in zwei Stunden darstellen.«

»Schalte auf die Leinwand um, Peter«, sagte Raison.

Das Bild erschien auf einer Leinwand.

»Moment. Jetzt!«

Eine einzelne Zelle war zu sehen.

»Das ist eine normale Zelle aus einer menschlichen Leber. An ihrer äußeren Membran können Sie das Raison-Virus sehen, das über die Blutbahn dort hingekommen ist.«

»Ich kann nichts sehen.«

»Es ist sehr klein. Das ist einer der Gründe, weshalb es so leicht in der Luft übertragen wird.« Peter trat an die Leinwand und deutete mit einem Zeigestab auf die linke Seite der Zelle. »Diese kleine Geschwulst hier. Das ist das Raison-Virus.«

»Das ist der Killer?«, fragte Tom. »Kaum zu glauben.«

»Das ist er am ersten Tag, vor der Lysogenie ...«

»Können Sie das auch für einen Normalsterblichen erklären? Stellen Sie sich vor, ich wäre ein Fünftklässler.«

Peter lächelte verlegen.

»Gut. Viren sind keine Zellen. Sie wachsen und vermehren sich nicht wie Zellen. Sie bestehen im Grunde nur aus einer Schale mit etwas DNA darin. Sie wissen, was DNA ist, oder?«

»Der genetische Plan für unser Leben und so.«

»So ungefähr. Nun, diese Schale, die wir Virus nennen, kann sich auf einer Zelle festsetzen und ihre Virus-DNA durch die Zellmembran in die Zelle pressen. Stellen Sie sich das Ganze wie hässliches, kleines Ungeziefer vor. Die DNA, die in die Zelle gepresst wurde, schleicht sich jetzt in die DNA der Wirtszelle ein, in diesem Fall einer Leberzelle, sodass die Wirtszelle gezwungen ist, weitere Viren und Virus-DNA zu reproduzieren. Können Sie mir folgen?«

»Das kleine Ding da kann das alles? Man könnte meinen, es kann selbst denken.«

»Das und noch viel mehr. Viren sind zusammengesetzt, sie wachsen nicht. Sie erobern die Wirtszelle und machen sie zu einer Virenfabrik, die den Vorgang immer wieder wiederholt.«

»Wie die Borg bei Star Trek«, sagte Thomas.

»In gewisser Hinsicht, ja. Wie die Borg. Sie töten die Wirtszelle, indem sie so viele Viren herstellen, dass die Zelle buchstäblich davon explodiert. Das nennt man Lysogenie.«

»Irgendwie habe ich da in Bio wohl nicht aufgepasst.«

Peter fuhr fort. »Manche Viren warten ab, bis die Wirtszelle irgendwie unter Belastung steht, bevor sie sich darin reproduzieren. Unser Virus hier fängt ganz langsam an. Aber nach zwei Wochen wird es sehr aggressiv und durch sein explosionsartiges Wachstum übernimmt es innerhalb von wenigen Tagen die Kontrolle über den ganzen Körper. Sehen Sie sich das an.«

Peter ging wieder zur Tastatur und gab einen Befehl ein. Langsam begann sich das Bild auf der Leinwand zu verändern. Das Virus impfte der Wirtszelle seine DNA ein, wie ein Skorpion. Die Leberzelle begann sich zu verändern und lief aus.

»Lysogenie«, sagte Thomas.

»Genau.«

Das Bild wurde größer und Tausende von ähnlichen Zellen durchliefen den gleichen Prozess.

»Ein menschlicher Körper, der mit diesem Virus infiziert ist, wird sich buchstäblich selbst von innen heraus auffressen.«

Er drückte eine andere Taste. Sie sahen schweigend zu, als vor ihnen die gleiche Simulation an einem menschlichen Herzen ablief. Als die Zellen ausliefen, zerfiel das ganze Organ.

»Ziemlich tödlich«, sagte Peter.

»Wie lange dauert das?«, fragte Tom.

»Nach dieser Simulation bräuchte das Virus weniger als drei Wochen, um genug Kraft zu haben, um die Funktion der Organe anzugreifen.« Er zuckte mit den Schultern. »Dann dauert es nur noch ein paar Tage, je nach Opfer.«

Tom sah zu Raison. »Ich nehme an, dass wir uns jetzt einig sind.«

»Ja, eindeutig.«

»Und haben Sie das Seuchenzentrum informiert?«

»Wir sind dabei. Aber eines müssen Sie verstehen, Mr. Hunter: Das hier ist nur ein Szenario, nicht die tatsächliche Krise. Außerhalb dieses Labors gibt es überhaupt kein Raison-Virus. Es würde in der Natur niemals vorkommen.«

»Dessen bin ich mir bewusst. Aber ich weiß aus einer sehr zuverlässigen Quelle, dass jemand die Natur überlisten wird. Möglicherweise ist es schon zu spät. Aber für den unwahrscheinlichen Fall, dass es das nicht ist, müssen wir alles mobil machen, als wäre es eine echte Krise. Wir müssen Svensson aufhalten und wir brauchen ein Gegenmittel innerhalb der nächsten paar Wochen.«

»Das ist unmöglich«, entgegnete Raison.

»Das höre ich immer wieder«, murmelte Tom. Er wandte sich an Peter. »Können Sie mit all dieser Computertechnologie kein Gegenmittel erzeugen?«

»Ich fürchte, das ist etwas ganz anderes. Bestenfalls in zwei Monaten, aber bestimmt nicht in drei Wochen.«

Tom fing Karas Blick auf. Sie hatte diesen besonderen Gesichtsausdruck. Es lag wieder an ihm, die Situation zu steuern. Aber er wollte diese Aufgabe nicht schon wieder übernehmen.

»Wenn wir Monique hätten«, sagte Peter, »hätten wir vielleicht eine Chance. Sie hat in alle ihre Impfstoffe Besonderheiten eingebaut, damit man sie nicht nachmachen oder missbrauchen kann. Es ist so eine Art Hintertür, ein Mechanismus, der durch das Einführen eines anderen, ganz speziell dafür entwickelten Virus ausgelöst wird und den Impfstoff nutzlos macht. Wenn diese eingebaute Besonderheit bei der Mutation überlebt hat, könnte das spezielle Virus Svenssons tödliches Virus ausschalten.«

»Sie hat also möglicherweise den Schlüssel dazu?«

»Vielleicht, wenn man davon ausgeht, dass die Mutation diese Hintertür nicht kaputt gemacht hat.«

Es wurde ganz still im Raum.

»Und Sie haben diesen Schlüssel nicht? Wo würde sie so etwas aufbewahren? In ihrem Kopf? Das wäre ziemlich dumm.«

»Solange ein Impfstoff noch nicht von den internationalen Gesundheitsbehörden zugelassen ist, behält sie den Schlüssel für sich. Es ist ihre Art, sicherzustellen, dass niemand, auch kein Mitarbeiter, die Technologie stehlen oder hineinpfuschen kann.«

»Und davon gibt es keine Aufzeichnungen?«

»Es ist nicht besonders kompliziert, wenn man weiß, welche Gene man manipulieren muss«, erklärte Peter. »Wenn es Aufzeichnungen gibt, weiß keiner von uns, wo sie sind. Es ist so und so ziemlich aussichtslos. Der Schlüssel hat sich wahrscheinlich bei der Mutation auch verändert.«

»Natürlich werden wir danach suchen«, sagte Jacques de Raison, »aber wie Sie sehen, müssen wir meine Tochter finden.«

»Einverstanden«, sagte Tom. »Außerdem sollten wir die Welt wachrütteln.«

Als Tom aus der Sitzung kam, war er erschöpft und, was noch schlimmer war, machtlos. Er stand wegen der Entführung immer noch unter Hausarrest. Er führte ein Dutzend Telefongespräche, wurde aber sehr schnell wieder daran erinnert, weshalb er eigentlich nach Bangkok gekommen war. Nachrichten dieser Art, von einer so unglaubwürdigen Quelle, wie er es war, wurden nicht gut aufgenommen, besonders nicht, nachdem er durch Moniques Entführung überall bekannt war.

Zum Glück waren Raisons Name und der seines Pharmakonzerns weit mehr respekteinflößend.

Die Berichte über eine mögliche Mutation des Raison-Impfstoffs erreichten alle wichtigen Faxgeräte und E-Mail-Adressen in der ausgedehnten Bürokratie des internationalen Gesundheitswesens.

Die Welt bemühte sich deshalb nicht gerade fieberhaft um eine Lösung.

Es war keine Krise.

Es war noch nicht einmal ein richtiges Problem.

Es war nur ein mögliches Szenario in einem der computersimulierten Modelle von Raison Pharma.

Um neun Uhr abends ließ sich Tom todmüde ins Bett fallen. Gleichzeitig brannte in ihm aber auch das Wissen, dass dieses Szenario mit hundertprozentiger Wahrscheinlichkeit Realität werden würde. Es dauerte eine ganze Stunde, bis er endlich schlief.

32

TANIS SASS ALLEIN auf einem Hügel und sah auf das Dorf hinunter. Die Ereignisse von diesem Morgen schwirrten ihm immer noch durch den Kopf. Zum ersten Mal in seinem Leben hatte er die Kreatur aus dem schwarzen Wald mit eigenen Augen gesehen und diese Erfahrung hatte ihn erschüttert. Es war atemberaubend gewesen. Am erstaunlichsten war sein Lied. Diese überwältigende Gestalt war nicht das schreckliche schwarze Biest aus seiner lebhaften Fantasie und seinen Geschichten.

Er hatte Thomas gerettet. Das allein war Grund genug für seinen Besuch im schwarzen Wald. Es war also gut, dass er hingegangen war.

Tanis war noch ein wenig bei Thomas geblieben, bevor er ging. Seltsamerweise hatte er nicht das geringste Bedürfnis, bei ihm zu sein, wenn er aufwachte.

Er war zurückgegangen und einige Zeit im Dorf geblieben. Rachelle hatte ihn gefragt, ob er Thomas gesehen hätte, und er hatte Ja gesagt und dass Thomas jetzt schliefe.

Er war im Dorf umhergegangen und hatte sich dabei absolut am richtigen Platz gefühlt und einen inneren Frieden verspürt. Gegen Mittag hatte er jedoch das Gefühl gehabt, er müsse irgendwo allein sein und über die Ereignisse, die ihm immer noch im Kopf herumgingen, nachdenken. Und so war er auf diesen Hügel gestiegen, von dem aus man das ganze Dorf sehen konnte.

Tanis war in den Wald gegangen, um das Schwert zu holen, das er am Vortag dort weggeworfen hatte, und hatte entdeckt, dass es verschwunden war. Und nicht nur das: Auch Thomas war verschwunden. Er wusste nicht genau, warum er vermutet hatte, dass

Thomas das Schwert mit zur Brücke genommen hatte. Vielleicht weil er den gleichen Gedanken gehabt hatte. Aber nachdem er ihn überall gesucht hatte, beschloss er, ein zweites Schwert zu machen und damit zur Brücke zu gehen.

Was ihn am meisten interessierte, war die Tatsache, dass Thomas aus dem schwarzen Wald herausgekommen war und es überlebt hatte. Und zwar nicht nur einmal, sondern zweimal.

Dieses Wesen ... dieses Wesen war noch einmal eine ganz andere Sache. Er hatte sich Taleh nie so vorgestellt, wie er ihm erschienen war. Er hatte sich überhaupt nicht vorstellen können, dass so etwas Wunderschönes im schwarzen Wald existierte. Er musste zugeben, dass Taleh mit seinen grünen Augen und dem goldenen Fell ziemlich einzigartig aussah. Und dieses Lied ...

Was für ein Lied!

Tatsächlich wünschte sich Tanis sehr, dieses Wesen noch einmal zu sehen. Natürlich hatte er nicht vor, in den schwarzen Wald zu gehen und das Wasser dort zu trinken. Das wäre der sichere Tod. Noch schlimmer, es war verboten. Aber die schwarze Kreatur am Fluss zu treffen, war nicht verboten.

Und Thomas hatte es auch getan.

Tanis sah zur Sonne auf. Er saß jetzt schon über eine Stunde hier auf diesem Hügel und ging die Ereignisse noch einmal im Kopf durch. Wenn er jetzt aufbräche, könnte er zum schwarzen Wald gehen und zurück sein, bevor ihn jemand vermisste.

Er stand mit wackeligen Beinen auf. Der Eifer, den er in sich spürte, war eigenartig und verwirrte ihn etwas. Er konnte sich nicht erinnern, jemals so seltsam aufgewühlt gewesen zu sein. Einen Augenblick lang dachte er, er sollte einfach ins Dorf zurückkehren und diese Kreatur und den schwarzen Wald am besten vergessen. Aber er entschied sich schnell anders. Schließlich hatte er den dringenden Wunsch, diesen grausamen Feind besser zu verstehen – ganz zu schweigen von dem Lied. Seinen Feind zu verstehen, hieß, Macht über ihn zu haben.

Ja, das wollte Tanis unbedingt und es gab keinen Grund, weshalb er das, was er sich so sehr wünschte, nicht tun sollte. Es sei denn natürlich, es war gegen Eljons Willen. Aber Eljon hatte niemals verboten, andere Wesen kennenzulernen, ganz gleich, wo sie lebten. Und wenn es auf der anderen Seite des Flusses war.

Mit einem letzten Blick ins Tal hinunter wandte Tanis sich ab und ging in Richtung des schwarzen Waldes davon.

Tom wachte erschreckt auf. Der liebliche Geruch des Grases stieg ihm in die Nase. Er hatte wieder geträumt – von Bangkok. In Bangkok waren alle fix und fertig, weil sie endlich der Tatsache ins Auge sehen mussten, dass es ein Virus gab. Das Raison-Virus existierte tatsächlich, wenn auch nur im Labor. Er musste Monique finden, wusste aber nicht wie. Und hier …

Er fuhr hoch. Tanis?

Er rappelte sich auf und sah sich um. »Tanis!«

Von Osten hörte man das Rauschen des Flusses. Es war Nachmittag. Tanis hatte ihn wohl in der Nähe der Brücke zurückgelassen und war ins Dorf zurückgekehrt.

Er brauchte eine Stunde bis ins Dorf, davon fünfzehn Minuten, um seinen eigenen Spuren wieder zurück nach Norden zu folgen, nachdem er den Weg ins Dorf verpasst hatte. Er musste Tanis finden und ihm alles erklären. Wenn dieser Mann überhaupt verwirrt sein konnte, dann war er es jetzt sicher. Und die Tatsache, dass Tanis sich nach ihrem Gespräch gestern ein neues Schwert gemacht hatte, konnte nichts Gutes heißen.

Er war infiziert. Seine Neugierde verwandelte sich. Sein Verlangen war größer geworden als seine Zufriedenheit. Er war zur Brücke gekommen, weil er es endlich wissen wollte.

Gut und schön, jetzt wusste er es ja. Die Frage war nur, wie viel Wissen würde ihm reichen? Und für wie lange?

Natürlich war Tom auch über die Brücke gegangen. Aber er war etwas anderes, darüber gab es keinen Zweifel mehr. Er hatte nichts von dem Wasser getrunken, aber Taleh hatte behauptet, er hätte von der Frucht gegessen, bevor er sein Gedächtnis verloren hatte. Und er hatte irgendwie überlebt. Vielleicht war es wie eine Art Impfstoff.

Nein, das konnte es nicht sein. Dennoch war sich Tom ziemlich sicher, dass er anders war als Tanis. Vielleicht hatten die Menschen in seinem weit entfernten Dorf mehr Freiheiten. Aber das ergab noch weniger Sinn. Vielleicht kam er tatsächlich aus Bangkok? In seinen Träumen kam er möglicherweise aus Bangkok, aber in Wirklichkeit kam er von hier. Hier war sein Zuhause und seine Träume von Bangkok richteten hier großes Unheil an.

Er sollte einfach die Nanka-Frucht essen und diese dummen Träume loswerden. Sie brachten sein empfindliches Gleichgewicht durcheinander. Wenn er nicht gewesen wäre, wäre Tanis heute nicht zum schwarzen Wald gegangen.

»Thomas!«

Von rechts kam ein Roush angeschwebt.

»Michal!«

Der Roush landete hart, sprang einmal hoch und schlug wie wild mit den Flügeln, um nicht zu stürzen.

»Michal?«

»Auwei! Ach du meine Güte!«

»Was ist los?«

»Es ist wegen Tanis. Ich glaube, er will in den schwarzen Wald.«

»Tanis? In den schwarzen Wald?« Unmöglich! Er war erst vor wenigen Stunden beim schwarzen Wald gewesen.

»Er ging geradeaus darauf zu, als ich ihn zurückließ, um dich zu finden. Und er rannte. Ich bin mir ziemlich sicher.« Michal hüpfte nervös auf und ab, als sei er auf eine glühende Kohle getreten.

»Um Eljons willen, warum hast du ihn nicht aufgehalten?«

»Warum habe ich dich wohl nicht aufgehalten? Das ist nicht meine Aufgabe, darum! Er ist durchgedreht. Ihr seid beide durchgedreht, das sage ich dir. Einfach komplett durchgedreht. Manchmal frage ich mich, wozu das alles gut sein sollte. Ihr Menschen seid einfach viel zu unberechenbar.«

Tom versuchte, klar zu denken. »Nur weil er in diese Richtung rennt, heißt das noch lange nicht, dass er in den schwarzen Wald geht.«

Michals Augen blitzten auf. »Wir haben keine Zeit für Diskussionen. Selbst wenn wir jetzt sofort loslaufen, könnte es schon zu spät sein. Bitte! Weißt du, was das bedeuten kann?«

»So dumm ist er nicht«, sagte Tom. Er wollte Michal beruhigen, aber er glaubte seinen eigenen Worten nicht.

Und Michal glaubte ihm auch nicht. »Bitte! Wir müssen los!«

Der Roush rannte übers Gras, schlug wild mit den Flügeln und hob ab. Tom spurtete los, um ihn wieder einzuholen.

Das Bild des Jungen am oberen See erfüllte seine Gedanken. Das war vor zwei Tagen gewesen. Was war nur über sie gekommen? Plötzlich nahm ihm panische Angst die Luft.

»Eljon!«, sagte er mit einem Atemzug.

Aber Eljon war verstummt.

»Michal!«, schrie er.

Der Roush war in seinen eigenen Gedanken gefangen. Tom rannte schneller. Er durfte es auf keinen Fall zulassen, dass Tanis etwas so Unvernünftiges tat, wie mit Taleh zu sprechen.

Nur über seine Leiche.

Der Anblick, der Tanis erwartete, als er das Flussufer erreichte, ließ ihn erstarren.

So weit er blicken konnte, saßen schwarze Kreaturen mit roten Augen wie eine dicke, sich bewegende schwarze Wolke in den Bäumen am Rand des schwarzen Waldes. Es mussten mindestens eine Million sein. Vielleicht sogar noch mehr.

Sein erster Gedanke war, dass Thomas recht gehabt hatte – es waren viel zu viele, um sie ganz einfach mit ein paar gekonnten Tritten zu verjagen.

Sein nächster Gedanke war Flucht.

Tanis sprang zurück unter die Bäume. Er hatte nicht gewusst, dass so viele andere Wesen diese Welt mit ihnen teilten. Er hielt den Atem an und spähte hinter einem Baum hervor auf die seltsame Szene.

Und dann sah er das wunderbare Geschöpf auf der weißen Brücke stehen, das er schon bei Sonnenaufgang gesehen hatte. Die Kreatur trug einen leuchtend gelben Umhang und einen Kranz aus weißen Blüten auf dem Kopf. Sie kaute an einer großen Frucht, wie sie Tanis noch nie zuvor gesehen hatte, und starrte ihn geradeaus mit ihren leuchtend grünen Augen an.

Schweigen. Bis auf den Fluss war alles totenstill. Es war, als hätten sie ihn erwartet. Was für ein wunderbares Geschöpf Taleh war.

Er besann sich. Das waren Shataiki, üble Brut. Sie verdienten, geschlagen zu werden, nicht verhätschelt. Aber, so hatten es ja schon die Chroniken festgehalten, man musste seinen Feind kennen, um ihn besiegen zu können. Er würde nur mit dem großen schönen Shataiki sprechen. Und er würde so tun, als sei er sein Freund. So würde er die Kreatur überlisten, ihre Schwächen kennenlernen und eines Tages zurückkehren und sich ihrer endgültig entledigen.

Und dabei würde er die ganze Zeit das bunte Schwert in der Hand halten.

Er griff nach einem kleinen grünen Stock, etwa so lang wie sein Arm, und trat unter den Bäumen hervor ans Ufer.

»Sei gegrüßt«, rief er. »Ich bin Tanis. Wie ist dein Name?«

Natürlich wusste er das, aber Tanis wollte sich nicht verraten. Das Geschöpf warf die halb gegessene Frucht hinter sich und wischte sich mit seinem haarigen blauen Flügel den Saft vom Mund. Es lächelte mit seinen krummen gelben Zähnen. »Ich bin Taleh«, sagte es. »Wir haben dich erwartet, mein Freund.«

Tanis warf einen Blick zurück auf den bunten Wald. Nun denn, vor ihm stand das Wesen, das er treffen wollte. In seinem Herzen spürte Tanis ein ungewohntes Zittern und ging weiter, um Taleh, den Anführer der Shataiki, zu treffen.

Er blieb am Fuß der Brücke stehen und betrachtete die Gestalt. Natürlich! Es war alles nur Täuschung! Warum sollte der Anführer der Shataiki anders sein als seine Gefolgsleute?

»Du siehst nicht so aus, wie ich erwartet hatte«, sagte er.

»Nein? Und was hattest du erwartet?«

»Ich habe gehört, dass du ziemlich schlau bist. Aber wie schlau ist es, vorzugeben, dass man anders ist, wenn man genau weiß, dass die Täuschung auffliegt?«

Taleh kicherte. »Das gefällt dir, was?«

»Was gefällt mir? Dich bloßzustellen? Hast du Angst, mir zu zeigen, wer du wirklich bist?«

»Du gefällst dir darin, schlau zu sein, nicht wahr?«, sagte Taleh. »Deshalb bist du hergekommen. Um gewitzt zu sein, um mehr zu erfahren, mehr Wissen zu sammeln, die Wahrheit herauszufinden.«

»Dann zeig mir die Wahrheit.«

»Das werde ich auch.«

Zuerst wurden Talehs grüne Augen rot. Dann wurden seine Flügel und sein Körper erst grau, dann schwarz. Die ganze Zeit lächelte er weiter. An seinen Füßen traten Krallen hervor und gruben sich ins Holz. Die Verwandlung erschreckte Tanis und er hielt sein Schwert fester.

»Besser so?« Die Stimme der Fledermaus hatte sich in ein tiefes, kehliges Knurren verwandelt.

»Nein, das ist viel schlimmer. Du bist die grässlichste Kreatur, die ich mir je vorstellen könnte.«

»Ja, aber ich habe auch mehr Wissen und Macht, als du dir je vorstellen kannst. Möchtest du davon hören?«

Die Einladung klang verdächtig, aber Tanis fiel keine passende Art abzulehnen ein. Wie konnte er die Wahrheit ablehnen?

Plötzlich öffnete Taleh seine Schnauze weit, sodass Tanis ihm bis in den Rachen sehen konnte, wo seine rosa Zunge im Dunkeln verschwand. Ein tiefer, grollender Ton kam hervor, der sofort von einem hohen, durchdringenden gefolgt wurde, der Tanis bis ins Mark zu dringen schien. Talehs Lied mit seiner seltsamen Melodie aus schrecklicher Schönheit fesselte ihn. Es war zugleich mächtig, überwältigend und berauschend. Tanis verspürte plötzlich das übermächtige Bedürfnis, über die Brücke zu rennen, aber er blieb stehen.

Taleh schloss seinen Mund. Die Töne klangen noch nach, dann verstummten sie. Die Fledermäuse im Wald sahen ihn regungslos an. Tanis fühlte sich etwas verwirrt durch all diese neuen Eindrücke.

»Kennst du das nicht?«, fragte Taleh.

Tanis wechselte sein behelfsmäßiges Schwert in die linke Hand. »Nein.«

»Weißt du auch, warum du es nicht kennst?«

Das war eine gute Frage. Wollte er ihn hereinlegen? Nein, es war nur eine Frage.

»Hast du Angst vor mir?«, fragte Taleh. »Du weißt doch, dass ich nicht über die Brücke kann, und trotzdem stehst du ganz furchtsam da.«

»Warum sollte ich Angst vor etwas haben, das mir nichts tun kann?«

Nein, das stimmt nicht ganz. Er kann mir sehr wohl wehtun. Ich muss sehr vorsichtig sein.

»Dann komm näher. Du willst mehr über mich erfahren, damit du mich zerstören kannst. Dann komm näher und sieh mich genau an.«

Woher wusste das Tier das?

»Weil ich viel mehr weiß als du, mein Freund. Und ich kann dir verraten, wie du das wissen kannst, was ich weiß. Komm näher. Dir passiert nichts, du hast den Stock in deiner Hand.«

Vielleicht hatte Taleh seine Gedanken erraten. Sie waren nicht so ungewöhnlich. Auf jeden Fall musste er dieser Kreatur zeigen, dass er keine Angst hatte. Was war er für ein Krieger, der am Fuß der Brücke erschauderte? Er ging über die weißen Planken und stand nur drei Meter von Taleh entfernt.

»Du bist mutiger als die meisten anderen«, sagte die Fledermaus und sah auf sein Schwert aus dem bunten Holz.

»Und ich bin nicht so dumm, wie du denkst«, sagte Tanis. »Ich weiß, dass du immer noch versuchst, mich zu täuschen.«

»Wenn ich diese ... Täuschung benutzen kann, um dich zu überreden, heißt das dann nicht, dass ich klüger bin als du?«

Tanis dachte über diese Logik nach. »Vielleicht.«

»Dann ist Täuschung eine Form des Wissens. Und Wissen ist eine Form der Wahrheit. Und du willst mehr davon haben, sonst wärst du, wie ich schon sagte, nicht hier. Wenn ich dich also durch eine Täuschung überreden kann, mein Wissen anzunehmen, so ist das nur möglich, weil ich klüger bin als du. Ich habe mehr Wahrheit.«

Seine Logik war verwirrend.

»Der Grund, weshalb du mein Lied noch nie gehört hast, Tanis, ist, weil Eljon nicht will, dass du es hörst. Und warum will er das nicht? Weil du dann genauso viel Wissen hättest wie ich. Du hättest dann zu viel Macht. Macht kommt aus der Wahrheit, das weißt du.«

»Ja, aber ich werde es nicht zulassen, dass du so über Eljon sprichst.« Tanis stieß mit seinem Stock nach Taleh. »Ich sollte dich jetzt einfach aufspießen und alles wäre erledigt.«

»Mach doch. Versuch es.«

»Ich könnte es tun, aber ich bin nicht gekommen, um zu kämpfen. Ich bin hier, um die Wahrheit herauszufinden.«

»Nun gut. Ich kann dir die Wahrheit zeigen.« Taleh holte eine gelbe Frucht hinter seinem Rücken hervor. »In dieser Frucht liegt Wissen. Macht. Macht genug, um all die Kreaturen hinter mir zurückweichen zu lassen. Wäre das nicht etwas für dich? Mit einem Wort von dir würden sie sich vor Schmerzen winden, weil sie wüssten, dass du die Wahrheit hast und dass mit dieser Wahrheit große Macht verbunden ist. Hier, probier mal.«

»Nein, ich kann deine Frucht nicht essen.«

»Dann willst du also die Wahrheit nicht?«

»Ja, aber …«

»Ist es verboten, diese Frucht zu essen?«

»Nein.«

»Natürlich nicht. Wenn es schädlich wäre, diese Frucht zu essen, hätte Eljon es verboten. Aber es ist nicht schädlich, deshalb ist es auch nicht verboten. Es steckt nur Wissen und Macht darin. Nimm.«

Tanis warf einen Blick zurück auf den bunten Wald. Was die Fledermaus gesagt hatte, stimmte. Es war nicht schädlich, die Frucht zu essen. In ihr war nichts Böses. Es war nicht verboten.

»Nur einen Bissen«, sagte Taleh. »Wenn du dann entdeckst, dass ich nicht die Wahrheit gesagt habe, lässt du es. Aber du bist es dir schuldig, es zumindest zu versuchen. Findest du nicht auch?« Das große Tier machte keinerlei Anstalten, seine Krallen zu verbergen, mit denen es ungeduldig auf das hölzerne Geländer trommelte.

Tanis sah an der großen schwarzen Fledermaus vorbei und zögerte. »Aber du weißt, dass ich dein Wasser nicht trinken werde.«

»Natürlich nicht! Nur die Frucht. Sie ist ein Geschenk der Wahrheit von mir an dich.«

Tanis hielt den bunten Stock fest in der Hand und ging vorwärts, um die Frucht zu nehmen.

»Halte das Holz bitte bei dir«, sagte Taleh. »Es hat die Farbe der Verführung und verträgt sich nicht mit meiner Wahrheit.«

Tanis blieb stehen. »Siehst du, ich habe schon Macht. Wozu brauche ich noch deine Macht?«

»Probier es aus und schwenke dein Schwert zu meinen Untergebenen, dann wirst du sehen, wie viel Macht du hast.«

Tanis sah zu den Horden hinter Taleh. Er stieß das Schwert in ihre Richtung, aber keiner von ihnen zuckte auch nur.

»Siehst du? Wie kannst du deine Macht mit meiner vergleichen, wenn du sie nie versucht hast? Kenne deinen Feind. Kenne seine Frucht. Versuche, wozu dich Eljon selbst eingeladen hat, da er es nicht verboten hat. Nur behalte deinen Stock bei dir, damit er mich nicht berührt.«

Tanis verlangte jetzt sehr danach, die geheimnisvolle gelbe Frucht in Talehs Klaue zu probieren. Er senkte sein Schwert, bereit, es jederzeit zu gebrauchen, ging weiter und nahm die Frucht. Es schien gewagt, aber er war ein Krieger, und um seinen Feind zu besiegen, musste er ihn mit seinen eigenen Waffen schlagen.

Er trat zurück, bis er außerhalb von Talehs Reichweite war, und biss in die Frucht. Augenblicklich begann alles um ihn herum farbig zu verschwimmen, als blickte er in ein Kaleidoskop. Er spürte die Macht durch seine Adern fließen und sein Verstand war wie benommen.

»Fühlst du die Macht?«

»Sie ist … sie ist ziemlich stark«, sagte Tanis. Er biss noch einmal hinein.

»Jetzt erhebe deine Hand und befiehl meinem Heer.«

Tanis sah zu den schwarzen Fledermäusen, die in den Bäumen saßen. »Jetzt?«

»Ja. Gebrauche deine neu erworbene Macht.«

Tanis hob zitternd seine Hand. Ohne ein Wort von ihm, fingen die Shataiki an zu kreischen und wandten sich ab. Das Geräusch ließ ihn zurückweichen. Blanke Furcht ging durch ihre Reihen. Und das nur durch seinen ausgestreckten Arm.

»Siehst du? Nimm deine Hand herunter, sonst zerstörst du noch meine ganze Armee.«

Tanis nahm die Hand herunter.

»Kann ich diese Frucht mitnehmen?«

»Nein. Bitte gib sie zurück.«

Tanis tat es, wenn auch widerwillig. Die Shataiki machten weiter Krawall.

»Keine Sorge, mein Freund. Ich habe noch eine Frucht. Noch mehr Wahrheit. Noch mehr Macht. Die hier wird deinen Verstand für die verbotene Wahrheit öffnen. Das ist die Wahrheit, die nur die Weisen besitzen. Mit Macht allein kann man keine Armeen führen. Man braucht auch den Verstand dazu. Diese Frucht zeigt dir, wie.«

Tanis spürte, dass er verschwinden sollte, aber auch das verbot ihm niemand.

»Es ist die gleiche Frucht, die auch dein Freund Thomas gegessen hat«, sagte Taleh.

Tanis sah erschrocken auf. »Thomas hat von deiner Frucht gegessen?«

»Natürlich. Deshalb ist er so weise. Und er kennt die Chroniken, weil er von meinem Wasser getrunken hat. Thomas besitzt das Wissen.«

Diese Enthüllung machte Tanis ganz schwindelig. Deshalb kannte Thomas die Geschichte so genau. Er streckte seine Hand aus.

»Nein, um diese Frucht zu bekommen, musst du dein Schwert auf das Geländer hier auf meiner Seite der Brücke legen. Natürlich kann ich es nicht anrühren. Aber du musst diese Frucht mit beiden Händen festhalten.«

Was die Fledermaus sagte, klang sehr seltsam. Aber Tanis konnte nicht mehr ganz klar denken. Solange das Schwert direkt neben ihm lag und er es jederzeit greifen konnte, konnte es nichts schaden, wenn er es hinlegte. Es würde höchstens eine wirkungsvollere Barriere zwischen ihm und der Fledermaus sein.

Tanis trat vor und legte den Stock auf das Geländer. Dann streckte er beide Hände nach der Frucht in Talehs Klaue aus.

Als sie aus dem Wald kamen, stand Tanis bereits wie ein blökendes, dummes Schaf vor seinem Schlachter, vor dem grauenhaften Wesen. Tom hielt schlitternd an. Michal landete auf einem Ast zu seiner Rechten.

»Michal!« sagte Tom heiser.

»Wir kommen zu spät«, sagte der Roush. »Es ist zu spät.«

»Er spricht noch mit ihm.«

»Tanis muss selber entscheiden.«

»Was?«

Tom wandte sich wieder der Szene vor ihnen zu. Er war von dem Anblick wie erstarrt. Er konnte kaum die Stimme seines Freundes in dem Gekreische der Fledermäuse hören.

»Das ist die Frucht, die Thomas gegessen hat?« Tanis nahm mit beiden Händen die Frucht von der grinsenden, schwarzen Kreatur.

Tom ließ den Baum los, den er so fest umklammert hatte, dass seine Knöchel ganz weiß wurden, und rannte los. *Nein, Tanis! Sei nicht so dumm. Wirf sie ihm wieder hin!*

Er wollte es schreien, aber er brachte keinen Ton heraus.

»Ja, das ist sie, mein Freund«, sagte Taleh. »Thomas ist wahrhaftig ein sehr weiser Mann.«

Die Hälfte der Shataiki in den Bäumen hatte ihn jetzt bemerkt. Sie flogen panisch auf und zeigten mit ohrenbetäubendem Gekreische auf ihn.

Tom rannte über die Wiese auf die Brücke zu. »Tanis!«

Aber Tanis drehte sich nicht um. Hatte er sie schon gegessen?

Tanis ging einen Schritt zurück, und Tom war sich sicher, dass er im nächsten Augenblick die Frucht nach der Bestie werfen und ihn dort auf der Brücke stehen lassen würde. Er hielt inne und sagte leise etwas, das Tom nicht verstehen konnte. Er starrte auf die Frucht in seinen Händen.

»Tanis!« schrie Tom und rannte auf die Brücke.

Tanis hob die Frucht ruhig an seine Lippen und biss kräftig hinein.

Die Horde Fledermäuse in den Bäumen hinter Taleh verstummte plötzlich. Der Wind säuselte leise, und der Fluss unter ihnen rauschte, aber sonst lag eine unheimliche Stille auf der Brücke.

»Tanis!«

Tanis fuhr herum. Der herablaufende Saft glänzte auf seinem Kinn. Man sah das gelbe Fruchtfleisch in seinem weit aufgerissenen Mund.

»Thomas, du bist da!«

Er machte den Mund zu und hielt Tom die angebissene Frucht hin. »Ist das die gleiche Frucht, die du auch gegessen hast, Thomas? Ich muss gestehen, sie ist wirklich ausgezeichnet.«

Tom blieb auf halber Höhe der Brücke abrupt stehen. »Sei kein Dummkopf, Tanis. Es ist noch nicht zu spät. Lass sie fallen und komm zurück.« Er bebte, als er das sagte. »Sofort! Lass sie sofort fallen!«

»Ach, du bist es«, spottete die Kreatur hinter Tanis. »Ich dachte, ich hätte eine Stimme gehört. Keine Sorge, Tanis, mein Freund. Er wäre gerne der Einzige, der meine Frucht gegessen hat. Aber du weißt schon zu viel, nicht wahr? Hat er dir von seinem Raumschiff erzählt?«

Tanis drehte den Kopf von Tom zu der Bestie und wieder zurück, als wüsste er nicht, was er jetzt tun sollte.

»Tanis, hör nicht auf ihn. Reiß dich zusammen!«

Tanis Augen schienen aus ihren Höhlen zu treten. Die Frucht forderte ihren Tribut.

»Thomas? Was für ein Raumschiff?« fragte Tanis.

»Er hat Angst, dir die Wahrheit zu sagen«, fauchte Taleh. »Er hat das Wasser getrunken!«

»Das ist eine Lüge!« sagte Tom. »Geh nicht über die Brücke. Lass die Frucht fallen.«

Tanis hörte nicht auf ihn. Der gelbe Saft von der Frucht lief ihm die Wange hinunter und tropfte auf seine Tunika. Er wandte sich wieder der Kreatur zu und biss noch einmal hinein.

»Sehr stark«, sagte er. »Mit dieser Macht könnte ich sogar dich besiegen.«

»Jaaaa.« Die Fledermaus grinste heimtückisch. »Und wir haben noch etwas, das du dir gar nicht vorstellen kannst.«

Er holte einen Lederbeutel hervor.

»Hier, trink das. Es wird dir die Augen für eine ganz neue Welt öffnen.«

Tanis sah erst die Fledermaus an, dann den Beutel. Dann streckte er eine Hand nach dem Beutel aus.

Taleh drehte sich um und stieß dabei gegen etwas, das Tom vorher nicht gesehen hatte. Ein Stock, der auf dem Geländer lag. Ein dunkler Stock, der alle Farbe verloren hatte. Das Stück Holz fiel vom Geländer in den Fluss.

Tom fuhr herum. Michal sah schweigend zu. »Eljon!«, schrie Tom verzweifelt. Er musste doch etwas tun! Er liebte Tanis doch so sehr. »Eljon!«

Nichts.

Er drehte sich wieder zur Brücke. Was hier geschah, geschah wegen ihm, trotz ihm. Er fühlte sich so hilflos und verängstigt wie noch nie in seinem Leben.

Taleh ging langsam, sehr langsam und schonte dabei sein rechtes Bein. Er ging die Brücke hinunter zum anderen Ufer. »Mehr Wissen, als du vertragen kannst«, sagte er. »Ist es nicht so, meine Freunde?«, brüllte er zu der Horde am Waldrand.

»Jaaaa … jaaaa«, krächzte ein ganzes Stimmenmeer.

»Dann ladet unseren Freund ein, davon zu trinken«, rief er und betrat das andere Ufer. »Ladet ihn ein, davon zu trinken!«

»Trink, trink, trink, trink«, sangen die Shataiki langsam, in einem dröhnenden, verführerischen Ton, wie ein Lied.

Tom spürte, wie sich seine Nackenhaare aufstellten. Tanis sah mit glasigen Augen zu ihm zurück und ein Grinsen entstellte sein Gesicht. Er kicherte nervös.

Toms Gedanken gerieten in Panik. Tanis fiel tatsächlich darauf herein!

Mit letzter Verzweiflung rannte er die Brücke hinauf auf den vollkommen berauschten Mann zu. »Tanis, nicht! Tu es nicht!« Er weinte beim Klang des betörenden Liedes. »Du weißt ja nicht, was du da tust!«

Tanis wandte sich wieder der singenden Horde zu und ging einen Schritt in Richtung auf die andere Seite.

Tom erschienen Bilder von Rachelle und dem kleinen Johan. Das durfte nicht passieren, nicht, wenn er es verhindern konnte!

Er sprang auf Tanis zu, hielt sich mit der linken Hand am Geländer fest und schlang seinen anderen Arm um die Taille des Mannes. Er stemmte sich mit beiden Beinen in den Boden und riss Tanis mit solcher Kraft zurück, dass er ihn beinahe umgeworfen hätte.

Fauchend drehte sich Tanis um und trat ihn in die Brust. Tom flog rückwärts und landete auf den Holzplanken.

»Nein, Thomas! Du wirst nicht der Einzige sein, der dieses Wissen besitzt! Wer bist du, dass du mir sagst, was ich tun soll?«

»Er lügt, Tanis! Ich habe das Wasser nicht getrunken!«

»Du lügst! Du träumst von den Chroniken. Noch niemals hat jemand von den Chroniken geträumt.«

»Weil ich gestürzt bin!«

Für einen Moment schien der Erstgeborene verwirrt. Mit Tränen in den Augen wandte er sich ab, hob den Beutel an seine Lippen und ließ das Wasser in seinen Mund laufen.

Dann ging er über die Brücke und betrat das ausgedörrte Land auf der anderen Seite.

Was dann geschah, würde Tom niemals wieder vergessen können. In dem Augenblick, als Tanis seinen Fuß neben der großen schwarzen Fledermaus auf den Boden setzte, marschierten ein Dutzend kleinere Shataiki auf ihn zu, um ihn zu empfangen. Tom rappelte sich gerade wieder hoch, als Tanis dem ihm am nächsten stehenden Shataiki die Hand zur Begrüßung hinhielt. Aber statt den Gruß zu erwidern, sprang der Shataiki plötzlich in die Luft und schlug mit seiner Klaue wütend nach der ihm entgegengestreckten Hand.

Für einen Moment schien die Zeit stillzustehen.

Der Beutel fiel Tanis aus der Hand. Die halb gegessene Frucht kullerte auf den Boden. Tanis blickte auf seine Hand hinunter und sah, wie sich der weiße Spalt des Schnittes mit rotem Blut zu füllen begann. Und dann überfielen den Erstgeborenen die ersten Auswirkungen seiner neuen Welt wie eine brutale, blutrünstige Bestie.

Tanis schrie auf vor Schmerz.

Taleh stand aufrecht und gebieterisch da und sah zum schwarzen Wald hinüber.

»Packt ihn!«, befahl er.

Die Gruppe Shataiki, die Tanis empfangen hatte, stürzte sich auf ihn. Tanis riss seine Hände hoch, um sich zu verteidigen, aber er war wie unter Schock und es war hoffnungslos. Spitze Zähne bohrten sich in seinen Nacken und Rücken, eine scharfe Kralle zerschnitt sein Gesicht mit einem einzigen großen Riss. Dann verschwand Tanis unter einem Haufen schwarzer, flügelschlagender Fellknäuel.

Taleh hob in Siegespose seine Flügel und machte den noch in den Bäumen wartenden Horden ein Zeichen. »Jetzt!«, rief er mit Donnerstimme über den Lärm des Überfalls auf Tanis hinweg. »Jetzt! Habe ich es euch nicht gesagt?« Er hob sein Kinn und heulte mit einer Stimme, die so laut und furchtbar war, dass sie den Himmel zu zerreißen schien:

»Unsere Zeit ist gekommen!«

Die Horde Bestien brach in ein markerschütterndes Geschrei aus. Noch über dem Getöse vernahm Tom die tiefe, kehlige Stimme ihres Anführers. »Zerstört das Land! Nehmt euch, was euch gehört!«

Taleh schwang seine Flügel in Richtung des bunten Waldes.

Tom sah gelähmt vor Schreck zu, wie eine riesige, schwarze Wand von Fledermäusen zu fliegen begann. Die Wand erstreckte sich nach links und rechts, so weit er sehen konnte, und war so groß, dass sie sich wie in Zeitlupe zu bewegen schien. Ein dunkler Schatten kroch über den Boden. Er kam aus dem schwarzen Wald über die Brücke auf Thomas zu. An der Vorderseite des Schattens wurde das weiße Holz der Brücke rissig und grau. Ein beißender Schwefelgeruch schlug ihm entgegen.

Tom fuhr herum und rannte vor dem Schatten davon. Er sprang von der Brücke und rannte so schnell er konnte. Michal war verschwunden.

»Michal!«, schrie er.

Er wagte einen kurzen Blick zurück auf die Bäume am Rand des bunten Waldes. An der Vorderseite des Schattens war das Gras hinter ihm zu Asche geworden, als sei unter der Erde eine große Feuerfront entfacht worden, die alles Leben auf der Erde verbrannte.

Aber er wusste, dass der Tod nicht von unten kam. Er kam von den schwarzen Fledermäusen über ihm. Und was würde aus ihm werden, wenn ihn der Schatten einholte?

Er schrie auf und rannte in panischer Angst davon und wusste dabei, dass Panik ihn nur bremsen würde. »Eljon!«

Eljon antwortete nicht.

Als er auf die Lichtung in der Nähe des Flussufers kam, holte ihn der Schatten der schwarzen Kreaturen ein. Er spannte die Muskeln an, in Erwartung des glühenden Schmerzes von brennendem Fleisch.

Das verkohlte Gras unter seinen Füßen knisterte. Das bunte Licht der Bäume links und rechts von ihm erlosch und das grüne Blätterdach kam als Ascheregen herunter. Die Luft wurde unerträglich dick.

Aber sein Fleisch verbrannte nicht.

Der Schatten zog weiter, genau vor ihm. Seine Kräfte verließen ihn. Die Wand der Fledermäuse bewegte sich genau auf das Dorf zu. Nein! Sie würde das Dorf erreicht haben, lange bevor Tom die anderen warnen konnte.

Die Tiere und Vögel heulten und kreischten und flogen in wirren Kreisen.

Hier, unter dem Schatten, herrschte der Tod. Da vorne, vor dem Schatten, gab es noch Leben. Das Leben des bunten Waldes. Das Leben, das es Tanis möglich gemacht hatte, mit übernatürlichen Kräften unglaubliche Sprünge in der Luft zu vollführen. Das Leben, das auch Tom in den letzten Tagen immer mehr Kraft gegeben hatte.

Tom krallte sich hartnäckig an einen letzten Hoffnungsschimmer in seinen Gedanken. Wenn er nur den Schatten einholen und wieder in das Leben vor ihm zurückkehren konnte. Wenn er doch nur noch einmal die letzten Kräfte irgendeiner Frucht auf irgendeinem Baum aus dem letzten Leben im Land sammeln konnte.

Wenn er es nur schaffte, den Fledermäusen zuvorzukommen.

Die Früchte fielen wie ein langsamer Hagel von den verkohlten Bäumen und plumpsten auf den Boden. Tom warf sich nach links, bückte sich, griff nach einer Frucht und biss ein Stück ab. Er schluckte es, ohne zu kauen.

Sofort kehrten seine Kräfte zurück.

Er hielt die Frucht umklammert und rannte weiter. Der Saft lief ihm durch die Finger. Er schob sich noch einen Bissen in den Mund, schluckte und rannte weiter.

Langsam, ganz langsam holte er den Schatten ein. Warum die Fledermäuse sich nicht auf ihn stürzten und ihn in Stücke rissen, wusste er nicht. Vielleicht übersahen sie in ihrem Eifer, das Dorf zu erreichen, diesen einzelnen Menschen da unten.

Er schluckte noch zwei Bissen von der Frucht und rannte dem Schatten zehn Minuten lang so schnell er konnte hinterher, bis er ihn einholte. Die Panik war von ihm gewichen. In dem Moment, als er unter dem Baldachin von Fledermäusen hervorkam, kehrte seine alte Kraft zurück.

Er schnappte sich eine unverdorbene Frucht und biss ein großes Stück ab.

Süße, liebliche Erlösung. Tom zitterte und schluchzte. Und er rannte.

Mit übernatürlicher Kraft rannte er weiter und bekam immer mehr Vorsprung vor dem Schatten, vor den herannahenden Horden, die hoch über ihm kreischten. Erst fünfzig Meter, dann hundert, dann zweihundert. Schon bald waren sie eine riesige schwarze Wolke, weit hinter ihm.

Von einem Hügel aus konnte er ihren Vormarsch erstaunlich deutlich sehen. Von seinem Beobachtungsposten aus konnte er in einem ganz neuen Licht sehen, was da vor sich ging. Der schwarze Wald drang in einer endlos langen Linie, die die Sonne verdunkelte und das Land verbrannte, immer weiter in das Grün vor.

Er rannte weiter, obgleich er vor Tränen kaum noch sehen konnte, und er schrie vor Wut.

Als Tom aus dem Wald kam, war der Himmel über dem Tal verlassen. Es war das einzige Anzeichen dafür, dass etwas im Argen lag. Normalerweise schwebten mindestens ein Dutzend Roush in gemütlichen Kreisen über dem Dorf oder tollten mit den Kindern auf der Wiese herum. Jetzt war kein einziger von ihnen zu sehen. Kein Michal, kein Gabil.

Unten gingen die Dorfbewohner friedlich und ahnungslos umher. Zwischen den Häusern spielten vergnügt lachende Kinder;

Mütter wiegten ihre Kleinen, sangen leise und tanzten leichtfüßig dazu; Väter erzählten immer wieder ihre Geschichten von großen Abenteuern. Keiner ahnte etwas von der Horde, die gleich über sie herfallen würde.

Tom rannte wie wild den Hang hinunter. »Oh, Eljon«, flehte er, »ich bitte dich, hilf mir.«

Er rannte ins Dorf und schrie so laut er konnte, »Shataiki! Sie kommen! Sucht euch alle etwas, um euch zu verteidigen!«

Johan und Rachelle kamen hüpfend und lächelnd auf ihn zu und winkten aufgeregt. »Thomas«, rief Rachelle, »da bist du ja!«

»Rachelle!« Tom eilte auf sie zu. »Schnell, du musst dich schützen!« Er sah zurück auf den Hügel, wo die Wolke von Fledermäusen über dem Kamm erschien. Tausende schwarzer Kreaturen brachen aus ihren Reihen aus und strömten ins Tal.

Es war zu spät. Sie konnten sich nicht mehr verteidigen. Das waren nicht die Gespenster mit Krallen, die sie sich immer vorgestellt und mit ausgeklügelten Kampftechniken besiegt hatten. Diese blutrünstigen Bestien würden sie niedermachen, genau wie Tanis.

Tom wirbelte herum und griff beide an der Hand. »Kommt mit mir!«, befahl er und rannte den Weg hinunter. »Schnell!«

»Schau!«, schrie Johan. Er hatte die herannahenden Shataiki entdeckt. Tom blickte ihn an und sah, wie er mit großen Augen zurückschaute auf die Bestien, die sich jetzt auf das Dorf stürzten.

»Die Bannhalle!«, schrie er. »Zur Bannhalle! Rennt!«

Rachelle rannte mit bleichem Gesicht neben ihm. »Eljon!«, schrie sie. »Eljon, rette uns!«

»Rennt!«, schrie Tom.

Johan versuchte immer wieder sich umzudrehen, sodass Tom ihn immer wieder hinter sich herziehen musste. »Schneller! Wir müssen die Bannhalle erreichen!«

Tom zog sie die Treppe hinauf, immer zwei Stufen auf einmal. Hinter ihnen erfüllten Schreie das Dorf. »Nicht zurückschauen! Los, los, los!« Er schob sie unsanft durch die Tür und wirbelte herum.

In diesem Moment stürzten sich zehntausend der Biester mit ausgestreckten Klauen auf das Dorf. Die Schreie der Dorfbewohner wurden noch übertönt von dem schrillen Gekreische aus Tausenden von Shataiki-Kehlen. Ihre Klauen fuhren wie Sicheln durch die Luft; ihre Zähne knirschten in Erwartung des Fleisches vor ihnen.

Rechts von ihm stürzte sich ein Shataiki auf einen Jungen, der die Straße entlang davonrannte. Er stürzte zu Boden und war sofort unter einem Dutzend Fledermäuse begraben, die ihre Klauen in sein zartes Fleisch gruben. Die Schreie des Jungen vermischten sich mit dem Kreischen der Shataiki.

Keine zehn Schritte von dem Jungen entfernt fuchtelte eine Frau wild mit den Armen, um zwei Biester zu verjagen, die sich an ihren Kopf gekrallt hatten und wie besessen an ihr nagten. Die Frau wirbelte herum, schrie, und trotz des Blutes, das ihr übers Gesicht lief, erkannte Tom sie. Es war Karyl.

Tom stöhnte auf vor Schreck. Im ganzen Dorf fielen die hilflosen Bewohner den blutrünstigen Shataiki zum Opfer.

Und es kamen immer noch mehr. Hunderttausende dieser Kreaturen verfinsterten den Himmel und strömten über den Hügel ins Tal. Er wusste, dass das Gleiche auch in den anderen Dörfern geschah.

Tom schlug die große Tür zu und schnappte nach Luft. Er schob den großen Riegel vor und drehte sich zu Rachelle und Johan um, die mitten auf dem grünen Boden standen und sich unschuldig an den Händen hielten.

»Was ist passiert?«, fragte Rachelle mit zitternder Stimme und starrte Tom mit ihren großen grünen Augen an. »Wir müssen gegen sie kämpfen!«

Tom rannte quer durch den Raum und schloss die hintere Tür, die zu einem weiteren Eingang draußen führte.

»Sind das die einzigen beiden Eingänge?«, fragte er.

»Was ist …«

»Sag schon!«

»Ja!«

Kein Shataiki konnte also in die Bannhalle kommen, ohne die Türen aufzubrechen. Er drehte sich um.

»Hört mir gut zu.« Er hielt inne, um Atem zu holen. »Ich weiß, dass das seltsam klingt, und vielleicht versteht ihr mich nicht, aber wir sind überfallen worden.«

»Überfallen?«, witzelte Johan. »Richtig überfallen?«

»Ja, richtig überfallen«, sagte er. »Die Shataiki sind aus dem schwarzen Wald gekommen.«

»Das … das ist unmöglich!«, sagte Rachelle.

»Doch, es ist möglich, möglich und wahr.«

Tom ging zum Haupteingang und prüfte die Tür. Durch die Mauern der Bannhalle konnte er den Lärm des Überfalls kaum noch hören. Rachelle und Johan rührten sich nicht und standen Hand in Hand in der Mitte des jadefarbenen Bodens, wo sie schon tausende Male getanzt hatten. Sie konnten unmöglich verstehen, was da draußen wirklich vor sich ging. Sie konnten nicht wissen, wie dramatisch sich die farbenfrohe Welt, mit der sie bis vor ein paar Minuten noch so vertraut gewesen waren, für immer verändert hatte.

Tom ging zu ihnen und legte seine Arme um sie. Und dann verschwand das Adrenalin, das ihm die Kraft gegeben hatte, durch den Wald und zur Bannhalle zu rennen. Die volle Gewissheit der Verwüstung, die da draußen, außerhalb der Wände der Bannhalle, wütete, brach über ihn herein wie zehn Tonnen Zement. Er ließ den Kopf hängen und versuchte, stark zu sein.

Rachelle legte ihre Hand auf sein Haar und streichelte ihn langsam. »Es ist schon in Ordnung, Thomas«, sagte sie. »Weine nicht. Alles wird wieder gut werden. Bald ist die Versammlung.«

Die Verzweiflung rollte wie eine Flutwelle über Tom. Sie waren verflucht. Er bemühte sich, seine Selbstkontrolle nicht zu verlieren. Wie konnte Tanis nur so leicht verführt werden? Wie dumm war er gewesen, der schwarzen Kreatur überhaupt zuzuhören, ja, überhaupt in die Nähe des schwarzen Waldes zu gehen!

»Bitte weine nicht«, sagte Johan. »Bitte weine nicht, Thomas. Rachelle hat recht. Alles wird wieder gut.«

Qualvoll langsam verging die nächste halbe Stunde. Rachelle und Johan versuchten, ihn über ihre Lage auszufragen. »Wo sind die anderen? Was sollen wir jetzt tun? Wie lange werden wir hierbleiben? Wo leben diese schwarzen Kreaturen?«

Aber Tom antwortete immer nur mit einem Achselzucken und

ging in dem großen Raum hin und her. Diese jadefarbene Halle würde ihr Sarg sein. Wenn er eine ihrer Fragen beantwortete, so nur mit einer unbestimmten Ausflucht. Wie sollte er ihnen diesen Verrat erklären? Er konnte es nicht. Sie mussten es selbst sehen. Im Moment war ihr einziges Ziel zu überleben.

Zuerst griffen die Shataiki die Bannhalle in Wellen an und einmal klang es, als hätte sich jedes Einzelne dieser dreckigen Biester auf das Dach gesetzt und würde wütend draufschlagen und kratzen, um hineinzukommen. Aber es gelang ihnen nicht.

Erst nach einer Stunde bemerkte Tom eine Veränderung. Sie saßen schon seit gut zehn Minuten in der Stille, ohne einen weiteren Angriff.

Mit weichen Knien stand er auf und ging zum Haupteingang. Stille. Entweder waren die Fledermäuse verschwunden oder sie saßen still auf dem Dach und warteten nur darauf, anzugreifen, sobald sich die Tür öffnete.

Tom sah Rachelle und Johan an, die die ganze Zeit über in der Mitte des Raumes gestanden hatten. Es war Zeit, ihnen alles zu erzählen.

»Tanis hat von dem Wasser getrunken«, sagte er nur.

Sie standen steif mit offenem Mund da. Gleichzeitig ließen sie die Köpfe sinken. Das neue Gefühl der Trauer, das sie in sich spürten, war ihnen offensichtlich unbekannt. Natürlich wussten sie, was das bedeutete. Nicht im Einzelnen, aber ganz allgemein wussten sie, dass etwas sehr Schlimmes geschehen war. Es war das erste Mal überhaupt, dass sie etwas Schlimmes erlebt hatten.

In der Stille begannen ihre Schultern zu zucken, zuerst nur leicht, aber dann immer stärker, bis sie es schließlich nicht mehr länger aushielten, sich gegenseitig umarmten und schluchzten.

Auch Tom spürte wieder Tränen in seinen Augen. Wie konnte diese Tragödie überhaupt passieren? Lange Zeit hielten sie sich aneinander fest und weinten.

»Was sollen wir nur tun? Was sollen wir nur tun?«, fragte Rachelle immer wieder. »Können wir nicht zum See gehen?«

»Ich weiß nicht«, erwiderte Tom leise. »Ich glaube, es ist jetzt alles anders, Rachelle.«

Johan sah Tom mit tränenverschmiertem Gesicht an. »Aber warum hat Tanis das getan, obwohl Eljon es verboten hat?«

»Ich weiß es nicht, Johan«, sagte Tom und nahm die Hand des Jungen. »Mach dir keine Sorgen. Die Erde hat sich vielleicht verändert, aber Eljon wird sich niemals ändern. Wir müssen ihn nur finden.«

Rachelle legte den Kopf zurück und hob ihre Hände mit den Handflächen nach oben. »Eljon!«, rief sie. »Eljon, kannst du uns hören?« Tom sah ohne Hoffnung zu. »Eljon, wo bist du?«, rief Rachelle noch einmal.

Sie ließ ihre Hände sinken und sah niedergeschlagen zu Tom und Johan. »Es ist anders«, sagte sie.

Er nickte. »Alles ist jetzt anders.« Er sah hinauf zu der grünen Kuppel. *Außer in der Bannhalle.* »Wir warten hier bis zum Morgen und wenn es sicher scheint, dann werden wir versuchen, Eljon zu finden.«

33

ES WAR EINE qualvolle Nacht für Tom gewesen. Um zwei Uhr morgens war er schreiend und in kalten Schweiß gebadet aufgewacht. Er konnte nicht wieder einschlafen und er konnte sich auch nicht überwinden, Kara von seinem Albtraum zu erzählen. Er konnte selbst kaum begreifen, was das alles zu bedeuten hatte. Die Bilder von der schwarzen Wand von Fledermäusen, die durch das Land zogen und in das Dorf eingefallen waren, lagen wie ein schwerer, nasser Mantel auf ihm.

Die frühen Morgenstunden waren die reinste Folter gewesen, die nur ein wenig durch das Einsetzen einer neuen Ablenkung gemildert wurde.

»Haben wir einen Internetzugang?«, fragte er Kara um sechs Uhr morgens.

»Ja, warum?«

»Ich brauche ein wenig Ablenkung. Vielleicht würde mir ein kleiner Crashkurs in Überlebenstraining im Land der Fledermäuse weiterhelfen.«

Sie sah ihn überrascht an.

»Was ist?«, fragte er.

»Ich dachte, wir wollten herausfinden, wie uns die Welt dort helfen kann, die Welt hier zu retten, anstatt zu lernen, wie man Waffen baut, um ein paar schwarze Fledermäuse für Tanis zu vernichten?«

Wenn sie nur wüsste. Er konnte sich nicht überwinden, es ihr zu sagen – noch nicht. Sie würde niemals verstehen, wie echt sich das alles anfühlte.

»Ich brauche ein bisschen Ablenkung«, sagte er.

»Ich auch«, sagte sie.

Die nächsten drei Stunden verbrachten sie damit, bei Yahoo! nach Themen zu suchen, die Tom für nützlich hielt. Vielleicht hatte Tanis mit seiner Idee, Waffen zu bauen, eine Spur verfolgt. Wenn sie recht hatten, dann konnte man nur Fähigkeiten und Wissen von einer Welt in die andere mitnehmen. Er konnte kein Gewehr mitnehmen, aber er konnte das Wissen, wie man ein Gewehr baut, mitnehmen.

»Was nützt dir ein Plan, wie man ein Gewehr baut, wenn du kein Metall hast, um es zu bauen?«, fragte Kara. »Würde das Holz dort einen Schuss aushalten?«

»Ich weiß nicht.«

Er bezweifelte, dass es irgendwo noch Holz gab, das man mit den Händen formen konnte. Oder noch jemanden, der es formen konnte. Er klickte die Seite mit den Waffen weg und suchte nach grundlegenderen Dingen. Wie findet man Eisenerz, wie baut man eine Schmiede. Schwerter. Gift. Überlebenstechniken. Kampftechniken. Kriegsführung.

Aber schließlich kam er zu dem traurigen Schluss, dass die Lage im bunten Wald – oder war inzwischen alles schwarz? – hoffnungslos war, egal was er unternahm.

Und hier war die Lage kaum besser. Sie hatten den Beweis, dass der Raison-Impfstoff zu einem ganz üblen Virus mutieren konnte, und niemand schien das verhindern zu wollen. Zugegeben, er war mit dem Helikopter und Muta in den Dschungel geflogen, hatte Monique gefunden, war gerade so mit heiler Haut davongekommen und hatte schließlich den Beweis für das Raison-Virus geliefert. Aber trotzdem hatte Tom das Gefühl, dass nichts passierte. Falls Merton Gains tatsächlich sein versprochenes Wunder tat, dann tat er es viel zu langsam.

Am späten Vormittag kam Jacques de Raison herein und Tom redete, noch bevor der Franzose erklären konnte, warum er gekommen war.

»Ich komme mir vor wie ein wildes Tier im Käfig«, sagte Tom. »Ich laufe hier wie ein Dummkopf herum, weil ich unter Hausarrest stehe, und die anderen palavern darüber, was sie tun wollen.«

»Der Hausarrest ist aufgehoben«, sagte Raison, »auf mein Verlangen hin.«

Tom sah den erschöpft aussehenden Pharma-Giganten an. »Wirklich? Wann?«

»Vor einer Stunde.«

»Und das sagen Sie mir jetzt?«

Der Mann erwiderte nichts.

»Ich brauche ein Handy«, sagte Tom, »und ein paar Telefonnummern. Können Sie das besorgen?«

»Ich denke, das ist möglich.«

»Ist unser Auto noch da?«

»Ja, auf dem Parkplatz.«

»Können Sie es bringen lassen? Kara, bist du bereit, zu gehen?«

»Da gibt es nichts bereitzumachen. Wohin?«

»Nur weg von hier. Nehmen Sie es nicht persönlich, Jacques, aber ich kann hier nicht einfach rumsitzen. Ich darf mich frei bewegen, stimmt's?«

»Ja, aber wir suchen immer noch meine Tochter. Was ist, wenn wir Sie brauchen? Minister Gains kann jeden Augenblick anrufen.«

»Deshalb brauche ich ja ein Handy.«

Ihre Schuhe klackten auf dem Fliesenboden der Empfangshalle des Sheraton. Tom hielt sich geduldig das Handy ans Ohr, während er sich in der Halle umsah. Hunderte hielten sich im großen Innenhof auf und hatten keine Ahnung, dass der junge Amerikaner namens Thomas Hunter und die schöne Blonde an seiner Seite um das Schicksal der Welt feilschten.

Patricia Smiley kam zum vierten Mal innerhalb einer halben Stunde ans Telefon. Er machte sie wahnsinnig, aber das war ihm egal.

»Hier ist noch mal Tom Hunter«, sagte er. »Bitte, bitte sagen Sie nicht, er ist wieder in einer Sitzung oder am Telefon.«

»Es tut mir leid, Mr. Hunter, ich habe Ihnen doch schon gesagt, dass er im Moment spricht.«

»Kann ich ganz offen reden? Es hört sich nicht so an, als ob Ihnen das leid tut, Patricia. Haben Sie ihm gesagt, dass ich am Telefon bin? Er erwartet meinen Anruf. Habe ich Ihnen gesagt, dass ich aus Bangkok anrufe? Stellen Sie mich durch. Ich platze gleich!«

»Wenn Sie jetzt laut werden ...« Sie verstummte. Sie sprach mit jemandem im Büro. »Ich stelle Sie durch, Mr. Hunter.«

Klick.

»Hallo?« Hatte sie aufgelegt? »Wehe, Sie legen jetzt einfach auf, Sie ...«

»Thomas?«

Es war Merton Gains.

»Oh, Entschuldigung. Ich habe gerade mit ...« Er brach mitten im Satz ab.

»Macht nichts. Es tut mir leid, dass ich mich nicht früher gemeldet habe, aber ich musste meinen Terminkalender frei machen. Wie wäre es mit zehn Uhr heute Abend?«

Tom hielt inne.

»Was ist?«, fragte Kara neben ihm.

»Zehn Uhr wofür?«

»Für mich. Mein Flug geht in einer Stunde. Der Leiter des CIA kommt mit. Wir müssen noch ein wenig telefonieren, aber wir glauben, dass wir den australischen Geheimdienst, Scotland Yard und die Spanier gewinnen können. Vielleicht zehn, fünfzehn Leute. Nicht gerade ein Gipfeltreffen, aber es ist mal ein Anfang.«

»Anfang wovon? Wozu?«

Im Telefon rauschte es.

»Für Sie, Mann! Ich will, dass Sie bereit sind, verstanden? Erzählen Sie ihnen alles, von A bis Z. Jacques de Raison wird auch da sein und seine Testergebnisse präsentieren. Ich werde jemanden vom Seuchenzentrum mitbringen, um sich das anzuhören. Der Präsident hat mir sein Einverständnis gegeben, also ziehe ich das jetzt durch. Von jetzt an behandeln wir das Ganze wie eine reale Bedrohung. Mit etwas Glück hören uns bis heute Abend noch ein paar andere Länder zu. Wir werden sie brauchen, glauben Sie mir. Hier bei uns habe ich nicht allzu viel Unterstützung.«

»Sie wollen, dass ich das alles bei einem Treffen erzähle?«

»Ich will, dass Sie denen erzählen, was Sie mir erzählt haben. Traumdeutung liegt mir nicht so.«

»Das kann ich machen.« Tom war sich nicht sicher, ob er es wirklich konnte, aber über solch unbedeutende Überlegungen waren sie schon längst hinaus. »Und in der Zwischenzeit findet irgendjemand Svensson? Wir müssen ihn aufhalten!«

»Wir sind dran. Aber hier haben wir es mit internationalem Recht zu tun. Und Svensson ist ein einflussreicher Mann. Sie können ihn nicht einfach ohne Beweise verhaften.«

»Ich habe Beweise!«

»Nicht nach deren Verständnis. Er hat für morgen einer Anhörung zugestimmt. Keine Sorge, unsere Bodentruppe wird ihm in ein paar Stunden einen Besuch abstatten. Sie werden ihn überwachen. Er kann nicht verschwinden.«

»Das könnte zu spät sein.«

»Zum Donnerwetter, Thomas! Sie wollten es schnell – das ist schnell! Ich muss jetzt zum Flughafen. Ich werde meiner Sekretärin sagen, dass sie Sie jederzeit zu mir durchstellen soll. Sie sind im Sheraton, richtig?«

»Richtig.«

»Dann um zehn Uhr im Sheraton. Ich lasse einen Konferenzraum reservieren.«

Merton Gains hielt einen Moment inne. »Haben Sie … irgendetwas Neues herausgefunden?«

Der Albtraum ging Tom durch den Kopf. Der Fall der Welt. Ein drohendes Angstgefühl breitete sich in Tom aus und lag ihm wie ein Stein im Magen. »Nein.«

»Gut.«

»Okay.«

Er legte auf.

»Was war das?«, fragte Kara. »Kommt er?«

»Er kommt. Mit Gefolge. Um zehn.«

»Das sind noch zwölf Stunden. Was passiert jetzt in den nächsten zwölf Stunden? Du wirst sie informieren, oder? Also brauchen wir mehr Informationen.«

Tom wurde plötzlich von einem Schwächegefühl überwältigt. Ihm wurde schlecht. Er setzte sich auf einen Stuhl im Restaurant und schaute in die Empfangshalle.

»Thomas?« Kara setzte sich ihm gegenüber. »Was ist los?«

Er rieb sich die Schläfen. »Kara, wir haben ein Problem.«

»Warum sagst du das? Endlich fangen sie an, auf uns zu hören.«

»Nein, nicht mit ihnen, mit mir, mit dem, was mit mir passiert.«

»Mit deinen Träumen?«

»Der bunte Wald existiert nicht mehr«, sagte er.

»Was … was meinst du damit?«

»Der bunte Wald ist nicht mehr bunt. Die Fledermäuse sind über den Fluss gekommen und haben …« Tom verstummte.

Sie starrte ihn an, als sei er vollkommen durchgedreht. »Das … Wie ist das möglich?«

»Es ist einfach passiert.«

»Und was bedeutet das?«

»Das weiß ich noch nicht.« Er schlug mit der flachen Hand auf den Tisch. Die Teller klirrten. Ein Paar, das zwei Tische weiter saß, sah herüber.

Und noch einmal, nicht ganz so laut: »Ich weiß es nicht. Das ist das Problem. Soweit ich weiß, gehe ich vielleicht nicht einmal zurück. Und wenn ich doch zurückgehe, habe ich keine Ahnung, wie das Land dort aussehen wird.«

»Ist das schlecht?«

»Du kannst dir das nicht vorstellen.«

»Daher also dein plötzliches Interesse an Waffen.«

»Ja, ich glaube schon.«

»Dann musst du jetzt schlafen. Du kannst dich nicht mit all diesen Leuten treffen, ohne zu wissen, was dort los ist. Die ganze Sache hängt von … deinen Träumen ab. Und du willst mir sagen, es sei aus damit? Du musst unbedingt schlafen.«

»Ich werde ihnen nicht verraten, was dort gerade läuft«, sagte er. »Das ist nur zwischen uns beiden, Kara. Es ist schon schlimm genug, dass ich erzählen soll, was ich in meinen Träumen erfahren habe, aber ich werde ihnen keine Einzelheiten erzählen. Die bringen mich in die Irrenanstalt!«

»Aber du musst es trotzdem wissen. Nur für dich selbst.«

Einen Moment lang saßen sie schweigend da. Es stimmte – er

musste herausfinden, ob er zurückkehren konnte. Ihnen blieben noch zwölf Stunden.

»Erzähl mir, was passiert ist«, sagte Kara leise. »Ich will alles genau wissen.«

Tom nickte. Es war schon eine Weile her, seit er ihr das letzte Mal die Einzelheiten erzählt hatte. »Das dauert aber eine Weile.«

»Wir haben Zeit.«

Zwölf Stunden waren vergangen und Svensson hatte Monique immer noch nicht gezwungen, ihre Meinung zu ändern, wie er ihr angedroht hatte. Aber schon ein Blick in sein Gesicht, als er in ihre weiße Zelle kam, ließ sie vermuten, dass sich das gleich ändern würde.

In der Nacht hatten sie sie an einen anderen Ort gebracht. Warum oder wohin wusste sie nicht. Sie wusste nur, dass der Plan, der sich um sie herum zu entfalten begann, mit ungeheurer Genauigkeit und großem Weitblick vorbereitet worden war. Was sie zwischen den Zeilen lesen konnte, war genug, um ihr das zu verraten.

Virologen hatten schon seit Jahren vermutet, dass eines Tages eine Biowaffe die Menschheitsgeschichte ändern würde. In Erwartung dieses Ereignisses hatte Valborg Svensson bis ins Detail genau geplant. Dass ihm das Raison-Virus in die Hände gefallen war, mochte Zufall gewesen sein, aber was er jetzt damit vorhatte, war es absolut nicht. Genau genommen war es ihm nicht in die Hände gefallen. Er hatte ein weitreichendes Netz an Informanten aufgebaut, damit er sofort reagieren konnte, sobald sich das erste Anzeichen für das passende Virus zeigen sollte. Tatsächlich arbeiteten mehrere Tausend Wissenschaftler für ihn.

Dieser Mann, der da hochgewachsen in der Tür zu ihrem weißen Zimmer stand, war genial, dachte Monique, und vielleicht auch vollkommen wahnsinnig.

»Hallo Monique, ich denke, wir haben Sie gut behandelt. Ich entschuldige mich für alle Unannehmlichkeiten, aber das wird sich ab jetzt ändern. Das Schlimmste haben Sie hinter sich, das verspreche ich Ihnen. Es sei denn, Sie weigern sich, zu kooperieren, natürlich. Aber das liegt nicht in meiner Hand.«

»Ich habe nicht die Absicht zu kooperieren«, sagte sie.

»Ja, natürlich, weil Sie das Neueste noch nicht wissen.«

Sie tat ihm nicht den Gefallen, die Frage zu stellen, die er jetzt gerne gehört hätte.

»Möchten Sie wissen, was das ist?«

Sie reagierte immer noch nicht. Er kicherte. »Sie haben ein starkes Rückgrat. Das gefällt mir. Was Sie nicht wissen, ist, dass wir – ja, wir, denn ich tue das ganz sicher nicht allein, nicht im Geringsten, obwohl ich denke, dass ich eine entscheidende Rolle dabei spiele –, dass wir in genau vierzehn Stunden das Raison-Virus zunächst einmal in zwölf Ländern freisetzen werden.«

Monique verschwamm alles vor den Augen. Was hatte er da gesagt? Er konnte doch unmöglich vorhaben …

»Ja, ganz genau. Ganz gleich ob mit oder ohne Gegenmittel, der Countdown beginnt in vierzehn Stunden.« Er grinste breit. »Erstaunlich, nicht wahr?«

»Das können Sie nicht tun!«

»Das haben ein paar von den anderen auch gesagt. Aber wir haben uns durchgesetzt. Es ist die einzige Möglichkeit. Das Schicksal der Welt liegt nun in meinen Händen, meine liebe Monique. Und in Ihren natürlich.«

»Das Virus könnte die ganze Menschheit vernichten!«

»Genauso ist es. Die Bedrohung muss ernst sein. Nur ein antivirales Medikament kann die Menschheit noch retten. Ich gehe davon aus, dass Sie uns gerne helfen möchten, dieses Medikament zu entwickeln. Ich muss sagen, wir hatten schon einen sehr vielversprechenden Anfang. Vielleicht brauchen wir Sie gar nicht. Aber das Virus trägt Ihren Namen. Da scheint es angemessen, wenn auch das Gegenmittel nach Ihnen benannt wird, finden Sie nicht?«

34

DAS ERSTE, WAS Tom wahrnahm, war, dass er wieder zurück war. Er wachte in der Bannhalle auf, wo Rachelle und Johan zusammengerollt zu seinen Füßen lagen. Er hatte von Bangkok geträumt, wo er sich auf ein Treffen mit ein paar Leuten vorbereitete, die endlich bereit waren, sich mit dem Raison-Virus auseinanderzusetzen.

Sie hatten den Abend zusammengekauert auf dem Boden der Bannhalle verbracht. Die Nacht schien kühler als gewöhnlich. Eine bedrückte Stimmung lag wie ein Nebel über dem Raum. Rachelle hatte sogar einmal versucht zu tanzen, aber sie fand einfach nicht den richtigen Rhythmus. Sie gab auf, setzte sich wieder hin und vergrub ihr Gesicht in den Händen. Bald wurden sie ganz still und schliefen langsam ein.

Irgendwann, mitten in der Nacht, wachten sie von einem Kratzen auf dem Dach auf. Aber das Geräusch hörte nach ein paar Minuten wieder auf und sie konnten wieder einschlafen.

Tom wachte als Erster auf. Das Morgenlicht schien durch die durchsichtige Kuppel. Er stand leise auf, ging zu der großen Tür und drückte sein Ohr an das leuchtende Holz. Wenn auf der anderen Seite der Tür irgendein Lebewesen war, so machte es kein Geräusch. Beruhigt lief er durch den Raum zu einer Seitentür, von der Rachelle gesagt hatte, sie führe zu einer Vorratskammer. Er öffnete sie und ging ein paar Stufen zu einer kleinen Vorratskammer hinunter.

Ein Glas mit einigen Früchten stand an der gegenüberliegenden Wand. Es gab ein wenig Brot. Gut. Er schloss die Tür und ging wieder nach oben.

Rachelle und Johan schliefen noch und Tom beschloss, sie so lange wie möglich schlafen zu lassen. Er ging zum Haupteingang und legte noch einmal das Ohr an die Tür.

Diesmal lauschte er eine ganze Minute. Nichts.

Leise schob er den Riegel zur Seite und öffnete die Tür einen Spalt. Er rechnete schon mit dem Rauschen schwarzer Flügel. Aber er vernahm nur das leise Knarren der Türangeln. Die Morgenluft war ganz still. Er öffnete die Tür weiter und schaute vorsichtig hinaus. Er blinzelte im hellen Tageslicht und schaute sich schnell nach Shataiki im Dorf um.

Aber es waren keine da. Er hielt den Atem an und trat hinaus in die modrig riechende Morgenluft.

Das Dorf war verlassen. Niemand – weder tot noch lebendig – war in den sonst so lebhaften Straßen zu sehen. Es lagen keine Toten herum, wie er erwartet hatte. Nur Blutflecken waren auf der Erde. Es waren auch keine Shataiki auf den Dächern zu sehen, die darauf warteten, dass er die schützende Bannhalle verließ. Er dachte an das Kratzen in der Nacht und drehte sich um, um auf das Dach der Halle zu sehen. Auch dort waren keine Fledermäuse.

Aber wo waren die Menschen?

Scheinbar hatten sie sogar die Tiere aus dem Tal vertrieben. Die Gebäude leuchteten nicht mehr. Das ganze Dorf sah aus, als hätte sich ein großer Ascheteppich darübergelegt.

»Was ist passiert?« Rachelle und Johan standen wie benommen da.

»Drinnen ist es dunkel geworden«, sagte Johan und starrte mit großen Augen an Tom vorbei.

Seine Beobachtung stimmte. Auch drinnen hatte das Holz seinen Glanz verloren. Das kam wohl von der Luft, die er hereingelassen hatte, als er die Tür geöffnet hatte. Er drehte sich wieder um und sah nach draußen.

Tom wurde übel. Er hatte Angst. Sein Herz klopfte. War das Böse auch in ihn eingedrungen oder war es nur draußen zu sehen? Und was war mit den anderen?

»Alles hat sich verändert!«, rief Rachelle. Sie packte Tom mit zitternder Hand am Arm. Hatte sie Angst? Sie kannte Vorsicht.

Aber Angst? Also fühlte sie auch die Auswirkungen der Veränderung, obwohl sie nicht in Stücke gerissen worden war.

»Was … was ist mit dem Land passiert?«, fragte Johan.

Die Wiesen rund um das Dorf waren schwarz. Aber die auffälligste Veränderung war mit dem Wald am Rand der Wiesen geschehen. Die Bäume waren alle verkohlt, als hätte eine Feuersbrunst im Land gewütet.

Alles schwarz.

Lange Zeit standen sie wie erstarrt da, gelähmt von dem Anblick, der sich ihnen bot. Tom blickte nach links, wo sich der Weg über die verbrannte Erde zum See hinaufschlängelte. Er legte seine Arme um Rachelle und Johan.

»Wir sollten zum See gehen.«

Rachelle sah ihn an. »Können wir nicht zuerst etwa essen? Ich sterbe vor Hunger.«

Ihre Augen – sie waren nicht mehr grün.

Er ließ den Arm sinken und schluckte. Die smaragdgrünen Fenster zu ihrer Seele waren jetzt weißlich grau, als hätte sie den grauen Star.

Er musste seine ganze Beherrschung aufbringen, um nicht einen Satz zurück zu machen. Er trat vorsichtig einen Schritt zurück. Ihr Gesicht hatte seinen Glanz verloren und ihre Haut war ausgetrocknet. Auf ihren Armen zeigten sich die ersten Falten.

Und Johan? Bei ihm war es das Gleiche.

Tom drehte sich um und sah auf seine eigenen Arme. Trockene Haut. Es tat nicht weh, sie war nur ganz und gar ausgetrocknet. Ihm wurde immer übler.

»Essen? Wollen wir nicht zuerst zum See gehen?«

Er wartete auf eine Antwort und sah dabei weg. Er hatte Angst, sie anzusehen. Er hatte Angst, ihnen in die Augen zu sehen. Er hatte Angst, sie zu fragen, ob seine Augen auch groß und grau waren.

Sie antworteten nicht. Also hatten sie auch Angst. Sie hatten seine Augen gesehen und waren vor Schreck wie benommen. Schweigend und beschämt standen sie auf den Stufen der Bannhalle. Tom fühlte sich …

Er hörte ein lautes Schmatzen und fuhr herum, weil er Fledermäuse befürchtete. Aber es waren keine Fledermäuse. Es waren Rachelle und Johan. Sie waren die Treppe hinuntergegangen und stopften sich irgendwelche Früchte, die sie gefunden hatten, in den Mund.

Wessen Früchte waren das? Alles andere um sie herum schien tot zu sein.

Talehs Früchte!

»Wartet! Er sprang mit großen Sätzen die Stufen hinunter, rannte zu Rachelle und riss ihr die Frucht aus der Hand.

Sie fuhr herum und schlug ihn mit Fingern gekrümmt wie Krallen. »Lass mich in Ruhe!«, fauchte sie und spuckte dabei Saft.

Tom taumelte vor Schock. Er langte sich an die Wange und hatte Blut an den Fingern. Rachelle hob eine andere Frucht auf und stopfte sie sich in den Mund.

Er sah zu Johan hinüber, der sie überhaupt nicht beachtete. Wie ein reißender Wolf, der sich auf seine Beute stürzt, kaute er gierig an einer Frucht.

Tom wich zurück zur Treppe. Das durfte einfach nicht wahr sein. Ausgerechnet Johan! Johan war das unschuldige Kind gewesen, das gestern noch gedankenverloren durchs Dorf gelaufen war und davon geträumt hatte, sich in Eljons Arme zu werfen. Und jetzt das!

Und Rachelle? Seine geliebte Rachelle! Die wunderschöne Rachelle, die stundenlang in den Armen ihres geliebten Schöpfers tanzen konnte. Wie konnte sie sich so einfach in dieses fauchende, wilde Tier mit toten Augen und schuppiger Haut verwandelt haben?

Flügelrauschen schreckte Tom auf. Er drehte sich zum dunklen Eingang der Bannhalle um. Michal saß auf dem Geländer.

»Michal!«

Tom rannte die Treppe hinauf. »Gott sei Dank! Gott sei Dank, Michal! Ich …« Er konnte nichts mehr sehen vor Tränen. »Es ist so schrecklich! Es ist …« Er drehte sich zu Rachelle und Johan um, die die verstreuten Früchte verschlangen.

»Sieh sie dir nur an«, platzte er heraus und wedelte mit dem

Arm in ihre Richtung. »Was ist nur passiert?« Als er noch sprach, spürte er plötzlich selbst das Verlangen, seine Kehle mit den Früchten zu benetzen.

Michal starrte vor sich hin und betrachtete die Szene mit ernster Miene. »Sie nehmen das Böse an«, sagte er leise.

Tom spürte, wie er sich beruhigte. Die Früchte sahen genauso aus wie die Früchte, die sie immer bei Karyl gegessen hatten. Sie waren betörend süß. Er schauderte vor Verzweiflung. »Sie sind durchgedreht«, sagte er mit leiser Stimme.

»Sehr aufmerksam. Sie stehen unter Schock. Es wird nicht immer so schlimm sein.«

»Unter Schock?« Tom hörte seine eigene Stimme, aber sein Blick war auf die letzte Frucht gerichtet, auf die sich Rachelle und Johan jetzt beide stürzten.

»Ein Schock der schwersten Art«, sagte Michal. »Du hast vorher schon von der Frucht gegessen. Ihre Auswirkungen sind für dich nicht mehr so drastisch. Aber glaube nicht, dass du anders bist als sie.«

Johan griff zuerst nach der Frucht, aber seine große Schwester baute sich sofort vor ihm auf. Mit einer Hand in der Hüfte griff sie nach der Frucht. »Die gehört mir!«, kreischte sie. »Du darfst dir nicht einfach meine Sachen nehmen. Gib her!«

»Nein!«, schrie Johan, mit knallrotem Kopf und hervortretenden Augen. »Ich habe sie gefunden und ich esse sie auch!« Rachelle stürzte sich mit ausgestreckten Fingernägeln auf ihren jüngeren Bruder.

»Sie bringen sich noch gegenseitig um«, sagte Tom. Da fiel ihm auf, dass er nicht so sehr entsetzt als vielmehr amüsiert darüber war. Das erschreckte ihn.

»Mit bloßen Händen? Das glaube ich nicht. Aber du solltest alles, was als Waffe dienen könnte, von ihnen fernhalten.« Der Roush starrte sie verständnislos an. »Und bring sie so schnell wie möglich zum See.«

Rachelle und Johan waren wieder auseinander und umkreisten sich gegenseitig misstrauisch. Im Augenwinkel sah Tom, wie eine kleine schwarze Wolke näher kam. Aber er behielt weiter die

Frucht in Johans Faust im Auge. Er sollte eigentlich die Treppe hinunterrennen und ihm selbst die Frucht abnehmen. Sie hatten mehr als genug davon gehabt. Oder?

Tom warf einen Blick zu Michal. Der Roush beobachtete den Himmel. »Thomas, denk daran, der See.« Er sprang auf und flog davon.

»Michal?« Tom sah zum Himmel auf, den der Roush so aufmerksam beobachtet hatte.

Die schwarze Wolke schwebte über die schwarzen Bäume hinweg. Shataiki!

»Rachelle!«, schrie er. Diese schwarzen Kreaturen machten ihm jetzt mehr Angst als im schwarzen Wald.

»Rachelle!« Er sprang mit einem Satz die Stufen hinunter und packte erst Rachelle und dann Johan am Arm, wobei er sie beinahe umwarf. Er sah zum Himmel hinauf und war erstaunt, wie nahe die Shataiki schon waren. Ihre entzückten Schreie hallten im ganzen Tal wieder.

Rachelle und Johan hatten es auch gesehen und rannten willig mit Tom. Aber sie hatten nicht mehr so viel Kraft und Tom musste sie die Stufen zur Bannhalle hinaufziehen. Rachelle riss sich los und eilte allein die Stufen hinauf. Sie konnten sich gerade noch rechtzeitig in das dunkle Innere der Halle retten, die Türen schließen und den Riegel vorschieben, als der erste Shataiki gegen die schweren Türflügel donnerte. Dann kamen sie einer nach dem anderen und kreischten und hämmerten gegen die Tür.

Tom taumelte rückwärts, sah, dass die Tür sicher war, und ließ sich außer Atem auf den Boden fallen. Rachelle und Johan lagen bewegungslos zu seiner Rechten. Er hatte nicht die leiseste Ahnung, wie sie Michals letzte Aufforderung erfüllen sollten. Es würde schon schwierig genug werden, sich allein zum See zu schleichen. Aber mit Rachelle und Johan in ihrem gegenwärtigen Zustand wäre es ganz und gar unmöglich.

Im Dämmerlicht der Bannhalle bewegte sich keiner der beiden. Der einstmals leuchtend grüne Boden hatte sich in einen dunklen, kalten Holzboden verwandelt. Die hohen Säulen standen jetzt schwarz und gespenstisch im Schatten. Nur dank des schwachen

Lichtes, das durch die immer noch klare Kuppel einfiel, konnte Tom überhaupt etwas erkennen.

Er rollte sich zur Seite und stand auf. Die Shataiki hämmerten immer noch unerträglich gegen die Tür. Aber die Abstände zwischen den einzelnen Schlägen wurden immer länger. Er bezweifelte, dass es ihnen gelingen würde, in das Gebäude einzudringen. Aber im Moment fürchtete er etwas anderes mehr als die Shataiki: Die beiden menschlichen Gestalten zu seinen Füßen jagten ihm eine Gänsehaut über den Rücken. Und er selbst. Was geschah nur mit ihnen?

Da fielen ihm die Früchte in der Vorratskammer ein. Er rannte die Treppe hinunter. Hatte die Luft von draußen die Früchte auch angegriffen? Da fiel ihm ein, dass die Früchte im Wald zwar von den Bäumen gefallen waren, als er vorbeirannte, aber nicht schwarz wurden. Jedenfalls nicht sofort.

Er rannte gegen die Tür und blieb stehen. Diese Tür war zu gewesen, als sie die Eingangstür geöffnet hatten. Wenn er sie jetzt öffnete, würde dann die Luft von draußen, die jetzt in der Bannhalle war, die Früchte angreifen?

Er musste das Risiko eingehen. Er stieß die Tür auf, sprang hinein und schlug sie hinter sich wieder zu. Das Glas stand an der gegenüberliegenden Wand. Er sprang hinüber, nahm eine Frucht heraus und füllte den Hohlraum im Glas sofort mit Lappen aus. Er wusste nicht, ob das etwas half, aber ihm fiel nichts Besseres ein.

Tom hielt die rote Frucht hoch und atmete tief aus.

Schlechte Luft, dachte er. *Zu spät.*

Die Frucht verdorrte nicht in seiner Hand. Wie lange sie wohl halten würde?

Er biss kräftig hinein. Der Saft lief ihm in den Mund und übers Kinn, dann die Kehle hinunter.

Augenblicklich spürte er die Wirkung. Ein leichtes Zittern lief ihm durch den Bauch. Tom ließ sich auf die Knie fallen und biss wieder in das süße Fruchtfleisch.

Er hatte bereits die Hälfte gegessen, als er an Rachelle und Johan dachte. Er nahm eine orangefarbene Frucht aus dem Glas, stopfte die Lappen wieder obendrauf und rannte die Treppe hinauf.

Rachelle und Johan lagen immer noch bewegungslos da.

Er kniete sich hin und drehte Rachelle auf den Rücken. Er hielt ihr die Frucht direkt an die Lippen und drückte sie aus. Die Schale der orangefarbenen Frucht platzte auf, der Saft lief über seine Finger und tropfte auf ihre ausgetrockneten Lippen. Ihr Mund füllte sich mit der Flüssigkeit und sie stöhnte. Sie bog den Hals nach hinten, als der Fruchtsaft ihr den Rachen hinunterlief. Dann atmete sie tief aus, presste alle Luft aus ihren Lungen und schlug die Augen auf.

Mit einem Ausdruck der Verzweiflung in den Augen sah sie die Frucht in Toms Hand an, griff danach und fing an, sie zu verschlingen. Tom lachte leise und schob Johan die Hälfte seiner Frucht in den Mund. Als der Junge die Augen aufschlug, griff er sofort danach und biss kräftig hinein. Ohne ein Wort verschlangen sie alles gierig, Fruchtfleisch, Kerne und Saft.

Wenn ihn nicht alles täuschte, kam wieder etwas Farbe in ihre fahle Haut und die Kratzer, die sie sich beim Streit zugefügt hatten, waren nicht mehr ganz so rot. Die Frucht wirkte also immer noch.

»Wie fühlt ihr euch?«, fragte er und sah von einem zum anderen. Beide sahen ihn mit stumpfem Blick an. Keiner sagte etwas.

»Hallo, hört ihr mich? Wie fühlt ihr euch?«

»Gut«, sagte Johan. Rachelle reagierte immer noch nicht.

»Wir haben noch mehr davon, noch etwa ein Dutzend.«

Sie zeigte immer noch keine Reaktion. Er musste unbedingt mit ihnen zum See. Und dazu musste er selbst bei klarem Verstand bleiben.

»Ich komme gleich wieder«, sagte er. Sie saßen im Schneidersitz auf dem Boden. Tom rannte wieder in den Keller. Dort aß er noch eine ganze Frucht, eine köstliche weiße Nektarine, die Sursak hieß, zumindest glaubte er das.

Noch elf. Immerhin verdarben sie nicht so schnell, wie er befürchtet hatte. Wenn sich Rachelles und Johans Zustand weiter verschlechterte, würde er ihnen noch etwas davon geben. Aber er wusste nicht, ob sie noch mehr Früchte finden würden. Sie durften nichts davon verschwenden.

Die nächsten Stunden vergingen langsam und ohne viele Worte. Die Angriffe auf die Eingangstür hatten ganz aufgehört. Tom bemühte sich immer wieder geduldig, aber vergeblich, die anderen in Gespräche zu verwickeln und gemeinsam zu überlegen, was sie jetzt tun konnten, da sie eine vorübergehende Zuflucht vor den Shataiki gefunden hatten. Aber nur Johan ließ sich darauf ein und dann auf eine Art, dass Tom sich wünschte, er hätte nichts gesagt.

»Tanis hatte recht«, erwiderte Johan scharf. »Wir hätten sie in einem Präventivschlag vernichten sollen.«

»Hast du dir schon einmal überlegt, dass er genau das versucht hat? Aber offensichtlich hat es nicht funktioniert.«

»Was weißt du schon! Wenn er in den Kampf gezogen wäre, hätte er mich dazugeholt. Er hat mir versprochen, dass ich einen Angriff anführen dürfte. Und das hätte ich auch.«

»Du weißt nicht, was du da sagst, Johan.«

»Ich wünschte, wir hätten auf Tanis gehört. Sieh nur, was durch dich aus uns geworden ist!«

Tom wagte nicht daran zu denken, wo diese Argumentation noch hinführen würde. Er drehte sich weg und brach das Gespräch ab.

Nach zwei Stunden unerträglichen Schweigens bemerkte Tom eine Veränderung bei Rachelle und Johan. Das fahle Grau kehrte wieder in ihre Gesichter zurück. Mit jeder Stunde wurden sie unruhiger und begannen, sich blutig zu kratzen. Nach einer weiteren Stunde bedeckten kleine Schuppen ihren ganzen Körper und Johan hatte seinen ganzen linken Arm wundgekratzt. Tom gab jedem noch eine Frucht und nahm selbst auch eine. Jetzt hatten sie noch acht. Wenn sie so weitermachten, würden die Früchte nicht einmal einen Tag reichen.

»Schön, jetzt versuchen wir, zum See zu kommen.«

Er packte beide bei ihrer Tunika und zog sie hoch. Sie ließen die Köpfe hängen und schlurften ohne Widerrede zum Hintereingang. Aber sie schienen kein bisschen begeistert zu sein. Warum widerstrebte es ihnen so sehr, zu Eljon zu gehen, wo sie sich sonst doch so sehr nach ihm gesehnt hatten?

»Okay, wenn wir jetzt nach draußen gehen, will ich keinen Streit zwischen euch sehen und auch sonst keine Dummheiten. Habt ihr gehört? Es scheint, als seien keine schwarzen Fledermäuse dort draußen, aber wir wollen sie auch nicht anlocken. Also verhaltet euch still.«

»Du brauchst uns nicht so herumzukommandieren«, sagte Rachelle. »Schließlich liegen wir nicht im Sterben.«

Es war der erste zusammenhängende Satz, den sie seit Stunden gesagt hatte, und er überraschte Tom. »Glaubst du das wirklich? Tatsache ist, dass du schon tot bist.« Sie verzog das Gesicht, erwiderte aber nichts.

Tom drückte sein Ohr an die Tür. Kein Anzeichen von Shataiki. Vorsichtig öffnete er die Tür einen Spalt, hörte immer noch nichts und trat nach draußen.

Sie standen auf der Türschwelle und blickten zum zweiten Mal an diesem Tag über das verlassene Dorf. Die Fledermäuse waren verschwunden.

»Gut, gehen wir.«

Schweigend gingen sie durchs Dorf und den Hügel hinauf. Ein unheimliches Gefühl des Todes lag in der Luft, als sie an den hohen Bäumen vorbeigingen, die schwarz und kahl in den Himmel ragten. Das Gurgeln des Flusses war verschwunden. Neben dem Weg rann jetzt nur noch ein schlammiges Rinnsal, wo einst der Fluss aus dem See verlaufen war. Hatten sie schon zu lange gewartet? Michal hatte ihn noch vor ein paar Stunden gedrängt, zum See zu gehen.

Keine Löwen und Pferde säumten mehr den Wegrand. Schwarze Blumen ließen ihre Blüten auf den Boden hängen und sahen aus, als würde schon der kleinste Windhauch ihre Stängel umblasen und sie lägen dann im verkohlten Gras. Keine Früchte mehr. Jedenfalls sah Tom keine. Hatten die Shataiki sie genommen?

Tom ging hinter Rachelle und Johan. Unter dem einen Arm trug er das Glas mit den restlichen Früchten, in der anderen Hand einen schwarzen Stock, den er unterwegs aufgehoben hatte. Sein Schwert, dachte er nur. Er rechnete jeden Augenblick damit, dass ein Trupp der Biester vom Himmel gesaust kam und sie angriff.

Aber der bedeckte Himmel lag still über den verkohlten Baumwipfeln. Er hatte den Himmel ständig im Auge, während er gleichzeitig die unglaublichen Veränderungen rings um ihn her wahrnahm und Rachelle und Johan vor sich her den Weg hinauftrieb.

Erst als sie die Kurve unmittelbar vor dem See erreicht hatten, brach Johan das Schweigen. »Ich will nicht weitergehen, Tom. Ich habe Angst vor dem See. Was ist, wenn wir darin ertrinken?«

»Darin ertrinken? Ist denn hier schon einmal jemand in irgendeinem See ertrunken? Das ist das Lächerlichste, was ich je gehört habe.«

Sie gingen zögernd um die nächste Kurve. Was sie dann sahen, ließ alle drei erstarren.

Nur ein dünnes Rinnsal tropfte von der großen Klippe herunter in einen schmutzig grauen Tümpel. Von dem See war nur noch eine Pfütze übrig. Ein breiter, weißer Sandstrand erstreckte sich etwa hundert Meter bis zu dem Tümpel. Kein einziges Tier war zu sehen. Kein einziges grünes Blatt hing an den dunklen Bäumen, die den immer kleiner werdenden Tümpel umgaben.

»Oh, Gott. Oh, Gott. Eljon!« Tom ging einen Schritt vor und blieb stehen.

»Ist er weg?«, fragte Rachelle und sah sich um.

»Wer?«, fragte Tom abwesend.

Sie zeigte auf den See.

»Sieh nur.« Johans Blick war auf den Rand der Klippe gerichtet.

Dort oben an der Felskante stand ein einzelner Löwe und blickte über das Land.

Toms Herz machte einen Satz. Ein Roshuim? Eine der löwenähnlichen Gestalten vom oberen See? Was war mit dem oberen See? Was war mit dem Jungen?

Plötzlich stand ein zweites wunderschönes Wesen neben dem ersten. Dann ein drittes, dann zehn, dann standen hundert weiße Löwen in einer langen Reihe an der Kante des versiegten Wasserfalls.

Tom drehte sich zu den anderen um und sah ihre großen Augen.

Die Tiere direkt am Wasserfall begannen nun unruhig zu werden. Die Reihe teilte sich in der Mitte.

Der Junge trat in die Lücke und Tom dachte, sein Herz würde stehen bleiben, als er den Kopf des Jungen auftauchen sah. Die Löwen knieten sich nieder und legten ihre Schnauzen flach auf den Boden. Und dann füllte die schmale Gestalt des Jungen den für ihn frei gehaltenen Platz am Rand der Klippe. Der Junge war barfuß und nur mit einem Lendentuch bekleidet.

Einen Moment lang vergaß Tom zu atmen.

Alle Tiere beugten sich in Ehrfurcht vor dem Jungen. Das Kind drehte sich langsam und blickte über das Land zu seinen Füßen. Seine schmalen, herabhängenden Schultern hoben und senkten sich langsam. Tom hatte einen Knoten im Hals.

Und dann verzerrte sich das Gesicht des Jungen vor Trauer. Er hob den Kopf, öffnete den Mund und weinte mit dem Gesicht zum Himmel.

Die Tiere legten sich der Reihe nach, wie Dominosteine, mit einem dumpfen Geräusch flach auf den Bauch. Gebell klang durch die lange Reihe.

Die Luft war erfüllt mit dem Klagegesang des Jungen. Es war ein lang gehaltener, trauriger Ton, der sich wie geschmolzenes Blei in das Tal ergoss.

Tom fiel auf die Knie und begann, nach Luft zu ringen. So einen Ton hatte er schon einmal gehört, in den Tiefen des Sees, dort, wo Eljons Herz im roten Wasser brach.

Der Junge ging auf die Knie.

Tränen traten Tom in die Augen und sein Blick verschwamm. Er schloss die Augen und schluchzte hemmungslos. Das war zu viel. Der Junge musste aufhören.

Aber der Junge hörte nicht auf. Sein Weinen ging weiter und weiter in unaufhörlicher Trauer.

Dann wurde das Klagen zu einem Wimmern, einem hoffnungslosen Ton, der piepsend aus einer zugeschnürten Kehle kam. Und dann verstummte es schließlich ganz.

Tom hob den Kopf. Die Tiere auf dem Felsen waren verstummt, lagen aber immer noch flach auf dem Boden. Die Brust des Jungen hob und senkte sich schwer, während er in langen Zügen durch die Nase atmete. Und gerade als Tom überlegte, ob das Klagen jetzt zu Ende war, schlug der kleine Junge die Augen auf. Er stand auf und ging einen Schritt vorwärts.

Der Junge stieß die Fäuste in die Luft und stieß einen hohen, schrillen Schrei aus, der die Morgenluft zerriss. Es war wie der Wutschrei eines Mannes, der mit rotem Kopf und hervortretenden Augen zusehen muss, wie sein Kind hingerichtet wird. Aber all das kam von dem kleinen Jungen, der da an der Felskante stand.

Tom bebte vor Qual und warf sich vornüber in den Sand. Der schrille Schrei wurde zu einem Lied, das in langen, heulenden, grausamen Tönen durch das Tal klang. Tom hielt sich die Ohren zu vor Angst, sein Kopf würde zerspringen. Aber der Junge stieß immer noch sein Lied hervor, mit einer Stimme, von der Tom dachte, dass man sie auf dem ganzen Planeten hören müsse.

Und dann war der Junge plötzlich still und atmete schwer, während das Echo seiner Stimme noch in der Luft lag.

Einen Augenblick lang konnte Tom sich nicht bewegen. Dann stützte er sich langsam auf seine Ellbogen und hob den Kopf. Er wischte sich mit dem Arm über die Augen, um wieder klar zu sehen. Das Kind stand einige Augenblicke unbeweglich da und starrte wie benommen vor sich hin. Dann drehte es sich um und verschwand. Die Tiere erhoben sich und gingen zurück, bis nur noch die verlassene graue Felskante sich von Horizont zu Horizont erstreckte. Wieder erfüllte Schweigen das Tal.

Der Junge war weg.

Tom rappelte sich voller Angst auf. Nein. Nein, das durfte nicht sein! Ohne auf die anderen zu achten, rannte er über den Sand in das immer weniger werdende Wasser.

Sofort spürte er die berauschende Kraft. Tom tauchte seinen Kopf unter und trank hastig. Dann richtete er sich auf, warf den Kopf zurück und stieß seine geballten Fäuste in die Luft. »Eljon!«, schrie er zum bedeckten Himmel auf.

Johan war Rachelle nur einen Schritt voraus, als die beiden das Ufer hinunterrannten und sich Kopf voraus ins Wasser warfen. Ganz benommen vor Vergnügen, sah Tom den beiden zu, wie sie ihre Köpfe unter Wasser tauchten, wie halb verdurstete Tiere. Der Gegensatz zwischen dem Schrecken, der über das ganze Land gekommen war, und diesem Überbleibsel von Eljons großer Kraft, das ein Geschenk an sie war, war erschütternd. Er warf sich Gesicht voraus in den Tümpel.

Aber etwas war anders, oder nicht?

Eljon?

Stille.

Er stand auf. Der Wasserspiegel schien zu sinken.

Rachelle und Johan richteten sich nacheinander auf. Der gesunde Glanz war wieder in ihre Gesichter zurückgekehrt, aber sie sahen verwirrt nach unten.

»Was passiert hier?«, fragte Rachelle.

Das Wasser wurde immer weniger. Es versickerte. Tom spritzte sich Wasser ins Gesicht. Er trank noch mehr. »Trinkt! Trinkt!«

Sie beugten sich hinunter und tranken, aber der Wasserspiegel sank schnell. Bald schon stand ihnen das Wasser nur noch bis zu den Knien, dann bis zu den Knöcheln.

»Jetzt wisst ihr es«, sagte eine Stimme hinter Tom.

Michal stand am Ufer. »Ich fürchte, ich muss euch verlassen, meine Freunde. Ich werde euch wohl lange Zeit nicht wiedersehen.« Seine Augen waren blutunterlaufen und er sah sehr traurig aus.

Tom rannte spritzend aus dem Wasser. »Ist es jetzt aus? Ist das das letzte Wasser? Du darfst nicht gehen!« Michal wandte sich ab und starrte auf die Felsklippe. »Es steht dir nicht zu, etwas zu fordern.«

»Wir werden hier sterben!«

»Ihr seid schon tot«, entgegnete Michal.

Die letzten Wassertropfen versickerten im Sand.

Michal holte tief Luft. »Geht zurück zur Brücke. Geht von dort durch den schwarzen Wald Richtung Osten. Dann kommt ihr an eine Wüste. Geht in die Wüste und lauft immer weiter. Wenn ihr lange genug überlebt, werdet ihr eine Zuflucht finden.«

»Noch einmal durch den schwarzen Wald? Wie kann es im schwarzen Wald eine Zuflucht geben? Dort wimmelt es überall von Fledermäusen!«

»Wimmelte. Die anderen Dörfer sind viel größer als dieses. Die

Fledermäuse sind jetzt dorthin geflogen. Aber ihr werdet genug zu tun haben. Ihr habt noch Früchte. Nutzt sie.«

»Der ganze Planet sieht jetzt so aus wie hier?«, fragte Rachelle.

»Was hattest du gedacht?«

Michal machte zwei Sätze, als wollte er davonfliegen. »Und trinkt nichts von dem Wasser. Es ist vergiftet.«

»Wir sollen gar nichts davon trinken? Aber wir müssen etwas trinken!«

»Wenn es Eljons Farbe hat, könnt ihr es trinken.« Wieder machte er einen Satz und wollte abheben. »Aber so schnell werdet ihr davon nichts sehen.«

Er flog davon.

»Warte!«, schrie Tom. »Was ist mit den anderen? Wo sind sie?«

Aber der Roush hatte ihn entweder schon nicht mehr gehört oder er wollte nicht antworten.

Sie verließen das versengte Tal und rannten in Richtung Brücke.

Nach einem Kilometer hielt Tom an und bestand darauf, dass sie sich alle mit Asche vollschmierten, damit die Fledermäuse sie vielleicht nicht als Menschen erkannten. Wie graue Gespenster wanderten sie durch die Landschaft. Überall lagen umgestürzte Bäume und sie schnitten sich ihre ungeschützten Füße an dem scharfen Holz wund und wurden immer langsamer. Aber sie gingen weiter und beobachteten die ganze Zeit über wachsam den Himmel.

Hier und da lagen immer noch ein paar Früchte auf dem Boden, die noch nicht vertrocknet waren, und die wenigen Tropfen Fruchtsaft, die noch darin waren, hatten ihre heilende Kraft noch nicht eingebüßt. Wenn die Schnitte unerträglich wurden, träufelten sie sich den Saft auf die Füße. Und als die halb vertrockneten Früchte immer seltener wurden, nahmen sie die Früchte aus ihrem Glas. Schon bald hatten sie nur noch sechs.

»Jeder bekommt zwei«, entschied Tom. »Aber geht sparsam damit um. Ich befürchte, das sind die letzten Früchte überhaupt.«

Langsam und leise wanderten sie zur Brücke. Es war schon später Vormittag, als sie den ersten Schwarm Shataiki hoch oben am

Himmel sahen. Es waren mindestens tausend. Die Shataiki flogen auf den schwarzen Wald zu und flatterten weiter. Entweder hatten sie die drei nicht gesehen oder sie hatten sich von dem Grau der Asche täuschen lassen.

Nach einer weiteren Stunde erreichten sie die Brücke. Die alte graue Brücke spannte sich über einen kleinen braunen Bach. Das übrige Flussbett war ausgetrocknet und der Boden rissig.

Johan rannte zum Ufer. »Es sieht gut aus.«

»Trink nichts davon.«

»Wir werden hier noch verdursten!«, sagte er. »Wer hat eigentlich gesagt, dass wir auf die Fledermaus hören sollen?«

Die Fledermaus? Er meinte Michal.

»Dann iss etwas von den Früchten. Michal hat gesagt, wir sollen nicht von dem Wasser trinken, und ich für meinen Teil werde mich daran halten. Kommt weiter!«

Johan sah missbilligend zum Wasser, dann folgte er den anderen widerwillig auf die Brücke.

Am anderen Ufer sah man einen dunklen Fleck an der Stelle, an der die Shataiki Tanis zerfleischt hatten. Aber abgesehen davon war am schwarzen Wald nichts Außergewöhnliches zu sehen. Er sah genauso aus wie die Landschaft, durch die sie bisher gegangen waren.

»Kommt weiter«, drängte Tom sie nach einem kurzen Augenblick. Er schluckte den Knoten in seinem Hals hinunter und führte sie über die Brücke in den schwarzen Wald.

Langsam bahnten sie sich ihren Weg durch den Wald und mussten ungefähr alle hundert Meter anhalten und wieder Fruchtsaft auf ihre Fußsohlen träufeln.

»Geht sparsam damit um«, mahnte Tom. »Lasst noch genug zum Essen übrig.« Er wollte gar nicht daran denken, was passieren würde, wenn die Früchte alle waren.

Auf den Zweigen über ihnen saßen Shataiki und quiekten und stritten sich über Kleinigkeiten. Nur die etwas Neugierigeren sahen hinunter auf die drei, die unter ihnen vorbeigingen. *Das macht wohl die Asche*, dachte Tom. Sie war Täuschung genug, um diese hirnlosen, trügerischen Wesen zu verwirren.

Sie schienen schon sehr lange im Wald unterwegs gewesen zu sein, als sie auf eine Lichtung kamen.

»Die Wüste!«, sagte Rachelle.

Tom sah sich um. »Wo?«

»Dort!« Sie zeigte geradeaus.

Am gegenüberliegenden Rand der Lichtung standen schwarze Bäume, aber nach einem etwa zwanzig Meter breiten Streifen Wald sah man weißen Sand. Die Aussicht, aus diesem schwarzen Wald herauszukommen, ließ Toms Herz vor Erwartung schneller schlagen.

»Ganz mein Mädchen. Kommt weiter!« Er ging weiter.

»Bin ich immer noch dein Mädchen?«

Tom drehte sich um. Sie grinste verstohlen. »Natürlich, warum nicht?«

»Ich weiß nicht, Thomas. Bin ich es denn?«

Sie hob das Kinn und ging an ihm vorbei. Sie war es. Zumindest hoffte er das. Obwohl er das Gefühl hatte, dass auch die ewige Liebesgeschichte versengt worden war wie alles andere in diesem verfluchten Land.

Er verdrängte den Gedanken und trottete ihr nach. Die Aufgabe, zu überleben, war jetzt wichtiger als irgendeine Liebesgeschichte. Er überholte sie schnell und ging wieder voran. Er war vielleicht nicht mehr der Gleiche wie früher, aber er konnte zumindest als Beschützer auftreten. Der heldenhafte Krieger, Thomas Hunter. Er stöhnte verächtlich.

Sie waren in der Mitte der Lichtung, als der erste schwarze Shataiki vom Himmel herabgestürzt kam und vor ihnen landete. Tom sah die Fledermaus an. *Weitergehen. Einfach weitergehen.*

Er änderte seine Richtung, aber die Fledermaus hüpfte weiter, um ihm den Weg abzuschneiden.

»Denkst du, du kommst so einfach an mir vorbei?«, spottete der Shataiki. »Nein, so einfach ist das nicht.«

Johan machte einen Satz nach vorne und hob seine Fäuste, als wolle er sich mit der Fledermaus anlegen. Tom hob beschwichtigend seine Hand in Richtung des Jungen, ohne aber den Blick von dem Shataiki abzuwenden. »Bleib hinten, Johan.«

»Bleib hinten, Johan«, machte die Fledermaus ihn nach und starrte ihn mit ihren pupillenlosen roten Augen wütend an. »Bist du zu schwach für mich, Johan?« Die Fledermaus hob eine ihrer Klauen. »Ich könnte dich an Ort und Stelle aufschlitzen. Wie wäre das? Willkommen in unserer neuen Welt!« Der Shataiki kicherte vergnügt und biss kräftig in eine Frucht, die er hinter seinem Rücken hervorgeholt hatte.

»Wollt ihr auch?«, lockte er sie und lachte dann wieder, als sei es ein unglaublich lächerlicher Angriff.

Tom ging einen Schritt auf die Fledermaus zu. Der Shataiki breitete sofort drohend seine Flügel aus und fauchte. »Stehen bleiben!« Am Himmel hatte sich inzwischen eine Schar Shataiki versammelt, die über ihnen kreiste und spottete. »Sag's ihm nur«, spottete einer mit rauer Stimme.

»Sag's ihm nur«, machte ihn ein anderer nach.

Und das tat der erste Shataiki. »Rühr dich nicht von der Stelle!«, schrie er jetzt, obwohl Tom sich nicht bewegt hatte.

Tom griff in seine Tasche und drückte die letzte Frucht aus, sodass der Saft im zwischen den Fingern hindurchlief.

Er drehte sich ruhig zu Rachelle und Johan um. »Nehmt eure Früchte«, flüsterte er ihnen zu. »Wenn ich jetzt sage, rennt ihr.«

»Sieh mich an, wenn ich mit dir rede, du …«

Weiter kam der Shataiki nicht. Tom schleuderte die tropfende Frucht nach dem Shataiki. »Rennt!«, schrie er.

Die Frucht landete direkt im Gesicht des Shataiki. Fleisch verbrannte laut zischend. Das Tier schrie auf und schlug sich ins Gesicht. Als Tom an ihm vorbeirannte, erfüllte Schwefelgeruch die Luft. Johan und Rachelle folgten ihm.

»Es ist eine grüne Frucht!«, schrie eine der Fledermäuse, die über der Lichtung kreisten. »Sie haben grüne Früchte! Sie sind noch nicht tot! Tötet sie!«

Tom rannte über die Wiese. Wenigstens zwanzig Shataiki verfolgten sie.

»Nimm deine Frucht, Rachelle!«

Sie wirbelte herum und schleuderte ihre Frucht in die Horde. Sie flogen auseinander wie Fliegen. Rachelle rannte an ihm vorbei, dann Johan. Aber die Fledermäuse hatten sich neu formiert und kamen zurück. Johan hielt die letzte Frucht fest in seiner Hand. Sie hätten nicht mit den Früchten werfen sollen.

»Warte Johan! Nicht werfen!« Sie rannten unter die Bäume. Gib mir deine Frucht.«

Johan rannte verzweifelt weiter auf den weißen Sand zu.

»Lass sie fallen!«

Die Frucht fiel aus seiner Hand. Tom hob sie auf und wirbelte herum. Hundert oder mehr Fledermäuse waren inzwischen aus dem Nichts aufgetaucht. Sie sahen die Frucht in seiner Hand und flogen an ihm vorbei, geradeaus auf Johan zu.

»Zurück!«, schrie Tom. Er rannte dem Jungen hinterher, erreichte ihn und drückte der erstbesten Fledermaus, die sie erreichte, die Frucht ins Gesicht.

Der Shataiki kreischte und fiel zu Boden.

Und dann waren sie durch den Wald hindurch und rannten auf weißem Sand.

»Bleibt zusammen«, sagte Tom atemlos. »Bleibt dicht zusammen.«

Sie waren hundert Meter gerannt, als Tom sich das erste Mal umdrehte und dann stehen blieb. »Bleibt stehen!«

Rachelle und Johan hielten inne. Vornübergebeugt rangen sie nach Atem.

Die Fledermäuse flogen in Kreisen über dem schwarzen Wald und kreischten aus Protest. Aber sie waren ihnen nicht gefolgt.

Sie flogen nicht in die Wüste hinaus.

Johan machte einen Luftsprung und jubelte. Tom streckte den kreisenden Fledermäusen die Faust entgegen. »Ha!«

»Ha!«, schrie auch Rachelle und schleuderte Sand in Richtung des Waldes. Sie lachte und taumelte auf Tom zu. »Ich wusste es!« Ihr Lachen war tief und voller Zuversicht und Tom lachte mit ihr.

Sie richtete sich auf und ging mit einem verführerischen Lächeln auf ihn zu. »Dann bist du also immer noch mein furchtloser Kämpfer«, sagte sie und strich ihm mit einem Finger über die Wange.

»Hast du das je bezweifelt?«

Sie zögerte. Er sah, dass ihre Haut wieder austrocknete.

»Einen Augenblick lang«, sagte sie. Sie beugte sich vor und küsste ihn auf die Stirn. »Aber nur einen Augenblick.«

Rachelle drehte sich um und ließ ihn stehen. Zwei Gedanken gingen ihm durch den Kopf. Der erste war, dass sie eine wunderschöne und schelmische Frau war.

Der zweite war, dass ihr Atem ein wenig nach Schwefel roch.

»Rachelle!«

»Ja, mein lieber Krieger?«

Er biss ein großes Stück von ihrer letzten Frucht ab und warf sie ihr zu. »Iss ein wenig von der Frucht und gib Johan den Rest.«

Sie fing sie mit einer Hand, zwinkerte ihm zu und biss tief hinein. »Und wohin jetzt?«

Er zeigte in die Wüste.

Das letzte bisschen ihrer Überschwänglichkeit verließ sie gegen Mittag, als die Sonne senkrecht über ihnen stand.

Sie orientierten sich an dem Feuerball am Himmel und gingen immer tiefer in die Wüste hinein, nach Osten, wie Michal gesagt hatte. Aber mit jedem Schritt schien der Sand heißer zu werden und die Sonne langsamer nach Westen zu wandern. Bald waren aus der Ebene sanfte Dünen geworden, die sie mit dem richtigen Schuhwerk und wenigstens ein bisschen Wasser leicht geschafft hätten. Aber diese leichten Hügel wurden bald zu riesigen Bergen, die in Nord-Süd-Richtung verliefen, sodass sie immer auf einer Seite hochkrabbeln und auf der anderen wieder hinuntertaumeln mussten. Und sie hatten keinen einzigen Tropfen Wasser. Noch nicht einmal vergiftetes Wasser.

Am späten Nachmittag verließen Tom die Kräfte. Aus Vorsicht hatte er, seit sie vom See aufgebrochen waren, stets weniger von den Früchten genommen als die beiden anderen, und wie er vermutete, begann sich das jetzt auszuwirken.

»Wir gehen im Kreis«, sagte Rachelle und blieb auf dem Gipfel einer Sanddüne stehen. »So kommen wir nirgends hin.«

Tom ging weiter. »Nicht stehen bleiben.«

»Ich bleibe aber stehen! Das ist Wahnsinn! Das schaffen wir nie!«

»Ich will zurückgehen«, sagte Johan.

»Wohin zurück? Zu den Fledermäusen? Geh weiter.«

»Du führst uns in den Tod!«, schrie er.

Tom fuhr herum. »Weiter!«

Erschrocken über seinen Wutausbruch starrten sie ihn an.

»Wir können hier nicht stehen bleiben«, sagte Tom. »Michal hat gesagt, wir sollen nach Osten gehen.« Er zeigte auf die Sonne. »Nicht nach Norden, nicht nach Süden, nicht nach Westen, sondern nach Osten.«

»Dann sollten wir eine Pause machen«, sagte Rachelle.

»Wir haben keine Zeit, um Pause zu machen!«

Er ging den Hang hinunter, wohl wissend, dass ihnen nichts anderes übrig blieb, als ihm zu folgen. Und sie folgten ihm, aber sehr langsam. Möglichst unauffällig wurde er langsamer, damit sie ihn einholen konnten.

Nach weiteren zehn Minuten setzten bei ihm die ersten Halluzinationen ein. Er sah Bäume, von denen er wusste, dass es keine waren. Er sah Wassertümpel, die staubtrocken waren. Er sah Felsen, wo keine Felsen waren.

Er sah Bangkok. Und in Bangkok sah er Monique, die in einem dunklen Verlies gefangen war.

Aber er trottete immer weiter. Ihre Kehlen waren rau, ihre Haut war rissig und sie hatten Blasen an den Füßen. Aber sie hatten keine andere Wahl. Michal hatte gesagt, sie sollten nach Osten gehen, also gingen sie nach Osten.

Nach einer weiteren halben Stunde fing er an, wirres Zeug zu murmeln. Er wusste nicht genau, was er sagte, und so versuchte er, nichts zu sagen, aber er konnte seine Stimme im heißen Wind hören, der ihnen ins Gesicht wehte.

Als er schließlich wusste, dass er beim nächsten Schritt zusammenbrechen würde, blieb er stehen.

»Jetzt machen wir eine Pause«, sagte er und ließ sich in den Sand fallen.

Johan sank zu seiner Rechten und Rachelle zu seiner Linken in den Sand.

»Natürlich, jetzt haben wir Zeit für eine Pause«, sagte Rachelle.

»Noch vor einer halben Stunde hätte es uns das Leben gekostet, weil Michal gesagt hat, wir sollen nach Osten gehen. Aber jetzt, wo du wirres Zeug redest, jetzt, wo unser mächtiger Krieger es für richtig hält, werden wir eine Pause machen.«

Er gab sich keine Mühe, darauf zu antworten. Er war zu erschöpft, um zu streiten. Es war ein Wunder, dass sie noch genug Kraft hatte, um einen Streit anzufangen.

Schweigend saßen sie einige Minuten auf der großen Düne. Schließlich wagte Tom einen Blick zu Rachelle hinüber. Sie saß mit den Armen um die Knie geschlungen da und starrte mit zusammengebissenen Zähnen auf den Horizont. Der Wind ließ ihr langes Haar wehen. Sie sah ihn nicht an.

Wenn er noch die Kraft gehabt hätte, hätte er ihr vielleicht gesagt, sie solle aufhören, sich so kindisch zu benehmen.

Die Dünen vor ihnen erhoben sich immer wieder neu, ohne das leiseste Anzeichen einer Veränderung. Michal hatte ihnen gesagt, sie sollten in die Wüste gehen, weil er wusste, dass die Shataiki ihren Wald nicht verlassen würden. Aber warum hatte er sie angewiesen, immer tiefer in die Wüste hineinzugehen?

»Ihr seid schon tot«, hatte er gesagt. Vielleicht war es anders gemeint, als Tom zunächst angenommen hatte. Vielleicht bedeutete »tot« so viel wie: *Ich weiß, dass ihr meinen Anweisungen folgen werdet, weil ihr keine andere Wahl habt. Ihr werdet in die Wüste gehen und dort sterben, wie ihr es verdient. Ihr seid also schon so gut wie tot.*

Dead man walking – ihr letzter Gang.

»Du träumst immer noch von Monique.«

Die Halluzinationen kamen zurück. Monique rief ihn. Kara sagte ihm, dass …

»Ich habe gehört, wie du ihren Namen genannt hast. In dieser Situation denkst du an sie?«

Nein, es war nicht Monique, es war Rachelle. Er sah sie an. »Was?«

Ihre Augen blitzten. »Ich will wissen, warum du immer wieder ihren Namen vor dich hin murmelst.«

Aha. Er hatte also von der Frau aus seinen Träumen vor sich hin gemurmelt, hatte ihren Namen gesagt und vielleicht auch noch mehr, und Rachelle hatte ihn gehört. Sie war eifersüchtig. Das war Wahnsinn! Sie mussten dem Tod ins Gesicht sehen und Rachelle bekam ihre Kraft aus ihrer Eifersucht auf eine Frau, die nicht einmal existierte!

Tom wandte sich ab. »Meine liebe Rachelle, Monique de Raison existiert nicht. Sie lebt nur in meiner Einbildung, in meinen Träumen.« Das war nicht gerade die beste Erklärung. Er betonte noch einmal, was er zuerst gesagt hatte. »Sie existiert gar nicht, und das weißt du. Und wenn wir jetzt über sie streiten, hilft uns das ganz bestimmt nicht, in dieser beschissenen Wüste zu überleben.«

Er stand auf und ging den Hügel hinunter. »Gehen wir weiter«, befahl er, aber er fühlte sich krank. Er hatte kein Recht, ihre Eifersucht so leichtfertig abzutun. Noch heute Morgen hatte er sie und Johan angestarrt, als sie sich um eine Frucht gestritten hatten, und war schockiert gewesen über ihre Geringschätzung füreinander. Aber er war kein bisschen besser, wie Michal gesagt hatte.

Johan stand als Letzter auf. Tom stand schon auf der nächsten Düne, als er zurückblickte und sah, wie der Junge in die Richtung schaute, aus der sie gekommen waren.

»Johan!«

Der Junge drehte sich langsam um, sah noch einmal zurück und folgte ihnen dann die Düne hinunter.

»Er will zurück«, sagte Rachelle und ging an ihm vorbei. »Ich kann ihm keinen Vorwurf machen.«

Zwei Stunden gingen sie in trostlosem Schweigen weiter und hielten alle zehn oder fünfzehn Minuten an, inzwischen nicht nur wegen ihm, sondern auch wegen Rachelle und Johan. Der Wind flaute ab und die Hitze wurde unerträglich.

Jedes Mal, wenn Tom die Halluzinationen kommen spürte, unterdrückte er sie. Er war kein großer Anführer mehr, aber er führte die Gruppe, weil es niemanden sonst gab. Er musste seine Gedanken, so gut es in dieser Situation ging, zusammenhalten.

Sie gingen weiter, in der bedrohlichen Gewissheit, dass dies ihr Tod sein würde. Langsam und unter großer Anstrengung ließen sie eine Düne nach der anderen hinter sich. Die einzige Veränderung waren ein paar große Felsblöcke, die jetzt herumlagen. Aber keiner sprach darüber. Wenn in den Felsbrocken kein Wasser war, interessierten sie sie auch nicht.

Als die Sonne hinter dem Horizont verschwand, waren sie in einem Tal, das vielleicht hundert Meter breit war. In der Talsohle erhob sich eine Gruppe von Felsblöcken.

»Hier bleiben wir heute Nacht«, sagte Tom. Er deutete mit dem Kopf zu den Felsblöcken. »Die Felsen geben uns Schutz vor dem Wind.«

Keiner widersprach. Tom ließ sich bei den Felsen auf den Boden fallen und legte den Kopf in den Sand. Die untergehende Sonne warf einen roten Schein über den Wüstensand. Er schloss die Augen.

Der Himmel war pechschwarz, als er sie wieder öffnete. Er wusste nicht, ob es die Erschöpfung oder die unerträgliche Stille war, die ihn am Einschlafen hinderten. Johan hatte sich zusammengerollt und lag unter einem Felsen. Rachelle lag fünf Meter entfernt von ihm und starrte in den Himmel. Er konnte sehen, wie sich das Mondlicht in ihren glasigen Augen spiegelte.

Sie war wach.

Die Situation war absurd. Sie waren dem Tode nahe und die einzige Frau, die er jemals wirklich geliebt hatte, lag fünf Meter von ihm entfernt da und kochte entweder vor Wut oder biss die Zähne zusammen oder sie hasste ihn. Er wusste nicht, was davon zutraf.

Aber er wusste, dass er sie schrecklich vermisste.

Er stemmte sich hoch, ging zu ihr hinüber und legte sich neben sie.

»Bist du wach?«, flüsterte er.

»Ja.«

Es war das erste Wort, seit sie ihm gesagt hatte, dass Johan zurückgehen wollte, und er war erstaunt, wie sehr er sich darüber freute.

»Bist du wütend auf mich?«

»Nein.«

»Es tut mir leid«, sagte er. »Ich hätte dich nicht anschreien dürfen.«

»Es war wohl ein Tag zum Schreien«, sagte sie.

»Wahrscheinlich.«

Sie lagen still da. Ihre Hand lag im Sand und er griff danach und berührte sie. Sie hielt seinen Daumen.

»Ich möchte, dass du mir etwas versprichst«, sagte sie.

»Gut, alles was du willst.«

»Ich möchte, dass du mir versprichst, nie wieder von Monique zu träumen.«

»Bitte …«

»Es ist mir egal, wer sie ist und wer nicht«, sagte Rachelle. »Versprich es einfach.«

»Gut.«

»Versprochen?«

»Versprochen.«

»Vergiss die Chroniken. Sie sind jetzt ohnehin bedeutungslos. Alles hat sich verändert.«

»Du hast recht. Vergessen wir die Träume von Bangkok. Sie wirken jetzt so dumm.«

»Sie sind dumm«, sagte sie. Dann drehte sie sich zur Seite und stützte sich auf ihren Ellbogen. Das Mondlicht spiegelte sich in ihren Augen. Sie waren wunderschön grau.

Sie beugte sich herüber und küsste ihn sanft auf die Lippen. »Träum von mir«, sagte sie. Sie legte sich auf die Seite und rollte sich zum Schlafen zusammen.

Das werde ich, dachte Tom. *Ich werde nur noch von Rachelle träumen.* Tom schloss die Augen und war so zufrieden wie noch nie, seit sie in diese schreckliche Wüste marschiert waren. Er schlief ein und träumte.

Er träumte von Bangkok.

35

DAS KONFERENZZIMMER WAR großzügig mit einem edlen Kirschholztisch ausgestattet, der lang genug war, um den vierzehn Teilnehmern genügend Platz zu bieten. In der Mitte war eine üppige Auswahl an tropischen Früchten, europäischen Käsesorten, kaltem Braten und verschiedenen Brotsorten angerichtet. Sie saßen in weinroten Lederstühlen, sahen ungeheuer wichtig aus und fühlten sich zweifellos auch so.

Thomas dagegen sah weder so aus, noch fühlte er sich als mehr, als das, was er tatsächlich war: ein fünfundzwanzig Jahre alter Möchtegernautor, der sich in seinen Träumen verloren hatte.

Aber immerhin hatte er ihre Aufmerksamkeit. Und im Gegensatz zu den Ereignissen in seinen Träumen ging es ihm hier ganz gut. Er saß am Kopfende des Tisches und vierzehn Augenpaare waren auf ihn gerichtet. Für die nächsten paar Minuten würde er für sie praktisch allwissend sein. Und danach würden sie vielleicht beschließen, ihn einzusperren. Die thailändische Polizei hatte außergewöhnlich deutlich gemacht, dass er, Thomas Hunter, mit der Entführung von Monique de Raison eine Straftat begangen hatte, ganz gleich, wie sich die Situation jetzt entwickelt hatte. Was sie deswegen unternehmen wollten, stand noch nicht fest, aber einfach ignorieren konnten sie es nicht.

Er sah zu Kara, die rechts neben ihm saß, und erwiderte ihr flüchtiges Lächeln.

Er zwinkerte ihr zu, fühlte sich aber nicht annähernd so selbstbewusst, wie er vorgab. Was er hier jetzt brauchte, waren diplomatische Fähigkeiten. Kara hatte vorgeschlagen, dass er versuchen sollte, diese im grünen Wald zu üben, genau wie seine Kampftechniken. Aber das ging jetzt nicht mehr.

Inzwischen kam ihm die Wüste dort viel realer vor als diese Welt hier. Was würde passieren, wenn er dort in der Wüste vor Hitze und Erschöpfung sterben würde? Würde er hier dann auch tot zusammenbrechen?

Der stellvertretende Außenminister Merton Gains saß an Toms linker Seite. Nur wenige in Washington wussten überhaupt, dass er heute Morgen hierhergeflogen war, zu diesem äußerst ungewöhnlichen Treffen. Andererseits wussten auch nur ganz wenige, dass es bei den Nachrichten, die in den letzten achtundvierzig Stunden um die Welt gegangen waren, um mehr ging als um einen durchgedrehten Amerikaner, der am Vortag der lange erwarteten Markteinführung des Raison-Impfstoffs die Chef-Virologin von Raison Pharma entführt hatte. Die meisten gingen davon aus, dass Thomas Hunter entweder aus Überzeugung oder gegen Bezahlung gehandelt hatte. Die Frage, die in den meisten Nachrichtensendungen gestellt wurde, war, wer ihn engagiert hatte.

Gains' breite Kieferknochen konnten eine Rasur gut gebrauchen. Er hatte ein junges Gesicht, doch sein graues Haar verriet sein Alter. Ihm gegenüber saß Phil Grant, der größere der beiden Ehrengäste aus den Staaten. Er hatte ein langes Kinn und eine lange Nase, auf deren Spitze er eine Brille balancierte. Die dritte Amerikanerin war Theresa Sumner vom Seuchenzentrum, eine sehr direkte Frau, die sich bei Thomas für die Behandlung in Atlanta bereits entschuldigt hatte. Neben ihr saß ein Brite von Interpol, Tony Gibbons.

Rechts ein Abgesandter des australischen Geheimdienstes und zwei hochrangige Vertreter der thailändischen Regierung mit ihren Assistenten. Links Louis Dutêtre, ein selbstgefälliger, schmalgesichtiger Mann mit herabhängenden schwarzen Augenbrauen vom französischen Geheimdienst, den Phil Grant ziemlich gut zu kennen schien. Neben ihm ein spanischer Vertreter und dann Jacques de Raison mit zwei seiner Wissenschaftler.

Alle waren wegen ihm gekommen. Noch vor etwas mehr als einer Woche hatte man ihn aus der Seuchenzentrale in Atlanta rausgeworfen und jetzt leitete er ein Gipfeltreffen mit Regierungsvertretern aus aller Welt hier in Bangkok.

Gains hatte einführend den Grund für dieses Treffen erläutert und sein Vertrauen in Toms Informationen zum Ausdruck gebracht. Tom hatte seine Geschichte so knapp und deutlich wie möglich dargelegt, ohne sie alle mit Details aus seinen Träumen zu überfordern. Jacques de Raison hatte die Computersimulation vorgeführt und seine Beweise für das Raison-Virus präsentiert. Man hatte fast eine Stunde mit Fragen und Anmerkungen verschwendet.

»Sie wollen also sagen, dass Valborg Svensson, den einige von uns übrigens sehr gut kennen, kein weltbekannter Pharmagigant ist, sondern ein Verbrecher?«, fragte der Franzose. »Er soll sich irgendwo tief in den Schweizer Alpen versteckt halten und sich vor Vorfreude darüber, dass er die ganze Welt mit einem unbesiegbaren Virus vernichten wird, die Hände reiben?«

Ein sanftes Kichern war zu hören und einige lächelten milde.

»Danke für diese lebhafte Schilderung, Louis«, sagte er CIA-Chef. »Aber ich glaube nicht, dass der stellvertretende Außenminister und ich hierhergekommen wären, wenn die Sache wirklich so simpel wäre. Zugegeben, wir können Mr. Hunters Behauptungen über Svensson nicht beweisen. Aber wir haben es hier doch mit einer Reihe sehr außergewöhnlicher Ereignisse zu tun. Nicht zuletzt mit der Tatsache, dass es das Raison-Virus tatsächlich gibt, wie wir heute Abend alle mit eigenen Augen gesehen haben.«

»Nicht ganz«, warf Theresa, die Vertreterin der Seuchenzentrale, ein. »Es gibt einige Tests, die nachweislich Mutationen aufweisen. Zugegeben. Aber wir haben noch keine Informationen über das tatsächliche Verhalten des Virus. Alles nur Simulationen. Wir wissen noch nicht genau, wie es sich auf Menschen in ihrer normalen Umgebung auswirkt. Wahrscheinlich kann das Virus in einem lebendigen menschlichen Wirt gar nicht überleben. Ich möchte Ihnen nicht zu nahe treten, aber Simulationen wie diese treffen nur vielleicht zu siebzig Prozent zu.«

»Theoretisch zu fünfundsiebzig Prozent«, sagte Peter. »Aber ich würde die Wahrscheinlichkeit höher ansetzen.«

»Natürlich würden Sie das. Es ist ja Ihre eigene Simulation. Wen haben Sie tatsächlich damit infiziert? Mäuse?«

»Mäuse und Schimpansen.«

»Mäuse und Schimpansen. Dem Virus scheint es in dieser Umgebung gut zu gehen, aber noch zeigen die Versuchstiere keinerlei Krankheitssymptome. Stimmt's? Das Virus hat einige Tage überlebt und ist gewachsen, aber es dauert noch lange, bis wir die tatsächlichen Auswirkungen sehen werden.«

»Das stimmt«, erwiderte der Raison-Mitarbeiter. »Aber …«

»Entschuldigen Sie, könnten Sie noch einmal Ihren Namen wiederholen?«, bat Gains.

»Striet, Peter Striet. Alles, was wir bisher von diesem Virus gesehen haben, hat uns wirklich beunruhigt. Zugegeben, die Tests sind erst einen Tag her, aber wir haben schon genug Viren gesehen, um auch ohne Simulation eine gute Schätzung abzugeben.«

»Wir müssen wissen, wie lange es in einem menschlichen Wirt überlebt«, sagte Theresa.

»Stellen Sie sich zur Verfügung?«

Noch mehr Kichern.

Sie fand das nicht lustig. »Nein, aber ich empfehle Ihnen, vorsichtig zu sein. Als MILTS ausbrach, wurden nur fünftausend Menschen infiziert, und davon starben etwa eintausend daran. Das war nicht gerade eine Epidemie von großem Ausmaß. Aber die Angst davor, die sich überall ausbreitete, hat der Region Asien einen ungeheuren wirtschaftlichen Schlag versetzt. Man schätzt, dass allein in der Tourismusbranche etwa fünftausend Menschen ihren Arbeitsplatz verloren. Haben Sie eine Vorstellung, welche Panik ausbräche, wenn die Nachricht von einem Virus, das die ganze Menschheit bedroht, sich ausbreiten würde? Unser tägliches Leben würde einfach aufhören. Die Börse würde schließen. Keiner würde sich mehr trauen, zur Arbeit zu gehen. Sagen Sie jetzt nicht, dass sie eine ganze Ladung voll Aktien aus der Klebebandindustrie gekauft haben.«

»Wie bitte?«

»Sechs Milliarden Menschen würden ihre Fenster und Türen zukleben und sich zu Hause verbarrikadieren. Dann wären Sie ein reicher Mann. Derweil würden Millionen von älteren und hilfsbedürftigen Menschen vernachlässigt zu Hause sterben.«

»Sie übertreibt vielleicht etwas, aber ich glaube, das ist ein sehr gutes Argument«, sagte der Franzose. Einige der anderen machten zustimmende Bemerkungen. »Ich war bereit, hierherzukommen, weil ich sehr gut verstehe, wie hochgradig explosiv diese Sache ist, die hier so leichtfertig dargelegt wurde.«

Tom bemerkte, dass er mit der leichtfertigen Darlegung gemeint war. Kara biss die Zähne zusammen. Einen Augenblick lang dachte er, sie würde dem Franzosen jetzt die Meinung sagen. Aber diesmal nicht. Das hier war etwas anderes. Das hier war die raue Wirklichkeit. Es war nicht wie eine Podiumsdiskussion am College.

Der Franzose blieb beharrlich. »Es könnte aber auch genauso sein wie mit dem kleinen Hühnchen in Himmel und Huhn, das schreit, dass der Himmel herabstürzt. Das könnte auch ein sehr verantwortungsloses Vorgehen sein.«

»Ich weise diesen Vorwurf entschieden zurück«, sagte Gains. »Tom hat mich schon mehr als einmal Lügen gestraft. Seine Vorhersagen waren absolut unglaublich. Wenn wir das, was er sagt, nicht ernst nehmen, könnte das ein schrecklicher Fehler sein.«

»Genau dasselbe gilt, wenn wir ihn beim Wort nehmen«, entgegnete Theresa. »Nehmen wir einmal an, es gäbe dieses Virus. Schön. Wenn dieses Virus ausbricht, werden wir uns darum kümmern. Wohlgemerkt nicht erst, wenn es schon zu einem weit verbreiteten Problem geworden ist, sondern sobald es sich das erste Mal bemerkbar macht. Sobald wir den ersten Fall haben. Aber lassen Sie uns die Angelegenheit nicht als Problem behandeln, solange wir nicht absolut sicher sind, dass es ein Problem gibt. Wie ich schon sagte, können die Angst und die Panik davor ein weit größeres Problem darstellen als jedes Virus.«

»Einverstanden«, sagte der spanische Vertreter. »Das ist sehr umsichtig.« Sein Kragen war zu eng, sodass sein Hals zur Hälfte übers Hemd quoll. »Solange wir noch keine Lösung haben, nützt es nichts, die Welt in Panik zu versetzen. Vor allem nicht, solange auch nur die kleinste Möglichkeit besteht, dass es vielleicht gar kein Problem gibt.«

»Genau«, stimmte der Franzose zu. »Wir haben ein Virus. Wir suchen nach einem Mittel gegen dieses Virus. Wir haben keinen handfesten Beweis dafür, dass das Virus tatsächlich für kriminelle Zwecke eingesetzt wird. Ich weiß nicht, warum wir Angst verbreiten sollten.«

»Er hat meine Tochter«, sagte Raison. »Oder interessiert das hier keinen mehr?«

»Ich kann Ihnen versichern, dass wir alles in unserer Macht stehende tun werden, um Ihre Tochter zu finden«, sagte Gains. Er warf Louis Dutêtre einen wütenden Blick zu. »Seit einigen Stunden ist ein Team unserer Leute auf dem Gelände von Svenssons Laboratorien.«

»Wir erwarten jede Minute ihren Bericht«, ergänzte Phil Grant. »Sie haben unser herzlichstes Mitgefühl, Mr. Raison. Wir werden sie finden.«

»Ja, natürlich«, sagte Dutêtre. »Aber bisher wissen wir noch nicht sicher, ob Svensson irgendetwas mit dieser tragischen Entführung zu tun hat. Wir haben nur das Gerücht von Mr. Hunter. Und selbst wenn Svensson irgendwie mit dem Verschwinden Ihrer Tochter zusammenhängt, können wir daraus noch keinen Missbrauch eines bösartigen Virus ableiten – eines Virus, dessen tödlicher Verlauf noch nicht bewiesen ist, darf ich hinzufügen. Meine Herren, sie machen da einen gewagten Sprung. Dazu bin ich nicht bereit.«

»Tatsache ist, dass wir ein Virus haben, gleich ob es nun tödlich ist oder nicht«, sagte Gains. »Tatsache ist, dass Tom mir gesagt hat, dass es ein Virus geben wird, bevor irgendein Anzeichen davon zu sehen war. Das war für mich überzeugend genug, um hierherzufliegen. Ich gebe zu, dass wir nicht wollen, dass davon irgendetwas nach außen durchsickert. Aber wir können es genauso wenig ignorieren. Ich verlange nicht, dass wir allen sagen, sie sollen sich daheim verbarrikadieren, aber ich verlange sehr wohl, dass wir eine solche Möglichkeit in Betracht ziehen.«

»Natürlich!«, fuhr Dutêtre fort. »Aber ich wage zu behaupten, dass Ihr Junge da das eigentliche Problem an der Sache ist und nicht irgendein Virus. Mir fällt auf, dass Raison Pharma den Bach runter ist, ganz gleich, wie das hier ausgeht. Ich frage mich, wie viel sie Thomas Hunter dafür bezahlt haben, dass er Monique entführt und all diese Geschichten in die Welt gesetzt hat.«

Bedrückende Stille breitete sich im Raum aus, als hätte jemand eine tonnenschwere nasse Decke über alle gelegt. Gains sah fassungslos drein. Phil Grant konnte den lächelnden Franzosen nur anstarren.

»Thomas Hunter ist auf meine Bitte hin hierhergekommen«, sagte Gains. »Wir haben keinen …«

»Nein«, unterbrach ihn Tom und streckte den Arm nach Gains aus. »Ist schon in Ordnung, Herr Minister. Lassen Sie mich dazu etwas sagen.«

Tom schob seinen Stuhl zurück und stand auf. Er legte den Finger an sein Kinn und ging hin und her. Die Luft schien zum Schneiden. Natürlich hatte er etwas zu sagen. Etwas Deutliches und Intelligentes.

Aber auf einmal wurde ihm klar, dass das, was ihm intelligent erschien, für den Franzosen sehr wohl wie Unsinn klingen konnte. Und trotzdem hatte er in diesem Moment, als er vor ihnen allen schweigend hin und her ging, die absolute Macht, wenn auch nur für einen Augenblick. Als ihm dies klar wurde, schwieg er noch weitere fünf Sekunden.

Er konnte mit seiner Macht handeln.

»Wie lange sind Sie schon beim Geheimdienst, Mr. Dutêtre?«, fragte Tom. Er schob eine Hand in die Hosentasche. Seine olivgrüne Cargohose entsprach nicht gerade der Norm in diesem Raum, aber diesen Gedanken verdrängte er.

»Fünfzehn Jahre«, antwortete Dutêtre.

»Schön. Nach fünfzehn Jahren bekommen Sie also einen solchen Auftritt wie hier. Wissen Sie, wie lange ich schon dabei bin, Mr. Dutêtre?«

»Gar nicht, nach dem, was ich hier mitbekommen habe.«

»Beinahe. Ihr Geheimdienst liegt schief. Seit etwas mehr als einer Woche, Mr. Dutêtre. Und trotzdem wurde ich ebenfalls zu diesem Auftritt eingeladen. Sie müssen sich doch fragen, wie ich es geschafft habe, dass der stellvertretende Außenminister und der CIA-Chef über den Ozean geflogen sind, um mich zu treffen. Was habe ich gesagt? Was weiß ich wirklich? Warum kommen diese Frauen und Männer auf meine Bitte hin hier in Bangkok zusammen?«

Jetzt war es totenstill, als wäre der Raum menschenleer.

»Kurz gesagt, Mr. Dutêtre, es ist etwas Außergewöhnliches«, sagte Tom. Er legte seine Fingerspitzen auf die Tischplatte und lehnte sich vor. »Etwas höchst Außergewöhnliches ist geschehen, um dieses Treffen einzuberufen. Dagegen klingt das, was Sie sagen, in meinen Ohren ziemlich gewöhnlich und langweilig. Und deshalb habe ich beschlossen, etwas zu tun, was ich schon mehrmals getan habe, etwas Außergewöhnliches. Hätten Sie das gerne, Mr. Dutêtre?«

Der Franzose warf einen Blick hinüber zu Phil Grant. »Was soll das? Ist das ein Theater?«

»Würden Sie gerne sehen, wie ich in der Luft schwebe? Würde Sie das überzeugen?«

Jemand machte ein Geräusch, das sich ein wenig nach Kichern anhörte.

»Schön, dann werde ich jetzt für Sie schweben. Ich werde nicht, wie Sie jetzt denken, in der Luft hängen. Aber was ich jetzt tun werde, ist nicht weniger spektakulär. Nur weil Sie das nicht verstehen, ändert das nichts an den Tatsachen. Sind Sie bereit?«

Keine Reaktion.

»Noch mal von vorne. Tatsache ist, dass ich wusste, wer das Kentucky Derby gewinnen würde, dass der Raison-Impfstoff mutieren würde und die genauen Umstände, unter denen er mutieren würde. Mr. Raison, wie groß ist die Wahrscheinlichkeit, dass Sie, beziehungsweise ich, das wissen konnten?«

»Das ist unmöglich«, antwortete der Mann.

»Theresa, Sie müssen sich mit so etwas auskennen. Wie hoch würden Sie die Wahrscheinlichkeit einschätzen?«

Sie starrte ihn nur an.

»Genau. Es gibt keine Wahrscheinlichkeit, weil es unmöglich ist. In Wirklichkeit bin ich also schon längst für Sie geschwebt. Und jetzt behaupte ich, ich kann noch einmal schweben, und Sie wagen es, mich einen Lügner zu nennen?«

Der Franzose lächelte, aber es war kein wohlwollendes Lächeln. »Sie erinnern sich also genau daran, wie das Virus mutiert, und Sie glauben, dass Sie diese Informationen diesem Subjekt, diesem Carlos, verraten haben, aber Sie haben sie selbst wieder vergessen?«

»Ja, bedauerlicherweise.«

»Wie praktisch.«

»Hören Sie mir jetzt genau zu«, sagte Tom. »Jetzt kommt der Trick. Das Raison-Virus ist hochgradig ansteckend, tödlich und kann in der Luft übertragen werden. Wenn wir nichts dagegen unternehmen, wird innerhalb der nächsten drei Wochen ein Großteil der Menschheit damit infiziert. Ein einziger Tag Verzögerung kann dabei den Tod von Millionen von Menschen bedeuten. Innerhalb der nächsten sieben Tage werden wir von seiner Freisetzung erfahren. Dann wird die Völkergemeinschaft, möglicherweise über die Vereinten Nationen, aufgefordert werden, alle Handlungsvollmacht sowie alle Nuklearwaffen im Tausch für das einzige wirksame Medikament abzugeben. So wird sich die Geschichte von jetzt an entwickeln.«

Louis Dutêtre lehnte sich in seinem Stuhl zurück und klopfte sich mit einem Bleistift auf die Knöchel. »Und Sie wollen den Dritten Weltkrieg auslösen, bevor es so weit ist. In dieser Welt kämpfen keine Helden auf weißen Pferden gegen Ungeheuer, Mr. Hunter. Ihr Virus kann uns möglicherweise alle töten, aber an dieses Virus zu glauben, *wird* uns ganz sicher alle töten.«

»Dann werden wir so oder so alle sterben«, sagte Tom. »Sind wir uns da einig?«

Gains hob die Hand, um die Diskussion zu beenden. »Ich glaube, Sie verstehen, was er sagen will, Tom. Es gibt da einige Schwierigkeiten. Es ist nicht alles nur schwarz-weiß. Wir können jetzt nicht lauthals vor einem Virus warnen. Genau genommen haben wir noch gar kein Virus, jedenfalls keines, vom dem wir wissen, dass es missbraucht wird oder missbraucht werden könnte. Was schlagen Sie vor?«

Tom zog seinen Stuhl heran und setzte sich. »Ich schlage vor, Svensson zu verhaften, bevor er das Virus freisetzen kann.«

»Das ist unmöglich«, sagte der CIA-Chef. »Er hat Grundrechte. Wir tun etwas, aber wir können nicht einfach eine Bombe auf ihn werfen. So funktioniert das nicht.«

»Angenommen, Sie haben recht, was Svensson angeht«, sagte Gains. »Dann bräuchte er für seinen Handel erst einmal ein Gegenmittel oder einen Hemmstoff, oder? Also haben wir noch etwas Zeit.«

»Wer sagt, dass er das Virus erst freisetzen kann, wenn er das Mittel dagegen hat? Solange er sich sicher ist, dass er dieses Mittel innerhalb kurzer Zeit herstellen kann, könnte er das Virus freisetzen, bluffen und so tun, als hätte er es schon. Im Moment geht es darum, Svensson festzunageln, bevor er etwas anstellen kann. Wenn er erst etwas angestellt hat, ist Ihre einzige Hoffnung ein Gegenmittel und ein Impfstoff.«

»Und wie lange würde das dauern?«, fragte Gains an Raison gewandt.

»Ohne Monique? Ein paar Monate. Mit ihr«, er zuckte mit den Achseln, »ginge es vielleicht schneller, vielleicht in ein paar Wochen.« Er sagte nichts davon, dass man möglicherweise die eingebaute Gensignatur rückgängig machen könnte, wie Peter gestern erklärt hatte.

»Das ist noch ein Grund, weshalb wir Svensson verfolgen und herausfinden müssen, ob er Monique hat«, sagte Tom. »In den nächsten Wochen könnte das Schicksal der ganzen Welt von Monique abhängen.«

»Und was haben Sie sonst noch für Vorschläge, außer Svensson festzunehmen?«, fragte Gains Tom.

»Im Moment keine. Wir hätten Svensson schon vor vierundzwanzig Stunden festnehmen sollen. Wenn wir das getan hätten, wäre jetzt alles vorbei. Aber was verstehe ich schon davon? Ich bin ja nur ein Möchtegernautor in Jeans.«

»Genau das sind Sie, Mr. Hunter«, entgegnete der Franzose. »Vergessen Sie das nicht. Sie schießen hier mit scharfer Munition. Ich werde nicht zulassen, dass Sie um die Welt reisen und Ihre Waffen abfeuern. Ich würde hier gerne den Brand etwas löschen.«

Grants Handy klingelte und er wandte sich ab und antwortete leise.

»Ich würde gerne einen Notfallplan entwerfen, für den Fall, dass sich das Ganze doch zu einem Problem entwickelt«, sagte

Gains. »Was denken Sie, wie man das Ganze eindämmen könnte, Mr. Raison?«

»Das hängt davon ab, wie das Virus ausbricht. Aber wenn wirklich Svensson dahintersteckt, dann weiß er genau, wie er jede Eindämmung verhindern kann. Das ist der Hauptunterschied zwischen dem natürlichen Auftreten eines Virus und dem künstlich erzeugten Auftreten wie bei Biowaffen. Wir könnten das Virus innerhalb einer Woche in einhundert Großstädten haben.«

»Ja, aber wenn …«

»Entschuldige bitte, Merton.« Grant klappte sein Handy zu. »Das ist vielleicht alles rein hypothetisch. Unsere Leute haben gerade Svenssons Anlage in den Schweizer Alpen durchsucht. Sie haben nichts gefunden.«

Tom richtete sich auf. »Was meinen Sie mit ›nichts‹? Das kann nicht …«

»Ich meine, es gibt keinerlei Anzeichen für irgendetwas Außergewöhnliches.«

»War Svensson da?«

»Nein. Aber wir haben uns ausführlich mit seinen Mitarbeitern unterhalten. Er wird in zwei Tagen zurückerwartet zu einer Befragung durch den Schweizer Geheimdienst, bei der wir auch dabei sein werden. Er war zu einem Gespräch mit Lieferanten in Südamerika. Wir haben das überprüft. Es gibt keinerlei Hinweise darauf, dass er irgendetwas mit der Entführung oder irgendeiner Verschwörung zur Freisetzung eines Virus zu tun hat.«

Der Raum war in Schweigen gehüllt.

»Nun, das ist eine gute Nachricht, denke ich«, sagte Gains.

»Das ist überhaupt keine Nachricht«, sagte Tom. »Er ist also nicht in seinem Hauptlabor. Dann könnte er überall sein. Wo auch immer er sich befindet, er hat sowohl Monique als auch das Raison-Virus. Ich sage Ihnen, Sie müssen ihn sofort finden!«

Gains streckte beschwichtigend die Hand aus. »Das werden wir, Tom. Eins nach dem anderen. Das ist sehr ermutigend. Lasst uns diese Hoffnung nicht gleich wieder ersticken.«

Bei diesem Satz wusste Tom, dass er sie alle verloren hatte – alle außer Kara. Mehr Unterstützung konnte er von Merton Gains nicht mehr erwarten. Wenn Gains zur Vorsicht mahnte, war alles aus.

Tom stand auf. »Ich glaube nicht, dass Sie mich brauchen, um einen Notfallplan zu entwerfen. Ich habe Ihnen gesagt, was ich weiß. Ich wiederhole es noch ein letztes Mal, für diejenigen, die etwas schwer von Begriff sind heute Abend: Die Geschichte wird sich sehr übel entwickeln. Sie werden das schon bald merken, wenn ein Mann namens Valborg Svensson unerhörte Forderungen stellen wird. Allerdings glaube ich nicht, dass er allein arbeitet. Möglicherweise steckt einer von Ihnen mit ihm unter einer Decke.«

Dieser Satz versetzte ihnen allen einen leichten Schock.

»Gute Nacht. Falls Sie mich wider Erwarten doch noch brauchen sollten, finden Sie mich – hoffentlich schlafend – in meinem Zimmer, Nummer 913. Irgendjemand muss ja etwas unternehmen.«

Kara stand auf und hob gelassen den Kopf. Sie gingen Seite an Seite hinaus, Bruder und Schwester.

Sobald die Tür des Konferenzraumes hinter ihnen zuging, überfiel Tom die Erschöpfung. Er hielt inne und starrte benommen den menschenleeren Flur entlang. Schon seit über einer Woche ging das nun schon ununterbrochen mit diesem Wahnsinn und sein Körper fühlte sich allmählich bleischwer an.

»Na ja, ich denke, du hast alles gesagt, was zu sagen war«, sagte Kara ruhig.

»Ich muss mich ausruhen. Ich habe das Gefühl, dass ich jeden Moment umfalle.«

Sie hakte ihn unter und führte ihn den Gang entlang. »Ich bring dich ins Bett und ich werde niemanden zu dir lassen, bis du wieder etwas Schlaf nachgeholt hast. So viel steht fest.«

Er widersprach nicht. Im Moment gab es ohnehin nichts für ihn zu tun. Vielleicht konnte er überhaupt nichts mehr tun, nie wieder.

»Mach dir keine Sorgen, Thomas. Ich glaube, du hast gesagt, was gesagt werden musste. Sie werden es sich schon bald anders überlegen. Stimmt's?«

»Vielleicht. Ich hoffe nicht.«

Sie verstand. Das Einzige, was diese Leute dazu bringen würde, ihre Meinung zu ändern, wäre, wenn das Raison-Virus tatsächlich ausbräche, und das konnte niemand wirklich hoffen.

»Ich bin stolz auf dich«, sagte sie.

»Ich bin stolz auf dich«, erwiderte er.

»Warum? Ich mache doch gar nichts. Du bist hier der große Held.«

»Held?« Er schnaubte verächtlich. »Ohne dich wäre ich jetzt wahrscheinlich in irgendeinem heruntergekommenen Viertel in einem Kampfring und würde versuchen, mich selbst zu beweisen.«

»Auch wieder wahr«, sagte sie.

Sie stiegen in den Aufzug und fuhren allein nach oben.

»Da du meinem Vorschlag scheinbar zustimmst, darf ich noch einen machen?«, fragte Kara.

»Klar. Ich bin mir nur nicht sicher, ob mein müdes Hirn im Moment noch irgendetwas begreift.«

»Ich habe schon eine Weile darüber nachgedacht.« Sie zögerte. »Ich wüsste nicht, wie irgendjemand das Virus aufhalten könnte, wenn es erst einmal freigesetzt ist. Jedenfalls nicht innerhalb von einundzwanzig Tagen.«

Er nickte. »Und?«

»Vor allem nicht, wenn das alles eigentlich schon Geschichte ist, wie du im grünen Wald erfahren hast. Und von dort kommt das alles ja, nicht wahr?«

»Richtig.«

»Aber warum ausgerechnet du? Warum ist diese Information ausgerechnet bei dir gelandet? Warum musst du zwischen diesen Welten hin- und herspringen?«

»Weil ich irgendwie mit beiden verbunden bin.«

»Weil du der Einzige bist, der letztlich etwas bewegen kann. Du hast das Ganze ins Rollen gebracht. Das Virus existiert nur wegen dir. Vielleicht bist du der Einzige, der es aufhalten kann.«

Der Fahrstuhl hielt in der neunten Etage an und sie gingen zu ihrer Suite.

»Wenn das stimmt«, sagte er, »dann helfe uns Gott, denn glaub mir, ich habe nicht die geringste Ahnung, was ich tun soll – außer schlafen. Und selbst das hilft nicht, denn wir sind ganz verlassen.

Vor drei Tagen wurde mein ganzes Gottesbild auf den Kopf gestellt, zumindest in meinen Träumen. Und jetzt wird es wieder auf den Kopf gestellt.«

»Dann schlaf.«

»Schlafen. Träumen.«

»Träume«, sagte sie. »Aber träume nicht nur. Du musst richtig träumen.«

Er führte sie ins Zimmer. »Du hast nur eins vergessen.«

»Was?«

»Den grünen Wald gibt es nicht mehr. Die ganze Welt ist verändert.« Er seufzte und ließ sich in einen Stuhl neben dem Tisch fallen. »Ich bin in der Wüste und bin halb tot. Kein Wasser, keine Früchte mehr, keine Roush. Wenn mich jetzt einer erschießt, bin ich wirklich tot. Wenn überhaupt, dann muss der Informationsfluss jetzt in die andere Richtung gehen, damit ich dort am Leben bleibe.« Er legte den Kopf schräg. »Was sagst du dazu?«

»Das weißt du nicht. Ich sage ja nicht, dass du dich erschießen lassen sollst, um zu sehen, was dann passiert. Aber es gibt einen Grund, weshalb du dort bist, in jener Welt. Und es gibt einen Grund, weshalb du hier bist.«

»Was genau schlägst du also vor?«

Sie ließ ihre Handtasche aufs Bett fallen und sah ihn an. »Dass du dich in der anderen Realität gründlich auf die Suche machst nach etwas, das uns hier helfen könnte. Lass dir Zeit. Es gibt keinen Zusammenhang zwischen der Zeit dort und der Zeit hier, nicht wahr?«

»Sobald ich dort einschlafe, bin ich wieder hier.«

»Dann versuche, eine Möglichkeit zu finden, damit du nicht jedes Mal wieder hier bist, wenn du dort einschläfst. Bleib ein paar Tage in der anderen Realität, vielleicht auch eine Woche oder einen Monat, ganz egal wie lange. Finde irgendetwas. Lerne neue Fähigkeiten. Was auch immer dort aus dir wird, das wirst du auch hier sein, richtig? Dann sieh zu, dass jemand aus dir wird.«

»Ich bin schon jemand.«

»Das bist du und ich liebe dich so, wie du bist. Aber um dieser Welt willen muss noch mehr aus dir werden. Du musst jemand werden, der diese Welt retten kann. Schlaf, träume und komm als ein neuer Mann wieder.«

Er sah seine Schwester an. Sie war so voller Optimismus. Aber sie hatte das Ausmaß der Verwüstung in der anderen Welt nicht begriffen.

»Ich brauche dringend Schlaf«, sagte er und ging in sein Zimmer.

»Träume, Thomas. Träume ganz lang. Träume von großen Dingen.«

»Das werde ich.«

36

IM TRAUM SAH Tom Bilder von einem unschuldigen Jungen, der mit erhobenem Kopf und weit geöffnetem Mund mitten in einem bunt erleuchteten Raum stand.

Johan. Und seine Haut war so glatt wie ein See aus Kakao. Plötzlich wurde Tom von seinem tiefen, vollen Gesang erschreckt.

Er drehte sich im Schlaf um.

Einen Augenblick lang war die Nacht ganz still. Dann fing der Junge wieder an zu singen. Diesmal ganz leise, mit geschlossenen Augen und erhobenen Händen. Die liebliche Melodie stieg wie Vogelgesang zum Himmel auf. Sie wurde immer höher und begann, schief zu klingen.

Schief? Nein. Johan hatte immer fehlerlos bis zur letzten Note gesungen. Aber diesmal wurde das Lied immer höher und war jetzt eher ein Klagen als ein Lied. Johan klagte.

Toms Augen gingen auf. Das sanfte Licht der Morgendämmerung drang in seine Augen. An seine Ohren drang das Lied eines Kindes, das in gebrochenen Tönen sang.

Er stützte sich auf seine Ellbogen, sah sich benommen um und richtete seinen Blick auf einen Felsblock, etwa zwanzig Schritte von dort entfernt, wo er und Rachelle geschlafen hatten. Und dort saß Johan. Im Schneidersitz, mit dem Rücken zu ihnen und dem Blick auf den Wald gerichtet, den sie verlassen hatten, sang er mit erhobenem Kinn. Es war natürlich nur ein schwacher, unsicherer Gesang. Es klang angestrengt und etwas schief. Aber es war ein Lied.

Rachelle setzte sich neben ihm auf und starrte ihren Bruder an. Ihre Haut war trocken und schuppig, genau wie seine eigene. Tom schluckte und drehte sich wieder zu Johan, der mit weit ausgebreiteten Armen klagte.

»Eljon, hilf uns«, sang er. »Eljon, hilf uns.«

Tom stand auf. Johan zitterte am ganzen Körper, während er nach Tönen rang. Der Junge klang, als weinte er – als weinte er wegen der schwindenden Kraft seiner eigenen Töne oder vielleicht auch, weil er nicht mehr so singen konnte wie früher.

Rachelle stand langsam neben Tom auf, ohne ihre Augen von dem Anblick abzuwenden. Tränen benetzten ihre rissigen Wangen. Tom spürte, wie sich alles in seiner Brust zusammenzog. Johan hob seine kleinen Fäuste in die Luft und klagte noch mehr. Es war ein herzzerreißendes Lied aus Trauer, Sehnsucht, Wut und dem Flehen um Liebe.

Lange Zeit standen sie nur da und sahen Johan zu, der für alle klagte, die ihn hören konnten. Er trauerte für alle, die sich die Zeit nehmen würden, die Schreie eines verlassenen, gequälten Kindes zu hören, das weit weg von zu Hause langsam starb. Aber wer konnte in dieser Wüste schon so ein Lied hören?

Wenn doch nur Michal oder Gabil kämen und ihnen sagen würden, was sie tun sollten. Wenn er doch nur noch ein einziges, letztes Mal mit dem Jungen vom oberen See sprechen könnte.

Wenn er doch nur die Augen schließen könnte und wenn dann dort links auf dem Sandhügel ein Junge stehen würde, wenn er sie wieder öffnete, so wie der Junge, der jetzt dort stand. So wie …

Tom erstarrte.

Der Junge stand dort auf der Erhebung direkt neben den Felsbrocken und starrte Johan an. Der Junge vom oberen See!

Als hätte eine unsichtbare Hand sie berührt, hörten Johan und Rachelle beide auf zu schluchzen. Der Junge machte drei kleine Schritte auf den Felsblock zu und blieb stehen. Seine Arme hingen herunter. Er hatte große, grüne Augen. Ein leuchtendes, atemberaubendes Grün.

Der Junge öffnete ganz leicht seine zarten Lippen, als wolle er etwas sagen. Aber er stand nur da und schaute. Eine Haarlocke hing lose zwischen seinen Augen und bewegte sich sanft in der Morgenluft.

Die beiden Jungen sahen sich an, als seien sie unsichtbar miteinander verbunden. Johans Augen waren so groß wie Wagenräder und sein Gesicht war tränenverschmiert. Rechts neben Tom machte Rachelle einen Schritt auf Johan zu und blieb dann stehen.

Und dann öffnete der kleine Junge den Mund.

Ein reiner, lieblicher, kristallklarer Ton drang in der Stille des Morgens an Toms Ohr und traf ihn mitten ins Herz wie ein messerscharfer Pfeil. Beim ersten Ton musste er nach Atem ringen. Bilder aus einer längst vergangenen Welt kamen ihm in den Sinn. Erinnerungen an einen smaragdgrünen, mit Harz überzogenen Boden, einen tosenden Wasserfall, einen See. Die Töne formten sich zu einer Melodie.

Tom fiel auf die Knie und fing wieder an zu weinen.

Das Kind ging einen Schritt auf Johan zu, schloss die Augen und hob den Kopf. Sein Lied schwebte in der Luft, tanzte auf ihren Köpfen wie ein neckender Engel. Rachelle ließ sich in den Sand fallen.

Der Junge breitete die Arme aus, holte tief Luft und stieß einen tiefen, grollenden Ton hervor, der den Boden beben ließ. Dann begann der Junge, die ersten Worte zu singen, begleitet von Tönen, die sanft über die Dünen rollten.

Ich liebe euch.
Ich liebe euch, ich liebe euch, ich liebe euch.

Tom schloss die Augen und spürte, wie sein Körper unter der Macht dieser Worte zitterte. Die Melodie ging die ganze Tonleiter hinauf und durchdrang die Stille mit ihren volltönenden Akkorden.

Ich habe euch erschaffen
und mir gefällt, was ich erschaffen habe.

Das Lied drang in Toms Herz und dort verstärkte das Echo jeden Ton, sodass er dachte, sein Herz würde zerspringen.

Und dann kam ein letzter, ohrenbetäubender Klang, wie aus hunderttausend Orgeln gleichzeitig, der die Luft zerriss und dann verhallte.

Langsam hob Tom den Kopf. Der Junge schaute immer noch zu Johan, der von seinem Felsen geklettert war und jetzt mit beiden Armen nach dem Jungen ausgestreckt dastand.

Die ersten Schritte gingen sie zögerlich und beinahe gleichzeitig aufeinander zu. Doch dann schien es, als rissen sich beide auf einmal los, und sie rannten mit ausgebreiteten Armen aufeinander zu.

Sie stießen zusammen und ließen sich in den Wüstensand fallen, zwei kleine Jungen, etwa gleich groß, wie Zwillinge bei einem lang ersehnten Wiedersehen. Alle hörten sie, wie Brust gegen Brust prallte, gefolgt vom Ächzen der beiden, als sie auf den Boden fielen und aufgeregt kicherten.

Rachelle fing an, laut zu lachen. Sie klatschte vor Freude in die Hände, und obwohl Tom vermutete, dass sie den Jungen noch nie gesehen hatte, kannte sie seinen Namen. »Eljon!« Sie wiederholte den Namen wie ein aufgeregtes Kind. »Eljon!« Sie weinte und lachte gleichzeitig und klatschte dabei in die Hände.

Die beiden Jungen sprangen wieder auf und spielten Fangen rund um den Felsblock, während sie immer noch kicherten, wie Kinder, die sich ein Geheimnis erzählen.

Und dann wandte sich der Junge Tom zu.

Er kniete immer noch, als er den Jungen direkt auf sich zurennen sah. Seine Augen blitzten wie Smaragde und ein schiefes Grinsen zog sich über seine Wangen. Der Junge rannte direkt auf Tom zu, hielt rutschend an, legte einen Arm um Toms Hals und legte seine zarte, warme Wange an Toms. Sein heißer Atem strich an Toms Ohr, als er ihm zuflüsterte: »Ich liebe dich.«

Es war wie ein Wirbelsturm in seinen Gedanken. Diese pure, ursprüngliche, unverfälschte Liebe schmetterte wie ein Wirbelwind gegen sein Herz. Er hörte nur ein schwaches Ächzen aus seinem eigenen Mund.

Dann wandte sich der Junge Rachelle zu. Er wiederholte die Umarmung und Rachelle bebte schluchzend. Der Junge drehte sich um und rannte von ihrem Lager weg. Ein Dutzend Schritte Richtung Osten blieb er stehen und wirbelte mit einem schelmischen Blick herum.

»Folgt mir«, sagte er. Dann drehte er sich wieder zur Düne um und rannte hinauf.

Johan stürmte hechelnd an Tom und Rachelle vorbei.

Tom rappelte sich auf und hielt den Blick auf den Jungen gerichtet, der jetzt beinahe oben auf der Düne war. Er zog Rachelle hoch und sie folgten dem Jungen – Johan voran, Tom und Rachelle hinterher.

Keiner sagte ein Wort, als sie so durch die ausgetrocknete Wüste rannten. Thomas war noch immer ganz benommen von der Umarmung des Jungen. Schon bald waren seine Kleider nass geschwitzt. Sein Atem wurde immer schwerer, als er die Sanddünen hinaufkraxelte, immer dem kleinen Jungen nach, der herumrannte, als gehöre ihm dieser große Sandkasten. *Ich würde ihm überallhin folgen. Ich würde ihm über den Rand einer Klippe folgen und glauben, dass ich fliegen könnte, wenn ich gesprungen bin. Ich würde ihm ins Meer folgen und wüsste, dass ich unter Wasser atmen könnte.* Es war das Lied des Jungen, seine Augen, seine zarten Füße, die Art, wie sein Atem an Toms Ohr vorbeigestrichen war.

Sie rannten schweigend weiter, die Augen immer auf den nackten, vor Schweiß glänzenden Rücken des Jungen gerichtet. Er sprang immer weiter in die Wüste – langsam auf der einen Seite die Dünen hinauf und auf der anderen Seite in großen Sätzen wieder hinunter. Er war nicht so schnell, dass er Gefahr lief, sie zu verlieren, aber auch nicht so langsam, dass er ihnen eine Pause gegönnt hätte.

Die Sonne stand schon hoch am Himmel, als Tom über den Rücken der Düne taumelte, immer den Fußspuren des Jungen hinterher. Er blieb keine drei Meter von Johan entfernt stehen. Der Junge stand nicht weit von Johan weg. Tom folgte ihren Blicken.

Was er sah, war atemberaubend.

Zu ihren Füßen, mitten in dieser verlassenen, weißen Wüste, lag ein riesiges Tal. Und in diesem Tal stand ein ausgedehnter, grüner Wald.

Tom starrte nur mit offenem Mund darauf. Er musste mehrere Kilometer breit sein, vielleicht sogar noch mehr. Vielleicht dreißig Kilometer. Aber auf der anderen Seite, wo die Bäume aufhörten, stieg das Tal wieder sandig an. Die Wüste ging weiter. Der Wald war nicht bunt, er war grün, einfach nur grün, wie die Wälder in seinen Träumen von Bangkok.

»Sieh nur!« Rachelle zeigte mit ausgestrecktem Arm und zitternder Hand auf etwas. Jetzt sah Tom es auch.

Ein See.

Im Osten, einige Kilometer weit im Innern des Waldes, glitzerte die Sonne auf einem kleinen See.

Der Junge jubelte, warf die Fäuste in die Luft und rannte die Düne hinunter. Er stolperte einmal und schlug einen Purzelbaum, kam wieder auf die Füße und rannte weiter.

Johan rannte ihm jubelnd hinterher. Und dann kamen Tom und Rachelle, auch jubelnd.

Nach zwanzig Minuten hatten sie den Waldrand erreicht, wo sie abrupt anhielten. Die hochgewachsenen Bäume sahen aus wie Wächter, die den Sand draußen hielten. Sie hatten braune Rinde und Zweige mit großen Blättern. Ein Schwarm rot-blauer Papageien flog auf und schwirrte kreischend über ihre Köpfe.

»Vögel!«, rief Johan.

Der Junge drehte sich vom Waldrand aus zu ihnen um. Dann verschwand er ohne ein Wort zwischen zwei Bäumen und rannte los.

Tom rannte hinterher. »Kommt!«

Sie rannten ihm nach.

Das Blätterdach über ihnen hielt die Sonne ab. Sie gingen zwischen den gleichen Bäumen hindurch, zwischen denen auch der Junge verschwunden war.

»Schnell, beeilt euch!«

Das Geräusch ihrer Füße auf dem Sandboden wurde zu einem leisen Knacken, als sie auf das erste Unterholz traten.

Tom hielt zwischen den Bäumen Ausschau nach dem Jungen. Hier – und dort! Er rannte weiter und bemerkte den Wald dabei kaum noch. Rachelle und Johan hinter ihm hatten es leichter, sie mussten nur ihm folgen.

Tom sah hinauf zu den Baumkronen. Alles sah irgendwie vertraut aus. Einen Augenblick lang hatte er das Gefühl, in Thailand durch den Dschungel zu rennen, um Monique zu retten.

Er verlor den Jungen nie länger als ein paar Sekunden aus den Augen. Sie liefen immer tiefer in den Dschungel hinein, direkt auf den See zu. Es schien, als säßen auf fast jedem Baum Vögel. Es gab Affen und Opossums. Sie überquerten eine Lichtung mit einer Gruppe kleinerer Bäume, die voller roter Früchte hingen. Es waren nicht die gleichen Früchte, die sie im bunten Wald gegessen hatten, aber doch sehr ähnlich.

Tom hob im Vorbeirennen einen Apfel auf und biss hinein. Er war süß, köstlich, aber gab keine Kraft. Er schnappte sich noch einen und warf ihn Rachelle zu. »Die sind gut!«

Ein Rudel Hunde bellte auf der anderen Seite der Lichtung. Wölfe? Tom wurde schneller. »Beeilt euch!«

Sie beeilten sich. Sie rannten zwischen hohen Bäumen mit kreischenden Vögeln hindurch, vorbei an großen Büschen voller Beeren, über einen kleinen Bach mit sprudelndem Wasser, über eine zweite Lichtung voller Blumen und vorbei an einer Pferdeherde, die sie aufscheuchten.

Rachelle und Johan waren genauso erschreckt wie die Pferde. Tom erschrak nicht.

Und dann waren sie genauso unvermittelt wieder draußen aus dem Wald, wie sie hineingekommen waren. Sie standen am Hang, oberhalb einer kleinen Senke.

Sanfte Hänge fielen zum Ufer eines grün glitzernden Sees ab. Über der glänzenden Wasseroberfläche schwebten hie und da ein paar Nebelschwaden ruhig dahin. Am Ufer standen Bäume voller Früchte. Farbtupfen aller Schattierungen lagen auf den Bäumen.

Unten im Tal grasten Wildpferde im hohen Gras. Ein sprudelnder Bach schlängelte sich von der Felswand zu ihrer Rechten durch das Gras, in den See und auf der anderen Seite weiter das Tal hinunter.

Der Junge kam grinsend zu ihnen zurück. Im Gegensatz zu ihnen war er gar nicht außer Atem. Nur etwas Schweiß glitzerte auf seiner Stirn.

»Gefällt es euch?«, fragte er.

Sie waren zu überwältigt, um zu antworten.

»Ich dachte mir, dass es euch gefallen würde«, sagte er. »Ich möchte, dass ihr euch für mich um diesen Wald kümmert.«

»Wie meinst du das?«, fragte Tom. »Gehst du weg?«

Der Junge legte den Kopf leicht schräg. »Keine Angst, Thomas. Ich komme wieder. Vergesst mich nur nicht.«

»Ich könnte dich niemals vergessen!«

»Die meisten haben mich schon vergessen. Die Welt könnte sehr schnell sehr böse werden. Es wird einfacher sein, Blut zu vergießen als Wasser. Aber«, er zeigte auf den See, »wenn ihr jeden Tag einmal im See badet, werdet ihr euch nicht an der Krankheit anstecken. Ihr dürft es niemals zulassen, dass Blut das Wasser unrein macht.«

Dann nannte der Junge ihnen sechs einfache Regeln, die sie befolgen sollten.

»Die anderen haben überlebt?«, fragte Rachelle. »Wo … wo sind sie?«

Der Junge blickte sie sanft an. »Die meisten sind verloren, aber es gibt noch mehr wie ihr, die einen der sieben Wälder wie diesen finden werden.« Er lächelte schelmisch. »Macht euch keine Sorgen. Ich habe eine Idee. Und meine Ideen sind für gewöhnlich ziemlich gut, meint ihr nicht auch?«

»Ja. Ja, sie sind gut.«

»Wenn ihr denkt, es kann nicht mehr schlimmer werden, dann wird es einen Ausweg geben. Mit einem einzigen, unglaublichen Schlag werden wir den Kern des Bösen zerstören.« Er ging zu Rachelle, nahm ihre Hand und küsste sie. »Denkt nur immer an mich.«

Er ging zu Johan und sah ihm in die Augen. Einen Augenblick lang dachte Tom, er hätte etwas Düsteres in Eljons Augen gesehen. Er beugte sich vor und küsste Johan auf die Stirn. Dann kam er zu Tom und küsste seine Hand.

»Kannst du mir noch eins verraten?«, fragte Tom leise. »Letzte Nacht habe ich wieder von Bangkok geträumt. Ist es echt? Ist es meine Bestimmung, Monique zu retten?«

»Bin ich ein Löwe oder ein Lamm? Oder bin ich ein Kind? Entscheide selbst, Thomas. Du bist mir sehr wertvoll. Bitte … bitte vergiss mich nicht. Vergiss mich nie, niemals. Von dir hängt viel ab.« Er zwinkerte.

Dann drehte er sich um, rannte den Hang hinunter, stellte sich auf einen Felsen und machte einen Kopfsprung ins Wasser. Einen Augenblick lang schwebte sein Körper über dem Wasser in der Luft, bevor er die Wasseroberfläche fast ohne zu spritzen durchbrach und verschwand.

Von mir hängt viel ab. Dieser Gedanke machte ihm Angst.

Johan bewegte sich als Erster. Er schoss das Ufer hinunter auf das Wasser zu, dicht gefolgt von Tom und Rachelle. Sie sprangen fast gleichzeitig kopfüber hinein.

Das Wasser war nicht kalt. Es war aber auch nicht warm. Es war sauber und rein und kristallklar, sodass man die Felsen am Grund sehen konnte.

Dieser See hatte einen Grund.

Das Wasser gab ihm ein wunderbar reines Gefühl, aber es ließ ihn nicht erschauern und kitzelte auch nicht auf der Haut wie im anderen See. Er wusste sofort, dass er darin nicht atmen konnte.

Aber er trank es. Und er lachte, schrie und spritzte darin herum wie ein Kind im Planschbecken. Und das Wasser veränderte sie.

Ihre Haut wurde fast augenblicklich wieder normal und ihre Augen …

Ein sanftes Grün trat an die Stelle der grauen Farbe.

Für einige Zeit.

»Hier werden wir unser Zuhause bauen«, erklärte Tom und sah sich auf der Lichtung um. »Es ist nur einen Steinwurf weit vom See entfernt und wir haben viel Sonne. Unsere erste Aufgabe wird es sein, uns einen Unterstand zu bauen.«

»Nein, das denke ich nicht«, sagte Rachelle.

Er sah sie, überrascht von ihrem Tonfall, an.

»Unsere erste Aufgabe wird es sein, uns mit Monique zu befassen«, sagte sie.

»Ach, komm schon, Rachelle.«

»Ich will, dass du mir alles erzählst, alle deine Träume.«

Er breitete die Arme aus. »Aber sie sind unwichtig. Es sind nur Träume.«

»Ach, und warum hast du dann vor knapp einer Stunde den Jungen danach gefragt? Und warum murmelst du im Schlaf ihren

Namen? Sogar letzte Nacht, nachdem du mir versprochen hattest, nicht mehr davon zu träumen, hast du ihren Namen geflüstert, als sei sie die süßeste Frucht überhaupt. Ich will alles wissen!«

»Vielleicht sollten wir noch einmal im See baden.«

»Nachdem du mir alles erzählt hast. Falls es dir noch nicht aufgefallen sein sollte, es gibt dich und mich und dieses Land. Ein Mann und eine Frau. Oder sind es etwa ein Mann und zwei Frauen? Hast du mich erwählt oder nicht?«

»Ich habe dich erwählt. Deshalb bist du hier. Habe ich vielleicht eine andere Frau in die Bannhalle gezogen, um sie zu retten? Nein, ich habe dich hineingezogen, weil ich dich erwählt habe, und wir werden sofort heiraten. Und ich wollte dir ohnehin von Monique erzählen.«

Er ging hinüber zu den Felsen und setzte sich darauf. Diese Träume würden noch sein Ruin werden. »Wo ist Johan?«

»Er ist auf Entdeckungstour gegangen. Erzähl mir von deinen Träumen.«

Tom sah in den Wald zurück. »Und du lässt ihn einfach gehen? Was ist, wenn er sich verläuft? Ich mache mir Sorgen um ihn. Wir sollten ihn im Auge behalten.«

»Lenk nicht vom Thema ab. Ich will alles wissen.«

Also erzählte Tom. Sie saß neben ihm auf dem Felsen, mitten auf der Lichtung, und er erzählte ihr beinahe alles von seinen Träumen, an das er sich erinnern konnte. Nur an einigen Stellen ließ er etwas aus.

Er erzählte ihr, wie er in Denver angeschossen worden war, wie sie nach Bangkok geflogen waren und er Monique entführt hatte und von dem Raison-Virus. Dann erzählte er ihr von der Welt in seinen Träumen, zumindest alles, woran er sich erinnern konnte, denn wenn er nicht davon träumte, erschien ihm alles weit weg und undeutlich.

»Weißt du, wie sich das für mich anhört?«, fragte Rachelle, als er fertig erzählt hatte.

»Nein, wie denn?«

»Es hört sich an, als ob du dir etwas ausdenkst, das dem, was hier passiert, ganz ähnlich ist. Ich habe dir erzählt, von wo ich gerne gerettet werden möchte, und du hast geträumt, dass du eine andere Frau von genau dem gleichen Ort retten wolltest. Hier wurden wir vom schwarzen Wald bedroht und er hat unsere Welt vernichtet, dort träumst du von einer Finsternis, die die Welt dort zu zerstören droht: von einer Seuche. Bangkok existiert in deiner Einbildung und dort spiegelt sich alles wider, was hier, im echten Leben, geschieht.«

»Vielleicht kann ich das Virus aufhalten, obwohl ich versagt habe, Tanis aufzuhalten.«

»Nein, du wirst es nicht aufhalten.«

»Warum nicht?«

»Erstens ist es nur ein Traum. Hör dich doch nur an! Du redest immer noch davon, eine Welt zu verändern, die es in Wirklichkeit gar nicht gibt! Kein Wunder, dass Michal sich geweigert hat, deine Träume mit noch mehr Details aus der Geschichte weiter anzufachen.«

Rachelle stand mit verschränkten Armen da. »Zweitens, wenn du recht hast, dann ist der einzige Weg, wie du es aufhalten kannst, diese Monique zu finden, an der du sehr zu hängen scheinst. Das werde ich nicht zulassen.«

»Ich bitte dich. Ich kenne sie doch kaum. Es ist keine Liebesbeziehung. Sie ist doch nur Einbildung, das hast du selbst gesagt.«

»Ich werde es nicht zulassen, dass du von einer schönen Frau namens Monique träumst, während ich dein Kind stille«, sagte Rachelle.

Damit hatte sie ihn kalt erwischt.

»Du willst also wirklich Kinder?«

»Hast du eine bessere Idee?« Sie hielt einen Moment inne. »Ich sehe hier keinen anderen Mann. Und ich liebe dich, Thomas, auch wenn du von einer anderen Frau träumst.«

»Und ich liebe dich, Rachelle.« Er griff nach ihrer Hand und küsste sie. »Ich würde niemals von einer anderen Frau träumen. Nie.«

»Leider scheinst du das nicht kontrollieren zu können. Wenn wir nur Rhambutan hier hätten, dann würde ich dir die Frucht jeden Abend zu essen geben, damit du nie wieder träumst.«

Tom stand auf.

»Was ist?«

»Der Junge …«

»Ja, was ist mit dem Jungen?«

»Am oberen See hat er mir gesagt, dass ich immer die Wahl haben würde, nicht zu träumen.«

Sie sah ihn forschend an. »Und trotzdem hast du letzte Nacht geträumt. War das deine Wahl?«

»Nein, aber was wäre, wenn es hier Rhambutan gäbe?«

»Die Früchte hier sind anders.«

»Aber vielleicht hat er diese eine übrig gelassen. Wie sollte ich sonst aufhören können zu träumen? Er hat es mir versprochen.«

Ihre Augen leuchteten auf. Sie sah suchend zum Waldrand hinüber.

»Gut, lass uns baden gehen.«

Sie suchten mehrere Stunden nach Rhambutan und sammelten nebenbei auch Material, das sie benutzen konnten, um auf der Lichtung einen Unterstand zu bauen.

Als es Mittag war, war jede Hoffnung, irgendwo in diesem Wald Rhambutan zu finden, verflogen. Aber inzwischen schien es Tom auch nicht mehr so wichtig, obwohl er das Rachelle nicht sagte. Angesichts ihrer neuen Lage hier erschienen ihm seine Träume sehr abstrakt und weit weg. Die Vorstellung, dass er von einer anderen Frau träumen würde, auf die Rachelle eifersüchtig sein könnte, war irgendwie absurd.

Er beobachtete sie, wie sie vor ihm durch den Wald ging, und wusste ohne jeden Zweifel, dass er niemals eine Frau so lieben konnte wie sie. Sie hatte den Geist eines Adlers und das Herz einer Mutter. Es gefiel ihm sogar, wenn sie mit ihm stritt, so energisch.

Er liebte ihren Gang, wie ihr Haar über ihre Schultern fiel, wie sich ihre Lippen bewegten, wenn sie sprach. Sie war wunderschön, selbst wenn sie trockene Haut und graue Augen hatte. Aber wenn sie gerade aus dem Wasser kam, mit zarter Haut und grünen Augen, und in der Sonne lachte, war sie atemberaubend.

Der Gedanke, dass sie von einem Traum etwas zu befürchten

hatte, war absurd. Er schlug ihr vor, dass sie weitersuchte, während er sich dem Bau eines Unterstandes widmen wollte. Er hatte ein paar Ideen, wie er ihn bauen wollte. Vielleicht wusste er sogar, wie sie Metall herstellen konnten.

Was das für Ideen seien, wollte sie wissen.

Ideen aus seinen Träumen, hatte er dummerweise geantwortet.

Vielleicht war die Rhambutan-Frucht doch eine gute Idee.

Johan war von seiner Erkundungsreise zurück und half Tom, ihren ersten Schuppen aus Zweigen und Blättern zu bauen. Tom wusste, wie er aussehen sollte und wie er ihn bauen konnte.

»Wo hast du gelernt, diese Lianen so zu knoten?«, fragte Johan, als sie mit dem Dach fertig waren. »So etwas habe ich noch nie gesehen.«

»So«, sagte Tom und strich liebevoll über die Knoten, »macht man das im Dschungel auf den Philippinen. Lass uns noch Palmblätter hier dran …«

»Wo sind die Philippinen?«, fragte Johan.

»Die Philippinen? Eigentlich nirgends. Das habe ich mir nur ausgedacht.«

Und das stimmte auch, dachte er. Aber er war nicht mehr ganz davon überzeugt.

Als Tom gerade überlegte, nach Rachelle zu suchen, kam sie auf ihr Lager zumarschiert.

»Wie geht es meinen Männern? Da habt ihr aber etwas Schönes gebaut.« Sie sah den Schuppen prüfend an. »Und was ist das?«

»Das hier ist unser erstes Zuhause«, erklärte Tom strahlend.

»Wirklich? Es sieht aus, als hätte es nur eine Wand.« Sie ging darum herum. »Oder als ob das Dach gleich einfällt.«

»Nein, nein, das ist nicht nur eine Wand«, sagte Tom. »Das ist die ganze Konstruktion. Es ist perfekt! Gefällt es dir nicht?«

»Ganz praktisch, scheint mir. Für ein oder zwei Nächte reicht es, bis du mir Zimmer und eine Küche mit fließend Wasser bauen kannst.«

Tom wusste nicht recht, wie er darauf reagieren sollte. Ihm gefiel es, mehr im Freien zu sein. Aber sie hatte natürlich recht. Letzten Endes würden sie sich ein Haus bauen müssen. Und er hatte auch schon einige Ideen hierfür. Aber er hatte gedacht, die Hütte sei schon ziemlich gut.

Sie sah ihn an und zwinkerte. »Ich denke, es ist ziemlich gut«, sagte sie. »Sieht aus, als hätte es ein großer Krieger gebaut.« Dann holte sie die Hand hinter ihrem Rücken hervor und warf ihm etwas zu. »Fang!«

Er fing es mit einer Hand.

Es war Rhambutan.

»Du hast es gefunden.«

Sie lächelte. »Iss.«

»Jetzt?«

»Ja, natürlich jetzt.«

Er biss hinein. Der Saft schmeckte wie eine Mischung aus Banane und Orange, war aber herb, wie eine Bananen-Orangen-Zitrone.

»Iss alles«, sagte sie.

»Muss ich alles essen, damit es wirkt?«, fragte er mit vollem Mund.

»Nein, aber ich möchte, dass du alles isst.«

Er aß die ganze Frucht auf.

Rachelle beobachtete Thomas im Schlaf. Seine Brust hob und senkte sich gleichmäßig und er atmete tief. Ein leichter Grauschleier lag auf seinem Körper und sie wusste, dass seine Augen stumpf waren wie die ihren. Aber das störte sie nicht. Sobald sie badeten, würde der See sie wieder reinwaschen.

Was sie störte, waren seine Träume, die Träume von der Geschichte und von dieser Monique. Sie versuchte sich einzureden, dass es hauptsächlich wegen der Chroniken war. Schließlich konnte man sagen, dass es seine ständigen Gedanken an die Chroniken waren, die Tanis in Schwierigkeiten gebracht hatten. Aber eigentlich war es wegen der Frau.

Eifersucht hatte auch in der ewigen Liebesgeschichte eine Rolle gespielt und sie gab sich keine Mühe, sie jetzt zu zügeln. Thomas war ihr Mann und sie war nicht gewillt, ihn mit irgendjemand anderem zu teilen, Traumfrau oder nicht.

Wenn Thomas sich nicht irrte, dann hatte Talehs Frucht, die er im schwarzen Wald gegessen hatte, bevor er sein Gedächtnis verloren hatte, die Träume ausgelöst. Jetzt betete sie verzweifelt, dass das, was noch übrig war von Eljons Früchten, seine Gedanken wieder reinwaschen würde.

»Thomas.« Sie beugte sich über ihn und küsste ihn auf den Mund. »Wach auf, mein Schatz.«

Er stöhnte und drehte sich um. Ein zufriedenes Lächeln lag auf seinem Gesicht. War es Tiefschlaf? Oder Monique? Aber er hatte geschlafen wie ein Baby und kein einziges Mal ihren Namen gemurmelt.

Rachelle konnte nicht mehr länger warten. Sie war schon seit einer Stunde wach und hatte darauf gewartet, dass er aufwachte.

Sie stieß ihn in die Seite und stand auf. »Wach auf! Es ist Zeit, zu baden.«

Mit einem Ruck setzte er sich auf. »Was?«

»Es ist Zeit zu baden.«

»Es ist schon spät. Habe ich so lange geschlafen?«

»Wie ein Stein«, sagte sie.

Er rieb sich die Augen, stand auf und ging hinaus zum Feuer. »Heute werde ich anfangen, dein Haus zu bauen«, erklärte er.

»Wunderbar.« Sie beobachtete sein Gesicht. »Hast du geträumt?«

»Geträumt?« Er schien sein Gedächtnis zu durchforschen.

»Ja, hast du geträumt?«

»Ich weiß nicht. Habe ich geträumt?«

»Das kannst nur du wissen.«

»Nein. Die Frucht hat wohl gewirkt. Deshalb habe ich so gut geschlafen.«

»Du kannst dich an nichts erinnern? Keine Fantasiereise nach Bangkok? Keine Rettungsaktion für die schöne Monique?«

»Das Letzte, was ich geträumt habe, war, dass ich nach der Besprechung in Bangkok eingeschlafen bin. Das war vor zwei Nächten.« Er breitete die Arme aus und grinste entschlossen. »Keine Träume mehr.«

Sie wusste, dass er die Wahrheit sagte. Die Frucht wirkte, wie der Junge es versprochen hatte. »Gut«, sagte sie. »Dann wirkt sie. Von jetzt an wirst du diese Frucht jeden Tag essen.«

»Für immer?«

»Sie ist auch sehr gesund und macht Männer fruchtbar«, sagte sie. »Ja, für immer.«

So aß Thomas die Rhambutan-Frucht jeden Tag und träumte nie mehr von Bangkok oder von irgendetwas anderem.

Wochen vergingen, dann Monate, dann Jahre, dann fünfzehn Jahre, und kein einziges Mal träumte Thomas von Bangkok oder von irgendetwas anderem.

Er wurde ein großer Krieger, der die sieben Wälder gegen die Horden aus der Wüste verteidigte, die gegen sie kämpften. Aber kein einziges Mal träumte er, weder von Bangkok noch von irgendetwas anderem.

Vielleicht hatte Rachelle recht. Vielleicht würde er niemals wieder träumen.Vielleicht würde er die Rhambutan-Frucht bis an sein Lebensende essen und nie wieder von Bangkok träumen oder von irgendetwas anderem.

37

VALBORG SVENSSON STAND am Kopfende des Tisches und betrachtete die versammelten Ehrengäste. Es waren alles Vertreter von Regierungen, die er drei Jahre lang mit Machtversprechen gelockt hatte. Bis jetzt wusste keiner von ihnen genug, um ihm wirklich schaden zu können. Und falls sie doch mehr wussten, als sie sollten, hatten sie ihm bisher damit nicht geschadet. Also war die Überlegung hinfällig. Sieben waren vertreten, aber sie brauchten nur ein Land als Operationsbasis. Alle sieben waren nützlich, aber zur Sicherheit brauchten sie die Schlüssel zu einem dieser Länder. Wenn sie nur wüssten …

Carlos war jetzt in Bangkok und stand kurz davor, Thomas Hunter endgültig zu beseitigen. Armand Fortier traf die nötigen Vereinbarungen mit den Russen und den Chinesen. Und er, Valborg Svensson, würde sozusagen die Bombe platzen lassen, die ungeahnte Möglichkeiten eröffnete.

Er zog seinen Zeigestab hervor und zeigte der Reihe nach auf die Städte auf der Landkarte zu seiner Linken. »Das Raison-Virus ist bereits im Luftraum über London, Paris, Moskau, Peking, Neu Delhi, Kapstadt, Bangkok, Sydney, New York, Washington, Atlanta und Los Angeles. Das sind die ersten zwölf Städte. Innerhalb von acht Stunden werden es vierundzwanzig sein.«

»Ist bereits im Luftraum … heißt das, dass …«

»Das heißt, das Virus wurde freigesetzt. Es wurde von Kurieren in vierundzwanzig Passagierflugzeugen überbracht und breitet sich aus, während wir uns hier unterhalten. Es ist hochgradig ansteckend, ansteckender als jedes Virus, das ich je gesehen habe. Ein faszinierendes kleines Monster. Die meisten Viren brauchen irgendein Transportmittel, um sich auszubreiten: Tröpfchen, Flüssigkeiten, Berührungen oder zumindest eine hohe Luftfeuchtigkeit. Aber dieser Erreger scheint sich auch unter ungünstigen Bedingungen ziemlich wohlzufühlen. Eine einzige Erregerzelle reicht aus, um einen erwachsenen Menschen zu infizieren.«

»Sie haben es bereits getan?«

»Natürlich. Unseren konservativsten Schätzungen zufolge, werden bis heute Abend drei Millionen Menschen infiziert sein. Nach zwei Tagen sind es neunzig Millionen, nach einer Woche vier Milliarden.«

Sie saßen wie betäubt da. Kein Einziger von ihnen begriff voll und ganz, was er da gerade gesagt hatte. Er machte ihnen keinen Vorwurf. Diese Tatsache war überwältigend. Die Folgen waren zu weitreichend, um sie auf Anhieb zu begreifen.

»Das Virus ist schon draußen? Und es gibt keine Möglichkeit, es aufzuhalten?«

»Draußen? Nun ja, ich nehme an, dass es draußen ist«, sagte Svensson. »Nein, es gibt keine Möglichkeit, es aufzuhalten.«

Sie begannen alle gleichzeitig zu reden. »Wer wird alles angesteckt?«

»Alle. Ich zum Beispiel. Und Sie. Wir sind alle infiziert.« Er zeigte auf ein kleines Gefäß auf dem Tresen. »Wir waren bereits wenige Minuten, nachdem wir den Raum betreten hatten, infiziert.«

Stille. Das Glas mit der gelblichen Flüssigkeit stand ganz ruhig da.

Dann brach ein Hagel von Protesten aus. »Sie haben doch den Impfstoff dagegen. Wir sollten uns sofort impfen lassen. Was ist das für ein kranker Scherz?«

»Ein sehr kranker«, entgegnete Svensson. »Es gibt keinen Impfstoff dagegen.«

»Dann eben ein Medikament?«, forderte der Mann. »Ich verlange, dass Sie uns erklären, was Sie hier treiben!«

»Sie wissen doch, was wir treiben. Leider haben wir das entsprechende antivirale Mittel noch nicht ganz. Aber keine Sorge, wir sind bald so weit. Wir haben noch etwas weniger als drei Wochen Zeit, um es zu entwickeln, aber ich bin mir sicher, dass wir es bis Ende dieser Woche haben werden, vielleicht sogar schon vorher.«

Sie sahen ihn an wie eine Meute Mäuse, die ein Stück Käse anstarrten.

»Und wenn nicht?«

»Wenn nicht, dann teilen wir unser Schicksal mit dem Rest der Menschheit.«

»Und das wäre?«

»Darüber sind wir uns noch nicht ganz im Klaren. Es wird kein schöner Tod, so viel wissen wir. Aber da noch niemand am Raison-Virus gestorben ist, können wir noch nicht genau sagen, wie der Tod eintreten wird.«

»Was soll das?«, fragten sie ungläubig. »Das war so nicht vereinbart.«

»Doch, es war vereinbart. Sie haben mir nur nicht richtig zugehört. Wir haben genaue Anweisungen für jedes Ihrer Länder. Ich vertraue darauf, dass Sie diese unverzüglich ausführen werden. Die Gründe muss ich Ihnen nicht nennen. Und wenn ich Sie wäre, würde ich besser nicht daran denken, unsere Abmachungen irgendwie zu hintergehen. Ich bin Ihre einzige Hoffnung auf ein Heilmittel. Wenn ich daran gehindert werde, stirbt die Menschheit ganz einfach.«

Der Herr aus der Schweiz, Bruce Swanson, schob seinen Stuhl zurück und stand mit hochrotem Kopf auf. »So habe ich das nicht verstanden. Wie konnten Sie es wagen, einfach weiterzumachen, ohne …«

Svensson zog eine Pistole unter seinem Jackett hervor und schoss dem Mann aus zehn Schritten Entfernung in die Stirn. Das neue, rote Auge auf seiner Stirn starrte Svensson an, dann fiel er hintenüber, schlug mit dem Kopf gegen die Wand und landete auf dem Boden.

Svensson nahm die Waffe herunter. »Es gibt keine Möglichkeit, das Virus aufzuhalten«, sagte er. »Wir können es jetzt nur noch kontrollieren. Das war von Anfang an klar. Meinungsverschiedenheiten halten uns nur auf. Noch irgendwelche Einsprüche?«

Sie widersprachen nicht.

»Gut.« Er legte die Waffe auf den Tisch. »Während wir uns hier unterhalten, werden die Regierungen der betroffenen Länder über unsere Forderungen benachrichtigt. Diese Regierungen werden natürlich nicht sofort reagieren. Das hoffen wir. Panik hilft uns nicht weiter. Noch nicht. Wir wollen nicht, dass alle zu Hause bleiben, aus Angst, sich anzustecken. Wenn sie dann das wahre Ausmaß unserer Drohung begreifen, wird es zu spät sein, um das Virus einzudämmen. Genau genommen ist es dafür jetzt schon zu spät.«

Er holte tief Luft. Allein die Macht zu verspüren, hier vor diesen sieben Männern zu stehen – sechs davon noch lebendig –, war den Preis, den er bezahlt hatte, wert gewesen. Und das war erst der Anfang. Bisher hatte er das Lächeln unterdrückt, aber jetzt lächelte er sie alle an.

»Dies ist ein wunderbarer Tag, meine Freunde. Sie stehen auf der richtigen Seite. Das werden Sie noch sehen. Die Würfel sind gefallen.«

Man hatte Markous für diesen Auftrag zweierlei versprochen: sein Leben und eine Million Dollar in bar. Beides war ihm genug wert, um sich dafür zur Not auch sein Bein abzuhacken. Das Bargeld hatte er schon erhalten. Sein Leben war immer noch in ihren Händen. Er bezweifelte keineswegs, dass es in ihrer Macht und in ihrem Willen stand, ihm sein Leben zu geben oder zu nehmen.

Er stand in der Toilette und schnippte mit dem Finger an den Hals des kleinen Glasfläschchens. Schwer zu glauben, dass diese gelbliche Flüssigkeit in der Lage war, das zu vollbringen, was sie sagten. So nervös wegen ein paar Tropfen goldgelber Flüssigkeit.

Er hielt den Atem an und zog den Gummiverschluss aus dem Flaschenhals. Jetzt trennte ihn – seine Nase, seine Augen und seine Haut – nur noch die Luft von dem Virus. Hatte er sich bereits angesteckt? Nein, wie sollte das gehen?

Er atmete tief aus, hielt die Luft an und atmete dann langsam ein, wobei er sich vorstellte, wie die unsichtbaren Teilchen in seine Nase strömten. Wenn sie einen Duft hätten wie Parfüm, würde er es merken. Aber es war ja gerade der Sinn, dass man es nicht merkte.

So, jetzt war er also infiziert.

Markous spritzte sich spontan etwas von der Flüssigkeit auf die Jacke, auf die Hände und rieb sie sich ins Gesicht, wie Rasierwasser. Er probierte sie mit der Zunge – absolut ohne Geschmack. Er nahm einen Schluck und spülte sich damit den Mund aus, dann schluckte er ihn hinunter.

Markous kam aus der Herrentoilette. Trotz der frühen Morgenstunde war der Flughafen von Bangkok bereits voller Reisender. Er sah nach links und rechts und rückte seine Krawatte zurecht. Trotz seines attraktiven, südländischen Äußeren suchte er nur selten den Kontakt zu den Frauen in den Nachtclubs oder anderen öffentlichen Einrichtungen dieser Art. Aber in diesem Augenblick schien es sehr angebracht, ein bisschen Liebe zu verschenken.

Er entdeckte, wonach er gesucht hatte, und ging auf eine Gruppe von vier blau uniformierten Flugbegleiterinnen zu, die neben einem öffentlichen Telefon standen und sich unterhielten.

»Entschuldigen Sie.« Alle vier Frauen sahen ihn an. Auf ihren Gepäckscheinen stand »Air France«. Er lächelte freundlich und richtete seine Aufmerksamkeit auf eine große Braunhaarige. »Ich ging gerade vorüber und da sind Sie mir aufgefallen. Ich hoffe, das stört Sie nicht.«

Sie warfen sich verstohlene Blicke zu. Die Braunhaarige zog verstohlen die Augenbrauen hoch.

»Wären Sie so freundlich und würden mir Ihren Namen verraten?«, fragte Markous. Sie trug kein Namensschild.

»Linda.«

Er trat näher heran. Seine Hände waren noch feucht von der Flüssigkeit. Er stellte sich vor, wie viele Millionen Erreger in seinem Mund schwammen.

»Kommen Sie her, Linda. Ich möchte Ihnen ein Geheimnis verraten.« Er beugte sich vor. Zuerst zögerte sie, aber als zwei von den anderen kicherten, fragte sie: »Was denn?«

»Kommen Sie näher«, sagte er. »Ich beiße Sie nicht, das verspreche ich.«

Ihr Kopf wurde rot, aber sie gab nach und beugte sich ein paar Zentimeter vor.

Markous machte eine Schritt auf sie zu und küsste sie direkt auf den Mund. Sofort trat er wieder zurück und hob entschuldigend die Hände. »Bitte vergeben Sie mir. Sie sind so hübsch, ich musste Sie einfach küssen.«

Der Schreck stand ihr im Gesicht. »Sie … was erlauben Sie sich da eigentlich?«

Markous griff nach der Hand der Frau, die neben der Braunhaarigen stand. Er hustete einmal. »Entschuldigen Sie, es tut mir schrecklich leid.« Er trat schnell zurück, verbeugte sich leicht als Entschuldigung und dann war er auch schon verschwunden und ließ die vier Frauen sprachlos stehen.

Er ging an der Erste-Hilfe-Station vorbei, wo eine Mutter die Schwester um etwas bat, während ihre beiden blonden Kinder um die Wartebank herum Fangen spielten. Ein älterer Herr mit buschigen grauen Augenbrauen sah ihm zu, wie er seine Jacke auszog und an einen Kleiderständer hängte. Wenn er Glück hatte, würde der Mann die Jacke dem Sicherheitspersonal melden und die würden sie konfiszieren. Bevor er auch nur zwei Schritte weiter war, waren die Mutter, ihre beiden Kinder, die Schwester und der alte Mann angesteckt.

Wie viele er noch angesteckt hatte, bevor er den Flughafen verließ, würde er nie erfahren. Vielleicht waren es hundert. Allerdings niemanden so zärtlich wie die erste. Auf seinem Weg durch die Stadt hielt er an einem Markt und zwängte sich durch die überfüllten Gassen zwischen den Ständen. Wie viele es hier waren, konnte er nicht einmal ahnen. Mindestens ein paar hundert. Obendrein warf er noch das Hemd, das er mit der Flüssigkeit bespritzt hatte, in den Mae Nam Chao Phraya Fluss, der sich langsam durch das Stadtzentrum schlängelte.

Das reichte. Bis heute Abend würde ganz Bangkok von dem Virus wimmeln.

Aufgabe erledigt.

Um acht Uhr parkte Carlos seinen Wagen in der Tiefgarage des Sheraton Hotels und fuhr mit dem Aufzug in die Empfangshalle hoch. Das Leben war schon in vollem Gange. Er ging zu den Personenaufzügen, wartete auf einen leeren Aufzug und ging hinein. Neunter Stock.

Das Treffen mit dem stellvertretenden Außenminister Gains und den versammelten Geheimdienstchefs am Vorabend hatte bis spät in die Nacht hinein gedauert. Seinen letzten Informationen zufolge war Hunter noch in seinem Zimmer und schlief. Sein Informant war absolut zuverlässig.

Genau gesagt, war sein Informant bei dem Treffen dabei gewesen.

Wenn sie wüssten, was Svensson alles unternommen hatte, um seinen Plan auszuführen. Der einzige Unsicherheitsfaktor war Hunter, der Mann, der seine Informationen aus seinen Träumen hatte. Der Mann, den niemand wirklich unter Kontrolle hatte. Der Mann, den Carlos schon zweimal getötet hatte.

Diesmal würde er tot bleiben.

Die Aufzugglocke klingelte und Carlos schlich sich den Gang entlang, fand das Zimmer neben Hunters und öffnete die Tür, die wie vereinbart offen war.

Bei jedem Eingriff gab es zwei wichtige Elemente. Das eine war Kraft, das andere Intelligenz. Er hatte sich schon einmal mit Hunter angelegt und war trotz dessen erstaunlicher Fähigkeiten leicht mit ihm fertiggeworden. Aber er hatte die Ausdauer dieses Mannes unterschätzt. Irgendwie war es Hunter gelungen zu überleben.

Diesmal würde es nicht zum Kampf kommen. Der Intelligentere würde gewinnen.

Carlos ging zu der Tür, die in die angrenzende Suite führte. Er zog eine Pistole hervor und schraubte den Schalldämpfer darauf.

Der Intelligentere. Er wusste zum Beispiel, dass diese Tür in diesem Moment nicht verschlossen war. Sein Kontaktmann hatte dafür gesorgt. Hinter dieser Tür, eine Tür weiter links, war die Tür zu Thomas Hunters Zimmer. Hunter schlief dort schon seit sieben Stunden. Er würde überhaupt nicht merken, dass er erschossen worden war.

An all dem zweifelte Carlos nicht im Geringsten. Wenn sich irgendetwas änderte – wenn seine Schwester, die im anderen Zimmer der Suite schlief, oder Hunter selbst aufwachte –, würde ihm der Mann hinter der Videokamera über den Pager ein Signal geben.

Intelligent.

Carlos öffnete die Türen zwischen den Suiten und ging zu dem Zimmer zu seiner Linken. Die Waffe war geladen und entsichert. Alles war still. Er packte den Türgriff.

Ein Telefon klingelte. Nicht der Hauptanschluss, sondern das Telefon im Zimmer der Schwester auf der rechten Seite. Sofort vibrierte sein Pager. Er ignorierte das Signal und lauschte.

Das Telefon neben Karas Bett klingelte zweimal. Sie öffnete die Augen und starrte an die Decke. Wo war sie?

In Bangkok. Sie und Thomas waren am Abend zuvor bei einem Treffen mit dem stellvertretenden Außenminister Merton Gains gewesen, weil der Schweizer Valborg Svensson Monique de Raison aus einem einzigen Grund entführt hatte: um das Mittel gegen das Virus zu entwickeln, das er auf die Welt loslassen wollte. Zumindest hatte Thomas versucht, die anderen davon zu überzeugen. Sie hatten ihm nicht gerade zu Füßen gelegen.

Das Telefon klingelte noch einmal.

Sie setzte sich auf. Thomas schlief hoffentlich noch im anderen Zimmer. Ob er wohl geträumt hatte? Ob er immer noch träumte? Sie hatte ihm vorgeschlagen, er solle ganz lange träumen und ein anderer Mensch werden. Ein absurder Vorschlag, wenn man es genau betrachtete. Aber dieses ganze Hin und Her zwischen zwei Realitäten war absurd. In der einen Welt breitete sich das Böse aus, in der anderen drohte ein Virus.

Das Telefon klingelte immer noch. In Toms Zimmer hatte sie letzte Nacht den Hörer danebengelegt. Er konnte es nicht hören.

Sie griff nach dem Hörer. »Hallo?«

»Hier spricht Merton Gains. Kara?«

Sie wechselte den Hörer zum rechten Ohr. »Ja, guten Morgen, Herr Minister.«

»Es tut mir leid, dass ich Sie wecken muss, aber wie es scheint, hat sich die Lage weiterentwickelt.«

»Nein, nein, ist schon in Ordnung. Wie spät ist es?« *Wie spät es ist?* Sie sprach mit dem stellvertretenden Außenminister und fragte ihn nach der Uhrzeit?

»Kurz nach acht Uhr morgens, Ortszeit«, antwortete Gains. Seine Stimme klang müde. »Das Außenministerium hat ein Fax erhalten von jemandem, der behauptet, Svensson zu sein.«

Kara lief ein Schauer über den Rücken. Das war genau, was Thomas vorhergesagt hatte! Nicht so schnell, aber …

»Er behauptet, er habe das Raison-Virus in zwölf Großstädten, einschließlich Washington, New York, Los Angeles und Atlanta, freigesetzt«, sagte Gains mit schwacher Stimme.

»Was?« Kara schwang die Beine aus dem Bett. »Wann?«

»Vor sechs Stunden. Er behauptet, bis heute Abend seien es vierundzwanzig Städte.«

»Vierundzwanzig! Das ist unmöglich! Dann haben sie es getan, ohne das Gegenmittel zu haben. Thomas hatte recht. Ist das schon bestätigt?«

»Nein. Nein, aber wir arbeiten daran, glauben Sie mir. Wo ist Thomas?«

Sie sah zur Tür. »Soweit ich weiß, schläft er nebenan.«

»Wie lange schläft er schon?«

»Etwa acht Stunden, glaube ich.«

»Nun, ich muss es, glaube ich, nicht sagen, aber es scheint, als hätte er den Nagel auf den Kopf getroffen.«

Sie stand auf. »Das habe ich verstanden. Ist Ihnen klar, dass man das hätte verhindern können?«

»Vielleicht haben Sie recht.« Er hatte nicht an Thomas gezweifelt. Sie hatte kein Recht, ihm Vorwürfe zu machen. Was dachte sie sich eigentlich? Schließlich war er der stellvertretende Außenminister der Vereinigten Staaten von Amerika!

»Wenn es sich herausstellt, dass diese neueste Information stimmt, könnte Ihr Bruder ein sehr wichtiger Mann für uns sein.«

»Vielleicht, vielleicht aber auch nicht. Es könnte auch zu spät sein.«

»Kann ich mit ihm sprechen?«

Sie zögerte. Natürlich konnten sie alle mit Thomas sprechen. Sie waren einflussreiche Männer, die mit jedem sprechen konnten, den sie wünschten. Aber sie hatten sich schon viel zu lange Zeit gelassen, um mit ihm zu sprechen.

»Ich werde ihn wecken«, sagte sie.

»Vielen Dank. Ich muss einige Telefonate erledigen. Schicken Sie ihn in einer halben Stunde nach unten. Ist das genug Zeit?«

»Ja.«

Es klickte in der Leitung.

Kara ging zur Tür, blieb aber auf halbem Weg stehen. In einer halben Stunde, hatte der Minister gesagt. *Schicken Sie ihn in einer halben Stunde nach unten.* Wenn sie Thomas jetzt aufweckte, würde er sofort nach unten gehen wollen. Außerdem hatte er in der letzten Woche kaum einmal anständig geschlafen. Und wenn er träumte, woran sie nicht im Geringsten zweifelte, dann konnte jede Minute Schlaf – ja sogar jede Sekunde – Stunden, Tage oder sogar Wochen in seiner Traumwelt bedeuten. So vieles konnte dort geschehen. Er konnte Antworten finden.

Vor sechs Stunden hatte Svensson das Virus freigesetzt. Das war ein überwältigender Gedanke. Sie sollte ihren Bruder gleich aufwecken, nicht später.

Gleich, nachdem sie auf die Toilette gegangen war.

Carlos hatte genug gehört. Er hatte nicht damit gerechnet, ihre Reaktionen auf diese Weise zu hören, aber es war sehr befriedigend.

Er drehte den Türgriff und öffnete die Tür einen Spalt. Er hörte Atemgeräusche.

Er hielt seine Pistole bereit und schlich hinein.

Thomas Hunter lag auf dem Rücken in die Bettlaken verwickelt und schlief. Er hatte nur eine Unterhose an. Die Bettlaken waren nass vor Schweiß. Vor Schweiß und Blut. Blut? Überall war Blut auf den Laken, an manchen Stellen schon getrocknet, an anderen noch nass.

Hatte der Mann im Schlaf geblutet? Blutete er immer noch im Schlaf? War er tot?

Carlos trat näher heran. Nein. Hunters Brust hob und senkte sich gleichmäßig. Er hatte Narben auf der Brust und dem Bauch, an die Carlos sich nicht erinnern konnte. Aber es waren keinerlei Anzeichen von den Kugeln zu sehen, die Carlos ihm letzte Woche verabreicht hatte und derer er sich ganz sicher war.

Er legte die Pistole an Hunters Schläfe und spannte den Finger am Abzug.

Ein letztes geflüstertes »Auf Wiedersehen, Mr. Hunter« konnte er sich nicht verkneifen.

38

RACHELLE HATTE sich geirrt.

Thomas aß die Frucht nicht für immer.

Er aß sie nur fünfzehn Jahre lang. In diesen fünfzehn Jahren träumte er kein einziges Mal. Aber dann, als die schlimmste Zeit gekommen war und sie dachten, es konnte nicht mehr schlimmer werden, genau wie es der Junge vorhergesagt hatte, da träumte Thomas wieder.

Und als er träumte, träumte er, dass über seiner linken Schläfe eine Pistole schwebte und jemand ihm drohend ins Ohr flüsterte: »Auf Wiedersehen, Mr. Hunter.«

Die Reise geht weiter in **Red** …

TED DEKKER

DIE REISE GEHT WEITER …

BLACK. Die Geburt des Bösen.
RED. Der Tod des Meisters.
WHITE. Der Kreis schließt sich.

Hier schreibst du selbst weiter:

www.ted-dekker.de

Aktuelles und Zukünftiges,
Blog, Videos und Hintergründe –
tauch ein in die Circle-Trilogie!

Brendow
VERLAG + MEDIEN

C·S·LEWIS·PREIS

Der Namenspatron
C.S. Lewis ist der wohl bekannteste christliche Autor des 20. Jahrhunderts. In seinen belletristischen Werken wie »Die Perelandra-Trilogie« oder »Die Chroniken von Narnia« gelingt es ihm, in einzigartiger Weise literarische Virtuosität und christliche Glaubensinhalte zu verbinden. Der Brendow Verlag ist von den Erben des großen Gelehrten exklusiv dazu legitimiert, den C.S. Lewis-Preis zu vergeben.

Die Preisidee
Der C. S. Lewis-Preis wird alljährlich für ein Romanprojekt verliehen, das sich in herausragender Weise mit Perspektiven des christlichen Glaubens befasst

Der Hauptpreis
Ein Stück kreative Lebenszeit: Der Preisträgerin/dem Preisträger stellen wir bis zu einem Monat lang einen Platz zum Leben und Schreiben auf einer Insel zur Verfügung. Der Roman wird im Brendow Verlag veröffentlicht.

Die Beteiligten
Schirmherr für den Literaturpreis ist Albrecht Fürst zu Castell-Castell. Die Jury setzt sich zusammen aus namhaften Vertretern aus Literatur, Medien, Wissenschaft und Kirche.

Teilnahmebedingungen
Einsendeschluss ist alljährlich der 1. September. Die Preisverleihung findet im Rahmen einer öffentlichen Veranstaltung statt.
Die weiteren Bedingungen zur Teilnahme finden Sie unter www.cslewis-preis.de.

Brendow Auslese

Brendow Alles, was Sinn macht.

Die Erbin des Petrus

Albrecht Gralle

Der dritte Tempel

Gebunden mit Schutzumschlag, 320 Seiten, ISBN 978-3-86506-188-1

Ein Erbstück bringt es ans Licht: Selma soll eine Nachfahrin des biblischen Petrus sein! Vincent, der fanatische Gründer einer neuen Religion, will sie als Oberhaupt seiner „Kirche" einsetzen. Und mit ihrer Hilfe will er den verheißenen dritten Tempel in Jerusalem errichten – ob sie will oder nicht!

„Für diejenigen, die sich gern bei einer spannungsgeladenen Lektüre entspannen, ist dieses Buch ein echter Tipp!" *unterwegs*

Brendow VERLAG + MEDIEN

Brendow. Alles, was Sinn macht.

Das Böse in einer scheinbar heilen Welt

Adrian Plass

Darky Green

Paperback, 304 Seiten, ISBN 978-3-86506-303-8

Tom, Beth, Lance und Olly leben in ihrer Kleinstadt im Süden Englands in einer scheinbar heilen Welt. Diese Illusion zerplatzt jedoch schlagartig, als der gewissenlose Darky Green ein Auge auf die hübsche Beth wirft. Ist man dazu verdammt, so zu bleiben, wie man ist? Funktionieren Werte nur in einem gesellschaftlichen Biotop, in dem sich alle an die Regeln halten?
Spannend, einfühlsam, aufrüttelnd – Adrian Plass at his best!

Brendow.
VERLAG + MEDIEN